캔터베리 이야기

현대지성 클래식 15

캔터베리 이야기

1판 1쇄 발행 2017년 12월 13일
1판 4쇄 발행 2023년 2월 1일

발행인 박명곤 **CEO** 박지성 **CFO** 김영은
기획편집 채대광, 김준원, 박일귀, 이승미, 이은빈, 이지은, 성도원
디자인 구경표, 임지선
마케팅 임우열, 김은지, 이호, 최고은
펴낸곳 (주)현대지성
출판등록 제406-2014-000124호
전화 070-7791-2136 **팩스** 0303-3444-2136
주소 서울시 강서구 마곡중앙6로 40, 장흥빌딩 10층
홈페이지 www.hdjisung.com **이메일** main@hdjisung.com
제작처 영신사

현대지성 홈페이지

현대지성 클래식15

캔터베리 이야기

THE CANTERBURY TALES

제프리 초서 | 송병선 옮김

현대
지성

일러두기

1. 본서는 『*THE COMPLETE POETRY AND PROSE OF GEOFFREY CHAUCER*』(NEW YORK, 1977)와 『*CUENTOS DE CANTERBURY*』(MADRID, CÁTEDRA, 1991)를 번역 테스트로 삼았다.
2. 또한 『*THE COMPLETE POETICAL WORKS OF GEOFFREY CHAUCER*』(NEW YORK, MACMILLAN, 1948)도 번역에 참조하였다.
3. 본서의 본문 구성은 엘리스미어 필사본(ELLESMERE MANUSCRIPT)에 바탕을 두고 편찬한 『*THE COMPLETE POETRY AND PROSE OF GEOFFREY CHAUCER*』(NEW YORK, 1977)를 따랐다.
4. 원문의 의미를 잘 드러내고 읽기 쉽도록 운문체 문장을 산문체 문장으로 번역하였다.

영문학의 아버지 제프리 초서(1340-1400)

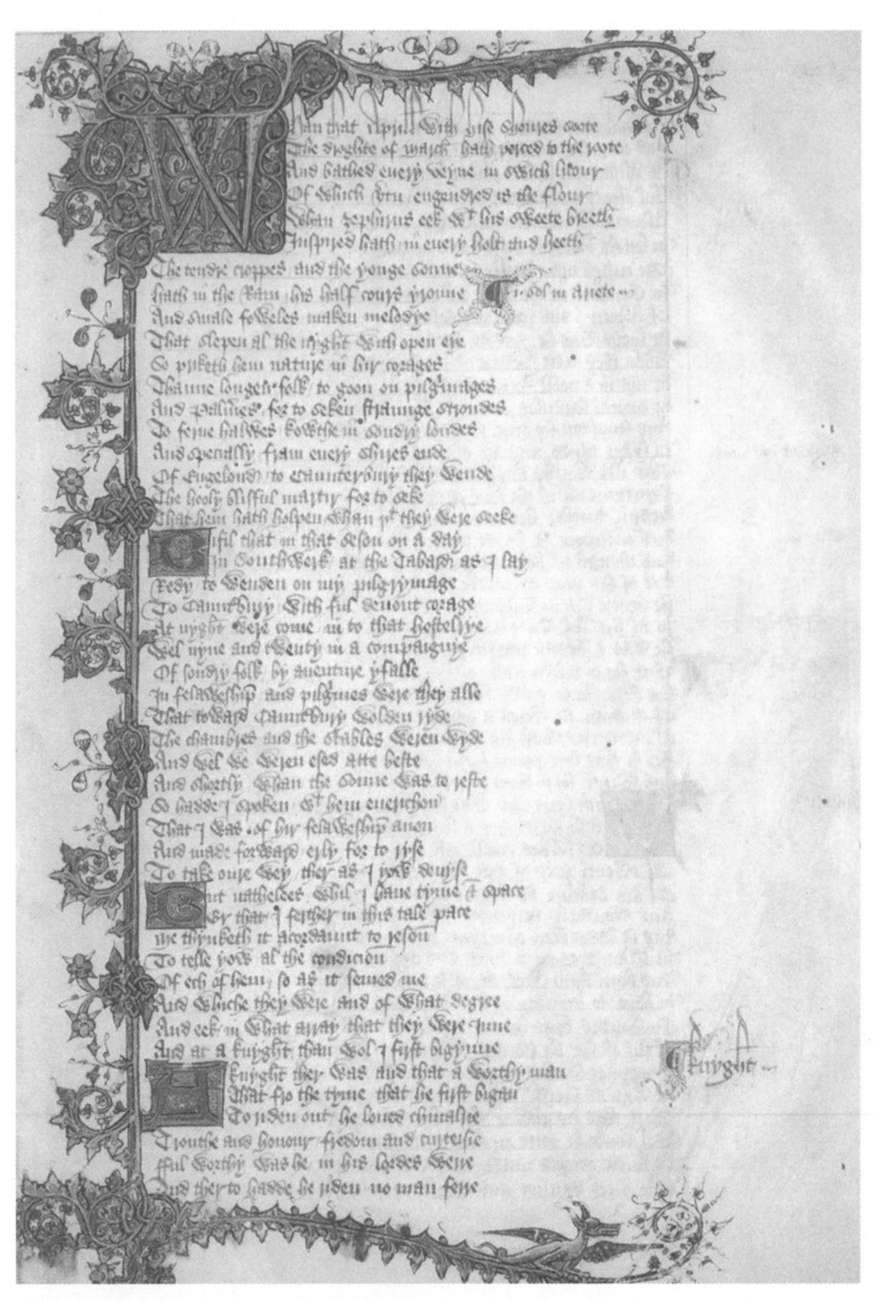

『캔터베리 이야기』 필사본 중에서 가장 권위 있는 엘리스미어 판본(미국 캘리포니아 헨리 E. 헌팅턴 도서관 소장). 이 판본은 등장인물의 미니어처로 유명하다. 초서의 작품은 당대에 큰 인기를 끌어 많은 사람들에 의해 필경되었는데, 특히『캔터베리 이야기』는 무려 90여 종의 판본이 존재할 정도였다.

엘리스미어 판본에 삽입된 다양한 등장인물 삽화

캔터베리로 떠나는 순례자들, 중세 영국의 순례자들은 4월이면
'그들이 병들어 고생할 때 도와준 복되며 성스러운 순교자'인 캔터베리의 성인 토머스 대주교를 찾아간다.

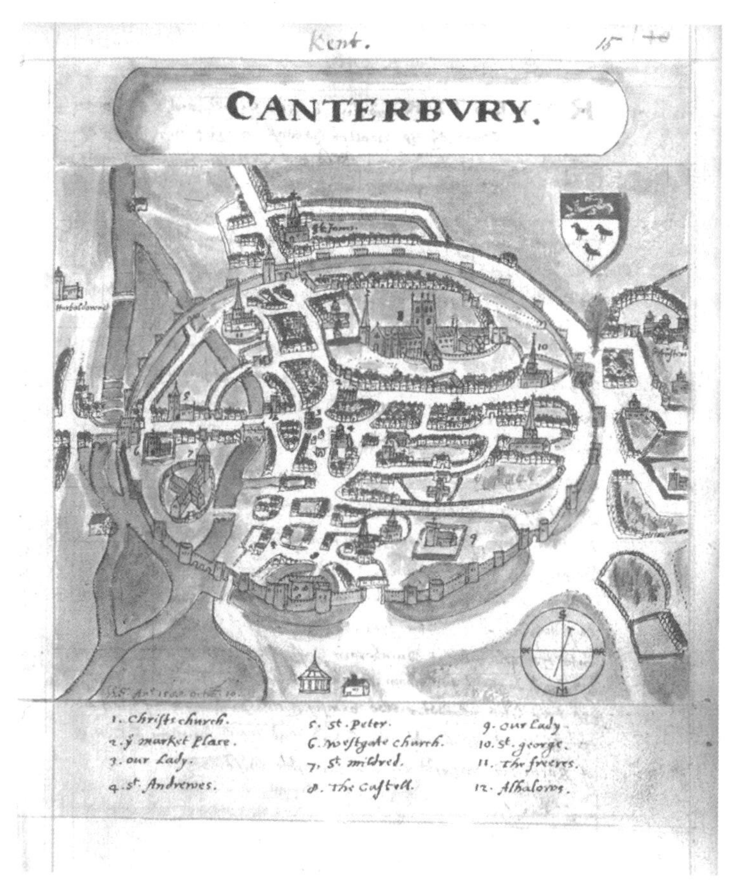

캔터베리 지도, 중앙에서 약간 오른편 위쪽에 캔터베리 대성당이 있다.

캔터베리 대성당

캔터베리 대성당 내부

국왕 헨리 2세(1133-1189), 토머스 베켓을 살해한 사실이 알려진 뒤 그는 로마 교황의 명령에 의해 캔터베리로 순례를 떠나는 공개적인 참회 과정을 밟게 된다.

대법관이자 캔터베리 대주교인 토머스 베켓은 그레고리우스 개혁안을 강력히 시행하려다 국왕 헨리 2세와 갈등을 겪게 되고, 결국 국왕이 보낸 4인의 기사에 의해 캔터베리 대성당에서 살해당한다. 그 뒤 그는 교황 알렉산드로 3세(1105-1181)에 의해 성인으로 서성되고, 캔터베리는 영국 최고의 순례지가 된다.

캔터베리 대성당 외부에 있는 토머스 베켓 조상(彫像)

토머스 베켓 배지(badge), 캔터베리 성지를 방문하는 순례자들은 기념품 또는 부적으로 이 배지를 사곤 했다.

초서는 외교 사절로 이탈리아를 몇 차례 방문한다. 거기서 그는 단테, 페트라르카, 그리고 보카치오의 작품을 접하여 읽고 깊은 감동을 받는다. 초서의 『캔터베리 이야기』는 그들의 영향이 역력한 작품이다.

단테(1265-1321)

페트라르카(1304-1374)

보카치오(1313-1375)

MR. WILLIAM
SHAKESPEARES
COMEDIES,
HISTORIES, &
TRAGEDIES.
Publiſhed according to the True Originall Copies.

LONDON
Printed by Iſaac Iaggard, and Ed. Blount. 1623.

셰익스피어(1564-1616), 초서의 작품은 셰익스피어 문학의 출발점을 이룬다.
그의 작품은 셰익스피어에게 현실을 어떻게 보여주며, 인간성은 어떻게 다루어야 하는지를 가르쳐주었다.

웨스트민스터 사원, 1400년 10월 25일에 죽은 초서는 웨스트민스터 사원에 영원히 안치된다.

웨스트민스터 사원 내에 있는 초서의 무덤

목 차 Contents

제6부

제7부

제8부

제9부

제10부

전체 서문

은은하게 내리는 4월의 비가 3월의 가물었던 땅 속으로 깊이 파들어갔다. 그 비는 꽃을 피우기에 모자람이 없을 정도로 대지의 모든 나뭇가지를 촉촉이 적셨고, 서풍은 감미로운 입김으로 숲과 들판의 연약한 싹에 생기를 불어넣었다. 눈을 뜬 채 밤을 지새운 작은 새들은 저마다 노래를 부르기 시작했다. 자연이 그들의 본능을 일깨웠던 것이다.

이 시기가 되면 사람들은 순례를 하고픈 열망을 느끼고, 신앙심이 깊은 여행자들은 낯선 나라와 머나먼 성지(聖地)를 찾아가고자 한다. 특히 영국에서는 전국 방방곡곡에서 캔터베리로 몰려들어, 그들이 병들어 고생할 때 도와준 거룩하고 복되며 성스러운 순교자 토머스 베켓을 찾아간다.

이런 시기의 어느 날이었다. 나는 경건한 마음으로 캔터베리로 순례하기로 마음먹고 런던교 남쪽의 서더크 구역에 있는 타바드 여관에 묵고 있었다. 그런데 어둠이 깔릴 무렵 스물아홉 명의 무리가 이곳에 도착했다. 그들은 각양각색의 계층에 속해 있었는데, 우연히 만나서 무리를 이루어 캔터베리로 향하고 있었다.

방과 마구간은 지내기에 불편함이 없었고, 주인은 우리 모두를 정성스럽게 대접했다. 얼마 지나지 않아 해가 져서 날이 저물었으며, 나는 그들 모두와 인사를 나누었고, 그들은 나를 동행자로 받아들였다. 그리고 우리는 다음날 일찍 일어나서 여행을 떠날 것을 약속했다.

하지만 이 여행 이야기를 하기 전에 내가 그들 각자의 모습을 어떻게 보았으며, 그들이 누구이고, 어떤 사회계층에 속하며, 어떤 옷을 입고 있었는지 설명하는 것이 좋을 듯하다. 우선 기사(騎士)부터 시작하기로 하자.

기사

기사는 우리 일행 중에서 가장 뛰어난 사람이었다. 그는 기사 생활을 시작한 이래 줄곧 기사도를 사랑했으며, 왕에게 충성을 다하고 명예를 무척 중요시했을 뿐 아니라, 모든 사람에게 너그럽고 훌륭하고 예의바르게 행동하려고 애썼다. 그는 왕을 위해 용감하게 싸웠다. 이교도나 그리스도교 땅에 사는 대부분의 사람들도 그보다 더 먼 곳까지 출전한 사람은 없었으며, 가는 곳마다 용감하게 싸워 모든 사람의 칭송을 받았다.

그는 열다섯 번이나 생사를 건 전투에 참가했으며, 트라미센에서는 그리스도교를 수호하기 위해 마상시합(馬上試合)에 참가해 번번이 경쟁자를 무찔러 죽였다. 이 뛰어난 기사는 팔라티아 왕의 전사로 참여해 터키 이교도들과 싸우기도 했다. 이렇게 그는 뛰어난 무훈으로 대단한 명성을 누리던 기사였다.

그는 전쟁에서만 용감한 기사가 아니라 남달리 생각이 깊고, 처녀처럼 유순하고 겸손하게 행동했다. 그는 한 번도 욕을 해 본 적이 없었다. 사실 그는 완벽한 기사였다. 그의 차림새에 관해 말하자면, 말과 말안장은 아주 훌륭했지만 옷차림은 화려하지 않았다. 거친 면으로 짠 웃옷은 그물무늬의 갑옷에서 흘러나온 녹으로 얼룩져 있었다. 그는 원정에서 돌아오자마자 즉시 순례를 떠났던 것이다.

하급기사

이 기사는 아들과 함께 여행하고 있었다. 하급기사[1]인 아들은 젊고 혈기왕성하여 쉽게 여자와 사랑에 빠질 유형이었으며, 고수머리는 마치 방금 전에 롤을 푼 것처럼 곱슬곱슬했다. 나이는 거의 스무 살 가량 되는

1. 중세 기사의 계급은 기사, 하급기사, 종자, 종복으로 나뉜다.

것 같았으며, 키는 작지도 크지도 않은 중간이었고, 행동은 매우 민첩했으며 힘은 장사였다.

이 청년은 아비뇽의 클레멘스 7세를 옹호하던 프랑스군과 맞서 플랑드르, 아르투아, 피카르디의 기마공격전에 참가했다. 나이는 어렸지만 훌륭하게 처신했고, 따라서 자기가 사랑하는 여인이 총애를 베풀리라고[2] 생각하고 있었다. 그는 붉은 꽃, 흰 꽃이 만발한 푸른 초원처럼 화려하게 장식된 옷을 입고 있었다. 또한 하루 종일 피리를 불거나 노래를 불렀으며, 마치 5월과도 같이 명랑한 성격을 지니고 있었다. 그의 망토는 짧았지만 소매는 길고 넓었다. 청년은 말을 제대로 다룰 줄 알았고, 말을 탄 그의 모습은 더할 나위 없이 늠름했다. 그는 마상시합에서 적을 이기는 방법도 터득하고 있었으며, 춤도 잘 추고 그림도 잘 그리며 글씨도 일품이었다.

그 기사는 하급기사인 아들 이외에 종자를 한 명 더 데리고 있었다. 하인은 종자가 전부였다. 그는 이렇게 단출하게 여행을 하고자 했던 것이다. 종자는 초록색 조끼와 두건을 두르고 있었으며, 한 묶음의 빛나는 공작깃 화살을 어깨에 비스듬히 메고 있었다. 그가 자기 신분에 걸맞게 무기를 준비하는 태도는 그 누구보다도 훌륭했기 때문에, 깃털이 제대로 달리지 않아서 화살이 과녁에 명중하지 않는 경우는 한 번도 없었다.

종자의 얼굴빛은 까무잡잡했고, 머리칼은 빗처럼 짧았고, 나무와 관련된 일은 모르는 것이 없었다. 팔에는 멋진 가죽 팔찌를 끼고 있었으며, 한쪽 허리에는 칼과 방패를 차고, 다른 한쪽에는 커다란 칼끝처럼 날카롭고 모양 있게 장식된 단검을 차고 있었다.

또한 수녀원장을 맡고 있는 수녀도 이 일행에 있었는데, 그녀의 미소는 너무나 온화했다. 사람들은 그녀를 들장미 부인이라고 불렀는데, 이것은 수녀의 이름이라기보다는 오히려 통속소설의 여주인공 이름 같았다. 그녀는 예배시

---

2. 중세 때에는 기사가 왕비나 귀족부인을 자기의 사랑으로 여겼고, 그녀의 총애를 받기 위해 싸움에 참가하곤 했다.

간마다 아름답게 노래를 불렀지만, 목소리는 그레고리안 성가를 부를 때처럼 코맹맹이였다. 또한 프랑스어를 유창하고 우아하게 구사했지만, 그것은 파리에서 쓰이는 프랑스어가 아니라 영국식 프랑스어였다.

식사를 할 때 그녀의 입에서는 빵부스러기조차 떨어지는 법이 없었고, 게걸스럽게 손가락을 소스에 넣어 적시는 법도 없었다. 그리고 식사 도중에 틈틈이 윗입술을 조심스럽게 닦았기 때문에, 포도주를 마신 후에도 술잔 언저리에 기름기의 흔적을 남기지 않았으며, 식사를 할 때에는 음식물을 아주 조심스럽게 집곤 했다. 이 수녀원장은 쾌활하고 다정했으며 사랑스러웠다. 그녀는 궁정의 관습을 모방하려고 애를 썼으며, 모든 행동을 품위 있게 하려고 했다. 이런 방법으로 타인의 존경을 받고자 했던 것이다.

그녀의 마음은 너무나 예민하고 세심하며 동정심으로 가득 차 있어서 덫에 걸린 쥐만 보아도 눈물을 흘리곤 했다. 그녀는 예쁘게 주름진 모자를 쓰고 있었으며, 코는 아주 근사했고, 눈은 유리처럼 푸르렀으며, 입은 작지만 부드러웠고 입술은 빨갰다. 하지만 이마는 넓었다. 아마 한 뼘 정도는 되는 것 같았다.

내가 보기에 그녀의 옷은 우아했다. 팔에는 작은 산호로 만든 로사리오를 걸고 다녔는데, 로사리오 중간중간마다 크고 푸른 알이 박혀 있었다. 이 로사리오에는 번쩍이는 금 브로치가 달려 있었으며, 그곳에는 A자가 멋지게 씌어 있었다. 그리고 그 아래에는 Amor vincit omnia[3]라는 문구가 새겨져 있었다.

수사

또한 훌륭한 외모를 자랑하는 수사도 우리 일행에 끼여 있었다. 그는 수도원의 재산 관리자였고 사냥 애호가였으며, 수도원장이 되고도 남을 자질

3. 사랑은 모든 것을 이긴다.

을 갖춘 사람이었다. 그는 마구간에 여러 마리의 아주 멋진 말들을 기르고 있었다. 그가 말을 타고 갈 때면, 말에 달려 있던 조그만 종들이 바람에 흔들리며 소리를 냈는데, 그 소리는 그가 주임을 맡고 있던 수도원에 딸려 있는 소성당의 종소리처럼 영롱하며 힘이 있었다. 이 사제는 성 베네딕트나 그의 제자 성 마우루스의 규범을 낡고 너무 융통성이 없다고 생각하면서, 시대에 뒤떨어진 이런 격식을 버리고 현대식이며 세속적인 규범을 따르고 있었다.

그는 사냥꾼들은 성인이 될 수 없다거나 혹은 수도원을 지키지 않는 사제, 즉 수도원 밖으로 나온 사제는 물 밖으로 나온 물고기와 같다고 말하는 성현들의 말 따위에는 전혀 관심을 보이지 않았다. 그는 이런 말들이 모두 겉만 그럴싸하게 포장된 빵이나 케이크에 불과하다고 말했다.

나는 그의 의견이 옳다고 생각했다. 무엇 때문에 수도원에서 책이나 읽고 공부하면서 그의 재능을 함부로 써버려야 하는가? 왜 성 아우구스티누스가 정한 대로 밭을 갈면서 수작업에 전념해야 하는가? 그런 노동은 아우구스티누스나 하라고 하면 되는 것이다. 그래서 그는 말에 오르면 그 누구도 당해낼 수 없는 훌륭한 사냥꾼이 되었다. 그는 새처럼 날쌘 사냥개를 여러 마리 데리고 있었고, 토끼를 쫓거나 사냥하는 일이라면 아무리 많은 돈을 써도 아까워하지 않았다.

나는 그의 소맷부리가 우리나라에서 최고라고 하는 회색 가죽으로 둘러져 있음을 알았다. 그의 두건은 금 브로치로 고정되어 있었고, 두건 끝에는 복잡하게 꼬인 매듭이 올려져 있었다. 그의 대머리는 마치 유리구슬처럼 반짝이고 있었고, 얼굴 역시 기름을 바른 듯이 번들번들했다. 그는 땅딸막했으며 뚱보였다.

불안한 듯 쉴 새 없이 움직이는 커다란 눈은 가마솥 밑의 불덩이처럼 불꽃을 튀기고 있었다. 그는 나긋나긋한 장화를 신고 있었으며, 그가 타고 있던 말은 완벽에 가까웠다. 그래서 수도원에 틀어박혀 사는 비쩍 마른 귀신이라기보다는 오히려 눈부신 풍채를 자랑하는 고위 성직자 같았다. 그가 좋아하는 음식은 알맞게 구워진 칠면조 요리였다. 이번 순례 길에 타고 온 말은 사슴 빛이

나는 연한 갈색 말이었다.

탁발 수사

우리와 함께 가고 있는 사람 중에는 탁발 수사도 있었다. 그는 오지의 탁발 수사였으며, 점잖은 외모를 지니고 있었지만 성격은 명랑하고 쾌활했다. 탁발 수도회로 유명한 도미니쿠스, 프란체스코, 갈멜, 아우구스티누스 교단을 모두 뒤져도 그처럼 여자에게 아부 잘하고 말재주 좋은 사람은 없었다. 데리고 살다가 싫증이 나면 돈을 주어서 시집보낸 여자도 수없이 많았다.

그렇지만 그는 자기 교단의 확고한 기둥이었다. 그는 자기 관할 지역의 지주며 유지들을 비롯해 마을의 부잣집 마나님들의 극진한 대접을 받았으며, 그들과 가족처럼 지냈다. 이런 대접을 받게 된 이유는 그가 하찮은 본당신부보다 더 큰 사죄(赦罪)의 권한을 지녔기 때문이었다. 그는 교단으로부터 그런 특권을 부여받았던 것이었다.[4]

그는 달콤하고 인자한 표정으로 신도들의 고해를 들으면서, 충분한 대가를 받을 것이 확실하면 기꺼이 죄를 사해주곤 했다. 그는 죄지은 사람이 탁발 수도회에 재산을 희사하는 것은 깊은 참회의 정을 나타내는 최고의 표시라고 생각하고 있었다. 이런 선물을 받으면 그는 죄인이 정말로 뉘우치고 있음을 안다면서 허풍을 떨곤 했다.

사실 솔직한 사람들은 죄를 지으면, 마음이 쓰리고 아픈 나머지 마음이 굳어질 대로 굳어져 제대로 눈물도 흘리지 못한다. 그래서 기도와 눈물 대신 가난한 탁발 수사에게 돈을 주는 것으로 대체하곤 했던 것이다.

그는 칼과 바늘이 꽂힌 두건을 두르고 다니며 예쁜 여자들을 유혹하곤 했

---

4. 이런 사죄의 권한은 본당신부와 수도사의 수많은 싸움의 원인이 되었다.

다. 그의 목소리는 일품이었다. 그는 완벽할 정도로 바이올린을 연주하며 노래를 부를 수 있었는데, 특히 민요는 둘째가라면 서러워할 정도로 잘 불렀다. 목덜미는 백합처럼 희었지만, 힘은 씨름꾼 못지않은 장사였다.

그는 술집이라면 모르는 곳이 없었고, 나병환자나 거지들보다 여관집 주인이나 작부들을 더 가까이 했다. 이토록 높은 지위에 있는 사람이 나병환자들과 교제하거나 이와 비슷한 가난뱅이들과 사귀는 것은 좋을 것도 없고 득이 될 것도 없는 일이라고 생각했다. 수입이 있으려면 돈 많은 장사치들이나 부잣집 사람들과만 친하게 지내는 것이 바람직했다. 그래서 그는 돈을 챙길 만한 곳에서만 겸손하고 다정하게 자기의 임무를 다했던 것이다.

그는 종단에서 가장 효과적으로 돈을 구걸하는 최고의 능력자였다. 그는 자기가 구걸하는 지역을 독점하기 위해 적잖은 권리금을 냈다. 그래서 그 어떤 탁발 수도회의 수도사도 그가 다스리는 지역 안에서 비밀리에 '일할 수'가 없었다.

"태초에 말씀이 있었느니라"라며 시작하는 그의 축복의 말은 너무나 호소력이 있어서, 신발조차 제대로 신지 못하는 가난뱅이 과부라 하더라도 최소한의 헌금을 내지 않고서는 그에게서 떠날 수가 없었다. 그는 합법적으로 받는 수입보다 훨씬 많은 돈을 거두어들였다.

수도원내의 싸움을 해결해야 할 날, 즉 결산 시기에 그는 큰 역할을 담당했다. 그는 학생처럼 다 해진 제의를 걸친 사제가 아니라, 선생이나 교황처럼 옷을 입었다. 그의 망토는 방금 주물에서 갓 뽑아 낸 종처럼 둥글었으며 이중으로 짜여 있었다. 또한 좀 더 멋지게 영어를 하려고 멋을 부리다 못해 말을 더듬곤 했다. 노래를 부른 다음 하프를 뜯을 때면, 눈썹 아래의 두 눈은 마치 차가운 겨울밤의 별처럼 반짝였다. 이 이상한 사제의 성(姓)은 휴버트였다.

상인

우리 일행 중에는 수염이 두 갈래로 갈라진 상인도 있었다. 그는 알록달록한 옷을 입고, 예쁘고 깨끗한 걸쇠로 맵시 있게 여미어진 장화를 신고 높이 솟은 말안장에 앉아 있었다. 머리에는 캐스터 털로 짠 플랑드르산 모자를 쓰고 있었다. 또한 자기가 지닌 수많은 재산에 관해 새치름하게 말을 했다. 그는 어떤 대가를 치르더라도 미들부르그와 오웰의 두 항구 사이에 있는 바다에서는 해적들이 소탕되어 마음대로 항해할 수 있게 되길 바라고 있었다.

그는 환전(換錢)의 전문가였다. 이 훌륭한 상인은 돈 모으는 데에만 온갖 머리를 쓰고 있었다. 그가 겉으로는 그럴듯하게 무역을 하지만, 뒤로는 고리대금업을 하며 돈을 모았다는 사실을 아는 사람은 아무도 없었다. 그는 훌륭한 사람이었지만, 사실 나는 그의 이름이 무엇이었는지 기억이 나질 않는다.

서생

또한 우리 일행 중에는 오랫동안 논리학[5]을 공부하고 있는 옥스퍼드 서생이 있었다. 그의 말은 갈고리처럼 말라비틀어졌고, 그 역시도 말보다 살쪘다고는 말할 수 없었다. 하지만 항상 점잖았다. 그는 아주 낡고 짧은 망토를 두르고 있었다. 하지만 아직 돈을 벌지 못하고 있었고, 속된 인간이 아니었기에 세속의 벼슬을 탐낼 정도도 되지 못했다.

그는 화려한 옷이나 바이올린 혹은 하프를 갖는 것보다, 침대 머리맡에 검은 색이나 붉은 색으로 장정된 아리스토텔레스의 책을 스무 권쯤 두는 것을 원했다. 그리고 아는 것은 많았지만, 돈은 거의 없었다. 그는 친구들에게서 받는 돈을 책을 사거나 공부하는데 모두 써버렸으며, 돈을 받은 대가로 공부를 계속할 수 있도록 도와준 사람들의 영혼을 위해 기도했다. 그는 공부하는데 모든 주의와 정성을 기울였다.

---

5. 중세 대학 과정은 3학(문법, 수사학, 논리학)과 4예(산술, 기하, 천문학, 음악)로 구성되어 있었다.

그는 불필요한 말은 한 마디도 하지 않았고, 항상 신중하고 세련된 어휘로 짧고 정확하게 말했다. 그의 말은 언제나 도덕과 일치하였으며, 공부하고 가르치는 것을 낙으로 삼고 있었다.

변호사

이런 우리 일행에 빠질 수 없는 사람이 하나 있었다. 그는 신중하며 영리하기 짝이 없는 최고 변호사였다.[6] 당시에는 세인트 폴 대성당의 문 앞에서 고객을 상대했는데, 그는 대성당을 자기 집 드나들듯이 하였으며, 법조계에서 유명하고 사려 깊으며 뛰어난 사람이었다. 적어도 그렇게 보였다. 그의 말에는 지혜가 스며들어 있었다.

그는 왕의 칙령을 받아 여러 중요한 재판의 심리를 맡았으며, 이런 경우에 전적으로 재판권을 위임받아 심리했다. 이렇게 얻은 지식과 명성으로 그는 수많은 사례금과 의복을 받았다. 또한 부동산을 사 모으는데도 그를 따를 사람은 아무도 없었다. 적은 돈으로 많은 문제가 있는 토지나 대지를 구입한 다음, 그런 문제들을 해결하였던 것이다.

그는 이 세상의 모든 사람 중에서 가장 바쁜 사람이었지만, 겉으로 보이는 그의 모습은 실제보다 더 바쁘게 보였다. 그는 정복자 윌리엄 왕 이후에 있었던 모든 재판의 판례를 알고 있었다. 또한 그는 글을 쓰고 서류를 작성하는 재주를 지니고 있었다. 그래서 이 사람이 꾸민 서류에 시비를 걸 사람은 이 세상에 아무도 없었다. 이것뿐만 아니라 그는 모든 법조문을 환히 외우고 있었다.

또한 우리 일행 중에는 소지주도 있었다. 그는 들국화처럼 하얀 수염을 기르고 있었고, 다혈질이었으며, 아침마다 빵을 포도주에 적셔 먹는 미식가였다. 행복의 충만은 완전한 기쁨에 있다는 에피쿠로스의 주장을 받아들인다

---

6. 당시에 스무 명의 최고 변호사가 있었는데, 이 자리를 차지한다는 것은 법조계의 정상에 있었음을 시사한다. 1820년에 폐지된 이 제도는 현재의 칙선 변호사와 유사하다.

소지주

면, 에피쿠로스의 진정한 아들이라고 말할 수 있었다.

그는 집에서 고장 사람들을 극진히 대했다. 한 마디로 그는 그 고장의 성 줄리안[7]이었다. 그의 빵과 맥주는 최고급품이었다. 그의 창고는 항상 좋은 술로 가득 차 있었으며, 찬장에는 케이크와 생선과 고기로 넘쳐흘렀다. 집에는 사람들의 상상을 초월할 정도로 맛있는 음식과 고급술이 떨어지지 않았으며, 계절마다 먹는 음식이 바뀌었다.

그는 조그만 새장에 정성들여 기른 자고새를 수없이 많이 갖고 있었으며, 연못에는 잉어와 곤들매기 같은 수많은 민물고기들이 뛰놀고 있었다. 요리사가 알맞게 짜고 매운 맛을 내지 못하거나, 음식에 맞는 그릇을 제대로 챙기지 못하면 날벼락이 떨어지곤 했다. 그의 식탁은 항상 미식가와 대식가를 맞이할 수 있도록 먹을 것이 준비되어 있었다.

그는 종종 분쟁조정 판사 회의에 참석했으며, 가끔씩 자기 마을의 대표로 선출되기도 했다. 그는 허리에 조그만 단검과 방금 짠 우유처럼 새하얀 주머니를 차고 있었다. 또한 그는 자기 주의 지사 일을 맡기도 했으며, 세금 감사관으로 일을 하기도 했다. 간단하게 말하자면, 그는 사람들의 존경을 한 몸에 받는 소지주였다.

우리 일행 중에는 잡화상인, 목수, 직조공, 염색공, 가구상들이 있었는데, 그들은 모두 돈이 많고 유명한 조합의 제복을 입고 있었다. 그들의 의복은 새것이었으며, 깔끔하게 단장되어 있었다. 그들이 부유한 사람임을 증명하듯이, 칼은 놋쇠 따위가 아니라 정교하게 세공된 순은으로 만들어졌으며, 허리띠와

---

7. 환대와 친절의 수호성인.

주머니와 멋지게 어울리고 있었다. 그들은 모두 조합에서 높은 자리를 차지하는 부유한 시민임을 과시하고 있었다.

그들은 또 시의원 자리도 탐낼 수 있을 정도의 충분한 재산과 수입 이외에도 훌륭한 능력과 판단력을 겸비하고 있었다. 그래서 그들의 아내도 남편이 그런 직책을 맡는 것을 반대하지 않았을 것이며, 만일 반대했다면 그건 여자들이 잘못 생각한 것이었으리라. 사실 '사모님' 소리를 듣는 것을 싫어하거나, 교회의 축제 행렬 때 앞자리를 차지하고 하인들이 화려한 망토를 대령하는 것을 좋아하지 않는 여자는 없는 법이니까.

그들은 순례여행을 하면서도 요리사 한 명을 데려왔다. 그는 닭 뼈를 우려내어 국을 끓이고, 후추와 다른 양념을 넣어 맛을 내는 일을 하고 있었다. 또한 최고급 술이며 가장 비싼 런던 흑맥주 맛도 잘 알고 있었다. 그는 고기를 굽거나 튀기거나 삶는 법을 잘 알고 있었으며, 수프도 잘 만들었고, 파이도 잘 구워 냈다. 하지만 나는 그의 정강이에 종기가 하나 있는 것은 정말로 유감스런 일이라고 생각했다. 그러나 쌀로 푸딩을 만들고 흰 소스를 넣어 양념한 닭고기는 일품이었다.

또한 우리 일행 중에는 선장도 있었다. 그의 집은 우리나라 동쪽에 자리 잡고 있었다. 나는 그가 아마도 다트머스 출신일 것이라고 생각했다. 그는 조그만 말을 타고 최대한 우아하게 보이려고 애를 썼다. 그리고 거친 모직 천으로 만든 겉옷을 걸치고 있었는데, 그 옷은 무릎까지 내려왔다. 또한 목을 친친 감은 끈에다 단도를 달아서 한쪽 겨드랑이에 끼고 있었다. 여름의 따가운 햇볕 탓인지 그의 피부는 온통 구릿빛이었다.

선장

장사들이 낮잠을 자는 동안 보르도 산 포도주를 모두 마셔 버린 것으로 보아, 그는 보통 성격이 아님에 틀림없었다. 그는 남을 배려하거나 양심을 지키는 것 따위는 아랑곳하지 않는 사람이었다. 만일 싸움에서 이겼다면, 어느 포로건 막론하고 갑판으로 내몰아 바다로 던져 버릴 위인이었다.

하지만 헐에서 카르타헤나에 이르기까지[8] 조수(潮水)와 조류를 측정하고 항해 도중의 위험을 감지하는데 이 사람만큼 잘 아는 사람은 아무도 없었다. 또한 항구와 항해 혹은 달의 변화에 관해서도 정통했다.

그는 대담하면서도 영리한 모험가였으며, 이런 것을 증명하듯이 그의 수염은 그가 수많은 폭풍으로 고통 받았음을 보여주고 있었다. 그는 스웨덴의 고틀란드에서 스페인의 피니스테레 만에 이르는 모든 항구뿐만 아니라, 브르타뉴와 스페인 사이에 있는 모든 포구(浦口)도 잘 알고 있었다. 그의 배는 '막달라'라는 이름이 붙어 있었다.

의사

우리 일행 가운데는 의사도 한 명 있었다. 의학과 수술분야에서 그와 경쟁할 사람은 아무도 없었다. 그도 그럴 것이 이 의사의 의술은 천문학을 기초로 이루어진 것이기 때문이었다. 그는 이런 지식을 이용해 환자를 치료하는데 가장 적당한 시간을 선택했다. 또한 환자의 부적을 만들기에 가장 적당한 순간이 언제인지 예측하는 데에도 일가견이 있었다. 그는 모든 종류의 질병을 진단할 줄 알았으며, 어떤 기관이 병들었으며, 그것이 열냉건습(熱冷乾濕)의 체액 중에서 어느 것 때문에 생겼는지도 알아맞혔다.

그는 의사의 모델이었다. 질병의 원인을 발견하는 즉시 그는 환자에게 맞는 약을 주었다. 그것은 대기하고 있던 약사들이 그의 처방에 따라 알약이나 물약

---

8. 영국의 요크셔에서 스페인의 지중해 해안까지를 뜻한다. 즉 유럽의 거의 모든 바다를 일컫는다.

을 제공했기 때문이었다. 이런 식으로 의사와 약사들은 서로에게 이익을 주었다. 그들의 협력은 오래 전부터의 일일 뿐, 새로운 것이 아니었다.

이 의사는 아이스쿨라피우스, 디오스코리데스, 루푸스, 할리, 갈레누스, 세라피온, 라제스, 아비세나와 아베로에스, 다마스키엔, 콘스탄틴, 베르나르드, 가데스덴, 길버트[9] 등의 고대 의서 저자들에게 정통했다. 또한 음식을 먹는데도 매우 절도 있는 사람이었다. 절대로 과식하는 일이 없었고, 단지 영양가가 많고 소화가 잘 되는 것만 골라 먹었다.

그가 성경을 읽는 일은 거의 없었다. 그가 입고 있던 옷은 핏빛과 같은 붉은 색과 하늘색이었으며, 모두 실크와 호박직으로 안감을 댄 것이었다. 그러나 그는 돈을 펑펑 쓰는 사람이 아니라 페스트 덕택에 번 돈을 모두 저금하는 구두쇠였다. 의학에 있어서 금은 위대한 강장제였으며, 따라서 그는 각별히 황금을 사랑하였다.

우리 일행 중에는 배스 근교에서 온 대단한 아주머니가 있었는데, 가는귀를 먹은 게 흠이었다. 천을 짜는데 있어서 그녀는 유명한 이프르나 헨트의 직공들보다 더 뛰어났다. 그녀가 봉헌을 하려고 나갈 때에는 그 어떤 아낙네도 감히 그녀보다 앞서 나가려고 하지 않았다. 만일 그녀보다 앞서 나가면, 그녀는 분노로 이성을 잃기 때문이었다.

배스의 여인

그녀의 미사포는 아주 고급 천으로 만든 것이었다. 감히 말하건대, 그녀가 일요일에 쓰고 가는 미사포는 족히 10파운드는 나가고도 남았다. 그녀의 긴 양말은 보기 드물게 아름다운 진홍색이었으며 다리에 착

9. 아이스쿨라피우스, 디오스코리데스, 루푸스와 갈레누스는 고대 그리스 의학자이며, 할리, 세라피온, 라제스, 아비세나, 아베로에스와 다마스키엔은 아랍의 의사들이다. 나머지는 영국인이다.

달라붙어 있었다. 또 신발은 번쩍거리는 새 것이었다. 얼굴은 아름다웠고 이목구비가 뚜렷했으며, 우아한 기품이 서려 있었다. 그리고 평생 동안 남들의 존경을 받으며 살아온 여인이었다.

그녀는 교회에서 다섯 명의 남편과 계속해서 결혼을 했었다. 이 숫자는 젊었을 때 사랑한 남자들의 수를 포함하지 않은 것이었다. 그녀는 세 번이나 예루살렘을 방문했으며, 수많은 외국의 강을 건너 여행을 했다. 그녀는 로마와 볼로냐에도 있었으며, 갈리시아의 산티아고 데 콤포스텔라 대성당과 쾰른으로 여행을 하기도 했다. 그래서 여행에 관해서는 모르는 것이 없었다. 그리고 사실대로 말하자면 그녀의 이빨은 틈새가 너무나 많이 벌어져 있었다.[10]

그녀는 느릿느릿 걸어가는 말을 타고 있었으며, 머리에는 두건을 두르고 그 위에 모자를 쓰고 있었는데, 그 모자는 방패만큼 컸다. 커다란 엉덩이는 치마에 가려져 있었고, 신발 뒤꿈치에는 끝이 뾰족한 박차를 달고 있었다. 남자들과 어울릴 때에는 깔깔거리며 웃었다. 또한 상사병을 어떻게 치료하는지 잘 알고 있었는데, 이것은 그녀가 이런 사랑놀이의 대가였기 때문이었다.

본당신부

우리 일행 중에는 마음씨 착한 신부도 있었다. 그는 가난한 본당신부였지만, 생각과 행동에 있어서는 그 누구보다도 훌륭했다. 그는 교양인이었으며, 예수 그리스도 복음의 진리를 전하고 온 정성을 다해 교인들을 가르쳤다. 성격은 인자하고 상냥하며 근면했고, 온갖 역경도 꿋꿋이 참을 정도로 인내심이 많았다. 실제로 그는 어려운 고비를 많이 겪어야만 했다. 또한 그는 십일조를 내지 않는다고 파문에 처하

10. 이빨 사이의 틈이 많이 벌어져 있다는 것은 음탕하다는 것을 의미한다.

는 것을 증오했다. 사실대로 말하자면, 그는 부자들에게 받은 돈이나 자기의 용돈을 가난한 신자들에게 나누어 주면서, 자신은 언제나 적은 돈으로 검소하게 생활하고 있었다.

그는 넓은 교구를 관할하고 있었지만, 비가 오나 천둥이 치나 혹은 병에 걸리거나 불행한 일이 발생하더라도, 교구민이 그를 필요로 하면 언제든지 달려가곤 했다. 물론 그 교구민이 살고 있는 집이 얼마나 멀리 떨어져 있는지, 신분이 높고 낮은지 전혀 가리지 않았다. 그는 신도들에게 자신이 먼저 행한 다음에 그것을 가르치는 아름다운 본보기를 보여주었다. 이것은 바로 그가 성경에서 따온 가르침이었는데, 그 말에 그는 "만일 황금이 녹슨다면, 쇠가 무슨 소용이 있겠는가?"라는 말을 덧붙여 사용했다.

사실 우리가 이토록 믿는 신부가 타락한다면, 일반 사람들이 타락하는 것은 전혀 놀라운 일이 아니다. 신부들은 이 점을 가슴속에 새겨야 할 것이다. 양 떼는 모두 어질고 깨끗한데 목자가 똥으로 뒤덮여 있다면 정말로 창피한 일이 아닌가? 사제는 자기의 양들에게 흠 하나 없는 깨끗한 삶으로 모범을 보여야 한다. 그는 자신의 이익만 챙기며 양들은 진흙탕에 뒹굴게 내버려 두어서는 안 되는 것이다.

그는 런던의 세인트 폴 성당으로 달려가 많은 돈을 희사하고 죽은 영혼들을 위해 찬미 미사를 드리거나, 어떤 단체의 소성당에서 일하면서 편안한 삶을 살고자 하는 사람이 아니었다. 그는 늑대가 양 떼들에게 해를 끼치지 못하도록 집에 남아서 양들을 지키는 사람이었다. 진정한 양치기였지, 미사를 드려주는 대가로 받은 돈으로 살아가는 사제가 아니었다.

이렇게 성스럽고 고결하게 살았지만, 그는 죄지은 사람들을 절대로 경멸하지 않았다. 그의 말투는 엄하지도 않았고 쌀쌀맞지도 않았다. 반대로 그는 죄지은 사람들을 따뜻하게 대하면서 그들을 가르치려고 애썼다. 그리고 스스로 모범을 보임으로써 사람들을 천국으로 이끌고자 노력했다. 하지만 뉘우칠 줄 모르는 고집쟁이를 만날 때면, 지위의 고하를 막론하고 엄하게 꾸짖곤 했다.

아마 이 세상에서 이 신부보다 훌륭한 사제는 없을 것이라고 나는 감히 말하고 싶다. 그는 한 번도 고관대작들의 미사를 치러주기 위해 애쓴 적이 없었고, 그들의 비위를 맞출 생각도 한 적이 없었다. 그는 단지 그리스도와 열두 사도의 복음을 가르치려고 했다. 하지만 항상 자신이 먼저 그런 가르침을 솔선수범하곤 했다.

이 착한 본당신부는 자기의 동생인 농부와 함께 있었다. 이 착하고 부지런한 농부는 마차로 똥통을 수없이 나른 훌륭한 일꾼이었다. 그는 모든 사람들에게 자비를 베풀며 평화롭게 살아왔다. 기쁠 때나 슬플 때나 가리지 않고 온 정성을 다해 하느님을 섬겼으며, 자기 이웃을 자기 자신처럼 사랑했다. 그는 탈곡도 하고 도랑도 파고 논밭도 갈았다. 그리고 그리스도의 사랑에 보답하고자 힘이 닿는 일이라면 가난한 사람들에게 아무런 보수도 받지 않고 자기 일처럼 해주었다. 그는 추수를 하건, 아니면 가축이 불어나건 어김없이 십일조를 바쳤다. 그는 초라한 행색으로 암말을 타고 있었으며, 헐렁한 작업복을 입고 있었다.

방앗간 주인

마지막으로 장원 청지기와 방앗간 주인, 종교재판소 소환리와 면죄사, 그리고 식량 조달인이 한 사람씩 있었다. 그리고 마지막으로 내가 있었다.

방앗간 주인은 키가 크고 우람했다. 커다란 골격과 힘센 근육을 이용해 그는 이 나라에서 벌어진 레슬링 시합에서 수많은 기적을 일으켰으며, 시합에 참가할 때마다 상을 타곤 했다. 그는 딱 벌어진 어깨에 겁이라곤 몰랐으며 힘도 셌다. 문이란 문은 모두 송두리째 뽑아 버릴 정도로 장사였고, 그의 박치기 공격을 받고 부서지지 않는 문은 없었다.

그의 수염은 여우나 암퇘지처럼 빨갰으며, 수염 크기는 곡괭이처럼 넓었다. 콧등 오른쪽에는 사마귀가 하나 있었는데, 그 위에는 돼지 귀의 털처럼 붉고 뻣뻣한 털이 솟아 있었다. 그의 콧구멍은 시커멓고 커다랬다. 옆구리에는 칼과 방패를 차고 있었다. 그의 입은 아궁이 입구처럼 넓고 컸으며, 그의 말은 음탕했으며 심술로 가득 차 있었고, 상스런 농담을 하기 일쑤였다. 한 마디로 저속한 수다쟁이였다.

또한 그는 자기 일과 관련된 모든 속임수를 잘 알고 있었다. 가령 남의 곡식을 몰래 빼오는 방법이나 방앗삯을 세 배 이상 받는 방법 등을 알고 있었다. 하지만 대부분의 방앗간 주인보다는 훨씬 정직했다. 그는 흰 웃옷과 푸른 두건을 쓰고 있었으며, 우리가 환한 햇빛을 받으며 동네를 떠날 때는 뿔나팔을 불어 우리를 즐겁게 해주었다.

식료품 조달인

또 다른 사람은 사법학숙의 식료품 구입 담당자였다. 그는 식료품 구입에 있어서는 모범이 될 만한 사람이었다. 현금으로 구입하든 외상으로 사든, 그는 항상 당일의 가격 동향을 지켜보다가 제일 먼저 가장 좋은 가격으로 사들이곤 했다. 그건 그렇고, 이 사람처럼 아무런 교육도 받지 못한 사람의 재주가 이 학숙에 있는 박식한 사람들의 지혜를 능가한다는 것은 하느님의 은총이 얼마나 중요한가를 보여주는 훌륭한 예가 아닐까?

그의 상급자들은 서른 명이 넘었고, 모두가 박식하며 법률분야의 전문가들이었다. 그리고 그들 중의 십여 명은 영국 내의 어느 귀족 못지않게 토지와 임대료를 관리할 능력이 있었고, 따라서 본인들이 미친 듯이 돈을 쓰지만 않는다면, 빚을 지지 않고서 명예롭게 살아갈 수 있었다. 적어도 검소한 살림을 한다면 만족하게 살 수 있었다. 또한 그들은 어떤 법적인 분쟁이 일어나더라도 그 주(州)의 모든 사람들에게 조언을 해 줄 능력도 있었다. 그렇지만 이 식료품 조달인은 그들을 모두 속여 넘기곤 했다.

장원 청지기

장원 청지기는 비쩍 마르고 성미가 급한 사람이었다. 그는 가능한 한 수염을 바짝 깎았고, 머리칼도 귀 언저리가 모두 보일 정도로 아주 짧게 깎았으며, 이마는 사제처럼 삭발을 하고 있었다. 그의 다리는 마치 막대기처럼 길고 가늘었으며, 장딴지에도 거의 살이 없었다.

그는 능수능란하게 곳간과 곡물창고를 간수해서, 어떤 감사관이 들이닥쳐도 아무런 흠도 잡을 수 없었다. 또한 우기와 건기를 지켜보면서 자기의 씨앗과 곡식의 양을 아주 정확하게 측정했다. 그리고 주인이 스무 살이 지난 후부터 그는 염소나 양, 소, 돼지, 말을 비롯한 주인의 가축이나 모든 종류의 가금(家禽)들을 모두 책임지고 관리하고 있었다. 그가 주인에게 수익금을 늦게 지불한 경우는 한 번도 없었다. 그는 집사나 소몰이, 그리고 농장 노동자들의 모든 속임수나 잔꾀를 하나도 빠짐없이 다 알고 있었고, 따라서 그들은 이 갈비씨를 페스트처럼 두려워했다.

그는 푸른 초원 위에 울창한 나무에 둘러싸인 예쁜 집에서 살고 있었다. 또한 주인보다 장사에 뛰어났으며, 아무도 모르게 수많은 재산을 축적할 능력이 있었다. 그는 이미 자기 것이 된 물건들을 영주에게 선물로 주면서 영주의 호감을 샀으며, 영주에게 두건이나 옷을 선물로 받기도 했다. 또한 젊었을 때는 유능한 목수이기도 했다.

소환리

그는 힘세고 늠름한 회색 얼룩말을 타고 있었는데, 그 말의 이름은 스콧이었다. 그는 푸른빛이 감도는 긴 외투를 입고 있었으며, 옆구리에는 녹슨 칼을 차고 있었다. 그는 노퍽에 있는 보데스웰이라는 마을 근처에서 왔다. 그는 탁발 수사처럼 외투자락을 여미었고, 우리가 말을 타고 갈 때면 항상 가장 뒤에 자리를 잡곤 했다.

여관에 있는 우리들 일행 속에는 소환리(召喚吏)도 끼여 있었다. 그의 눈은 가느다랬으며, 얼굴은 케루빔 천사처럼 새빨갛게 상기되어 있었고, 여드름으로 뒤덮여 있었다. 그는 제비처럼 음탕한 호색한이었다. 그의 검은 눈썹에는 여드름 딱지가 더덕더덕 붙어 있었고, 수염은 더럽기 짝이 없었다. 그래서 아이들은 그의 얼굴만 보아도 겁을 집어먹고 달아나곤 했다. 그는 얼굴을 뒤덮은 여드름이나 노랗게 곪은 곳을 없애고 깨끗한 얼굴을 만들기 위해 수은이나 흰 분, 혹은 유황이나 붕사(硼砂), 백연(白鉛), 주석(酒石)을 비롯해 온갖 종류의 고약을 썼지만, 아무것도 도움이 되질 못했다.

그는 마늘과 양파와 부추를 대단히 좋아했으며, 선지처럼 붉은 적색 포도주를 즐겨 마셨는데, 이 술만 들어가면 그는 미친놈처럼 고함을 지르며 떠들어댔다. 더욱 가관인 것은 완전히 취하면 라틴어로밖에 말하지 않는다는 것이었다. 그가 알고 있는 라틴어는 법조문에서 한두 마디 주워들은 법률용어뿐이었다. 하지만 이것은 전혀 이상한 일이 아니었다. 그는 하루 종일 라틴어를 들으며 지내기 때문이었다.

여러분도 알다시피, 교황이 '워트[11]' 하고 말한다면 앵무새는 아무 영문도 모르고 '워트' 하고 따라하는 법 아닌가. 그러므로 만일 당신이 좀 더 많은 것을 알고자 하면, 그의 밑천은 별 것 아니라는 사실을 깨닫게 된다. 그가 아는 것이라고는 앵무새처럼 몇 차례에 걸쳐 되풀이하는 'questio qui juris'[12]라는 말뿐이었다.

하지만 그는 여러분들이 평생 찾아보기 힘든 인자하고 싹싹한 친구였다. 술 한 잔 사주는 친구라면 이 사람은 그 누구라도 일 년간 자기 첩을 데리고 살게 해 주었을 뿐만 아니라, 그런 것을 모두 용서해 주었다. 또한 그는 여자를 유혹하는데 일가견이 있었다.

한편 여자에게 폭 빠진 친구를 만나게 되면, 그는 사람의 영혼은 돈지갑 안에 있으며, 그렇게 생각하지 않는다면 부주교의 파문을 두려워해야 한다고 말하는 위인이었다. 그는 항상 "자네의 돈주머니는 지옥일세"라고 말할 수 있는

11. 월터의 약자. 이것은 앵무새에게 가르치는 전형적인 말이다.

12. 어떤 법률을 적용할까요?

사람이었다.

하지만 나는 이 사람이 능구렁이 같아서 거짓말을 했다고 확신한다. 죄지은 사람들은 파문을 겁내는 법이다. 사죄(赦罪)가 영혼을 구하는 것과 달리 파문은 영혼을 파괴하기 때문이다. 따라서 항상 법정에서 소환장이 날아와 감옥에 갇힐 수 있다는 사실을 명심해야 한다. 그의 교구에 있는 모든 젊은 창녀들은 그의 지배를 받았다. 그는 그들의 절친한 친구였으며, 유일한 조언자였다. 이 소환리는 머리 위에 화관(花冠)을 쓰고 다녔는데, 그것은 선술집 간판만큼 컸고, 손에는 커다란 케이크만한 방패를 들고 다녔다.

면죄사

그는 런던의 채링 크로스에 있는 로운시발 수도원 소속의 점잖은 면죄사와 함께 다녔는데, 그들은 서로 친구이자 영혼의 동지였다. 그들은 로마 교황청에서 직접 이곳으로 왔다. 소환리가 트럼펫보다 더 큰 목소리로 노래를 부르는 동안, 면죄사는 커다란 목소리로 "사랑이여, 나에게 오라"라고 흥얼거리고 있었다.

밀랍처럼 노란 면죄사의 머리칼은 얇은 아마사(亞麻絲)처럼 반짝이면서 윤기가 흘렀고, 동글동글 뭉쳐 어깨 위에 드리워져 있었다. 그는 두건을 쓰지 않고 걸을 때 더 편안한 모습이었다. 그래서 두건은 그의 가방 속에 처박혀 있었다. 그는 두건을 쓰지 않고 단지 성직자들이 쓰던 조그만 모자만을 걸치면서, 머리카락을 흩뜨린 채 다니는 것이 최신 유행이라고 생각하고 있었다. 그의 눈은 토끼처럼 반짝였다. 모자 아래쪽에는 성 베로니카의 조그만 손수건을 달고 다녔다. 무릎에 놓인 바랑(자루)에는 로마에서 가져온 면죄부가 가득 들어 있었다.

그의 목소리는 염소처럼 작았으며, 그의 얼굴에는 수염의 흔적조차 보이지 않았으며, 앞으로도 기를 마음이 없는 것 같았다. 얼굴은 방금 면도를 한 듯이 부드러웠다. 나는 그가 거세당한 내시거나 동성연애자일 것이라고 생각했다. 하지만 일에 관한 한 베리크에서 웨어까지, 즉 에든버러에서 런던에 이르기까지 그를 능가할 면죄사는 아무도 없었다. 바랑에는 베갯잇이 하나 있었는데, 그는 그것이 성모 마리아의 베일이라고 말했다. 또한 성 베드로가 물 위를 걸으려고 했을 때 예수께서 손을 내미셨던 배의 돛 한 조각을 갖고 있다고 떠들어댔다.

그는 조약돌이 잔뜩 박힌 놋쇠로 만든 십자가와, 돼지 뼈가 가득한 유리로 만든 유물함을 갖고 있었다. 하지만 가난한 시골 신부를 만나면, 그 유물함으로 하루 동안에 본당신부가 두 달 동안 버는 돈보다 더 많은 돈을 버는 법을 알고 있었다. 다시 말하면, 뻔뻔스런 감언이설과 약간의 거짓말로 가난한 백성을 속이곤 했던 것이다.

솔직하게 말하자면, 교회에 있을 때 그는 모든 점에서 훌륭한 성직자였다. 그는 성경 구절이나 성경의 비유를 제대로 읽을 줄 알았다. 특히 그는 봉헌 성가를 잘 불렀다. 그것은 이 노래가 끝나면 설교를 해야 한다는 것을 의식하고 있었기 때문이다. 그는 어떤 식으로 달콤하게 말해야 신도들이 돈을 내놓는지 잘 알고 있었다. 그래서 항상 힘차고 명랑하게 봉헌성가를 불렀던 것이다.

지금까지 나는 여러분들에게 간단하게 우리 일행들이 어떤 계층이며, 무슨 옷을 입고 있고, 몇 명인지 말했으며, 왜 그들이 벨 근처에 있는 서더크의 훌륭한 여관인 '타바드'에 모였는지 그 이유를 설명했다. 이제 우리가 여관에 도착한 날 밤에 어떤 일이 있었는지를 말할 순간이다. 그런 다음에 여러분들에게 우리의 여행과 나머지 순례 여행에 관해 말하고자 한다.

우선 여러분들에게 양해를 구할 일이 있다. 만일 내가 그들의 말이나 행동을 서술하는 도중에 거친 말을 사용하더라도, 그것은 그들이 사용했던 말을 정확하게 재현하려는 의도이지 내가 언어구사에 있어서 세련되지 못했기 때문이 아니라는 점이다.

이미 여러분들도 나처럼 잘 알고 있겠지만, 다른 사람의 이야기를 다시 서술하는 사람은 그들이 아무 생각 없이 거친 말을 사용했더라도 그런 말들을 최대한 그대로 재생해야만 한다. 그렇지 않고 다른 말을 사용하게 되면 엉뚱한 이야기가 되거나 거짓말이 되기도 하기 때문이다. 비록 이야기를 한 사람이 우리의 형제라 할지라도, 그의 말을 세련되게 치장하기보다는 오히려 그가 어떤 말을 사용했건 그대로 사용해야 하는 법이다.

성경에는 예수 그리스도가 하신 말씀이 솔직하게 그대로 씌어져 있지만, 그리스도의 말씀을 상스럽다고 생각하지는 않는다. 또한 플라톤을 읽는 사람은 금방 알겠지만, 그도 "언행은 일치해야 한다"라고 말한다. 따라서 여러분들에게 부탁하건대, 사람들의 지위를 염두에 두지 않았으며, 따라서 지위에 따라 순서대로 나오지 않는다는 사실을 용서해 주기 바란다. 나는 여러분들이 생각하는 것과는 달리 재주가 변변치 못한 사람이다.

여관 주인

여관 주인은 팔을 벌려 우리 모두를 맞이하고, 즉시 저녁식사를 하기 위해 우리에게 테이블 좌석을 지정했다. 그는 최고의 진수성찬을 내놓았다. 포도주는 독했으며, 우리는 술을 마실 분위기에 젖어 있었다. 그는 놀라운 재간꾼이었으며, 어떤 곳에서건 사회를 맡기에 적당한 인물이었다. 여관 주인은 뚱뚱했으며 눈은 툭 튀어 나왔고, 치프사이드에서 그보다 훌륭하게 생긴 사람은 아무도 없었다. 그는 말도 거침없이 했다. 하지만 현명하고 예의도 지킬 줄 아는 사람이었다. 한 마디로 여러 면에서 모자람이 없었다. 게다가 그는 농담도 잘했다. 그래서 저녁 식사가 끝나고 우리가 각자 돈을 지불하자, 우리의 흥을 돋우기 위해 이렇게 말했다.

"여러분을 모시게 되어 반갑습니다. 저는 금년 들어 제 처마에서 여러분들처럼 재미있고 유쾌한 사람들과 있어 본 적이 없습니다. 이것은 절대로 거짓말이 아닙니다. 저는 여러분들에게 즐거움을 선사하고자 합니다. 방금 전에 여러분들의 흥을 돋울 수 있는 멋진 놀이가 하나 떠올랐는데, 이것은 돈 한 푼

안 드는 놀이입니다.

여러분들은 모두 캔터베리로 가고 있습니다. 멋진 여행이 되길 빕니다. 그리고 복된 순교자께서 여러분을 소원을 들어주시길 진심으로 기원합니다. 그런데 가는 도중에 각자 이야기를 하면 우리는 재미있게 보낼 수 있을 것입니다. 목석처럼 아무 말도 없이 말을 타고 간다는 것은 정말 따분한 일입니다.

그래서 여러분에게 얘기한 대로, 여러분을 재미있게 할 수 있는 놀이를 제안하겠습니다. 만일 이런 제 생각이 마음에 든다면 만장일치로 찬성해 주시고, 내일 순례길을 떠날 때부터 제가 여러분들에게 지시하는 대로 따라주시기 바랍니다. 돌아가신 우리 아버지의 영혼을 두고 맹세하는데, 만일 재미가 없다면 제 목을 잘라도 좋습니다. 자, 더 이상 군소리는 하지 않겠습니다. 찬성하면 손을 들어 주십시오."

우리가 결정을 하는 데에는 그리 많은 시간이 필요 없었다. 왈가왈부한다고 하더라도 전혀 이득이 없다는 것을 알았던 것이다. 그래서 우리는 두말하지 않고 그의 제안을 받아들였고, 그에게 적절한 지시를 내려 달라고 부탁했다. 그러자 여관 주인이 말하기 시작했다.

"여러분, 제가 한 가지 부탁드리겠습니다. 제가 말하는 것을 주의 깊게 들어주시고, 제 말을 우습게 여기지 말아 주십시오. 간단히 요점만 말하자면, 이게 바로 저의 제안입니다. 그러니까 캔터베리로의 순례가 짧게 느껴질 수 있도록 여러분 각자가 여행하는 도중에 두 개씩의 이야기를 하는 것입니다. 다시 말하자면, 가는 도중에 두 개, 돌아오는 길에 두 개를 하는 겁니다. 즉, 모두 네 개의 이야기를 해야 합니다.

이야기는 '옛날 옛적에 … '와 같은 형식이 되어야 합니다. 이야기를 가장 잘하는 분에게, 즉 가장 건설적이고 재미있는 이야기를 하시는 분에게 우리 모두가 돈을 내서 큰 축제를 벌여 주자는 겁니다. 캔터베리 순례를 마치고 이 여관의 바로 이 지붕 밑으로 돌아와서 말입니다. 그리고 이 순례를 더욱 재미있게 하기 위해, 저도 여러분들과 함께 제 돈을 써가며 말을 타고 가면서 여러분의 안내자가 되겠습니다. 제 말에 따르지 않는 분은 여행비용을 모두 지불하게 하

<캔터베리 순례자와 서덕의 타바드 여관>, 미러지, 1833년 9월 21일자 1면 그림

겠습니다. 여러분들이 이런 의견에 찬성하신다면, 지체하지 말고 제게 알려주십시오. 저도 떠날 채비를 차려야 하니까요"

우리는 그의 제안을 받아들였다. 기쁜 마음으로 우리는 그에게 이 소식을 전하면서 그가 말한 대로 우리의 안내자가 되어주고, 우리 이야기를 심사하는 심판이 되어 달라고 부탁하였으며, 우선 저녁 식사의 가격을 정해서 지불하자고 말했다. 우리는 전적으로 그의 결정에 따를 것이며, 따라서 그의 판단에 두말하지 않기로 했다. 그러자 주인은 술을 더 가져오라고 시켰고, 우리는 그 술을 먹은 후 지체 없이 각자의 침대로 잠을 자러 갔다.

다음날 아침 우리의 주인은 해가 뜨자마자 자리에서 일어나 우리를 깨워 모두 한 곳으로 모이게 했다. 우리는 걷는 것보다 약간 빠른 속도로 말을 타고 갔다. 우리가 성 토머스의 샘에 이르자, 우리 주인은 말고삐를 풀며 말했다.

"여러분, 제 말을 들어 주십시오. 여러분들이 약속한 걸 잊지 않으셨겠죠? 이제 어젯밤에 제안한 생각을 실행에 옮기고자 합니다. 자, 누가 먼저 이야기를 시작할까요? 제 말을 거역하는 사람은 캔터베리까지 가는 비용을 모두 지불해야 합니다. 그럼 저도 마음 놓고 술을 실컷 마실 수 있을 겁니다. 자, 길을 계속 가기 전에 제비를 뽑겠습니다."

"기사님, 먼저 제비를 뽑으십시오. 수녀원장님, 가까이 오십시오. 그리고 서생분도 가까이 오세요. 수줍음은 떨쳐 버리고 어려운 공부 생각도 하지 마세요. 한 분도 빠짐없이 뽑으세요!"

우리 모두는 제비를 뽑았다. 그런데 우연인지 운명인지는 몰라도 기사가 걸리고 말았다. 그러자 우리 모두는 좋아서 환성을 질렀다. 우리가 약속한 바에 따라, 이제 기사는 이야기를 해야만 했다.

"내가 이 놀이를 시작하게 되었군요. 이렇게 된 바에야 내게 행운이 있었으면 좋겠군요. 이제 여러분들은 말을 타고 가면서 내 이야기에 귀를 기울여 주십시오."

우리는 말을 타고 출발했다. 그러자 그는 즐거운 마음으로 이야기를 하기 시작했다.

제1부

기사의 이야기

방앗간 주인의 이야기

장원 청지기의 이야기

요리사의 이야기

기사의 이야기

1

아주 오랜 옛날에 테세우스라는 왕이 있었습니다. 그는 아테네의 주인이었으며 통치자였고, 그보다 힘센 정복자는 태양 아래에 아무도 없었습니다. 그는 엄청나게 부유한 왕국들을 지배하고 있었답니다. 또한 뛰어난 용병술과 기사정신으로 당시 스키타이[1]라고 불리던 용감한 여자전사들인 아마존족의 나라까지 정복했고, 그들의 여왕인 히폴리테와 결혼했습니다. 그리고 화려하고 멋진 행렬을 벌이며 히폴리테와 그녀의 동생 에밀리를 자기 나라로 데려오고 있었습니다. 그는 개선장군처럼 요란한 연주를 받으며 무장한 병사들과 함께 말을 타고 아테네로 돌아오고 있었던 것입니다.

이야기가 너무 길어지지만 않는다면, 여기에서 나는 테세우스와 그의 군사들이 여자들의 왕국을 어떻게 함락했는지를 자세히 서술하고 싶습니다. 특히 아테네 군인들이 여전사들과 벌인 치열한 전쟁에 관해 말하고 싶습니다. 또한 스키타이의 아름답고 용감한 여왕인 히폴리테가 어떻게 공격을 받았는지와, 그들의 결혼식 때 벌어진 성대한 잔치와, 테세우스가 조국으로 돌아오는 길에 만난 폭풍우에 관해 설명하고자 합니다. 하지만 하느님께서 지금 내가 경작해야 할 땅이 넓은데, 그런 일을 하기에는 너무 약한 소들만 갖고 있다는 것을 알고 계십니다. 그러기에 이런 것을 자세히 설명하지 않고 넘어가야

---

1. 흑해 북부지역.

〈테세우스의 귀환〉, 워릭 고블 그림

만 할 것 같습니다.

이제부터 내가 할 이야기는 길고, 다른 사람들이 이야기할 시간을 나 혼자 독차지하고 싶지도 않습니다. 이제 차례가 돌아오면 우리 모두가 각자 이야기를 할 것입니다. 그리고 우리는 결국 누가 이겨서 축제를 상으로 받게 되는지 알게 될 것입니다. 그럼 내가 중단한 부분부터 다시 이야기를 시작하겠습니다.

테세우스 왕은 승리의 기쁨에 도취되어 아테네 근처의 한 마을에 도착하고 있었습니다. 바로 그때 그는 옆을 바라보았습니다. 검은 상복을 입은 젊은 여인들이 둘씩 짝을 지어 길가에 무릎을 꿇고 있었습니다. 그녀들은 커다란 소리로 외치며 흐느끼고 있었습니다. 아마 이 세상에서 그렇게 처절한 통곡을 들어 본 사람은 없을 것입니다. 그녀들은 왕의 말고삐를 잡고서야 겨우 울음을 그쳤습니다.

"기쁜 마음으로 고향으로 돌아오는 내 길을 울음으로 망치려는 너희들은 도대체 누구냐?"

테세우스가 물었습니다.

"내가 영예를 얻은 것이 싫어서 이렇게 울면서 통곡하는 것이냐? 아니면 누군가가 너희들에게 해를 끼쳤거나 모욕을 했느냐? 내가 어떻게 해야 너희들의 소원을 풀어줄 수 있는지 말해 보아라. 그리고 도대체 왜 검은 상복을 입고 있는지도 말해 보아라."

그러자 금방이라도 쓰러질 것만 같은 가장 나이 많은 여자가 말했습니다. 그녀의 얼굴은 너무나 창백해서 죽은 사람 같았습니다.

"운명의 여신[2]이 승리를 선사하시고, 정복자에 걸맞은 모든 영광을 주신 우리의 주인이시여. 우리는 당신의 월계관이나 승리를 시샘하는 것이 아니라, 단지 당신의 자비와 도움을 바랄 뿐입니다. 우리의 고통과 불행을 불쌍히 여기소서! 자비롭고 고결한 당신의 마음에서 한 조각의 연민을 오려내시어, 우리처럼 불쌍한 여인들에게 내려주소서.

여기에 있는 여인들은 모두 예전에 귀족 부인이거나 왕비였지만, 지금은 당신이 보다시피 운명의 여신이 돌리는 뜻하지 않은 수레바퀴 때문에 여인들 중에서도 가장 비참한 여인으로 전락하게 되었습니다. 우리는 이제 아무런 영화도 누릴 수 없습니다. 정말로 우리는 보름 내내 자비의 여신이 계신 신전에서 당신이 오기만을 기다렸습니다. 제발 우리를 도와주세요! 모든 것이 당신의 손에 달려 있습니다.

지금 슬픔에 젖어 이렇게 울부짖는 이 소첩은 과거에 카파네우스[3] 왕의 아내였습니다. 그는 테베에서 숨을 거두었습니다. 정말 저주스런 날이었습니다. 검은 상복을 입고 여기에서 흐느끼는 여인들은 모두 테베가 포위되었을 때 남편을 잃었습니다. 지금 이 순간 테베의 통치자인 늙은 크레온은 분노와 부정(不正)으로 가득 찬 나머지 시체마저 욕되게 하고 있습니다. 그는 포학무도한 앙심을 품고 목 잘린 우리 남편들의 시체를 마구 쌓아놓았습니다. 그리고 그들을 화장시키거나 매장해야 한다는 말을 듣지 않고 비웃으면서 개들이 뜯어

---

2. 운명의 여신은 인간의 운명을 수시로 바꾼다. 그래서 수레바퀴로 표현된다.

3. 테베를 포위했던 일곱 용사 중의 하나.

먹게 하고 있습니다."

이 말이 끝나자 여자들은 비통한 울음을 터뜨리면서 얼굴이 땅에 닿도록 엎드렸습니다.

"우리 불쌍한 여인들에게 동정을 베푸소서. 그리고 우리의 슬픔이 당신의 가슴속으로 스며들게 해 주소서."

테세우스는 이 여인들의 말을 듣자, 말에서 뛰어내렸습니다. 한때 높은 지위에 있던 여인들이 불행하게 몰락한 것을 보자, 그의 마음은 동정심으로 가득 찼습니다. 마음이 찢어지는 것만 같았습니다. 그는 팔을 벌려 여인들을 일일이 안아 주고 용기를 북돋우면서, 기사의 명예를 걸고 모든 힘을 다해 폭군 크레온에게 복수를 하겠다고 맹세했습니다. 그리고 죽어도 마땅할 크레온을 테세우스가 어떻게 처치했는가를 모든 그리스의 백성들이 알게 하겠노라고 말했습니다.

테세우스는 지체하지 않고 군사들을 소집하여 깃발을 높이 펼쳐들고 테베를 향해 달려갔습니다. 그는 더 이상 아테네를 향해 가려고 하지 않았으며, 반나절도 쉬지 않은 채 그날 밤 테베로 가는 길에서 밤을 지새웠습니다. 하지만 히폴리테와 젊고 아름다운 처제 에밀리는 아테네로 보내 그곳에 머물게 했습니다. 그리고 그는 말을 타고 계속 테베를 향해 나아갔습니다.

창과 방패를 든 마르스[4]의 붉은 얼굴이 커다랗고 하얀 그의 군기 속에서 빛나고 있었습니다. 그들이 지나간 모든 들판에는 마르스의 얼굴이 환히 빛나고 있었습니다. 그런 군기와 더불어 테세우스는 크레타 섬에서 처치한 미노타우로스의 얼굴이 새겨진 황금 깃발을 가지고 있었습니다. 정복자 테세우스는 기사의 꽃이라고 말할 수 있는 정예부대와 함께 한시도 쉬지 않고 말을 몰았습니다. 테베에 도착하자 병사들은 완벽하게 전투태세를 갖추었습니다.

이 이야기는 간단히 끝내겠습니다. 테세우스는 테베의 왕인 크레온과 정정

---

4. 전쟁의 신.

당당하게 싸웠고, 용감한 기사답게 그의 목을 베었습니다. 그는 크레온의 병사들도 쳐부순 후 테베를 공격하여 성벽과 대들보와 서까래를 모두 부수었습니다. 그런 다음 여인들에게 죽은 남편들의 유골을 되돌려주어 관습대로 장례를 치르도록 했습니다. 남편들의 시체가 불에 탈 때 그 여인들이 얼마나 통곡했는지 자세히 서술하자면 너무나 긴 이야기가 될 것입니다. 또한 고결한 정복자 테세우스가 떠날 때 그녀들에게 베푼 엄숙한 행사를 자세히 말하려 해도 많은 시간이 걸릴 것입니다. 나는 되도록 짧게 이야기를 하려고 합니다.

크레온의 목을 베고 테베를 점령하여 테베 전체를 마음대로 지배할 수 있게 되자, 훌륭한 테세우스는 그날 밤을 전쟁터에서 보냈습니다. 전투가 끝나고 테베군이 도주하자, 그리스 병사들은 시체에서 무기를 빼앗고 옷가지를 챙기는 데 여념이 없었습니다. 그런데 산더미처럼 수북이 쌓인 시체들 속에서 두 젊은 기사가 발견되었습니다.

그들은 화려하게 장식된 갑옷을 입고 나란히 누워 있었습니다. 하지만 치명적인 공격을 받아 갑옷의 여러 곳에는 구멍이 나 있었습니다. 한 기사의 이름은 아르시테였고, 다른 사람의 이름은 팔라몬이었습니다. 반은 죽고 반은 살아 있는 몸이었지만, 테세우스의 병사들은 그들의 문장(紋章)과 장비를 보자 그들이 테베 왕족이며 사촌임을 알았습니다.

약탈군들은 시체 더미에서 두 기사를 꺼내 조심스럽게 테세우스의 천막 안으로 옮겼습니다. 그러자 테세우스는 그들의 몸값을 받고 석방해야 한다는 말에 귀를 기울이지 않고, 아테네로 보내 평생을 감옥에서 보내도록 지시했습니다. 이런 선고를 내린 후, 테세우스와 그의 군사들은 귀향길에 올랐습니다. 말할 필요도 없이 테세우스의 머리에서는 정복자의 월계관이 찬란히 빛났으며, 그는 고국에서 여생을 기쁘고 명예롭게 보냈습니다.

하지만 팔라몬과 그의 친구 아르시테는 평생을 옥탑(獄塔)에 갇힌 채 슬픔과 고통 속에서 보내야만 했습니다. 아무리 많은 돈을 준다고 해도, 그들은 자유를 누릴 수 없었습니다.

이렇게 날이 가고 해가 갔습니다. 그런데 어느 5월의 아침이었습니다. 푸른

줄기에 핀 백합보다 아름답고, 꽃이 만발한 5월보다도 더 싱싱하고 발랄하며, 장미꽃과도 겨룰 정도로 발그레한 에밀리가 잠자리에서 일어나 날이 새기도 전에 몸치장을 했습니다. 이것은 그녀의 습관이었습니다.

5월의 밤은 잠자기에 적당하지 않습니다. 이 시기가 되면 모든 사람의 가슴이 설레며 잠에서 깨어납니다.

'자리에서 일어나 봄을 찬양하라.'

에밀리는 가슴속에서 이런 말을 듣자, 5월에게 경의를 표해야 한다는 사실을 떠올리며 침대에서 일어났습니다. 그녀는 새 옷을 입고, 석 자나 되는 금발을 땋아 내려 어깨까지 흘러 내려오게 했습니다. 해가 밝아오자, 에밀리는 정원을 이리저리 돌아다니며 흰 꽃과 붉은 꽃을 꺾어 아름다운 화관을 만들어 자기 머리 위에 올려놓을 생각을 하면서, 달콤한 목소리로 노래를 불렀습니다.

정원에서 꽃을 따는 에밀리

그것은 마치 천사의 목소리 같았습니다.

내 이야기의 주인공인 두 기사들이 갇힌 거대한 탑은 두껍고 견고한 벽으로 에워싸여 있었으며, 아테네 성에서 가장 중요한 감옥이었습니다. 이 탑은 에밀리가 산책을 하던 정원과 잇닿아 있었습니다.

그날 아침 태양은 밝고 화사하게 빛나고 있었습니다. 불쌍한 포로 팔라몬은 평소처럼 잠에서 깨었습니다. 그는 간수의 허락을 얻어, 높이 솟은 탑의 감방 안에서 왔다 갔다 하고 있었습니다. 이 감방에서는 도시의 아름다운 전경을 한눈에 내려다볼 수 있었으며, 또한 화사하고 아름다운 에밀리가 거닐고 있는 푸른 정원도 보였습니다. 포로 팔라몬은 슬픈 마음으로 방안을 서성거리며 자기의 신세를 한탄하면서, 종종 커다란 소리로 "가련한 내 신세야, 내가 왜 이 세상에 태어났을까?"라며 울부짖곤 했습니다.

그런데 우연인지 아니면 운명인지, 그가 말뚝만하게 생긴 굵고 튼튼한 쇠창살이 쳐진 창문으로 에밀리를 바라보는 일이 일어났습니다. 그녀를 보자, 그는 뒷걸음질을 치며 가슴속 가장 깊은 곳에서 우러나오는 비명을 질렀습니다. 이 소리를 들은 아르시테가 자리에서 일어나 말했습니다.

"무슨 일이야, 팔라몬. 왜 얼굴이 죽은 사람처럼 창백해? 왜 소리를 지른 거야? 누가 널 해치려고 했던 거야? 제발 부탁이니 우리의 운명에 순종하도록 해. 다른 방법이 없어. 이런 고통은 행운의 여신이 준 선물이야. 사투르누스 별과 다른 나쁜 별자리의 흉계 때문에 우리가 이렇게 되었으니, 우리가 아무리 애를 쓴다 하더라도 헛수고일 뿐이야. 우리가 태어날 때 이미 우리는 이런 별자리의 운명을 갖고 있는 거야. 그러니 이런 운명을 받아들이는 수밖에 다른 방법이 없어."

그러자 팔라몬이 대답했습니다.

"넌 지금 잘못 생각하고 있어. 내가 울부짖은 것은 바로 이런 감옥에 갇힌 내 신세가 가련하기 때문이 아니었어. 내 눈은 가슴까지 파고 들어온 화살에 상처를 입었고, 그 상처 때문에 죽을지도 모른다는 생각이 들었기 때문이었어. 난 정원을 거닐고 있는 아름다운 여자를 보았어. 그래서 비명을 지르고 슬퍼했던 것이야. 그녀가 과연 사람인지 아니면 여신인지 확신할 수는 없지만, 틀림없이 베누스 여신이라는 생각이 들어."

그러면서 팔라몬은 무릎을 꿇고 말했습니다.

"베누스 여신이여, 당신은 나처럼 고통 받는 불쌍한 사람에게 모습을 보이셨습니다. 제발 이 감옥에서 도망칠 수 있도록 도와주십시오! 하지만 감옥 속에서 생명을 다해야 하는 것이 나의 거스를 수 없는 운명이라면, 폭군에 의해 처참하게 짓밟힌 우리 왕족에게 자비를 베풀어 주소서!"

팔라몬이 이렇게 말하는 동안, 아르시테도 정원을 거닐고 있는 여인을 바라보았습니다. 그는 그녀의 아름다움 앞에 할 말을 잊고 있었습니다. 팔라몬이 사랑의 상처를 입은 것처럼, 아르시테도 마찬가지였습니다. 그는 슬픈 목소리로 말했습니다.

"저곳을 거니는 상큼하게 아름다운 여자를 보자, 난 단숨에 치명적인 상처를 입었어. 내가 그녀의 자비와 은총을 얻을 수 없다면, 적어도 날마다 그녀를 볼 수가 없다면, 난 죽은 목숨과 다를 바가 없어. 할 수 있는 말은 이것뿐이야."

팔라몬은 이 말을 듣자 사색을 하며 말했습니다.

"그게 농담이야, 아니면 진담이야?"

그러자 아르시테가 대답했습니다.

"내 진심이야. 하느님께 맹세할 수 있어. 지금은 농담할 분위기가 아니잖아."

이 말을 들은 팔라몬은 눈살을 찌푸리며 대답했습니다.

"우리는 사촌일 뿐만 아니라, 의형제를 맺었다는 사실을 염두에 두도록 해. 네가 신의를 저버리거나 배신을 하면, 넌 평생 떳떳하지 못할 거야. 우리는 죽음이 우리를 떼어놓을 때까지 함께 있기로 서로 맹세를 했어.

고문을 당해 죽는 한이 있어도 사랑의 문제를 비롯한 다른 일에 훼방을 놓아서는 안 돼. 아니, 이런 것과는 반대로, 네가 나를 필요로 하면 난 너를 도와주어야 하고, 내가 너를 필요로 할 때에는 네가 나를 도와주어야만 돼. 이것이 우리가 맹세했던 것이야. 난 네가 그 맹세를 깨뜨리지 않을 거라고 확신해. 그래서 네게 나의 모든 마음을 털어놓았던 거야. 그런데 이제 와서 그 맹세를 깨뜨리고 내 심장의 고동이 멈출 때까지 사랑하고 섬겨야 할 여자를 사랑하려고 하고 있어.

아르시테, 난 네가 절대로 그렇게 하지 않을 거라고 확신해. 내가 먼저 그녀를 사랑하기 시작했고, 너에겐 나의 모든 비밀을 털어놓을 수 있다고 생각했기에 이런 내 마음을 말했던 것이야. 너는 나를 도와주겠다고 맹세했어. 그러니 기사인 너는 내가 필요로 하는 모든 도움을 주어야만 돼. 그렇지 않으면 너는 거짓 맹세를 한 배신자로 낙인찍히고 말 거야."

아르시테는 우습다는 표정을 지으며 대답했습니다.

"맹세를 어길 가능성은 나보다 네가 더 많아. 솔직히 말하자면, 그런 약속을 어긴 사람은 바로 너야. 네가 그녀를 사랑하기 전에 내가 먼저 그녀를 사랑했어. 이게 무슨 소리냐고? 넌 방금 전까지만 해도 그녀가 여자인지 여신인지 알지 못하고 있었어. 즉, 너는 영적인 대상을 사랑한 것이었어. 반면에 나는 살아 있는 여자를 사랑한 거야. 그래서 나의 사촌이자 의형제인 너에게 내 감정을 털어놓았던 것이야.

백보 양보해서 네가 먼저 사랑했다고 가정하고 이야기를 하겠어. '누가 연인에게 법을 강요하겠는가?'라는 옛 성현의 속담도 들어보지 못했니? 맹세코 말하건대 사랑은 인간들이 만든 법이나 계율보다 훨씬 강한 법칙이야. 따라서 사랑에 빠진 모든 사람들은 인간들이 만든 법이나 계율을 사랑이란 이름으로 매일 깨뜨리고 있어. 사람이 사랑할 때에는 이성(理性)이 소용없는 법이야. 한번 사랑에 빠지면 상대가 과부이든 처녀이든 유부녀이든 목숨이 끊어지는 한이 있어도 피할 도리가 없어.

어쨌거나 우리 둘 중의 한 사람이 그녀의 사랑을 얻는다는 것은 힘든 일이야. 너도 잘 알고 있겠지만, 우리는 영원히 감옥에서 살아야 할 목숨이고, 몸값을 치르고 자유의 몸이 될 가능성도 없으니까.

우리는 지금 이솝 우화에 나오는 개들처럼 싸우고 있는 꼴이야. 하루 종일 뼈다귀 하나를 차지하려고 싸웠지만, 솔개가 날아와 그들이 보는 앞에서 뼈다

귀를 낚아채 가는 바람에 결국은 아무도 그걸 차지하지 못했지.

이봐, 상류층의 정치와 마찬가지로 사람들은 모두 자기의 이익을 위해 싸우는 법이야. 이것만이 우리가 할 수 있는 일이야. 네가 원한다면 그녀를 사랑하도록 해. 하지만 나도 그녀를 사랑하고, 또 앞으로도 영원히 사랑할 거야. 사랑하는 형제여, 우리는 이 감옥 생활을 견뎌야 해. 그러니 각자 기회를 찾는 수밖에 없어. 이게 내가 하고 싶은 말이야."

시간이 있다면, 두 사람의 길고 격렬한 말싸움에 대해 자세히 이야기하고 싶지만, 여기서는 간결하게 이야기하기 위해 요점만 간추려 말하겠습니다.

어느 날 페로테우스라는 훌륭한 왕이 아테네에 도착했습니다. 그는 테세우스의 죽마고우(竹馬故友)였습니다. 그는 휴가를 즐기고 동시에 옛 친구를 방문하기 위해 종종 이렇게 먼 길을 오곤 했습니다. 그가 이 세상에서 테세우스만큼 사랑하는 사람은 아무도 없었고, 테세우스도 이에 상응하는 사랑과 애정으로 그를 맞이하곤 했습니다. 그들의 우정은 너무나 깊고 진실했습니다. 옛 작가들이 말하듯이, 한 사람이 죽으면 남은 친구도 죽어서 지옥에 내려가 함께 있을 정도였습니다. 하지만 이건 다른 이야기이니 그만하겠습니다.

페로테우스 왕은 오랫동안 잘 알고 있던 아르시테를 몹시 아끼고 있었습니다. 페로테우스가 거듭해서 간곡히 애원한 결과, 테세우스 왕은 한 푼의 몸값도 받지 않고 아르시테를 석방하면서 그가 가고 싶은 곳으로 자유롭게 갈 수 있도록 해 주었습니다. 하지만 다음과 같은 조건이 있었습니다.

테세우스와 아르시테가 맺은 조건을 간략하게 말하자면, 만일 밤이든 낮이든 아르시테가 테세우스의 왕국에 발을 들여놓아 잡히기만 하면, 칼로 목을 베어 버리겠다는 것이었습니다. 그는 아테네를 떠나 급히 조국으로 향하는 수밖에 없었습니다. 그의 목숨이 걸려 있었기 때문입니다.

아르시테의 고민은 이루 말할 수가 없었습니다. 죽음이 자기 심장을 관통하는 것 같았습니다. 그는 보기에 딱할 정도로 울고 통곡하면서, 아무도 모르게 자살할 기회를 엿보았습니다. 그는 이렇게 울부짖었습니다.

"내가 이 세상에 태어난 게 너무나 슬프구나! 난 자유의 몸이 되었지만, 이 생활은 예전보다 더욱 가혹하구나. 나는 연옥은커녕 지옥에서 살아갈 신세가 되었구나. 아, 가련한 내 신세야! 내가 왜 페로테우스를 알았던가? 그렇지만 않았더라도 감옥에 갇힌 채 테세우스의 땅에 남아 있었을 텐데. 그랬다면 이런 절망감이 아니라 행복을 느끼며 살았을 텐데. 내가 사랑하는 여인의 사랑을 받을 수 없을지라도, 그녀를 보는 것만도 더할 수 없는 기쁨이었어. 사랑하는 팔라몬, 이번에는 네가 이겼어. 네 감옥살이는 그 무엇과도 비할 수 없는 행복이야! 감옥이라니? 아니야, 그건 바로 천국이야!

운명의 여신은 네가 유리하도록 주사위를 던졌어. 너는 에밀리를 보며 즐거워하지만, 나는 그녀가 없기에 슬퍼하고 있어. 너는 그녀 가까이에 있으며, 재치가 뛰어나고 용감한 기사야. 그러니 변덕스런 운명의 여신이 우연을 통해 조만간 네가 원하는 것을 손에 넣게 해 줄지도 몰라. 하지만 사랑하는 여인으로부터 멀리 떨어져 모든 희망을 빼앗긴 나는 헤아릴 수 없는 절망감에 사로잡혀 있어. 물, 불, 흙, 공기나 이런 요소로 만들어진 그 어떤 것도 나를 위로하거나 치료해 줄 수 없어. 나는 아마 절망과 슬픔에 사로잡혀 이 삶을 마감할 것 같아. 생명과 기쁨과 행복이여, 모두 안녕!

아! 그런데 사람들은 왜 하느님의 섭리나 운명의 여신에게 불평을 하는 것일까? 그들은 종종 우리가 생각할 수 있는 이상의 다양한 방식으로 사건을 처리해. 어떤 사람은 돈이 많지만, 그것으로 인해 죽거나 불치의 병에 걸릴 수도 있어. 그리고 어떤 사람은 감옥에서 나오지만, 집에 도착하는 순간 하인의 칼에 목숨을 잃는 경우도 있지. 이렇게 수많은 재앙이 일어날 수 있기에, 우리는 이 세상에서 신들에게 기도를 하지만 정작 신들에게 무엇을 달라고 원하는지 알 수는 없어.

우리는 자기 집이 있다는 것은 알지만 그곳이 어디에 있는지 모르는 모주꾼처럼 행동해. 술 취한 사람은 미끄러운 길로 걷기 마련이야. 이것이 우리의 인생이야. 우리는 행복을 찾아 무작정 이 세상을 헤매지만 일반적으로 그런 곳을 찾지 못하지. 이건 우리 모두에게 틀림없는 사실이야. 특히 내게는 그래.

나는 감옥에서 도망칠 수만 있다면 행복하고 편안하게 살 수 있을 것이라고 확신했지만, 이제는 내 사랑으로부터 멀리 떨어져 있고 한시도 마음의 평화를 누릴 수 없어. 에밀리, 내가 당신을 보지 못한다면, 나는 살아 있는 시체와 다름이 없소. 이젠 다른 방법이 없소."

아르시테가 석방되어 떠나자, 팔라몬은 너무나 슬퍼서 울었습니다. 얼마나 큰 소리로 울었던지 거대한 옥탑마저 뒤흔들렸고, 그의 발목을 채워 놓은 커다란 족쇄가 그의 눈에서 흘러내린 쓰라린 눈물로 촉촉이 적었습니다.

"아, 나의 사촌 아르시테여! 하느님은 우리의 싸움에서 그대가 승리했음을 알고 계셔. 이제 자유의 몸이 된 너는 나의 불행은 눈곱만큼도 생각하지 않고 테베를 향해 성큼성큼 걸어가고 있겠지. 너는 지혜롭고 의연한 사람이니, 우리 백성들을 모아 군대를 일으켜 아테네에게 전쟁을 선포할 수 있을 거야. 그리고 과감하게 공격을 하거나 조약을 맺어 에밀리를 아내로 맞을 수도 있을 거야.

하지만 나는 그녀를 위해 여기에서 죽어야 할 몸이야. 우리의 가능성을 비교해 본다면, 나는 이곳에 갇혀 죽어가는 목숨이니 네 상황이 나의 상황보다 훨씬 유리해. 너는 이제 감옥에 있는 왕자가 아니라 자유의 몸이 된 왕자야. 하지만 나는 목숨이 다하는 날까지 감옥살이를 해야 한다는 사실에 울고 슬퍼해야만 해. 게다가 내 마음속은 이루지 못할 사랑이 주는 고통까지 겹쳐, 나의 고통과 슬픔은 걷잡을 수 없이 커져만 갈 거야."

그러자 그의 가슴속에서 질투의 불길이 일었고, 그 불길은 이내 그의 마음을 강하게 휩쓸었습니다. 그의 얼굴빛은 회양목이나 불 꺼진 재처럼 변했습니다. 그는 이렇게 소리쳤습니다.

"이 세상을 영원불멸의 법으로 다스리는 잔인한 신들이여! 당신들의 결정과 명령은 단단한 돌에 적혀 있습니다. 그러니 인간들은 우리에 갇힌 양 떼보다 더 나은 점이 하나도 없습니다. 인간은 다른 동물들과 다름없이 죽으며, 종종 감옥에 갇혀 고통을 받기도 하며, 아무런 잘못도 범하지 않았는데도 병들어 고생하는 경우도 있습니다. 아무런 잘못도 없이 결백한 사람들에게 고통을 주십니다. 도대체 당신들은 예지와 선견(先見)을 어떤 방법으로 다스리시는 것입니까?

오히려 우리 인간들은 짐승들보다 더욱 큰 고통을 받으며 세상을 살아갑니다. 짐승들은 자기들이 하고 싶은 것을 마음대로 할 수 있지만, 인간은 하느님의 법칙에 따라 길을 가야 하고, 자신의 욕망을 억제해야 합니다. 짐승들은 죽으면 아무런 고통도 느끼지 않지만, 인간은 살아 있는 동안에 겪은 고통과 슬픔도 모자라 죽은 뒤에도 울며 지내야만 합니다. 이런 것은 의심의 여지가 없는 사실입니다. 나는 신학자들이 이것에 대해 대답을 해야 한다고 생각합니다. 하지만 나도 한 가지는 확신하고 있습니다. 그것은 바로 여기 이 세상에는 너무나 많은 고통이 존재한다는 사실입니다.

착한 사람들에게 해를 끼친 도둑이나 독사들은 아무런 거리낌 없이 가고 싶은 곳이면 어디든 활보하며 돌아다닙니다. 그런데 사투르누스와 유노 여신이 질투의 분노를 느껴 테베의 훌륭한 가문들을 멸하고 두꺼웠던 테베의 성벽을 모두 폐허로 만들어 버리는 바람에, 나는 감옥에 갇혀 괴로운 생활을 해야만 합니다. 그것도 모자라 베누스 여신은 아르시테에 대한 질투와 두려움으로 나를 죽이려고 합니다."

이제 나는 팔라몬의 이야기를 잠시 멈추어 그를 감옥 속에 있게 해 두고, 아르시테에 관한 이야기를 하고자 합니다.

여름이 지나고 밤이 길어지는 계절이 오자, 아르시테와 포로 팔라몬의 고통은 한층 더해만 갔습니다. 두 사람 중 누가 더 괴로워했는지는 나도 잘 모릅니다. 간략하게 말하자면, 팔라몬은 죽을 때까지 족쇄와 쇠사슬에 묶인 채 감옥에서 살아야 했지만, 아르시테는 테세우스의 영토에서 눈에 띄는 날이면 사형을 당할 것이라는 선고를 받고 영원히 그 나라를 떠나야만 했습니다. 그래서 그는 사모하는 사람을 영원히 만나지 못할 신세였습니다.

사랑하는 연인들이여, 여러분들에게 한 가지만 묻겠습니다. 아르시테와 팔라몬 중에 누가 더 고통을 받았겠습니까? 매일 사랑하는 여자를 보지만 영원히 감옥에 갇힌 사람과, 가고 싶은 곳이면 어디든 갈 수 있지만 절대로 사랑하는 여자를 볼 수 없는 사람 중에서 누가 더 괴로워했겠습니까? 여러분은 마음대로 판단을 내리시어 선택하십시오. 하지만 나는 시작했던 이야기를 계속하겠습니다.

2

테베에 도착한 아르시테는 자기가 사모하는 사람을 더 이상 만날 수 없었기에 하루에도 몇 번씩 정신을 잃거나 소리를 질러댔습니다. 아마 그의 고통은 이 세상의 어떤 누구도 겪지 못했고, 이 세상이 존재하는 동안 그 누구도 겪지 못할 정도로 컸습니다. 아르시테는 잠도 자지 않고 식음을 전폐했습니다. 그러자 몸은 막대기처럼 비쩍 말라갔으며, 눈은 움푹 패어 시체 같았고, 얼굴은 잿빛처럼 창백하고 누르스름해졌습니다. 그는 항상 혼자였으며, 온밤을 통곡하며 지내기 일쑤였고, 노랫소리나 악기 소리가 들릴 때면 하염없이 눈물을 흘리곤 했답니다.

그의 마음도 너무나 쇠약해졌습니다. 그러자 그의 모습도 바뀌어 아무도 그의 목소리나 말투를 알아볼 수 없었습니다. 그의 행동은 상사병에 걸린 사람처럼 이리저리 방황하는 단순한 것이 아니라, 마치 상상력이 자리 잡은 머리 앞부분에 우울증 체액이 고여[5] 발광한 사람 같았습니다. 간단히 말하자면, 슬픔에 잠긴 아르시테 왕자의 행동과 성격은 완전히 변해 다른 사람이 되고 말았던 것입니다.

하지만 아르시테의 고통을 설명하면서 하루 종일을 소비할 필요는 없을 것입니다. 그는 자기의 조국인 테베에서 잔인한 고통과 고뇌를 겪으며 한두 해를 보냈습니다. 그러던 어느 날, 잠자리에 들려고 할 때였습니다. 그는 자기 앞에 날개 달린 메르쿠리우스 신이 나타나 기운을 북돋우고 있는 모습을 보았습니다. 메르쿠리우스는 잠을 자게 하는 수면봉을 손에 들고 있었고, 윤기 흐르는 머리칼 위에는 투구를 쓰고 있었습니다. 이 신은 100개의 눈을 가진 아르고스를 잠재웠을 때처럼 옷을 입고 있었던 것입니다. 메르쿠리우스가 아르시테에게 말했습니다.

---

5. 중세 때 뇌는 세 부분으로 나뉘었다. 앞부분에는 상상력이, 가운데에는 이성이, 그리고 뒷부분에는 기억력이 위치하고 있었다. 우울증은 뇌의 중간에 자리 잡고 있었다.

"아테네로 가거라. 그러면 네 슬픔이 끝날 것이다."

이 말이 끝나자 아르시테는 눈을 뜨고 자리에서 일어났습니다.

'아무리 큰 위험이 도사린다 하더라도 즉시 아테네로 가는 거야. 내가 사랑하고 섬기는 여자를 볼 수만 있다면 죽는 한이 있어도 그곳으로 가야지. 그녀 앞에서라면 죽어도 한이 없어.'

이렇게 마음을 굳힌 그는 커다란 거울을 들어서 자신을 바라보았고, 이내 자기 얼굴이 완전히 바뀌었다는 것을 알았습니다. 그러자 머리에 한 가지 묘안이 떠올랐습니다. 그의 얼굴은 상사병 때문에 완전히 일그러져 있었고, 따라서 아테네에 가더라도 자기의 정체를 숨긴 채 살아갈 수 있을 것이며, 남의 의심만 사지 않도록 행동하면 거의 매일 사모하는 사람을 볼 수 있을 것이라는 생각이 들었던 것입니다.

즉시 그는 허름한 옷으로 갈아입어 가난한 노동자로 변장했습니다. 그리고 왜 그가 슬퍼하는지 잘 알고 있던 종자 한 명을 데리고 가장 빠른 지름길을 택해 아테네로 향했습니다. 종자도 그의 옷처럼 초라한 행색이었습니다.

마침내 아르시테는 궁궐로 찾아가 아무리 힘든 일이라도 좋으니 일거리를 달라고 애원했습니다. 결국 그는 에밀리와 함께 사는 시종장 밑에서 일하게 되었습니다.

잔소리 심한 시종장은 날카로운 눈으로 하인들이 할 일을 제대로 하는지 빠짐없이 감시했습니다. 아르시테는 젊고 키가 크며 체격이 좋고 힘도 센 젊은이였기에 무슨 일을 시켜도 잘했습니다. 특히 도끼로 장작을 패고 우물에서 물을 길어오는 일에는 당할 사람이 없었습니다.

그는 필로스트라트라는 이름을 사용했습니다. 하인으로 일하면서 그는 아름다운 에밀리를 위해 한두 해를 보냈습니다. 에밀리의 처소에서 일하는 하인 중에는 아르시테가 일하는 것의 반만큼도 할 수 있는 사람이 없었습니다. 그의 성격은 점잖아서 온 궁전 내에서 명성이 자자했습니다. 그러자 테세우스가 그의 재능을 마음껏 발휘할 수 있는 직책을 맡긴다면 얼마나 고마운 일이겠느냐는 말이 나돌기 시작했습니다.

시간이 흐르자 예의바르고 일 잘한다는 명성이 테세우스의 귀에 들어가게 되었고, 테세우스는 그를 불러 자기 방에서 일하는 시종장으로 임명하고, 이 새로운 직책에 걸맞은 돈을 주었습니다. 이것 이외에도 매년 그는 자기 조국에서 아무도 모르게 돈을 송금받고 있었습니다. 하지만 매우 조심스럽게 썼기 때문에, 어떻게 그런 돈을 손에 넣게 되었는지 물어보는 사람은 아무도 없었습니다. 이런 식으로 그는 전시건 평화시건 훌륭하게 처신하면서 3년을 살았고, 마침내 테세우스 왕의 총애를 독차지하게 되었습니다.

이제 행복하게 사는 아르시테의 이야기는 여기에서 멈추고 잠시 팔라몬에 관해 이야기하겠습니다.

팔라몬은 난공불락의 어두컴컴한 감옥 속에서 7년이란 세월을 보내며 고통과 절망으로 초췌해졌습니다. 고통과 비극이라는 이중의 괴로움에 있어서 팔라몬과 견줄 만한 사람은 아무도 없었습니다. 게다가 그는 이룰 수 없는 사랑 때문에 슬퍼한 나머지 마침내는 그것 때문에 미치기 일보 직전에 있었습니다. 그러나 그는 감옥에 있는 몸이었습니다. 그것도 한두 해가 아니라 평생을 그렇게 보내야만 할 신세였습니다. 그가 겪은 수난과 고통을 말로 제대로 묘사할 수 있겠습니까? 분명히 말하건대 나는 그럴 능력이 없습니다. 그러니 이 정도에서 지나가기로 하겠습니다.

이 이야기를 좀 더 자세하게 설명하고 있는 고대 작가들에 의하면, 감옥에 갇힌 지 7년째 되던 5월의 셋째날 밤에 한 사건이 일어났습니다. 그것이 우연인지 아니면 운명인지는 모르지만, 어쨌든 그런 사건이 일어나도록 정해져 있었다면, 일어나야만 하는 법입니다.

자정이 조금 넘은 시간에 팔라몬은 친구들의 도움을 받아 감옥을 빠져나와 아테네를 재빨리 도망치게 되었습니다. 그렇게 하기 위해 그는 옥리에게 향신료와 꿀을 섞은 술을 한 잔 마시게 했었습니다. 그 술에는 테베산 고급 아편과 마약이 섞여 있었습니다. 그 술을 마시자, 옥리는 밤새 내내 깊은 잠으로 빠져들었습니다. 사람들이 잠을 깨우기 위해 아무리 흔들었다 하더라도 소용없을 정도였습니다. 그래서 팔라몬은 있는 힘을 다해 전속력으로 도망쳤던 것입니다.

5월의 짧은 밤은 눈 깜짝할 사이에 지나갔고, 어느새 날이 밝아오고 있었습니다. 팔라몬은 몸을 숨기기 위해 근처에 있던 숲 속으로 조심스레 숨어 들어갔습니다. 간략하게 말하자면, 그는 환한 낮에는 숨어 있다가 밤이 되면 발길을 재촉하여 테베로 가고자 했던 것입니다. 그리고 테베에 도착하면 친구들에게 도움을 청하여 군사를 일으켜 테세우스와 전쟁을 벌이려고 생각하고 있었습니다. 그는 죽든지 아니면 에밀리를 아내로 맞이하든지 결판을 내려고 작정한 것입니다.

이제 다시 아르시테의 이야기로 돌아가겠습니다. 그는 재앙이 기다리고 있다고는 전혀 생각하지 못하고 있었습니다. 하지만 운명의 여신은 그를 함정에 빠뜨릴 찰나에 있었습니다.

날이 밝아온다는 것을 알리는 전령(傳令)인 종달새들이 기쁘게 노래하고 있었습니다. 그러는 동안 불타오르는 태양이 눈부시게 떠올랐습니다. 온 동녘 하늘이 환한 광채 속에서 미소를 지었고, 햇빛은 풀잎에 달려 있던 이슬방울들을 공중으로 날아오르게 했습니다.

테세우스 궁전의 으뜸가는 종자인 아르시테는 자리에서 일어나 창문으로 미소짓는 하늘을 바라보았습니다. 그는 한시도 쉬지 않고 자기가 원하는 대상을 생각하고 있었습니다. 그는 5월의 여신에게 경의를 표하고 잠시 기분을 전환하기 위해 발 빠른 말을 타고 궁전에서 2km 떨어진 곳으로 갔습니다. 그리고 산사나무 잎사귀나 덩굴나무로 화관을 만들기 위해 숲으로 말머리를 돌렸습니다. 하지만 우연의 장난인지, 그곳은 우리가 조금 전에 말한 그 숲이었습니다. 그는 햇빛을 흠뻑 받으며 큰 소리로 노래했습니다.

꽃으로 치장한 예쁜 5월이여,
당신의 꽃과 잎사귀를 환영합니다.
당신에게 푸른 잎사귀를 받고 싶습니다.

그는 기쁜 마음으로 말에서 내려 재빨리 숲 속으로 들어갔습니다. 그리고 덤불 근처에 있는 길을 이리저리 거닐었습니다. 그런데 그 덤불은 목숨이 달아날지도 몰라 두려워하던 팔라몬이 남의 눈을 피하기 위해 숨어 있던 곳이었습니다. 팔라몬은 그 사람이 아르시테인 줄은 꿈에도 생각하지 못했습니다. 하느님도 그가 그런 생각을 하기란 전혀 쉽지 않음을 잘 알고 있습니다. 옛날 속담에는 '들판은 눈이 있지만, 숲은 귀가 있다'라고 했는데, 이런 점에서 이 말은 정말로 옳은 말입니다.

우리는 항상 침착해야 합니다. 왜냐하면 우리가 전혀 생각지 않은 순간에 의외의 사건과 마주치기 때문입니다. 아르시테는 자기 친구가 덤불 속에 숨어서 꼼짝하지 않은 채, 자기의 말을 모두 들을 정도로 가까이 있다는 사실을 생각조차 할 수 없었습니다.

이리저리 왔다 갔다 하는 것에 지친 아르시테는 기쁜 노래를 멈추었습니다. 그리고 잠시 깊은 생각에 빠졌습니다. 이것은 사랑에 빠진 연인들의 이상한 습관입니다. 그들의 기분은 마치 우물 안의 두레박처럼 오르락내리락합니다. 어떤 때는 금방 나무 꼭대기로 치솟는 듯하다가도 이내 잡초 속으로 떨어지기도 합니다. 그래서 맑았다가도 폭우가 퍼붓는 금요일처럼 변덕스런 베누스는 그녀의 신봉자들인 연인들의 마음을 산뜻하게 하다가도 잔뜩 먹구름으로 뒤덮습니다. 그래서 금요일이 다른 주중의 날처럼 아침 날씨가 저녁까지 지속되는 법은 거의 없습니다.

노래가 끝나자 아르시테는 한숨을 내쉬며 자리에 앉았습니다.

"내가 세상에 나온 날은 저주스런 날이야! 인정머리 없는 유노 여신이여, 앞으로도 얼마나 더 당신은 테베와 전쟁을 할 생각입니까? 카드모스와 암피온[6] 왕가의 혈통은 이제 파괴되고 말았습니다. 카드모스는 테베의 창시자요, 테베 최초의 왕이었습니다. 나는 그분의 혈통이며 왕가의 직계 후손입니다. 그러나

---

6. 테베의 전설적인 창시자들.

지금 나는 불쌍하고 가난한 노예이며, 나의 철천지원수를 섬기는 종자입니다.

그러나 유노 여신은 나를 더욱 수치스럽게 하고 있습니다. 내 이름은 아르시테인데 지금은 필로스트라트라고 부르고 있습니다. 이렇게 본명조차도 떳떳하게 밝힐 수가 없습니다. 필로스트라트라니, 얼마나 우스운 이름입니까! 오, 잔인한 마르스 신이여! 오, 유노 여신이여! 당신의 분노는 우리의 모든 가족들을 이 세상에서 지워 버렸습니다. 단지 나와 테세우스의 감옥에서 박해받는 불쌍한 팔라몬만이 살아남았을 뿐입니다.

이것도 모자라 사랑의 신 쿠피도는 나를 죽이기 위해 뜨겁게 불타는 화살을 쏘아 내 가슴을 관통시키고 나를 뜨겁게 불태웠습니다. 에밀리여, 그대의 시선은 내 마음을 흔들었습니다. 나는 당신을 위해 죽습니다. 당신을 기쁘게 해 줄 수 있는 일이라면, 내가 아무리 슬픈 일을 당해도 기꺼이 참을 수 있답니다."

이렇게 말한 후 아르시테는 오랫동안 정신을 잃었습니다. 한참 뒤에 그는 벌떡 일어났습니다.

팔라몬은 마치 싸늘한 칼이 심장을 뚫고 지나간 것 같은 느낌을 받았습니

숲 속에서 운명적으로 다시 만난 팔라몬과 아르시테

다. 그는 분노로 몸을 떨었고, 더 이상 참을 수가 없었습니다. 아르시테의 말을 끝까지 들은 후, 팔라몬은 미친 사람처럼 창백한 얼굴로 잡초 덤불에서 나와 소리쳤습니다.

"못된 배신자, 아르시테야! 이제 넌 내 손에 잡혔어. 네가 감히 내 여자를 사랑하다니! 난 그녀 때문에 크나큰 고통과 슬픔을 참고 이겨내고 있는데 말이야. 너는 나와 같은 피를 나누었고, 내가 수없이 상기시켜 주었던 것처럼 친한 친구가 되기로 맹세했어. 그런데 너는 교활하게도 이름까지 바꾸어 테세우스를 속였어. 이제 우리 둘 중의 하나는 죽어야 돼. 넌 절대로 에밀리를 사랑할 수는 없을 거야. 그녀를 사랑할 사람은 나밖에 없어. 나는 바로 너의 원수 팔라몬이란 말이야! 간신히 감옥에서 빠져나온 몸이라 난 무기라곤 가진 것이 없어. 겁내지 마라. 너는 죽을 것인지, 아니면 에밀리를 포기할 것인지 하나를 택해. 어서 선택하도록 해. 넌 도망칠 수 없어!"

팔라몬을 알아본 아르시테는 그의 이야기를 듣자, 가슴이 경멸의 분노로 가득 차 오르는 것을 느꼈습니다. 성난 사자처럼 그는 칼을 빼어들고 외쳤습니다.

"하늘에 계신 하느님을 두고 말하겠어. 만일 네가 사랑으로 병들고 미치지만 않았더라도, 또 무기만 옆에 갖고 있었더라도, 넌 살아서 이 숲 속을 빠져나가지 못하고 내 손에 죽었을 거야. 넌 우리가 서로 맹세를 했다고 말하는데, 난 그런 것 따위에 연연하고 싶지 않아. 이 바보 같은 녀석아! 사랑에는 장벽이 없다는 말을 머릿속 깊이 새겨 둬.

난 네가 어떤 행동을 하더라도 에밀리를 사랑하고 말 거야. 그렇지만 넌 명예를 중시하는 기사야. 그러니 애인을 차지하기 위해 정정당당하게 싸우길 바랄 거야. 내가 명예를 걸고 약속하지. 내일 아무도 눈치 채지 못하게 무장을 하고 이곳에 나타나겠어. 네게 필요한 무기와 갑옷도 가져오겠어. 그 중에서 좋은 것을 골라 네가 갖고, 나쁜 것을 내게 주도록 해. 오늘 밤에는 네가 먹고도 남을 충분한 음식과 먹을 것을 가져다주겠어. 또한 잠을 잘 수 있도록 옷도 가져다주겠어. 내일 네가 이곳에서 나를 죽이면 에밀리는 네 여자가 되는 거야."

그러자 팔라몬이 대답했습니다.

"좋아."

두 사람은 이렇게 약속을 한 후 다음날 만나기로 하고 헤어졌습니다.

쿠피도의 왕국에서는 경쟁자를 허용하지 않습니다. 이런 점에서 그는 정말로 냉혹합니다. '사랑이나 권력은 우정을 허락하지 않는다'라는 옛말이 있는데 이는 극히 지당한 말입니다. 아르시테와 팔라몬도 이 말을 잘 알고 있었습니다.

아르시테는 곧 궁전으로 달려갔습니다. 다음날 아침 해가 밝기도 전에 그는 아무도 모르게 두 사람이 벌일 결투에 적당한 두 벌의 투구를 준비했습니다. 그는 혼자 이 투구를 말에 싣고 숲으로 향했습니다. 미리 정해놓은 시간과 장소에서 아르시테와 팔라몬은 만났습니다. 그들의 얼굴빛이 바뀌기 시작했습니다.

곰 사냥이나 사자사냥을 나갈 때 트라키아 사냥꾼들이 나뭇가지를 헤치고 잎사귀를 밟으며 숲에서 달려 나오는 맹수의 소리를 들으면, 숲의 빈터에 서서 창을 손에 든 채 얼굴빛이 변하며 생각하곤 했습니다.

'여기 지금 내가 죽여야 할 적이 오고 있다. 어찌 되었던 간에 우리 둘 중의 하나는 죽어야 한다. 맹수가 숲 속에서 나올 때 죽여야 해. 만일 내가 실수하면 맹수가 나를 죽일 거야.'

상대방이 용기 있는 사람이며 또한 싸움 솜씨도 보통이 아니라는 것을 알고 있었기에, 트라키아 사냥꾼들처럼 두 기사의 얼굴빛은 변했습니다.

인사도 주고받지 않고 아무 말도 건네지 않은 채, 그들은 상대방이 투구로 무장하는 것을 서로 도와주었습니다. 그런 모습은 마치 친형제처럼 다정했습니다. 그런 다음 날카로운 창을 휘둘러대며 오랫동안 싸움을 벌였습니다. 그들이 싸우는 모습을 보았다면, 그 누구라도 팔라몬은 성난 사자였고, 아르시테는 무서운 호랑이라고 믿었을 것입니다. 그들은 분노를 이기지 못해 피가 발목을 적실 때까지 흰 거품을 뿜어내는 사나운 멧돼지처럼 싸웠습니다.

그럼 그들이 치열하게 싸우게 놓아두고, 테세우스의 이야기를 하겠습니다.

운명이란 하느님의 섭리를 온 세상에 실천하는 최고의 대신입니다. 그 힘은 너무나 강하여 모든 사람이 절대로 일어나지 않을 것이라고 맹세하더라도 머지않아 이루어지게 되지요. 천 년에 한 번 일어날까말까 한 일도 말입니다. 사실대로 말하자면, 전쟁이나 평화 혹은 사랑이나 증오와 같은 우리의 열정은 하늘에 계신 하느님의 섭리에 의해 지배됩니다. 이 모든 것이 위대한 왕인 테세우스의 경우에도 적용될 수 있습니다.

그는 사냥 애호가였는데, 특히 5월에 사슴 사냥하는 것을 좋아했습니다. 그래서 해가 뜰 무렵에는 침대에 있는 것이 아니라, 이미 옷을 입고 몰이꾼들과 나팔수들, 사냥개를 데리고 사냥을 나갈 채비를 끝내고 있었습니다. 그는 사냥 그 자체를 즐겼을 뿐만 아니라, 사슴을 죽이는 것을 최대의 기쁨으로 생각하고 있었습니다. 그리고 다른 때에는 전쟁의 신 마르스를 섬겼지만, 이 시기에는 사냥의 여신 디아나를 섬기고 있었습니다.

이미 말했던 것처럼, 그날은 아주 맑은 날이었습니다. 테세우스는 아름다운 왕비 히폴리테와 처제 에밀리를 데리고 기쁜 마음으로 사냥을 떠났습니다. 그들은 모두 초록색 옷을 입고 왕실의 장신구들이 달린 말을 타고 있었습니다. 테세우스 왕은 근처에 있는 숲을 향해 말을 몰았습니다. 그곳에 사슴이 살고 있다는 말을 들었기 때문이었습니다. 그는 사슴이 숨어 있을 만한 곳으로 달렸습니다. 시냇물을 건너 계속 앞으로 나아갔습니다. 왕은 손수 고른 사냥개들과 한두 번 정도 사슴을 추격할 수 있을 것이라고 생각했습니다.

숲 속의 빈터에 이르자, 왕은 강하게 내리쬐던 햇빛을 가리며 주위를 살펴보았습니다. 그런데 뜻밖에도 아르시테와 팔라몬이 성난 황소들처럼 싸우고 있는 모습이 눈에 들어왔습니다. 그들은 온 힘을 다해 번쩍이는 칼로 허공을 가르고 있었습니다. 그 칼에 스치기만 해도 우람한 참나무가 단숨에 쓰러질 것만 같았습니다.

테세우스 왕은 그들이 누구인지 알 턱이 없었습니다. 왕은 말에 박차를 가해 단숨에 그들 사이로 뛰어들었습니다. 그리고 칼을 빼어들며 소리쳤습니다.

"멈추어라! 그렇지 않으면 너희들을 사형에 처하겠다! 군신 마르스를 두고

〈팔라몬과 아르시테의 결투〉, 존 해밀턴 모티머 그림

이르겠는데, 내 눈 앞에서 다시 한 번 칼을 휘두르는 사람은 이 자리에서 죽여 버리겠다. 그런데 심판도 없이 마치 마상시합장에서처럼 무섭게 싸우는 너희들은 누구냐?"

팔라몬이 황급히 대답했습니다.

"폐하, 할 말이 없습니다. 저희들은 죽어도 마땅한 놈들입니다. 저희들은 가련한 포로이며, 저희의 삶은 수많은 불행으로 점철되어 있습니다. 당신은 정의로우신 왕이시며 판관이시니, 저희들에게 한 치의 자비도 베풀지 마십시오. 우선 저를 죽여주신 다음에, 제 친구를 죽여주십시오. 아니면 제 친구를 먼저 죽이셔도 좋습니다.

폐하는 잘 모르시겠지만, 저 놈은 당신의 철천지원수인 아르시테입니다. 폐하의 땅에 돌아오면 목숨을 잃을 것이라는 조건으로 이 땅에서 쫓겨난 사람입니다. 그것만으로도 죽어 마땅합니다. 그는 바로 필로스트라트라는 이름으로 폐하의 문전에 접근했습니다. 여러 해 동안 폐하를 속여 왔고, 그것도 모른 채 폐하는 그를 시종장으로 임명을 하셨습니다. 게다가 저 놈은 에밀리를 사랑하고 있습니다.

이제 이 몸이 죽을 날이 되었으니 솔직하게 말하겠습니다. 저는 바로 불행한 팔라몬으로, 몰래 당신의 감옥에서 도망쳤습니다. 저는 당신의 원수입니다. 그리고 아름다운 에밀리를 열렬히 사랑하고 있습니다. 그녀가 지켜보는 앞에서 죽는다면 여한이 없을 것입니다. 그래서 저는 제게 죽음을 내려 달라고 부탁하고 싶습니다. 하지만 동시에 제 친구도 죽여주십시오. 우리 둘은 모두 죽을죄를 지었습니다."

이 말을 듣자 훌륭한 테세우스 왕이 말했습니다.

"내 판결은 간단하다. 너는 네 입으로 지은 죄를 고백했으니 네가 원하는 대로 선고하겠다. 지은 죄를 밝히기 위해 너희들을 고문할 필요는 없을 것이다. 전능하신 홍안(紅顔)의 마르스를 걸고 맹세하건대, 너희들은 죽을 것이다."

바로 그 순간 여자의 연약한 동정심을 이기지 못해 왕비가 울음을 터뜨렸고, 에밀리와 다른 여자 시종들도 모두 울기 시작했습니다. 그녀들은 그들이 모두 왕족이었으며, 사랑 때문에 이런 싸움을 벌였다는 이유로 죽는다는 것은 너무도 가혹하며 불쌍하다고 생각하고 있었습니다.

여자들은 그들이 깊은 상처를 입고 피범벅이 되어 있는 것을 보자 일제히 소리쳤습니다.

"폐하, 우리 여자들에게 동정을 베풀어 주십시오."

그러면서 모두 무릎을 꿇고 테세우스의 발에 입을 맞추려고 했습니다. 그러자 테세우스의 분노가 누그러졌습니다. 훌륭한 사람의 마음에서는 인정이 솟아나는 법이니까요.

비록 그는 처음에 분노로 몸을 떨었지만, 이내 그들이 싸운 원인과 그들의 죄를 재고했습니다. 그는 화가 치밀어 그들의 죄를 나무랐지만, 이성을 되찾자 두 사람을 용서해 주었던 것입니다.

테세우스는 사랑에 빠진 연인들이라면 누구나 감옥에서 탈출하려고 했을 것이라고 생각했습니다. 그리고 흐느끼고 있는 여자들이 마음속으로 불쌍하게 여겨졌고, 넓은 아량으로 이렇게 생각했습니다.

'통치자가 죄를 뉘우치고 두려워 떨고 있는 사람들에게 인정을 베풀지 않고, 자기 생각만 고집하는 오만한 자들을 대하듯이 사자처럼 혹독하게 말하고 행동한다는 것은 창피한 일이다. 이번처럼 경우를 구별할지 모르고 오만과 겸손을 똑같이 다루는 왕은 자격이 없다.'

분노가 수그러들자 테세우스는 기분 좋은 표정으로 눈을 들고는 큰 소리로 말했습니다.

"사랑의 신은 얼마나 위대하고 힘이 센 분이신가! 그의 힘을 당해 낼 장애물은 아무것도 없다. 그가 이루는 기적을 보면 가히 신이라 부를 만하다. 그는 자기 마음대로 사람들의 마음을 주무를 수 있다. 여기에 있는 아르시테와 팔라몬을 보라. 그들은 내 감옥에서 빠져나왔고, 테베에서 군왕처럼 살수도 있었다. 그들은 내가 원수이며 그들의 생명은 내 손에 달려 있음을 잘 알고 있다. 그러나 사랑에 이끌려, 두 눈을 뜬 채, 죽을지도 모르는 이곳으로 돌아왔다. 너희들이 잘 생각해 본다면, 이것이야말로 어리석은 일이 아니냐? 사랑에 빠진 사람보다 더 바보 같은 사람이 있겠느냐?

하늘에 계신 하느님이시여, 저들을 보십시오! 얼마나 피를 흘리고 있는지 보십시오! 저들이 얼마나 처참하게 다쳤는지 보십시오!

그들은 사랑의 신에게 힘써 봉사했지만, 사랑의 신은 고작 저렇게 보답해 주었다. 하지만 사랑의 신을 섬기는 사람들은 무슨 일이 생기더라도 자신들이 합리적으로 생각하고 행동한다고 생각한다. 더욱 기막히는 것은 이 엄청난 일의 원인 제공자인 에밀리가 그들에게 고마워해야 할 이유가 하나도 없다는 것이다. 에밀리는 어리석은 철부지 뻐꾹새나 산에서 뛰노는 토끼처럼 전혀 그들의 열렬한 사랑을 모르고 있었으니 말이다.

그러나 사랑의 보답이 있건 없건, 무슨 수를 쓰더라도 사랑을 얻으려고 하는 것이 사랑하는 사람의 마음이다. 이것은 늙은이나 젊은이나 마찬가지다. 내 자신도 이런 사실을 오래 전에 깨달았다. 나 역시 한창 때에는 쿠피도의 노예였다. 그래서 사랑의 상처를 알고, 내가 파 놓은 사랑의 함정에 여러 차례 빠지기도 했다. 그래서 사랑 때문에 인간이 얼마나 큰 고통을 겪어야 하는지 잘 알고 있다.

또한 여기 무릎을 꿇고 간절히 애원하는 왕비와 나의 사랑하는 처제 에밀리를 보아, 너희들이 지은 죄를 모두 용서해 주겠다. 이 대가로 너희 두 사람은 더 이상 내 조국을 해치지 않고 전쟁을 벌이지도 않을 것이며, 무슨 일이 있어도 나와 친하게 지내겠다는 것을 맹세하도록 하라. 그러면 너희들의 죄를 모두 용서해 주겠다."

아르시테와 팔라몬은 테세우스에게 경의를 표하면서 선처를 부탁했습니다. 그러자 테세우스는 쾌히 승낙하면서 말했습니다.

"너희들은 왕가의 혈통이며 그에 해당하는 부를 누리고 있다. 그러니 너희들의 상대방이 여왕이나 공주라 해도, 적당한 때가 되면 너희들은 그들을 아내로 삼을 자격이 있다. 그러나 이 모든 질투와 싸움의 원인인 에밀리의 입장에서 한 마디 말하고자 한다.

너희들도 잘 알다시피, 너희가 영원히 싸움을 한다 해도 한 여자가 두 남자를 동시에 남편으로 맞을 수는 없는 법이다. 따라서 좋건 싫건 간에 한 사람은 단념해야 한다. 더 이상의 방법은 없다. 다시 말하자면, 너희들이 화를 내며 질투의 불꽃을 튀긴다 하더라도, 에밀리는 너희 둘과 동시에 결혼할 수 없다. 따라서 내가 할 수 있는 최선의 길은 각자에게 마련된 운명을 따르도록 조정하는 길밖에 없다. 지금부터 내가 설명하는 것을 잘 듣도록 해라. 나는 너희들의 문제를 해결하고자 이렇게 제안한다.

나의 제안은 이런 것이다. 이것은 더 이상 왈가왈부하지 않고 너희들의 싸움을 종식시키기 위함이다. 물론 너희들은 이 제안을 자유의사에 따라 결정할 수 있다. 너희는 지금 이 자리를 떠나 너희들이 가고 싶은 곳으로 가라. 몸값 따위는 요구하지 않을 테니 신변의 위협은 없을 것이다. 그런 다음 정확히 오늘부터 1년 후에 각자 완전히 무장한 기사 백 명을 데려와 마상시합을 벌이도록 하라. 시합에 이긴 사람이 에밀리를 차지할 것이다.

나는 기사의 명예를 걸고 너희들에게 약속하겠다. 상대방을 죽이거나, 아니면 백 명의 기사에게 도움을 받아 상대방을 시합장 밖으로 던져 버리는 사람에게 나의 처제 에밀리를 아내로 삼게 하겠다. 나는 바로 이 자리에 마상시합장을 만들겠으며, 공정한 심판이 이루어지도록 노력할 것이다. 너희들 중 하나는 죽거나 포로가 되어야 한다. 그 이외의 다른 결과는 원하지 않는다. 만일 이 제안이 좋다고 생각하면, 좋다고 말한 후 행복한 표정을 짓도록 해라. 이렇게 하면 너희들의 문제가 끝날 것이다."

팔라몬은 행복한 표정을 지었습니다. 또한 아르시테도 기뻐 어쩔 줄 몰랐습니다. 테세우스의 훌륭한 태도에 그곳에 있던 사람들이 얼마나 환호했는지 내가 어떻게 표현할 수 있겠습니까? 모든 사람들이 무릎을 꿇고 진심으로 왕에게 감사를 드렸습니다. 특히 테베의 두 사람은 더욱 고마워했습니다. 그러자 희망에 부풀어 아르시테와 팔라몬은 홀가분한 마음으로 작별을 하고 말에 올라 조국으로 향했습니다. 크고 오래된 성벽이 있는 테베로 말입니다.

3

테세우스가 경기장을 건설하는데 얼마나 많은 돈을 들였는지 말하지 않고 넘어간다면, 아마 여러분들은 나의 부주의를 탓할 것입니다. 감히 말하건대, 이 세상에 그것보다 훌륭한 경기장은 없을 것입니다. 둘레는 직경이 1.6km나 되었고, 주위는 모두 돌담과 도랑으로 둘러싸여 있었습니다. 모양은 나침반처럼 둥글었고, 좌석은 계단식으로 18미터까지 올라가 있어서, 어디에 앉아도 남의 시야를 가리지 않았습니다.

동쪽에는 흰 대리석 문이 있었으며, 이와 같은 문이 반대편에도 있었습니다. 솔직하게 말해서, 1년이란 짧은 시간을 감안한다면 이 세상의 그 어느 곳에도 그렇게 훌륭한 건물은 없었습니다. 테세우스가 다스리는 나라에는 기하나 산술에 정통한 기술자가 없었기 때문에, 타지에서 도장공이나 조각가들을 불러들여 돈을 주어 경기장을 설계하고 건설하도록 했습니다.

그리고 동쪽 문 너머로 사랑의 여신인 베누스를 기리도록 제단과 신전을 만들어 제사와 공물을 바치게 했습니다. 마찬가지로 서쪽 문 너머로는 거의 마차 한 대 분량의 금을 들여서 마르스의 신전과 제단을 치장했습니다. 또한 순결의 여신 디아나를 모실 수 있도록 눈이 부시게 휘황찬란한 신전을 만들도록 지시했습니다. 북쪽에 위치한 작은 탑 모양의 그 신전은 흰 석고와 붉은 산호로 만들어졌습니다.

그런데 이 세 신전에 있는 화려한 조각물과 초상화들, 그리고 그 인물들의 용모와 자태를 자칫 잊어버리고 지나갈 뻔했군요. 우선 베누스 신전의 내벽에 그려진 것부터 말하겠습니다. 그것은 사랑의 노예들이 견뎌야 하는 것들을 그린 감동적인 그림이었습니다. 잠을 못 이룬 채 한숨을 짓고, 성스러운 눈물을 흘리며 탄식하면서 연인을 그리워하는 모습이었습니다.

또한 사랑의 맹세에 포함된 기쁨과 희망과 욕망, 무모함과 아름다움과 젊음, 화려함과 부귀와 사랑의 미약과 그 힘, 거짓말과 달콤한 유혹의 말과 사치와 음모, 손에는 뻐꾸기를 얹고 노란 금관[7]을 쓴 질투의 여신, 잔치와 음악과 노래들, 춤과 기쁨과 즐거움들도 그 안에 포함되어 있었습니다. 내가 열거한 것 이외에도 너무나 많아 언급하지 못하고 지나간 모든 사랑의 현상들이 순서대로 벽에 그려져 있었습니다.

정말이지 베누스가 주로 거처했던 키테라 언덕 전체의 모든 기쁨이 정원을 배경으로 이 프레스코화에 그대로 그려져 있었습니다. 그 정원의 문지기 '태만'과 과거에 살았던 나르키소스나, 여자를 질투하여 죽음을 맞이한 솔로몬의 어리석은 행동, 천하의 장사 헤라클레스, 메데이아와 키르케의 마술[8], 용감무쌍한 투르누스[9], 그리고 감옥에 갇혀 비참한 최후를 맞이한 부자 크로이소스

7. 노란색은 질투를 의미한다.
8. 메데이아는 이아손을 도와준 마녀이며, 키르케는 인간을 돼지를 변모시킨 마녀로 「오디세이아」에 등장한다.
9. 아이네이아스의 적으로 라비니아를 사랑한 죄로 죽는다.

왕도 빠지지 않고 그려져 있었습니다.

여기에서 우리가 배울 수 있는 교훈은 지혜나 돈이나 아름다움, 혹은 간계나 힘이나 용기도 자기 마음대로 세상을 지배할 수 있는 베누스와는 비교할 수 없다는 것입니다. 이 모든 사람들이 베누스의 올가미에 빠져, 마침내는 번민 속에서 수없이 비명을 지른 불쌍한 존재들입니다. 이런 예는 수없이 많지만, 한두 가지 예만 들어도 충분할 것입니다.

벌거벗은 채 무한한 바다 위를 떠다니는 멋진 베누스 여신상이 있었습니다. 배꼽 아래는 수정처럼 빛나는 푸른 파도로 가려져 있었습니다. 그녀는 오른손에 현악기를 들고 있었고, 머리 위에는 신선하고 향기로운 장미 화관을 쓰고 있었으며, 화관 위로는 비둘기가 날고 있었습니다. 베누스의 아들 쿠피도는 날카로운 화살과 빛나는 활을 가진 채 그녀 앞에 서 있었습니다. 흔히 묘사되는 것처럼 그는 어깨에 날개를 달고 눈이 멀어 있었습니다.

이제 마르스 제단의 벽에 그려진 프레스코화를 설명하겠습니다. 우리도 알다시피 추운 지방인 트라키아에는 마르스의 가장 큰 궁전이 있습니다. 마르스의 신전으로 알려진 그 음산한 건물의 내부처럼, 테세우스가 세운 마르스 신전의 벽도 온통 그림으로 가득 했습니다.

첫 번째 프레스코화에는 사람도 짐승도 살지 않는 숲이 그려져 있었습니다. 마디가 두툼하고, 잎사귀도 없이 앙상한 고목들만이 있는 숲이었습니다. 들쭉날쭉하고 흉하게 생긴 그루터기들 사이로 모든 나뭇가지를 꺾어 버리려는 듯이 세찬 바람이 불고 있었습니다.

비탈길로 내려가는 언덕 가운데에는 반짝이는 강철로 만든 힘센 마르스의 궁전이 솟아 있었고, 길고 좁으며 어두운 입구에는 성난 바람이 세차게 불어 대문을 뒤흔들고 있었습니다. 벽에는 빛이 들어올 만한 창문이 하나도 없었고, 단지 한줄기 겨울 햇빛만이 문틈으로 새어들고 있을 뿐이었습니다. 문은 영원불변의 금강석으로 만들어졌고, 단단한 쇠빗장이 가로와 세로로 꽉 잠겨 있었습니다. 이 신전의 무게를 지탱하기 위해 기둥은 모두 큰 술통처럼 굵었으며, 어슴푸레하게 빛나는 쇠로 만들어져 있습니다.

그곳에서 여러분들은 배신과 온갖 책략을 그린 어두운 그림을 볼 수 있습니다. 시뻘겋게 달아오른 석탄처럼 잔인한 '분노'와 남의 것을 식은 죽 먹듯이 훔치는 창백한 얼굴의 '공포', 그리고 얼굴은 웃고 있지만 옷소매 안에는 칼을 숨긴 모습, 불타는 마구간에서 솟아오르는 검은 연기, 침대에서 행해지는 음흉한 살인, 상처로 피범벅이 되어 지독한 냄새를 풍기는 전쟁, 피 묻은 칼을 휘두르며 협박하는 싸움 등이 그려져 있습니다. 무시무시한 이 장소는 신경에 거슬리는 음산한 바람소리로 가득했습니다.

또한 그곳에는 심장의 피로 자기의 머리를 흠뻑 적신 자살자도 있었는데, 그의 머리는 잠자는 도중에 죽은 듯이 못이 박혀 있었습니다. 그 뒤에는 '죽음'이 입을 벌리고 서 있었습니다. 신전의 한가운데에는 '불행'이 슬프고 불편한 얼굴로 앉아 있었습니다. 또한 여러분들은 '광기'가 미친 듯이 웃고 있는 모습을 비롯하여, 무장 반란과 울부짖는 소리와 격한 분노도 볼 수 있으며, 목이 잘린 채 가시덤불 속에 처박혀 있는 썩은 시체도 그려져 있었습니다.

그리고 또 마르스에게 희생된 수천 명의 사람이 있었는데, 그들 중 질병에 걸려 죽은 사람은 하나도 없었습니다. 빼앗은 먹이를 먹으려고 몸부림치는 폭군과 하수구 같은 도시와 널려 있는 쓰레기도 볼 수 있습니다. 그리고 불타는 배가 휘청거리는 모습과 사나운 곰들에게 물려 갈기갈기 찢겨 죽은 사냥꾼, 방금 태어난 자기 새끼를 먹어치우는 암퇘지, 커다란 국자를 갖고도 뼛속 깊이 화상을 입은 요리사, 자기 마차 수레에 깔려 죽은 마부들도 보였습니다. 마르스의 불행이 야기한 것들이 하나도 빠짐없이 그려져 있었습니다.

또한 이발사와 푸줏간 주인이나 모루에서 날카로운 칼을 두드려 만드는 대장장이처럼 마르스의 영향력 아래 있는 사람들도 있었습니다. 마르스의 신전 위에는 머리 위로 드리워진 가느다란 밧줄에 날카로운 칼을 걸고 왕좌에 앉아 있는 '정복'이 보였습니다.

또한 율리우스 카이사르와 네로와 안토니우스의 죽음도 그려져 있었습니다. 비록 그들이 아무도 태어나지 않았을 때였지만, 그들의 죽음은 위협적인 마르스의 예언에 의해 이미 신전에 그려져 있었던 것입니다. 하늘에 떠있는 별들을 그리듯이, 누가 살해당할 것이며, 누가 사랑 때문에 죽을 것인지 그의 예언은 모두 그 그림 속에 그려져 있었습니다. 나는 이 예들을 모두 설명하고 싶지는 않습니다. 아마 전설에 나오는 이야기 하나면 충분하리라 생각합니다.

무섭고 미친 것 같은 얼굴로 무장한 마르스는 전차(戰車)를 타고 서 있는 모습으로 그려져 있습니다. 그의 머리 위에는 두 개의 별이 반짝이고 있습니다. 고대 점성술과 기하학 책에서 이 별들은 푸엘라와 루베우스로 불립니다. 여기에서 전쟁의 신은 늑대와 함께 그려져 있는데, 늑대는 피로 물든 눈으로 사람을 잡아먹겠다는 표정을 지으며 그의 발 밑에 누워 있었습니다. 이 모든 것이 마르스의 영광을 기리기 위해 붓으로 섬세하게 그려져 있었습니다.

이제는 순결의 여신 디아나의 신전을 간략하게 설명하겠습니다. 벽은 사냥 장면과 정절과 겸손에 대한 그림들로 뒤덮여 있었습니다. 우리는 칼리스토가 디아나의 미움을 사서 여자에서 곰으로 변했다가 마침내는 북극성으로 변해 버린 이야기[10]도 그려져 있습니다. 원래 이 이야기가 그렇다는 것이 아니라, 이렇게 그려져 있다는 사실을 덧붙이고 싶습니다.

나는 그 이상의 것은 알지 못합니다. 하지만 여러분들 모두 알다시피, 그녀의 아들 역시 별자리인 것을 보면 이 전설이 맞는 듯합니다. 그리고 그 그림 속에는 다나도 있었습니다. 여기에서 내가 말하는 다나는 디아나 여신이 아니라, 나무로 변한 페네우스의 딸 다프네입니다.

또한 디아나의 벌거벗은 몸을 보았다는 이유로 아름다운 사슴으로 변한 악타이온도 있었습니다. 그가 어떻게 사로잡혔으며, 사냥개들이 그가 주인인지도 모르고 잡아먹는 장면도 그려져 있습니다.

이 장면에서 조금 더 올라가면, 멜레아그로스를 비롯한 많은 다른 사람들과 함께 멧돼지를 사냥하는 아탈란타의 그림도 있습니다. 디아나는 그런 이유로 멜레아그로스에게 재앙을 내렸던 것입니다. 그밖에도 우리가 기억할 만한 멋

---

10. 칼리스토가 유피테르에 의해 처녀성을 잃자, 그녀는 큰곰자리로 변했고, 후에는 북극성이 되었다.

진 장면이 많이 있었습니다.

디아나 여신은 사슴 위에 앉아 있었습니다. 강아지 몇 마리가 그녀의 발 주위에서 노닐고 있었으며, 발밑에는 찼다가 이내 기우는 달(月)이 있었습니다.

그녀의 조상(彫像)은 초록색 옷을 입고, 손에는 활과 화살이 가득 든 화살통을 들고 있었으며, 눈은 플루토가 지배하는 암흑의 왕국을 내려다보고 있었습니다. 디아나 앞에는 산고(産苦)를 겪는 여인이 디아나의 이름으로 루키나[11]에게 아직 태어나지 않은 아기가 제대로 나올 수 있도록 도와 달라며 이렇게 애원하고 있었습니다. "오직 당신만이 나를 도와줄 수 있습니다." 이 그림을 그린 화가는 물감을 아끼지 않으면서 실제보다 더 현실감 있게 표현하고 있었습니다.

엄청난 비용을 들여 만든 경기장과 신전이 완성되자, 테세우스는 몹시 만족하였습니다. 하지만 잠시 테세우스의 이야기는 멈추고, 팔라몬과 아르시테에 관해 말하겠습니다.

전에 설명한 대로 두 사람이 각각 100명의 기사를 데리고 결투를 벌이기로 한 날이 다가오고 있었습니다. 두 사람은 약속을 지키기 위해 아테네에 모습을 드러냈습니다. 그들은 시합에 임할 잘 무장되고 만반의 준비를 갖춘 100명의 기사를 데리고 있었습니다. 사실 많은 사람들은 육지와 바다를 통틀어 이처럼 적은 인원으로 이처럼 훌륭한 기사부대를 이룬 적이 없었다고 생각했습니다.

그들은 모두 기사도를 사랑하고 이름을 떨치고자 하는 사람들이었습니다. 그래서 모두 이번 결투에 참가하기를 바랐던 것입니다. 선택된 사람들은 행운아였습니다. 그리고 만일 시합이 내일 당장 영국이나 혹은 다른 장소에서 열리더라도, 애인을 둔 이 용감한 기사들은 애인을 위해 시합이 열리는 곳으로 달려갔을 것입니다. 내가 여러분들에게 확신하는데, 이 시합은 보기 드문 경기가 될 것입니다.

팔라몬과 함께 온 많은 기사들도 모두 이런 사람들이었습니다. 몇몇 기사

---

11. 디아나는 달의 여신이자 탄생의 여신인 '루키나'라는 이름으로 불리기도 했다.

는 비늘 갑옷을 두르고 있었고, 어떤 기사들은 긴 겉옷을 입은 채 전투용 가슴받이를 하고 있었고, 또 몇몇은 프로이센 식 방패를 들거나 가벼운 방패를 들고 있었습니다. 그리고 어떤 기사는 두 다리에 쇠를 대어 조심스럽게 보호하면서, 전투용 도끼나 철퇴를 손에 쥐고 있었습니다. 이런 것들은 고대에 사용하던 신무기들이었습니다. 어쨌거나 내가 설명한 대로 모든 기사들은 최선을 다해 무장하고 있었습니다.

트라키아의 왕 리쿠르고스도 검은 수염에 힘찬 표정으로 몸소 팔라몬과 함께 말을 타고 왔습니다. 그의 눈은 검고 짙은 눈썹 아래에서 붉고 노란빛을 발하고 있었으며, 독수리의 머리와 사자의 몸체를 가진 괴물 그리핀처럼 자세를 취하며 주위를 돌아보고 있었습니다. 또한 커다란 팔다리와 넓은 어깨와 강인하고 힘센 근육을 자랑하면서, 트라키아의 관습대로 흰 소 네 필이 끄는 전차에 위엄 있게 타고 있었습니다. 그는 갑옷 위에 문장(紋章)이 새겨진 겉옷을 입는 대신 오래되어 숯처럼 까맣게 되어 버린 곰가죽 옷을 걸치고 있었고, 가죽 위에 그대로 달려 있던 곰의 발톱은 마치 금처럼 반짝이고 있었습니다. 뒤로 빗어 넘긴 긴 머리는 까마귀의 깃털보다 더욱 까맣게 빛나고 있었으며, 머리에 쓰고 있던 무거운 왕관은 팔처럼 두꺼웠고, 루비와 다이아몬드 같은 휘황찬란한 보석이 가득 박혀 있었습니다.

그리고 20마리 이상의 흰 사냥개들이 전차를 에워싸고 있었는데, 사자나 사슴 사냥용으로 훈련된 이 개들은 모두 황소만큼 컸습니다. 또한 이 사냥개들은 모두 주둥이가 단단히 묶인 채, 목덜미에는 둥근 황금 목걸이를 차고 있었습니다. 그의 수행원은 100여 명의 귀족들로 구성되었는데, 모두 훌륭하게 무장한 힘센 전사들이었습니다.

전설에 의하면, 아르시테와 함께 인도의 왕 에메트리우스가 전쟁의 신인 마르스처럼 쇠로 만든 마구로 뒤덮인 말을 타고 왔으며, 그 말은 금박 무늬가 정교하게 새겨진 옷을 두르고 있었습니다. 갑옷 위에 걸친 그의 겉옷은 타타르산 실크였으며, 희고 커다란 진주가 수없이 박혀 있었습니다. 그의 안장은 금으로 만들어져 번쩍이고 있었습니다. 어깨에는 불꽃처럼 번쩍이는 붉은 루비가 박힌 망토를 걸치고 있었으며, 태양처럼 노랗고 윤기 흐르는 곱슬머리는 작은 반지 모양을 하고 있었습니다. 우뚝 솟은 코와 레몬 색의 눈, 두툼한 입술과 붉은 피부를 지닌 그의 얼굴에는 거무스름한 주근깨가 몇 개 있었고, 주위를 둘러보는 시선은 사자와 같았습니다.

내가 생각하건대, 그의 나이는 대략 스물다섯 정도 되었을 겁니다. 수염이 얼굴을 거의 뒤덮었으며, 목소리는 트럼펫 소리처럼 쩌렁쩌렁 울렸습니다. 머리 위에는 꺾은 지 얼마 되지 않은 밝고 신선한 초록 월계수로 만든 화관을 쓰고 있었으며, 손에는 백합처럼 하얗고 잘 조련된 독수리가 앉아 있었습니다.

그는 100명의 귀족들을 데려왔습니다. 그들은 모두 머리만 빼고 완벽히 무장하고 있었는데, 그 모습은 정말로 화려했습니다. 내 말을 믿어 주십시오. 기사도를 찬미하기 위해 공작이나 후작 혹은 왕들이 자발적으로 모여 고결한 무리를 이루었던 것입니다. 잘 길들인 수많은 사자와 표범들이 에메트리우스 왕 주위를 서성이고 있었습니다.

이렇게 이 기사들은 일요일 아침 아홉시 경에 아테네에 도착하여 말에서 내렸습니다.

훌륭한 테세우스 왕은 이들을 모두 시내까지 안내하고 계급에 맞게 숙소를 정해준 다음, 향연을 베풀어 기쁘게 해 주었습니다. 아직도 사람들은 그것보다 더 멋진 환영 행사는 보지 못했다고 말하고 있습니다.

나는 음유시인이 얼마나 멋지게 노래를 불렀고, 얼마나 극진히 접대를 했으며, 높은 지위에 있는 사람들과 낮은 지위에 있는 사람들에게 무슨 선물을 주었고, 테세우스의 궁전이 얼마나 화려하게 장식되었으며, 또한 어떤 순서로 좌석이 배열되었는지는 말하지 않겠습니다. 또한 어떤 부인이 가장 춤을 잘 추었고, 누가 가장 예뻤으며, 누가 가무에 능했고, 누가 가장 실감나게 사랑 이야기를 했으며, 어떤 솔개가 가장 좋은 자리에 앉아 있었고, 어떤 개가 바닥에 누워 있었는지도 말하지 않겠습니다.

나는 이런 것에 관해서는 아무 말도 하지 않고, 가장 중요한 것에 관해서만 말하겠습니다. 이제 나는 본론으로 들어갈 예정입니다. 그러니 귀를 기울여 잘 들어 주십시오.

일요일 새벽이었습니다. 날이 밝으려면 두 시간이나 있어야 했지만, 팔라몬은 종달새가 우는 소리를 듣고 잠에서 깨었습니다. 그는 힘차게 자리에서 일어나 독실한 마음으로 축복과 은총을 받은 키테라로 순례하기로 마음먹었습니다. 키테라는 존엄하고 숭앙 받는 베누스 여신이 있는 곳이었습니다. 해 뜨기 두 시간 전은 베누스가 지배하는 시간이었습니다. 그래서 그는 베누스의 신전이 세워져 있던 경기장으로 향했고, 겸허한 마음으로 무릎을 꿇고 대략 이렇게 말했습니다.

"아름다운 여신 중에서도 가장 아름다운 여신이며, 유피테르의 따님이시고, 불카누스의 신부이시며, 키테라의 산에 기쁨을 선사하시는 베누스 여신이여! 아도니스에게 베푸신 사랑으로 저의 뜨겁고도 슬픈 눈물에 동정을 베푸시고, 당신의 마음속에 보잘것없는 저의 소원을 새겨 주소서. 지옥 같은 제 고통을 나타낼 적당한 말을 저는 한 마디도 알지 못합니다. 제 마음은 이 고통을 표현할 수가 없답니다. 또한 너무나 혼란스러운 나머지 저는 '제 생각을 이해해 주시고 제가 느끼는 상처를 보고 계시는 자비로우신 여신이여!'라는 말밖에 할 수가 없습니다. 이 모든 괴로움을 불쌍히 여기시고 제 고통에 자비를 베푸소서.

지금 이 순간부터 온 힘을 다하여 당신의 충실한 종이 되겠으며, 항상 정결을 위해 싸우겠나이다. 이것이 저의 맹세이오니 저를 도와주소서. 저는 전쟁에서 세운 공적을 자랑할 마음도 없으며, 내일 싸움에서 이기게 해 달라고 빌고 싶지도 않습니다. 또한 이런 싸움으로 명예를 얻거나 헛된 명성을 얻고 싶지도 않으며, 트럼펫 소리가 울려 퍼지는 전투에서 훌륭한 업적을 세우게 해 달라고 빌고 싶지도 않습니다. 제가 바라는 것은 단지 에밀리를 품에 안고 당신을 섬기는 가운데 죽는 것입니다.

제가 어떻게 해야 하는지 가르쳐 주십시오. 싸움에 이기거나 지는 것은 제게 하나도 중요하지 않습니다. 단지 제 여인을 두 팔로 안아 보고 싶을 따름입니다. 마르스는 전쟁의 신이시지만, 하늘에 계신 당신의 힘은 절대적이니, 당신이 원하시기만 하면 저는 쉽게 제 사랑하는 여인을 가질 수 있을 것입니다. 이 순간부터 평생 당신을 숭배할 것이며, 제가 어디를 가든지 향불을 피우고 당신의 제단에 제물을 바치겠습니다.

그러나 당신이 이런 것을 원하지지 않으시면, 내일 아르시테가 창으로 제 가슴을 찌르게 해 달라고 애원합니다. 제가 죽으면, 아르시테가 제 연인을 아내로 삼는다 해도 저와는 상관없는 일이기 때문입니다. 이것이 제 기도의 전부입니다. 사랑스럽고 은총이 가득하신 여신이여, 제 사랑을 저에게 주십시오!"

팔라몬은 기도를 마치자 제물을 바치고 모든 의식을 절차에 따라 치렀습니다. 하지만 그런 것은 일일이 이야기하지 않겠습니다. 그런데 마침내 베누스상이 움직이며 신호를 하는 것이었습니다. 그는 베누스 여신이 그날의 기도를 들어준 것이라고 이해했습니다. 비록 그 신호는 시간이 걸릴 것이라는 암시였지만, 그는 자기 소원이 성취된 것이라고 생각했습니다. 그래서 그는 기쁜 마음으로 집으로 돌아갔습니다.

팔라몬이 베누스의 신전으로 발길을 옮긴지 세 시간이 지나자 해가 떴고, 에밀리는 잠자리에서 일어나 성급히 디아나의 신전으로 달려갔습니다. 그녀를 동반한 하녀들은 불과 의상과 향뿐만 아니라, 관습대로 꿀술(蜜酒)을 가득 담은 뿔과, 제사에 필요한 모든 것을 준비해 가져갔습니다.

향불의 연기가 신전을 가득 채웠습니다. 신전 벽에는 아름다운 천들이 걸려 있었습니다. 가벼운 마음으로 에밀리는 우물물에 몸을 씻었습니다. 여러분들은 그녀가 어떻게 목욕의식을 행했는지 듣고 싶어 하겠지만, 나는 자세히 말할 수가 없습니다. 만일 선량한 마음을 지닌 사람이라면, 이 이야기를 해도 아무런 해가 되지는 않을 것입니다. 그러나 이것은 각자의 상상에 맡기는 편이 나을 것 같습니다.

그녀는 윤기 흐르는 머리를 풀어 잘 빗었으며, 머리에는 참나무 잎으로 만든 초록빛 화관을 아름답게 쓰고 있었습니다. 그녀는 제단 위에 두 개의 향불을 피워 놓고 스타티우스의 「테베의 시」와 다른 고서(古書)에 적힌 대로 의식을 행했습니다. 향에 불이 붙자, 그녀는 디아나에게 이렇게 애원했습니다.

"푸른 숲 속에 계시는 정결의 여신이여! 하늘과 땅과 바다를 모두 지켜보시는 여신이여! 암흑 제국에 계신 플루토의 여신이며 처녀들의 여신이여! 오랫동안 당신은 제 마음을 이해해 주셨고, 제가 원하는 것이 무엇인지 아셨습니다. 당신의 분노와 악타이온이 받는 끔찍한 고통에서 저를 해방시켜 주소서.

정절의 여신이여, 당신은 제가 평생을 처녀로 지내고, 남의 연인이나 아내가 되고 싶어 하지 않는다는 사실을 잘 알고 계십니다. 당신도 알다시피, 아직 저는 당신의 종입니다. 저는 결혼하여 임신하기보다는 험한 숲 속을 돌아다니길 좋아하는 처녀 사냥꾼입니다. 저는 남자들과 함께 있길 원하지 않습니다.

디아나 여신이시여, 제발 저를 도와주소서. 당신은 세 가지 여신의 모습[12]을 잘 알고 계시며, 또 그 여신들의 힘을 갖고 있습니다. 저를 사랑하는 팔라몬과, 몹시도 저를 잊지 못하는 아르시테를 위해 당신에게 한 가지만 빕니다. 이 두 사람이 마음의 평화를 찾아 우정을 되찾게 해 주소서. 아니면 그들의 열정과 욕망, 그리고 끝없이 괴로운 그들의 고통을 잠재워 주시거나 다른 쪽으로 돌려 주소서.

만일 이런 부탁을 들어주시지 못한다면, 그리고 제가 그들 중 한 사람과 짝이 될 운명이라면, 저를 가장 원하는 사람을 정해 주소서. 순결과 정결의 여신이여, 제 뺨으로 흘러내리는 이 쓰라린 눈물을 보아주소서. 우리 모든 처녀의 보호자시여, 처녀의 몸으로 당신을 섬길 수 있도록 제가 언제나 처녀의 몸으로 있게 해 주소서."

에밀리가 기도하는 동안, 제단 위에서는 향불이 타오르고 있었습니다. 그런데 별안간 아주 이상한 현상이 일어났습니다. 갑자기 향불 가운데 하나가 꺼지더니 다시 불이 붙는 것이었습니다. 그러다가 얼마 후 다른 불이 완전히 꺼지면서 젖은 나무가 탈 때처럼 '탁' 하는 소리를 냈습니다. 마치 핏방울이 장작 끝에 모이는 것 같았습니다. 이런 광경을 보자 에밀리는 너무나 놀란 나머지 거

12. 이 여신은 하늘에서는 루나, 땅에서는 디아나, 깊은 바다 속에서는 헤카테(프로세르피나)로 나타난다.

의 정신을 잃고 미친 듯이 소리를 질렀습니다. 그것이 무엇을 뜻하는지 알 수 없었기에 너무나 두려워 하염없이 눈물을 흘리기 시작했습니다. 바로 그 순간 손에 활을 든 사냥꾼 모습의 디아나가 나타나 말했습니다.

"내 딸이여, 눈물을 거두어라. 하늘에 계신 신들은 이렇게 결정했다. 두 사람은 너로 인해 너무나 고통 받고 있다. 그러니 너는 둘 중의 하나와 결혼을 해야 하지만, 나는 네가 누구와 결혼을 할지는 말해 줄 수 없다. 나는 더 이상 여기에 머무를 수가 없다. 잘 있거라. 하지만 내 제단에서 타오르는 향불은, 네가 이곳을 떠나기 전에 그것을 알려 줄 것이다."

디아나의 말소리가 멈추자, 여신의 활통 속에 있던 화살이 서로 부딪치며 소리를 냈습니다. 디아나 여신은 앞으로 한 발짝을 내딛더니 온데간데없이 사라졌습니다. 에밀리는 너무 놀라 말했습니다.

"이것이 도대체 무엇을 의미합니까? 디아나 여신이여, 저는 당신이 보호해 주실 것을 믿으며, 당신에게 제 몸을 맡깁니다."

그리고는 가장 빠른 지름길을 택해 집으로 돌아왔습니다. 이것이 전부입니다.

다음 시간은 마르스의 시간이었습니다. 아르시테는 성큼성큼 걸어서 포악한 전쟁의 신인 마르스의 신전으로 향했습니다. 그는 이교도 의식으로 모든 제사를 지냈습니다. 그런 후 경건한 마음으로 이렇게 마르스에게 기도했습니다.

"오, 강인한 신이시여, 추운 트라키아를 지배하시고 그곳에서 추앙 받는 마르스 신이시여. 당신은 모든 왕국과 모든 땅에서 전쟁의 고삐를 쥐고 계시며, 당신이 원하는 대로 승리를 선사해 주시는 분이십니다. 부디 보잘것없는 저의 제사를 받아주소서. 제가 젊어서 당신의 은총을 받을 자격이 있다면, 그리고 제 힘이 당신의 심부름꾼으로서 당신을 섬기기에 족하다면, 제 고통을 불쌍히 여기소서.

지금 저를 괴롭히는 이 고통과 격정은 당신이 한때 느꼈던 욕망과 같습니다. 아름답고 젊으며 신선하고 자유분방한 베누스 여신의 아름다움에 반하시어 마침내는 당신의 것으로 만드셔서 그녀를 품에 안고 마음껏 즐기셨지만, 불행히도 당신은 불카누스가 파놓은 함정에 빠져 그의 아내와 한자리에 누워 계시다가 들키고 말았습니다. 그때 당신이 느꼈던 격정과 슬픔을 되새기시어 저의 고통을 불쌍히 여기소서.

당신도 아시다시피, 저는 나이 어리고 무식한 사람입니다. 그래서 살아 있는 그 어떤 사람도 사랑 때문에 저처럼 심한 고통을 겪지는 않았을 것이라고 생각합니다. 제게 이 고통을 주는 여인을 사랑할 수만 있다면, 저는 살든 죽든 개의치 않습니다. 제가 마상시합에서 힘으로 경쟁자를 물리쳐야만, 그녀가 제게 사랑을 줄 것임을 잘 알고 있습니다. 저는 제가 당신의 도움이나 은총 없이는 아무리 힘이 세더라도 아무 소용이 없음을 알고 있습니다. 그러니 그 옛날 당신의 가슴을 불태웠던 불꽃과, 이제는 제 가슴을 불태우는 불길을 생각하셔서, 내일 싸움에서 제가 이기도록 도와주소서. 일은 제가 하지만, 그 영광은 당신에게 돌릴 수 있도록 보살펴 주소서.

저는 다른 어느 곳보다도 당신의 신전을 숭배할 것이며, 심지어는 당신의 기쁨을 더하기 위해 모든 힘을 바칠 것이며, 당신의 강한 힘을 더욱 강하게 하기 위해 애쓰겠습니다. 당신의 신전에 제 깃발과 제 동료들의 무기를 걸어놓고, 제가 죽는 날까지 당신의 제단에 향불을 피우겠습니다. 또한 한 번도 면도칼이나 가위를 대어 본 적이 없는 이 머리칼과 수염을 당신에게 바치고, 제 남은 생애 동안 당신의 충실한 종이 될 것을 맹세합니다. 마르스 신이시여, 저의 크나 큰 슬픔에 자비를 베푸시고, 제가 승리할 수 있게 도와주소서. 저는 더 이상 아무것도 원하지 않습니다."

힘센 아르시테는 기도를 끝내자, 신전 문 앞에 걸려 있던 활과 심지어는 문까지도 별안간 시끄러운 소리를 내며 덜컥거리기 시작했습니다. 아르시테는 놀라 움찔했습니다. 제단의 불꽃은 신전 내부를 환히 밝힐 때까지 커졌고, 바닥에서는 그윽한 향내가 스며 나왔습니다. 그러자 아르시테는 손을 들어 더 많은 향을 불에 넣은 후, 마르스의 석상을 덮고 있던 그물 갑옷이 짤랑짤랑 소리를 낼 때까지 다른 의식을 치렀습니다. 그리고 그 소리와 함께 "승리!"라는 말이 희미하게 들려왔습니다. 아르시테는 다시 마르스를 찬양하며 경배했습니다. 그는 모든 것이 잘 될 것이라는 희망과 기쁨에 가득 차서 숙소로 돌아왔습니다. 그의 모습은 햇빛을 받으며 지저귀는 새처럼 즐거워 보였습니다.

하지만 하늘에서는 사랑의 여신 베누스와 무서운 전쟁의 신 마르스가 심한 말다툼이 벌어지고 있었습니다. 누구의 소원을 들어주느냐가 바로 말다툼의 원인이었습니다. 유피테르 신이 끼어들어 말리려고 했지만, 결국 옛 선조의 전략을 잘 알고 있던 창백하고 냉정한 사투르누스가 풍부한 경험을 바탕으로 양쪽을 만족시킬 수 있는 해결책을 생각해 냈습니다. '악마는 악마이기 때문에 많이 아는 것이 아니라, 늙었기 때문에 많이 아는 것이다'라는 속담처럼, 나이를 먹는다는 것은 많은 지혜와 경험을 갖고 있다는 것을 뜻합니다. 사투르누스는 천성적으로 싸움을 말리는 성격이 아니었지만, 이내 두 사람의 싸움을 해결할 수 있는 방법을 찾아냈습니다. 사투르누스가 말했습니다.

"사랑하는 나의 딸 베누스여, 나는 태양 주위를 도는 행성 중에서 가장 넓은 궤도를 돌며, 따라서 내 힘은 사람들이 생각하는 것 이상으로 크다. 드넓은 바다 속에 빠져 죽는 것, 어두운 감옥에 갇히는 것, 사람의 목을 졸라 죽이거나 목을 매어 죽이는 것, 협박하거나 대중들이 반란을 일으키는 것, 신음소리와 남몰래 독살하는 것 등이 모두 나의 힘에 속한다.

내가 사자자리에 있으면 복수도 하고 징벌도 하며, 높은 궁전을 폐허로 만들기도 하고, 탑이나 성벽을 무너뜨려 광부나 목수를 죽일 수도 있다. 나는 기둥을 흔들던 삼손을 죽였으며, 또한 치명적인 질병을 내릴 수도 있고, 음흉한 배신이나 음모를 꾸미게 할 수도 있으며, 내가 모습을 보이면 페스트가 돌기도 한다.

자, 이제 울음을 멈추어라. 마르스는 그에게 소원을 빈 아르시테를 돕겠지만, 나는 최선을 다해 너에게 소원을 빈 기사 팔라몬이 네가 약속한 여인을 가질 수 있도록 힘을 쓰겠다. 너희들은 성질이 너무나 달라 매일 싸우지만, 조만간 너희 둘 사이에도 평화가 깃들도록 해야 할 것이다. 나는 너의 할아버지다. 그러니 네 소원이 이루어지도록 해 주겠다. 자, 눈물을 거두어라, 네 소망을 들어줄 테니."

전쟁의 신 마르스와 사랑의 신 베누스를 비롯한 천상의 신들에 관해서는 그만하고, 이 이야기의 절정 부분으로 들어가겠습니다.

4

그날 아테네에서는 큰 축제가 벌어졌습니다. 게다가 화창한 5월이었기에, 모든 사람들의 마음은 들떠 있었습니다. 그래서 월요일은 하루 종일 춤을 추며 창 싸움을 벌이거나, 베누스 여신을 극진히 섬기는 행사를 치르며 보냈습니다. 그러다 밤이 되자 다음날 벌어질 큰 시합을 보기 위해 모두 집으로 돌아가 잠자리에 들었습니다.

다음날 날이 밝자, 아테네의 모든 여관 주위는 말굽 소리와 갑옷소리로 떠들썩했습니다. 군마와 종마(種馬)를 탄 귀족들이 궁전으로 향하고 있었습니다. 그들은 하나같이 진귀하고 값비싼 무기들로 무장하고 있었습니다. 무기들은 모두 금이나 쇠로 장식되어 있었습니다. 귀족들은 멋지게 차려입고 화려하게 치장한 말에 올라, 번쩍거리는 방패를 들고 금박을 입힌 비늘갑옷을 입고 있었습니다.

또한 그들을 뒤따르는 기사와 종자들은 뾰족하고 긴 창을 굳게 쥐고, 투구를 쓰고 가죽끈을 단 방패를 들고 있었습니다. 군마들은 황금 재갈을 번쩍이며 입에서 거품을 뿜고 있었고, 무구(武具) 제작자들은 망치와 줄칼을 들고 이리저리 바쁘게 다니고 있었습니다. 종자들은 걸어서 뒤를 따르고 있었고, 수많은 평민들은 짧은 막대기로 무장을 하고 있었습니다.

피리와 나팔과 북과 클라리온은 피를 요구하며 울려 퍼지고 있었고, 궁전은 빈틈 하나 없이 사람들로 가득 차 있었습니다. 이곳저곳마다 세 사람 혹은 열 사람씩 떼를 지어 테베의 두 기사에 관해 말하면서, 누가 이길 것인지 가능성을 점치며 이런저런 이야기를 하고 있었습니다. 어떤 사람은 검은 수염의 기사를 편들었고, 또 다른 사람은 머리숱이 없는 쪽이 이길 것이라고 말했습니다. 또한 몇몇은 머리숱이 많은 쪽을 편들고 있었습니다. 그들은 이렇게 말하고 있었습니다.

"이 사람이 힘세 보인단 말이야!"

"이 사람이 진짜 무사야!"

"이 사람의 도끼는 20파운드나 나가!"

태양이 이미 중천에 올라와 있었지만, 궁전 안은 온갖 추측으로 소란스러웠습니다.

위대한 왕 테세우스는 노랫소리와 사람들의 시끌벅적한 소리에 잠을 깨었습니다. 그는 똑같은 대접을 받았던 테베의 두 기사가 궁전으로 들어올 때까지 자기 방에 그대로 있었습니다. 테세우스 왕은 창가에 있는 왕좌(王座)에 앉아 있었는데, 그 모습은 마치 신과 같았습니다. 그러자 사람들은 창문으로 가까이 몰려가 경의를 표하며 그의 명령을 기다렸습니다.

높은 발판 위에서 전령은 사람들이 조용히 할 때까지 기다렸습니다. 마침내 궁전에 모인 사람들이 입을 다물자, 대왕 테세우스의 뜻을 전했습니다.

"테세우스 왕께서는 깊게 사려하시어 이렇게 결정하셨다. 오늘의 싸움이 두 사람 중 한 사람이 목숨을 잃어야 끝이 난다면 고귀한 혈통을 파괴하는 결과가 되며, 따라서 너무 가혹하다고 여기셨다. 그러므로 그들의 목숨을 구하기 위해 최초의 규정을 변경하기로 하셨다. 그래서 일반 관객들은 아무도 경기장에 화살이나 창이나 도끼 혹은 단도를 지니고 들어갈 수 없으며, 이 명령을 어기는 자는 사형에 처할 것이다. 아무도 사람을 해칠 수 있는 날카로운 단도를 휴대하거나 빼서는 안 된다. 또한 시합에 임하는 사람들도 말을 타고 날카로운 창으로 상대방을 찔러서도 안 된다. 무기는 단지 말에서 내려 두 발을 땅에 딛고 싸울 때에만 허용하되, 그것도 자기 방어용으로만 사용해야 한다. 상처를 입은 사람은 절대로 죽이지 말고, 양쪽에 마련된 천막으로 끌고 오라. 그리고 한쪽 편의 대장이 그곳으로 끌려오거나 목숨을 잃는 순간, 이 시합은 끝이 난다. 이제 모두 성공을 빈다. 앞으로 나와 열심히 싸우라. 그리고 긴 칼과 철퇴로 마음껏 싸우라. 자, 이것이 바로 우리 대왕의 뜻이다."

그러자 관중들이 하늘을 무너질 듯이 환호성을 질렀습니다.

"많은 피를 흘리길 원치 않으신 우리 대왕에게 하느님의 축복이 있길!"

이 말이 끝나자 나팔이 하늘을 향하면서 팡파르를 울리기 시작했고, 시합에 참가할 모든 기사들은 멋진 깃발을 나부끼며 질서정연하게 아테네 시내를 거쳐 경기장으로 향했습니다.

훌륭한 테세우스 왕은 위풍당당하게 말에 올랐으며, 테베의 두 기사는 왕의 양편에 섰고, 그 뒤에는 왕비와 에밀리가 있었습니다. 그들 뒤에는 나머지 사람들이 계급과 신분에 따라 무리를 이루어 따라왔습니다. 이렇게 그들은 도시를 지나 시합이 열릴 장소에 도착했습니다.

아직 아침 아홉 시도 채 되지 않은 시간이었습니다. 테세우스는 왕비 히폴리테와 처제 에밀리와 함께 귀빈석에 앉았고, 그 주위에는 귀부인들이 신분에 따라 자리를 잡았습니다. 그러자 관중들도 자리에 앉았습니다.

아르시테는 100명의 기사들과 함께 붉은 깃발을 들고 마르스 상이 자리잡은 서쪽 문으로 들어왔습니다. 한편 같은 시간에 팔라몬은 흰 깃발을 들고 결연한 태도로 동쪽에 있는 베누스의 문으로 입장했습니다. 이 세상 어디를 둘러보아도 이 두 기사대처럼 호적수를 찾아볼 수는 없었습니다. 누가 더 용감하다거나, 아니면 지위나 힘에 있어서 다른 쪽보다 뛰어나다고 말할 사람은 아무도 없었습니다. 그 정도로 서로 팽팽한 실력을 가진 기사들이 선발되었던 것입니다.

그들은 두 대열로 늘어섰는데, 그 광경은 참으로 인상적이었습니다. 마침내 양쪽 문이 닫히면서 시합에 참가하는 기사의 숫자를 속이지 못하도록 일일이 호명하기 시작했습니다. 그러자 "젊고 당당한 기사들이여, 그대들의 의무를 다하라"라는 외침이 들렸습니다.

전령들이 물러나자 나팔과 클라리온이 크게 울렸습니다. 이제 더 이상의 말은 필요 없었습니다. 공격을 하기 위해 창들이 삼엄하게 겨누어졌고, 양쪽의 기사들은 말에 박차를 가했습니다. 이제 여러분들은 곧 누가 말을 더 잘 타고 이 경기에서 승리하는지 알게 될 것입니다.

창자루는 두꺼운 방패에 부딪치자 떨었고, 몇몇 사람들은 창이 갈비뼈까지 파고들어오는 것을 느꼈습니다. 창들은 6m 이상 공중으로 날았고, 긴 칼은 은빛을 번쩍이며 칼집에서 나왔으며, 투구는 부서져 산산조각이 났습니다. 피는 붉은 강처럼 솟구쳤고, 뼈는 무거운 철퇴를 맞아 부러졌습니다. 어떤 기사는 싸움이 치열하게 벌어지는 곳으로 달려들기도 했으며, 가장 튼튼한 말조차도 발부리에 채여 쓰러지기도 했습니다. 그러면 말 위의 기사들은 바닥으로 쓰러졌습니다. 바닥으로 떨어진 기사들은 공처럼 이내 다시 일어나 창을 잡고 달려들어 말에 타고 있던 상대편 기사를 떨어뜨렸습니다. 또한 말과 함께 넘어지는 바람에 상처를 입고 천막으로 끌려오는 사람도 있었습니다.

아무리 싸움이 치열하게 벌어져도, 규칙에 따라 일단 그곳에 끌려오면 천막에 머물러 있어야만 했습니다. 상대편도 그렇게 끌려가는 사람이 있었습니다. 가끔씩 테세우스 왕은 그들에게 휴식을 취하도록 했고, 그들이 원하면 술을 마시거나 물로 목을 축이도록 했습니다.

테베의 두 기사는 그날 서로 수없이 싸우며 상처를 입혔습니다. 각각 두 번씩 상대방을 말에서 떨어뜨렸습니다. 새끼를 잃은 가르고피아 계곡[13]의 호랑이도 질투의 열정에 불타 팔라몬을 공격하는 아르시테보다 더 사납게 사냥꾼에게 달려들지는 못했을 것입니다. 또한 피에 굶주리고 목마른 벤마린의 사자도 팔라몬이 그의 적 아르시테를 죽이려고 하는 것보다 더 사납고 미친 듯이 보이지는 않았을 것입니다. 질투로 가득 찬 두 사람은 상대방의 투구를 있는 힘을 다해 내리쳤으며, 그들의 머리에서는 피가 흘러 나왔습니다.

하지만 모든 일에는 끝이 있는 법입니다. 태양이 서쪽으로 지기 전에, 힘센 왕 에메트리우스는 아르시테와 싸우는 팔라몬을 사냥했습니다. 그의 칼은 팔라몬의 살 깊숙이 파고들었지만, 팔라몬은 한 치도 물러서지 않았습니다. 그래서 그를 천막으로 끌고 가는데 20명의 기사가 필요했습니다. 이런 팔라몬

---

13. 그곳에서 악타이온은 자기 사냥개에게 잡혔다.

을 구하기 위해 리쿠르고스 왕이 달려들었지만, 그 역시 말에서 떨어지고 말았습니다.

하지만 팔라몬은 사로잡히기 전에 에메트리우스 왕에게 일격을 가했고, 왕은 엄청난 힘을 지니고 있었지만 안장에서 1미터 되는 거리에 떨어지고 말았습니다. 하지만 이런 것도 모두 허사였습니다. 팔라몬은 천막으로 끌려갔고, 그곳에서는 이제 용기도 아무런 소용이 없었습니다. 한 번 사로잡히면 그곳에 머물러 있어야만 한다는 것이 이 시합의 규칙이었으니까요.

팔라몬은 너무나 슬펐습니다. 다시 싸울 기회가 없었기 때문입니다. 이런 장면을 지켜보던 테세우스 왕은 여전히 싸움을 계속하고 있던 전사들에게 명령했습니다.

"싸움을 멈추어라! 승패는 결정되었다! 나는 공정한 심판관으로 그 누구의 편도 들지 않겠다. 에밀리는 테베의 아르시테에게 간다. 아르시테에게 행운이 깃들어서 깨끗하게 에밀리를 얻었노라."

이 소리를 듣자 관중들은 기쁨에 넘쳐 환호성을 지르기 시작했습니다. 그 함성이 어찌나 크던지 마치 경기장이 무너질 것만 같았습니다.

그런데 아름답고 매혹적인 베누스는 어떻게 했을까요? 그녀는 아무 말도 할 수 없었고, 또한 아무것도 할 수 없었습니다. 단지 실망에 젖어 울음을 터뜨렸고, 그 눈물은 온 경기장을 적셨습니다. 그녀는 이렇게 외쳤습니다.

"나는 신들에게 버림을 받았구나. 이건 의심의 여지가 없어!"

그러나 사투르누스는 베누스에게 이렇게 대답했습니다.

"안심해라, 나의 딸아! 마르스는 그가 총애한 기사에게 은총을 베풀었고, 결국 그의 뜻대로 이루어 주었다. 그러나 네게 약속하건대 너도 곧 만족스러워할 일이 생길 것이다."

다시 나팔과 음악 소리가 울려 퍼졌고, 전령들은 즐거운 표정으로 아르시테 왕자의 승리를 외쳤습니다. 그러나 여러분, 섣불리 짐작하지 마시고 내 이야기를 끝까지 참고 들어 주십시오. 곧 어떤 기적이 일어났는지 알게 될 겁니다.

용감한 아르시테는 투구를 벗고 말에 올라 경기장을 돌며 자기 얼굴을 보여주었습니다. 그는 눈을 들어 에밀리를 바라보았고, 에밀리는 그에게 다정한 눈길로 화답했습니다. 여자들이란 일반적으로 운명의 여신이 축복을 내린 사람을 따르는 경향이 있거든요. 그녀는 아르시테의 마음을 기쁘게 만들어 주었습니다.

그러나 이때 땅바닥에서는 사투르누스의 청에 의해 플루토가 지옥에서 보낸 분노의 여신 푸리아가 나타나고 있습니다. 그러자 아르시테의 말은 겁을 먹고 뒷걸음질치더니, 갑자기 펄쩍 뛴 후 바닥에 쓰러져 버렸습니다.

무슨 일이 일어났는지 알지도 못한 채, 아르시테는 고개를 아래로 향한 채 굴러 떨어져 정신을 잃었습니다. 가슴이 말안장의 앞 고리에 파열되어 버린 것입니다. 얼굴은 흘러내린 피로 까맣게 변해 있었습니다. 그는 곧 경기장에서 테세우스의 궁전으로 옮겨졌고, 그곳에서 갑옷을 모두 제거한 뒤 즉시 침대 위에 눕혔습니다. 아직도 의식이 살아 있던 그는 끊임없이 에밀리를 부르고 있었습니다.

테세우스 왕과 그의 일행은 화려한 행진을 벌이며 궁전으로 돌아왔습니다. 이런 불상사가 있었지만, 그는 모든 사람들의 마음을 그늘지게 하고 싶지 않았습니다. 왕은 마음속으로 아르시테는 죽지 않을 것이며 곧 회복될 것이라고 생각했습니다. 또한 사람들도 그 많은 기사들 중에서 한 사람도 목숨을 잃지 않았다는 사실에 기뻐했습니다. 물론 많은 사람이 심한 상처를 입었고, 특히 한 기사는 갈비뼈 근처까지 창에 찔리는 부상을 당하기는 했지만 말입니다.

상처와 부러진 팔을 치료하기 위해 몇몇 사람은 고약을 발랐으며, 어떤 사람들은 마법을 쓰기도 했고 약초를 쓰는 사람도 있었습니다. 특히 현자들의 물약을 마신 사람들도 있었는데, 이것은 사지(四肢)를 제대로 회복시키는데 효험이 있다는 말이 있었기 때문이었습니다. 이런 것에 경험이 뛰어났던 테세우스 왕은 모든 사람을 편안하게 해 주려고 있는 힘을 다했으며, 그들에게 모든 편의를 베풀었습니다. 또한 그는 외국에서 온 귀족과 영주들을 위해 밤새 향연을 베풀어 주었습니다.

마상시합장에서처럼 자기들이 패배했다고 느끼는 사람들은 하나도 없었습니다. 사실 아무도 망신을 당했다고 생각하지 않았습니다. 말에서 한 번 정도 떨어지는 것은 누구에게나 있을 수 있는 일이었기 때문입니다. 또한 자기가 타던 말은 몽둥이에 맞아가며 종자와 하인들에게 끌려가고, 자기 자신은 20명의 기사에게 사로잡혔으면서도 끝내 굴복하지 않다가 발로 차이며 뺨을 맞아가며 강제로 천막으로 끌려간 팔라몬도 전혀 창피하게 느끼지 않았습니다. 아무도 그를 비겁하다고 탓할 사람은 없었기 때문입니다.

테세우스 왕은 모든 원한이나 질투에 종지부를 찍기 위해 양쪽 모두 훌륭히 싸웠으며, 마치 형제들이 싸우듯이 백중지세(伯仲之勢)였다고 공포했습니다. 그리고 지위와 신분에 맞게 선물을 주었으며, 사흘간이나 잔치를 벌여 주었습니다. 그런 다음 기사들을 성문 밖까지 손수 바래다주며 작별을 했습니다. 모두가 지름길을 택해 고향으로 되돌아가면서 "잘 있으시오!", "행운을 빕니다"와 같은 작별인사를 했습니다. 이렇게 끝이 났습니다. 이제 결투에 관해서는 그만 말하고 팔라몬과 아르시테의 이야기를 하겠습니다.

아르시테의 가슴은 부어올랐고, 심장 근처의 상처는 날이 갈수록 악화되었습니다. 의사들이 모든 노력을 다했지만, 응고된 피는 썩어갔으며, 몸에는 고름이 퍼져만 갔습니다. 피를 뽑아내거나 약초도 달여 먹였지만 아무 소용이 없었습니다. 자연적 힘 또는 동물적 힘이라고 불리는 인체의 배출력도 핏속에 있는 독을 씻어내거나 배출시키지 못했습니다. 그의 폐혈관은 붓기 시작했고, 가슴 근육은 독과 고름으로 모두 썩어 문드러졌습니다. 구토제와 설사제를 써보기도 했지만 아무런 효과도 없었습니다. 물론 그의 목숨은 이것들 때문에 간신히 유지되고 있었습니다. 하지만 그의 모든 신체는 산산이 부서져 있었습니다.

자연(自然)은 이제 더 이상 할 일이 없었고, 또한 자연이 일하고 싶지 않은 곳에서 인간들이 할 수 있는 일이란 의사와 작별하고 환자를 교회로 실어 나르는 일뿐이었습니다. 간단하게 말하자면, 아르시테는 죽어야만 했던 것입니다. 그래서 그는 에밀리와 사랑하는 사촌 팔라몬을 부르고서 이렇게 말했습니다.

"내가 가장 사랑하는 당신에게 말하겠소. 내 가슴속에 자리잡고 있는 이 슬픈 영혼은 내 고통이 얼마나 커다란지 그 반 조각도 설명해 줄 수 없소. 하지만 내 목숨은 이제 오래가지 않을 것이오. 그러기에 이 세상에 살아 있는 그 누구보다도 당신에게 내 영혼을 위해 기도해 달라고 부탁하고 싶소. 당신 때문에 내가 얼마나 오랫동안 커다란 슬픔과 고통을 겪었는지 아시오? 그런데 당신을 얻게 된 지금 나는 죽어서 영원히 헤어져야 하다니!

내 마음속의 여왕이고, 나의 아내이며, 내 인생의 전부였던 여인이여! 도대체 이 세상은 무엇이오? 도대체 인간은 무엇을 갖고 싶어하는 것일까? 한순간 그의 사랑과 살다가, 이내 혼자가 되어 친구도 없이 차가운 무덤으로 가는 것인데…… 안녕, 나의 달콤한 적 에밀리여. 나를 당신의 팔로 다정하게 안아 주시오. 그리고 내 말을 들어 주시오.

당신을 사랑했고 그로 인한 질투 때문에 오랫동안 사촌 팔라몬을 증오했고, 마침내 결투까지 벌였던 것이오. 그러나 현명하신 유피테르 신께서 내 영혼을 두루 보살피심을 굳게 믿고, 연인의 자격으로서 진심으로 이렇게 말하겠소. 진실과 명예와 무용(武勇)과 지혜와 겸손과 가문과 혈통과 솔직함을 비롯해 사랑에 속하는 모든 것을 두고 말하는데, 이 세상 그 어느 곳에도 팔라몬보다 더 적당한 사랑의 상대는 없는 것 같소. 팔라몬은 당신을 사랑하고, 앞으로도 평생 당신을 사랑할 것이오. 당신이 다른 남자와 결혼을 할지라도, 착하디착한 팔라몬을 잊지 마시오."

이렇게 말한 후 아르시테는 알아듣지 못할 말을 중얼거리기 시작했습니다. 죽음의 냉기가 다리에서 가슴까지 올라오더니 이내 온몸을 사로잡았습니다. 그러자 그의 두 팔에서도 완전히 기운이 빠져 버렸습니다. 곧이어 죽음이 심장을 건드리자, 그의 병들고 상처받은 가슴속에서만 자리잡고 있던 감정도 끊어지기 시작했습니다. 그의 눈은 광채를 잃었고, 그의 호흡은 멈추었습니다. 하지만 아직도 그는 자기가 사랑했던 여인을 바라보고 있었습니다. 그의 마지막 말은 "에밀리여, 나에게 자비를 ……"이었습니다.

그의 영혼은 이제까지 살았던 집을 떠나 어딘지 알 수 없는 곳으로 떠나갔습니다. 그곳이 어딘지는 나도 알 수 없습니다. 나도 그곳에 가 본 적이 없으니까요. 영혼의 문제는 이 이야기의 주제가 아닙니다. 비록 그것에 관해 쓴 책들이 있긴 하지만, 나는 여러분들에게 그것들이 무엇인지 지루하게 설명하고 싶지 않습니다. 아르시테는 이렇게 죽었습니다. 마르스 신께서 그의 영혼을 보살펴 주시길 …… 이제 에밀리에 관해 말하겠습니다.

에밀리는 비명을 질렀고, 팔라몬은 울부짖었습니다. 테세우스는 거의 실신 직전에 있던 처제를 아르시테의 주검에서 멀리 떨어진 곳으로 데려갔습니다. 그녀가 밤낮을 어떻게 울었는지 설명하면서 제 이야기를 길게 늘일 필요는 없을 것 같습니다. 이와 비슷한 경우를 당하면, 남편을 잃은 아낙네들은 극도의 슬픔을 느끼는 법입니다. 대부분은 이런 식으로 애도를 표하지만, 어떤 경우에는 만사에 의욕을 잃고 마침내는 죽기도 합니다.

테베의 기사 아르시테가 죽었다는 소식을 듣자, 온 아테네 시에는 눈물이 끊이지 않았으며, 남녀노소 가릴 것 없이 통곡했습니다. 헥토르가 목숨을 잃고 트로이로 왔을 때의 통곡은, 아르시테가 죽었을 때에 비하면 반도 안 되는 것이었습니다. 정말이지 비탄 그 자체였습니다. 뺨을 할퀴고 머리칼을 쥐어뜯는 사람도 있었습니다. 그리고 여자들은 이렇게 큰 소리로 통곡했습니다.

"왜 당신은 죽어야만 했나요? 당신은 돈도 많고 에밀리도 얻었는데!"

아무도 비탄에 잠긴 테세우스를 위로할 수 없었습니다. 단지 그의 늙은 아버지 아이게우스만이 이 세상에서 수시로 변화하는 것이 운명이란 사실을 알고 있었습니다. 그는 고통이 지나면 기쁨이 오고, 행복 뒤에는 고통이 온다는 세상의 진리를 터득하고 있었습니다. 늙은 아버지는 테세우스에게 이런 예를 들어 설명해 주었습니다.

"이 땅에서 잠시도 살지 않고 죽은 사람은 아무도 없다. 마찬가지로 이 세상에서 죽지 않고 산 사람도 아무도 없다. 세상은 고통의 길에 불과하다. 그리고 우리들은 그 길을 왔다 갔다 하는 불쌍한 순례자에 지나지 않는다. 죽음이란 우리가 속세에서 겪는 모든 문제의 끝이다."

그는 몇 번이고 이 말을 반복하면서 사람들을 위로하기 위해 애썼습니다.

이 말을 듣자, 테세우스 왕은 훌륭한 친구 아르시테의 무덤을 세우기에 가장 적당한 곳이 어디이며, 어떻게 해야 죽은 자의 신분에 걸맞은 명예로운 무덤을 세울 수 있을까를 생각했습니다.

그리고 마침내 그는 가장 좋은 장소는 사랑을 얻기 위해 처음으로 팔라몬과 아르시테가 싸운 곳이라는 결론에 도달했습니다. 그 아름답고 푸른 숲은 아르시테가 사랑의 불꽃과 육체적 욕망을 느꼈고, 자기의 슬픔을 노래한 곳이었습니다. 테세우스 왕은 바로 그곳에 화장용 장작을 올려놓고 아르시테의 신분에 맞는 장례를 치르기로 했습니다.

즉시 그는 오래된 참나무를 베어 장작으로 잘라서 잘 타오르도록 차곡차곡 쌓아두라고 지시했습니다. 그의 부하들은 왕의 명령을 받들기 위해 급히 서둘렀습니다. 그런 다음 그는 관을 마련하라고 명령한 후, 그 안에 자기가 갖고 있던 가장 비싼 금실 천을 깔고, 그것과 같은 천으로 아르시테의 몸을 덮었습니다. 또한 아르시테의 손에는 흰 장갑을 끼워 주었으며, 머리에는 푸른 월계수 관을 씌워 주었고, 손에는 칼날이 예리하고 번쩍이는 칼을 쥐어 주었습니다.

테세우스 왕은 아르시테의 얼굴이 환히 보이도록 해서 관에 누인 다음 주저앉아 울음을 터뜨렸습니다. 그리고 날이 밝자 모든 아테네 시민들이 그를 볼 수 있도록 궁전으로 옮겼는데, 문상 온 사람들의 울음소리가 온 궁전에 울려 퍼졌습니다.

바로 그 순간 비탄에 잠긴 팔라몬이 도착했습니다. 그의 수염은 헝클어져 있었고, 텁수룩한 머리칼에는 재가 가득했으며, 검은 상복은 눈물로 온통 적셔져 있었습니다. 하지만 그 누구보다도 슬퍼한 사람은 에밀리였습니다.

고인(故人)의 지위에 걸맞은 성대한 장례식을 치르기 위해 테세우스 왕은 준마 세 필을 대령하도록 해서 번쩍이는 마구로 장식하고, 그 위에 아르시테 왕자가 애용하던 무기를 싣도록 지시했습니다. 이 커다란 백마들 위에는 기수가 한 명씩 타고 있었는데, 한 명은 아르시테의 방패를 들고 있었고, 다른 한 명은 창을, 그리고 또 다른 한 명은 금으로 장식된 터키식 화살이 들어 있는 화살통을 들고 있었습니다. 그들은 말을 타고 슬픔에 가득 찬 채 숲으로 향했습니다.

그곳에 있던 가장 지체가 높은 그리스 사람들이 아르시테의 관을 어깨에 메고, 너무 울어 벌겋게 된 눈으로 천천히 아테네의 큰길로 나아갔습니다. 거리는 온통 검은 천으로 장식되어 있었고, 높은 건물에도 검은 천이 걸려 있었습니다. 노인 아이게우스는 오른쪽에 있었고, 왼쪽에는 테세우스 왕이 가장 멋있는 잔을 들고 걸어가고 있었습니다. 그 잔에는 꿀과 우유와 피와 포도주가 가득 들어 있었습니다. 그리고 뒤에는 팔라몬이 많은 동료들과 함께 따라왔고, 그 뒤에는 불쌍한 에밀리가 당시의 장례식 때 쓰던 불을 들고 따라 왔습니다.

엄숙한 가운데 장례식이 준비되었고 화장대가 세워졌습니다. 쌓아놓은 참나무 더미는 하늘에 닿을 듯 했으며, 아래 너비는 30m가 넘었습니다. 말하자면 그만큼 컸다는 말입니다. 맨 아래에는 짚더미가 깔려 있었습니다. 하지만 높디높은 장작이 어떻게 쌓여졌으며, 나무들을 어떻게 잘랐으며, 그 나무들이 무엇인지 일일이 설명하고 싶지는 않습니다. 가령 나무들만 해도 참나무, 전나무, 미루나무, 오리나무, 상수리나무, 버드나무, 느릅나무, 플라타너스, 마가목, 회양목, 밤나무, 보리수, 월계수, 단풍나무, 가시나무, 낙엽송, 개암나무, 주목 등 이루 헤아릴 수가 없기 때문입니다.

마음 놓고 평화롭게 살던 숲의 요정과 산의 정령들과 하마드리아데스[14]는 집을 잃자 허둥댔으며, 나무가 잘리자 짐승들과 새들도 너무 무서워 허겁지겁 도망쳤습니다. 그리고 햇빛을 거의 본 적이 없던 숲 속의 땅은 햇빛을 보자 깜짝 놀랐습니다. 바닥에 짚이 깔려 있었고, 그 위에는 세 개로 잘라진 마른 나무기둥이 놓여 있었습니다. 그리고 나무 기둥 위에는 푸른 생나무와 향신료와 값비싼 보석과 금실로 짠 천과 꽃으로 꾸민 화관이 있었는데, 모두 향불이나 몰약처럼 짙은 향을 풍기고 있었습니다. 아르시테는 그 안에 누워 있었고, 주위에는 온갖 보물들이 놓여 있었습니다. 에밀리는 의식에 따라 화장식 불을 지폈으며, 불이 피어오르자 기절하고 말았습니다.

불길이 세차게 타오르자 사람들은 보석들을 던졌으며, 어떤 사람들은 방패를, 또 어떤 사람들은 창을 불에 던졌습니다. 심지어는 입고 있던 옷과, 포도주

---

14. 나무의 요정

와 우유와 피가 든 술잔을 성난 불길로 던진 사람도 있었습니다. 또한 수많은 그리스인들이 긴 행렬을 지어서 왼편으로 고개를 돌려 세 번 말을 달리고 세 번 크게 소리를 질렀습니다. 여자들은 세 번 통곡을 했습니다. 그런 다음 에밀리는 집으로 돌아갔습니다.

아르시테는 재가 될 때까지 탔으며, 그리스인들은 민속경기를 벌이며 장례식 밤을 지새웠습니다. 나는 벌거벗은 몸에 기름을 칠하고 씨름을 벌인 사람들 중에서 누가 이겼으며, 누가 가장 잘 싸웠는지, 또한 경기가 끝난 후 모두 어떻게 아테네로 돌아갔는지는 이야기하지 않겠습니다. 이제 이 이야기의 요점으로 들어가 길고 지루했던 이 이야기를 끝내도록 하겠습니다.

몇 년이란 세월이 흐르는 동안 그리스인들의 눈물과 슬픔은 끝이 났습니다. 이즈음에 그리스와 테베 사이에 미해결된 문제를 토의하기 위해 상호 동의하에 아테네의 의회에 모이게 되었습니다. 그 중의 하나가 몇몇 국가들과 동맹을 맺고, 테베인들의 완전한 충성심을 확인하는 것이었습니다. 그래서 테세우스는 팔라몬과 에밀리를 급히 불렀습니다. 모든 사람이 자리에 앉자 침묵이 흘렀습니다. 테세우스는 침묵을 지키면서, 의사당 안을 잠시 둘러보았습니다. 그는 아무 말 없이 깊은 숨을 내쉬고는 자기의 생각을 이렇게 진지하게 말하기 시작했습니다.

"이 세상을 만드신 조물주께서 하늘에 처음으로 사랑의 사슬을 만들었을 때, 그분의 뜻은 위대했고, 그 영향은 지대하셨다. 그분은 무엇 때문에, 또 무슨 뜻으로 그리하셨는지 잘 알고 계셨다. 그분은 사랑의 사슬로 불과 공기와 물과 흙을 묶으셨는데, 이것은 그것들이 일정한 한계를 벗어나지 못하도록 하기 위함이었다. 임금님이시며 모든 것의 원동력이신 그분은 이 불행한 세상에 사는 모든 것에 일정한 수명을 정하셨다. 아무도 그 기간을 넘을 수 없지만, 그 기간을 줄이기는 쉽다. 이것은 너무나 분명한 사실이라 유명한 사람의 말을 인용할 필요도 없을 것이다.

이제 나는 내 의견을 말하려고 한다. 이 법칙에 따르면 분명히 이 원동력이란 확고부동하며 영원히 변하지 않는 것이다. 그리고 그대들이 바보가 아니라면, 모든 부분은 위대한 전체에서 생겨난다는 것은 알고 있을 것이다. 그것은 바로 자연이 작은 조각에서 비롯된 것이 아니라, 완전하고도 확고한 것으로 비롯되었기 때문이다.

그러나 그것 또한 영원할 수 없는 것, 따라서 현명하신 신께서는 깊이 생각하시어 모든 종류의 씨앗이 싹을 틔워 계속해서 자라되, 영원히 살지는 못하도록 하셨다. 이것은 즉시 확인될 수 있는 사실이다. 저 참나무를 보라. 그것은 싹튼 뒤로 지금까지 자라왔으며, 너희들도 알다시피 오랜 세월을 살 것이지만, 결국은 죽고 말 것이다. 또 우리의 발에 밟히는 저 돌을 보라. 그것이 아무리 단단하더라도, 길바닥에 있는 한 역시 닳아 없어지고 말 것이다. 종종 저 커다란 강은 말라붙는다. 커다란 도시도 쇠퇴하여 몰락하고 만다. 모든 것에는 끝이 있는 법이다.

또한 남자든 여자든 죽는 것은 마찬가지다. 단지 차이라면 젊어서 죽거나 늙어서 죽는다는 것뿐이다. 너희들도 알다시피, 어떤 사람은 침대에서 죽기도 하고, 또 어떤 사람은 깊은 바다에 빠져 죽기도 하며, 혹은 전쟁터에서 죽어가기도 한다. 왕도 종과 마찬가지로 죽는 법이다. 이건 어쩔 수 없는 것이다. 모든 사람은 이런 길을 가야만 한다. 따라서 나는 모든 것은 죽는다고 말한다.

이 모든 것을 다스리시는 분은 바로 만물의 근원이자 통치자이신 유피테르 신이시다. 그분은 모든 것을 다시 근원으로 되돌려 보내신다. 이런 섭리에 대항할 것은 이 세상에 아무것도 없다.

따라서 나는 필요한 덕을 베풀고, 피할 수 없는 것들, 특히 우리 모두가 이미 예견하고 있었던 것들은 기꺼이 받아들이는 것이 지혜롭다고 생각한다. 이런 것에 반대하는 것은 헛된 일일 뿐만 아니라, 만물을 지배하시는 신에 대한 반항이기도 하다.

꽃과 같은 나이에 드높은 명성을 누리며 죽는 자는 큰 영광을 얻게 된다. 그것은 친구나 자기 자신의 명예를 더럽히지 않기 때문이다. 친구들은 그런 사람의 죽음을 기쁘게 받아들여야 한다. 그것은 그의 마지막 호흡이 명예를 선사하고, 또한 그의 이름이 세월이 지나도 시들지 않으며 그의 무훈이 잊히지 않기 때문이다. 훌륭한 이름을 남기기 위해서는 명성이 최고조에 이르렀을 때 죽는 것이 가장 좋은 방법이다.

이런 것을 부정하는 행위는 쓸데없는 고집일 뿐이다. 기사도의 꽃인 아르시테는 존경과 명예를 한 몸에 지닌 채 이승의 감옥에서 벗어났는데, 왜 우리는 침울한 마음으로 슬퍼해야 하는가? 왜 여기에 있는 그의 사촌과 아내는 그의 행복을 못마땅하게 여겨야 하는가? 그는 이들을 사랑했다. 그런데 이게 고인의 사랑에 보답하는 일인가? 아니다, 절대로 아니다. 그건 아르시테의 영혼을 해치는 일이며, 동시에 그들에게도 해가 되는 것이다. 아르시테의 사랑에 보답하는 길은 두 사람이 최대한 행복해지는 것이다.

이 기나긴 말에서 내가 이끌어 낼 수 있는 결론은 슬픔 뒤에는 반드시 기쁨이 따르도록 하신 유피테르 신의 자비에 감사를 드려야 한다는 것이다. 이 자리를 떠나기 전에, 우리는 두 개의 고통을 영원히 지속될 하나의 기쁨으로 만들 것을 제안한다. 자, 보아라. 가장 깊은 고통이 있는 곳이 바로 치료가 시작될 부분이다.

처제여, 이것이 내가 신중히 생각했던 의견이며, 이 의견은 이곳에 모인 의회에서 추인되었다. 그대를 처음 보았던 순간부터 마음과 영혼과 힘을 다해 봉사하고 사랑했던 팔라몬에게 자비를 베풀고, 그를 남편으로 맞으라. 자, 손을 이리 다오. 이것이 우리가 결정한 사항이다. 이제 우리는 그대의 여성다운 연민의 정을 보고 싶다. 어쨌거나 팔라몬은 왕의 사촌이다. 비록 팔라몬이 가난한 기사에 불과할지라도, 그는 그대를 여러 해 동안 섬겨 왔고 그로 인해 수많은 고통을 겪었으니, 그대의 남편이 될 자격이 있다고 생각한다. 숭고한 자비는 정의보다 앞서는 미덕이다."

테세우스는 계속해서 팔라몬에게 말했다.

"너의 동의를 얻기 위해 장황하게 말할 필요는 없다고 생각한다. 이리 가까이 와서 네 연인의 손을 잡으라."

그러자 그곳에 모인 귀족들은 두 사람 사이에 결혼의 끈을 맺어 주었습니다. 쉽게 말하자면, 결혼식을 거행했던 것입니다. 이렇게 음악이 울려 퍼지고 환희의 함성 속에서 팔라몬은 에밀리를 아내로 맞았습니다. 이 넓은 세상을 만드신 하느님은 그가 그토록 원하던 사랑을 주셨습니다. 이후 팔라몬의 삶은 순탄했습니다. 그는 부귀영화를 누리며 건강하고 행복하게 살았습니다. 에밀리는 모든 정성을 다해 팔라몬을 사랑했고, 팔라몬은 아내에게 헌신했습니다. 그들 사이에는 질투의 말이 오가는 법도 없었고, 속상해서 싸우는 적도 없었습니다.

이렇게 팔라몬과 에밀리의 이야기는 끝이 납니다. 하느님, 이 두 사람에게 축복을 내려 주소서!

기사의 이야기는 여기서 끝난다.

방앗간 주인의 이야기

사회자와 방앗간 주인의 말다툼

기사가 이야기를 끝마치자, 남녀노소 가릴 것 없이 모든 사람들이 이 이야기는 기억해 둘 만한 훌륭한 것이라는 데 의견의 일치를 보았다. 특히 신분이 높은 사람일수록 그런 생각이었다.

우리 사회자는 껄껄거리고 웃더니 이렇게 평했다.

"이제 제대로 되어가는군요. 이야기보따리가 열렸어요. 그럼 누가 이야기를 할지 한 번 봅시다. 이번 놀이는 시작이 정말 좋았습니다. 그럼, 수사님, 당신 차례입니다. 기사님의 이야기와 견줄 수 있는 이야기를 해 주세요."

그런데 술에 취해 얼굴이 백지장처럼 변한 방앗간 주인이 간신히 말 위에 앉아서는, 그리스도를 골탕 먹인 빌라도와 같은 못된 목소리로 소리쳤다.

"그리스도의 팔과 뼈를 두고 맹세하는데, 여러분들에게 기사 양반의 이야기에 버금가는 이야기를 하나 들려주겠소."

사회자는 방앗간 주인이 맥주를 너무 마셔 취한 것을 보고 그의 말을 끊었다.

"잠깐 기다리시오, 로빈 형제. 우선 당신보다 지체 높은 분의 이야기를 들어봅시다. 우리 놀이가 잘 진행될 수 있도록 협조해 주시오."

그러자 방앗간 주인이 대답했다.

"뭐라고! 난 그렇게 못해! 지금 내게 이야기할 기회를 주지 않으면, 난 이 일행에서 빠지겠소."

여관 주인은 이 말을 듣고 발끈해서 말했다.

"이런 빌어먹을! 당신은 지금 제정신이 아니야. 당신은 술에 취해 쓸데없는 고집을 부리고 있단 말이야!"

"자 여러분. 한 분도 빠짐없이 내 이야기를 들어보시오."

사회자의 말에는 아랑곳하지 않고 방앗간 주인이 말하기 시작했다.

"하지만 우선 말해 둘 것은 내가 취했다는 것이오. 나도 내 목소리를 들어보면 알 수 있소. 따라서 내가 한두 마디 실수를 한다면, 그것은 전적으로 서더크에서 마신 맥주 탓이오. 그럼 어느 목수와 그의 아내에 관한 이야기를 하겠소. 또한 학생이 목수를 어떻게 놀렸는지도 이야기하겠소."

그때 장원 청지기가 말했다.

"입 닥치지 못해! 음탕한 주정뱅이 같으니라고! 남을 욕하거나 남자의 명예를 실추시키면서, 그것도 모자라 남의 아낙네까지 끌어넣는 것은 죄악이야. 하려면 다른 이야기를 하도록 해."

그러자 술 취한 방앗간 주인이 재빨리 대답했다.

"사랑하는 오즈월드 형제여. 여편네가 없으면 오쟁이진 남편이 될 수 없는 법이오. 이 세상에는 남편에게 충실한 아내가 수없이 많소. 하지만 적어도 천 명에 한 명꼴로 나쁜 여자도 있소. 당신도 이 정도는 알고 있을 것이오. 그런데 왜 내 이야기에 화를 내는 것이오? 나도 당신처럼 아내가 있는 몸이지만, 내 마누라가 다른 놈팡이하고 놀아난다고 생각하지는 않소. 난 고삐 매인 황소를 보고 고삐가 풀리지 않을까 걱정하는 사람은 아니오. 남편은 신의 비밀이나 아내의 비밀을 캐서는 안 되는 법이오. 그래야만 아내에게서 하느님의 충만한 은총을 발견할 수 있소."

이런 상황에서 내가 무엇을 더 말할 수 있을까? 여러분들도 알다시피 방앗간 주인은 막돼먹은 사람이다.

또한 장원 청지기나 다른 몇 명도 이런 부류에 속한다. 그래서 그들의 이야기 역시 모두 경박한 것이었다. 그러니 이런 이야기를 읽고 싶지 않으면 건너뛰어 다른 이야기를 택하기 바란다. 그리고 농담을 진담으로 알아듣는 일도 없기를 바란다.

방앗간 주인의 이야기

옛날 옥스퍼드에 나이가 지긋한 돈 많은 시골뜨기가 하나 살고 있었소. 그의 직업은 목수였으며, 집에서는 하숙을 치고 있었소. 그 집에는 가난한 학생이 하숙을 하고 있었는데, 그는 특히 점성술을 아주 열심히 공부하고 있었소. 학생의 이름은 '교활한' 니콜라스였소. 겉으로 보기에는 숫처녀처럼 유순했지만, 약아빠지고 음흉하기 짝이 없었소. 또한 아무도 모르게 사랑 모험을 즐기고 여자들을 유혹하는 데 특별한 재주가 있었소.

그는 이 하숙집에서 독방을 쓰고 있었소. 그의 침대 맡에는 천문학에 관한 여러 책들이 즐비하게 놓여 있었소. 옷장은 조악하기 그지없는 붉은 모직으로 덮여 있었고 그 위에는 하프가 있었는데, 그는 밤마다 이 하프를 연주하면서 자기 방을 아름다운 선율로 가득 채우곤 했소.

늙은 목수는 얼마 전에 열여덟 살 먹은 여자와 결혼했는데, 그녀를 자기 목숨보다도 더 소중히 여겼소. 그는 아내가 젊고 발랄한 것과는 달리 자기는 늙었기 때문에 그녀가 서방질을 할지도 모른다고 생각했고, 그래서 아내를 집 안에 가두어놓고 한 발짝도 집 밖으로 나가지 못하게 했소.

이 늙은이는 배운 게 없어서, 남자는 자기와 엇비슷한 여자와 결혼해야 한다는 가르침을 읽은 적이 없었소. 남자들은 나이와 사회적 신분이 비슷한 여자와 결혼해야 하는 법인데 말이오. 그런 것도 모르고 결혼했던 것이오.

목수의 아내는 젊고 아름다웠으며, 족제비처럼 나긋나긋하고 날씬했소. 눈썹은 검고 가느다란 활을 두 개 그려놓은 것 같았고, 그 아래에는 음탕하기 그지없는 두 눈이 반짝이고 있었소. 그녀의 자태는 꽃이 핀 배나무보다도 더 달콤했고 양털보다도 더 부드러웠소. 이 세상을 아무리 뒤져보아도 이처럼 예쁘고 멋진 여자는 찾아볼 수 없을 것이오. 그녀의 피부는 조폐창에서 방금 찍어낸 금화보다 더 반짝였으며, 목소리도 광 위에 앉은 제비처럼 명랑하고 맑았소. 입은 꿀이나 밀주를 바른 사과처럼 달콤했소. 키는 돛대처럼 후리후리했고, 몸은 화살처럼 꼿꼿했소. 그 누구와도 견줄 수 없을 정도로 일품이었소. 어

목수의 아내 앨리슨

떤 귀족나리의 침대용으로도 손색이 없었으며, 웬만큼 돈 많은 지주의 아내로도 모자람이 없었소.

그런데 어느 날 일이 벌어지고 말았소. 그날 남편은 잠시 인근 마을에 갔다 와야 할 일이 있었소. '교활한' 니콜라스와 같은 학생들이란 족속은 약삭빠르기 짝이 없는 탕아들이었고, 그에 걸맞게 그는 목수 아내를 구슬리기 시작했소. 그는 슬그머니 여자의 그곳에 손을 갖다 대고 말했소.

"사랑하는 여인이여. 당신을 갖지 못하면 난 상사병으로 죽고 말 것이오."

학생은 그녀의 엉덩이를 계속 어루만지면서 말했소.

"지금 당장 사랑을 합시다. 그렇지 않으면 난 죽고 말 거요."

그녀는 망아지처럼 펄쩍펄쩍 뛰더니 얼굴을 돌리며 말했소.

"어서 가세요! 아니면 도와 달라고 소리 지르겠어요. 손 치우지 못해요? 이렇게 행동해도 되는 거예요?"

하지만 니콜라스는 막무가내로 애원했소. 어찌나 애절하게 부탁하는지, 그녀는 마침내 그의 청을 들어주면서, 적당한 기회가 오면 몸을 주겠다고 약속했소. 일이 뜻대로 풀리자 니콜라스는 그녀의 허벅지를 쓰다듬고 달콤하게 키스한 다음, 하프를 들고 기쁘고 활기찬 곡을 연주하기 시작했소.

그런데 어느 성인의 날이었소. 이 멋진 여자는 집안일을 끝내고 얼굴을 화사하게 치장한 다음, 기도를 하기 위해 교회로 갔소. 그런데 그 교회에는 압솔론이라는 사무직원이 있었소. 그의 얼굴은 붉은빛이었고, 눈은 거위 눈처럼 잿빛이었으며, 진홍빛 양말과 구두를 신고 옷도 근사하게 차려입는 청년이었소. 한 마디로 근사한 멋쟁이였소.

또한 기타 솜씨도 보통이 아니었소. 시내에서 그가 가 보지 않은 술집이나 여관은 하나도 없었는데, 특히 작부가 있는 곳은 더욱 그랬소. 사실대로 말하자면 그는 별로 우아하거나 고상한 사람은 아니었소. 그는 수시로 방귀를 뀌어댔으며, 말투는 거만하고 거칠었다오.

특히 그날은 목수의 아내를 쳐다보며 특별한 관심을 기울였소. 그녀가 너무나 아름답고 달콤하며 먹음직스러워서, 그녀를 바라보는 것만으로도 평생을 보낼 수 있을 것이라고 생각했소. 만일 그녀가 쥐였고, 압솔론이 고양이였다면 틀림없이 금방이라도 잡아먹을 듯이 덮치고 말았을 것이오.

그날 밤 달이 환하게 비추자, 뜨거운 열정을 주체하지 못한 압솔론은 기타를 들고 여자들을 유혹하기 위해 집을 나섰소. 그러다가 자신도 모르는 사이에 목수 집까지 왔는데, 그때는 벌써 첫 닭이 운 다음이었소. 그는 창문 아래 기대어서 기타 반주에 맞추어 작고 은은한 목소리로 노래했소.

> 사랑하는 여인이여, 나의 기도를 들어주오.
> 나에게 관심이 있다면 나를 불쌍히 여겨주오.

이 노랫소리에 잠이 깬 목수가 아내에게 말했소.

"앨리슨, 우리 창문 밑에서 들려오는 저 노랫소리 말이오. 압솔론의 목소리 같지 않소?"

그러자 그녀가 대답했소.

"네, 맞아요. 아까부터 죽 듣고 있었어요."

그러자 여러분들이 추측하는 것처럼 일이 진행되었소. 이 말을 들은 압솔론은 너무 기쁜 나머지 매일 그녀의 집으로 사랑의 노래를 부르러 갔지만, 그녀가 냉담한 반응을 보이자 마침내는 너무나 슬픔에 가득 차서 밤이고 낮이고 한숨도 잠을 이룰 수가 없었소. 그는 머리칼을 빗어 멋을 부려보기도 했고, 아는 사람을 통해 사랑을 호소하기도 했으며, 그녀의 노예가 되겠다고 맹세하기도 했소. 또한 나이팅게일처럼 떨리는 목소리로 노래를 부르기도 했고, 술과 꿀 혹은 맛있는 맥주나 방금 구워낸 과자를 보내기도 했소. 그리고 그녀가 도시에 살고 있으니 살 것이 많을 것이라고 생각해서 돈도 보내 주었소. 사실 이 세상의 여자들은 돈으로 정복되기도 하고, 몇 대 맞고서야 마음을 주기도 하며, 달콤한 말에 넘어가기도 하는 법이오. 하지만 모두 소용이 없자, 압솔론은 니콜라스가 그녀 가까이에 있어서 자기의 빛을 가로막고 있다고 미친 사람처럼 떠들어댔소.

그런데 어느 토요일이었소. 그날 목수는 오즈니로 가야만 했소. 니콜라스와 앨리슨은 질투심 많은 불쌍한 남편을 속이기 위해 모종의 계획을 세웠소. 계획대로 일이 성사되면, 두 사람이 소망하던 대로 그녀는 니콜라스의 품 안에서 온밤을 지낼 수 있게 되는 것이었소.

더 이상 기다릴 수 없었던 니콜라스는 한 마디도 하지 않은 채 조용히 하루나 이틀 동안 먹을 음식을 자기 방에다 갖다놓았소. 그러면서 니콜라스는 앨리슨에게, 만일 그녀의 남편이 니콜라스가 어디 있느냐고 물으면 하루 종일 보지도 못해서 어디에 있는지 모른다고 대답하고, 하녀가 커다란 소리로 아무리 불러도 대답이 없으니 틀림없이 병이 난 모양이라고 말하라고 일러두었소.

그렇게 니콜라스는 토요일 내내 아무 말도 없이 먹고 자고 또 하고 싶은 짓을 하며 해가 질 무렵까지 보냈소. 토요일 밤이 되자 불쌍한 목수는 니콜라스에게 무슨 일이 있느냐며 묻기 시작했소. 그러면서 그는 시중들던 하인들에게 말했소.

"2층으로 올라가 문간에서 큰 소리로 불러보든지, 아니면 돌멩이로 문을 두드려보든지 해 봐. 무슨 일이 있는지 알아보고 즉시 본 대로 이야기하도록 해."

하인은 힘차게 계단을 뛰어 올라가서 큰 소리로 부르며 미친 듯이 문을 두드렸소.

"이봐요, 니콜라스 선생님. 뭐 하고 계세요? 어째서 하루 종일 잠만 주무세요?"

하지만 아무 소용도 없었소. 아무 대답도 없었던 것이오. 그런데 벽 밑에서 고양이가 들락날락하는 구멍을 하나 발견했소. 하인은 그곳으로 방 안을 자세히 들여다보았고, 마침내 니콜라스가 마치 정신을 잃은 듯이 입을 벌린 채 꼿꼿이 앉아 있는 것을 보게 되었소. 하인은 급히 내려가 자기가 본 니콜라스의 모습을 그대로 말해주었소.

목수는 십자가를 그으며 말했소.

"하느님, 우리를 도와주소서! 그 누가 우리에게 닥칠 운명을 예견할 수 있겠습니까? 니콜라스는 천민학인가 천문학 때문에 미쳐 버렸습니다. 저는 이런 일이 일어날 줄 알고 있었습니다. 사람들이 하느님의 비밀을 캐내려고 해서는 안 되는 법입니다. 사도신경 이외에는 아무것도 모르는 사람이야말로 얼마나 행복한 사람입니까!

이와 똑같은 일이 천문학을 공부하는 어떤 학생에게도 일어났습니다. 니콜라스에게 그런 일이 일어났다는 것은 정말로 유감입니다. 하늘에 계신 예수 그리스도님이시여! 제가 그 공부를 못하도록 혼내주겠습니다.

로빈, 장대를 하나 가져오거라. 내가 장대로 문을 치켜올릴 테니 너는 그 문을 넘어뜨리도록 해라. 그러면 그놈의 천문학 공부도 끝날 것이다."

그는 학생의 방으로 향했소. 하인은 힘이 넘치는지 단숨에 문짝을 들어올렸고 문은 바닥으로 떨어지고 말았소. 이런 와중에도 학생은 입을 벌린 채 공기를 들이마시며 돌부처처럼 앉아 있었소. 목수는 그가 절망에 빠져 미쳐 버린 줄 알고, 그의 어깨를 덥석 잡고는 있는 힘을 다해 흔들며 말했소.

"이봐, 니콜라스! 아래를 봐! 정신 차려! 예수 그리스도님의 수난을 생각해! 도깨비니 마귀니 하는 것에서 너를 보호해 주는 것은 십자가밖에 없어!"

그러면서 목수는 집 안의 구석구석과 문지방 밖을 향해 주문을 외우기 시작했소.

"예수 그리스도님, 성 베네딕트님, 사악한 영혼을 몰아내 주십시오. 밤의 악귀를 물리치소서. 성 베드로의 누이시여, 당신의 종을 버리지 마소서."

얼마 후 '교활한' 니콜라스는 깊게 숨을 내쉬며 말했소.

"아, 세상이 이렇게 금방 끝나야 하는 건가요?"

그러자 목수가 대답했소.

"도대체 무슨 소리야? 이마에 땀을 흘리며 빵을 구하는 사람들처럼 하느님을 믿도록 해."

이 말을 들은 니콜라스가 말했소.

"가서 마실 것 좀 갖다 주세요. 당신을 믿기에 하는 말인데, 우리 두 사람과 관련된 문제에 관해 말하고 싶군요."

목수는 아래층으로 내려가 큰 병에 맛있는 맥주를 가득 담아서 가지고 왔소. 니콜라스는 문을 꼭 닫고, 목수를 자기 옆에 앉힌 후 말했소.

"사랑하는 존 영감님. 이 비밀을 아무에게도 말하지 않겠다고 약속해 주세요. 그러면 그리스도님의 비밀을 보여주겠어요. 만일 이 사실을 다른 사람에게 말하면 당신은 천벌을 받게 됩니다. 약속을 어기면 당신은 미치광이가 될 거예요."

그러자 순진한 목수가 대답했소.

"예수 그리스도님과 그분의 성혈을 두고 그렇게 하지 않겠다고 맹세하지. 나는 입을 함부로 놀리는 사람이 아니야. 난 아무 말이나 마구 지껄이는 사람이 아니란 말이야. 그러니 마음놓고 말하도록 하게. 예수 그리스도님을 두고 맹세하는데 그 누구에게도 절대로 발설하지 않겠어."

"그럼 좋아요. 당신에게 자신있게 말하는데, 지금부터 하는 내 말은 하나도 거짓이 아니에요. 나의 점성술 연구와 하늘에 밝게 빛나는 달을 관찰해 본 결과, 다음 월요일 아홉시경에 놀랄 만한 큰 폭우가 퍼부을 것임을 확인했어요. 노아의 홍수와는 비길 수도 없이 큰 폭우지요. 너무나 엄청난 소나기라 한 시간도 채 안 되어 온 세상이 빗물 속에 잠겨 버리고, 인간은 멸망할 것입니다."

이 말을 들은 목수가 소리쳤소.

"아, 불쌍한 내 마누라! 내 마누라도 빠져 죽나? 아, 불쌍한 앨리슨!"

그는 너무나 충격을 받은 나머지 곧 실신할 것만 같았소. 그런데 갑자기 이렇게 물었소.

"어떻게 살아날 방법이 없겠나?"

"있지요, 있고 말고요. 하지만 당신 멋대로 해서는 안 되고 반드시 경험자의 충고를 따라야만 해요. 만일 내 충고를 따라 행동한다면 돛대나 돛이 없어도 우리 세 사람은 목숨을 구할 수 있을 거예요. 하느님이 모든 사람이 물에 잠길 것이라고 일러주셨을 때, 노아가 어떻게 목숨을 구했는지 아시나요?"

"그럼. 아주 오래 전에 들었지."

니콜라스는 계속해서 말했소.

"노아를 비롯한 나머지 사람들이 아내를 방주에 태우기까지 얼마나 많은 고생을 했는지도 들었나요? 자신 있게 말하건대 당시 노아는 아내가 혼자 탈 배를 마련하기 위해서라면 수단과 방법을 가리지 않았을 거예요. 그런데 지금은 우리가 어떻게 하는 것이 최선의 방법인 줄 아세요? 이것은 긴급을 요하는 일이에요. 워낙 급한 상황이라서 길게 말할 시간도 없고 시간을 질질 끌 수도 없어요.

지금 당장 달려가서 나무 반죽통이나 그리 깊지 않은 욕조를 가져오세요. 우리 세 사람이 하나씩 들어갈 수 있도록 세 개를 구해 오세요. 명심해야 할 것은 배처럼 사용할 수 있을 정도로 커야 한다는 겁니다. 그리고 그 안에 하루치 양식을 넣으세요. 더 이상은 필요 없어요. 다음날 아침 아홉시만 되면 물이 모두 빠져 없어질 테니 말입니다. 하지만 당신의 하인 로빈조차도 이런 비밀을 알아서는 안 됩니다. 또 하녀 질리언도 구해서는 안 돼요. 왜냐고는 묻지 마세요. 내게 그걸 물어도 하느님의 비밀이라 밝힐 수가 없으니 말입니다. 당신이

제정신이라면 노아처럼 커다란 은총을 받는 것으로 만족해야 할 거예요. 걱정 마세요. 당신 아내는 내가 구하겠어요. 이제 가서 통을 찾아보세요.

나와 당신 부인과 당신이 탈 세 개의 통이 준비되면, 우리가 대홍수를 대비하고 있다는 사실을 아무도 눈치 채지 못하도록 지붕 위에 높이 매달아두세요. 내가 말한 대로 각 통에 양식을 넣고 나면 밧줄을 끊을 도끼를 하나 장만하세요. 그래야만 물이 찰 때 도망갈 수 있으니까 말입니다. 또한 정원 쪽으로 나 있는 벽에 구멍을 하나 뚫어놓아야 그리로 빠져나갈 수 있다는 사실도 절대로 잊지 마세요.

홍수가 지나가면 당신은 암거위를 졸졸 쫓아다니는 흰 수거위처럼 기쁜 마음으로 노를 젓게 될 겁니다. 그리고 내가 '앨리슨! 존! 기운 내요! 물이 빠지고 있어요'라고 말하면, 당신은 '안녕, 니콜라스! 잘 잤나? 낮이라 그런지 얼굴이 아주 좋은데'라고 대답할 수 있을 겁니다. 그 순간부터 우리는 노아와 그의 아내처럼 남은 평생을 이 세상의 왕처럼 지내게 될 거예요.

하지만 한 가지 경고할 것이 있어요. 일단 통 안에 들어가게 되면 우리 중 그 누구도 말을 해서는 안 된다는 거예요. 남을 부른다거나 소리를 지르면 절대로 안 돼요. 우리는 기도를 올리며 하느님의 명령을 이행해야 해요.

당신과 당신 아내는 죄를 짓지 않도록 가능한 한 서로 멀리 떨어져 있어야 해요. 또한 서로 쳐다보아서도 안 되며, 사랑을 나누는 것은 더욱더 안 됩니다. 이것이 당신이 지켜야 할 사항이에요. 자, 얼른 가세요, 행운을 빌겠습니다! 내일 밤 사람들이 모두 잠들면 우리는 그 통 안으로 들어갈 거예요. 그리고 하느님이 우리를 인도해 줄 것을 믿으며 그곳에 앉아 있어야 합니다. 자, 가세요. 더 이상 이 문제에 대해 설명할 시간이 없어요. 속담에도 '현자를 보내어 수고를 아껴라'라는 말이 있어요. 당신은 영리하니까 길게 가르쳐 줄 필요가 없겠지요. 어서 가서 우리의 생명을 구해 주세요. 이것이 내 부탁입니다."

순진한 목수는 슬픈 얼굴로 내려와서 이 비밀을 아내에게 몰래 일러주었소. 물론 그녀는 이 계획의 의미를 훤히 알고 있었소. 그렇지만 몹시 놀란 표정을 지으며 말했소.

"어서 서두르세요. 우리가 목숨을 구할 수 있도록 도와주세요. 그렇지 않으면 우린 모두 죽고 말 거예요. 난 법적으로 인정받은 당신의 진정한 아내에요. 사랑하는 여보, 우리의 목숨을 구해 주세요."

근거 없는 환상이란 얼마나 위대합니까! 사람들은 너무나 강한 충격을 받으면 상상만으로도 죽을 수 있는 법이오. 불쌍한 목수는 두려움에 떨기 시작했소. 그는 정말로 노아의 홍수가 밀려와 자기의 둘도 없는 아내 앨리슨이 물에 빠져 죽을지도 모른다고 믿고 있었소. 늙은 목수는 몸서리치며 한숨을 내쉬었으며, 흐느껴 울면서 자신을 비참한 존재라고 생각했소.

목수는 반죽통과 커다란 욕조 두 개를 구해, 아무도 모르게 집 안으로 가져와 지붕 꼭대기에 매달았소. 그런 다음 대들보에 매달아 놓은 욕조로 올라갈 수 있도록 손수 세 개의 사다리를 만들었소. 그리고 반죽통뿐만 아니라 두 개의 욕조에도 하루 동안 먹고도 남을 충분한 양의 빵과 치즈, 맛있는 맥주 한 주전자를 넣었소. 이런 모든 준비를 하기 전에, 그는 하인과 하녀를 런던으로 심부름을 보냈소. 월요일 밤이 다가오자, 목수는 촛불도 켜지 않고 문을 잠갔으며, 모든 것이 제대로 되었는지 확인해 보았소. 잠시 후, 세 사람은 각자의 통에 들어가 그 안에서 꼼짝도 하지 않고 앉아 있었소.

그러자 니콜라스가 말했소.

"주의 기도를 외우세요. 쉿!"

"쉿!"

목수가 대답했소. 그러자 앨리슨이 다시 "쉿!" 하고 반복했소.

목수는 기도문을 외우며 아무 말 없이 앉아 있었소. 그리고 다시 기도를 올리며, 혹시 빗소리가 들리는지 알아보기 위해 귀를 기울였소.

너무나도 피곤하고 힘든 하루를 보낸 탓인지, 목수는 통행금지 시간이 조금 지나자 죽은 듯이 깊은 잠에 빠졌소. 악몽을 꾸었는지 그는 커다란 신음소리를 내기 시작했으며, 머리가 편안하지 않아서 코도 골았소. 그러자 니콜라스는 소리 없이 사다리를 내려왔고, 앨리슨도 살금살금 내려왔소. 아무 말도 하지 않은 채 그들은 목수의 침대로 향했소. 그들이 그곳에 있는 동안은 모든 것이 기쁨이었소. 아침 기도를 알리는 새벽종이 울리고 수사들이 성당에서 성가를 부를 때까지, 그들은 침대에 누워 한껏 쾌락을 즐겼소.

바로 그 월요일, 사랑의 상처를 입은 압솔론은 평소처럼 한숨을 내쉬며 오즈니에서 친구들과 함께 보내고 있었소. 그런데 그때 우연히 수도원에 사는 사람을 만나 늙은 목수 존에 관해 물었소. 그러자 그 남자는 교회 밖으로 데리고 나가서 말했소.

"나도 모르겠소. 토요일 이후 여기서 일하는 걸 보지 못했소. 아마도 수도원장 지시로 나무를 구하러 간 것 같소. 이런 일이 있을 때면 산장에서 하루나 이틀 정도 머물러 있곤 하오. 아니면 집에 있는지도 모르겠소. 아무튼 어디에 있는지 잘 모르겠소."

압솔론은 너무나 기쁜 나머지 마음속으로 이렇게 생각했소.

'오늘 밤은 잠을 자지 말아야지. 그래, 틀림없어. 오늘 새벽 이후 그가 집에서 나온 것을 본 사람은 아무도 없어. 첫닭이 울면 침실 창문을 두드려서 앨리슨에게 사랑을 고백해야지. 키스나 한 번 해 봤으면 좋겠어. 어쨌거나 틀림없이 만족할 만한 결과를 얻을 수 있을 거야. 내 입이 하루 종일 아팠는데, 이건 적어도 내가 그녀에게 키스를 할 수 있다는 좋은 징조야. 그리고 밤새 내내 잔칫집에 있는 꿈을 꾸었는데…… 이젠 한두 시간 낮잠이나 자야지. 그래야만 오늘 밤에 잠을 자지 않고 조금이라도 즐길 수 있지.'

첫닭이 울자 희망에 부푼 이 연인은 자리에서 일어나 가장 좋은 옷으로 차려입었소. 머리를 빗기 전에, 그는 입냄새를 향기롭게 하기 위해 감초 뿌리를 씹었으며, 혀 밑에 가시나무 잎사귀를 넣었소. 그렇게 하면 앨리슨이 자기에게 더욱 호감을 갖게 될 것이라고 생각했던 것이오. 이윽고 목수의 집에 당도한 압솔론은 조용히 창문 밑으로 다가갔소. 그 창은 압솔론의 가슴에 닿을 정도로 매우 낮았소. 그는 작은 목소리로 기침을 하고서 말했소.

"꿀처럼 달콤한 앨리슨, 계피꽃처럼 사랑스럽고 귀여운 앨리슨, 그대는 어디에 있나요? 잠에서 깨어나 말을 해줘요! 당신은 나의 불행에 아랑곳하지 않지만, 나는 어디를 가든지 그대 생각으로 애를 태운답니다. 나는 그대를 사랑하기에 고통받으며 슬퍼하고, 엄마의 젖꼭지를 찾는 어린 양처럼 당신을 원한답니다. 사랑하는 그대여, 정말이지 나는 그대를 사랑하고 있답니다. 그래서 사랑에 빠진 비둘기처럼 당신 때문에 한숨을 지으며, 어린 소녀보다도 더 조금밖에 먹지를 못한답니다."

그러자 그녀가 대답했소.

"이 창가에서 꺼지지 못해요! 하느님께 맹세하건대 당신한테는 키스 한 번도 해주지 않을 거예요. 난 당신보다 훨씬 멋진 애인이 있단 말이에요. 어서 꺼져 버려요! 잠 좀 자게 내버려 두란 말이에요. 어서 꺼지지 않으면 돌을 던지겠어요!"

이 말을 듣자 압솔론이 말했소.

"아, 슬프구나! 진정한 사랑이 이런 대접을 받다니! 어쨌거나 나는 더 이상 바랄 것이 없는 몸이오. 그러나 하느님과 나를 생각해서 키스 한 번만 해줘요."

"그렇게 해주면 돌아갈 거예요?"

"물론이지요."

그러자 앨리슨이 말했소.

"그럼 준비하세요. 지금 곧 갈게요."

그런 다음 그녀는 니콜라스에게 속삭였소.

"아무 소리도 내지 말아요. 이제 배꼽이 빠질 정도로 우스운 일이 벌어질 거예요."

압솔론은 무릎을 꿇고 혼잣말로 중얼거리고 있었소.

'어쨌거나 난 이긴 거야. 키스가 끝나면 그것보다 더 좋은 일이 생길 거야. 아, 나의 사랑하는 여인이여, 당신의 은총과 사랑을 베풀어 주오.'

바로 그때 그녀가 급히 창문을 열고 말했소.

"이리 와서 지금 당장 하세요. 하지만 빨리 하세요. 이웃 사람한테 들키고 싶지 않으니까요."

압솔론은 입술을 닦기 시작했소. 바깥은 숯처럼 깜깜해서 아무것도 보이질 않았소. 그녀가 창문으로 엉덩이를 내밀자, 압솔론은 그것이 무엇인지 확인도

해 보지 않고 벌거벗은 엉덩이에 '쪽' 소리가 나게 입을 맞추었소. 그러고는 갑자기 펄쩍 뛰며 뒤로 물러섰소. 무언가 잘못되었다고 생각했던 것이오. 여자들이 수염이 없다는 것쯤은 그도 알고 있는 사실인데, 어찌 된 일인지 거친 털이 나 있었던 것이지요.

"아이고, 이게 뭐야?"

그러자 그녀는 깔깔거리고 웃고는 쾅 하고 창문을 닫아 버렸소.

압솔론은 발걸음을 돌리면서 잠시 자신의 슬픈 운명을 생각했소.

"털이야! 털이란 말이야! 이건 정말 멋진 장난인데!"

니콜라스가 통쾌하다는 듯이 소리쳤소. 이 소리를 빠짐없이 들은 불쌍한 압솔론은 분노로 입술을 깨물었소. 그러면서 마음속으로 결심했다오.

'반드시 복수하고 말겠어.'

압솔론은 입술을 마구 비빈 후 흙이며 모래, 지푸라기 혹은 헝겊이나 톱밥 등 닥치는 대로 입에 문질러댔소. 그러면서 다시 이렇게 되뇌었소.

'내가 지옥에 떨어지는 한이 있어도 이 치욕을 반드시 갚아주고 말겠어. 아, 진작 포기할 걸!'

그의 뜨거운 사랑은 싸늘하게 식어 버렸고, 그녀의 엉덩이에 입을 맞춘 뒤부터는 상사병도 씻은 듯이 나았소. 그는 이제 아름다운 여자에게 전혀 관심을 보이지 않았소. 그는 볼기를 맞은 아이처럼 울먹이면서, 바람기 많은 여자들에게 욕을 퍼붓기 시작했소.

압솔론은 천천히 길을 건너 대장간에서 농기구를 만드는 대장장이 저버스의 집으로 갔소. 압솔론이 문을 두드렸을 때, 그는 가랫날을 갈고 있었소.

"저버스, 어서 문 좀 열게."

"누구시오?"

"나야, 압솔론."

"압솔론? 이렇게 이른 아침에 웬일인가? 무슨 일이라도 있어? 어떤 계집애가 자네를 갖고 놀았나보군. 자네가 무슨 말을 하려는지 듣지 않아도 알겠네."

압솔론은 이런 농담에 관심을 보이지도 않았고, 그의 물음에 대답하지도 않았소. 문제는 저버스가 생각하고 있던 것보다 훨씬 복잡했기 때문이오. 그가 말했소.

"저기 화덕 옆에 있는 뜨거운 가랫날 좀 빌려줘. 그걸로 할 일이 있거든. 곧 되돌려줄게."

저버스가 대답했소.

"물론 빌려주지. 비록 그게 금으로 만들어졌다 해도, 아니 금화가 가득 든 주머니라고 해도 빌려 주지. 하지만 도대체 그걸로 무얼 하겠다는 건가?"

"걱정 말게. 그건 다음에 얘기해 줄게."

압솔론은 쇠집게로 그 뜨거운 가랫날을 집어 들었소. 그리고 아무 말 없이 대장장이의 집을 나와 목수의 집으로 향했소. 우선 그는 헛기침을 하고, 전에 했던 대로 창문을 두드렸소. 그러자 앨리슨이 대답했소.

"누구세요? 이번에는 틀림없이 도둑일 거야."

이 말을 듣고 있던 압솔론이 말했소.

"아니요. 사랑하는 그대여, 하느님도 이 압솔론이 당신을 얼마나 사랑하는지 알고 있소. 당신에게 주려고 돌아가신 우리 어머니의 금반지를 가져왔소. 아주 예쁘고 아름답게 세공된 반지요. 내게 다시 한 번 키스를 해주면 이 반지를 주겠소."

이때 마침 니콜라스는 오줌을 누려고 자리에서 일어났는데, 그 방을 빠져나가기 전에 압솔론을 멋지게 놀려주고 싶었소. 이번에는 자기 엉덩이에 입을 맞추게 할 작정이었소. 그는 창문을 열고 아무 말 없이 엉덩이를 내밀었소. 이것을 본 압솔론이 말했소.

"사랑하는 그대여, 말 좀 해보시오. 당신은 도대체 어디에 있는 것이오?"

바로 이때 니콜라스는 천둥처럼 요란한 소리를 내며 방귀를 내뿜었소. 압솔론은 방귀 냄새 때문에 거의 눈이 멀 지경이었소. 화가 난 압솔론은 손에 들고 있던 가랫날로 니콜라스의 엉덩이를 세게 내리쳤소. 그리고 손바닥만한 살점이 떨어져 나올 때까지 니콜라스의 엉덩이를 지졌소. 니콜라스는 너무나 아파 죽을 지경이었고, 통증을 참지 못해 미친 듯이 소리를 질러댔소.

"살려줘요! 물 좀 줘! 제발 좀 살려줘요!"

이 소리에 잠들어 있던 목수가 깜짝 놀라 눈을 떴소. 누군가가 미친 듯이 '물'이라고 소리치는 것을 듣자, '그래, 노아의 홍수로구나'라고 생각하고는 벌떡 일어나 도끼로 밧줄을 잘랐소. 그러자 반죽통이 땅바닥으로 떨어졌고, 목수는 마룻바닥으로 떨어지면서 정신을 잃고 말았소.

앨리슨과 니콜라스는 벌떡 일어나 거리로 뛰쳐나가며 소리쳤소.

"살려줘요! 우리를 죽이려고 해요!"

이웃 사람들은 아직도 죽은 듯이 넋을 잃고 마룻바닥에 널브러져 있는 목수를 보기 위해 달려왔소. 그런데 설상가상으로 그는 떨어지면서 한쪽 팔이 부러지고 말았소. 그러나 목수의 문제가 이것으로 모두 끝난 것은 아니었소. 그가 의식을 되찾아 말을 하려고 하자, 앨리슨과 니콜라스가 그의 입을 막기 위해 선수를 쳤소. 목수가 미친 나머지 노아의 홍수가 닥칠 것이라고 겁을 먹고서 반죽통과 욕조를 구입해서 대들보에 걸어놓았다고 설명하면서, 제발 목수를 혼자 놔두지 말고 함께 있어 달라고 애원했소.

모든 사람들은 목수의 망상을 비웃으면서, 기가 막히다는 듯이 대들보 위를 바라보며 목수의 수난을 비웃었소. 목수가 아무리 설명을 해도 소용이 없었소. 아무도 그의 말을 믿는 사람이 없었던 것이오. 사람들은 그가 미쳤다고 확신했고, 마침내는 그 마을의 모든 사람들이 그렇게 믿게 되었소. 배운 사람들은 주저 없이 목수가 미쳤다는 데 의견의 일치를 보았고, 그는 모든 사람들의 웃음거리가 되고 말았소.

목수의 질투와 감시에도 불구하고, 이렇게 목수의 아내는 다른 사내와 사랑을 나누었던 것이오. 또한 압솔론은 그녀의 엉덩이에 입을 맞추었으며, 니콜라스는 뜨거운 가랫날로 엉덩이에 화상을 입게 되었던 것이오.

이 이야기는 이렇게 끝나오. 하느님이시여, 우리를 보살피소서.

방앗간 주인의 이야기는 여기에서 끝난다.

장원 청지기의 이야기

장원 청지기의 이야기 서문

우리 일행은 압솔론과 '약삭빠른' 니콜라스의 황당한 이야기를 들으며 배꼽이 빠질 듯이 웃었다. 여러 가지 의견이 있었지만, 대부분은 재미있어하면서 기쁜 마음으로 이 이야기를 들었다. 직업이 목수였던 장원 청지기 오즈월드를 제외하면, 이 이야기를 들으며 화를 낸 사람은 아무도 없었다. 청지기는 분노를 간신히 참으면서 투덜거렸다.

"나도 방앗간 주인의 눈을 속인 이야기를 들려주어 방앗간 주인에게 앙갚음을 할 수도 있지만, 그런 장난을 하기에는 너무나도 늙었소. 이제 나는 풀을 베는 여름이 끝나고 먹이를 주어야 하는 겨울의 나이에 와 있소. 이 흰머리에는 내 나이가 씌어져 있고, 이 마음은 흰머리처럼 시들었소.

하지만 우리는 늙으면서 성숙해지는 것이오. 그리고 이제 기운은 없을지라도 욕망만은 전과 다름이 없소. 우리는 욕망을 행동으로 옮기지는 못하지만 말로는 할 수 있소. 우리의 잿더미 아래에는 아직도 뜨거운 불꽃이 숨어 있소. 우리는 아주 늙을 때까지 꺼지지 않는 네 가지 불꽃을 가지고 있소. 그것은 바로 탐욕과 거짓말과 분노와 자만이오.

우리의 사지는 제대로 움직이지 않아도, 이 불은 계속해서 타오르고 있소. 나는 오랜 세월을 살아왔지만, 아직도 이런 욕망의 이빨은 변함이 없소. 이제 내 생명의 물줄기는 가장자리로 한 방울씩 떨어질 뿐이고, 나불거리는 이 혀는 이제 과거의 '업적'만을 이야기할 뿐이오. 늙으면 남는 것은 망령이나 쓸데없는 애욕뿐이라오."

여관 주인은 장원 청지기의 기나긴 설교를 참고 듣더니, 임금처럼 당당한 자세로 말했다.

"이런 모든 지혜가 무슨 소용이 있습니까? 아침 내내 설교할 겁니까? 시간 낭비하지 말고 이야기나 시작하세요. 벌써 아침 일곱 시 반이나 되었단 말이에요. 깡패들의 고향이라는 그리니치가 멀리서 보입니다. 자, 이제 이야기를 시작하십시오."

장원 청지기 오즈월드가 말했다.

"잘 들으시오. 내가 방앗간 주인을 놀리더라도 너무 기분 나빠하지 마시오. 주면 받아야 하는 법이니까. 그래서 여러분들의 양해 아래, 나도 방앗간 주인처럼 상소리도 섞어가면서 앙갚음을 하겠소. 저 녀석의 모가지가 부러졌으면 한이 없겠소. 저 녀석은 내 눈에 박힌 티는 볼 수 있을지 몰라도, 제 눈에 있는 들보는 보지 못하고 있소."

장원 청지기의 이야기

케임브리지에서 그리 멀지 않은 곳에 있는 트럼핑턴에는 굽이굽이 흘러가는 시냇물이 있었고, 그 위에는 다리가 하나 놓여 있었소. 개울가에는 물방앗간이 하나 있었소.

그곳에는 오래 전부터 방앗간 주인이 살고 있었소. 그는 공작새처럼 거만했으며, 방탕하기 짝이 없었소. 그는 피리를 불 줄 알았고, 싸움도 잘했소. 허리띠에는 항상 날이 시퍼런 긴 칼을 걸고 다녔으며, 주머니에는 조그맣고 예쁜 단도를 넣고 다녔소. 또한 그는 원숭이 엉덩이처럼 대머리였고, 발바리처럼 들창코였으며, 얼굴은 넓적했소. 그야말로 완벽한 장터 건달의 얼굴이었소.

아무도 그에게 손가락 하나도 댈 수 없었소. 감히 그런 짓을 하는 놈은 비싼 대가를 치르게 될 거라고 공언했기 때문이오. 사실 그 녀석은 밀이나 곡식을 상습적으로 훔치는 나쁜 놈이었소. 그래서 '허풍쟁이 심프킨'[1]이라는 별명을 갖고 있었지. 하지만 그의 마누라는 훌륭한 집안 출신이었소. 그녀의 아버지는 마을의 신부였소. 그러니까 사생아였던 것이오. 모든 신부는 독신이어야 했으니 말이오.

이 신부는 심프킨이 자기 딸을 아내로 맞이하는 대가로 커다란 놋 냄비를 비롯해 상당한 지참금을 주어야만 했소. 심프킨의 아내는 수녀원에서 교육을 받았소. 이것은 심프킨에게 매우 중요한 것이었는데, 그것은 바로 심프킨이 소지주로서의 위치를 지키려는 목적을 갖고 있었기 때문이오. 그래서 그는 그녀가 교육을 잘 받은 정숙한 여인이며 처녀라면 기꺼이 아내로 맞이하겠다고 말했던 것이오. 그 여자는 콧대가 세고 못된 까치처럼 건방졌소.

일요일 날 이 부부를 보는 것은 가관이었소. 그는 대머리를 두건으로 둘러싸고 으스대며 거리를 거닐었고, 여자는 남편의 양말과 잘 어울리는 빨간 옷을 입고 그의 뒤를 따랐소. 아무도 감히 이 여자의 이름을 부를 수는 없었소. 부를 때에는 반드시 '마님'이라는 말을 붙여야 했고, 그녀에게 치근덕댄다는 것은 상상도 할 수 없는 일이었소. 심프킨이 휘두르는 긴 칼이나 단도에 죽고 싶지 않다면 말이오.

또한 그녀가 사생아니 뭐니 하는 좋지 않은 소문 때문에 사람들과 거리를 유지하면서 건방진 눈초리로 그들을 쳐다보았소. 그가 하는 짓은 꼭 도랑에 괸 더러운 물과 똑같았소. 어쨌건 그녀는 자기가 가문이 좋을 뿐만 아니라 수녀원에서 교육까지 받았으니 남들의 존경을 받아야 한다고 생각하고 있었소.

그들 사이에는 스무 살 먹은 딸과 아직도 요람에 있는 여섯 달 된 튼튼한 사내아이가 있었소. 딸아이는 잘 먹고 자란 탓에 포동포동했소. 코는 들창코였고 눈은 회색이었으며, 엉덩이는 펑퍼짐했고 둥근 젖가슴은 봉긋 솟아 있었소. 말이야 바른 말이지 머리칼은 정말 아름다웠소. 그녀를 너무 예뻐한 외할아버지

---

1. 사이먼의 애칭.

는 자기 집과 땅을 외손녀에게 물려줄 작정이었소.

또 결혼문제에 있어서 여간 까다롭게 구는 것이 아니었는데, 그것은 바로 손녀를 전통 있는 좋은 집안의 남자와 결혼시키고 싶었기 때문이었소. 그가 생각하고 있는 신성한 혈통이란 바로 조상 때부터 대대로 내려온 좋은 가문이었소. 그래서 그는 성스러운 교회를 모두 들어먹는 한이 있어도 자신의 신성한 혈통을 지키려고 했던 것이오.

물론 이 방앗간 주인은 그 마을뿐만 아니라 인근 마을의 밀이며 보리를 모두 맡아 찧으며 비싼 방앗삯을 받았소. 특히 케임브리지에는 솔라홀[2]이라는 커다란 학교가 있었는데, 그곳의 보리와 밀은 모두 이 방앗간에서 찧었소. 그런데 어느 날 그곳의 식료품 담당자가 병에 걸려 거의 죽을 지경이 되자, 방앗간 주인은 드러내놓고 엄청나게 도둑질을 하기 시작했소. 교장은 화가 나서 야단법석을 떨었지만, 방앗간 주인은 눈 하나 깜짝하지 않고 시치미를 뗐소. 그는 오히려 교장에게 고함을 치며 정면으로 대들었소.

그런데 그 학교에는 젊은 학생이 두 명 있었소. 두 사람 모두 고집이 세고 장난치기를 좋아하는 사람들이었소. 그들은 실컷 놀아보자는 속셈으로 교장에게 학교의 곡식을 찧는 모습을 보러 가게 해 달라고 졸랐소. 그러면서 방앗간 주인이 밀 반 되라도 훔치면 가만히 있지 않겠다고 말했소. 교장은 그들의 청을 들어주었소.

한 학생의 이름은 존이었고 다른 학생의 이름은 앨런이었소. 두 사람은 어렸을 때부터 친한 친구였소.

앨런은 자기 물품을 모두 챙기고서 곡식 자루를 말에다 실었소. 그들은 허리에 칼과 방패를 차고 방앗간을 향해 떠났소. 존이 그곳으로 가는 길을 잘 알고 있어서 안내인은 필요없었소. 그리고 방앗간에 도착한 그들은 곡식자루를 땅바닥에 내려놓았소.

---

2. 1337년 에드워드 3세가 세웠으며, 후에 트리니티 칼리지로 병합되었다.

먼저 앨런이 말을 건넸소.

"안녕하세요, 사이먼 씨? 부인과 따님은 잘 지내시나요?"

그러자 심프킨이 대답했소.

"잘 왔네, 앨런. 오, 존도 함께 왔군! 어쩐 일인가?"

존이 대답했소.

"당신이 필요해서 왔지요. 우리 식료품 담당자가 어금니 통증으로 죽기 일보 직전이라, 앨런과 함께 곡식을 찧어서 가져가려고 왔어요. 얼른 가야 하니까 좀 서둘러주세요."

그러자 심프킨이 말했소.

"지금 당장 찧어주지. 그런데 내가 일하는 동안 자네들은 무얼 하고 있을 건가?"

방앗간 주인의 말이 끝나자마자 존이 말했소.

"곡식을 넣는 통 옆에 서 있겠어요. 곡식이 어떻게 방아로 들어가는지 궁금

방앗간 주인과 두 학생

해서요. 난 방아가 움직이는 것을 한 번도 본 적이 없거든요."

그러자 앨런도 이렇게 말했소.

"존, 그렇게 하도록 해. 난 밀이 어떻게 빻아져 가루가 되어 통 안으로 떨어지는지 지켜볼게. 이것도 재미있을 것 같아. 어쨌거나 우리 둘은 방앗간 일에 대해 아는 게 없으니 말이야."

방앗간 주인은 혼자 미소 지으며 생각했소.

'무언가 계략을 세우고 있는 거야. 아무도 자기들을 속일 수 없다고 생각하는 모양이군. 아무리 똑똑하고 배웠다고 해도 나는 너희들 머리꼭대기에 올라가 있어. 너희들이 머리를 쓰면 쓸수록 난 더 많이 훔치고 말겠어. 옛날에 암말이 늑대에게 많이 배웠다고 똑똑한 것은 아니라는 말을 했지. 난 너희들이 책에서 배운 것을 모두 비웃을 수도 있어.'

심프킨은 적당한 때를 봐서 아무도 모르게 밖으로 나가 학생들이 데려온 말을 찾아보았소. 말은 방앗간 뒤쪽 헛간에 매어져 있었소. 그는 말에게 다가가서 고삐를 풀었소. 고삐 풀린 말은 야생 암말들이 자유롭게 뛰놀고 있던 늪 쪽을 향해 달려가더니, '히힝' 하고 울면서 들판을 가로지르며 암말들을 쫓아다녔소.

다시 안으로 들어온 방앗간 주인은 천연덕스럽게 학생들과 농담을 주고받으며 일을 했소. 마침내 밀이 다 빻아지자 아무것도 모르는 존은 밀가루를 자루에 담아 밖으로 나왔소. 그제야 말이 없어진 것을 알아차린 존이 다급하게 소리 질렀소.

"도와줘요! 도와주세요! 우리 말이 도망쳤어요. 앨런, 빨리 나와 봐. 교장선생님의 말이 없어졌어."

앨런은 밀이고 밀가루고 모두 잊어버렸소. 이 물건에서 한시도 눈을 떼지 말아야 한다는 생각이 어느덧 사라져 버렸던 것이오. 그는 울상이 되어 큰 소리로 말했소.

"이게 도대체 어떻게 된 거지? 도대체 어디로 갔단 말이야?"

그때 방앗간 주인의 아내가 뛰어 들어오면서 말했소.

"아까 있는 힘을 다해 달아나더라고요. 지금은 야생 암말들과 놀고 있어요. 누가 고삐를 묶었는지 몰라도, 그렇게 시원찮게 묶어서야 ……."

두 사람은 늪을 향해 있는 힘을 향해 달려갔소. 이들이 허둥지둥 달려가는 것을 확인한 방앗간 주인은 자루에 담긴 밀가루 반을 덜어내어 아내에게 주면서 케이크나 만들라고 했소. 그러면서 이렇게 덧붙였소.

"방앗간 주인을 우습게 여기는 저 두 놈을 혼내주겠어. 저놈들이 아무리 책을 많이 읽었어도, 내가 저놈들이 보는 앞에서 자기들 수염도 태워 버릴 수 있다는 사실을 모르는군. 아이들처럼 뒤뚱거리며 뛰어가는 꼴 좀 봐. 하지만 쉽게 잡을 수는 없을걸."

간단하게 말하자면, 그들은 말을 잡으려고 안간힘을 썼지만 도저히 말을 따라잡을 수가 없었소. 그러다가 겨우 해가 질 무렵에야 말을 도랑으로 몰아서 간신히 붙잡을 수 있었소.

존과 앨런은 땀에 흠뻑 젖어 지친 몸으로 돌아왔소. 존이 투덜거렸소.

"방앗간 주인은 우리를 비웃으며 갖고 놀았고, 우리 밀을 훔쳤어. 사람들이 이 사실을 알면 바보라고 놀릴 거야. 교장선생님과 친구 녀석들도 놀려대겠지. 그래도 그건 괜찮은데, 방앗간 주인 녀석은 우리를 보고 뭐라고 할까?"

이렇게 존은 말을 끌고 방앗간으로 걸어오면서 넋두리를 했소.

방앗간 주인은 화로 옆에 앉아 있었소. 날이 어두워져서 그들은 학교로 되돌아갈 수가 없었소. 그래서 방앗간 주인에게 돈을 줄 테니 먹을 것과 하룻밤 묵을 방을 빌려 달라고 통사정을 했소.

그러자 방앗간 주인이 말했소.

"방이 있다면 기꺼이 묵게 해주지. 하지만 우리 집은 워낙 좁아. 자네들은 공부를 많이 했으니 6미터짜리 방을 1킬로미터짜리로 만드는 법도 알 걸세. 그럼 자네들이 묵을 적당한 장소가 있나 찾아보지. 똑똑한 자네들은 말로 모든 것을 해결하니, 아마 자네들이 말만 해도 이 방은 더 커질 걸세."

이 말을 듣고 있던 존이 말했소.

"사이먼, 당신이 이겼어요. 성 커스버트[3]를 두고 맹세하는 데, 당신은 정말 근사하게 우리를 갖고 놀았어요. 제발 부탁이니, 값은 후하게 쳐줄 테니 잠자리와 먹을 것과 마실 것 좀 갖다 주세요. 빈손으로 매를 잡을 수는 없는 것이니 돈을 먼저 드리겠어요. 여기 있습니다."

방앗간 주인은 학생들에게 오리를 구워주었고, 딸을 마을로 보내 빵과 맥주를 사오도록 했소. 그리고 말이 다시 달아나지 못하도록 단단히 고삐를 맨 다음, 자기 방에 침대를 하나 마련해 주고 깨끗한 침대시트와 담요를 깔아 주었소. 그곳은 방앗간 주인의 침대에서 불과 3, 4미터 떨어진 곳이었소.

딸도 같은 방을 쓰고 있었는데, 청년들 침대 가까이에 딸의 침대가 있었소. 그들은 주인 식구와 함께 저녁을 먹고 대화도 나누며 웃고 즐겼소. 그리고 딸이 사온 맥주를 실컷 마시다가 자정이 되어서야 잠자리에 들었소.

방앗간 주인은 잔뜩 취해서 얼굴이 벌겋다 못해 창백한 상태였소. 그는 아내와 함께 침대로 갔소. 그의 아내도 술로 목을 축인 탓인지 귀뚜라미처럼 재잘거리며 기분이 매우 좋아 보였소. 여섯 달짜리 사내아이의 요람은 침대 밑에 있어서, 침대에 누워 발로 흔들어 줄 수도 있었고, 아이를 들어올려 쉽게 젖을 먹일 수도 있었소.

맥주가 동이 나자 존과 앨런, 딸도 잠자리에 들었소. 모두가 술 한 방울 남기지 않고 마셨기 때문에, 더 이상의 수면제가 필요 없었소. 방앗간 주인은 술에 취해 코를 골았고, 이내 그의 아내도 남편과 합창을 하기 시작했소. 아니, 남편보다 더 심하게 코를 골았소. 그들이 코고는 소리는 1km 밖에서도 들릴 정도였소. 게다가 부모만 홀로 놔두기가 싫었던지, 딸도 장단을 맞추어 코를 골았소.

이 요란한 음악 소리에 잠을 잘 수 없었던 앨런은 존을 팔꿈치로 툭툭 치면서 말했소.

"자니? 정말 끝내주는 합창이군. 모두 저녁 예배를 보는 것 같군. 이렇게 끔

3. 686년에 죽은 린디스판의 주교.

찍한 노랫소리는 정말이지 처음이야. 아무래도 오늘 밤에는 눈을 제대로 못 붙일 것 같아. 하지만 상관없어. 차라리 잘됐어. 존, 난 저 계집애를 어떻게 했으면 좋겠어. 법적으로도 전혀 하자가 없어. 법조문에도 어떤 사람이 손해를 보았다면 그에 상응한 보답을 받아야 한다고 적혀 있잖아. 우리는 밀가루를 빼앗겼고, 하루 종일 골탕만 먹었어. 우리의 손실을 만회할 방법이 없으니 나는 저 여자애와 재미를 봐야겠어. 그 방법밖에 없지 않겠어?"

그러자 존이 말했소.

"신중히 행동해야 돼. 저 방앗간 주인은 위험한 놈이야. 잠에서 깨는 날이면, 우리는 좋지 않은 일을 당할 수도 있어."

"난 저런 놈 따위는 파리보다도 겁나지 않아."

앨런은 이렇게 말하더니, 자리에서 일어나 살그머니 딸이 있는 곳으로 갔소. 그녀는 반듯하게 누워 깊은 잠에 빠져 있었소. 앨런이 배 위에 올라타자 깜짝 놀라 눈을 떴지만, 이미 비명을 지르기에는 시간이 너무 늦어 있었소. 다시 말하자면 두 사람은 한 몸이 되었던 것이오.

그러자 침대에 꼼짝 않고 누워 있던 존은 후회하기 시작했소.

'이건 재미있는 게 아니야. 나만 상응하는 대가도 받지 못한 채 비웃음만 샀어. 적어도 앨런은 방앗간 주인의 딸을 품에 끼고 있잖아. 그는 위험을 무릅쓰고, 결국은 성공했어. 하지만 난 여기에 꾸어다 놓은 보릿자루처럼 가만히 누워만 있어. 이런 이야기가 밖으로 새나가는 날에는 난 두고두고 바보취급을 당할 거야.나도 한 번 모험을 하는 수밖에 없겠어. 속담에서 말하듯이 겁쟁이한테는 행운이 따르지 않는 법이야.'

존은 자리에서 일어나 조심스럽게 아기의 요람으로 다가갔소. 그리고 조용히 그것을 자기 침대 밑으로 가져왔소.

잠시 후, 방앗간 주인의 아내가 코골기를 멈추고 잠에서 깨어났소. 그런데 그녀가 소변을 보러 나갔다가 돌아와 보니 요람이 보이질 않았소. 어둠 속에서 이리저리 더듬어보았지만 요람을 찾을 수는 없었소. 그러자 이렇게 생각했소.

'맙소사! 하마터면 학생 침대에 들 뻔했군. 큰 실수를 할 뻔했어.'

이리저리 더듬어 어둠 속에서 간신히 요람을 찾은 그녀는 요람 옆에 있는 침대가 자기 침대라고 생각했소. 그녀는 자기가 어디에 있는지도 모른 채, 학생이 누워 있는 침대 안으로 들어가 조용히 누웠소. 아마 존이 벌떡 일어나 이 여자를 덮치지 않았다면 밤새 그렇게 있었을지도 모르오. 이 여자는 정말로 오랜만에 최고의 순간을 맛보았소. 존이 단단하고 깊은 그의 물건으로 그녀의 안을 파고들었기 때문이오. 이렇게 두 학생은 동이 틀 때까지 마음껏 사랑을 나누었소.

아침이 되자, 앨런은 너무 심하게 밤일을 한 나머지 지칠 대로 지쳐 있었소. 그는 방앗간 주인의 딸에게 속삭였소.

"사랑스런 몰리, 안녕. 이제 곧 날이 밝아올 테니 더 이상 머무를 수가 없어. 하지만 어디에 가든지 내가 살아있는 동안에는 당신의 남자가 되겠어."

그러자 그녀가 말했소.

"사랑하는 사람이여, 잘 가세요. 하지만 당신이 가기 전에 한 가지만 말하고 싶어요. 방앗간 문 뒤에 당신에게 훔친 밀가루로 만든 케이크가 있어요. 어쨌거나 하느님의 축복이 내리길 빌겠어요. 안녕."

이렇게 말하는 딸의 눈에는 눈물이 글썽거리고 있었소.

앨런은 자리에서 일어나 생각했소.

'날이 밝기 전에 존의 침대 안으로 들어가야지.'

존의 침대를 찾아 더듬는 그의 손에 요람이 만져졌소. 그러자 이렇게 생각했소.

'맙소사, 실수를 할 뻔했군. 아마도 밤 일을 너무 심하게해서 그런 것 같군. 그래서 제대로 걸을 수도 없나봐. 요람이 있는 것을 보니 여기는 방앗간 주인과 아내가 잠자는 곳이야.'

이렇게 해서 악마는 앨런을 방앗간 주인이 자고 있는 침대로 들어가게 했던 것이오. 그는 자기가 친구 존 옆에 있다고 생각했지만, 실제로는 방앗간 주인 옆에 누웠던 것이오. 앨런은 옆에 누워 있는 방앗간 주인의 목을 끌어당기면서 속삭였소.

"존, 이 바보야. 일어나서 내 얘기를 들어봐. 어젯밤 방앗간 주인의 딸을 세 번이나 덮쳤단 말이야."

그러자 방앗간 주인이 소리쳤소.

"뭐가 어째? 이런 도둑놈 같으니라고. 이 배은망덕한 놈을 죽여 버리고 말겠어! 내 딸은 지체 있는 가문의 아가씨인데, 네가 감히 욕을 보였단 말이야!"

방앗간 주인은 앨런의 목덜미를 붙잡았소. 그러자 앨런도 미친 듯이 주인의 멱살을 잡고는 주먹으로 코를 때렸소. 그러자 피가 그의 가슴팍 위로 흘러내렸고, 두 사람은 입과 코에서 피를 흘리며 바닥에서 서로 뒹굴었소. 그들은 일어섰다가 넘어지기를 몇 차례 반복했소. 그러다가 마침내 방앗간 주인은 돌에 부딪쳐, 세상모르게 자고 있던 아내의 등 위로 넘어지고 말았소. 그녀는 깜짝 놀라 깨어나서는 마구 소리를 질러댔소.

"살려줘요. 브롬홀름의 거룩한 십자가[4]여! 제 모든 것을 아버지 하느님의 손에 맡깁니다. 사이먼, 정신 차려요! 악마가 내 위에 쓰러졌어요. 심장이 터져버릴 것 같아요. 죽을 것 같단 말이에요. 나 좀 도와줘요! 내 몸 위에 누군가가 있단 말이에요! 심프킨, 도와 달란 말이에요! 이 빌어먹을 학생 녀석들이 서로 싸우고 있단 말이에요!"

방앗간 주인의 아내가 이렇게 외치자, 존은 침대에서 쏜살같이 일어나 벽을 더듬으며 몽둥이를 찾았소. 방앗간 주인의 아내 역시 자리에서 일어났고, 방의 구조를 훤히 알고 있던 터라 곧 벽에 기대어놓은 몽둥이를 찾을 수 있었소.

문틈으로 새어드는 환한 달빛으로 그녀는 서로 싸우고 있는 두 사람을 보았소. 하지만 누가 누군지 분간을 할 수 없었소. 그런데 무엇인가 흰 것이 눈에 들어왔소. 그녀는 그것이 학생이 잠잘 때 두르는 두건이라고 생각하고 살금살금 다가가 힘껏 내리쳤소. 하지만 사실 그녀는 몽둥이로 남편의 대머리를 쳤던 것이고, 남편은 비명을 지르며 바닥으로 고꾸라지고 말았소.

---

4. 악령을 치료하고 죽은 자를 부활시키며 병자들을 치료하는 것으로 유명했던 이 십자가는 1223년에 노퍽으로 옮겨졌다.

그러자 두 학생은 방앗간 주인에게 흠씬 몽둥이질을 하고는 옷을 입고 말과 밀가루를 챙겨 유유히 방앗간을 떠났소. 물론 빼앗겼던 밀가루로 만든 케이크를 챙기는 것도 잊지 않았소.

이렇게 우쭐대던 방앗간 주인은 몽둥이찜질을 당했고, 밀을 찧어준 값도 받지 못했으며, 앨런과 존의 저녁식사에 든 비용도 건지지 못했던 것이오. 게다가 오쟁이진 남편 신세가 된 데다가 딸도 헌 물건이 되어 버렸던 것이오. 이렇게 그는 남을 속인 대가를 받았소. '행한 대로 받는다'라는 속담이 그대로 들어맞은 것이지요. 이처럼 사기꾼들은 종국에는 사기를 당해 망하게 마련이라오.

하늘에 계신 위대하신 하느님, 제 이야기를 들은 사람들에게 축복을 내려주소서. 이 이야기로 저는 방앗간 주인에게 원수를 갚았습니다.

청지기의 이야기는 여기에서 끝난다.

요리사의 이야기

요리사의 이야기 서문

청지기가 말하는 동안, 런던에서 온 요리사는 누가 등을 간질이기나 한 것처럼 폭소를 터뜨렸다.

"하하하. 방앗간 주인이 하룻밤 잘 재워주고는 톡톡히 고생을 했군요. 솔로몬은 '낯선 사람을 네 집에 불러들이면 집 안에 불화가 생길 것이다'라고 말했지요. 낯선 사람을 밤에 집 안으로 들인다는 것은 위험천만한 일이랍니다. 잠자리를 제공하는 사람은 이런 위험에 처할지도 모른다는 사실을 항상 염두에 두어야지요. 제 이름은 호지[1]입니다. 하느님께서 자비를 베풀어 주신 탓에 아주 못된 방앗간 주인의 이야기를 잘 들었습니다. 밤에 행한 그들의 속임수는 완벽했습니다. 하지만 우리는 이런 이야기를 하며 지체할 수는 없습니다. 여러분들이 제 이야기를 듣고 싶으시다면, 제가 사는 마을에서 일어난 이야기를 최선을 다해 해 보겠습니다."

그러자 여관 주인이 대답했다.

"로저 씨, 허락하겠소. 아주 멋진 이야기로 해주시오. 당신은 맛없는 수프를 팔았고, 또한 차가워진 도버식 만두를 식혔다 데웠다 하면서 팔아치웠소. 수많은 순례자들이 당신에게 욕을 퍼부었소. 오리고기와 함께 먹은 파슬리가 상해서 단단히 고생을 했기 때문이요. 당신 주방에는 수많은 파리가 날아다

1. 로저의 애칭.

니고 있소. 자, 친애하는 로저 씨, 이제 이야기를 시작하시오. 내 농담에 화를 내지 말기 바라오. 하지만 농담으로 수많은 진실을 이야기할 수도 있는 법이라오."

이 말을 들은 로저가 대답했다.

"내 목숨을 걸고 말하는데, 당신 말이 옳아요. 플랑드르 사람들은 '진지한 농담은 나쁜 농담'이라고 말한답니다. 해리 베일리 씨, 내가 지금부터 이야기하려는 것이 여관 주인에 관한 것이지만, 너무 화를 내지 않았으면 좋겠소. 그렇지만 아직은 이 이야기를 하고 싶지 않소. 그러나 분명한 것은 우리가 헤어지기 전에 당신에게 복수를 하고 말 것이오."

그러자 일행들이 웃으며 농담을 건넸다. 요리사는 곧 이야기를 시작했다.

요리사의 이야기

옛날 옛적 우리 마을에 도제(徒弟)가 한 명 살고 있었습니다. 그는 식료품 가게에서 일을 배우고 있었지요. 이 청년은 숲 속을 자유롭게 날아다니는 방울새처럼 활달했습니다. 키는 작고 피부는 까무잡잡했지만 아주 근사했답니다. 그는 검은 머리를 항상 우아하게 빗었습니다. 또 너무도 흥겹게 춤을 잘 추어서 '춤쟁이 퍼킨[2]'이라는 별명을 갖고 있었습니다. 그는 꿀이 가득한 벌통처럼 항상 여자들의 사랑을 듬뿍 받았지요. 그래서 그의 눈에 들어 사랑을 나누는 여자는 행운아였습니다.

그는 결혼식이란 결혼식에는 하나도 빠지지 않고 참석해서 노래하고 춤을 추었으며, 가게 일보다는 술집에 더 취미가 있었습니다. 칩사이드에서 축제나 행사가 끝난 뒤에는 비슷한 부류의 사람들과 무리를 이루어 춤을 추고 노래를

2. 피터의 애칭 - 옮긴이.

부르며 놀았습니다. 그런 다음 그들은 거리에서 주사위놀이까지 벌이곤 했습니다. 그 마을에서 퍼킨만큼 주사위놀이를 잘 하는 도제는 없었습니다. 퍼킨은 남몰래 도박하곤 했는데, 가게 주인은 이런 사실을 이미 눈치 채고 있었습니다. 가끔씩 돈 서랍이 텅 비어 있었거든요.

여러분들은 도제가 주사위놀이나 도박을 하고 여자들과 놀아나면 명심해야 할 것이 있습니다. 그것은 주인이 도제와 함께 즐기지 않았더라도 그 돈을 지불하는 사람은 가게 주인이라는 사실입니다. 비록 그가 기타와 바이올린을 아무리 잘 연주하더라도, 노름과 도박과 방탕한 삶은 돈을 훔칠 때에만 가능한 것입니다. 여러분들도 알다시피, 가난한 사람들이 인생을 정직하고 멋지게 산다는 것은 앞뒤가 안 맞는 이야기입니다.

밤낮으로 야단을 치고, 어떤 때에는 여러 사람에게 본보기를 보이기 위해 악대를 앞세워서[3] 뉴게이트 감옥으로 데려가기도 했지만, 주인은 이 방탕한 도제의 수습기간이 거의 끝날 때까지 함께 살았습니다.

그런데 어느 날이었습니다. 주인은 퍼킨의 도제 계약서를 점검하다가 '썩은 사과가 다른 사과까지 썩히기 전에 버리는 편이 낫다'는 속담을 떠올렸습니다. 말썽쟁이 도제의 경우도 마찬가지였습니다. 집 안의 다른 도제들을 망치기 전에 내쫓는 편이 낫다는 생각이 들었던 것입니다. 그래서 주인은 퍼킨에게 온갖 욕을 퍼부으며 그곳을 떠나라고 명령했습니다. 이렇게 해서 방탕한 퍼킨은 그 누구의 간섭도 받지 않는 자유의 몸이 되었습니다.

이제 그는 멋대로 밤을 지새우며 놀 수 있었습니다. 하지만 으레 도둑놈에게는 남을 것을 훔치라거나 아니면 사기를 치라고 사주하면서 기생하는 못된 친구가 있는 법입니다. 퍼킨은 즉시 자기 침대와 옷가지를 친한 친구의 집으로 보냈습니다. 그 친구는 주사위놀이와 여자를 좋아하는 방탕한 사람이었습니다. 이 친구의 아내는 체면상 가게를 하나 차려 놓았지만, 실제로는 자기 몸

3. 당시 풍기문란죄를 범한 죄인을 감옥으로 이송할 때는 이목을 집중시키기 위해 악대가 음악을 연주했다.

을 팔아서 생활비를 벌고 있었습니다.

초서는 이 이야기를 완성하지 않고 여기서 멈춘다.

제2부

변호사의 이야기

변호사의 이야기

사회자가 일행에게 하는 말

우리 사회자는 환한 태양이 낮에 가야 할 길의 4분의 1을 달렸으며, 거기에서도 반시간이 더 흘렀음을 알았다. 비록 천문학에 깊은 지식은 없었지만, 그 날이 5월을 미리 알려주는 날인 4월 18일이며, 나무의 그림자가 정확하게 나무 높이와 일치한다는 것을 알고 있었다.

그는 그림자의 길이로 화사하고 투명한 빛을 비추는 태양이 45도 높이로 솟아 있다는 것을 알았다. 여관 주인은 그 날짜의 그 위도라면 아침 10시 정각일 것이라는 결론에 도달했다. 그는 갑자기 말을 멈추며 말했다.

"여러분, 오늘도 벌써 4분의 1이 지났음을 알려드립니다. 이제 더 이상 시간을 허비할 수가 없습니다. 시간은 밤낮으로 쉬지 않고 흘러갑니다. 시간은 산에서 들판으로 흐르는 강처럼 한 번 흘러가면 돌아오지 않습니다. 세네카를 비롯한 많은 철학자들은 황금을 잃는 것보다 시간을 잃어버리는 것을 더 안타까워했습니다. 잃어버린 시간은 되돌릴 수가 없습니다. 자, 게으름을 떨쳐 버립시다."

여관 주인은 계속해서 말했다.

"변호사 양반, 이제 당신의 이야기를 들려주십시오. 당신은 자유의지에 따라 내 지시에 따를 것을 약속했으니까요."

그러자 변호사가 말했다.

"이봐요, 여관 주인. 약속을 이행할 것을 맹세합니다. 난 이런 약속을 깰 생각은 없어요. 난 기꺼이 약속을 지키겠습니다. 우리 법전에는 '남에게 지키라고 요구하는 법은 그 법을 제안한 사람부터 지켜야 한다'라고 적혀 있지요. 그런데 지금은 재미있는 이야기가 하나도 생각이 나지 않는군요. 하지만 초서는 종종 서투른 운율을 사용하긴 했지만, 시를 지어 수많은 이야기를 썼습니다. 이건 모든 사람이 알고 있을 겁니다.

초서는 그런 이야기들을 여러 권의 책들에 썼습니다. 그는 거의 연인들에 관해 이야기했고, 이런 점에서 고전이라고 일컬어지는 오비디우스의 『서간 설화』를 능가합니다. 젊었을 때 초서는 케익스와 할키온의 이야기를 지었습니다. 그 이후 유명한 귀부인들과 그들의 애인을 노래했는데, 이런 것들은 여러분들이 그의 두툼한 『착한 여인들의 열전』을 자세히 읽어보면 찾아낼 수 있을 겁니다. 그 안에서 여러분들은 초서가 루크레티아[1]와, 바빌로니아의 티스베의 깊은 상처를 어떻게 서술하고 있는지 볼 수 있습니다. 그리고 아이네이아스에게 버림받은 디도가 칼로 목숨을 끊은 이야기도 있습니다. 또한 여러분들은 데모폰을 사랑한 나머지 죽어서 나무로 변한 필리스의 이야기도 읽을 수 있고, 데이아네이라[2]와 헤르미온의 눈물 혹은 아리아드네와 힙시필루스의 눈물도 볼 수 있습니다. 그리고 바다 한가운데에 버려진 무인도 이야기도 있으며, 헤로를 사랑하여 물에 빠져 죽은 용감한 레안드로스[3]의 이야기도 있습니다. 마찬가지로 헬레네의 눈물과, 크레시다의 비극과, 트로이 전쟁에서 남편이 죽자 자신도 목숨을 끊은 라오다미아의 슬픈 이야기도 있습니다. 이아손이 자기를 배신하자 어린 자식들을 목 졸라 죽인 잔인한 메데이아 왕비의 이야기를 비롯해 자기 아버지를 위해 죽은 히페름네스트라와 오래도록 남편을 기다린 페넬로페의 이야기 같은 것으로 가득합니다. 초서는 이런 여인들을 찬양하고 있습니다.

하지만 초서는 자기 형제를 사랑한 죄 많은 카나케에 관해서는 한 마디도 쓰지 않았습니다. 그리고 이런 저주스러운 이야기는 나도 싫습니다. 또한 티

---

1. 로마 전설에서 정숙한 여인의 귀감.
2. 그녀는 헤라클레스의 죽음을 야기했다.
3. 헬레스폰토스 해협을 헤엄치다가 죽었다.

루스의 아폴로니우스나 안티오코스 왕에 관해서도 말하지 않았습니다. 이런 것들은 너무나 끔찍해서 읽을 수가 없습니다. 특히 자기 딸을 겁탈하여 처녀성을 빼앗고 길바닥에 내던진 부분은 더욱 그렇습니다.

하지만 초서는 끔찍한 장면은 하나도 이야기하지 않았습니다. 그래서 나도 될 수 있으면 그런 이야기는 빼겠습니다. 그런데 오늘은 무슨 이야기를 해 드릴까요? 오비디우스의 『변신 이야기』에 수록된 이야기는 하고 싶지 않습니다. 자, 그럼 운율은 초서에게 맡기고, 나는 산문으로 이야기하겠습니다."

말을 마친 변호사는 진지하게 다음과 같이 이야기를 시작했다.

변호사의 이야기 서문[4]

가난하다는 것은 얼마나 불행한 일입니까! 갈증과 허기와 추위로 머리를 숙이고, 남에게 손을 벌리는 것은 창피한 일입니다. 그러나 도움을 청하지 않는다면 완전히 거지가 되어 숨겨진 상처마저 드러나게 되는 법이지요. 아무리 그 상처를 숨기고 싶어도 가난하기 때문에 별 수 없이 남의 것을 훔치거나 구걸하거나 빌려 달라고 애원해야 합니다.

당신은 그리스도를 원망하거나, 하느님이 속세의 부(富)를 불공평하게 분배했다고 투덜댑니다. 이웃은 모든 것을 가졌는데 당신은 가진 것이 없다면서, 이웃을 비난하는 죄를 범하기도 합니다. 또한 당신은 부유한 이웃이 언젠가 벌을 받을 것이라고 저주하고, 그가 가난한 사람을 돕지 않았기 때문에 불의 고통을 받을 것이라고 생각합니다.

하지만 현자들은 "가난하게 사느니 죽는 것이 낫다" 혹은 "가난하면 이웃의 멸시를 받는다"라고 말하고 있습니다. 당신이 가난하다면 아무런 존경도 받지

4. 이 서문은 교황 인노켄티우스 3세의 「속세의 경멸에 관하여」에 대한 주석이다.

못하는 법입니다. 그러니 극빈의 상황에 이르지 않도록 조심하십시오. 당신이 가난하면 형제마저 당신을 미워하고 친구들은 당신을 멀리할 것입니다. 얼마나 불행한 일입니까!

돈 많은 상인들, 귀하고 점잖은 사람들. 이런 사람들은 행운아입니다. 그들은 더블 에이스가 아니라 5와 6을 뽑아 항상 게임의 승자가 됩니다.[5] 그리고 크리스마스가 되면 마음껏 춤을 추며 즐깁니다.

훌륭한 상인들은 돈을 벌기 위해서라면 바다와 육지를 개의치 않고 돌아다닙니다. 똑똑한 사람들처럼, 그들은 인근 국가들의 정치 상황을 꿰뚫고 있습니다. 또한 전쟁과 평화에 관한 이야기와 여러 소식의 원천이기도 합니다. 만일 어떤 상인이 이 이야기를 해주지 않았더라면, 지금 나는 여러분들에게 들려줄 이야기가 없을 겁니다. 이것은 한참 전에 들은 이야기입니다. 이제 내 이야기를 들어 보십시오.

변호사의 이야기

1

옛날 시리아에 성실하고 정직한 부자 상인들이 있었습니다. 그들은 멀리 떨어진 큰 나라에 향료와 금실로 짠 천과 화려한 색의 공단을 수출하고 있었습니다. 그런데 어느 날 그들 중 몇몇 상인이 로마로 갔고, 그곳에서 가장 알맞은 지역에 숙소를 정했습니다.

이 상인들은 로마에 머물며 마음껏 즐겼습니다. 그러던 어느 날 시리아 상인들은 황제의 딸인 콘스탄스가 훌륭한 명성을 누리고 있다는 것을 듣게 되었

5. 당시 주사위놀이에서는 두 개의 에이스나 두 개의 6을 뽑으면 진다. 하지만 처음에 지정한 동일한 숫자를 뽑거나 그것보다 높은 숫자를 뽑으면 이긴다. 만일 그 숫자가 나오지 않으면 이길 때까지 계속한다.

습니다. 세상 사람들은 하나같이 이렇게 이야기하고 있었습니다.

"우리 황제에게는 딸이 하나 있습니다. 그녀의 착한 마음씨와 아름다움은 이 세상의 그 누구와도 비할 수가 없습니다. 그녀는 온 유럽의 여왕이 되기에 모자람이 없습니다. 아름답지만 자만하지 않고, 젊지만 방자하거나 어리석지 않습니다. 또한 모든 행동이 착하고 고결하며, 성품이 겸손하여 절대로 거만한 법이 없습니다. 그녀는 예절의 거울이고, 마음은 거룩한 성전의 본보기이며, 손은 너그러워 자비를 베풉니다."

상인들은 하느님의 은총을 가득 받은 공주를 보고는 배에 짐을 싣고 기쁜 마음으로 시리아로 돌아왔습니다. 고향으로 돌아온 그들은 전과 다름없이 장사를 했고, 여전히 행복한 삶을 누렸습니다.

그런데 이 상인들은 술탄[6]과 아주 사이가 좋았습니다. 상인들이 외국에 나갔다가 돌아올 때마다 술탄은 그들을 즐겁게 맞이했으며, 그들이 보고들은 외국의 신기한 것들에 대해 물었습니다.

여러 이야기를 하던 중에 상인들은 특히 콘스탄스 공주에 관해 말하면서, 그녀의 진가를 열심히 설명했습니다. 상인들의 말을 들으면서 술탄은 어느덧 그녀의 모습을 마음속에 새겨두었고, 그녀를 사랑하는 것이 자기의 유일한 희망이라고 생각하게 되었습니다.

아마도 우리 인간들이 하늘이라고 부르는 커다란 책인 별 속에는, 그가 태어났을 때부터 사랑 때문에 불행하게 죽을 것이라는 사실이 씌어져 있었던 것 같습니다. 별 속에는 모든 인간의 운명이 유리알처럼 선명하게 씌어져 있습니다. 헥토르, 아킬레우스, 폼페이우스, 율리우스 카이사르가 태어나기 오래 전부터 그들의 운명은 이미 별 속에 기록되어 있었습니다. 테베에서 전투가 일어날 것이며, 삼손과 투르누스[7]와 소크라테스가 어떻게 죽을 것인지도 이미 오래 전부터 별 속에 씌어 있었습니다. 하지만 인간의 지혜는 우둔하기 짝이 없어서

6. 회교국 군주.

7. 이탈리아에서 아이네이아스와 싸운 전사.

아무도 그런 사실을 완전하게 해독할 수 없습니다.

술탄은 추밀원(樞密院) 위원들을 불러 모았습니다. 술탄은 자기의 마음속에 벌어지고 있는 일을 설명하면서, 빠른 시일 내에 콘스탄스를 자기의 여자로 만들지 못하면 죽을지도 모른다고 말했습니다.

여러 위원들이 몇 가지 해결책을 제시했고, 갖가지 기묘한 제안을 내놓았습니다. 그들은 마법과 요술에 관해서도 말했지만 결국 이런 방법은 하나도 쓸모가 없으며, 결혼만이 최선책이라는 결론을 내렸습니다. 그러나 수많은 문제점이 있었습니다. 두 국가의 신앙이 틀렸기 때문에 추밀원 위원들은 그 어떤 기독교 왕이 예언자 마호메트가 율법을 가르친 나라의 왕에게 자기 딸을 주겠느냐고 말했습니다.

하지만 술탄은 이렇게 말했습니다.

"콘스탄스를 잃느니 세례를 받겠노라. 나는 그녀의 남편이 되어야 한다. 선택의 여지가 없다. 내 목숨은 그녀의 손에 달려 있노라. 난 이 고통을 오래 견디지는 못할 것이다."

더 이상 자세한 설명은 하지 않겠습니다. 단지 하나 언급해야 할 것은, 귀족과 교회의 후원을 받은 교황의 중재로 술탄과 귀족과 신하들은 우상을 버리고 예수 그리스도의 신성한 교훈을 널리 전파하기로 합의를 보았습니다. 당사국들은 다음과 같은 협정을 지킬 것을 맹세했습니다. 그것은 그들이 세례를 받는 대신 술탄은 콘스탄스와 결혼을 할 것이고, 결혼을 보증하는 데 충분한 양의 황금을 받을 것이라는 내용이었습니다. 그 양이 얼마인지는 나도 잘 모르겠습니다.

나는 전지전능하신 하느님께서 아름다운 콘스탄스의 안내자가 되어주시길 바랄 따름입니다.

여러분 중에는 로마 황제가 얼마나 호화롭게 딸의 결혼식를 준비했는지 자세한 이야기를 듣고 싶어하는 사람도 있으리라 생각합니다. 하지만 여러분들도 잘 알다시피 이토록 중요한 행사를 치르기 위해서는 수없이 복잡한 준비를 해야 하고, 이것을 한두 마디로 설명하기는 불가능합니다.

로마 황제는 결혼식에 참석할 주교들과 기사들과 귀부인들과 귀족들을 비롯해 수많은 사람들을 지명했습니다. 또한 하느님께서 이 결혼을 축복해 주시고 그들이 번영된 길을 걷도록 모든 로마 시민들은 예수 그리스도께 기도를 하라는 명령이 내려졌습니다.

드디어 출발의 날이 되었습니다. 숙명적이자 슬픈 운명의 날이었습니다. 더 이상 지체할 수는 없었습니다. 수행할 사람들이 모두 떠날 준비가 되어 있었기 때문입니다.

콘스탄스는 슬프고 창백한 얼굴로 자리에서 일어나 떠날 채비를 했습니다. 낯선 나라로 가서 낯선 민족과 살아야 하고, 얼굴도 성격도 모르는 남자의 다스림을 받으며 일생을 살아야 하는 콘스탄스는 모든 정성을 다해 자기를 보살펴 준 친구들과 헤어지면서 슬피 울었습니다. 그러나 모든 남편은 예나 지금이나 항상 착한 사람들입니다.

슬픔에 젖은 콘스탄스가 부모님에게 말했습니다.

"아버지와 어머니, 하늘에 계신 그리스도 다음으로 당신들은 나의 기쁨이셨습니다. 당신들이 온 정성을 다해 기른 이 콘스탄스는 마지막으로 당신들에게 감사를 드립니다. 저는 시리아로 가야 할 몸입니다. 이제는 다시 이 눈으로 당신들을 뵙지 못할 것입니다. 우리를 구원하시기 위해 돌아가신 그리스도님, 당신의 계명을 따를 수 있도록 저에게 힘을 주소서! 가련한 콘스탄스는 죽어도 괜찮습니다. 여자들은 고통받고 남자들의 다스림을 받기 위해 태어난 몸이니 말입니다."

피루스가 일리온 궁전을 불태우기 전에 트로이의 성벽을 무너뜨렸을 때나 테베가 함락되었을 때, 또는 로마가 세 번이나 한니발에게 유린되었을 때에도 콘스탄스가 떠나는 지금처럼 비통한 울음소리가 들려오지는 않았습니다. 그러나 울음과 상관없이 그녀는 떠나야 할 몸이었습니다.

끔찍한 여행이 시작되었습니다. 그런데 화성이 힘없이 자리 잡은 달과 함께 있었습니다. 이것은 사악한 힘이 지배하며, 하늘의 별들이 그들의 결혼을 망치도록 배열되었다는 것을 의미합니다. 경솔하기 짝이 없는 로마 황제여! 로마에는 쓸 만한 점성학자가 하나도 없었습니까?

왜 출발일로 아무 날이나 잡은 겁니까? 험한 바다를 여행하는데도 점성학적으로 좋은 날을 선택할 필요가 없는 겁니까? 특히 높은 지위에 있는 사람들이 먼 길을 떠나는데 출생 시각에 맞는 날을 정할 이유가 없는 겁니까? 그것은 바로 태만과 무지 탓입니다.

가엾은 예쁜 공주는 화려하고 장엄하게 배로 인도되었습니다. 공주는 "그리스도께서 여러분과 함께 하시길……"이라고 말했습니다. 그러자 군중들은 "아름다운 콘스탄스 공주님, 안녕"이라고 대답했습니다.

이것이 전부였습니다. 그녀는 슬픈 감정을 숨기려고 애를 썼습니다. 그러나 공주의 항해 이야기는 여기에서 그만 멈추고, 중단되었던 시리아에서의 이야기를 계속하겠습니다.

악의 우물과도 같았던 술탄의 모후는 아들이 고대의 성스런 관습인 마호메트 신앙을 포기하려고 하자 즉시 고문관 회의를 소집했습니다. 술탄의 모후는 그들이 한자리에 모이자 이렇게 물었습니다.

"경(卿)들은 모두 내 아들이 알라신의 사자(使者)이신 마호메트가 주신 코란의 성스런 가르침을 버리려고 하고 있음을 알고 있다. 난 전지전능하신 알라신에게 이렇게 맹세한다. 마호메트의 법을 내 마음에서 찢어 버리느니 차라리 내 심장의 고동을 멈추게 하겠다. 이 새로운 종교가 우리에게 무엇을 줄 수 있겠느냐? 단지 우리 육체에 고통과 속박만을 가져다줄 것이며, 마침내는 마호메트 신앙을 버렸기 때문에 우리는 지옥으로 끌려갈 것이다. 하지만 경들에게 묻나니, 내가 말하는 것을 따르겠다고 맹세하고 내 충고를 받아들이겠느냐? 만일 그렇게 하겠다면, 경들에게 영원히 구원받을 수 있는 방법을 가르쳐 주리라."

고문관들은 모두 그렇게 하겠다고 말했습니다. 모후가 죽든지 살든지 간에 모두 모후의 편에 서겠다고 약속했으며, 각자 힘닿는 데까지 모후를 도울 수 있는 친구들을 모으겠다고 다짐했습니다. 그러자 그녀는 자기의 계획을 설명했습니다.

"우선 우리는 그리스도교로 개종하는 척해야 한다. 세례의 찬물이 우리에게 그다지 많은 해를 끼치지는 않을 것이다. 그런 다음 나는 거창한 연회를 베풀어 그 자리에서 술탄에게 복수를 할 것이다. 그의 아내가 세례를 받아 아무리 깨끗한 몸이라 해도 그토록 많은 피를 씻어내려면 엄청난 물이 필요할 것이다."

이 사악한 모후는 죄의 원천이며, 독부(毒婦)였고, 제2의 세미라미스[8]였으며, 지옥 깊은 곳에서 모습을 드러낸 여자의 탈을 쓴 독사였습니다. 또한 배신을 일삼는 여자였으며, 미덕과 순결을 삼켜 버리는 모든 죄악의 집합소였습니다. 하느님의 천국에서 쫓겨난 이후, 영원한 시기심에 불타는 사탄만이 여자들의 마음을 다스리는 방법을 알고 있습니다. 사탄은 이브를 꾀어 우리를 노예로 만들었고, 이제는 그리스도교인들의 결혼을 파괴하려고 하고 있었습니다. 사탄이 우리를 나쁜 길로 빠뜨리려고 할 때면, 여자들을 도구로 삼습니다.

내가 저주의 말을 퍼부었던 모후는 아무도 모르게 고문관들을 해산시켰습니다. 하지만 이 이야기를 길게 할 필요는 없을 것 같습니다.

어느 날 모후는 술탄을 찾아가서 마호메트 신앙을 버리고 사제에게서 세례를 받고 싶다고 말했습니다. 또한 오랫동안 사교를 믿어 온 것을 후회하고 있다면서, 모든 그리스도교인들에게 성대한 연회를 베풀 영광을 달라고 말했습니다. 그러면서 이렇게 덧붙였습니다. "그들이 유쾌한 시간을 보내도록 최선을 다하겠다."

그러자 술탄이 대답했습니다. "어머님이 원하시는 대로 될 겁니다."

그는 무릎을 꿇고 초대에 감사했습니다. 너무나 기뻤기 때문에 제대로 말을 할 수가 없었습니다. 그녀는 자기 아들에게 키스를 하고 자기 집으로 돌아갔습니다.

---

8. 남편을 살해한 아시리아의 왕비.

2

콘스탄스와 동행한 그리스도교인들은 수많은 유명 인사들과 함께 시리아의 항구에 도착했습니다. 술탄은 즉시 사자(使者)를 보내 가장 먼저 모후에게 아내의 도착을 알린 다음 온 나라에 공포했습니다. 또 왕국의 명예를 위해 모후에게 왕비를 맞이해 줄 것을 간곡히 부탁했습니다.

시리아인들과 로마인들은 마중 나온 수많은 사람들과 만났습니다. 그 광경은 참으로 장관이었습니다. 술탄의 어머니는 값지고 화려한 옷을 입고, 얼굴에는 환한 미소를 지으며, 마치 딸을 맞이하는 어머니처럼 콘스탄스를 맞았습니다.

그들의 화려한 행렬은 왕궁으로 향했습니다. 아마 루카니[9] 사람들이 그토록 자랑스럽게 말하던 카이사르의 개선식도 미소짓는 이 군중들보다 더 장엄하고 세심하게 준비되지는 못했을 것입니다. 그러나 사악하고 잔인하며 전갈의 마음을 지닌 모후는 겉으로는 기쁜 듯이 행동했지만, 마음속으로는 치명적인 상처를 입힐 계획을 준비하고 있었습니다.

잠시 후 술탄은 화려한 모습으로 나타나 콘스탄스를 맞았습니다. 그의 얼굴에는 이루 말할 수 없는 행복과 기쁨이 서려 있었습니다. 이제 그들이 기뻐하는 모습은 생략하겠습니다. 나는 이 이야기의 결말 부분에만 관심이 있거든요. 적당한 시간이 되자, 사람들은 잔치를 끝내고 각자 집으로 돌아갔습니다.

앞에서 말했듯이 모후가 정한 잔칫날이 되었습니다. 젊은 사람이나 늙은 사람이나 가릴 것 없이, 모든 그리스도교인들이 잔치에 참석했습니다. 잔치는 성대하기 이를 데 없었으며, 그리스도교인들은 설명할 수도 없이 많은 산해진미를 마음껏 즐겼습니다. 하지만 이들은 모두 테이블에서 일어나기도 전에 비싼 대가를 치러야만 했습니다.

---

9. 이탈리아 남부의 도시.

속세의 기쁨 뒤에는 갑작스런 고통이 찾아오게 마련입니다. 그래서 이런 기쁨은 항상 쓴맛으로 가득 차 있습니다. 왜냐하면 고통은 우리가 애써서 얻은 기쁨의 산물이며, 항상 우리의 행복 뒤에서 살고 있기 때문입니다. 내 충고를 귀담아듣고 항상 조심하십시오. 여러분들이 행복할 때에는 뜻하지 않은 고통이나 재앙이 다가오고 있다는 사실을 떠올리십시오.

간략하게 말하자면, 그날 콘스탄스를 제외한 술탄과 모든 그리스도교인들은 그 자리에서 칼에 찔려 목숨을 잃었습니다. 물론 이 끔찍한 사건은 가증스런 모후가 신하들과 공모하여 이루어진 것이었습니다. 그녀는 스스로 이 나라를 통치하고자 했던 것입니다. 술탄의 말을 믿고 그리스도교로 개종한 시리아인들은 한 명도 목숨을 건지지 못하고 잔치가 끝나기 전에 모두 목이 잘렸습니다.

습격자들은 급히 콘스탄스를 붙잡아서 키(舵) 없는 배에 태운 다음, 시리아에서 그녀의 고향인 이탈리아까지 알아서 가라고 말했습니다. 그들은 콘스탄스가 가져왔던 보물의 일부분과 충분한 식량을 주었습니다. 또한 그녀의 옷도 주었습니다. 이렇게 해서 그녀는 홀로 망망대해를 헤매게 되었습니다. 인자하기 그지없는 로마 황제의 딸 콘스탄스여, 행운의 신이 그대를 이끌어 주시길! 그녀는 성호를 긋고, 가엾은 목소리로 그리스도의 십자가를 보며 기도했습니다.

"오 영광스럽고 복된 제단이여, 세상의 죄를 씻어주는 어린 양의 피로 우리에게 동정을 베푸시는 성 십자가여, 제가 바다에 빠져 죽는 날, 저를 악마와 그의 모진 발톱에서 구해 주소서! 승리의 나무이시며 성도의 보호자시여, 당신은 창에 찔린 흰 양과 상처 입은 하늘의 왕을 구해 주셨습니다. 당신은 남자와 여자에게서 악마를 쫓아내실 수 있으시며, 그들에게 축복의 팔을 뻗어 주십니다. 저를 보호해 주시고, 올바르게 살아갈 수 있도록 힘을 주소서."

콘스탄스는 그리스 해[10]를 돌아 모로코 해협으로 정처 없이 떠다니면서 몇

---

10. 지중해 동부.

해를 보냈습니다. 그녀는 거의 먹지도 못했으며, 성난 파도가 그녀가 운명적으로 도착해야 할 곳에 데려다줄 때까지, 죽으려고 마음먹었던 적이 한두 번이 아니었습니다. 여러분들은 '왜 그녀는 잔칫날 다른 사람들처럼 죽지 않았는가? 누가 그녀를 구해준 것인가'라고 궁금해할지 모릅니다. 이런 질문에 나는 이렇게 대답하겠습니다. 하느님께서는 주인이건 종이건, 도망치지 못하고 모두 사자에게 잡아먹힌 그 무서운 동굴에서 다니엘을 구해 주셨습니다. 그것은 바로 다니엘이 진심으로 하느님을 믿고 있었기 때문입니다. 하느님은 콘스탄스를 통해 다른 사람들이 하느님의 거룩한 사업을 볼 수 있도록 기적의 힘을 보여주시고자 했던 것입니다.

철학자들은, 모든 악을 치료해 주시는 예수 그리스도는 인간의 머리로는 이해할 수 없는 목적을 이루시기 위해 그분만의 방법을 선택하신다는 사실을 알고 있습니다. 우리의 부족한 머리로는 슬기로운 하느님의 섭리를 이해할 수가 없습니다.

그러나 콘스탄스가 잔치석상에서 죽지 않은 것처럼, 성난 파도에 빠져 죽지 않게 목숨을 구해 주신 분이 누구시겠습니까? 물고기의 뱃속에 들어 있다가 니느웨에 모습을 드러낸 요나를 구해 주신 분이 누구십니까? 여러분들도 아시겠지만, 그분은 바로 히브리 사람들이 마른 발로 바다를 건너게 해주어 한 사람도 물에 빠져 죽지 않게 해주신 분이십니다.

또한 온 땅을 뒤흔들 수 있는 폭풍의 네 요정에게 "동서남북의 나무와 바다와 땅을 괴롭히지 말라"고 명령하신 분이십니다. 잠잘 때나 깨어 있을 때나 이 여인을 폭풍에서 보호하라고 명령하신 분은 틀림없이 하느님이십니다. 3년이 넘는 세월 동안 그녀가 어떻게 먹을 것과 마실 것을 구할 수 있었겠습니까? 어떻게 그녀의 식량이 떨어지지 않았겠습니까? 누가 사막과 동굴에서 이집트의 마리아[11]를 먹여살렸습니까? 그분은 바로 그리스도이십니다. 그분은 다섯 조

11. 이집트의 성녀 마리아는 방탕한 청춘 시절에 대한 고행으로 47년간 사막에서 은자 생활을 했다.

각의 빵과 두 마리의 물고기로 5000명을 먹이신 크나큰 기적을 행하셨습니다. 하느님은 그녀가 굶주려 허덕일 때 풍성한 양식을 보내셨습니다.

콘스탄스는 성난 파도에 휩쓸리다가 영국 바다로 들어왔고, 마침내는 어떤 성(城) 근처에 닿았습니다. 성 이름은 잘 모르겠지만, 노섬벌랜드에 있는 성이었습니다. 배는 모래사장에 깊이 박혀서 웬만한 조수(潮水)에는 꿈쩍도 하지 않았습니다. 콘스탄스가 그곳에 머무르게 된 것은 그리스도의 뜻인 것 같았습니다.

성 관리인은 아래로 내려와 난파선의 잔해를 자세히 살펴보다가, 재난으로 완전히 지쳐 버린 한 여인을 발견했습니다. 또한 그녀가 가지고 있던 보물도 발견했습니다. 그녀는 자기 나라 말로 자비를 베풀어 달라고 애원하면서, 불행에서 벗어날 수 있도록 목숨을 끊어달라고 말했습니다. 그녀는 라틴 속어[12]로 말했지만, 용케도 그 뜻이 완전히 전달되었습니다.

관리인은 배를 충분히 살펴본 후, 불쌍한 여자를 해안가로 데려갔습니다. 콘스탄스는 무릎을 꿇고 하느님의 도움에 감사를 드렸습니다. 하지만 아무도 그녀가 누구인지 말하게 할 수는 없었습니다. 바다를 항해하는 동안 너무나 큰 고통을 당했기 때문에 기억력을 잃고 말았던 것입니다. 관리인과 그의 아내는 그녀가 너무나 불쌍하여 동정의 눈물을 흘렸습니다.

콘스탄스는 부지런했고, 성 안의 사람들을 짜증 한 번 내지 않고 기쁜 표정으로 시중들면서 모든 사람을 기쁘게 해주었습니다. 그래서 그녀의 얼굴을 한 번이라도 본 사람은 모두 그녀를 좋아하게 되었습니다.

성 관리인과 그의 아내 헤르멘길드는 그 나라의 모든 사람들처럼 이교도였습니다. 그러나 헤르멘길드는 콘스탄스를 진정으로 사랑하게 되었습니다. 콘스탄스는 그곳에 오랫동안 머물면서, 날마다 기도를 하며 눈물을 흘리곤 했는데, 그리스도의 은총으로 헤르멘길드가 개종을 하게 되었습니다.

---

12. 고전 라틴어에 대립되는 말로 일반 사람들이 쓰던 라틴어.

그 나라에는 서로 모여 예배를 할 그리스도교인이 한 명도 없었습니다. 모든 그리스도교인들이 오래 전부터 이 섬에 살던 브리튼 족과 함께 웨일스로 도망쳐서 임시로 그곳에 숨어 있었기 때문입니다. 그러나 브리튼족 그리스도교인들이 모두 도망간 것은 아니었습니다. 이교도들의 눈을 피해 남몰래 그리스도를 섬기는 사람들이 있었던 것입니다. 그들 중 세 사람이 성 근처에 살았습니다. 한 명은 맹인이어서, 마음의 눈만 가지고 있을 뿐 앞을 볼 수 없었습니다. 맹인들은 종종 이런 마음의 눈으로 우리가 알지 못하는 것들을 찾아냅니다.

그런데 해가 쨍쨍 내리쬐던 어느 여름날이었습니다. 콘스탄스는 관리인 부부와 함께 바닷가로 향했습니다. 그들이 바닷가를 거닐며 산책하고 있을 때 눈먼 그리스도교인을 만났습니다. 그는 허리가 구부정했고, 두 눈은 완전히 감겨 있었습니다.

늙은 브리튼인이 큰 소리로 말했습니다.

"헤르멘길드 부인! 예수 그리스도의 이름으로 비오니, 제 눈을 돌려 주십시오."

예수 그리스도의 이름으로 눈을 돌려 달라고 외치는 눈먼 노인

이 소리를 들은 헤르멘길드는 덜컥 겁이 났습니다. 남편이 자기가 그리스도교로 개종했다는 사실을 알면 죽이려 할지도 몰랐기 때문입니다. 그러나 콘스탄스는 부인에게 용기를 주면서, 교회의 딸로서 그리스도의 뜻대로 행하라고 말했습니다.

자기 눈앞에서 벌어지고 있는 모습에 당황한 관리인은 큰 소리로 물었습니다.

"이게 도대체 어찌된 일이야?"

그러자 콘스탄스가 대답했습니다.

"주인님, 이것이 바로 악마의 발톱에서 사람들을 구원하시는 예수 그리스도의 능력이십니다"

그러고 나서 자기의 신앙을 열심히 설명하기 시작했고, 마침내 그날 밤이 되기 전에 관리인을 개종시켜 그리스도를 믿게 만들었습니다. 이 관리인은 이 지역을 통치하는 사람이 아니었습니다. 그는 노섬벌랜드의 알라 왕 밑에서 오랫동안 그 성을 지켜온 사람이었습니다. 여러분들도 알다시피, 알라 왕은 스코트인들을 철통같이 막아낸 똑똑한 왕이었습니다. 그러나 이런 이야기는 그만하고, 다시 내 이야기로 돌아가겠습니다.

언제나 우리를 함정에 빠뜨리려고 숨어 있는 사탄은 콘스탄스가 얼마나 완벽한지 알게 되었습니다. 그래서 그녀에게 복수를 할 방법을 생각했습니다. 사탄은 그 마을에 사는 젊은 기사가 그녀를 열렬히 사랑하게 만들었습니다.

그의 음탕한 사랑은 너무도 뜨겁게 불타올라 콘스탄스를 갖지 못하면 죽을 것이라고 믿게 되었습니다. 기사는 콘스탄스에게 열렬히 구애했지만 헛수고였습니다. 콘스탄스는 그런 말에 유혹당하지 않았던 것입니다. 그러자 화가 치민 기사는 그녀가 수치심을 못 이겨 죽도록 하는 방법을 생각해 냈습니다. 그는 관리인이 여행을 떠나기를 기다렸습니다. 그리고 밤중에 몰래 헤르멘길드의 침실로 기어들어갔습니다.

콘스탄스와 헤르멘길드는 늦게까지 기도하다가 지쳐 곤히 잠을 자고 있었습니다. 사탄의 유혹을 이기지 못한 기사는 몰래 침대로 다가가서 헤르멘길드의 목을 잘라 버렸습니다. 그리고 피묻은 칼을 콘스탄스의 옆에 놓아두고 도망쳤습니다. 하느님, 그에게 저주를 내려 주소서!

얼마 후 관리인은 알라 왕과 함께 성으로 되돌아왔는데, 자기 아내가 잔인하게 살해당한 현장을 보고는 너무나 비통한 나머지 눈물을 흘리며 자기 손을 비틀었습니다. 그런데 그때 콘스탄스 침대에서 피묻은 칼을 발견했습니다. 너무나 슬퍼 정신마저 혼미했기에, 콘스탄스는 아무 말도 할 수가 없었습니다. 관리인은 이런 참사를 알라 왕에게 보고했으며, 또한 콘스탄스가 배에서 발견될 당시의 장소와 상황을 빠짐없이 설명했습니다.

왕은 곤경에 빠진, 착하고 예의바른 콘스탄스를 보자 가슴이 아팠습니다. 도살장으로 끌려가는 어린 양처럼 순진하고 불쌍한 콘스탄스는 왕 앞에 서서, 이 범죄를 저지른 기사가 그녀가 방 안으로 들어간 장본인이라고 거짓말하는 것을 듣고 있었습니다.

그러나 사람들이 별안간 소리치면서, 항상 예의바르고 헤르멘길드를 정성을 다해 섬겼던 여자가 그런 잔인한 행동을 하리라고는 상상조차 할 수 없다고 말했습니다. 칼로 헤르멘길드를 죽인 기사를 제외하고, 집 안의 모든 사람들도 똑같은 증언을 했습니다. 이런 증언을 듣자 어진 알라 왕은 이 사건을 좀 더 자세히 조사하여 사실을 밝혀야겠다고 생각했습니다.

그렇지만 콘스탄스가 범인이 아니라고 증언해 줄 사람은 하나도 없었습니다. 그녀도 자기가 범인이 아니라며 주장할 수가 없었습니다. 우리를 구원하기 위해 돌아가시고 악마를 꽁꽁 묶어서 아직도 그가 떨어진 지옥에 있게 만드신 하느님만이 최고의 변호사가 될 수 있었습니다. 그리스도가 모든 사람이 보는 앞에서 기적을 행하시지 않는다면, 그녀는 죄가 없음에도 즉시 처형당할 운명이었습니다. 콘스탄스는 무릎을 꿇고 기도했습니다.

"영원하신 하느님, 수산나를 허위 고발로부터 구원해 주신 하느님. 성녀 안나의 따님이시며, 당신의 아들 앞에서 천사들이 '호산나'라고 찬송하는 성모님. 제가 이 죄를 짓지 않았다면 저를 구해 주소서. 그렇지 않으면 저는 죽고 말 것입니다."

여러분들은 군중 속으로 끌려가는 창백한 얼굴을 보셨습니까? 용서받지 못한 채 죽음을 향해 끌려가는 얼굴을 보셨습니까? 죽음을 눈앞에 둔 사람의 안색은 너무나 창백하기에, 여러분들은 수많은 군중 속에서도 쉽게 그런 얼굴을 알아볼 수 있습니다. 콘스탄스의 얼굴이 바로 그랬습니다. 그녀는 주위를 둘러보았습니다.

풍요롭게 사는 왕비와 귀부인들이여, 세상의 모든 여인들이여, 콘스탄스의 불행을 불쌍히 여겨 주십시오. 로마 황제의 딸은 아무도 도와줄 사람이 없었습니다. 로마 황실의 혈육이 죽을 위험에 처해 있었습니다. 지금 이 순간 도와줄 친구들은 너무나 멀리 떨어져 있었습니다.

하지만 고귀한 마음은 항상 동정심을 느끼는 법입니다. 알라 왕은 그녀가 너무나 불쌍하여 자기도 모르게 눈물을 흘렸습니다. 마침내 알라 왕이 말했습니다.

"빨리 복음서를 가져와라. 만일 이 기사가 그 책에 손을 얹고 콘스탄스가 부인을 죽였다고 증언하면, 그녀에게 어떤 벌을 내릴 것인지 상의하도록 하겠다."

그러자 브리튼어로 번역된 복음서를 가져왔습니다. 기사는 즉시 그 책 위에 손을 얹고 그녀가 범인이라고 맹세했습니다. 그런데 갑자기 모든 사람이 보는 앞에서 어떤 손이 나타나 그 기사의 목을 쳤습니다. 기사는 돌멩이가 떨어지듯이 주저앉았고, 두 눈은 튀어나왔습니다. 그때 그곳에 모인 사람들 귀에 어떤 소리가 들렸습니다.

"너는 왕 앞에서 성 교회의 죄 없는 딸에게 죄를 뒤집어씌웠다. 이런 일을 했는데도 내가 잠자코 있을 것 같으냐?"

이런 기적을 보자 군중들은 겁을 먹었고, 콘스탄스를 제외한 모든 사람들은 하늘의 복수를 두려워하면서 멍하니 서 있었습니다.

죄 없는 콘스탄스를 부당하게 의심했던 사람들은 뉘우치며 벌벌 떨었습니다. 그리고 이 기적과 콘스탄스의 정성 때문에 마침내 왕을 비롯하여 그곳에 있던 수많은 사람들이 그리스도교로 개종했습니다. 이것은 모두 그리스도의 덕택이었습니다.

알라 왕은 정직하지 못한 기사를 위증죄로 즉시 처형하라고 명령했습니다. 그러나 콘스탄스는 그의 죽음에 동정을 금할 수가 없었습니다. 그 뒤 그리스도께서는 은총을 베푸시어 알라 왕이 아름답고 거룩한 여인과 엄숙한 의식으로 결혼을 하게 하셨습니다. 이렇게 그리스도께서는 콘스탄스를 왕비로 만드셨던 것입니다.

그런데 이 결혼을 심히 못마땅하게 생각한 사람이 있었습니다. 바로 알라 왕의 모후이며 포악하기 이를 데 없는 도네길드였습니다. 이 사실을 알게 된 그녀의 못된 심장은 두 개로 찢어지는 듯했습니다. 그녀는 자기 아들이 이방의 여자를 아내로 맞이하는 것은 치욕이라고 생각했습니다.

나는 하찮은 이야기들을 나열하면서 시간을 허비할 생각은 없습니다. 그래서 이제 본론으로 들어가겠습니다. 결혼식이 얼마나 성대하게 거행되었고, 어떤 순서에 따라 피로연 음식이 차려졌으며, 누가 나팔을 불고 누가 뿔나팔을 불었는지는 말하지 않겠습니다. 간단히 이야기하자면, 모두가 잘 먹고 잘 마셨으며, 실컷 춤을 추고 노래를 부르며 재미있게 보냈습니다. 그러고 나서 알라 왕과 콘스탄스는 신방에 들었습니다. 아내는 거룩한 존재이긴 하지만, 반지를 끼워주며 결혼한 밤에는 남편을 즐겁게 해줄 수 있는 모든 행위를 참을성 있게 견뎌야 합니다. 그러기 위해서는 잠시 거룩함을 옆으로 치워 놓아야 합니다. 이건 불가피한 일입니다.

시간이 흘러 콘스탄스는 아기를 잉태했습니다. 그런데 그때 마침 왕은 스코틀랜드에서 적들과 싸우기 위해 출정해야만 했습니다. 그는 관리인과 주교에게 아내를 부탁했습니다. 아기를 임신한 부드럽고 달콤한 콘스탄스는 침실에서 조용히 지내면서, 그리스도의 뜻을 기다렸습니다. 때가 되자 사내아이가 태어났고, 그녀는 아들에게 마우리키우스라는 세례명을 붙여 주었습니다. 관리인은 사자(使者)를 불러 알라 왕에게 좋은 소식을 알리기 위해 편지를 썼습니다. 사자는 편지를 갖고 급히 떠났습니다. 하지만 자기 이익을 위해 왕의 어머니에게로 급히 발길을 돌렸습니다. 예의바르게 인사를 하고서 그는 이렇게 말했습니다.

“태후마마, 기뻐하십시오. 그리고 하느님께 수없이 감사를 드리십시오. 왕비께서 마침내 왕자님을 출산하셨습니다. 이 소식을 들은 온 백성들이 기뻐하고 있사옵니다. 보십시오, 이 소식을 전하는 편지가 여기에 있습니다. 저는 이 편지를 한시바삐 폐하께 가져가야 합니다. 저는 항상 태후마마의 종입니다. 그러니 마마의 아드님이신 폐하께 전할 말이 있으시면 전해 드리겠습니다.”

그러자 도네길드가 대답했습니다.

“지금은 전할 말이 아무것도 없다. 하지만 네가 오늘 밤 이곳에서 머물렀으면 좋겠구나. 내일 전할 말을 일러줄 테니 말이다.”

사자는 맥주와 포도주를 실컷 마셨습니다. 그가 술에 잔뜩 취해 돼지처럼 곯아떨어지자 도네길드는 상자 속의 편지를 다른 것과 바꿔치기했습니다. 그 편지는 관리인이 왕에게 보내는 것처럼 씌어졌지만, 내용은 아주 흉악한 것으로 바뀌어져 있었습니다. 이 편지에는 왕비가 너무나도 무시무시한 악마와 같은 아들을 낳아서 성 안의 그 누구도 감히 아이와 함께 있을 엄두를 내지 못한다고 적혀 있었습니다. 또한 이 아이의 어머니는 죽음의 마귀가 보낸 마녀이거나, 아니면 마술이나 요술을 부려 인간이 된 요정이며, 모든 사람이 그녀를 증오한다고 적혀 있었습니다.

이 편지를 읽은 알라 왕은 가슴이 찢어지는 슬픔을 느꼈지만, 이런 비통한 심정을 아무에게도 내색하지 않았습니다. 대신 기도하는 심정으로 이렇게 답장을 썼습니다.

“저는 그리스도의 가르침을 배웠습니다. 그러니 당신이 보내시는 것을 항상 기꺼이 받게 해주소서. 주님, 당신이 원하시는 것을 기꺼이 받게 해주소서! 저는 당신의 뜻을 따를 뿐입니다. 그리고 제가 돌아갈 때까지 괴물이건 아니건 제 아들을 보살펴 주시고 제 아내를 돌보아 주소서. 그리스도님, 당신이 원하시는 때가 되면 이 아들보다 더 제 마음에 드는 후계자를 내려 주소서.”

그는 눈물을 감추며 편지를 봉한 뒤 사자에게 건네고 지체없이 떠나도록 했습니다.

하지만 이 사자는 정말로 몹쓸 놈이었습니다. 그는 완전히 술에 취해 있었습니다. 입으로는 술 냄새를 내뿜고, 팔다리는 흐느적거렸으며, 얼굴은 일그러져 있었습니다. 또한 참새처럼 주절거리며, 비밀이란 비밀은 모두 말해 버렸습니다. 상습적으로 술에 취하는 사람들은 그 어떤 비밀도 숨길 수 없는 법입니다.

또한 도네길드에 관해 말하자면, 나는 그녀의 악덕과 잔인함을 제대로 설명할 수가 없습니다. 그런 것은 악마에게 맡기는 수밖에 없습니다. 악마만이 그녀의 배신을 제대로 설명할 수 있으니까요. 도네길드의 영혼은 여성적인 것이라곤 하나도 없이 완전히 악마 그 자체였습니다. 여러분들에게 맹세하건대, 그녀의 몸이 비록 땅 위를 걷는다손 치더라도 영혼은 이미 지옥에 있었던 것입니다.

왕을 만나고 돌아오는 길에 사자는 다시 도네길드의 궁전으로 찾아갔고, 그녀는 사자를 기쁘게 맞이했습니다. 사자는 다시 술을 퍼마셨고, 더 이상 한 방울도 들어갈 수 없을 정도로 포도주로 배를 채웠습니다. 그리고 평소처럼 해가 뜰 때까지 밤새 코를 골면서 잠을 잤습니다. 전과 마찬가지로 그가 지닌 편지는 날조된 편지로 대체되었습니다. 이 날조된 편지에는 이렇게 적혀 있었습니다.

"왕은 관리인에게 다음과 같이 명령한다. 어떤 경우가 있더라도 콘스탄스를 사흘 이상 왕국에 머물게 해서는 안 된다. 아무리 늦어도 나흘째 되는 날에는 이곳을 떠나야 한다. 콘스탄스와 아이는 왕비의 모든 의복과 함께 그녀가 타고 왔던 배에 실어 바다에 버리도록 하라. 그들이 두 번 다시 육지에 올라오지 못하도록 하라. 이 명령을 지키지 않을 시에는 교수형에 처한다."

도네길드가 이런 음모를 꾸미는 동안, 콘스탄스는 아마도 공포를 느끼며 악몽을 꾸었을 것입니다.

다음날 아침, 잠에서 깨어난 사자는 가장 짧은 지름길을 택해 성으로 달려가서 관리인에게 편지를 건네주었습니다. 관리인은 끔찍한 내용의 편지를 읽고는 너무 놀라 이렇게 소리쳤습니다.

"그리스도님, 사람들이 이토록 악독하다면 세상이 어찌 살아남을 수 있겠

왕에게 추방당해 노섬벌랜드를 떠나는 콘스탄스와 아들 마우리키우스

습니까! 당신은 진정으로 정의로운 심판관이십니다. 그런데 어찌하여 죄 없는 사람들은 죽게 하고, 나쁜 사람들은 번영을 누리도록 하십니까? 착한 콘스탄스를 추방하지 않으면 제가 치욕스럽게 죽어야 한다니, 어찌하면 좋습니까! 그 밖의 다른 길은 없습니다."

왕의 저주스런 편지를 읽자, 남녀노소를 가리지 않고 성 안의 모든 사람은 눈물을 흘렸습니다. 나흘째 되던 날 콘스탄스는 죽은 사람처럼 창백한 얼굴로 배로 발길을 옮겼습니다. 그녀는 이 모든 것이 예수 그리스도의 뜻이라고 생각하고 바닷가에 무릎을 꿇고 이렇게 말했습니다.

"주님, 저는 당신의 뜻을 기꺼이 받아들이겠습니다. 이 땅에서 누명을 썼을 때 저를 구해 주신 하느님이, 바다에서의 모든 위험과 고난에서도 저를 구해 주실 것을 믿습니다. 어떤 방법을 통해서 구해 주실지는 저도 모르지만, 항상 강대하신 그분이 구해 주시라고 믿습니다. 저는 하느님과 성모님을 믿습니다. 두 분은 저의 영혼의 돛이고 키이십니다."

어린 아기는 그녀의 품에 안겨 울고 있었습니다. 콘스탄스는 꿇어앉은 채 사랑스럽게 아기에게 말했습니다.

"울지 말아라. 난 너에게 아무 해도 끼치지 않을 거란다."

그러고는 머릿수건을 벗어 아이의 눈을 덮어 주며 달랬습니다. 그녀는 눈을 들어 하늘을 바라보며 외쳤습니다.

"사랑스런 성 처녀이신 성모 마리아님, 여자의 유혹으로 온 인류가 파멸하여 영원한 죽음을 선고받았으며, 당신의 외아드님이 십자가에 못 박혀 죽으셨으며, 당신의 눈으로 직접 그분의 고통을 지켜보신 것이 사실이라면, 당신이 느끼신 고통과 우리 인간이 겪는 고통은 비교할 수도 없을 것입니다. 당신은 직접 아드님이 죽는 장면을 지켜보셨지만 제 아들은 아직 살아 있습니다. 사랑스런 성모님, 당신은 고통으로 신음하는 사람들을 보호해 주시고, 모든 여인들의 영광이시며, 아름다운 성 처녀이시고, 모든 죄인들의 피난처이시며, 꺼지지 않는 별이십니다. 당신의 자비로 슬픔에 빠진 모든 사람에게 동정을 베푸시고, 제 아들을 불쌍히 여겨 주소서!

오, 아가야. 너는 아직 아무 죄도 짓지 않았단다. 네가 무엇을 잘못했단 말이니? 그런데 왜 네 아버지는 잔인하게도 너를 죽이려고 하는 것일까? 관리인이시여, 자비를 베풀어 주소서. 제 아들은 당신과 함께 이곳에 남아 있게 해주소서. 만일 질책을 받을 것이 두려워 이 아이를 구해 주실 수 없다면, 아버지를 생각하셔서 이 아기에게 키스라도 한 번 해주소서."

이렇게 말한 후, 콘스탄스는 다시 땅을 내려다보며 말했습니다.

"안녕, 무정한 남편이여!"

그녀는 자리에서 일어나 해변을 걸어 배가 있는 곳으로 향했습니다. 그때까지도 사람들은 그녀의 뒤를 따라오고 있었습니다. 그러는 동안 그녀는 끊임없이 우는 아이를 달랬습니다. 마침내 콘스탄스는 사람들과 작별 인사를 한 후, 경건한 마음으로 성호를 긋고 배에 올랐습니다.

여러분, 하지만 걱정하지 마십시오. 배 안에는 오랫동안 먹을 수 있는 충분한 식량이 있었고, 그 밖의 필수품도 넉넉했습니다. 전지전능하신 하느님, 바람과 날씨를 조절하셔서 콘스탄스가 무사히 고향에 닿도록 도와주소서! 그녀는 정처 없이 바다를 항해했습니다. 이것에 관해서는 더 이상 말하지 않겠습니다.

3

이런 일이 일어난 지 얼마 되지 않아, 알라 왕은 성으로 돌아와 아내와 아이를 찾았습니다. 성 관리인은 자기 심장이 얼어붙는 것 같아 어찌할 바 몰랐지만, 간략하게 모든 상황을 설명했습니다. 그러면서 왕의 옥새가 새겨진 편지를 보여주며 말했습니다.

"폐하, 저는 폐하께서 명령을 이행하지 않으면 교수형에 처한다고 하셨기에, 그대로 행했을 뿐입니다."

그래서 편지를 전달한 사자를 고문하자 자기가 밤마다 어디에서 잠을 잤는지 말했으며, 처음부터 끝까지 모든 것을 사실대로 자백했습니다. 심문을 통해 유추한 끝에, 왕은 이 죄가 누구의 소행인지 짐작하게 되었습니다. 어떻게 했는지는 잘 모르지만, 어쨌든 왕의 편지를 위조한 장본인이 누구인지 밝혀졌고, 모든 사악한 음모가 드러났습니다. 어쨌거나 책에 분명히 기록되어 있듯이, 알라 왕은 자기 어머니를 배신죄로 사형에 처했습니다. 이렇게 해서 도네길드는 불행하게 생을 마감했던 것입니다. 하느님, 그녀에게 영원한 저주를 내리소서!

알라 왕이 아내와 아들을 생각하면서 밤낮으로 얼마나 고통을 받았는지 설명할 수 있는 사람은 없을 것입니다. 그러나 이제는 콘스탄스에 관해 말하겠습니다.

그리스도의 뜻에 따라 콘스탄스는 온갖 어려움을 겪으며 5년 넘게 바다에서 표류하다가 육지에 이르렀습니다. 마침내 콘스탄스와 아기는 어떤 이교도의 성 근처에 도착했던 것입니다. 그 성의 이름이 무엇인지는 기억할 수가 없습니다. 인류를 구원하신 전지전능하신 하느님이시여, 다시금 이교도의 땅에서 죽을 위험에 처해 있는 콘스탄스와 그녀의 아이를 기억하소서!

성에서 수많은 사람들이 내려와 입을 벌린 채 멍하니 콘스탄스와 그녀가 타고 온 배를 바라보았습니다. 그 성의 집사는 우리의 신앙을 버리고 회교로 개종한 흉악무도한 사람이었습니다. 어느 날 밤 그 집사는 혼자 배로 찾아와서 그녀에게 자기의 정부(情婦)가 되지 않겠느냐고 말하면서, 그녀의 의사는 완전히 무시한 채 겁탈하려 들었습니다.

가엾은 콘스탄스는 최대의 불행에 직면해 있었습니다. 아들은 놀라 울음을 터뜨렸고, 가련한 그녀 역시 하염없이 눈물을 흘렸습니다. 하지만 바로 그때 성모님이 도움의 손길을 뻗치셨습니다. 콘스탄스가 있는 힘을 다해 몸부림치며 싸우는 동안, 못된 집사가 균형을 잃고 바닷물 속으로 빠져 목숨을 잃었던 것입니다. 이것은 정당한 대가였습니다. 이렇게 그리스도는 콘스탄스가 더럽혀지지 않도록 지켜 주셨던 것입니다.

여러분들, 음란한 색욕(色慾)이 어떤 결과를 낳는지 보십시오. 그것은 정신을 약하게 만들 뿐 아니라 육체까지도 파멸에 이르게 합니다. 음탕한 욕망은 불행을 초래할 뿐입니다. 음란한 행위는 차치하고, 그런 죄를 범하겠다는 의도만으로도 얼마나 많은 사람이 죽거나 만신창이가 됩니까!

이 연약한 여자가 무슨 힘이 있어서 못된 남자와 싸울 수 있었겠습니까? 어떻게 어린 다윗이 거구의 골리앗을 이길 수 있었겠습니까? 무기도 없이 어린 다윗이 어떻게 감히 그 무서운 얼굴을 정면으로 바라볼 수 있었겠습니까? 의심할 여지 없이 그것은 바로 하느님의 은총 덕택입니다. 유딧에게 용기와 힘을 주시고, 그녀가 천막 속에서 적장(敵將) 홀로페르네스를 죽여서 하느님의 선택된 백성들을 재앙에서 해방시키게 하셨던 분이 누구이시겠습니까? 그분은 바로 콘스탄스에게 힘을 주셨던 분이십니다.

콘스탄스의 배는 지브롤터와 세우타 사이에 있는 좁은 해협을 지나 어떤 때는 동쪽으로, 또 어떤 때는 북쪽이나 남쪽 혹은 동쪽으로 오랫동안 항해를 거듭했습니다. 항해는 영원히 축복받으신 그리스도의 어머니가 무한한 자비심으로 콘스탄스의 고통에 막이 내리도록 하실 때까지 계속되었습니다.

하지만 잠시 콘스탄스의 이야기는 멈추고, 그녀의 아버지인 로마 황제에 관해 말하도록 하겠습니다. 황제는 시리아에서 온 편지를 통해 그리스도교인들이 학살당했으며, 자기 딸이 치욕스럽게 쫓겨났다는 사실을 알게 되었습니다. 또한 이런 일을 획책한 장본인이 숲 속에 숨어 있던 뱀이란 것도 알게 되었습니다. 이 뱀이란 바로 잔칫집에 참석한 모든 사람을 죽인 사악한 술탄의 모후를 의미합니다. 그래서 황제는 훌륭하게 무장된 원로원 의원과 수많은 제후들을 보내 시리아인들에게 복수를 했습니다. 그들은 여러 날 동안 시리아인들을 죽이고 시리아를 불태우며 폐허로 만든 후, 조국으로 돌아왔습니다.

사람들이 전하는 바에 의하면, 그들이 배를 타고 장엄하고 늠름하게 로마로 돌아오던 중 표류하고 있던 배를 만났습니다. 그 배에는 가엾은 콘스탄스가 타고 있었습니다. 원로원 의원은 그녀가 누구이며, 어떻게 그런 상태가 되었는지 전혀 알 길이 없었습니다. 또한 콘스탄스 역시 아무에게도 자기의 신분이나 자기가 어떤 사람인지 밝히지 않았습니다.

원로원 의원은 콘스탄스와 그녀의 아들을 로마로 데려가서 자기 부인에게 보살펴 주라고 일렀습니다. 그들은 원로원 의원과 함께 살게 되었습니다. 이렇게 성모님은 콘스탄스를 불행에서 해방시키셨던 것입니다. 콘스탄스는 그곳에서 오랫동안 살면서, 항상 선행을 베풀었습니다. 원로원 의원의 부인은 그녀의 이모였지만 콘스탄스를 알아보지는 못했습니다. 하지만 이런 이야기는 그만 하고, 아직도 아내 때문에 괴로워하고 있는 알라 왕에 관해 말하겠습니다.

이 이야기를 하자면 한이 없으니 간단하게 말하겠습니다. 어느 날 알라 왕은 어머니를 죽인 뒤 양심의 가책에 시달리다가 교황이 내리는 보속(補贖)을 받기 위해 로마로 향했습니다. 그리스도께 자기가 저지른 모든 죄를 참회하고 용서를 구하고자 했던 것입니다. 알라 왕이 참회의 순례를 위해 로마로 온다는 소식은 그의 일행이 도착하기 전에 전해졌고, 이내 이 소식은 온 로마로 퍼졌습니다.

이 소식을 들은 원로원 의원은 관례에 따라 수많은 수행원을 거느리고 말을 타고 왕을 맞으러 나갔습니다. 그것은 자신의 위엄을 과시하는 것뿐만 아니라,

왕에 대한 예의를 차리기 위해서였습니다. 위풍당당한 원로원 의원과 왕은 예의바르게 서로를 대하며 기쁘게 맞이했습니다. 하루 이틀이 지난 뒤, 원로원 의원은 왕이 주재한 만찬에 참석하게 되었습니다. 내 기억이 잘못 되지 않았다면, 콘스탄스의 아들도 그곳에 모인 사람들 중에 끼여 있었습니다.

어떤 사람은 콘스탄스의 부탁으로 원로원 의원이 아이를 데려갔다고 말을 합니다. 하지만 나는 어떻게 해서 그 아이가 가게 되었는지는 자세히 모릅니다. 경위가 어찌되었든 간에 그 아이가 그곳에 있었다는 것은 틀림없습니다. 사실 콘스탄스는 아들이 만찬석상에서 알라 왕의 얼굴을 보기 바랐습니다. 아이를 본 알라 왕은 너무나 깜짝 놀랐습니다. 놀라움이 어느 정도 가시자, 왕은 원로원 의원에게 물었습니다.

"저곳에 있는 예쁜 아이는 누구입니까?"

그러자 원로원 의원이 대답했습니다.

"하느님과 성 요한을 두고 맹세하지만, 저는 저 아이가 누군지 알지 못합니다. 제가 아는 것은, 어머니는 있지만 아버지는 없다는 사실뿐입니다."

그리고 간단하게 어떻게 그 아이를 발견하게 되었는지 알라 왕에게 이야기했습니다. 그러면서 원로원 의원은 이렇게 덧붙였습니다.

"하느님도 아시겠지만, 결혼을 했건 처녀건, 이 세상의 모든 여자들 중에서 제 평생 저 아이의 어머니처럼 고결하고 덕성스런 여자는 보지 못했습니다. 아마 죄를 짓느니 칼로 가슴을 찔러 죽을 여인이라고 감히 자신 있게 말합니다. 이 세상의 어떤 남자도 그 여자에게 죄를 짓도록 하지는 못할 겁니다."

그 아이는 우리가 상상하는 것 이상으로 콘스탄스와 똑같았습니다. 콘스탄스의 얼굴은 알라 왕의 기억 속에 깊이 새겨져 있었습니다. 알라 왕은 혹시 아이의 어머니가 자기 아내일지도 모른다고 생각하다가, 한숨지으며 잔치석상에서 빠져나왔습니다.

'맙소사, 내가 지금 무슨 생각을 하고 있는 거야. 지금 내 아내는 바닷속에 있어야 옳아.'

그러나 또 이런 생각도 해보았습니다.

'그리스도께서 전에도 콘스탄스를 우리나라까지 인도하셨듯이 이번에도 내 아내가 바다를 건너 여기까지 오게 하셨을지도 몰라.'

다음날 오후가 되자 알라 왕은 기적과도 같은 우연의 일치를 기대하며 원로원 의원 집으로 갔습니다. 원로원 의원은 그를 환대하면서, 급히 콘스탄스를 찾아오라고 지시했습니다. 자기를 찾는 이유를 안 콘스탄스로서는 즐겁게 춤출 기분이 아니었다는 것을 쉽게 짐작하실 겁니다. 사실 제대로 서 있기도 힘들었으니까요.

알라 왕은 콘스탄스에게 예의를 갖춰 인사를 했습니다. 그러나 즉시 주저앉고 말았습니다. 그녀를 보자마자 자기 아내임을 알았던 것입니다. 한편 그녀도 아무 말 못한 채 나무처럼 서 있을 뿐이었습니다. 알라 왕의 잔혹했던 처사를 떠올리자, 너무나 괴로운 나머지 심장이 멈추어 버렸던 것입니다. 알라 왕이 흐느끼면서 사실을 설명하려고 애를 쓰는 동안에도 콘스탄스는 두 번이나 그의 앞에서 기절하고 말았습니다. 알라 왕은 이렇게 말했습니다.

"하느님과 모든 성인들이시여, 저의 영혼을 불쌍히 여기소서. 나는 당신과 나와 꼭 닮은 마우리키우스가 겪어야만 했던 일에 아무런 책임이 없다오. 이 말이 거짓이라면 난 지옥에 떨어져도 괜찮소."

그들의 눈물과 고통은 금방 없어지지 않았습니다. 그들의 슬픈 마음이 가라앉기 위해서는 오랜 세월이 필요했기 때문입니다. 비탄에 빠진 두 사람의 모습은 너무나 가련하여 내 마음이 찢어지는 것 같았습니다. 그들이 울면 울수록 슬픔은 커져만 갔던 것입니다.

이제 이 이야기를 그만해야만 할 것 같습니다. 여러분들의 이해를 바랍니다. 오늘 하루 내내 그들의 슬픔만을 이야기하다 보니, 나도 더 이상 슬픈 장면을 이야기하는 데 지쳤습니다. 하지만 마침내 알라 왕은 콘스탄스가 겪은 불행에 아무런 죄도 없다는 것이 밝혀졌고, 그 순간 아마도 수백 번은 서로 키스를 했을 겁니다. 두 사람은 이 세상의 그 누구도 맛보지 못한 행복을 느꼈습니다.

그녀는 남편에게 겸손하게 애원했습니다. 자기의 기나긴 고통을 보상하는 대가로, 자기 아버지인 로마 황제에게 특별히 청하여 만찬을 함께 할 수 있는 기회를 마련해 달라고 했던 것입니다. 또한 자기 이야기를 아버지에게 절대로 하지 말아 달라고 부탁했습니다.

어떤 사람들은 아들 마우리키우스가 황제에게 초청장을 가지고 갔다고 말합니다. 하지만 나는 알라 왕이 그리스도교의 영광이며 최고의 영예로운 지위에 계신 로마 황제에게 아이를 보내는 어리석은 인간은 아니라고 생각합니다. 아마 알라 왕이 몸소 갔다고 생각하는 편이 옳을 것입니다. 황제는 알라 왕의 청대로 만찬에 참석할 것을 쾌히 승낙했습니다. 그리고 황제는 아이를 뚫어지게 바라보고는 자기 딸을 생각했다고 적혀 있습니다. 알라 왕은 숙소로 돌아와 만찬에 필요한 모든 준비를 했습니다.

그날이 오자, 알라 왕과 콘스탄스는 화려하게 차려 입고 기쁜 마음으로 황제를 맞이하러 나갔습니다. 거리에서 아버지를 만난 콘스탄스는 말에서 내려 황제의 발 밑에 엎드리며 말했습니다.

"아버님, 당신의 사랑하는 어린 딸을 잊으셨나요? 제가 바로 당신의 딸 콘스탄스입니다. 당신이 오래 전에 시리아로 보내셨던 딸 말입니다. 제가 바로 시어머니의 질투를 받아 바다를 떠다니며 죽을 운명을 맞이했던 딸입니다. 아버님, 제게 다시 한 번 은총을 베푸시어 다시는 이교도의 땅으로 보내지 말아 주십시오. 그리고 항상 저를 다정하게 대해 준 여기 있는 제 남편을 치하해 주십시오."

세 사람이 함께 모여 나눈 기쁨을 어찌 말로 표현할 수 있겠습니까? 하지만 이제 이 이야기를 마무리해야겠습니다. 이제 날이 저물어가고 있으니, 더 이상 이 이야기를 끌지 않겠습니다. 세 사람은 너무나 행복한 마음으로 만찬석상에서 기쁘고 즐거운 시간을 보냈습니다. 아마 내가 표현할 수 있는 것보다 수천 배나 더 행복했을 것입니다.

그들의 아들 마우리키우스는 후에 교황에 의해 황제로 임명되었습니다. 그는 독실한 그리스도교인으로 살았으며, 교회에 수많은 영광을 베풀었습니다. 하지만 지금 중요한 것은 콘스탄스의 이야기이니 마우리키우스 왕에 대해서는 그만하기로 하겠습니다. 마우리키우스 황제의 일생은 여러분들이 고대 로마의 역사책을 읽어 보면 알 수 있을 것입니다. 사실 난 그에 관해서는 기억이 나질 않습니다.

로마를 떠나기로 한 날이 되자, 알라 왕은 착하고 거룩한 아내 콘스탄스와 함께 가장 빠른 길을 택해 영국으로 돌아갔습니다. 그리고 그곳에서 평화롭고 행복하게 살았습니다. 그러나 현세의 행복은 오래 지속되지 않는다는 사실을 여러분들에게 다시 한 번 상기시켜 드리고 싶습니다. 그것은 멈추어 있는 것이 아니라, 조수(潮水)나 낮과 밤처럼 바뀌기 때문입니다.

단 하루라도 양심이 흔들리지 않은 채, 분노와 욕심과 질투와 오만과 욕정과 악과 두려움에 사로잡히지 않고 완전한 행복을 누리며 살았던 사람이 누가 있습니까? 내가 이런 말을 하는 것은 알라 왕과 콘스탄스의 행복이 충만된 기쁨 속에서 그리 오래 지속되지 않았다는 말을 강조하고 싶기 때문입니다.

그들이 다시 만난 지 약 1년 뒤, 힘센 사람이건 천한 사람이건 가리지 않고 찾아오는 죽음이 알라 왕을 이 세상에서 데려갔던 것입니다. 하느님, 그의 영혼을 보살펴 주소서! 콘스탄스는 깊은 슬픔에 잠기게 되었습니다. 그 일이 있은 후 그녀는 로마로 갔고, 그곳에서 이 거룩한 여인은 건강하게 살고 있던 친구들과 만나게 되었습니다. 이제 그녀의 파란만장한 모험은 끝이 났습니다.

아버지를 다시 만난 콘스탄스는 아버지 발 밑에 엎드려 사랑의 눈물을 흘렸습니다. 행복으로 가득 찬 그녀는 마음속으로 하느님을 수없이 찬양했습니다. 아버지와 딸은 수많은 사람에게 자선과 덕을 베풀면서 살았으며, 죽음이 두 사람을 갈라놓을 때까지 두 번 다시 헤어지지 않았습니다.

이제 내 이야기는 여기에서 끝납니다. 슬픔 뒤에 기쁨을 주시는 그리스도님, 우리에게 은총을 베푸시고, 여기에 있는 우리 모두를 보살펴 주소서.

변호사의 이야기는 여기에서 끝난다.

후기

여관 주인은 등자(鐙子)에서 일어나 소리쳤다.

"여러분, 내 말을 들어 보시오. 이것은 정말 유익한 이야기였습니다. 신부님, 우리가 여행하는 동안 하느님의 뼈를 걸고 약속했던 이야기를 해주시오. 여러분들처럼 많이 공부한 사람들은 아는 것이 많으며, 하느님도 이런 여러분을 보면 흡족해하실 겁니다."

그러자 신부가 대답했다.

"맙소사! 왜 주인은 함부로 신성한 하느님을 들먹이며 죄를 짓는 것이오?"

사회자가 대꾸했다.

"여기 신부님이 계신다는 것을 잊었군요. 어디서 롤라드[13] 냄새가 나는가 했지요. 그리스도의 수난을 생각하시어 좀 참으시고, 설교는 다음에 하도록 하시지요. 이 롤라드는 우리에게 너무 장황한 설교를 하려고 하시는군요."

그러자 선장이 말했다.

"아니요. 돌아가신 아버지의 영혼을 두고 맹세하는데, 신부님은 절대로 그렇게 하지 않을 것이오. 신부님은 설교를 하지 않을 것이오. 또한 복음서에 관해 설명하면서 우리를 피곤하게 만들지도 않을 것이오. 여기에 있는 우리는 모두 하느님을 믿소. 하지만 롤라드에게 잘못 걸려들면, 우리의 깨끗한 곡식에 나쁜 씨를 뿌리는 격이 될 수도 있소.

사회자, 그래서 천성이 명랑한 내가 먼저 이야기를 하고 싶다고 말하고 싶소. 내 이야기는 즐겁게 울리는 종소리처럼 이 사람들의 눈을 번쩍 뜨이게 해줄 것이오. 나는 철학이나 의학이나 혹은 괴상한 법률 용어가 나오는 주제를 다루지는 않을 것이오. 내 입에는 라틴어와 같은 것이 들어 있지 않거든요."

---

13. 14세기의 위클리프파 교도.

제3부

배스의 여인의 이야기

탁발 수사의 이야기

소환리의 이야기

배스의 여인의 이야기

배스의 여인의 이야기 서문 1

결혼의 고통에 관해 다룬 책이 없는 것은 아니지만, 나는 개인적인 경험을 토대로 이런 주제를 이야기할 수 있는 완벽한 자격을 갖추고 있다고 생각해요. 여러분, 나는 열두 살 때부터 지금까지 다섯 번이나 교회에서 정식으로 결혼을 했어요. 그렇게 많이 결혼하는 것이 합법적인지 아닌지는 나도 잘 모른답니다. 다섯 남편은 각각 자기들 분야에서는 이름깨나 날리는 사람들이었어요.

그런데 얼마 전에 그리스도는 갈릴리의 가나라는 곳에서 열린 결혼식에 단 한 번만 참석했다는 말을 들었어요. 앞의 예를 근거로 하느님은 내게 한 번 이상 결혼을 해서는 안 된다고 가르쳐 주신 것이지요. 여러분들도 하느님이시며 인간이신 그리스도께서 우물가에서 사마리아 여인을 꾸짖으며 하셨던 말을 명심해야 해요. 그분은 "너에게는 남편이 다섯이나 있었으나, 지금 함께 살고 있는 남자도 사실은 네 남편이 아니다"라고 말씀하셨어요.

그분은 틀림없이 이렇게 말씀하셨어요. 하지만 그분이 무슨 뜻으로 이렇게 말씀하셨는지는 잘 짐작이 가질 않아요. 그래서 나는 왜 다섯 번째 남자는 사마리아 여인의 남편이 아니었는지 묻고 싶답니다. 또한 여자는 몇 번이나 결혼할 수 있는지도 묻고 싶어요.

나는 평생을 살아오면서 이 숫자가 몇인지 구체적으로 한 번도 들어 본 적이 없어요. 사람들은 자기들 마음대로 해석을 하지요. 그러나 틀림없는 것은 하느님께서 자식을 낳고 번성하라고 명령하셨다는 것이에요. 난 이 말씀의 뜻을 잘 알고 있답니다. 또한 그분은 내 남편에게 부모를 떠나 아내와 합하여 한 몸을 이루라고 말씀하셨다는 사실도 잘 알고 있어요.

그러나 하느님은 두 아내 혹은 여덟 아내를 데리고 살 수 있다는 등의 구체적인 숫자를 말씀하신 적은 한 번도 없었어요. 그런데 사람들은 왜 마치 그것이 나쁜 것인 양 이야기하는지 모르겠어요.

가령 현명한 솔로몬 왕을 보세요. 단언하건대, 그 왕은 한 명 이상의 아내를 가졌었어요. 솔로몬 왕의 반만이라도 내가 합법적으로 즐기도록 하느님이 허락해 주시면 얼마나 좋을까요! 그가 여러 아내들과 누린 기쁨이야말로 하느님이 주신 최고의 선물이 아닐까요? 지금은 아무도 그런 축복을 받는 사람이 없어요. 하느님은 이 고귀한 왕이 그 많은 아내들과 즐겁게 첫 날밤의 전쟁을 치렀다는 사실을 알고 계십니다. 그토록 그는 기운이 넘쳤던 것이지요.

사실 하느님께서도 나에게 다섯 번이나 결혼을 하도록 하셨으니, 하느님께 감사할 따름이지요. 난 그들의 지갑과 금고[1] 깊숙이 간직하고 있던 최고의 것들을 모두 빼앗았어요. 여러 학교를 다니다 보면 자연스럽게 훌륭한 학자가 되고, 여러 일을 하다 보면 훌륭한 일꾼이 되는 것과 마찬가지로, 나도 다섯이나 되는 남편들에게 훈련을 받았지요.

여섯 번째 남편이 생긴다 하더라도 나는 기꺼이 받아들일 생각이에요. 사실 나는 영원히 수절하면서 살 생각은 없답니다. 내 남편이 죽어서 이 세상을 떠나면 다른 그리스도교인이 나를 아내로 삼을 거예요. 사도 바울로가 말하듯이, 나는 하느님의 이름으로 어디를 가든지 무엇이든 할 수 있는 자유로운 몸이에요. 그 사도는 결혼하는 것이 죄악이라는 말을 하지 않았어요. 아니 욕정에 불타는 것보다는 결혼하는 편이 낫다고 말씀하셨어요.

사람들은 두 아내를 데리고 살았던 라멕을 음탕하다고 비판하는데, 사실 그런 것은 중요한 것이 아니에요. 내가 알고 있는 바에 의하면, 야곱과 마찬가지로 아브라함도 위대한 성인(聖人)이에요. 그런데 많은 다른 성인들처럼 두 성인

---

1. 이것은 이중적인 의미를 띤다. 성적 상징으로 볼 때 지갑은 남성의 생식기를 뜻하고, 금고는 정액을 의미한다. 따라서 이 여인의 말은 남편의 재산과 성을 모두 차지했음을 의미한다.

도 두 명 이상의 아내를 데리고 살았어요.

여러분들은 전지전능하신 하느님께서 명확하게 결혼을 금지한 적이 있는지 말해 보세요. 있으면 대답해 주세요. 아니면 꼭 동정이나 처녀를 지켜야 한다고 말씀하신 적이 있나요? 그런 건 중요한 게 아니에요. 여러분들도 나처럼 잘 알고 있겠지만, 사도 바울로가 동정이나 처녀에 관해 말씀하셨을 때, 그것에 관해서는 이렇다 할 법칙이 없다고 하셨어요. 여자에게 처녀로 남아 있는 것이 좋다고 충고할 수는 있어요. 하지만 충고는 명령이나 지시가 아니랍니다. 이런 문제는 여러분들의 판단에 맡기겠어요.

하느님이 동정이나 처녀를 지키라고 명령하셨다면 결혼을 하지 말라고 하셨을 거예요. 그런데 아니 땐 굴뚝에 연기 나겠느냐는 속담처럼, 동정이나 처녀를 지켜야 한다는 말은 도대체 어디에서 나왔을까요? 어쨌거나 바울로는 주님이 지시하지 않으신 것을 명령하지는 않았어요.

동정이나 처녀를 지켜야 한다는 것은 누구에게나 해당하는 것이 아니라, 단지 하느님께서 선택한 사람만이 지키는 것이에요. 나는 사도 바울로가 동정(童貞)이었다는 것을 잘 알고 있어요. 비록 사도 바울로는 모든 남자들이 자기처럼 되길 원했지만, 이것은 결혼을 하지 않고 사는 것이 좋다고 충고한 것에 지나지 않는 것이에요. 또한 나에게는 특권을 주셔서 아내가 되어도 좋다고 허락하셨어요. 그러므로 내 남편이 죽으면, 내가 다시 다른 남자와 결혼하는 것은 죄가 아닐 뿐만 아니라, 두 남자와 함께 산다고 해도 역시 죄가 아니랍니다.

사도 바울로께서는 "남자와 여자는 관계를 맺지 않는 것이 좋습니다"라고 말하지만 이것은 침대나 긴 의자에 있을 때에 그렇다는 말이지요. 불(火)과 삼(麻)을 한데 놓으면 위험한 일이 일어나는 법이니까요. 이 말이 무슨 뜻인지는 모두들 아실 거예요. 그러니까 사도 바울로는 처녀나 동정을 지키며 사는 것이 결혼하는 것보다 낫다는 의견을 주장하고 있어요. 왜냐하면 육체는 약하기 때문이지요. 내가 약하다고 부르는 것은, 남편과 아내가 평생 동안 관계를 억제하면서 살려고 생각하지는 않는다는 뜻이에요.

난 홀몸으로 사는 것이 두 남자와 함께 사는 것보다 낫다는 것은 인정해요.

어떤 사람들은 육체와 영혼을 순수하게 보존하면서 기뻐하지요. 난 내 경우를 자랑하고 싶지는 않아요. 여러분들도 알겠지만, 아무리 잘 사는 집이라도 집에서 쓰는 모든 그릇이 금으로 만들어진 것은 아니에요. 그 중에는 나무로 만들어진 것도 있지만 매우 쓸모 있는 것들도 있어요.

하느님께서는 상이한 방식으로 사람들을 부르시고, 모든 사람은 하느님에게 각자만의 선물을 받지요. 하느님의 계획에 따라 어떤 사람은 이런 것을 받고, 다른 사람은 저런 것을 받지요. 혼자 사는 것도 이상적인 것이고, 또한 결혼한 사람들이 경건하게 금욕하는 것도 이상적인 것이에요. 하지만 이상의 샘이신 그리스도는 우리 모두가 가진 것을 모두 팔아 가난한 사람에게 나누어 주고, 자기 뒤를 따라야 한다고 말씀하진 않으셨어요. 그리스도는 완전무결한 삶을 살고 싶어하는 사람들에게만 말씀하신 거예요. 여러분, 나는 그런 사람 중에 끼지 않아요. 나는 내 인생의 꽃 같은 시기를 결혼 생활에 바치고 싶어요.

말해 보세요. 왜 우리의 생식기관이 만들어졌고, 무엇 때문에 남자의 생식기가 만들어진 것인가요? 여러분들은 그것들이 아무 목적도 없이 만들어졌다고는 생각하지 않으실 거예요. 여러분들은 마음대로 왜곡시키고 토론을 벌이면서, 그것들이 소변을 보기 위한 것이며, 남녀를 구별하기 위한 것일 뿐 다른 목적은 없다라고 설명할지 모르겠어요. 하지만 나는 경험에 비추어 절대로 그런 것이 아님을 배웠답니다.

박식한 사람들의 노여움을 사지 않도록 나는 다음과 같이 말하겠어요. 그것들은 두 가지 목적을 갖고 있어요. 하나는 생리적 기능이지요. 또 다른 것은 생식의 기쁨이지만, 이것이 하느님을 욕되게 하지는 않는다는 것이지요. 성경에 남편은 아내에게 남편으로서 할 일을 다해야 한다고 씌어져 있는데, 이게 다른 이유가 있겠어요? 남자가 자기의 초라한 연장을 제대로 쓰지 않는다면 그런 의무를 다할 수 있겠어요? 바로 여기에서 우리는 살아 있는 모든 것들이 지닌 이런 기관은 소변도 보고 번식도 하라고 만들어진 것이라는 사실을 유추해볼 수 있지요.

그러나 나는 지금 말한 도구를 지닌 사람들이 단지 생식행위로만 써야 한다고 주장하는 것은 아니에요. 그런 경우에는 아무도 정조니 순결 따위에 관심을 갖지 않을 테니까요. 세상이 시작된 이후에 있었던 수많은 성인들처럼, 그리스도는그들과 다름없이 태어나셨지만 동정의 몸으로 평생을 완전히 금욕하시며 사셨어요. 난 동정으로 사는 것에 반대하지 않아요. 동정을 지키며 사는 사람들은 아주 하얀 밀가루빵이며, 아내가 된 우리는 보리빵이라고 불리지요. 그러나 성 마르코[2]는 그리스도께서 보리빵으로 수천 명의 배를 채워 주셨다고 말하고 있어요.

나는 하느님이 불러주실 때까지 이런 상태로 살 거예요. 난 하느님께 애교를 떠는 여자가 아니거든요. 하느님께서 자비를 베풀어 마련해 주신 이런 도구[3]를 아내의 자격으로 사용할 거예요. 만일 내가 그것을 사용하는 데 조금이라도 주저한다면 하느님께 벌을 받아도 좋아요.

우리 남편이 그것을 바라고 아내인 내게 진 빚을 갚고자 한다면, 나는 밤이나 낮이나 나의 '그것'을 갖게 해줄 거예요. 남편의 이런 행동을 막을 생각은 조금도 없답니다. 난 채무자이자 나의 노예가 될 수 있는 남편을 원해요. 또한 내가 그의 아내인 한 그는 '육체의 고통'을 받아야 해요. 내가 살아 있는 한 그의 육체에 대한 권리는 그가 아니라 내가 가진 것이거든요. 이것이 바로 바울로 사도께서 내게 가르쳐 준 것이에요. 그러면서 남편들에게 우리 여자를 사랑해야 한다고 말씀하셨지요. 나는 그분의 생각에 전적으로 동감이에요.

이 말을 들은 면죄사가 일어나 말했다.

"부인, 하느님과 성 요한을 두고 맹세하는데, 이 주제에 관한 훌륭한 설교였습니다. 아, 나도 한 여자와 결혼할 뻔했답니다. 그때 내 자신에게 이렇게 물었습니다. '왜 내 육체가 그런 대가를 치러야 하는 것일까?' 그렇다면 그 어떤 여자와도 결혼하지 않는 게 바람직하다는 생각이 들었습니다."

---

2. 원래는 마르코가 아니라 요한이다.
3. 배스의 여인은 '생식기', '도구', '그것'과 같은 여러 단어를 사용해 성기를 지칭한다.

그러자 배스의 여인이 대답했다.

"잠시만 기다리세요. 내 이야기는 아직 시작도 하지 않았거든요. 내가 아직 서문을 끝내기도 전에 다른 술통의 술을 마셔 버리면, 지금의 술이 얼마나 맛있는지 음미하지 못할 거예요. 지금은 결혼의 여러 고통을 이야기하고 있어요. 난 이제껏 이 어려운 결혼 문제에 대해선 전문가였어요. 내 손아귀에 채찍을 쥐고 살아 왔으니까요. 그러니 내가 마개를 뽑아 드리는 이 술을 마실 것인지, 안 마실 것인지는 당신들 마음대로 결정하세요. 하지만 이 술에 너무 가까이 오지 않도록 조심하세요. 어떻게 조심해야 하는지 당신에게 열 가지도 넘는 이야기를 들려 주겠어요. '다른 사람의 경고를 듣지 않는 사람들이 결국에는 다른 사람에게 경고를 하는 사람이 되고 만다'라는 말이 있어요. 이 말은 바로 프톨레마이오스의 『알마게스트』[4]에 수록되어 있어요."

면죄사가 말했다.

"부인, 시작했던 이야기를 계속해 주시면 좋겠습니다. 중도에 그만두면 쓸모없는 이야기가 될 테니 어서 이야기를 해주십시오. 부인의 풍부한 경험을 바탕으로 우리 젊은이들에게 그 방법을 가르쳐 주십시오."

"좋아요. 내 이야기를 듣고 싶어하는 것 같으니 기꺼이 들려 드리지요. 하지만 여기에 계신 여러분들에게 미리 말하는데, 내가 생각나는 대로 마구 이야기하더라도 기분 나쁘게 듣지 말아 주세요. 이것은 어디까지나 여러분의 흥을 돋우기 위해서니까요. 그러면 이야기를 계속하겠어요."

배스의 여인의 이야기 서문 2

내가 거짓말을 하면 맥주나 포도주를 다시는 입에 대지 않을 것을 맹세해

---

4. 140년 경의 천문학 책.

요. 다섯 남편 중에서 세 사람은 좋은 남편이었고, 두 사람은 형편없는 남편이었어요. 좋은 남편은 돈 많은 늙은이들이었지만, 우리의 결혼 계약을 제대로 이행하지 못했어요. 이 말이 무슨 뜻인지는 아시겠지요? 밤마다 무자비하게 노동을 시킨 것을 생각할 때마다 나는 웃음이 나와요. 하느님, 이런 저를 용서해 주소서!

그러나 맹세하건대 당시에는 절대로 그런 생각을 하지 않았어요. 그들이 내게 땅과 재물을 주었기 때문에 그들의 사랑을 얻거나 그들에게 경의를 표하기 위해 애쓸 필요는 없었어요. 나를 얼마나 사랑했든지, 난 그들의 사랑을 대수롭지 않게 여겼지요.

똑똑한 여자는 사랑을 정복하려고 애를 쓰지만, 그런 곳에는 사랑이 없기 마련이에요. 그러나 이미 땅을 받았고, 모든 것을 내 손아귀에 쥐고 있었답니다. 그러니 나만 즐기면 되지, 뭐가 아쉬워서 그들을 즐겁게 해주려고 애를 쓰겠어요? 나는 그들을 호되게 부렸고, 그래서 밤이면 밤마다 그들의 입에서는 울부짖는 소리가 흘러나왔지요.

에섹스에 있는 단모 플리치에서는 일년 내내 싸움하지 않은 부부에게 베이컨을 상으로 주었다는데, 난 그런 상을 한 번도 받아본 적이 없었어요. 나는 그들을 내 방식에 따라 다스렸지만 그들은 모두 행복해했어요. 시장에 갈 때면 예쁜 물건들을 사오곤 했거든요. 다정하게 말만 걸어주어도 얼마나 좋아했는지 몰라요. 내가 얼마나 못되게 그들을 다그쳤는지는 하느님만 알고 계신답니다.

현명한 아내들이여, 이제 여러분들에게 내가 그들을 어떻게 다루었는지 이야기해 드리겠어요. 여기에서 '현명한 아내'들이란 누구를 말하는지 여러분들은 아실 거예요. 이것은 바로 남편들에게 어떻게 말해야 하는가, 그리고 그들에게 어떻게 죄책감을 느끼도록 하는가에 관한 것이에요. 사실 여자의 반만큼이라도 거짓말 잘하고 약속을 잘 어기는 남자는 없거든요.

난 현명하고 약삭빠른 아내들이 아니라, 실수를 저지르는 여자들에게 이 이야기를 들려주는 거예요. 정말로 현명한 여자들은 일이 어떻게 진행되는지 잘 알고 있으며, 남편에게 검은 것도 흰 것이라고 믿게 할 수 있지요. 또한 하녀를 불러 자기에게 유리한 증언을 하도록 만들기도 한답니다. 그렇지만 내가 어떤 방법을 썼는지 잘 들어보세요. 난 다음과 같이 말했답니다.

이 늙은이야, 최선을 다한 게 고작 이 정도야? 옆집 여편네는 왜 저리 말쑥하게 차려입고 기분은 또 왜 저리 좋은 거지? 그 여자는 어디를 가든지 사람들이 우러러보는데, 왜 나는 집에만 처박혀 있어야 하고 입고 나갈 옷도 없어야 하지? 도대체 당신 그 여자 집에서 무슨 짓을 했어? 그 여자가 그렇게 예뻐? 그렇게 그 여자가 좋아? 도대체 우리 하녀에게 뭐라고 속삭이고 있었지? 이, 음탕한 늙은이야, 이제 그따위 짓은 그만두지 못해!

내가 남자 친구와 순수하게 대화를 나누거나, 아니면 남자 친구의 집에 가서 조금만 놀다 와도 왜 악마처럼 떠들어대는 거야? 곤드레만드레 취해서 집에 와서 의자에 떡 버티고 앉아 왜 설교를 늘어놓는 거야? 그러면 벌받아.

당신은 가난한 여자와 결혼하는 것은 돈이 많이 들기 때문에 불행한 것이라고 말했지. 하지만 부자이고 지체 높은 여자와 결혼하면 잘난 체하고 신경질 부리는 바람에 견뎌내기 어렵다고 말했어. 만일 여자가 예쁘면 동네의 모든 바람둥이들이 졸졸 쫓아다닌다고 말할 것이고, 사방에서 뭇 사내들이 노리는 여자는 결국 정조를 한순간도 지킬 수 없다고도 말하겠지. 이거야말로 정말 파렴치한 말 아니야!

당신은 어떤 사람은 우리의 돈 때문에 우리를 원하고, 또 다른 사람들은 우리의 몸을 보고, 어떤 사람은 우리의 예쁜 얼굴을 보고 우리를 탐낸다고 말했어. 여자가 춤추고 노래하는 모습을 보고 반하는 사람도 있고, 여자의 가문이 좋거나 말하는 모습이 귀여워 좋아하는 사람도 있으며, 가냘픈 손과 팔을 보고 사랑에 빠지는 사람도 있다고 말했어. 그리고 나머지 여자들도 결국은 악마의 밥이 되고 만다고 얘기했어. 아무리 튼튼한 성도 사방이 포위되면 오래 견딜 수 없는 법이라고도 말했지.

또 못생긴 여자는 눈에 띄는 사내라면 누구든지 욕심을 내고, 그녀와 '사업'을 벌이려는 놈이 나타날 때까지 마치 스패니얼(스페인 개)처럼 아무 무릎에나 올라탄다고 말했어. 그리고 당신은 아무리 못생긴 연못의 거위라도 반드시 짝이 있는 법이라고 했지. 그런 다음에 그 어떤 남자도 데리고 살고 싶지 않은 여자를 다스린다는 것은 참으로 힘든 일이라고 말했어.

이 빌어먹을 늙은이야! 잠자리에 들 때까지 이런 소리를 나불대면서, 당신은 정신이 멀쩡한 남자라면 결혼을 해서도 안 되고, 천당에 가길 바라서도 안 된다면서 계속 지껄여댔어. 주름진 목덜미에 벼락이나 맞아라! 당신은 지붕에 금이 가거나, 굴뚝에서 연기가 나거나, 아니면 여편네가 바가지를 긁으면, 남자는 집에서 나가는 법이라고도 말했어. 하느님, 우리 여자들에게 축복을 베푸소서! 저 늙은이는 도대체 얼마나 술을 마셨기에 저토록 주정을 하나이까?

계속해서 당신은 우리 여자들은 결혼의 끈이 꼭 매어질 때까지 우리의 결점을 감쪽같이 감추었다가, 결혼한 다음에야 비로소 보여준다고 말했어. 이건 정말이지 너무 지나친 악담 아니야!

게다가 황소나 당나귀나 말이나 개 같은 것들은 구입하기 전에 찬찬하게 시험해 볼 수 있고, 대야나 물통이나 수저와 같은 살림살이도 그렇게 할 수 있다고 말했지. 그리고 주전자, 옷가지, 가구 등도 모두 한 번씩은 시험을 해 보지만 결혼하기 전에 그 누구도 여자만은 미리 시험해 볼 수 없다고 말했어. 이 빌어먹을 늙은이 같으니! 그래서 결혼한 다음에야 비로소 우리의 흠을 드러낸다고 말했어.

그리고 당신이 내 얼굴을 바라보면서 나에게 늘 예쁘다고 말하지 않거나, 어디를 가든지 칭찬을 해주지 않으면 내가 신경질을 부린다고도 말했지. 이것뿐만 아니라 야단스럽게 생일 잔치를 치러주지 않거나 내 유모나 시녀 혹은 친정아버지와 그 밖의 친척들을 극진히 대접하지 않으면 바가지를 긁는다고 했어. 이 빌어먹은 늙은이야, 어떻게 그런 거짓말만 늘어놓을 수 있어!

언젠가는 우리 집 하인인 잰킨이 금발의 고수머리인데다가 내가 어디를 가든지 따라다니며 극진히 대한다면서 나를 의심하기도 했어. 당신이 내일 죽는다 해도 그런 놈을 갖고 싶진 않아. 이 빌어먹을 늙은이야, 대답 좀 해봐! 도대체 당신은 왜 장롱이나 문갑 열쇠를 감추는 거지? 그건 당신 것이기도 하지만,

내 것도 된다는 사실을 당신도 잘 알잖아. 당신 마누라가 바보인 줄 알아? 좋아, 성 야고보를 두고 맹세하는데, 당신은 내 몸이나 당신 재산 둘 중에서 하나를 선택해야 돼. 어떤 것을 선택해도 상관없어. 어쨌든 하나는 내놔야 될 테니까. 왜 사사건건 간섭하면서 항상 날 감시하는 거지? 아마도 나를 금고 속에 가두어 버리고 싶을 테지. 하지만 당신이 제대로 된 인간이라면 오히려 이렇게 말해야 돼. "여보, 당신이 가고 싶은 곳으로 가서 실컷 놀다 오구려. 남들이 수군대는 말에는 귀를 기울이지 않겠소. 앨리스 부인, 난 당신이 절대로 날 배신하지 않는 충실한 아내라는 것을 알고 있소." 우리 여자들은 천성적으로 자유를 원하기 때문에, 우리를 일일이 감시하는 남자를 사랑할 수는 없어.

모든 남자들 중에서 가장 복된 사람이 바로 현명한 철학자 프톨레마이오스인데, 그 사람은 자기의 책 『알마게스트』에서 이렇게 말했지. "모든 사람 중에서 가장 현명한 사람은 자기보다 부자인 사람을 전혀 개의치 않는 사람이다." 이 말은, 당신이 충분히 먹고 살 수 있다면 다른 사람이 잘 살고 있다고 해서 배아파하지 말라는 것이야. 이게 무슨 말이냐면, 당신이 원한다면 오늘 밤에 실컷 즐기도록 해주겠다는 소리야. 자기 등불에서 아무도 불을 붙여가지 못하게 하는 작자야말로 최고의 구두쇠가 아니겠어? 그렇다고 해서 등불이 어두워지는 것은 아니잖아? 당신도 충분히 갖고 있는데 왜 불평을 해?

그러고 나서 우리가 멋진 옷과 보석으로 치장이라도 하면 우리의 정조가 위태로워진다고 말했지. 이 바보야! 만일 그렇게 생각한다면, 당신은 바울로 사도의 말에 근거를 두고 있음이 분명해. 바울로는 "여자들은 정숙하고 단정한 옷차림을 해야 합니다. 머리를 지나치게 꾸미거나 금이나 진주로 치장을 하거나 비싼 옷을 입지 말아야 합니다"라고 말씀하셨거든. 하지만 난 당신이 외는 성경구절이나 괴상한 해석 따위에는 전혀 개의치 않아.

언젠가는 내가 털을 그을리기만 해도 집에 처박혀 있는 고양이 같다고 했지. 하지만 털이 아름답고 매끄러운 고양이는 반나절도 집에 처박혀 있지 않아. 눈만 뜨면 제일 먼저 하는 일이 집에서 나가 자기의 멋진 털을 보여주면서, 마치 발정기인 것처럼 야옹야옹 울면서 암내만 피우고 다녀. 이 바보야,

그러니까 내가 멋지게 옷을 차려 입는다는 것은 집에서 빠져나가 옷자랑을 하고 싶다는 뜻이야.

그런데 도대체 왜 날 항상 감시하는 거야? 눈이 백 개나 되는 아르고스[5]에게 부탁해서 나를 감시한다 해도, 자신있게 말하는데, 내가 원하지 않는 한 나를 가둬둘 수는 없어. 내가 원한다면 목숨을 걸고라도 당신이 보는 앞에서 할 수도 있다고.

당신은 또 이 세상을 성가시게 하는 것이 세 개 있는데, 만일 네 개가 있었다면 그 누구도 참지 못했을 거라고 말했지. 이 바보야! 오 그리스도님, 이 늙은이를 어서 데려가소서! 당신은 3대 불행 중의 하나가 꼴 보기 싫은 여편네라고 외치고 다녔지. 아니 도대체 적절한 비유로 설명하면 될 것을, 아무 죄도 없는 여자를 3대 불행 중의 하나로 몰아붙여야 직성이 풀려?

그리고 나서 당신은 여자의 사랑을 지옥이나 메마른 땅이나 황무지, 그리고 불타는 석유에 비유했어. 타면 탈수록 탈 만한 모든 것을 휩쓸어 버리는 석유 말이야. 또한 나무를 야금야금 갉아먹는 벌레들처럼, 여자는 남편을 죽인다고 했어. 그러면서 여자에게 얽매인 모든 사람들은 이런 사실을 알고 있다고 말했지. 이게 바로 당신이 말한 것들이야!

여러분, 여러분들도 보았듯이 나는 늙은 남편들이 술에 취했을 때, 이런 말들을 했다고 굳게 믿도록 했어요. 하지만 그것은 모두 거짓말이었어요. 나는 조카와 잰킨을 증인으로 내세워 이렇게 말했지요. 오 하느님! 나는 그들에게 수많은 고통과 근심을 안겨주었어요! 그들은 아무 죄도 없었답니다. 나는 말처럼 막 물어뜯고서 울어댔어요. 그러면 늙은 남편들은 나를 어루만져 주었답니다. 나는 그들에게 호통을 치곤 했어요. 심지어는 내가 잘못했을 때도 그랬지요. 만일 그렇게 하지 않았다면, 나는 벌써 매맞아 죽었을 거예요.

---

5. 그리스 신화 속의 괴물.

방앗간에서는 먼저 도착한 사람의 밀을 먼저 빻아주는 법이지요. 이것과 마찬가지로 나는 항상 먼저 불평을 늘어놓으면서 싸움에 종지부를 찍었어요. 그러면 그들은 생전 하지도 않은 일에 대해 사과를 하면서 기쁜 표정을 짓곤 했어요.

나는 내 남편이 너무나 아파서 제대로 서지 못할 때에도 바람둥이라고 몰아대곤 했어요. 하지만 이런 말을 듣는 남편은 은근히 기분 좋아했어요. 아마 이렇게 닦달하는 것이 내가 자기를 얼마나 사랑하는지 보여주는 것이라고 생각했던 것 같아요. 나는 밤에 외출할 때마다 그들이 함께 잤던 여자들을 알아내기 위해 나가는 것이라고 말했어요. 이런 핑계를 대면서 나는 엄청나게 재미를 보았답니다.

여자들은 태어날 때부터 이런 재주를 갖고 있지요. 하느님께서는 우리에게 눈물을 흘리고, 남을 속이고, 장황하게 떠들어대는 천부적인 능력을 갖도록 하셨어요. 어쨌든 이 한 가지만은 자랑할 수 있어요. 결국 나는 무슨 수를 써서라도 남편들을 이겼어요. 힘으로건, 잔꾀를 부리건, 아니면 계속 바가지를 긁어대는 등의 방법을 써서 말이에요. 특히 침대 속에서는 가만히 놔두지 않았지요. 그곳에서는 항상 바가지를 긁고 그들이 원하는 것은 해주지 않았어요.

남편이 팔로 내 허리를 껴안는 것 같으면, 나는 침대에서 벌떡 일어나 몸값을 치를 때까지는 절대로 잠자리를 함께하지 않았어요. 그래서 난 세상의 모든 남자들에게 이 이야기를 들려주고 싶어요. 난 항상 모든 것은 나름대로의 값이 있다고 주장해요. 누가 빈손으로 매를 집으로 오게 꾀어낼 수 있나요? 원하는 것을 얻기 위해서 나는 남편의 모든 음탕한 행동을 참았고, 심지어는 내가 그런 것을 원하는 것처럼 행동하기도 했어요. 그렇지만 사실대로 말하자면, 난 늙은 고깃덩이는 좋아하지 않아요. 그래서 그 늙은이들에게 계속해서 잔소리를 했던 것이에요. 심지어 그들이 밥을 먹을 때에도 그들의 사랑 실력을 투덜댔어요. 아마 교황님께서 그들 옆에 앉아 계셨더라도 그랬을 거예요.

지금 이 자리에서 자신 있게 말하는데, 그 늙은이들과 말싸움해서 진 적은 한 번도 없어요. 나는 언제나 영리하게 일을 꾸며서, 결국은 남편 쪽에서 손을 듣고 항복하는 것이 제일이라고 생각하게 했어요. 그렇지 않으면 한시도 쉴 수 없게 만들었죠. 그러면 성난 사자처럼 날뛰지만 결국 자기가 바라는 것은 얻지 못하고 말거든요.

그럴 때 나는 이렇게 말했지요. "여보, 우리 염소 윌킨을 보세요. 얼마나 순해요! 이리 오세요. 뺨에 키스해 줄게요. 당신 역시 염소처럼 순하고 참을성이 있어야 해요. 그리고 다정하고 신중한 사람이 되세요. 당신은 성서에 나오는 욥의 인내에 관해 항상 이야기를 하잖아요. 당신이 말하는 것을 행동으로 옮기세요. 그렇지 않으면 마누라는 가만히 놔두어야 집 안에 평화가 깃들인다는 것을 가르쳐 주겠어요.

우리 두 사람 중에서 한 사람은 져야 해요. 그런데 남자가 여자보다 더 사리가 밝잖아요. 그러니 당신이 양보해야 돼요. 도대체 왜 이토록 투덜대는 거예요? 내 몸을 당신이 독차지하겠다는 거예요? 좋아요, 그럼 이 몸을 가지세요. 그리고 실컷 즐기세요. 얼마나 그걸 원하는지 한 번 지켜보겠어요.

만일 내가 몸을 팔 생각이었다면 장미보다 더 화사하게 옷을 입지 않겠어요? 하지만 당신을 위해서 참고 있는 거예요. 하느님께서도 모든 잘못은 당신에게 있다는 것을 아세요. 난 단지 당신에게 사실만을 말하고 있는 거예요."

이렇게 우리의 말싸움은 끝이 나곤 했지요.

이제 네 번째 남편 이야기를 하겠어요. 네 번째 남편은 바람둥이였어요. 그러니까 이 말은 정부(情婦)가 있었다는 말이에요. 나는 젊고 정열적이었으며, 힘이 넘쳤고 고집도 세었으며, 종달새처럼 바람기가 있었어요. 달콤한 포도주 한 잔만 마셔도 나이팅게일처럼 하프 소리에 맞추어 노래하고 춤을 추었지요. 이 더러운 남편은 메텔리우스와 같았어요. 메텔리우스는 여편네가 술을 마셨다는 이유로 몽둥이로 때려죽인 나쁜 놈이지요. 그러나 네 번째 남편은 함부로 몽둥이를 마구 휘둘러 술을 끊게 하지는 못했어요. 난 술을 마시면 베누스를 생각한답니다. 추우면 우박이 내리듯이 색을 밝히는 엉덩이는 음탕한 입과 맞게 마련이죠. 여자에게 술을 먹이면 제대로 몸을 추스를 수 없어요. 이것은 수많은 바람둥이들이 경험으로 잘 알고 있는 일이죠.

그러나 이런 일을 떠올릴 때면 재미있게 놀았던 젊은 시절이 생각나요. 그 당시에는 내 마음이 한시도 가만히 있지 않았어요. 그래서 지금도 내가 마음대로 놀았던 젊은 시절을 생각할 때면 기분이 좋아져요. 하지만 모든 것을 엉망으로 만들어 버리는 나이를 먹자, 나도 아름다움과 기운을 잃어버리게 되었어요. 안녕! 이제 나는 아름답지도 않고 기운도 없답니다. 이제 인생의 꽃이 모두 시들어 버린 거지요. 이제는 최선을 다해 밀기울이나 팔아서 먹고사는 수밖에 없답니다. 하지만 아직도 남은 인생을 최선을 다해 살도록 노력할 거예요. 그럼 이제 네 번째 남편 이야기를 본격적으로 해주겠어요.

여러분들에게 말했듯이, 나는 남편이 다른 여자와 즐기는 것을 보면 화가 치민답니다. 하느님과 성 조스[6]를 두고 맹세하는데, 그는 단단히 대가를 치렀답니다. 나는 다른 남자에게 몸을 준 것이 아니라, 다만 다른 남자에게 추파를 던져서 남편이 분노와 질투로 미쳐 날뛰게 만들었지요. 나는 그에게 지상의 연옥이었어요. 이제 그는 아마 천국에 있을 거예요.

일이 마음먹은 대로 되지 않으면 그는 앉아서 끙끙 앓았어요. 하느님과 그를 제외하고는 그 누구도 내가 얼마나 고통스런 방법으로 그를 괴롭혔는지 몰라요. 그는 내가 예루살렘 성지 순례에서 돌아오자 숨을 거두었고, 이제는 십자가 들보 아래에 묻혀 있어요. 비록 그의 무덤은 아펠레스가 공들여 세운 다리우스의 묘지처럼 훌륭하지는 않지만, 그래도 교회에 묻혀 있어요. 그런 인간을 묻는 데 돈을 많이 쓴다는 것은 순전히 낭비거든요. 하느님, 관에 누워 묻혀 있는 그의 영혼이 편안히 쉬게 하시고, 항상 그와 함께 하소서!

이제 다섯 번째 남편에 관해 말하겠어요. 하느님께 기도드리오니, 제발 그의 영혼이 지옥에 떨어지지 않게 하소서! 그러나 나에게는 가장 뻔뻔스런 남편이었어요. 난 그것을 내 갈비뼈마다 느끼고, 내가 죽는 날까지 그런 고통을 느낄 겁니다. 하지만 침대에서는 가장 활기 넘쳤고 음탕했어요. 특히 나와 사랑

---

6. 브리튼 지방의 성인.

을 하고 싶을 때에는 얼마나 내 '그것'을 잘 다루었는지 몰라요. 비록 내 뼈가 으스러질 정도로 때렸어도 즉시 내 사랑을 정복할 줄 알았어요. 아마도 내가 그를 사랑한 이유는 그가 나를 차갑게 대했기 때문인 것 같아요.

우리 여자들은 이 점에 있어서는 이상한 생각을 갖고 있어요. 이건 거짓말이 아니랍니다. 우리는 쉽사리 가질 수 없는 것이 있으면 하루종일 울고불고 하면서 그것을 달라고 하지요. 우리에게 무언가를 금지하면, 우리는 그것을 더욱 갖고 싶어한답니다. 반면에 우리를 쫓아오면 도망치고 말지요. 나는 우리가 팔 수 있는 것을 한꺼번에 모두 보여주어서는 안 된다고 생각해요. 물건 값이 비싸면 사람들이 많이 모이지만, 물건 값이 싸면 하찮게 여길 것이 틀림없기 때문이지요. 이건 웬만한 여자들은 모두 알고 있는 사실이랍니다.

다섯 번째 남편은 돈 때문이 아니라 사랑 때문에 선택했어요. 하느님, 그의 영혼에 은총을 내리소서! 그는 한때 옥스퍼드 대학교 학생이었지만 학교를 그만두고, 우리 마을에 살고 있던 나의 가장 친한 친구 집에서 하숙을 하고 있었어요. 그녀의 이름은 알리슨이었어요. 하느님, 그녀의 영혼을 지켜 주소서! 그녀는 우리 마을의 신부보다 내 마음과 나만의 비밀스런 생각을 훨씬 잘 알고 있었답니다.

나는 그녀에게 모든 것을 말해 주었어요. 만일 우리 남편이 남의 담에 오줌을 쌌다면, 그녀에게 달려가서 이야기해 주었을 거예요. 우리 남편이 목숨을 잃을지도 모르는 일을 했다고 해도 지체없이 알리슨에게 알려 주었을 겁니다. 나는 알리슨과 내가 극진히 사랑하는 조카, 그리고 또 다른 훌륭한 여자에게 남편의 비밀들을 하나도 빠짐없이 이야기해 주었어요. 하느님께서는 이런 사실들을 잘 알고 계십니다. 그러면 우리 남편은 가끔씩 얼굴이 새빨개져 창피해 하면서, 내게 비밀을 말해준 자기 자신을 탓하곤 했답니다.

그런데 어느 사순절이었어요. 사순절이 되면 나는 항상 알리슨의 집을 찾아가곤 했어요. 난 재미있게 놀기를 좋아했고, 3월과 4월과 5월이 되면 이집 저집을 드나들면서 남의 험담을 듣는 것도 좋아했어요.

알리슨과 나, 그리고 학생 잰킨과 함께 들판으로 놀러나간 적이 있었어요.

우리 남편은 그해 사순절 내내 런던에 있었고, 자유시간이 많이 생긴 나는 바람둥이 남자들과 즐기며 돌아다녔어요. 하지만 내 운명이 어떤 것인지, 언제 어떻게 바뀔지는 알지 못했어요. 그래서 저녁 축제나 행렬이나 순례 혹은 결혼식에 갔고, 기적에 관한 연극을 보기도 했어요. 또 진홍색의 화려한 옷을 입고 설교를 듣기도 했지요. 이런 옷들은 벌레나 좀에 조금도 상하지 않았어요. 정말이에요, 내 말을 믿어 주세요. 그런데 왜 그랬는지 아세요? 난 항상 그 옷을 입고 다녔거든요.

그건 그렇고, 우리가 들판으로 놀러간 이야기를 하고 있었지요? 이제 무슨 일이 있었는지 얘기해 드릴게요. 들판을 거닐다가 난 그 학생과 친해지게 되었어요. 그래서 얼마 뒤에는 미래를 생각하게 되었고, 심지어 내가 과부가 되면 그 사람과 결혼하겠다는 말까지 했어요. 사실 이건 자랑하기 위해서 하는 말은 아니지만, 결혼 문제를 비롯한 그 밖의 일에 있어서 나의 예견이 적중하지 않은 적은 한 번도 없었답니다. 사실 숨을 곳이 하나밖에 없는 생쥐는 쓸모가 없어요. 그 구멍이 막혀 버리면 꼼짝없이 죽고 말기 때문이죠.

나는 어머니가 가르쳐준 속임수를 사용해서 내가 그에게 홀딱 반했다고 생각하게 했죠. 또한 밤새도록 그의 꿈을 꾸었는데, 그가 잠자고 있던 나를 죽이려고 했으며, 침대는 피로 완전히 물들어 있었다고 말했지요. 그렇지만 피는 황금을 의미한다면서, 그가 나에게 행운을 가져다주기를 바란다고 덧붙였어요. 하지만 이 모든 말은 거짓말이었어요. 꿈 비슷한 것도 꾼 적이 없었거든요. 나는 다른 일을 할 때에도 어머니가 가르쳐준 방법을 최대한으로 활용했어요.

그런데 내가 무슨 이야기를 하고 있었지요? 아, 이제야 생각나네요. 이야기가 다른 곳으로 새고 말았어요.

모두 똑같았어요. 네 번째 남편이 죽어서 영구차에 오르자, 세상 아내들이 으레 하는 식대로 나는 울면서 슬픈 표정을 짓는 척했고, 얼굴을 수건으로 가렸답니다. 하지만 이미 사랑하는 사람이 있었기 때문에 별로 울지는 않았답니다. 이건 정말이에요.

다음날 우리 남편의 관은 교회로 옮겨졌고, 그에게 마지막 경의를 표하려고 온 마을 사람들이 뒤를 따랐어요. 조문객들 중 하나가 바로 학생 잰킨이었어요. 오 하느님, 저를 용서해 주소서! 관을 따라오는 그를 보면서 나는 '정말 멋진 다리구나!'라고 생각했어요. 내 마음은 그 다리에 홀딱 반해 버렸답니다. 난 그가 스무 살쯤 되었을 것이라고 생각했어요. 그때 나는 마흔 살이었어요.

그러나 아직도 내 마음속에는 음탕한 욕망이 자리잡고 있답니다. 난 이빨 사이도 크게 벌어졌지만, 그런 모습은 내게 잘 어울렸어요. 나는 태어날 때부터 베누스의 흔적을 갖고 있었으니까요. 난 예쁘고 돈 있고 젊고 발랄한 여자였어요. 솔직히 말하면, 내 남편들은 상상할 수 없는 최고의 '그것'을 내가 갖고 있다고 말했답니다. 틀림없이 베누스, 즉 금성은 내 감정에 영향을 끼치고 있었어요. 그리고 마르스, 즉 화성은 내게 용기를 주었어요. 금성은 내게 욕망과 음욕을 주었고, 화성은 내게 뻔뻔스러움을 선사한 것이지요. 또한 내가 태어났을 때 황소자리는 중천에 떠 있었고, 그 안에는 화성이 들어 있었답니다.

아, 사랑은 죄악임에 틀림없어요. 내 성향은 항상 별들이 안내하는 대로 따라갔어요. 별들은 내 베누스의 방을 보고 싶어하는 근사한 청년에게는 모두 보여주게 했어요. 그러나 내 얼굴과 나의 은밀한 곳에는 화성의 흔적도 있답니다. 하느님이 우리를 구원하신 것이 틀림없는 것처럼, 내가 사랑을 하는데 깊이 생각하지 않았던 것도 틀림없는 사실이에요. 나는 상대의 피부가 까무잡잡하든 하얗든, 키가 작든 크든 가리지 않고 항상 내 욕망만을 따랐답니다. 내 마음에 드는 사람이라면 가난하든 부자든 전혀 개의치 않았어요.

이 점에 관해서는 더 이상 말할 필요가 없을 거예요. 어쨌든 그 달 말에 이 근사하고 잘생긴 학생 잰킨은 모든 의식을 갖추어 나와 결혼을 했어요. 나는 전에 가지고 있었던 땅과 재산을 모두 그에게 주었어요. 하지만 나중에 얼마나 후회했는지 몰라요! 그는 내가 원하는 것은 하나도 못하게 했어요. 한 번은 자기 책을 찢었다는 이유로 내 뺨을 호되게 때리기도 했어요. 그 이후 나는 귀머거리가 되었답니다.

난 암사자처럼 고집이 세고 그 어떤 광대도 당할 수 없을 정도로 입심이 세답니다. 남편은 나에게 이웃집을 돌아다니면 안 된다고 말했지만, 나는 전에 했던 대로 집집마다 찾아다니며 나들이를 즐겼어요.

그래서 남편은 내게 자주 설교를 했고, 고대 로마의 이야기를 들려주면서 왜 로마의 집정관이었던 심플리키우스 갈루스가 아내를 버렸고 그녀를 영원히 거부했는지를 설명했어요. 그 이유는 단지 어느 날 모자도 쓰지 않은 채 문밖을 내다보았기 때문이라고 말했어요. 또 남편 몰래 한여름밤의 놀이에 참석했다는 이유로 아내를 버린 어느 로마인의 이야기도 들려주었답니다. 그리고 성경을 들어서『집회서』의 유명한 대목을 읽어주곤 했어요. 그 대목은 바로 남편들에게 아내가 이리저리 쏘다니게 내버려 두면 안 된다고 강조하는 부분이었어요. 그런 다음에는 이런 시를 읊곤 했지요.

> 버드나무 집을 짓는 사람
> 혹은 눈먼 말을 타고 들판을 가는 사람
> 아니면 아내가 성인의 후광 뒤로 쫓아가게 놔두는 사람
> 이런 사람은 모두 교수형에 처해야 한다

하지만 아무 소용도 없었어요. 나는 이런 격언이나 옛날 이야기에는 조금도 관심이 없었거든요. 내 행실을 바꿀 생각은 조금도 없었어요. 난 내 잘못을 지적하는 사람들은 참을 수가 없어요. 내가 못마땅한 행동을 하면 남편은 화를 내면서 날 잡아먹을 듯이 으르렁거렸지만 나는 한치도 양보하지 않았어요.

이제 성 토머스를 걸고 사실대로 말하겠어요. 내가 왜 그의 책을 찢었고, 왜 얻어맞아서 귀까지 멀게 되었는지 말이에요.

잰킨이 아주 즐겨 읽던 책이 한 권 있었어요. 밤낮으로 읽고 있던 책은 바로『발레리우스와 테오프라스토스』[7]였어요.

---

7. 이 책은 초서 시대에 유행하던 반여성주의적인 세 개의 글로 이루어져 있다. 이 책은 특히 성직자의 독신을 주장하기 위해 쓰여졌는데, 첫째 글은「발레리우스가 철학자 루피누스에게 결혼하지 말 것을 충고하는 편지」로서, 이 글의 저자는 옥스퍼드 출신의 학자인 월터 맵으로 알려져 있다. 둘째 글은「결혼에 관한 테오프라스토스의 황금률」이며, 셋째 글은 성 히에로니무스의「요비니아누스를 공박하는 편지」이다.

그는 이 책을 읽으면서 항상 큰 소리로 웃곤 했어요. 그 책에는 로마의 지식인이며 추기경이었던 성 히에로니무스라는 사람이 쓴『요비니아누스를 공박하는 편지』가 실려 있었어요. 이 책말고도 테르툴리아누스, 크리시포스, 트로툴라와 파리에서 그리 멀지 않은 곳에서 살았던 수녀원장 엘로이즈의 책이 있었어요. 그리고『솔로몬의 우화』와 오비디우스의『연애론』을 비롯한 많은 책들이 모두 한 권으로 장정되어 있었어요.

남편은 일이 끝나고 시간만 있으면, 밤이건 낮이건 이 책에 등장하는 못된 여자들의 이야기를 읽는 데 전념했어요. 그래서 마침내 성경에 나오는 착한 여자들보다는 못된 여자들의 전기나 전설을 더 많이 알게 되었답니다.

하지만 오해하지 말아요. 사실 학생이 여자에 관해 좋게 말한다는 것은 있을 수 없는 일이에요. 물론 성녀들의 삶에 관해 말할 때는 예외였지만, 그 밖의 여자들 이야기라면 기를 쓰고 욕을 하는 게 버릇이거든요. 그것은 마치 사람이 사자를 죽이는 장면을 그린 그림[8]을 보여준 사람에게, 사자가 "누가 이 그림을 그렸느냐?"라고 묻는 것과 같은 거예요. 그게 누구겠어요?

만일 여자들도 수도원에 처박힌 학자들처럼 수많은 이야기를 썼다면, 아마 아담의 아들들이 행한 좋은 일보다도 남자들의 갖가지 악행을 더 많이 이야기했을 거예요.

공부하는 남자들은 수성인 메르쿠리우스의 아들들이며, 우리 여자들은 금성인 베누스의 딸들이에요.[9] 두 사람이 하는 일은 정반대예요. 메르쿠리우스는 지혜와 지식을 사랑하지만, 베누스는 환락과 방종과 사치를 좋아하거든요.

점성학적으로 볼 때, 양쪽의 성질이 서로 다르기 때문에 한쪽이 올라가면 다른 한쪽은 떨어지게 마련이지요. 그래서 물고기자리에 있을 때면, 메르쿠리우스는 가장 낮은 곳으로 떨어지고, 베누스는 가장 높은 곳으로 올라간답니다. 하지만 베누스가 떨어지면 메르쿠리우스가 올라가지요.

8.『이솝 우화』에 나오는「사자와 사람」이야기

9. 메르쿠리우스는 문학적인 지혜를 상징하며, 베누스는 사랑을 의미한다.

따라서 박식한 학자가 여자를 칭찬하지 않는 것은 당연한 일이랍니다. 그런 사람이 늙어서 1년이 다 가도록 사랑 한 번 변변히 못하게 되면, 책상 앞에 앉아서 여자란 결혼 서약을 지킬 수 없다느니 하는 글을 쓰는 거예요.

하지만 책 때문에 매를 맞았다는 이야기로 돌아가겠어요. 어느 날 밤이었어요. 남편 잰킨은 난로 옆에 앉아서 책을 읽고 있었어요. 그는 내게 이브의 이야기를 읽어 주었어요. 사악한 이브는 온 인류를 불행하게 만들었고, 그로 인해 그리스도는 고귀한 피를 흘리고 돌아가시면서 우리를 구원하셨다고 했어요. 그런데 남편은 이것이 바로 여자가 인류를 망친 장본인이라는 증거가 된다는 식으로 이야기했어요.

계속해서 삼손이 어떻게 그의 머리칼을 잃어버리게 되었는가를 읽어 주었어요. 삼손이 잠든 사이 애인이 커다란 가위로 머리칼을 잘랐고, 그런 배신 때문에 삼손은 두 눈을 잃게 되었다는 이야기였어요.

그러고 나서 헤라클레스가 자기 몸에 불이 붙게 만든 데이아네이라의 이야기를 읽어 주었어요. 또 소크라테스가 두 명의 아내에게 받은 고통과 수난도 낱낱이 읽었어요. 크산티페가 소크라테스의 머리 위에 어떻게 오줌을 쌌는지, 시체처럼 가만히 앉아 있던 가엾은 소크라테스가 머리를 닦으며 기껏 한다는 말이 "천둥이 멎기도 전에 비가 내리는구려"가 고작이었다는 것까지 읽어 주었어요.

또한 크레타의 왕비인 파시파에[10]의 이야기 속에 나오는 독부(毒婦)를 음미했어요. 이 여자는 너무나 뻔뻔했고 잔인했어요. 하지만 이 여자의 소름끼치는 음란한 행위와 사악한 욕망에 관해서는 말하지 않겠어요. 그리고 음욕을 채우기 위해 정부(情夫)와 짜고 남편 아가멤논을 죽여 버린 클리타임네스트라에 관한 이야기를 재미있다는 듯이 읽었어요.

그런 다음에 암피아라오스가 테베에서 어떻게 목숨을 잃었는지도 들려주

---

10. 미노타우로스를 낳은 크레타의 왕비.

었어요. 내 남편은 암피아라오스의 아내인 에리필레가 금 브로치를 갖고 싶은 욕심으로 그리스인들에게 자기 남편이 숨어 있는 곳을 발설하여 테베에서 살해되었다는 이야기를 알고 있었어요.

또한 남편을 죽인 리비아[11] 와 루실리아[12]에 관해서도 말해 주었어요. 한 여자는 사랑 때문에, 다른 여자는 증오 때문에 남편을 죽였다고 말했어요.

리비아는 어느 날 밤 남편을 증오한 나머지 독을 먹여 죽였어요. 반면 루실리아는 남편을 너무나 사랑한 나머지, 그가 그녀만을 사랑하도록 사랑의 묘약을 주었는데, 약효가 너무 세었기에 다음날 아침이 되기 전에 남편은 목숨을 잃고 말았지요. 그래서 내 남편은 이래저래 남편들은 나쁜 아내의 희생양이 되기 마련이라고 말했답니다.

계속해서 남편은 라티미우스라는 사람에 관한 이야기를 들려주었어요. 그는 친구 아리우스에게 자기 정원에 나무 한 그루가 있는데, 세 아내가 질투를 이기지 못해 모두 목을 매달았다면서 투덜거렸어요. 그러자 아리우스가 말했어요. "친구여, 내 정원에 심을 테니 저 멋진 나무를 내게 주게나."

최근의 아내에 관한 이야기도 해주었어요. 그는 여자들이 어떤 식으로 침대에서 남편들을 죽였으며, 시체가 밤새 바닥에 쓰러져 있는 동안 어떻게 정부들이 그 여자들과 사랑을 나누었는지 읽어 주었어요. 또한 남편들이 잠자는 동안 그들의 머리에 못을 박아 죽였다는 아내들 이야기도 들려주었고, 술에 독을 타서 죽인 여자들 이야기도 해주었어요. 우리 남편은 끔찍스럽고 엄청난 이야기를 도저히 감당할 수 없을 정도로 한없이 늘어놓았어요.

이것말고도 이 세상에 존재하는 풀이나 약초의 숫자보다 더 많은 속담을 알고 있었어요. "바가지 긁는 여편네와 사느니 차라리 사자나 용과 함께 사는 편이 낫다", "시끄러운 여자와 한 집에서 사느니 다락방 한구석에서 사는 편이 낫다. 이런 여자는 사악하고 심술궂기 때문에 남편이 좋아하는 것은 항상 싫어한

---

11. 정부 세야누스의 사주를 받아 남편을 살해함.
12. 남편 루크레시우스에게 독약을 먹여 살해함.

다", "여자는 치마를 벗으면 부끄러움도 떨쳐 버린다"는 속담도 그가 해준 것이지요. 그러면서 이렇게 덧붙였답니다. "정숙하지 않은 미녀는 돼지 코에 걸린 금 코걸이와 같다." 이런 얘기를 들었을 때 내 마음이 얼마나 상하고 아팠는지 여러분들은 짐작하실 수 있나요?

어쨌든 남편이 그 빌어먹을 책에서 눈도 떼지 않은 채 밤새도록 읽을 낌새를 챈 나는 그에게 다가가서 갑자기 읽고 있던 페이지를 찢어 버렸어요. 모두 세 장을 찢었죠. 그러자 남편은 내 얼굴을 주먹으로 때렸고, 그 바람에 나는 뒤로 벌렁 넘어져 난로와 부딪치고 말았어요. 그는 마치 성난 야생동물처럼 펄쩍 펄쩍 뛰더니 내 머리를 세게 때렸고, 나는 죽은 듯이 바닥에 쓰러지고 말았어요. 쓰러진 채 꼼짝하지 않자, 남편은 무척 겁을 내더군요. 아마 내가 정신을 차리지 못했다면 그 위인은 도망치고 말았을 거예요. 나는 이렇게 말했어요.

"이 빌어먹을 도둑놈아, 넌 날 죽이려고 했어! 내 땅을 혼자 차지하려고 날 죽이려고 했어! 하지만 내가 죽기 전에 키스는 한 번 해주지."

그러자 그는 가까이 다가와서 얌전하게 꿇어앉더니 말했어요.

"앨리스. 하느님을 두고 맹세하는데, 다시는 때리지 않을게. 하지만 날 이렇게 만든 것은 당신이야. 용서해줘."

하지만 난 그의 뺨을 후려치며 말했어요.

"이 도둑놈아! 복수를 하고 나니 이제 속이 좀 시원하군. 더 이상 한 마디도 못하겠어. 난 죽을 것 같아!"

이렇게 끝없이 싸우고 바가지를 긁은 끝에, 마침내 우리는 화해를 했어요. 그는 내게 집안 관리권을 넘겨주었고, 나는 집과 토지뿐만 아니라 그의 혀와 주먹도 관리를 하게 되었답니다. 그리고 원수 같은 그 책도 태워 버리라고 했어요. 그 순간부터 내가 승자로 모든 주도권을 쥐었고, 결국 남편은 이렇게 말하게 되었답니다.

"여보, 당신은 나의 유일한 사랑이야. 그러니 당신이 살아 있는 동안은 마음대로 해. 당신의 명예와 내 재산을 지켜 주는 한도 내에서 말이야."

그날 이후 우리는 한 번도 싸우지 않았어요.

하느님, 못된 저를 용서해 주소서! 하지만 덴마크에서 인도까지 아무리 찾아봐도 나보다 다정하게 남편을 대하고 충실히 섬기는 여자는 없을 거예요. 하늘의 모든 것을 다스리시는 하느님께 비오니, 당신의 끝없는 자비로 남편의 영혼을 축복해 주소서. 그럼 이제부터 내 이야기를 하겠어요.

탁발 수사와 소환리의 말다툼

이 이야기를 듣자 탁발 수사는 웃음을 터뜨렸다.

"부인, 부인의 이야기는 서문이 너무 길군요."

소환리는 탁발 수사가 설교를 시작하려고 하자, 그의 말을 가로막으며 큰 소리로 말했다.

"여러분, 저는 하느님의 팔입니다. 탁발 수사란 작자는 항상 아무 일에나 참견을 하는 습성이 있습니다. 탁발 수사들은 파리와도 같아서, 항상 사람들이 먹는 음식에 빠지고 아무 일에나 끼어듭니다. 도대체 무슨 의미로 서문이라고 말한 것이오? 정 급하면 혼자 달려가도록 하시오! 그렇지 않으면 앉아서 입이나 다물고 있든지! 당신이 끼어들어 흥이 깨지고 있단 말이오."

그러자 탁발 수사가 말했다.

"소환리 양반, 정말 그렇게 생각하시오? 그렇다면 내가 떠나기 전에 소환리에 관해 한두 개의 이야기를 들려줄 것을 약속하겠소. 아마 여기에 있는 여러분들 모두가 배꼽을 잡고 웃을 겁니다."

다시 소환리가 말했다.

"한 번 두고 봅시다. 나도 시팅번[13]에 도착하기 전에 탁발 수사에 관한 이야기를 두세 개 들려줄 것을 맹세하오. 아마 당신은 가만히 있을 것을, 괜히 입을

---

13. 런던에서 64km, 캔터베리에서 25km 떨어진 곳.

열었다면서 후회하게 될 것이오. 벌써부터 화가 치민 모양이군."

"조용히 하시오!"

우리 사회자가 소리쳤다.

"부인 이야기를 계속 들어봅시다. 당신 두 사람은 술취한 사람들처럼 행동하고 있소. 부인, 이야기를 계속하시오. 그게 가장 낫겠소."

그러자 배스의 여인이 비꼬듯이 대답했다.

"그럼 시작할게요. 여기 계신 수사님이 허락하신다면 말이에요."

이 말을 듣자 탁발 수사가 말했다.

"어서 시작하시오. 잘 듣고 있겠소."

배스의 여인의 이야기[14]

아서 왕은 아직도 브리튼 사람들의 기억 속에 생생히 살아 있지요. 그 아서 왕이 다스리던 옛날이었어요.

이 왕국은 요정 부대로 가득 차 있었어요. 요정의 여왕과 발랄하기 그지없는 신하들은 종종 푸른 들판에 나가서 춤을 추곤 했어요. 내가 읽은 바에 의하면, 옛날 사람들은 이렇게 믿고 있었어요. 그러니까 수백 년 전에 말이에요. 하지만 지금은 요정을 찾아볼 수가 없어요. 그것은 탁발 수사와 그 밖의 성인들이 기도를 하면서 자비를 가득 베풀기 때문이지요.

그들은 햇살에 반짝이는 먼지처럼 이 나라 구석구석을 돌아다니면서 거실과 주방과 침실 등에 축복을 내린답니다. 또한 도시와 마을과 성과 탑과 외딴 마을을 비롯해 헛간이나 마구간 혹은 목장에도 축복을 내리지요. 이런 까닭으로 요정이 사라졌던 것이에요.

---

14. 비평가들은 이 이야기의 출처가 켈트족의 전설이거나 라틴 풍자극에 바탕을 두고 있다고 한다. 켈트족의 전설과 라틴 풍자극에서는 미와 행복의 선택이 결혼의 긴장관계를 야기하는 원인이 된다.

요정이 자주 나타나던 곳에 요즘은 탁발 수사가 나타나서 아침저녁으로 자기 구역을 돌아다니면서 미사를 드리지요. 그래서 오늘날에는 여자들도 마음 놓고 숲 속이나 나무 밑을 돌아다닐 수 있어요. 그곳에서 만날 수 있는 유일한 사티로스[15]는 탁발 수사랍니다. 탁발 수사는 기껏해야 여자의 몸을 더럽힐 뿐, 그 이상의 해는 끼치지 않지요.

그건 그렇고, 아서 왕의 궁전에는 한량기 넘치는 젊은 기사가 있었어요. 어느 날 강가에서 매사냥을 끝내고 말을 타고 집으로 돌아가던 이 기사는 혼자 걸어가고 있던 처녀를 만났어요. 그녀는 있는 힘을 다해 반항했지만, 기사는 힘으로 그녀를 쓰러뜨린 후 겁탈해 버렸어요.

그런데 이 겁탈 사건은 큰 물의를 일으키게 되었답니다. 아서 왕에게 정의로운 심판을 내려달라는 요청이 쇄도했고, 마침내는 법에 의해 이 문제의 기사는 사형을 언도받았어요. 아마 왕비와 다른 귀부인들이 왕에게 자비를 베풀어달라고 간곡하게 애원하지 않았더라면, 그는 목숨을 잃고 말았을 겁니다. 왕은 기사의 목숨을 살려주면서, 왕비에게 그 기사를 죽이든 살리든 마음대로 하라고 했어요.

왕비는 왕에게 진심으로 감사를 드리고, 이틀 후에 기사를 불러 이렇게 말했지요.

"너는 아직도 어려운 상황에 있다. 네 목숨은 아직 안전한 것이 아니다. 하지만 여자들이 가장 원하는 게 무엇인지 내게 말해주면, 네 목숨만은 살려주겠다. 도끼에 네 목이 날아가지 않도록 노력하라. 네가 지금 당장 대답을 할 수 없다면 1년하고 하루 동안의 시간을 줄 테니, 이 문제에 대해 만족할 만한 해답을 찾아오도록 해라. 그리고 이곳을 떠나기 전에 네가 자발적으로 이 자리에 돌아오겠다는 맹세를 하도록 해라."

기사는 자기의 가련한 처지가 너무나 서글퍼 한숨을 내쉬며 괴로운 표정을

15. 반인반수의 주색을 좋아하는 숲의 신.

지었어요. 하지만 선택의 여지가 없었답니다. 마침내 그는 하느님이 내려주실 해답을 갖고 일 년 뒤에 다시 오겠다고 맹세한 뒤 작별을 고하고 떠났어요.

그는 여자들이 가장 원하는 것이 무엇인지 알아볼 수 있는 곳이라면 모두 다 찾아다녔어요. 하지만 그 어떤 곳에서도 이 문제에 대해 같은 생각을 갖고 있는 사람들을 발견할 수 없었지요.

어떤 사람은 여자들이 가장 원하는 것은 부(富)라고 했고, 어떤 사람은 명예라고 했어요. 흥겹게 노는 것이라고 말한 사람도 있었고, 화려한 옷이라고 대답한 사람도 있었으며, 어떤 사람은 침대에서의 쾌락과 남편을 여의고 여러 번 시집가는 것이라고 말한 사람도 있었어요. 그리고 여자들은 달콤한 말로 비위를 맞춰주는 것을 가장 좋아한다고 말한 사람도 있었어요.

솔직히 인정하자면, 이 말은 진실에 가까워요. 남자가 여자를 정복할 수 있는 최고의 방법이 바로 추어올리는 것이거든요. 여자에게 꾸준히 관심을 갖고 달콤한 말로 유혹해 보세요. 결국 여자들은 그들의 덫에 빠지게 되지요.

하지만 어떤 사람은, 우리 여자들이란 아무것에도 구애됨 없이 자유롭게, 하고 싶은 일을 하고 하며 살고, 아무도 결점을 들추지 않은 채 우리가 똑똑하며 전혀 바보스럽지 않다고 말해 주는 것을 좋아한다고 말했어요. 사실 여자들이란 누군가가 자기의 아픈 곳을 찌르면 가만히 있지 않거든요. 한 번 시험해 보시면 여러분들도 금방 알게 될 겁니다. 사실 아무리 마음이 흉악한 여자라 할지라도, 다른 사람들이 우리를 항상 덕스럽고 현명하며 깨끗한 여자라고 생각해 주길 원하거든요.

그렇지만 어떤 사람들은, 여자들이란 신중하고 착실하여 무슨 일이든 꿋꿋이 해낼 수 있으며, 남자들이 말해준 비밀을 절대로 발설하지 않는다는 말을 들을 때 가장 기뻐한다고 말했어요. 그러나 내가 보기에 이런 생각은 전혀 고려할 가치가 없는 것 같아요. 우리 여자들은 무슨 일이든 비밀로 간직할 수 없는 존재들이거든요.

가령 미다스의 경우를 보세요. 이 이야기를 들어보시겠어요? 오비디우스는 『변신 이야기』에서 여러 가지 이야기를 하는데, 그 중에는 미다스가 긴 머리 밑에 날이 갈수록 커지는 두 개의 당나귀 귀를 숨기고 있었다고 말하는 대목이 있어요.

그는 이 흉한 귀를 아무도 보지 못하게 감추느라고 애를 썼어요. 그런 사실을 알고 있는 사람은 단지 그의 아내뿐이었지요. 미다스는 아내를 끔찍이 사랑했고, 굳게 믿었어요. 그는 아내에게 자기 이런 비밀을 그 누구에게도 말해서는 안 된다고 신신당부했어요.

아내는 온 세상을 다 준다고 해도 그런 나쁜 짓은 하지 않을 것이며, 남편의 명예에 먹칠을 하는 일은 절대로 하지 않겠다고 맹세하고 또 맹세했어요. 그러면서 남편의 치욕은 동시에 자기의 치욕이라고 말했지요.

그러나 이런 엄청난 비밀을 너무 오래 가슴에 묻어두었다가는 죽을지도 모른다는 생각이 들었어요. 남편의 귀가 자기 가슴속에서 자라나 고통을 참지 못할 정도까지 커질 것만 같았어요. 누군가에게 말을 하지 않으면 자기 가슴이 터질 것만 같았던 거지요. 그러나 아무에게도 말할 수는 없었어요. 그래서 근처에 있던 연못으로 달려갔지요. 그곳까지 달려가는 동안에도 그녀의 가슴은 말하고 싶은 열망에 불타고 있었어요. 연못에 도착하기가 무섭게, 진흙탕 속에서 입을 벙긋거리는 왜가리처럼 입을 물에 갖다대고서 이렇게 말했어요.

"연못아, 지금 내가 털어놓는 비밀은 아무에게도 얘기해서는 안 된단다. 이건 너한테만 이야기해 주는 건데, 우리 남편의 귀는 당나귀 귀란다. 아, 이제 속이 후련하다. 더 이상 참을 수가 없었어."

이 이야기는 바로 우리 여자들이 어떠한 비밀도 지킬 수 없다는 것을 말해주지요. 잠시 입을 다물 수는 있지만, 언젠가는 비밀을 털어놓고 말지요. 여러분들이 이 이야기가 어떻게 되었는지 알고 싶으시면, 오비디우스의 책을 읽어보세요. 거기에 모두 적혀 있으니까요.

그럼 아까 이야기하던 기사 이야기로 돌아가겠어요. 여자가 가장 갖고 싶어 하는 것이 무엇인지 알아낼 수 없다는 사실을 깨달은 그의 마음은 한없이 무거워졌어요. 더 이상 기대할 것이 없자, 그는 발길을 옮겼어요. 고향으로 돌아가야 할 날이 머지않았던 것이지요.

숲 속에서 우연히 마주친 기사와 노파

슬픔에 가득 찬 기사가 말을 타고 숲 속을 지나던 때였어요. 스물네댓 명의 여자들이 원을 그리며 춤추는 모습이 눈에 들어왔어요. 그는 미련을 버리지 못하고 여자들에게 다가가서 자기가 찾는 답을 구하려고 했지요. 그러나 기사가 그곳에 도착하기도 전에 여자들은 어디론가 사라지고 말았답니다. 여자들이 춤추던 곳에는 웬 할머니가 앉아 있을 뿐이었어요. 그녀는 여러분들의 상상을 초월할 정도로 추한 모습이었어요. 그녀는 바닥에서 일어나 기사에게 다가가더니 이렇게 말했어요.

"기사님, 여기서부터는 길이 없어요. 당신이 찾고 있는 게 뭔지 말해 보세요. 그게 가장 나은 방법일지도 몰라요. 우리 늙은이들은 많은 것들을 알고 있으니 말이에요."

그러자 기사가 대답했어요.

"할머니, 고맙습니다. 사실대로 말하자면, 저는 여자가 가장 원하는 것이 무엇인지 알아내지 못하면 목숨을 잃게 됩니다. 그걸 말해 주시면 후사하겠습니다."

"그럼 이 손을 잡고, 내가 요구하는 것 중에 당신이 할 수 있는 일이라면 반드시 들어주겠다고 맹세하세요. 그러면 밤이 되기 전에 그 답이 무엇인지 말해주지요."

이 말을 듣자 기사가 말했어요.

"좋습니다. 제 명예를 걸고 약속하겠습니다."

"그렇다면 내가 확신하건대, 당신은 목숨을 구할 수 있을 거예요. 왕비님께서도 나와 똑같이 말할 거예요. 두건을 썼건, 수건을 둘렀건 아무리 거만한 귀부인이라도 감히 내가 가르쳐주는 답이 틀렸다고 부정하지는 못할 거예요. 이제 더 이상 말하지 말고 길을 떠나도록 해요."

노파는 기사에게 귀엣말로 비밀을 말해 주고서, 더 이상 걱정하지 말고 기운을 내라고 말했어요.

노파와 함께 궁정에 도착한 기사는, 약속한 대로 정확하게 도착했으며 문제에 대한 해답을 가져왔다고 알렸어요. 똑똑하기로 이름난 수많은 부인들과 처녀들을 비롯하여 과부들까지 해답을 듣기 위해 한자리에 모였습니다. 왕비는 재판관석에 앉으면서 기사를 불러오라고 지시했어요.

궁정 안의 모든 여자들은 숨을 죽였어요. 기사는 숨을 죽인 청중에게, 이 세상에서 여자들이 가장 갖고 싶어하는 것이 무엇인지 설명하기 시작했습니다. 그것도 죽어가는 사람처럼 작은 목소리가 아니라, 모든 사람들이 들을 수 있도록 낭랑한 목소리로 말이지요.

"왕비마마와 귀부인 여러분들. 여자들이 너나없이 원하는 것은, 남편뿐만 아니라 정부들과의 잠자리에서 주도권을 쥐고 그들 위에 군림하는 것입니다. 이것이 여자들의 가장 큰 소망입니다. 제가 목숨을 잃는다 하더라도 이것은 틀림없는 사실입니다. 이제 왕비마마께서 원하시는 대로 하소서. 제 목숨은 마마의 손에 달려 있습니다."

그 자리에 모인 부인들과 처녀들과 과부들 누구도 이 말에 이의를 제기하지 않았어요. 그녀들은 모두 기사를 살려 주라고 말했어요. 바로 그 순간 기사가 풀밭에서 만난 노파가 갑자기 일어나더니 큰 소리로 말했어요.

왕비와 귀부인들에게 문제의 해답을 말하는 기사

"고맙습니다, 왕비마마. 하지만 이 재판이 끝나기 전에 제 말씀도 들어주십시오. 기사에게 그 해답을 준 사람은 바로 저입니다. 그리고 그 대가로 다음과 같은 것을 요구했습니다. 즉 내가 그에게 요구하는 것이, 만일 그가 할 수 있는 일이라면 반드시 들어주겠다는 것이었습니다. 따라서 여기 모이신 여러분들 앞에서 기사님에게 부탁하겠습니다. 나를 아내로 맞아주세요. 여러분들도 알다시피, 나는 그의 목숨을 구해 주었습니다. 내 말이 거짓말이라면 당신의 명예를 걸고 거짓이라고 말해 보세요."

그러자 기사가 대답했어요.

"나는 틀림없이 그런 약속을 했습니다. 하지만 제발 다른 것을 부탁해 주세요. 내 재산을 모두 달라고 해도 좋으니, 제발 내 몸만은 자유롭게 놓아 주세요."

하지만 노파는 이렇게 말했어요.

"절대로 안 돼요. 내가 그렇게 한다면, 하느님, 우리 두 사람에게 저주를 내리소서! 나는 늙고 추하며 돈도 없는 여자예요. 하지만 땅에 묻혀 있거나 땅 위에 있는 금이나 보석을 모두 준다고 해도 내가 원하는 것은 단지 당신의 아내이자 애인이 되는 것뿐이에요."

기사는 소리쳤습니다.

"내 애인이라고요! 당신은 지금 나를 파멸시키려고 하고 있어요. 우리 가족 중에서 당신처럼 천한 여자와 결혼한 사람은 눈을 씻고 찾아봐도 없단 말이에요."

하지만 아무 소용이 없었어요. 마침내 기사는 노파와 결혼을 해야만 했고, 이 노파와 침실에 함께 들게 되었지요.

이제 여러분들 중에서 몇몇은 결혼식이 어떻게 치러졌으며, 얼마나 많은 축하가 있었는지 자세히 설명할 필요가 없다고 말하실 겁니다. 하지만 아주 간략하게 말하겠어요. 그곳에는 결혼의 기쁨도 없었고 요란한 잔치도 없었어요. 단지 슬픔과 우울만이 있었을 뿐이랍니다.

다음날 아침 아무도 모르게 결혼식을 치른 기사는 하루 종일 올빼미처럼 집 안에만 처박혀 있었어요. 너무나 못생긴 아내를 생각하면 그의 마음은 말로 다할 수 없는 슬픔으로 가득 채워지곤 했습니다.

기사는 아내와 잠자리에 들어서도 오직 슬픈 마음뿐이었요. 잠을 이루지 못하고 수없이 이리저리 몸을 뒤쳤지요. 하지만 아내는 미소를 지은 채 그를 바라보며 이렇게 말했어요.

"여보, 우리의 결혼을 축복해 주세요! 기사들 모두가 아내를 이런 식으로 대하나요? 아서 왕의 궁정에서는 이렇게 하는 게 관례인가요? 난 당신의 아내이고, 당신을 사랑해요. 난 당신의 목숨을 구해 주었어요. 지금까지 난 당신에게 잘못한 일이 하나도 없어요. 그런데 왜 당신은 첫날밤부터 나를 이렇게 대하나요? 당신은 마치 정신 나간 사람처럼 행동하고 있어요. 내가 잘못한 게 뭐죠? 말 좀 해주세요. 그럼 최선을 다해 고치겠어요."

그러자 기사가 말했어요.

"고친다고? 맙소사! 이건 도저히 고칠 수 없는 것이오. 당신은 눈뜨고 볼 수 없는 추물이며, 늙었고, 출신도 천하단 말이오. 그러니 내가 이렇게 몸을 뒹구는 것이 당연한 일 아니겠소. 내 가슴은 지금 터져 버릴 것만 같단 말이오!"

그녀가 물었어요.

"그래서 이토록 슬퍼하는 건가요?"

"물론이오! 당연한 일 아니오?"

"그렇다면 좋아요. 사흘만 말미를 준다면 그동안에 고치겠어요. 대신 당신은 나를 잘 대해 주어야 해요. 하지만 당신이 말하는 좋은 가문이란 돈 많은 집안을 말하는 거죠? 그렇기 때문에 당신은 아내가 좋은 가문 출신이어야 한다고 생각하는 거예요. 그러나 이런 거만한 생각은 어리석기 짝이 없는 것이죠. 공석이든 사석이든 상관없이 항상 높은 덕성을 지니고, 좋은 일을 하기 위해 애쓰는 사람이야말로 귀족 중에서도 가장 훌륭한 사람이에요.

그리스도는 우리의 가치가 조상으로부터 물려받은 부모님의 재산으로 판단되는 것이 아니라, 고귀한 성격을 기준으로 판단되길 원하세요. 돈 많은 선조들은 우리에게 많은 재산을 물려주었고, 우리는 그 재산으로 귀족 행세를 하려고 들지요. 하지만 조상에게 물려받은 덕행이 하나도 없고 세인들의 본보기가 될 만한 것도 없다면, 그런 사람을 귀족이라고 부를 수는 없지요.

이 점에 대해서는 피렌체 출신의 현명한 시인인 단테가 특히 좋은 말을 했어요. 그는 시에서 이렇게 말했지요.

> 잔가지를 타고 올라가봐야
> 크게 올라갈 수 없는 것이 인간의 힘이다.
> 그것은 바로 자비로우신 하느님께서
> 우리의 숭고함을 주시기 때문이다.

그러니 우리가 조상에게 물려받을 만한 것은 하나도 없어요. 그들이 물려주는 것은 모두 순간적인 것이어서 결국은 우리에게 해를 끼칠 뿐이에요. 이것은 나뿐만 아니라 세상 사람 모두가 다 알고 있는 사실이지요. 만일 어떤 가문이든지 본래부터 숭고했고 대대로 이런 혈통을 이어 내려왔다면, 그들은 공적이건 사적이건 항상 고귀한 행동을 할 것이고, 상스럽고 사악한 행동은 하지 않을 거예요.

이곳과 코카서스 산 사이에 있는 가장 어두운 집에 횃불을 밝힌 다음 문을 닫고 나와 보세요. 그곳에서도 횃불은 수만 명이 지켜볼 때와 똑같이 아름답게 타오를 거예요. 내 목숨을 걸고 얘기하지만, 이 횃불은 꺼질 때까지 자기의 임무를 다할 겁니다.

이런 예를 통해 숭고함이란 재산과는 아무 관계가 없다는 사실을 알 수 있어요. 횃불은 항상 변함없이 횃불이지만, 사람들은 항상 모범적으로 행동하는 것은 아니랍니다. 귀족의 자식도 종종 야비하고 수치스럽고 상스러운 짓을 한다는 것은 하느님도 아시는 사실이에요.

단지 귀족의 집안에서 태어나고 그의 선조들이 고귀하고 덕이 높았다는 이유로 존경받기를 원하는 사람이 많아요. 그러나 공작이건 백작이건 행동이 고귀하지 못하거나 돌아가신 훌륭한 선조들을 본받으려고 하지 않는다면 귀족이라고 말할 수 없어요. 상스럽고 사악한 행동을 하면 출신이 어떻든 간에 상놈이 되는 거지요.

귀족이란 말은 자비를 베푼 선조들의 명성일 뿐, 자신과는 아무런 관계도 없는 거예요. 귀족적인 성품은 하느님에게서 오는 것이에요. 다시 말해 우리의 진정한 귀족적 성품은 하느님의 은총을 통해 오는 것이지, 선조들에게 물려받은 사회적 지위가 주는 것이 아니에요.

발레리우스가 말하듯이, 진정한 귀족은 툴리우스 호스틸리우스처럼 가난한 위치에서 가장 높은 지위까지 오른 사람이죠. 세네카와 보에티우스를 읽어 보세요. 그 안에서도 귀족이란 의심할 여지도 없이 영웅적인 업적을 이루는 사람이라고 분명하게 말하고 있어요. 그래서 내가 당신에게 하고 싶은 말은, 우리의 조상들이 천민이었다고 해도 전지전능하신 하느님께서는 내가 덕을 베풀며 살게 해줄 것이라는 사실이에요. 악을 저지르지 않고 착하게 살면서 덕행을 베풀면 나는 귀족인 것이에요.

당신이 그토록 못마땅하게 생각하는 가난에 관해 한 마디 하겠어요. 우리가 믿고 우러러 섬기는 하늘에 계신 하느님께서는 자진해서 가난한 삶을 택하셨어요. 천국의 왕이신 그리스도께서 결코 사악한 생활을 선택하지 않으셨다는 것은 남녀노소를 막론하고 모두가 아는 사실이에요.

세네카와 다른 학자들이 말한 대로 가난이란 고귀한 것이에요. 가난한 삶에 만족하는 사람은 헐벗고 다닐지라도 부자랍니다. 하지만 남의 것을 탐내는 사람은 가난하지요. 자기가 가질 수 없는 것을 가지려고 하기 때문이에요. 그러나 아무것도 가진 것이 없으면서도 그 무엇도 탐내지 않는 사람은 남들이 시골 농부와 똑같은 취급을 하더라도 부자랍니다.

유베날리스는 가난에 관해 행복한 어조로 이렇게 말했어요. "가난한 사람이 여행을 떠나면 도둑을 걱정할 필요가 없다." 나는 가난이란 '힘든 선(善)'이라고 말하고 싶어요. 가난은 열심히 일을 하게 만드는 동기이며, 이것을 참아내고 겸허하게 받아들이는 사람에게는 위대한 지혜를 갖게 해주지요. 가난이란 참아내기 힘든 것이지만, 그 누구도 빼앗으려고 하지 않는 재산이기도 해요.

가난한 사람은 대부분 하느님과 자기 자신에 관해 잘 알고 있답니다. 가난이란 요술 거울과도 같아요. 진정한 친구가 누구인지 골라낼 수 있는 그런 거울 말이에요. 내가 가난한 것이 당신을 슬프게 만들지는 않아요. 그러니 내가 가난하다고 더 이상 나를 책망하지 말아요.

여보, 그리고 내가 늙었다고 면박을 주었죠? 사실 훌륭한 책들 속에 늙음에 관해 쓰여 있지 않을지라도, 당신과 같은 점잖은 기사들은 노인을 존경해야 한다고 말하며, 노인을 부를 때는 점잖게 '선생님'이라고 부르지요. 아마 잘 찾아보면 유명한 사람이 이 점에 관해 말하는 대목이 있을 거라고 생각해요.

그리고 당신은 나에게 늙고 못생겼다고 말했죠. 하지만 내게는 새 서방이 생길 염려가 없어요. 못생긴데다 나이까지 많으니 놀아나려야 놀아날 수가 없어요. 그러니 별수없이 정조를 지켜야 해요. 그렇지만 난 당신이 좋아하는 것이 무엇이며, 당신의 어리석은 욕망을 채워 줄 수 있는 것이 무엇인지도 잘 알고 있어요.

그러니 이제 둘 중의 하나를 택하세요. 늙고 못생겼지만 정숙하고 순박한 나를 평생 데리고 살 것인지, 아니면 젊고 아름다운 나를 택해 당신 집 안에서나 다른 곳에서 남자들이 드나들며 법석을 떠는 꼴을 보면서 살 것인지 선택하세요. 어떤 것을 선택하든지 그건 당신 자유예요."

기사는 한참 동안 심사숙고했어요. 그러고는 연달아 한숨을 내쉬더니 마침내 이렇게 말했어요.

"여보, 사랑하는 여보. 난 당신이 풍부한 경험을 바탕으로 현명한 선택을 하리라 믿소. 우리 두 사람을 위해 어떤 것이 더 좋고 영예로운 것인지, 당신이 선택하도록 하시오. 당신이 어떤 선택을 해도 난 괜찮소. 당신이 좋아하는 것이라면 나는 그것으로 만족하니까 말이오."

그녀가 말했어요.

"내가 원하는 대로 선택하고 다스릴 수 있으니, 난 당신을 지배할 권리를 얻은 거예요. 그렇죠?"

이 말을 듣자 기사가 대답했어요.

"물론이오. 그게 가장 좋은 방법인 것 같소."

그녀가 다시 말을 했어요.

"그럼 내게 키스해 줘요. 이제 더 이상 싸우지 말도록 해요. 내 명예를 걸고 맹세하는데, 난 두 여자가 되겠어요. 다시 말하자면 아름답고 착한 아내가 되겠어요. 하느님, 이 세상이 생긴 이래 남편에게 가장 충실하고 착한 아내가 되지 못한다면 나를 미쳐 죽게 하소서! 그리고 내일 아침 내가 동서양을 통틀어 가장 아름다운 여자가 되지 못한다면 나를 살리든지 죽이든지 당신 마음대로 하세요. 이제 커튼을 걷고 내 얼굴을 보세요."

기사는 아내를 바라보았습니다. 그런데 이게 웬일입니까. 아내가 너무나 젊고 매혹적인 모습으로 변해 있었어요. 그녀의 말이 정말로 이루어진 것이지요. 기사는 기쁨을 주체할 길이 없어서 그녀를 두 팔로 꼭 껴안았어요. 그의 마음은 더없이 행복했어요. 그는 계속해서 수천 번이나 키스를 했고, 아내는 그를 기쁘게 해주거나 즐거움을 주는 일이라면 모두 따랐답니다.

이렇게 그들은 평생을 기쁘고 행복하게 살았어요. 그리스도님, 우리 여자들에게 말 잘 듣고 젊음이 넘치며, 잠자리에서는 우리를 만족시켜 줄 수 있는 남편을 보내 주소서! 그리고 우리가 결혼하는 남편들보다 더 오래 살게 해주셔서 다시 시집을 갈 수 있게 해주소서! 또한 청컨대, 아내의 지배를 받지 않으려는 남자들을 일찍 죽게 해주시고, 늙고 성질 나쁘고 구두쇠 같은 추한 늙은이들에게는 죽을병을 내려주소서!

배스의 여인의 이야기는 여기에서 끝난다.

탁발 수사의 이야기

탁발 수사의 이야기 서문

돈을 거두어들이는 데 명수인 훌륭한 탁발 수사는 계속해서 소환리를 못마땅한 눈초리로 바라보고 있었다. 체면상 그는 지금까지 상소리를 하지 않았지만, 마침내 배스의 여인에게 한 마디 하고야 말았다.

"부인, 하느님께서 축복을 베풀기 바랍니다. 당신은 학교에서 다루기 힘든 주제를 다루셨습니다. 솔직히 말하자면 당신의 말은 여러 점에서 일리가 있습니다. 그렇지만 우리가 말을 타고 순례하는 동안은 단지 가볍고 경박한 주제의 이야기가 더 어울릴 거라고 생각합니다. 책이나 설교, 혹은 어려운 강론 따위는 설교자나 신학자들에게 맡겨두는 편이 나을 것 같군요.

나는 여기에 계신 여러분들을 즐겁게 해주기 위해 소환리에 관한 멋진 이야기를 하나 들려 드리겠습니다. 소환리라는 말만 들어도, 여러분들은 이 이야기가 결코 그들에 관해 좋게 말하지 않을 것이라는 사실을 짐작하실 것입니다. 하지만 내 이야기를 듣고 아무도 기분 나쁘게 생각하지 않았으면 좋겠습니다. 소환리란 간통죄를 저지른 사람들을 심판하기 위해 사방을 다니면서 사람들을 불러모으지만, 결국 가는 곳마다 마을 사람들에게 실컷 몽둥이 찜질을 당하는 사람이니까요."

그러자 사회자인 우리의 여관 주인이 나서서 말했다.

"이봐요, 당신과 같은 지위의 사람이라면 좀 더 예의바르고 점잖게 말씀하셔야지요. 같은 일행끼리 싸움을 해서야 되겠습니까? 그럼 당신 이야기를 시작하시고, 소환리는 가만히 놔두도록 하시오."

이 말이 끝나자 소환리가 한 마디 했다.

“상관없습니다. 하고 싶은 이야기가 있으면 모두 다 하십시오. 다음에 내 차례가 되면 고스란히 복수할 테니까요. 난 감언이설로 사람들을 속이면서 구걸을 해서 돈을 긁어모으는 탁발 수사가 얼마나 명예로운 존재인지 낱낱이 들춰낼 것입니다. 그리고 그들의 직업이 무엇인지도 말할 겁니다. 사회자 양반, 그러니 너무 겁내지 마십시오.”

그러자 사회자가 대답했다.

“모두 조용히 하시오! 이제 이 정도면 됐소!”

그리고 탁발 수사를 바라보며 이렇게 말했다.

“친애하는 수사님, 어서 이야기를 시작하시오.”

탁발 수사의 이야기

오래 전에 부주교가 살고 있었습니다. 그는 지위가 높은 사람이었는데, 마술과 간통과 명예 훼손, 교회 재산 횡령, 유언 불이행과 계약 위반, 성사 의무의 소홀, 성직 매매와 고리대금 등을 비롯한 온갖 종류의 죄를 지은 사람들을 엄하게 처벌하는 사람이었습니다.

그는 특히 기둥서방들을 엄하게 다루었습니다. 이 사람에게 걸린 매춘업자들의 입에서는 하나같이 비명소리가 튀어나왔으며, 십일조를 제대로 내지 않아 고발당한 사람들은 그에게 심한 말을 듣고 벌금을 물어야만 했습니다. 또한 십일조와 봉헌액수가 너무 적을 때면 사람들에게 더욱 크게 성가를 부르게 했습니다. 주교가 돈을 긁어들이기 전에, 그 사람들 명단은 이미 부주교의 수첩에 올라 있었습니다.

그는 자기 관할권에 있는 신도들을 방문하여 벌을 줄 수 있는 권한이 있었습니다. 그런데 그는 자기의 손발과도 같은 소환리를 한 명 데리고 있었습니다. 잉글랜드를 다 뒤져도 이 사람보다 교활한 사람은 없을 것입니다. 그는 많은 끄나풀이 있었고, 이들은 그에게 득이 될 만한 여러 정보를 제공했습니다.

그는 호색가 한두 명을 용서해 주는 대가로, 그들이 스무 명 이상의 간음자들을 밀고하게 만드는 인물이었습니다. 이 소환리는 미친 개보다 더 난폭했습니다. 나는 이런 그의 못된 행위를 모두 이야기하겠습니다.

우리 탁발 수사들은 소환리의 권한 밖에 있으며, 주교도 우리를 지배할 권한이 없습니다.[1] 그들이 목숨을 부지하는 동안 언제나 그럴 것입니다.

"갈보들도 우리의 권한 밖에 있소!"

소환리가 이렇게 소리쳤다. 그러자 여관 주인이 말했다.

"조용히 하시오! 수사님이 이야기를 하게 가만히 좀 있으시오. 수사님, 이 소환리가 뭐라고 하든 개의치 말고 이야기를 계속하시오."

그러자 탁발 수사가 이야기를 계속했다.

야바위꾼이자 도둑놈과 다름없는 이 소환리는 포주들을 마치 매를 유혹하는 미끼새처럼 자기 마음대로 부렸고, 포주들은 자기들이 캐낸 비밀을 소환리에게 모두 일러바쳤습니다. 이런 그들의 관계는 사실 새삼스러울 것도 없는 것이죠. 포주들은 그의 사설 스파이들이었으며, 포주들을 통해 소환리는 큰 이익을 챙겼습니다.

상관인 부주교는 소환리가 얼마나 돈을 버는지 전혀 알지 못했습니다. 소환리는 부주교의 허락도 없이 글을 읽을 줄도 모르는 시골뜨기들에게 파문에 처하겠다고 윽박지르기 일쑤였고, 그러면 이 시골뜨기들은 급히 그의 돈지갑에 돈을 두둑이 넣어주거나, 아니면 그를 술집에 초대해서 거나하게 대접하곤 했습니다. 유다는 도둑놈이었으며 항상 돈지갑을 갖고 다녔습니다. 이 소환리도 유다와 다를 바 없는 도둑이었던 거죠. 부주교는 소환리가 거둬들이는 수입의 반도 받지 못했지요. 정확하게 말하자면, 그는 도둑이자 포주였으며 동

---

1. 탁발 수사는 그들의 상급자에게 종속되어 있었으며, 그 상급자들은 교황의 권한 아래 있었다. 이런 이유로 일정 구역을 관할하는 주교도 그들에게 명령을 내리거나 간섭할 권한이 없었다.

시에 소환리였습니다.

그는 창녀들을 고용하고 있었습니다. 창녀들은 로버트 경이나 휴 경과 함께 잠을 자거나, 아니면 잭이나 랠프 혹은 그 누구와라도 함께 잠을 자면 즉시 소환리에게 달려가 알려주곤 했습니다. 그는 창녀들의 협력자였습니다. 그래서 엉터리 소환장을 만들어 창녀와 놈팡이를 종교재판소로 부르고는, 놈팡이에게는 돈을 빼앗고, 창녀는 몰래 풀어 주었습니다.

그러면서 이렇게 말했습니다.

"이봐, 내가 자네를 위해 저 창녀의 이름을 우리 블랙리스트에서 삭제하겠네. 이제부터 우린 친구일세. 자네를 위해서라면 무슨 일이든 도와주겠네."

이 소환리는 내가 2년을 쉬지 않고 말해도 모자랄 정도로 수많은 사기를 쳤습니다. 걸려든 미끼가 상처 입은 사슴인지 아닌지, 이 소환리보다 더 잘 분간할 수 있는 사냥개는 없었습니다. 한 마디로 말하자면, 호색가니 간통을 범한 사람 혹은 정부(情婦)들의 냄새를 맡는 데는 아무도 그를 따라올 사람이 없었습니다. 그는 수입의 대부분을 이 일로 얻었으므로, 밤낮으로 이런 일에만 전념했습니다.

그런데 어느 날이었습니다. 평소와 마찬가지로 먹잇감이 없을까 궁리하던 소환리는 말을 타고 한 늙은 과부를 소환하러 갔습니다. 아무 꼬투리나 잡아서 그 과부에게서 돈을 뜯어낼 생각이었지요.

그런데 숲 근처를 지나다가 말을 타고 가던 부자 차림새의 종자(從者)를 만나게 되었습니다. 그는 화려하게 차려 입고 푸른색의 짧은 망토를 두르고 있었는데, 번쩍거리는 날카로운 화살이 든 활통과 활을 들고 있었으며, 머리에는 검은 술이 달린 모자를 쓰고 있었습니다.

소환리가 말했습니다.

"안녕하시오! 멋지게 차려 입으셨군요."

그러자 상대방이 대답했습니다.

"안녕하시오! 당신처럼 정직한 사람을 만나게 되어 반갑소. 그런데 어디로 가는 중이기에 이 숲을 지나는 것이오? 먼길을 가는 모양이지요?"

소환리가 대답했습니다.

"아니요. 우리 주인님의 소작료를 받으러 가는 길일 뿐이라오."

"그럼 당신은 청지기요?"

"그렇소."

소환리가 이렇게 말했습니다. 사실 소환리들의 평판이 워낙 나빠서 감히 자기가 소환리라고 말하기가 쑥스럽고 창피했던 것입니다.

그러자 부자 차림새의 종자가 말했습니다.

"어이구 반갑소! 나 역시 청지기요. 이렇게 만나게 되어 반갑소. 난 이 고장은 처음이라, 당신과 친하게 지냈으면 좋겠소. 난 많은 금과 은을 갖고 있소. 당신이 우리 마을을 방문해 주면 당신이 원하는 대로 금과 은을 주리다."

이 말을 들은 소환리는 너무나 기쁜 나머지 고맙다고 말했습니다. 두 사람은 악수를 하고 평생 의형제를 맺기로 약속했습니다. 그런 다음 기분 좋게 잡담을 하면서 말을 몰았습니다.

이 소환리는 아무렇지도 않은 듯이 잡담을 하고 있었지만, 속마음은 때까치처럼 흉악하기 그지없었습니다. 그는 이렇게 물었습니다.

"어디 사시오? 내가 노형을 찾아가려면 사는 곳을 알아야 하지 않겠소."

그러자 다른 청지기는 부드러운 말씨로 말했습니다.

"여기서 멀리 떨어진 북쪽에 있는 마을에 살고 있소. 언제 한 번 그곳에서 만났으면 좋겠소. 우리가 헤어지기 전에 우리 집을 찾는 데 전혀 문제가 없도록 자세히 설명해 주겠소."

"그건 그렇고, 노형도 나처럼 청지기이니, 말을 타고 가는 동안 노형만이 갖고 있는 비결을 얘기해 줄 수 있겠소. 어떻게 해야 우리가 가장 실속을 차릴 수 있는지 알고 싶소. 양심의 가책과 같은 것은 신경 쓰지 말고, 노형이 실제로 어떻게 하고 있는지 듣고 싶소."

그러자 다른 청지기가 이렇게 말했습니다.

"좋소. 사실대로 이야기해 주겠소. 솔직히 말하자면, 내 월급은 몇 푼 되지도 않아서 그것만으로는 입에 풀칠하기도 어렵소. 우리 주인은 구두쇠에다가 성격도 까다롭소. 반면에 내가 하는 일은 여간 힘든 것이 아니오. 그러니 나로서는 재주껏 속여서 뜯어먹고 사는 수밖에 없소. 난 사람들이 주는 것은 마다하지 않고 모두 받아먹소. 어떻게 해서든지 해마다 내가 쓸 돈은 벌어야 하니까 말이오. 이게 전부요."

그러자 소환리가 대답했습니다.

"정말 나와 똑같군요. 나도 사람들이 주는 것은 모두 받아먹소. 그것이 너무 무겁거나 너무 뜨겁지만 않다면 말이오. 나는 개인적으로 이면 계약을 맺으면서 수입을 얻소. 물론 양심의 가책은 전혀 느끼지 않지요. 이렇게 하지 않으면 나도 먹고 살 수 있는 형편이 못 되니까요. 난 이런 속임수가 사람들에게 별로 해가 된다고 생각하지 않기 때문에 교회에 가더라도 절대로 고해하지 않소. 난 양심이나 동정심 따위는 없는 사람이오. 고해 신부들은 모두 지옥에나 빠져 버렸으면 좋겠소. 우리가 이렇게 만난 것은 둘도 없는 행운이오. 그럼, 이제 통성명이라도 합시다."

소환리가 이렇게 말하자, 다른 청지기는 얼굴에 미소를 띠면서 말했습니다.

"정말로 내 이름을 알고 싶소? 나는 악마요. 내가 사는 곳은 지옥이지만, 지금 이렇게 말을 타고 돌아다니는 것은 사람들에게 얼마나 뜯어갈 수 있는지 알아보기 위해서요. 이렇게 긁어가는 것이 내 수입의 전부요. 내가 보기에 당신도 나와 같은 목적으로 돌아다니는 것 같소. 그러니까 수단 방법을 가리지 않고 이득을 챙기려고 한다는 말이오. 나도 마찬가지요. 난 먹잇감이 걸릴 때까지 지구 끝까지라도 돌아다닐 참이오."

소환리는 깜짝 놀라서 말했습니다.

"맙소사! 지금 무슨 소리를 하고 있는 것이오? 난 노형이 정말 청지기인 줄 알았소. 나와 똑같이 생겼으니 알아볼 수가 있겠소? 그런데 당신의 고향인 지옥에 있을 때에는 특별한 모습을 하고 있소?"

"아니요, 그렇지는 않소. 하지만 우리가 원하는 모습을 취할 수는 있소. 그러니까 때에 따라서는 사람처럼 보일 수도 있고, 원숭이 모양을 할 수도 있으며, 심지어는 천사의 모습으로 이 세상을 돌아다닐 수도 있소. 이 정도는 전혀 놀라운 일이 아니오. 당신 같은 사람은 하찮은 요술쟁이에게도 넘어가니까 말이오. 하지만 나는 요술쟁이들보다도 더 많은 속임수를 알고 있소."

그러자 소환리가 물었습니다.

"그런데 왜 한 가지 모습을 하지 않고 여러 가지로 바꿔가면서 돌아다니는 것이오?"

악마가 대답했습니다.

"그야 우리의 먹잇감을 사냥하는 데 가장 적당한 모습을 취해야 하니까 그런 것이오."

"그런데 뭐 때문에 그토록 먹잇감을 찾으려고 하는 것이오?"

악마가 다시 말했습니다.

"여러 가지 이유가 있소. 그러나 모든 것에는 때가 있는 법이오. 해는 짧은데 벌써 아홉 시가 지났고, 지금까지 아직 한 명도 건지지 못했소. 당신만 괜찮다면 어떤 재주가 있는지 말하기보다는 내가 해야 할 일에 전념하고 싶소. 어쨌거나 당신의 머리로는 이런 것을 모두 설명해 준다 하더라도 제대로 이해하지 못할 테니까. 그렇지만 왜 내가 이렇게 기를 쓰며 돌아다니느냐고 물었으니, 그 이유만은 말해 주겠소.

우리는 가끔 하느님의 도구가 되오. 하느님이 원하시면 우리는 여러 가지 방법과 형태로 이 땅의 피조물들에게 그분의 명령을 실행하는 중개자가 되는 것이오. 하느님이 계시지 않거나 하느님이 우리를 뒷받침해 주시지 않는다면, 우린 힘이 없는 존재들이 되고 마는 것이오. 우리가 간청을 하면, 가끔씩 영혼은 해치지 않은 채 육체에만 고통을 주도록 허락을 하시는 수도 있소. 가령 우리에게 고통을 받은 욥의 경우가 그것이오.

그리고 어떤 때에는 육체와 영혼을 모두 괴롭힐 수도 있소. 또 어떤 인간에 대해서는, 그의 영혼만 고통스럽게 만들고 육체는 그대로 두라는 허락이 떨어지는 수도 있는데, 다 하느님의 뜻인 것이오. 이것은 모두 인간들에게 최고의 것을 주기 위함이오. 만일 인간이 우리의 유혹을 이겨내면 구원을 받을 수 있소. 물론 우리의 목적은 그를 사로잡기 위한 것이지, 구원을 받게 하는 것은 아니지만 말이오.

또 때로는 캔터베리 대주교였던 성 던스탄[2]처럼 인간을 위해 봉사하는 수도 있소. 나도 한때는 사도들의 하인이었소."

소환리가 다시 물었습니다.

"그럼 사실대로 말해 주시오. 당신들은 지금처럼 자연의 원소들을 가지고 항상 새로운 육체를 만드시오?"

그러자 악마가 대답했습니다.

"아니요, 종종 그렇게 하는 척할 뿐이오. 어떤 때는 여러 가지 방법으로 죽은 시체의 육체를 취하기도 하고, 사무엘이 엔도르의 마녀에게 말한 것처럼 부드럽고 유창하게 말을 하기도 하오. 어떤 사람들은 사무엘이 아니라고 말하지만, 난 이런 신학자들의 소리에는 전혀 관심이 없소.

그런데 농담이 아니라, 정말로 당신에게 한 가지만 경고하겠소. 내가 우리의 모습에 관해 말했지만, 당신은 우리의 진정한 모습이 무엇인지 확인하려고 할 것이오. 앞으로 당신은 나한테 그런 것을 배울 필요가 없는 곳에 있게 될 것이오. 당신은 경험을 통해서 이 문제에 관해 신학교수처럼 강연을 할 수 있게 될 것이오. 아마 베르길리우스나 단테보다도 훨씬 잘 설명하게 될 것이오. 그럼 말을 타고 어서 갑시다. 우리가 헤어지는 순간까지 당신과 함께 가주겠소."

그러자 소환리가 소리쳤습니다.

"그런 일은 없을 것이오. 나는 세상 사람이 모두 알고 있는 청지기요. 즉 나는 한 번 말하면 반드시 지키는 사람이란 말이오. 당신이 사람으로 화(化)한 사탄이라 할지라도, 나는 의형제의 신의를 지킬 것이오. 우리 두 사람은 서로 형제가 되고, 사업에 서로 협력하기로 맹세했소. 사람들이 당신에게 줄 몫을 가지시오. 나는 내 몫을 챙기겠소. 그러면 우리 둘 다 잘살 수 있을 것이오. 만일 한 사람이 다른 사람보다 더 많이 벌면 정직하게 나누어 갖도록 합시다."

---

2. 캔터베리 주교였던 이 성인은 악마에 홀린 사람들을 다스리는 것으로 유명했다.

악마가 말했습니다.

"나도 동의하겠소. 나도 한 번 말하면 반드시 지키는 사람이오."

그들은 말을 타고 앞으로 나아갔습니다. 그때 소환리가 가려고 생각하던 동네 어귀에서 건초를 가득 실은 마차를 보았습니다. 길이 진흙 투성이였기 때문에, 마차는 꼼짝달싹도 못하고 있었습니다. 마부는 얼굴에 인상을 쓰며 미친 듯이 외치고 있었습니다.

"어서 일어나, 브록! 일어나란 말이야, 스콧! 이런 빌어먹을! 악마나 와서 네 가죽과 몸뚱이를 모두 가져가 버려라! 나를 이만큼 고생시켰으면 됐잖아! 말이고 마차고 건초고 모두 다 악마가 가져가 버렸으면 좋겠네!"

이 말을 듣자 소환리가 말했습니다.

"여기서 좀 놀다 갑시다."

그는 태연한 표정으로 악마에게 다가가서, 악마가 눈치 채지 못한 것처럼 그의 귀에다 대고 이렇게 소곤거렸습니다.

"이봐요, 저 말 들었소! 저 마부가 한 말 못 들었냔 말이오? 어서 해치우시오. 건초와 마차와 말 세 마리까지 모두 주겠다잖소."

악마가 말했습니다.

"그건 안 될 말이오. 마부는 그런 뜻으로 말한 게 아니오. 내 말을 믿지 못하겠으면 마부에게 물어보시오. 아니면 잠시 기다려보시오, 곧 알게 될 테니."

마부가 말 엉덩이를 찰싹 때리자, 말들은 있는 힘을 다해 마차를 끌기 시작했습니다. 그러자 마부가 이렇게 소리쳤습니다.

"잘하고 있어! 이제 하느님이 너희들에게 축복을 내리실 거다! 너희들이 이룬 크고 작은 일에 모두 축복을 내리실 거야! 하느님과 성 앨로이[3]께서 너희들을 보살펴주시길! 하느님, 정말 감사합니다. 제 마차가 드디어 진흙 수렁에서 빠져나왔습니다!"

---

3. 마차의 수호성인.

이 광경을 본 악마가 말했습니다.

"이제 알았소? 내가 뭐라고 했소? 아까 마부가 한 말은 진심이 아니었음을 알았을 것이오. 그럼 이제 우리가 가야 할 길이나 갑시다. 여기에서 내가 챙길 만한 것은 아무것도 없소."

그들은 길을 재촉했습니다. 잠시 뒤에 소환리가 악마에게 속삭였습니다.

"이것 보시오. 여기에 늙은 할망구가 하나 살고 있는데, 이 할멈은 자기 돈을 한푼이라도 빼앗기느니 차라리 목을 내놓겠다고 하는 지독한 구두쇠요. 이 할망구가 미쳐 날뛰는 한이 있더라도, 나는 12페니를 빼앗고야 말겠소. 그래도 돈을 주지 않는다면 재판소로 소환하는 수밖에 없소. 물론 그 늙은이가 죄를 지었다는 것은 아니오. 그건 하느님도 알고 계시오. 하지만 당신이 이곳에서 전혀 돈벌이를 하지 못하는 것 같으니, 내가 하는 것을 잘 보고 배우도록 하시오."

소환리는 늙은 과부의 대문을 두드리면서 큰 소리로 외쳤습니다.

"이리 나와, 늙은 마녀야! 지금 넌 탁발 수사나 사제놈과 함께 있는 게 틀림없어."

잠시 뒤에 노파가 대문을 열며 말했습니다.

"우리 집 대문을 두드리는 사람이 누구요? 아니, 이게 웬일이람! 도대체 소환리 양반이 무슨 일 때문에 여기까지 오셨나요?"

"여기 소환장이 있다. 내일 아침 부주교님 앞에 출두하여 몇 가지 묻는 말에 대답하라. 그렇지 않으면 넌 파문을 당할 것이다."

소환리가 이렇게 말하자, 노파가 대답했습니다.

"왕중의 왕이신 그리스도님, 저를 도와주소서. 저는 그곳으로 갈 수가 없답니다. 오랫동안 병을 앓고 있어서 그렇게 멀리는 갈 수가 없답니다. 그곳에 간다면 아마 저는 죽고 말 겁니다. 이 옆구리가 너무 쑤셔서……. 소환리 나리, 소환장 사본을 하나 가질 수 있을까요? 그럼 대리인을 시켜서 제가 고발당한 죄목에 관해 모두 답변하도록 하겠어요."

그러자 소환리가 말했습니다.

"그렇다면 좋아. 12페니만 내놓는다면 특별히 용서해 주마. 하지만 이 돈을 받는다 해도 내게 크게 득 되는 것이 없어. 득을 보는 것은 내 상관이지 내가 아니거든. 자, 어서 가져와! 난 빨리 돌아가야 한단 말이야. 12페니만 내놔! 여기서 하루 종일 기다릴 수는 없어."

"12페니라니요! 성모 마리아님, 저를 모든 죄악과 고통에서 구해 주소서! 당신이 이 세상을 다 준다고 해도 내 주머니에 12페니란 큰돈은 없답니다. 나는 늙고 가난한 과부예요. 나처럼 늙고 불행한 여인에게 동정을 베푸소서!"

"당신이 아무리 가난하더라도 그건 절대로 안 돼! 당신을 용서해 주면 악마가 날 잡아가고 말 거야."

그러자 노파가 소리쳤습니다.

"아 불쌍한 내 신세야! 하느님도 아시는 일이지만, 난 아무 죄도 없어요."

"돈을 내놔! 성 안나를 두고 맹세하는데, 할멈이 오래 전부터 내게 진 빚의 대가로 새 냄비를 들고 가겠어. 당신이 서방질을 했을 때 내가 대신 당신 벌금을 냈단 말이야."

"그건 거짓말이에요! 구세주를 두고 맹세하건대, 난 지금까지 한 번도 재판소에 소환당한 적이 없어요. 남편이 있을 때에도 그랬고, 과부가 되어서도 서방질은 한 적이 없어요. 난 바람을 피운 적이 한 번도 없어요. 커다란 검은 악마여, 이 빌어먹을 놈과 내 냄비를 가져가 버리소서!"

노파가 무릎을 꿇고 마구 욕하는 것을 들은 악마가 이렇게 말했습니다.

"자, 마벨 아줌마. 지금 한 말이 정말이지요?"

"저놈이 죽기 전에, 악마가 와서 저놈과 내 냄비를 함께 가져갔으면 좋겠어요. 저놈이 끝내 뉘우치지 않으면 말이에요."

그러자 소환리가 큰 소리로 말했습니다.

"이 빌어먹을 늙은 년아! 말 같지도 않은 소린 하지도 마! 내가 네 년한테 무얼 빼앗았다고 뉘우쳐! 지금 당장 네 속옷을 비롯해 옷가지를 전부 찢어놓고 말겠어!"

이때 악마가 말했습니다.

"진정하게. 네 몸과 이 옷가지들은 모두 내 거야. 오늘 밤 너는 나와 함께 지옥으로 가게 될 거야. 그곳에 가면, 너는 그 어떤 신학박사보다도 우리의 비밀을 잘 알게 될 거다."

이렇게 말하면서 악마는 소환리를 세게 붙잡았습니다. 소환리의 영혼과 육체는 악마를 따라 지옥으로 내려갔습니다. 그곳은 바로 소환리들이 가야 할 곳이었지요.

하느님, 당신의 모습대로 인간을 만드신 하느님! 우리를 인도하시고, 우리 모두를 보살피소서. 그리고 소환리들이 착한 사람이 되게 하소서!

여러분, 이곳에 있는 소환리 양반이 내게 시간을 준다면, 나는 그리스도와 성 바울로, 성 요한을 비롯한 수많은 학자들의 말을 빌려서 여러분들에게 끔찍스런 지옥의 고통에 관해 말하겠습니다. 아마 이 이야기를 들으면 여러분의 마음은 두려움으로 가득 차게 될 것입니다. 내가 지옥의 저주받은 집에서 행해지고 있는 고통을 천 년 동안 설명한다고 해도, 아마 제대로 모두 보여줄 수는 없을 것입니다. 하지만 그런 저주받은 장소에 가지 않도록 우리 모두 기도합시다. 우리가 사탄의 유혹에 빠지지 않도록 하느님께 기도합시다.

"사자는 있는 힘을 다해 언제나 죄없는 사람을 먹어치우기 위해 기다리고 있다"라는 격언을 떠올리면서 모두 반성합시다. 또한 악마의 유혹에 빠지지 않도록 여러분의 마음을 준비하십시오. 악마는 항상 우리를 자기의 노예로 만들려고 합니다. 여러분들의 의지만 굳세다면 악마는 여러분들을 넘보지 못합니다. 그것은 그리스도께서 여러분들을 위해 싸우시는 투사이시며 기사이시기 때문입니다. 이제 악마가 소환리들을 지옥으로 데려가기 전에, 그들이 죄를 뉘우치도록 하느님께 기도합시다.

여기에서 탁발 수사의 이야기는 끝난다.

소환리의 이야기

소환리의 이야기의 서문

소환리는 탁발 수사의 이야기에 미칠 듯이 화가 나서, 등자를 디디고 있던 발에 힘을 주며 일어나 있었다. 그는 분노를 이기지 못해 사시나무처럼 부들부들 떨고 있었다. 소환리가 말했다.

여러분, 여러분에게 한 가지 부탁드리겠습니다. 여러분들은 저 위선적인 탁발 수사의 거짓말을 들으셨습니다. 그러니 이제 내가 하는 이야기를 들어주셨으면 고맙겠습니다. 탁발 수사는 자기가 지옥에 관해 잘 알고 있다면서 호들갑을 떨었지만, 그것이 놀랄 만한 사실이 아니라는 것은 하느님께서도 잘 알고 계십니다. 사실 탁발 수사와 악마는 거의 차이가 없거든요.

아마 여러분들은 어떤 탁발 수사가 자기의 영혼이 지옥으로 잡혀가는 꿈을 꾸었다는 이야기를 많이 들으셨을 것이라고 생각합니다. 천사가 그 탁발 수사를 끌고 다니면서 지옥의 모든 고통을 보여주었는데, 아무리 둘러보아도 탁발 수사는 한 사람도 보이지 않았습니다. 물론 많은 다른 사람들은 그곳에서 고통을 겪고 있었습니다. 그러자 탁발 수사가 천사에게 말했습니다.

"천사님, 탁발 수사들은 하느님의 크나큰 은총을 입어서 이곳에 한 사람도 오지 않은 것입니까?"

천사가 말했습니다. "그 반대다. 이곳에는 수백만 명의 탁발 수사가 있다."

그러고는 탁발 수사를 사탄이 있는 곳으로 끌고 내려가면서 이렇게 말했습니다.

"네가 보듯이, 사탄은 큰 배의 돛보다도 더 커다란 엉덩이를 갖고 있다."

천사는 사탄을 향해 말했습니다.

"사탄아, 네 엉덩이를 들어서 보여주어라! 이 탁발 수사들이 어떤 지옥에서 살고 있는지 보여주어라."

즉시 벌집에서 뛰쳐나온 벌들처럼 사탄의 항문에서 2만 명의 탁발 수사가 달려나와 지옥 전체를 가득 메웠습니다. 그리고 나올 때처럼 있는 힘을 다해 빠른 속도로 사탄의 항문 깊숙한 곳으로 기어들어갔습니다. 탁발 수사들이 모두 들어가자, 사탄은 꼬리로 항문을 막고 잠자코 있었습니다.

탁발 수사가 그곳에서 일어나고 있는 처참한 고통을 충분히 목격하자, 무한하게 인자하신 하느님은 그의 육체에 영혼을 되돌려주었습니다. 그러자 탁발 수사는 깊은 잠에서 깨어났습니다. 그러나 아직도 공포에 사로잡혀 부들부들 떨고 있었습니다. 모든 탁발 수사들이 사탄의 항문으로 들어가는 장면을 머릿속에서 떨쳐 버릴 수가 없었던 것입니다. 하느님, 우리 모두를 보호해 주소서! 하지만 저 빌어먹을 탁발 수사만은 예외로 해주소서! 이것으로 나의 서문을 끝내겠습니다.

소환리의 이야기

여러분, 요크셔 지방에 홀더니스라는 습지가 있었습니다. 그곳에서 한 탁발 수사가 이곳저곳을 돌아다니면서 설교도 하고 동냥도 하고 있었습니다.

그러던 어느 날이었습니다. 이날도 탁발 수사는 평소와 다름없이 교회에서 열심히 설교를 했지요. 특히 사람들에게 죽은 자를 위해 위령미사를 드리라고 역설했습니다. 또 쓸데없는 일에 돈을 낭비하거나, 돈이 부족하지 않은 사람들, 가령 편안하고 풍족한 생활을 하는 교구 신부들에게 돈을 주는 대신, 하느님의 영광을 기릴 수 있고 성사(聖事)를 치를 수 있는 성전 건립에 헌금을 하라고 말했습니다.

탁발 수사는 이렇게 말하곤 했습니다.

"위령미사는 세상을 떠난 친구들의 영혼을 연옥에서 구원합니다. 30번에 달하는 위령미사를 계속 드려야 구원받습니다. 게으른 사제들이 기껏해야 하루에 한 번 미사를 올리고 나머지는 빈둥빈둥 노는데, 그래서는 구원받지 못합니다. 어서 이 불쌍한 영혼들을 구원하십시오! 죽은 다음에 고기 갈고리에 찔려 올빼미의 먹이가 되거나 불에 타버린다면 얼마나 끔찍스럽습니까! 그러니 어서 서두르세요! 그리스도를 위해 어서 서두르십시오."

이 수사는 자기가 하고 싶은 말을 모두 하고 축복을 내린 후, 갈 길을 향해 떠났습니다. 신도들이 적절하게 헌금을 하면, 수사는 재빨리 그것을 긁어모아 지체없이 떠나곤 했습니다.

그는 손잡이에 뿔이 달린 지팡이와 주머니를 든 채 법의를 걸쳐 입고는 집집마다 기웃거리면서 빵이나 치즈 혹은 곡식을 동냥했습니다. 그의 동료는[1] 뿔 달린 지팡이와 글을 쓸 수 있는 상아판 두 개[2]와 잘 다듬어진 펜을 가지고 다녔습니다. 그 펜으로 동냥을 주는 사람들의 이름을 적곤 했는데, 이것은 그들을 위해 마치 기도를 드려줄 것처럼 보이기 위한 행동이었습니다.

"밀 반 말이나 엿기름 혹은 보리나 치즈 한 덩이, 아니면 과자라도 주십시오. 여러분들이 주고 싶은 것이면 아무것이라도 좋습니다. 반 페니나 1페니를 주고 미사를 부탁하셔도 괜찮습니다. 여러분들의 집에 있는 질긴 고기도 상관없으며, 담요 조각을 주어도 좋습니다. 자, 보십시오. 여기에 당신들의 이름을 적습니다. 베이컨이나 고기, 아니면 여러분들이 가진 아무것이라도 사양하지 않습니다."

이들 탁발 수사들 뒤에는 건장한 젊은이가 한 명 따라다녔습니다. 그는 그들이 묵던 여관에서 손님들을 접대하는 청년이었는데, 항상 자루를 갖고 다니면서 사람들이 탁발 수사들에게 주는 것을 그 안에 집어넣었습니다. 그런

---

1. 탁발 수사들은 둘씩 짝을 지어 다니곤 했다.
2. 초로 껍질을 입혀 그 위에 글을 썼다.

데 여관 문을 들어서면, 그들은 상아판에 적어넣은 이름들을 지워 버리곤 했습니다. 탁발 수사가 신도들에게 주는 것은 단지 옛날 이야기와 쓸데없는 이야기들뿐이었습니다.

이때 탁발 수사가 소리쳤다.

"소환리, 당신은 지금 거짓말을 하고 있어!"

그러자 우리 사회자가 말했다.

"그리스도와 성모님을 위해서라도 제발 입 닥치시오! 자, 어서 이야기를 계속하시오. 하고 싶은 말은 모두 다 하시오."

"그럼 그렇게 하겠습니다."

소환리가 말했다.

이렇게 탁발 수사는 이 집 저 집을 돌아다니다가 한 저택에 도착했습니다. 그 집에서 그는 언제나 환대를 받곤 했습니다. 이 커다란 저택의 소유주인 그 집주인은 병에 걸려 긴 침상에 누워 있었습니다.

탁발 수사가 부드럽고 정중한 목소리로 인사했습니다.

"주님께서 당신과 함께 하시길! 안녕하세요, 토머스 씨? 주님께서 당신에게 보답해주시길! 나는 이 침상에 앉아서 따뜻한 대접을 받으며 얼마나 행복한 시간을 보냈는지 모르겠습니다. 정말이지 이 곳에서 먹은 음식 맛은 일품이었습니다!"

그는 침상에서 고양이를 내쫓아 버리고, 지팡이와 모자와 주머니를 내려놓고서 편안하게 앉았습니다. 탁발 수사는 혼자였습니다. 그의 동료가 밤을 지낼 수 있는 잠자리를 찾기 위해 데리고 다니던 하인과 함께 읍내로 갔기 때문입니다.

병자가 말했습니다.

"수사님, 3월초부터 어떻게 지내셨습니까? 수사님을 뵌 지도 벌써 보름이 넘었나 봅니다."

그러자 수사가 대답했습니다.

"하느님도 알고 계시다시피, 난 열심히 일했습니다. 당신과 또 다른 친구들이 구원을 받을 수 있도록 정성을 다해 기도를 했지요. 하느님, 이들을 축복해 주소서! 오늘은 당신이 다니는 성당에서 설교를 했습니다. 변변치 않은 재주지만 최선을 다했답니다. 난 성경에 있는 그대로 말하지는 않았지요. 그랬다면 아마 사람들이 너무 어려워 이해하지 못했을 겁니다. 그래서 나는 여러분들을 위해서 성경을 해석해서 말해줍니다. 해석이란 참으로 신기한 것입니다. 신학자들이 말하듯이, 문자는 사람을 죽이기 때문이지요. 특히 나는 자선을 베풀고 써야 할 곳에 돈을 써야 한다고 가르쳤습니다. 그나저나 아까 그곳에서 당신의 부인을 보았는데 지금 어디 계십니까?"

"아마 마당에 있을 겁니다. 곧 돌아올 겁니다."

바로 그때 부인이 들어왔습니다.

"어머나, 이게 웬일이세요? 이렇게 찾아주셔서 고마워요. 그동안 어떻게 지내셨어요?"

수사는 점잖게 자리에서 일어나 그녀를 꼭 껴안았습니다. 그리고 공손하게 뺨에 키스를 하고는 새끼 참새처럼 이렇게 재잘거렸습니다.

"지금보다 더 행복한 적은 없었습니다. 저는 항상 부인의 심부름꾼입니다. 부인에게 영혼과 생명을 주신 하느님께 감사드립니다. 그런데 오늘 성당에서 보니 부인보다 아름다운 여자는 아무도 없더군요."

"아니에요, 저는 아직도 부족한 점이 많답니다. 어쨌거나 이렇게 와 주셔서 고마워요. 정말이에요."

"정말 고맙습니다, 부인. 이렇게 맞아주시는 부인에게 항상 고맙게 생각하고 있습니다. 그런데 한 가지 용서를 빌고 싶습니다. 토머스 씨와 잠시 이야기를 나누었으면 합니다. 하지만 이곳에서 나가실 필요는 없습니다. 신부들은 너무나 게으르고 느려서 고해소에서 우리의 양심을 세심하게 어루만져 주지는 않는답니다. 그렇지만 난 설교에 있어서는 자신이 있어요. 그래서 항상 성 베드로와 성 바울로의 가르침을 공부합니다. 또한 이렇게 동냥을 다니며 신도들의 영혼을 구제하면서 예수 그리스도께 진 빚을 갚습니다. 나는 주님의 말씀을 전파할 생각밖에 하지 않습니다."

그러자 집주인의 아내가 말했습니다.

"고마우신 수사님, 미안하지만 저 사람 좀 야단쳐 주세요. 삼위일체이신 하느님을 두고 말하는데, 저 사람은 원하는 것은 모두 갖고 있으면서도 곰처럼 항상 투덜거려요. 매일 밤 담요를 덮어서 따뜻하게 해주고 내 팔이나 다리를 몸 위에 얹어주어도, 우리에 갇힌 돼지처럼 쉬지 않고 툴툴거린답니다. 저 사람하고 사는 재미란 하나도 없어요. 어떻게 해야 저 사람이 마음에 들어할지 모르겠어요."

"토머스 씨, 어떻게 그럴 수가 있습니까! 그건 악마나 하는 짓이니 고쳐야만 합니다. 화를 내는 것은 전지전능하신 하느님께서 금하시는 것입니다. 이 주제와 관련되어 몇 마디 하겠습니다."

이때 집주인의 아내가 다시 말했습니다.

"수사님, 그런데 저녁식사로 무얼 드시고 싶으세요? 당신이 먹고 싶은 것을 장만하겠어요."

"고맙습니다, 부인. 나는 간단한 식사면 충분합니다. 하지만 수탉의 조그만 간(肝)과 말랑말랑한 빵 한 조각과 구운 돼지 머리면 더욱 좋을 것 같습니다. 그러나 닭이든 돼지든 나 때문에 일부러 잡지는 마십시오……. 나는 조금만 먹어도 충분합니다. 내 영혼의 양식은 바로 성경이니까요. 이 가련한 육체는 잠을 자지 않고 명상을 하기 때문에 위장은 거의 몹쓸 지경이 되었답니다.

부인, 이 말을 나쁜 뜻으로 받아들이진 마십시오. 단지 부인과 허물없는 사이라 솔직히 말하는 것뿐이니까요. 사실 이런 말을 할 수 있는 사람은 몇 명 되지 않습니다."

"그럼 제가 장을 보러 나가기 전에 몇 마디만 하겠어요. 보름 전에 수사님이 이 마을을 떠나시고 얼마 안 되어 우리 아이가 죽었어요."

그러자 수사는 이렇게 말했습니다.

"내가 있는 수도원의 침실에서, 하느님의 계시로 아이가 죽는 것을 보았답니다. 우리의 심판관이신 하느님을 두고 감히 말하건대, 꿈속에서 나는 그 아이가 죽은 지 반 시간도 채 되지 않아서 천국으로 들어가는 것을 보았습니다. 우리 수도원의 성당지기와 간호사도 그것을 보았답니다. 이들은 50년간 탁발 수사로 활동하다가 얼마 전에 50년 축연을 치렀습니다. 그래서 이제는 혼자서 마음대로 수도원에서 나가 돌아다닐 수 있지요.[3]

나는 잠자리에서 일어났습니다. 그런데 종을 치지도 않았고 아무 소리도 내지 않았는데 수도원의 모든 사람들도 잠자리에서 일어났습니다. 눈물이 내 뺨을 적셨고, 우리 모두는 「주 찬미가」를 불렀습니다. 나는 이런 계시에 감사드리기 위해 그리스도께 기도를 드렸습니다. 정말이지 우리의 기도는 왕을 비롯한 평신도들의 기도보다 훨씬 효과가 있습니다. 일반 사람들은 음식이나 음료 혹은 속된 쾌락을 위해 흥청망청 돈을 쓰지만, 우리는 가난과 금욕 속에서 살기 때문입니다. 우리는 속세의 쾌락을 우습게 여깁니다.

거지 라자로와 부자 디베스는 아주 다르게 살았고, 그래서 다른 보답을 받았습니다. 기도를 하려면 금식을 하고 몸을 깨끗이 해야 합니다. 다시 말하면, 정신을 살찌우고 육체는 여위게 해야 합니다. 우리는 사도 바울로의 가르침을 그대로 따릅니다. 아무리 가난하더라도 입을 것이 있고 굶주림만 면하면 그것으로 충분합니다. 우리 탁발 수사들은 단식을 하고 몸을 정결히 하기 때문에 예수 그리스도께서 기도를 들어주시는 겁니다.

모세를 떠올리십시오. 모세는 40일 동안 금식을 한 후 시나이 산에서 하느님의 말씀을 들을 수 있었습니다. 오랫동안 금식을 하여 텅 빈 배로 하느님께서 손수 쓰신 율법을 받았던 것입니다. 당신도 잘 알고 있겠지만, 엘리야는 우리 영혼의 구세주이신 하느님의 말씀을 듣기 위해 호렙 산 위에서 오랫동안 아무것도 먹지 않고 기도를 했습니다.

성전을 책임지고 있던 아론은 많은 레위 족속들과는 달리 어떤 경우에도

---

3. 50년간 탁발 수사로 활동한 수사는 혼자서 돌아다닐 수 있었다.

절대로 술을 입에 대지 않았습니다. 술에 취한 상태로는 백성들을 위해 기도하거나 예배를 드리기 위해 성전으로 달려와야만 할 경우에 적절히 대처할 수 없기 때문입니다. 아론은 철저한 금욕생활을 하면서 사람들의 영생을 위해 기도하곤 했습니다. 이 점을 명심하십시오. 사람들을 위해 기도하는 자들이 술에 취해 있다면……. 이것에 관해서는 더 이상 말하지 않겠습니다. 이미 충분히 말했으니까요.

성경은 우리 그리스도께서 금식하고 기도하는 예를 보여준다고 가르치고 있습니다. 따라서 겸허하게 동냥을 하는 우리 탁발 수사들은 가난과 금욕, 자비와 겸손과 검소를 평생의 신조로 여겨야 합니다. 또 세인들의 박해를 받더라도 정의롭고 정직해야 하며, 남의 불행을 동정하여 눈물을 흘릴 줄 알아야 하고, 늘 경건한 마음으로 살아야만 합니다. 이런 이유로 하늘에 계신 하느님께서는 호의호식하는 평신도들의 기도보다 우리 탁발 수사의 기도를 더 잘 들어주시는 것이지요.

말이야 바른 말이지, 인간이 에덴 동산에서 쫓겨난 것도 인간의 탐욕 때문이었습니다. 낙원에 있을 때 인간은 아주 순결했답니다.

토머스 씨, 이제 내 말을 잘 들으십시오. 성경 말씀이 정말로 그런 것인지는 확인할 수 없지만, 우리의 거룩하신 그리스도께서 "마음이 가난한 자는 복이 있나니"라고 말씀하셨을 때, 이것은 특별히 우리 탁발 수사들을 두고 하신 말씀이라고 어떤 해설책에 적혀 있답니다. 성경을 읽어 보면, 이런 가르침이 돈 많다고 자랑하는 수사들보다는 우리 탁발 수사들에게 더 가깝다는 것을 알게 될 것입니다.

탐욕과 치부는 정말 창피한 것이랍니다! 난 그리스도의 이런 가르침을 모르는 사람들을 경멸합니다. 내가 보기에 그런 사람들은 요비니아누스와 같은 사람들입니다.

다시 말하자면, 고래처럼 통통하고, 백조처럼 걸어다니며, 창고 안의 포도주처럼 술로 가득 차 있는 사람들입니다.

하지만 기도를 할 때에는 매우 엄숙하게 보입니다. 그렇게 죽은 자들의 영혼을 위해 기도하지만, 다윗의 성시(聖詩)를 외우는 동안 트림을 해대지요. 마치 "내 마음은 트림합니다"[4]라고 말하는 것 같답니다.

그리스도의 발자취와 그분의 말씀을 따르는 사람이 누구입니까? 그들은 바로 겸손하고 순결하며 가난하고, 하느님의 말씀을 듣기만 하는 사람이 아니라 실제로 행하는 사람들입니다. 하늘 높이 솟아오르는 매처럼 자비롭고 순결하며 근면한 탁발 수사의 기도는 화살처럼 하늘로 솟아오릅니다.

토머스 씨, 성 이베[5]를 두고 맹세하건대, 당신이 우리의 형제가 아니었다면 이렇게 부자가 되지 못했을 것이라는 사실은, 내가 살아 있고 숨을 쉬고 있는 것처럼 명백한 사실입니다. 우리는 당신이 건강을 되찾고 사지를 쓸 수 있게 해 달라고, 수도원에서 밤낮으로 그리스도께 기도를 드렸습니다."

탁발 수사의 말을 듣고 있던 토머스가 말했습니다.

"그런데 하나도 나아진 것이 없어요. 정말이지 그리스도께서 제게 구원의 손길을 뻗쳤으면 좋겠습니다. 지난 몇 년 동안 이곳을 지나는 모든 탁발 수사들에게 수없이 시주를 했지만, 병은 조금도 차도를 보이지 않았습니다. 난 거의 모든 재산을 써버렸답니다. 이건 사실이에요. 이제 내 돈은 모두 떠나갔답니다."

그러자 탁발 수사가 말했습니다.

"토머스 씨, 정말로 그렇게 했습니까? 무엇 때문에 '모든 탁발 수사'들을 불렀습니까? 이미 읍내에 최고의 의사를 가진 사람이 무엇이 모자라서 다른 의사를 찾아갑니까? 당신의 그런 변덕이 당신을 망친 겁니다. 나와 우리 수도원에서 당신을 위해 기도하는 것이 부족하다고 생각합니까?

토머스 씨, 당신이 병에 걸린 것은 우리에게 너무 조금 주었기 때문입니다. 당신은 '저 수도원에 보리 닷말을 주어라' '이 수도원에 몇 푼 주도록 해라' '저 탁발 수사에게 돈 한푼 주어서 보내라'라고 말했을 것입니다. 하지만 이런 식으

---

4. 성서의 「시편」 45편의 '내 마음은 아리따운 시를 짓습니다'를 패러디한 것.

5. 브리튼의 수호성인인 것으로 추정됨.

로 하면 안 됩니다. 한 냥을 열두 개로 쪼개놓으면 무슨 가치가 있습니까? 완전한 것 하나가 쪼개진 여러 개보다 훨씬 큰 힘을 발휘하는 법입니다.

토머스 씨, 나에게서 좋은 소리 들을 생각일랑 하지 마십시오. 당신은 결국 우리를 공짜로 부려먹으려고 한 것입니다. 이 세상을 창조하신 하느님께서는 일꾼에게 일을 시키면 마땅한 보수를 지불해야 한다고 가르치셨습니다. 토머스 씨, 나 자신을 위해 당신에게 재물을 달라는 것이 아닙니다. 그건 단지 우리 수도원 전체가 당신을 위해 열심히 기도드릴 수 있도록 그리스도를 모실 교회를 세우는 데 쓰고자 함입니다.

토머스 씨, 당신이 진정으로 좋은 일을 하는 것이 무엇인지 알고 싶다면 인도의 성 토마스의 전기를 읽어보십시오. 그는 교회를 짓는 일이 좋은 일을 하는 것이라고 말하고 있습니다.

당신은 분노로 가득 찬 채 이곳에 누워서는, 악마에 사로잡혀 화만 내면서 순하고 참을성 많은 죄 없는 부인을 못살게 굴고 있습니다. 토머스 씨, 당신의 행복을 위해 충고하겠습니다. 제발 부인과 싸우지 마십시오. 또한 이런 문제에 관해 말한 현자의 격언을 항상 마음속에 새기십시오. '집 안에서 사자처럼 되어 하인들을 들볶지 말고, 친구들이 네 곁을 떠나지 않도록 하라.'

토머스 씨, 다시 한 번 말하겠습니다. 당신의 품 안에서 잠자는 여인을 보살피십시오. 그리고 풀 속에 숨어서 기어다니는 음흉한 독사를 조심하십시오. 내 말을 참고 들어보세요. 수만 명의 남자가 애인이나 아내와 싸우다가 죽었다는 사실을 기억하십시오. 당신처럼 순하고 착한 아내를 갖고 있는 사람이 무엇 때문에 말다툼을 합니까?

사람한테 꼬리를 밟힌 뱀이 아무리 잔인하고 위험하다 하더라도 성난 여자의 반도 따라가지 못하는 법입니다. 여자가 화나면 복수만을 소망할 뿐이지요.

분노는 일곱 가지 죄악[6] 중의 하나이며, 하늘에 계신 하느님이 가장 싫어하

---

6. 오만, 질투, 나태, 탐식, 탐욕, 분노, 음탕.

시는 것입니다. 또한 그것은 화를 내는 사람을 파멸로 이끕니다. 글을 읽을 줄 모르는 무식한 사제라도 분노가 살인을 낳는다는 것은 알고 있습니다. 정말이지 분노란 오만한 행위입니다. 분노가 가져오는 재앙을 다 말하자면 아마 내일 새벽까지 말해도 끝나지 않을 겁니다. 그래서 나는 분노로 가득 찬 인간이 힘을 갖지 않게 해 달라고 하느님께 밤낮으로 기도합니다. 성미 급한 사람을 힘 있는 자리에 앉힌다는 것은 정말이지 위험하고도 불행한 일이기 때문이에요.

세네카의 가르침을 하나 말하겠습니다. 옛날에 화를 잘 내는 재판관이 있었습니다. 그가 재판관으로 있던 어느 날이었습니다. 두 기사가 함께 말을 타고 출정했습니다. 그런데 운명의 장난 때문에 한 기사는 집으로 돌아왔지만, 다른 기사는 돌아오지 못했습니다. 살아 돌아온 기사는 재판관 앞으로 끌려왔고, 판사는 그에게 말했습니다.

'네가 동료를 죽인 것이 분명하다. 그러니 너에게 사형을 선고한다.'

그러면서 다른 기사에게 '저놈을 형장으로 끌고 가라. 이것은 나의 명령이다'라고 말했습니다.

기사가 죄인을 끌고 형장으로 가고 있을 때, 갑자기 죽었다고 생각했던 기사가 나타났습니다. 그러자 죄인을 끌고 가던 기사는 이 두 사람을 동시에 재판관에게 데려가는 것이 좋겠다고 생각했습니다. 그 기사는 재판관에게 이렇게 말했습니다.

'재판관님, 이 기사는 그를 죽이지 않았습니다. 그가 이렇게 몸 성히 돌아오지 않았습니까?'

하지만 재판관은 이렇게 말했습니다.

'너희들은 죽어야 한다. 이것은 하나 혹은 두 사람이 죽어야 한다는 소리가 아니라, 세 사람 모두 죽어야 한다는 말이다.'

그러면서 처음의 기사에게 이렇게 말했습니다.

'나는 너에게 사형을 선고했으므로, 너는 죽어야 한다.'

또 살아돌아온 두 번째 기사에게는 이렇게 말했습니다.

'너 역시 죽어야 한다. 그것은 네가 이 기사를 죽이게 된 원인을 제공했기

때문이다.'

그리고 세 번째 기사에게는 이런 말을 했습니다.

'너는 내 명령을 지키지 않았다. 따라서 너도 죽어야 한다.'

이렇게 재판관은 세 사람을 죽였습니다.

또 이런 이야기도 있습니다. 화를 잘 내던 페르시아의 왕 캄비세스는 주정뱅이에다 나쁜 짓이란 나쁜 짓은 모두 하던 사람이었습니다. 그런데 어느 날 품행이 방정하고 덕을 사랑하는 기사 하나가 왕과 단둘이 있는 자리에서 이렇게 말했습니다.

'사악한 임금은 임금의 자격이 없습니다. 술에 취해 주정하는 것은 자기의 명예에 먹칠을 하는 행동입니다. 하물며 그런 사람이 임금일 경우에는 말할 필요도 없습니다. 임금 주위에는 항상 수많은 눈과 귀가 둘러싸고 있지만, 임금 자신은 그런 사실을 알지 못합니다. 그러니 술을 마실 때는 더욱 조심하도록 하십시오. 술이란 것은 늘 정신과 육체를 제대로 다스리지 못하게 만듭니다.'

그러자 캄비세스가 말했습니다.

'그런 말이 사실이 아님을 곧 보여주겠다. 술이 사람들에게 그토록 해를 끼치지 않는다는 것을 네가 몸소 체험하게 해주겠다. 나는 아직도 술 때문에 손이 떨리거나 눈동자의 초점을 잃은 적이 한 번도 없도다.'

그는 나쁜 마음을 품고 전보다 백 배나 더 많은 술을 마시기 시작했습니다. 그러고 나서 복수심으로 가득 찬 못된 왕은 기사의 아들을 자기 앞으로 데려오라고 명령했습니다. 기사의 아들이 도착하자, 갑자기 그는 활을 집어 활사위를 귀까지 잡아당긴 후 화살을 쏘았습니다. 기사의 아들은 그 자리에서 죽고 말았습니다.

캄비세스는 아들을 잃은 기사에게 말했습니다.

'어떠냐? 이래도 내가 손이 떨리고 정신이 없다고 말하겠느냐? 술 때문에 내 시력이 형편없어졌느냐?'

그 기사가 뭐라고 대답했겠습니까? 아들이 죽는 모습을 지켜본 기사는 한마디도 할 수 없었습니다. 그러니 화를 잘 내는 왕을 대할 때는 조심해야 합니다. 가난뱅이를 상대할 경우를 빼고는 그냥 겉치렛말이나 하든지, 아니면 '최선을 다하겠습니다'와 같은 말이나 하는 것이 상책입니다. 가난뱅이한테는 결점을 말해 주어야 하지만, 높은 사람이라면 그가 지옥에 떨어질 정도로 못된 사람이라도 흠을 이야기해서는 안 됩니다.

또한 페르시아의 왕 키루스를 보십시오. 그 사람도 역시 화를 잘 내는 사람이었습니다. 그는 기센 강 유역을 모두 파괴했는데, 그것은 바빌로니아를 정복하기 위한 원정길에서 자기의 말 한 마리가 그 강에 빠져 죽었기 때문입니다. 키루스 왕은 그 강을 아낙네들도 쉽게 건널 수 있을 정도로 아주 보잘것없는 개울로 만들어 버렸습니다.

위대한 스승님이신 솔로몬 왕이 무엇이라고 말씀하셨습니까? 그분은 '성급한 사람과 벗하지 말고 성 잘 내는 사람과 가까이 지내지 말라. 그들과 어울리다가는 올가미에 걸려 목숨을 잃는다'라고 말씀하셨습니다. 이젠 더 이상 말하지 않겠습니다.

사랑하는 형제 토머스 씨, 이제부터라도 화를 내지 마십시오. 이제 당신은 내 말이 얼마나 맞는지 알게 될 것입니다. 당신의 가슴에 악마의 칼을 겨누지 마십시오. 당신은 당신의 분노 때문에 이렇게 고생하고 있는 것입니다. 이제 나에게 모두 죄를 고백하십시오."

그러자 집주인이 말했습니다.

"성 시몬을 두고 맹세하지만, 죽어도 싫습니다. 오늘 이미 신부님에게 고백을 했습니다. 모든 것을 이야기했어요. 그러니 내게 겸손한 마음이 우러나오지 않는 한 다시 고백할 이유는 없습니다."

이 말을 듣자 탁발 수사는 말했습니다.

"그러면 우리 수도원을 짓는 데 헌금을 해주십시오. 남들은 편안한 생활을 하고 있지만, 우리는 홍합과 굴만을 먹으면서 수도원을 세우기 위해 애쓰고 있습니다. 그런데 이제 간신히 기초공사만 끝냈을 뿐입니다. 아직 바닥에 타일 하나도 깔지 못하고 있습니다. 게다가 석재 값으로 44파운드의 빚을 지고 있습니다.

토머스 씨, 지옥을 정복하신 하느님을 사랑하신다면 우리를 도와주십시오. 그렇지 않으면 우리는 책이라도 팔아야 합니다. 그러면 여러분들은 우리의 가르침을 받지 못할 것이고, 온 세상은 파멸하고 말 것입니다.

토머스 씨, 우리가 세상에 없는 것은 세상에서 태양이 없는 것과 같습니다. 누가 우리처럼 열심히 일하고 가르칩니까? 이것은 요즘에 시작된 일이 아닙니다. 기록에 의하면, 우리 탁발 수사들은 엘리야[7]나 엘리사 시대부터 자선을 베풀며 살아왔습니다. 자, 토머스 씨, 우리에게 자비를 베풀어 주십시오!"

그러면서 탁발 수사는 무릎을 꿇었습니다.

병자인 집주인은 화가 치밀어 미칠 지경이었습니다. 거짓말만 늘어놓는 탁발 수사가 불에 타 죽었으면 좋겠다는 심정이었습니다.

"난 내가 가진 것은 줄 수 있지만 그 이외의 것은 줄 수 없습니다. 당신도 내가 당신의 형제라고 말하지 않았습니까?"

이 말을 들은 탁발 수사가 말했습니다.

"물론입니다. 그건 틀림없습니다. 우리가 당신과 형제의 정을 나누고 있다는 우리 수도원의 편지를 당신 부인에게 드린 적도 있으니니까요."[8]

그러자 병자가 말했습니다.

"좋습니다. 그럼 내가 살아 있는 동안 당신의 거룩한 수도원에 약간의 돈을 기부하겠습니다. 곧 당신에게 드리도록 하겠어요. 하지만 한 가지 조건이 있습니다. 그것은 당신 수도원의 수사들이 모두 똑같이 나누어 가져야 한다는 것입니다. 당신의 성직을 걸고 절대로 속이거나 다른 이유를 대지 않겠다고 맹세하십시오."

탁발 수사는 손을 내밀어 토머스의 손을 잡고 맹세했습니다.

"내 믿음을 걸고 맹세합니다. 당신과의 약속을 절대로 저버리지 않겠다고

---

7. 가르멜 수도사들은 엘리야가 가르멜 산 위에 가르멜 수도회를 설립했다고 믿는다.
8. 형제의 편지는 수도원이 기부금을 낸 평신도에게 주는 것으로, 그 편지에는 수도원의 직인이 찍혀 있다. 편지 내용은 주로 수사들이 기부금에 대한 답례로 기부금을 낸 신도에게 영적인 은혜를 베풀겠다는 것이었다.

맹세합니다."

그러자 집주인이 말했습니다.

"이제 당신 손을 내 등 뒤에 대고 조심스럽게 훑어 내려가십시오. 그러면 궁둥이 밑에서 내가 몰래 감추어놓은 물건을 찾게 될 겁니다."

이 말을 들은 탁발 수사는 '이건 내가 독차지해야지'라고 생각하면서, 병자의 등 뒤에 손을 대고 양쪽 볼기 사이에 있는 구멍까지 더듬어 내려갔습니다. 물론 그곳에 집주인이 기증할 물건이 있을 것이라고 생각했습니다.

자기 항문 근처를 이러저리 더듬는 탁발 수사의 손길을 느낀 집주인은 그의 손바닥 한가운데에 방귀를 내뿜었습니다. 마차를 끄는 말도 그토록 요란하게 방귀를 뀌지는 못했을 것입니다. 탁발 수사는 성난 맹수처럼 벌떡 일어나 소리를 질렀습니다.

"이런 빌어먹을 놈 같으니! 이건 나를 우습게 보고 일부러 한 짓이야! 이 방귀에 대한 값을 톡톡히 치르게 해줄 테다! 반드시 보복을 하고 말겠어!"

떠들썩한 소리에 놀란 하인들은 급히 달려왔고, 즉시 탁발 수사를 밖으로 내쫓아 버렸습니다.

분노가 치밀어 얼굴이 새빨개진 탁발 수사는 고래고래 소리지르며 동료 탁발 수사를 찾았지만, 그는 다른 곳으로 탁발을 가고 없었습니다. 탁발 수사는 성난 멧돼지처럼 이를 부득부득 갈면서 높은 사람이 살고 있는 커다란 저택으로 향했습니다. 그는 항상 그 수사에게 고해를 해온 사람으로 이 마을의 영주였습니다.

탁발 수사가 그 저택에 들어섰을 때, 영주는 마침 식사를 하고 있었습니다. 수사는 너무나 화가 치밀어 한 마디 말도 하기 힘들었지만 마침내 간신히 화를 가라앉히고 "하느님의 축복이 있길!" 하고 말하며 인사를 했습니다.

저택의 주인은 수사를 뚫어지게 바라보더니 말했습니다.

"아니, 이게 웬일입니까? 도대체 무슨 일이 있었습니까, 존 수사님? 무언가 좋지 않은 일이 있었나보군요. 수사님의 얼굴이 마치 도둑놈들로 가득 찬 숲과도 같습니다. 자, 여기 앉아서 무슨 일인지 말해 보십시오. 내가 할 수 있는 일이라면, 기꺼이 도와 드리겠습니다."

그러자 탁발 수사는 이렇게 말했습니다.

"끔찍한 모욕을 당했습니다! 오늘 영주님 마을에서 말입니다! 내가 이 마을에서 겪은 봉변은 아무리 천한 종놈이라도 참을 수 없을 겁니다. 그러나 무엇보다도 괘씸하고 참을 수 없는 것은 머리가 허연 그 늙은이가 우리의 성스런 수도원을 모욕했다는 것입니다."

"자, 선생님. 부탁이니 제발 차근차근……."

"난 선생이 아니라 하인입니다. 학교에서는 나를 그렇게 부르지만, 하느님은 우리가 랍비(선생)라고 불리기를 원하지 않습니다. 시장에서건, 저택에서건 그런 호칭으로 불리는 것을 좋아하지 않으십니다."

그러자 영주가 말했습니다.

"그건 그렇고, 도대체 무슨 문제가 있었는지 말해 보십시오."

탁발 수사가 말했습니다.

"영주님, 오늘 나뿐만 아니라 우리 종단이 가증스런 치욕을 당했습니다. 그러니 결국 그것은 성 교회의 모든 성직자를 모욕한 것입니다. 하느님, 어서 이 원수를 갚아주소서!"

이 말을 듣자 영주가 말했습니다.

"수사님, 수사님은 이 문제를 어떻게 해결해야 하는지 잘 알고 계십니다. 자, 이제 진정하십시오. 당신의 나의 고해 수사이며, 이 땅의 소금이자 빛이십니다. 부디 마음을 가라앉히시고, 도대체 왜 이렇게 흥분하시는지 말씀해 보십시오."

탁발 수사는 여러분들이 지금까지 들었던 이야기를 모두 말했습니다. 영주의 부인은 한 마디도 하지 않고 듣고만 있다가 수사가 이야기를 끝내자 이렇게 말했습니다.

"오, 성모님! 복되신 성모 마리아님! 그런데 이게 전부입니까? 사실대로 말씀해 주세요."

그러자 수사가 물었습니다.

"마님은 어떻게 생각하십니까?"

"내가 어떻게 생각하냐고요? 이건 상놈이 상놈 짓을 한 것이지, 그밖에 뭐가 있겠습니까? 하느님, 그에게 불행을 내리소서! 그의 병든 머릿속은 어리석음으로 가득 차 있습니다. 내가 보기에는 아마도 미친 것 같아요."

"마님, 어떤 방법을 쓰더라도 나는 그놈에게 복수를 하고 말 겁니다. 내가 설교를 하러 다니는 곳마다 그놈을 욕할 겁니다. 신성모독자이며 거짓말쟁이는 나에게 도저히 나눌 수 없는 물건을 똑같이 나누어 가지라고 했습니다. 망할 놈 같으니!"

하지만 영주는 무언가에 홀린 사람처럼 잠자코 있을 뿐이었습니다. 그러면서 마음속으로 이렇게 생각했습니다.

'도대체 무슨 생각으로 그놈이 수사를 골탕 먹인 것일까? 이런 이야기는 내 평생 들어본 적이 없어. 아마도 악마가 이런 생각을 하게 만들었을 거야. 지금까지 나온 산수책을 모두 뒤져도 이 수수께끼를 해결할 수는 없을 거야. 방귀 냄새와 그 소리를 공평하게 나누어 갖는 방법을 설명할 수 있을까? 바보 같고 건방진 녀석 같으니라고! 정말 재수 없는 놈이야!'

마침내 영주가 말했습니다.

"여기에 있는 기사들아! 이와 비슷한 경우를 들어본 사람이 있느냐? 여러 사람이 방귀를 똑같이 나누어 갖는다니……. 어떻게 해야 할지 말 좀 해 보아라! 이건 불가능한 일이야. 이건 절대로 할 수 없는 일이야. 멍청한 녀석 같으니! 다른 소리들처럼 방귀 소리도 공기가 떨리며 나는 것이고, 그것은 이내 점점 작아져 사라지는 것이야. 그러니 그것을 똑같이 나누었다고 평가할 수 있는 사람은 하나도 없어. 그런데 이런 문제를 낸 놈이 우리 마을에 사는 녀석이라니! 내 고해 수사에게 파렴치하게 그런 소리를 한 놈이 우리 마을에 살고 있다니! 내가 보기에 그놈은 미친놈이다. 수사님, 그놈이 한 말은 염두에 두지 마시고 어서 식사나 하십시오. 제 손으로 목을 매달아 악마에게 끌려갈 놈이니 말입니다."

그런데 테이블 옆에서 고기를 썰고 있던 영주의 수습기사가 그들의 말을 하나도 빠짐없이 듣고 나서 이렇게 말했습니다.

"영주님, 이렇게 끼어들어 죄송합니다. 하지만 제게 옷을 한 벌 만들 수 있는 천을 주신다면, 이 탁발 수사님에게 수도원에 계신 모든 수사님들께 방귀를 골고루 나눠줄 수 있는 방법을 말씀드리겠습니다."

영주가 말했습니다.

"어서 말하라. 그럼 즉시 옷감을 주겠다. 하느님과 성 요한을 걸고 약속하겠다."

영주의 대답을 들은 수습기사가 다시 말했습니다.

"날씨가 좋아지고, 바람 한 점 없어 공기가 움직이지 않게 되면, 이곳으로 수레바퀴 하나를 가져오라고 하십시오. 그리고 수사님 열두 분을 불러오십시오. 왜냐고요? 제가 알기로는 수도원에는 여기에 계신 고해 신부님까지 모두 열세 분의 수사님이 계십니다.

보통 바퀴에는 열두 개의 살이 들어 있지요. 열두 분의 수사님들이 무릎을 꿇고 각각의 살 끝에 코를 대고 꼼짝하지 말라고 지시하십시오. 여기에 계신 고해 수사님은 높으신 분이니까 바퀴살이 모인 부분에 코를 대십시오. 그러니까 바퀴 중앙 아래에 코를 대라는 말입니다. 그런 다음에 뱃가죽이 북처럼 팽팽하고 탱탱한 토머스를 이곳으로 데려와서 수레바퀴 한가운데에 올려놓고 방귀를 뀌도록 하는 겁니다.

제 목숨을 걸고 말하는데, 아마 여러분들은 방귀 소리와 악취가 동일한 속도로 열두 개의 바퀴살로 골고루 퍼져나가는 것을 보실 수 있을 것입니다. 하지만 여기에 계신 고해 수사님은 매우 고귀한 분이시므로 이 지위에 걸맞게 방귀 소리와 냄새를 가장 먼저 맛보게 되실 겁니다. 탁발 수사님들은 아직도 중요한 사람에게 무엇이든 가장 먼저 대접하는 훌륭한 관습을 지키고 있으며, 따라서 여기에 계신 고해 수사님은 충분히 그럴 만한 자격이 있다고 생각합니다.

오늘만 해도 교단에서 훌륭한 설교를 하셨습니다. 그래서 제 생각으로는 방귀 냄새를 처음으로 맡게 하는 것이 옳다고 생각합니다. 아마 다른 수사님들도 같은 생각을 하시리라고 확신합니다. 왜냐하면 이 수사님은 아주 훌륭하고 거룩하게 행동하시기 때문입니다."

탁발 수사를 제외한 영주와 영주 부인, 그리고 그 자리에 있던 모든 사람들이 잰킨이 유클리드나 프톨레마이오스처럼 아주 제대로 이 문제를 처리했다는 생각에 의견의 일치를 보았습니다. 또한 병자 토머스에 관해서 말하자면, 뛰어난 지혜와 지성을 가진 사람만이 그런 말을 할 수 있으며, 따라서 그는 바보나 미친 사람이 아니라는 데 생각을 같이했습니다. 이렇게 잰킨은 새 옷을 한 벌 얻어 입게 되었습니다. 내 이야기는 이것으로 끝이 납니다. 이제 곧 마을에 도착하겠군요.

소환리의 이야기는 여기에서 끝난다.

제4부

옥스퍼드 서생의 이야기

상인의 이야기

⟵ 옥스퍼드 서생의 이야기 ⟶

옥스퍼드 서생의 이야기 서문

우리의 사회자인 여관 주인이 말했다.

"옥스퍼드 서생 양반! 당신은 아무 말도 없이 조용히 말만 몰고 있군요. 마치 갓 결혼한 신부가 처음으로 식탁에 앉은 것처럼 말이오. 하루 종일 당신은 말 한 마디 하지 않았소. 내가 보기에 당신은 어떤 철학적인 문제를 깊이 생각하고 있는 것 같구려. 하지만 솔로몬 왕이 말했듯이 모든 것은 때가 있는 법이라오.

자, 기운을 내시오. 지금은 사색을 하는 시간이 아니오. 약속대로 재미있는 이야기나 들려주시오. 이 놀이에 낀 사람은 규칙을 지켜야 하니 말이오. 하지만 사순절에 탁발 수사들이 하는 식으로 설교를 늘어놓거나, 우리의 죄를 뉘우치게 하면서 눈물을 흘리게 만들지는 마시오. 또한 재미없는 이야기로 우리를 졸게 하지 말도록 하시오. 신나는 모험이야기나 하나 하시오.

그리고 당신들의 꽃이라고 일컬어지는 고상한 말투나 어려운 말은 고이 간직했다가, 왕이나 다른 귀족들에게 바칠 글을 지을 때나 쓰도록 하시오. 지금은 우리 모두가 당신 말을 알아들을 수 있도록 쉽게 이야기해 주기 바라오."

그러자 마음씨 착한 서생이 다정하게 말했다.

"사회자님, 당신의 지시대로 따르겠습니다. 지금 우리를 다스리는 분은 당신이니, 이치에 닿는 일이라면 당신의 말대로 따를 것을 맹세합니다. 그럼 파도바에서 어느 훌륭한 학자에게 들은 이야기를 하겠습니다. 이 학자의 언행은 모든 사람의 존경을 받기에 충분한 것이었습니다. 지금은 고인이 되어 땅 속에 묻혀 있습니다. 하느님에게 기도하오니, 그의 영혼을 보살펴주소서.

이 학자의 이름은 프란체스코 페트라르카였습니다. 그는 계관시인[1]이었으며, 리냐노[2]가 철학과 법학을 비롯한 지식으로 온 이탈리아를 빛냈듯이, 그는 달콤한 시로 이탈리아 전역을 환하게 비추었습니다. 그러나 우리는 이 세상에서 겨우 눈 깜짝할 동안만 살고 죽어야 합니다. 죽음은 이 두 사람을 이 세상에서 앗아갔습니다. 우리 인간들은 모두 죽어야만 하니까 말입니다.

그러나 이 이야기를 말해준 훌륭한 사람에 관해 다시 말하겠습니다. 이 이야기의 본론으로 들어가기 전에, 우선 그가 멋진 문체로 서문을 썼다는 사실을 말씀드리고 싶습니다. 이 서문에서 페트라르카는 피에몬테와 살루초 근교의 지역을 자세히 묘사하고 있습니다. 또한 서부 롬바르디아의 경계를 이루는 험준한 아펜니노 산맥에 관해서도 말하고 있습니다.

특히 비소(Viso) 산을 이야기하는데, 그곳은 바로 포(Po) 강이 시작되는 곳입니다. 이 강은 조그만 샘에서 흘러나와 에밀리아와 페라라, 그리고 베네치아를 향해 동쪽으로 흐르면서 물길이 커집니다. 이 모든 것을 자세히 설명하려면 너무나 많은 시간이 걸릴 것이며, 이 이야기의 머리말로는 필요할지 몰라도 그 이외의 목적으로는 적당하지 않다고 생각합니다. 자, 이제 이야기를 하겠습니다. 잘 들어주십시오.

옥스퍼드 서생의 이야기[3]

---

1. 로마 원로원은 1341년 성 일요일에 그에게 계관을 씌워주었다.

2. 14세기 볼로냐 대학의 종교법 교수

3. 이 이야기의 주제는 중세 당시에 널리 사랑받던 것으로 14세기만 하더라도 아홉 개의 서로 다른 판본이 존재할 정도였다. 이 주제를 이토록 유행시킨 장본인들은 바로 보카치오와 페트라르카였다. 이 이야기는 『데카메론』에도 수록되어 있는데, 페트라르카는 이것을 라틴어로 번역했고, 후에 이 번역본은 프랑스어로 옮겨졌다. 초서는 네 개의 프랑스 판본 가운데 하나를 선택한 것으로 보인다.

1

이탈리아의 서쪽 비소(Viso) 산의 만년설 아래로 곡식이 풍성하게 자라는 기름진 들판이 펼쳐져 있었습니다. 그곳에는 우리 선조들이 세웠던 많은 성과 도시들이 산재해 있었습니다. 또한 아름다운 명승지들이 한둘이 아니었는데, 바로 이렇게 멋진 지역의 이름은 살루초였습니다. 이 고을의 영주는 후작으로, 그의 조상들 역시 이 고을의 영주였습니다.

그가 다스리는 사람들은 부자건 가난하건 모두 그의 말에 진심으로 복종했습니다. 이렇게 운명의 여신의 보살핌을 받아 그는 오랫동안 귀족들과 백성들의 두려움 섞인 사랑을 받으며 행복한 생활을 영위하고 있었습니다.

그의 혈통은 롬바르디아의 으뜸가는 가문이었습니다. 외모는 근사했으며 힘도 세었고 젊었습니다. 또한 명예를 존중하고 예의가 바랐으며, 현명하게 자기 영지를 다스릴 줄 알았습니다. 한두 가지 실수한 것만 제외하면 완벽하게 영지를 통치했습니다. 이 젊은 영주의 이름은 월터였습니다.

그러나 그는 비난받아야 할 점도 있었습니다. 그것은 바로 미래에 생길지도 모르는 일에 대해서는 전혀 생각하지 않는다는 것이었습니다. 그는 순간의 쾌락에만 몰두하는 정신의 소유자였으며, 영지 주위를 돌아다니며 동물 사냥이나 매 사냥을 하며 시간을 보내곤 했습니다. 사실 그는 자기가 해야 할 일을 게을리하고 있었습니다. 그런데 그중에서도 가장 나쁜 점은 아내를 맞을 생각을 하지 않는다는 것이었습니다.

이 점에 대해 크게 근심하던 신하들이 어느 날 무리를 지어 후작을 찾아갔습니다. 그 중에서 한 사람이 후작에게 말했습니다. 그는 가장 학식이 많은 사람이거나, 아니면 그의 말이라면 영주가 귀담아들을 것이라고 생각했거나, 혹은 이런 미묘한 문제를 어떻게 설명해야 하는지 잘 알고 있는 사람이었습니다.

"오, 고귀하신 후작님. 저희는 영주님의 인자하신 마음씨를 믿고, 저희의 근심을 이야기할 필요가 있다고 생각할 때마다 영주님께 아뢥니다. 영주님, 황송하오나 저희의 불평을 들어주시옵소서. 저희들의 목소리를 귀담아 들어주시옵소서.

저나 지금 이곳에 모인 사람들은 모두 똑같은 생각을 가지고 있지만, 영주님께서 언제나 저에게 온정과 호의를 베풀어 주셨으므로 저희들의 청원에 귀를 기울여달라는 말을 대표로 하게 되었습니다. 제 말을 들어보시고, 영주님께서 좋은 쪽으로 결정하시기 바랍니다.

영주님, 사실 저희들은 영주님과 영주님이 이룬 치적을 소중히 여기며 우러러 받들고 있습니다. 또한 영주님은 항상 저희의 기대를 저버리지 않았습니다. 그렇기에 저희는 지금보다 더 행복하게 산다는 것은 생각조차 할 수 없습니다.

그러나 이 행복한 삶에 부족한 것이 딱 하나 있습니다. 그것은 바로 영주님께서 아내를 선택하여 결혼을 하시는 일입니다. 그리하면 영주님의 신하들은 완전한 행복을 누릴 것입니다. 사람들이 결혼 혹은 혼인이라고 부르는 행복의 멍에 앞에 머리를 숙이십시오. 그것은 노예의 굴레가 아니라 지배의 복된 왕국입니다.

영주님의 슬기로운 지혜로 세상의 시간이 얼마나 빨리 흘러가는지 생각하여 주십시오. 우리가 잠을 자거나 깨어 있거나, 말을 타거나 이리저리 방황하거나, 시간은 잠시도 쉬지 않고 흘러가며 아무도 기다려 주지 않습니다.

지금 영주님께서는 꽃다운 청춘을 누리시지만, 노년은 돌처럼 아무 말 없이 다가오고 있습니다. 죽음은 노소를 가리지 않고 우리를 위협하며, 지위의 높고 낮음을 가리지 않고 목숨을 앗아갑니다. 아무도 죽음을 피할 수는 없습니다. 그러니 우리는 모두 죽어야 한다는 사실을 알고 있지만, 죽음이 언제 우리를 덮칠지는 아무도 모른답니다.

그러니 저희들의 진정한 소원을 들어주십시오. 저희는 지금까지 한 번도 영주님의 명령을 거역한 적이 없습니다. 영주님, 만일 저희의 청을 받아들이신다면, 저희가 이 나라에서 가장 훌륭하고 높은 가문에서 태어난 여인을 아내로 맞이할 수 있도록 하겠습니다. 저희 능력이 닿는 한도 내에서 하느님이 보시기에도 가장 명예로운 여인을 택하겠습니다. 하늘 높은 곳에 계시는 하느님을 사랑하신다면, 제발 아내를 맞으셔서 저희들을 끊임없는 걱정에서 해방시켜 주십시오.

이런 일이 일어나서는 안 되겠지만, 만일 영주님이 돌아가셔서 대가 끊어지면 낯선 곳에서 온 후계자가 영주님의 뒤를 잇게 됩니다. 그렇게 되면 저희는 얼마나 불쌍한 백성이 되겠습니까! 따라서 영주님께 간청하오니, 가능한 한 빨리 혼례를 치르십시오."

신하들의 간곡한 청원과 그들의 애원하는 눈빛을 보자, 영주는 마음이 움직였습니다. 그래서 이렇게 말했습니다.

"사랑하는 신하와 백성들이여. 여러분들은 내가 생각조차 하지 않은 일을 하라고 요구하고 있소. 나는 자유를 마음껏 누려왔소. 그것은 결혼한다면 결코 맛볼 수 없는 것이오. 지금까지는 자유의 몸이었지만 결혼을 하면 노예가 되어야만 하오.

난 여러분들의 진심을 잘 알고 있소. 그리고 언제나 그랬듯이 여러분들의 양식을 믿소. 따라서 나는 가능한 한 빨리 결혼할 것을 내 자유의사에 따라 약속하오. 다만 여러분들이 나의 신붓감을 찾아주겠다는 제안을 했는데, 여러분들에게 그런 짐을 지우고 싶지는 않소. 그러니 그런 생각은 버려주길 바라오.

하느님도 알고 계시다시피, 아들들이라고 항상 아버지를 닮는 것은 아니오. 그것은 선량함이란 하느님에게서 나오는 것이지, 혈통이나 가문에서 나오는 것이 아니기 때문이오. 나는 하느님의 선하심을 믿기에 나의 혼인과 지위와 영혼의 평화를 하느님의 뜻에 맡기겠소.

그러니 아내를 고르는 문제는 내가 책임질 수 있게 해주시오. 하지만 내가 어떤 아내를 선택하든지, 여러분들은 마치 황제의 딸을 대하듯이 그녀의 생명이 다할 때까지 언제나 말과 행실로써 공경하겠다고 목숨을 걸고 다짐해 주기 바라오.

또한 내가 선택한 아내에 대해 반대하거나 이러쿵저러쿵 불평을 하지 않겠다고 맹세하도록 하시오. 여러분들의 청에 따라 나는 내 자유를 포기하오. 따라서 나는 내 마음에 드는 여자와 결혼할 것임을 여러분들에게 다짐하겠소. 만일 이런 조건에 동의하지 않는다면 나 역시도 앞으로는 절대로 이 문제에 관해 말하지 말 것을 여러분들에게 요구하겠소."

이 말을 들은 신하들은 하나같이 진심으로 동의한다고 맹세했습니다. 단지 물러가기 전에 되도록 빨리 혼례일을 정해 달라고 영주에게 부탁했습니다. 사실 그 순간까지도 신하들은 영주가 결혼하지 않을지도 모른다는 일말의 두려움이 있었던 것입니다.

그러자 영주는 자기가 좋다고 생각한 날을 신하들에게 말해주었고, 틀림없이 결혼하겠다고 다시 한 번 다짐했습니다. 또한 날짜를 정한 것은 신하들이 간곡히 요청했기 때문이라고 덧붙였습니다. 신하들은 무릎을 꿇고 황송한 마음으로 순종할 것을 약속하면서, 자신들의 청을 들어준 데 대해 감사의 뜻을 표했습니다. 신하들은 원했던 목적을 이루자 모두 집으로 돌아갔습니다.

후작은 즉시 부하들을 시켜 결혼잔치를 준비하라고 지시했습니다. 또한 기사들과 수습기사들에게 저마다 할 일을 지시했고, 그들은 후작의 지시대로 결혼잔치를 빛내기 위해 있는 힘을 다했습니다.

2

영주의 결혼 준비가 한창인 훌륭한 궁전에서 그리 멀지 않은 곳에 조그만 마을이 하나 있었습니다. 그곳에는 가난에 찌든 몇몇 사람들이 살고 있었습니다. 그들은 가축을 기르고, 이마에서 땀방울을 흘리며 열심히 땅을 일구면서 살아가고 있었습니다.

이런 마을 사람들 중에서도 자니쿨라는 가장 가난한 사람이었습니다. 그렇지만 하늘에 계신 하느님께서는 작은 외양간에 커다란 은총을 보내셨습니다. 자니쿨라에게는 너무나 아름다운 딸이 하나 있었는데, 이 처녀의 이름은 그리셀다였습니다.

하지만 먼저 그녀가 얼마나 착하고 아름다운지 얘기하겠습니다. 태양이 비치는 모든 땅을 둘러보아도 그녀보다 아름답고 정결한 여인은 찾아볼 수가 없었습니다. 가난 속에서 자라났기 때문에, 그녀의 가슴속에는 어떤 관능적인 욕심도 없었습니다. 그녀가 마시는 것은 포도주가 아니라 단지 샘에서 솟아나는 맑은 샘물뿐이었습니다. 또한 덕성스런 생활을 사랑하여, 게으른 안락보다는 힘든 일에 익숙해져 있었습니다.

이 처녀는 나이는 어렸지만, 순결한 가슴속에는 확고한 신념과 성숙된 영혼이 깃들여 있었습니다. 그녀는 늙은 아버지를 모든 정성을 다해 보살폈습니다. 또한 몇 마리 안 되는 양들이 풀을 뜯어먹는 모습을 지켜보면서 실을 잣곤 했습니다. 그녀는 잠잘 때를 빼고는 쉬는 적이 없었습니다.

집으로 돌아올 때면 가끔씩 나무뿌리나 풀을 가져와 잘게 썰어 끓여 먹곤 했습니다. 그런 다음에는 딱딱한 침대를 다소 부드러운 잠자리로 만들곤 했습니다. 이렇게 그녀는 착한 아들이 아버지를 섬기듯이 모든 정성을 다해 아버지를 돌보았습니다.

후작은 말을 타고 사냥을 나가곤 했는데, 하루는 우연히 그리셀다를 보게 되었습니다. 그 뒤로 찢어지게 가난한 이 소녀를 종종 눈여겨보았지만, 정복자의 방자하고 음탕한 눈빛으로 바라본 것이 아니라 자못 진지한 표정으로 그녀의 행동을 지켜보았습니다.

그는 여성다운 그녀의 용모뿐만 아니라, 그녀가 지닌 커다란 덕성을 마음속으로 높이 사곤 했습니다. 이런 것은 그녀 나이 때의 젊은 사람에게서는 볼 수 없는 것이었습니다. 세상 사람들은 그리셀다가 지닌 덕성을 제대로 알아주지 않았지만, 그는 정확하게 그런 미덕을 평가할 줄 알았습니다. 그래서 결혼을 하게 된다면 그리셀다가 아닌 다른 여자는 절대로 아내로 맞지 않겠다고 마음먹고 있었습니다.

결혼식 날이 다가왔지만 누가 신부가 될 것인지 아는 사람은 아무도 없었습니다. 사람들은 궁금히 여겨 자기들끼리 수군거리곤 했습니다.

"아직도 우리 영주님이 바보스런 생각을 버리지 않고 있는 모양이야. 결국 결혼할 생각이 없는 게 아닐까? 이 일을 어쩌나! 무엇 때문에 우리를 속이고,

또한 자기 자신을 속이려고 하는 것일까? 정말 안타까운 일이야."

그러나 후작은 그리셀다에게 줄 브로치와 반지를 이미 준비해 두었습니다. 그것들은 모두 금과 군청색 보석으로 만들어진 것이었습니다. 심지어는 그리셀다의 몸매와 비슷한 하녀를 택해 그리셀다의 옷을 만들게 하였습니다. 또한 영주의 결혼식에 걸맞은 모든 장식품도 준비하라고 명령했습니다.

결혼식을 올리기로 한 날의 아침이 밝아오고 있었습니다. 궁전 전체가 호화롭게 치장되었고, 연회장과 침실들은 각각 격식에 맞게 꾸며졌습니다. 그리고 주방과 창고에는 이탈리아 전역에서 가져온 산해진미가 가득 쌓여 있었습니다.

화려하게 차려입은 영주는 결혼식에 초대한 귀족들과 귀부인들을 비롯하여 젊은 기사들을 거느리고 웅장한 음악을 울리며 그리셀다가 살고 있는 마을로 향하는 가장 짧은 지름길을 택했습니다. 물론 그리셀다는 이 모든 행렬이 자기 때문이라는 사실은 꿈에도 몰랐습니다.

그녀는 물을 길러 우물로 갔다가 급히 집으로 돌아왔습니다. 후작의 결혼식 광경을 보고 싶었기 때문입니다. 그녀는 이렇게 생각했습니다. '친구들과 함께 우리 집 문 앞에 서 있으면 후작님의 신부를 볼 수 있을 거야. 서둘러서 집 안일을 끝마쳐야겠어. 그러면 신부가 이 길을 통해 성으로 들어가는 모습을 지켜볼 시간이 있을 거야.'

그리셀다가 대문으로 들어서려는 순간, 막 도착한 후작이 그녀를 불렀습니다. 그녀는 물 항아리를 대문 근처에 있는 외양간에 내려놓으면서, 무릎을 꿇고 긴장된 표정으로 말없이 영주의 말이 떨어지기만 기다렸습니다. 후작은 생각에 잠긴 얼굴로 그리셀다에게 아주 정중히 말했습니다.

"그리셀다, 아버님은 어디 계시오?"

그녀는 겸손하고 예의바르게 대답했습니다.

"여기 계십니다, 영주님."

그리셀다는 지체하지 않고 영주를 아버지에게 안내했습니다. 그러자 영주는 노인의 손을 잡고는 아무도 없는 곳으로 가서 이렇게 말했습니다.

"자니쿨라, 난 내 마음속에서 끓어오르는 욕망을 더 이상 숨길 수 없으며,

또한 숨겨서도 안 될 시간이 되었습니다. 당신만 허락하신다면 당신의 딸을 데려가고 싶습니다. 그리고 무슨 일이 있어도 죽음이 우리를 갈라놓을 때까지 내 아내로서 사랑할 것입니다. 나는 당신이 충성스런 나의 백성이자 신하로 태어났다는 것을 확신합니다. 그래서 내가 기뻐하는 일이면 당신도 똑같이 기뻐할 것임을 알고 있습니다. 그러니 지금 나의 청혼에 대해 분명히 대답해 주십시오. 나를 당신의 사위로 받아들이겠습니까?"

갑작스런 이런 제안에 놀라고 당황한 노인은 얼굴이 새빨개진 채, 머리끝부터 발끝까지 벌벌 떨며 꼼짝도 못하고 있었습니다. 그는 간신히 다음과 같이 말을 했을 뿐이었습니다.

"영주님, 영주님의 소원은 곧 저의 소원입니다. 저는 절대로 영주님이 가시는 길에 걸림돌이 되고 싶지 않습니다. 영주님은 제가 사랑하는 군주이십니다. 그러니 원하시는 대로 이 일을 처리하십시오."

그러자 후작은 부드러운 목소리로 말했습니다.

〈그리셀다를 찾아가다〉, 앨프리드 엘모어 그림

〈영주의 구혼〉, 찰스 웨스트 그림

"하지만 나는 당신과 그리셀다와 함께 당신 침실에서 아무도 모르게 이야기를 하고 싶습니다. 그건 다음과 같은 이유가 있기 때문입니다. 우선 나는 그녀가 내 아내가 되겠는지, 또 나의 뜻대로 따를 의사가 있는지 물어보고 싶습니다. 그리고 당신이 보는 앞에서 이런 이야기를 하고 싶습니다."

이렇게 영주와 자니쿨라가 침실에서 이야기를 하고 있는 동안, 영주의 행렬을 구경하기 위해 나온 사람들이 집 주위로 몰려와, 그리셀다가 아버지를 얼마나 정성을 다해 돌봐왔는지 칭찬을 아끼지 않았습니다.

그러나 이런 광경을 한 번도 본 적이 없었던 그리셀다는 너무나 놀라울 뿐이었습니다. 게다가 자기 집에 그토록 높고 귀한 손님이 찾아온 것에 말문이 막혀 아무 말도 할 수 없었습니다. 그건 당연한 일이었습니다. 이렇게 귀한 손님들을 맞이해 본 적이 없었던 그녀의 얼굴에는 핏기가 가셔 있었습니다. 다시 후작에 관한 이야기를 계속하겠습니다. 후작은 착한 그리셀다에게 다음과 같이 말했습니다.

"그리셀다, 내가 당신과 결혼하는 것에 대해 당신의 부친과 나는 만족스럽게 생각하오. 아마 당신도 그럴 것이라고 짐작하오. 그러나 일을 급하게 서둘러야 하니 먼저 물어보겠소. 당신은 이 결혼에 동의하오, 아니면 좀 더 생각하길 원하오? 그러니까 이것은 당신이 나의 모든 소원을 지체하지 않고 기꺼이 들어주겠느냐고 묻는 것이오. 그리고 내가 당신에게 기쁨을 주거나 고통을 주거나 내 마음대로 해도 되는지, 또한 내가 무엇을 하든 조금도 불평을 하지 않을 것인지를 묻는 것이오. 즉 내가 '그렇다'고 말하는데 당신은 '아니요'라고 말하거나, 혹은 불만스런 인상을 쓰지 않겠느냐는 것이오. 이런 것을 맹세하면 나는 지금 당장 이곳에서 우리의 성혼을 공포하겠소."

영주의 말에 너무 놀란 그리셀다는 두려운 마음으로 몸을 떨면서 대답했습니다.

"영주님, 저는 당신이 내리시는 이런 영광을 받을 자격이 없습니다. 하지만 영주님의 모든 소원은 제 소원이기도 합니다. 제 목숨을 잃는 한이 있어도 제 마음대로 행동하지 않겠으며, 영주님의 말도 어기지 않겠습니다. 영주님을 위해서라면 죽음도 겁내지 않겠습니다."

그러자 영주가 말했습니다.

"아, 나의 그리셀다여! 그러면 됐소!"

영주는 엄숙한 표정으로 문을 향해 걸음을 옮겼고, 그리셀다는 그의 뒤를 따랐습니다. 문 앞에 이르자 영주는 군중들에게 이렇게 말했습니다.

"지금 내 옆에 서 있는 사람이 나의 아내이다. 나를 사랑하는 자는 모두 이 여인을 사랑하고 공경하기 바란다. 내가 하고 싶은 말은 이것뿐이다."

그러고 나서 영주는 그리셀다가 헌 옷을 하나도 궁전으로 가져가지 못하도록, 여인들에게 곧바로 그녀의 옷을 갈아입히도록 했습니다. 귀부인들은 그리셀다가 입고 있던 남루한 옷을 기꺼운 마음으로 만지려고 하지 않았습니다. 하지만 마침내 그들은 흰 피부의 처녀를 머리끝에서 발끝까지 새 옷으로 갈아입혔습니다.

그리고 헝클어진 그리셀다의 머리를 빗겨 주었으며, 부드러운 손으로 그녀의 머리에 화관을 씌워주었고, 온갖 종류의 보석으로 치장을 해주었습니다. 그렇지만 어떻게 장식했는지에 관해서는 구태여 말하지 않겠습니다. 그리셀다가 화려하게 차리고 나서자 그 모습이 너무도 아름다워서 많은 사람들이 그녀를 제대로 알아보지 못할 정도였습니다.

후작은 가져온 반지를 끼워 주면서 그리셀다를 아내로 맞이했습니다. 그런 다음 백마 위에 태웠는데, 그 모습은 점잖게 천천히 걸어가는 백설(白雪)과도 같았습니다. 그는 더 이상 그곳에서 지체하지 않고 그녀를 궁전으로 데려갔습니다. 기쁨에 들뜬 군중들이 그녀에게 환호성을 지르며 궁전까지 따라왔습니다. 그리고 해가 질 때까지 잔치를 벌이며 하루를 보냈습니다.

이야기를 서두르기 위해 간단히 말하겠습니다. 하느님은 이 후작 부인에게 지극한 은총을 베풀었습니다. 그녀는 초가집이나 외양간에서 태어나 자란 촌티나는 여자가 아니라 황제의 궁전에서 교육받은 여자처럼 보였습니다. 그녀가 태어날 때부터 알고 있던 고향 마을 사람들조차도 그녀가 자니쿨라의 딸이라는 사실을 믿을 수 없었습니다. 그녀는 완전히 다른 여자로 변해 있었던 것입니다.

원래 착하고 어진 그리셀다였지만, 그 덕성스럽고 자비로운 마음의 깊이는 날이 갈수록 더욱 깊어져 마침내 그녀의 인격은 인간이 다다를 수 있는 최고의

황금빛 옷과 보석으로 화려하게 치장한 그리셀다

경지에 이르게 되었습니다. 그녀는 늘 신중하고 다정했으며, 말씨는 상냥하고 매력적이었습니다. 또한 모든 사람의 존경을 한 몸에 받았습니다. 그녀는 모든 사람의 마음을 따뜻하게 감싸주었기 때문에, 그녀의 얼굴을 단 한 번이라도 본 사람은 누구나 그녀를 사랑하게 되었습니다.

그녀가 어질다는 명성은 살루초뿐만 아니라 인근 지방에도 알려지게 되었습니다. 한 사람이 그리셀다를 칭찬하면 다른 사람이 그 말을 되풀이했습니다. 이렇게 그녀의 명성은 퍼져나갔고, 마침내 남녀노소 가릴 것 없이 그녀를 보기 위해 살루초를 방문하게 되었습니다.

이렇게 영주 월터는 겸손하게, 아니 훌륭한 영주답게 어진 아내를 맞아 행복하고 명예로운 결혼 생활을 이어나갔습니다. 그는 하느님이 내려주신 평화 속에서 안락하게 살았고, 커다란 명성을 누렸습니다. 그가 미덕이란 종종 비천한 사람에게 있다는 사실을 깨달았다는 이유로, 사람들은 그를 흔히 찾아볼 수 없는 위대한 현자로 여기게 되었습니다.

그리셀다는 모든 가사(家事)에 능했을 뿐만 아니라, 그녀를 필요로 하는 모든 사람에게 선행을 베풀 줄도 알았습니다. 그녀는 지혜롭게 나라 안의 불화나 싸움, 원한을 모두 풀어주고 누그러뜨렸습니다. 심지어는 영주가 없을 때 서로 싸워 앙숙처럼 지내던 귀족들도 모두 화해시켰습니다.

그녀의 말은 항상 현명하고 생각이 깊었으며, 그녀의 판단은 매우 공정했습니다. 그래서 사람들은 그리셀다를 자기들을 구하고 모든 잘못을 바로잡기 위해 하느님이 보내주신 사람이라고 생각했습니다.

결혼한 지 얼마 되지 않아 그리셀다는 딸을 낳았습니다. 그녀는 아들이었으면 더 좋을 것이라고 생각했지만, 후작과 백성들은 모두 기뻐하였습니다. 첫딸을 낳았다는 것은 그녀가 아기를 낳을 수 있음을 증명하는 것이고, 따라서 다음에는 아들을 낳을 가능성이 높았기 때문이었습니다.

3

딸아이가 아직도 젖을 빨고 있을 무렵, 후작은 자기 아내가 얼마나 지조가 강한지 시험해 보고 싶은 생각이 들었습니다. 남자들은 종종 이런 생각을 하는 법입니다. 그는 아내를 시험해 보고 싶은 이상한 욕망을 억누를 수가 없었습니다. 하지만 그리셀다를 궁지에 몰아넣어 위협할 필요는 없었습니다. 그는 이미 여러 번 시험을 했었고, 그때마다 그녀의 결백은 증명되었으니까요. 그런데 무엇 때문에 다시 아내를 시험해 볼 필요가 있었겠습니까?

어떤 사람들은 그런 짓을 기막힌 발상이라며 두둔할지도 모릅니다. 그러나 나는 남자가 아내를 시험하기 위해 불필요한 고통과 두려움을 주는 것은 전혀 좋은 일이 아니라고 생각합니다.

후작은 이렇게 계략을 꾸몄습니다. 어느 날 밤, 그는 침울한 얼굴로 인상을 쓰며 아내가 있는 방으로 가서 말했습니다.

"그리셀다! 내가 당신을 가난에서 구해주고 지금의 높은 지위를 주었던 그 날을 잊지는 않았을 것이오. 그리셀다, 지금 당신이 큰 복을 누리고 있다고 해도, 예전에는 극빈하게 살았다는 사실을 잊지는 않았을 것이라 생각하오. 당신이 예전처럼 가난하다면 도대체 무슨 행복을 찾을 수 있었겠소?

이제 내가 하는 말을 하나도 빠짐없이 잘 들으시오. 지금 이곳에는 우리 둘만 있을 뿐 그 누구도 엿듣는 사람이 없소. 당신이 이 궁전으로 온 지 얼마 되지 않았으니, 시집올 때의 일을 잘 기억하고 있을 것이오. 나는 당신을 사랑하고 소중히 여기고 있소. 하지만 귀족들은 그렇게 생각하지 않소.

그들은 당신처럼 시골에서 태어난 비천한 사람에게 복종하고 충성을 다한다는 것은 불명예이며 치욕이라고 생각하고 있소. 특히 우리의 딸이 태어난 뒤로는 더 심하오. 이건 의심의 여지가 없소. 난 전과 다름없이 그들과 평화롭고 화목하게 지내기를 바라오. 이런 상황이기 때문에 이 문제를 소홀히 넘길 수가 없소.

나는 원하지 않지만, 백성들이 원한다면 가능한 한 최선의 방법으로 우리의 딸 문제를 해결하고 싶소. 하느님도 이런 생각이 나의 소원이 아님은 알고 있소. 그렇지만 당신이 모르게 그런 일을 하지는 않겠소. 그러니 이 일에 대해 당신도 허락해 주기 바라오. 지금 당장 당신이 얼마나 참을성 있는지를 보여 주시오. 우리가 결혼한 날 마을 사람들 앞에서 맹세하고 약속한 대로 말이오."

후작이 이렇게 말했지만 그녀의 얼굴 표정이나 말투, 자세에서는 전혀 놀란 기색을 엿볼 수 없었습니다. 겉으로 나타난 모습만 가지고 말하자면, 그녀는 전혀 슬퍼하지 않는 것 같았습니다. 남편의 요구에 그리셀다는 이렇게 대답했습니다.

"무엇이든 당신이 원하는 대로 하십시오. 제 딸과 저는 당신 것이며, 기꺼이 당신의 명령에 복종하겠습니다. 당신의 것을 죽이든 살리든, 그것은 당신의 마음입니다. 제 구세주이신 하느님을 두고 맹세하건대, 당신이 원하는 일이라면 저는 기꺼이 하겠습니다. 제가 가지고 싶은 것은 당신뿐이며, 제가 잃어버리고 싶지 않은 것도 당신뿐입니다. 이것이 저의 변치 않는 바람입니다. 세월이 아무리 흘러도, 또한 제가 죽는 한이 있더라도 당신을 향한 제 마음을 지우거나 변하게 할 수는 없을 것입니다."

그리셀다의 이런 대답을 들은 영주는 행복했지만, 그렇지 않은 듯이 행동했습니다. 그래서 그가 방을 나갈 때의 표정은 무섭고 험상궂었습니다. 이 일이 있고 얼마 후에 후작은 한 남자에게 자기의 계략을 일러주고 아내에게 보냈습니다.

이 남자는 일종의 수행원으로, 중요한 일을 하는 데 있어서 후작의 신임을 얻고 있었습니다. 하지만 이런 종류의 사람은 더러운 일을 시키는 데나 믿을 수 있는 사람일 뿐입니다. 후작은 그가 자기에게 충성스러우면서도 동시에 자기의 분노를 두려워하고 있다는 사실을 잘 알고 있었습니다.

영주가 원하는 것이 무엇인지 잘 알고 있던 그 남자는 급히 그리셀다의 방으로 가서 그녀에게 말했습니다.

"부인, 저의 본분은 명령을 이행하는 것이므로, 명령을 따르지 않을 수 없는 일입니다. 그러니 용서해 주시기 바랍니다. 부인께서도 잘 알고 계시겠지만,

영주님의 명령을 불평하거나 원통해할 수는 있어도 어기거나 회피할 수는 없는 일입니다. 백성들은 반드시 그분의 명령을 따라야만 합니다. 저 역시 그런 사람이기 때문에 명령에 복종하는 수밖에 없습니다. 영주님은 제게 저 아이를 데려가라는 지시를 내리셨습니다."

이렇게 말하더니 그는 거칠게 아이를 집어들고 마치 그 자리에서 죽여 버릴 듯이 험상궂은 표정을 지었습니다. 후작이 원하는 것이라면 모두 참고 견뎌야만 하는 그리셀다는 어린 양처럼 순하고 조용하게 앉아 후작의 잔인한 부하가 저지르는 끔찍한 행동을 잠자코 지켜보았습니다.

〈아기를 빼앗기는 그리셀다〉, 찰스 웨스트 그림

그 남자의 평판은 이루 말할 수 없이 나빴는데, 얼굴은 험상궂었고 말씨는 거칠었습니다. 그가 모습을 나타낼 때면 불길한 일이 일어나곤 했습니다. 불쌍한 그리셀다는 그 부하가 그 자리에서 사랑하는 딸을 죽일 것이라고 생각했지만 울지도 않고 탄식도 하지 않았습니다. 그저 남편의 뜻을 따를 뿐이었습니다.

마침내 그리셀다는 후작의 부하에게 딸이 죽기 전에 이별의 키스라도 하게 해 달라고 간곡히 부탁했습니다. 딸아이를 가슴에 껴안는 순간 그녀의 가슴은 고통과 괴로움으로 가득 찼습니다. 딸아이를 품에 안고 키스를 한 그리셀다는 성호를 그으면서 부드러운 목소리로 말했습니다.

"아가야, 안녕. 이제 다시는 너를 못 보겠구나. 하지만 너에게 성호를 그어 주었으니 우리를 위해 나무 십자가에 못 박혀 돌아가신 하늘에 계신 하느님께서 너에게 축복을 내리실 거야. 사랑하는 딸아, 하느님께서 네 영혼을 보살피시리라고 믿는다. 너는 오늘 밤 나를 위해 죽을 몸이란다."

나는 단지 아이를 키우는 유모가 이 광경을 목격했더라도 도저히 견딜 수 없었을 것이라고 확신합니다. 그러니 자식을 낳은 어머니는 얼마나 통곡할 일이겠습니까? 그러나 그녀는 냉정하고 태연하게 이런 모든 고통을 견디어내면서 후작의 부하에게 부드럽게 말했습니다.

"자, 아기를 다시 받으시오. 이제 영주님의 명령을 받드시오. 하지만 한 가지만 부탁하겠소. 영주님이 금하시지 않았다면 짐승들이나 새들이 먹어치우지 못할 장소에 이 아이를 묻어 주시오."

이렇게 부탁했건만, 부하는 아무 말도 하지 않은 채 아기를 데리고 방을 떠났습니다.

부하는 다시 영주에게 돌아가서 그리셀다의 말과 행동을 간결하지만 낱낱이 보고한 다음 사랑스런 딸을 영주의 품에 안겨 주었습니다. 영주는 양심의 가책을 느꼈지만 자기가 마음먹은 바를 굽히지 않았습니다. 높은 사람들이란 원래 마음먹은 결과가 나올 때까지 항상 이렇게 하는 법입니다.

영주는 부하에게 명령하여, 아기를 조심스럽게 모포로 감싸서 상자에 넣어 아무도 모르게 데려가라고 했습니다. 그러면서 이 일은 누구도 눈치 채서는 안 되며, 그 아이가 어디에서 왔으며 어디로 가는지도 알려서는 안 된다고 덧붙였습니다. 그리고 마지막으로, 만일 이 비밀이 새어나가는 날이면 그를 참수하겠다고 말했습니다.

부하는 아이를 볼로냐로 데려갔습니다. 그곳에는 후작의 누이인 파냐고 백작 부인이 살고 있었습니다. 부하는 백작 부인에게 상황을 설명하고, 그 아기에게 귀족의 자녀에 걸맞은 교육을 시켜 달라고 부탁했습니다. 그리고 그 아이가 누구의 딸인지는 아무에게도 밝히지 말라고 당부했습니다. 부하는 이렇게 그의 임무를 완수했습니다.

이제는 영주에 관해 이야기를 하겠습니다. 영주는 마음을 늦추지 않았습니다. 그는 아내의 행동이나 말에서 변화의 흔적을 찾을 수 있을 것인지 궁금하게 여겼습니다. 그러나 전혀 그런 변화의 낌새를 찾아볼 수 없었습니다.

그녀는 전과 다름없이 다정하고 상냥했습니다. 그녀는 남편을 즐겁게 맞이했으며, 그의 말에 순종했고, 여느 때처럼 공손하게 섬기며 그를 사랑했습니다. 그녀는 한 번도 딸에 관한 이야기를 입에 올리지 않았습니다. 그렇게 엄청난 불행을 겪었으면서도 그녀는 조금도 변하지 않았던 것입니다.

4

어느덧 4년이란 세월이 흘러 그리셀다는 다시 아기를 갖게 되었습니다. 이번에는 하느님께서 월터에게 근사한 사내아이를 선사해 주셨습니다. 이 소식이 전해지자, 영주뿐만 아니라 온 백성들이 하느님께 감사를 드리고 찬미하면서 기뻐했습니다.

그런데 아이가 두 살이 되어 유모의 젖에서 떨어졌을 무렵, 후작은 다시 한 번 아내의 인내심을 시험해 보고 싶은 생각이 들었습니다. 또다시 그리셀다를 시험한다는 것은 얼마나 쓸데없는 일입니까! 하지만 결혼한 남자들은 참을성 있는 아내를 만나면 한없이 시험해 보고 싶은 마음이 드나봅니다.

후작이 말했습니다.

"사랑하는 그리셀다, 당신도 알다시피 백성들은 우리의 결혼을 탐탁지 않게 여기고 있소. 특히 우리의 아들이 태어난 뒤로는 더욱더 그렇게 생각하고 있소. 사람들이 수군대는 소리를 들으면 내 심장이 찢어지는 것 같소. 백성들의 잔인한 험담이 내 귀에 들려올 때면 내 영혼은 산산이 부서지는 것 같소.

이제 백성들은 이런 소리까지 하고 있소. '월터 영주님이 죽으면 자니쿨라의 가족이 그 자리를 계승하여 우리의 주인이 될 거야. 우리는 선택의 여지가 없게 되는 거야.' 나는 이런 얘기를 귀담아들어야만 하오. 비록 내 앞에서는 쉬쉬하고 있지만, 정말이지 나는 백성들이 그런 생각을 하고 있다는 사실이 두렵기 짝이 없소.

난 될 수 있는 한 평화롭게 살기를 바라오. 따라서 전에 그 아이의 어린 누이를 처치했듯이 이번에도 아들을 아무도 모르게 죽이려고 하오. 당신에게 미리 알려주는 것은, 당신이 지나치게 슬퍼하여 정신을 잃지 않기를 바라기 때문이오. 지난번처럼 이번에도 꾹 참아 달라고 당신에게 당부할 따름이오."

그러자 그리셀다가 말했습니다.

"지난번에도 말씀드렸다시피, 저는 당신이 원하시는 일 이외에는 그 어떤 것도 바라지 않습니다. 제 딸과 아들이 당신의 명에 의해 죽는다 해도 절대로 슬퍼하지 않겠습니다. 두 아이들 때문에 처음에는 병들고 후에는 슬픔에 젖게 될지도 모릅니다. 그러나 당신은 우리의 주인이시니 당신이 원하시는 대로 하십시오.

제 의견을 묻지도 말아 주십시오. 당신을 따라 처음 이 성으로 올 때 저의 모든 옷을 집에 남겨두고 당신이 주신 화려한 의복을 입었듯이, 저는 모든 의지와 자유를 그곳에 남겨두고 왔습니다. 그러니 당신이 원하시는 대로 하십시오. 나는 당신을 기쁘게 하는 일이라면 무엇이든지 따르겠습니다.

물론 제가 당신의 뜻을 미리 알았더라면 당신이 말씀하시기 전에 그대로 실행했을 것입니다. 그러나 이제 당신이 원하시는 것이 무엇인지 알게 되었으니 변함없이 당신의 뜻을 따르겠습니다. 제가 죽어야 당신이 마음의 평정을 찾을 수 있다면 기꺼이 죽음을 택할 것입니다. 우리의 사랑에 비하면 죽음은 보잘것없는 것이니까요."

아내의 변함없는 마음을 확인한 후작은 자기 자신이 창피하게 느껴져 그녀를 제대로 쳐다볼 수 없었습니다. 아내가 그토록 모진 고통과 슬픔을 견뎌내는 것을 보니 새삼 놀라울 뿐이었습니다. 그는 굳은 표정으로 방문을 나섰지만, 마음은 기쁨으로 가득 찼습니다.

영주의 잔인무도한 심복은 전과 똑같은 식으로 아니, 전보다 더 흉악하고 난폭하게 그녀의 귀엽고 예쁜 아들을 빼앗았습니다. 그러나 그녀는 슬픈 표정을 짓지 않았습니다. 그녀는 그토록 인내심이 강했던 것입니다. 다만 아들에게 작별 키스를 하고, 성호를 그어준 뒤 그자에게 연약한 아이의 사지를 날짐승과 산짐승들이 해치지 못할 곳에 묻어 달라고 부탁했을 따름입니다. 그러나 그 심복은 아무런 대답도 하지 않았습니다. 그는 그런 말에는 관심이 없다는 듯이 그 방을 나갔습니다. 그리고 이번에도 아주 조심스럽게 아기를 볼로냐로 데려갔습니다.

영주는 생각하면 할수록 아내의 인내심에 놀라움을 금할 수 없었습니다. 만일 영주가 아내인 그리셀다가 자기 아이들을 얼마나 사랑하는지 몰랐다면, 아마도 그녀가 교활하거나 악의로 가득 찼거나, 아니면 마음이 사악한 여자라고 의심했을 것입니다. 그러나 그는 아내가 남편인 자기 다음으로 아이들을 가장 사랑한다는 사실을 잘 알고 있었습니다.

이제 이곳에 계신 귀부인들에게 묻겠습니다. 지금까지의 시험으로 충분하지 않습니까? 아무리 냉혹한 남편이라도 아내의 지조와 정조를 시험하기 위해 이보다 더 잔인한 계략을 꾸밀 수는 없을 겁니다.

그러나 세상에는 별의별 사람들이 다 있습니다. 어떤 일을 하겠다고 한번 마음먹으면 그 생각을 떨쳐 버리지 못하고 반드시 그 뜻을 이루어야 직성이 풀리는 사람이 있는 법입니다. 마치 화형을 당하는 순교자처럼 말입니다. 후작이 이런 경우였습니다. 그는 처음에 마음먹은 대로 아내를 끝까지 시험해 보려고 생각했습니다.

그는 혹시 자기에 대한 마음이 변하지는 않았는지 아내의 말이나 표정을 늘 유심히 살폈습니다. 그러나 아무런 변화도 감지할 수 없었습니다. 그녀의 표정과 행동은 언제나 한결같았고, 오히려 나이가 들수록 남편을 더욱더 지성으로 섬겼습니다.

마침내 두 사람은 일심동체가 된 듯이 보였습니다. 남편 월터가 바라는 것이 무엇이든지, 그것은 아내 그리셀다의 뜻이 되었습니다. 그리고 하느님의 은총으로 모든 일이 순조롭게 이루어졌습니다. 이처럼 그리셀다는 모름지기 아내란 아무리 혹독한 시련을 겪을지라도 남편과 다른 소망을 갖지 말아야 한다는 것을 몸소 증명해 보였습니다.

그런데 전국 방방곡곡에 월터에 관한 나쁜 평이 퍼져가고 있었습니다. 가난한 천민의 딸을 아내로 맞았다는 이유로, 잔인하게도 그의 친자식을 둘이나 몰래 죽였다는 소문이었습니다. 사람들이 너나 할 것 없이 모두 이렇게 수군거리는 것은 이상한 일이 아니었습니다. 왜냐하면 백성들의 귀에는 어린아이들을 무참히 죽였다는 말만 들렸기 때문입니다.

영주를 무척이나 사랑했던 백성들도 이런 소문을 듣고는 영주를 미워하게 되었습니다. 자신에 대한 나쁜 소문이 돌고 있음에도 불구하고 영주는 흉측한 계획을 중단하려고 하지 않았습니다. 그의 마음은 아내를 시험하려는 생각으로 가득 차 있었던 것입니다.

딸이 열두 살 되던 해에 영주는 로마로 사신을 보내, 자신의 비인간적인 계획을 위해 필요하다면 교황청 교서를 위조하라고 지시했습니다. 원래 이 교서는 백성들을 진정시키기 위해 영주가 원한다면 그리셀다와 다시 결혼식을 올리는 것을 허락한다는 내용이었습니다.

그러나 이 교서는 영주의 계략에 의해 다음과 같이 위조되었습니다. 즉 영주와 백성들간의 불화와 충돌을 없애기 위해 교황이 첫 번째 아내인 그리셀다를 버려도 좋다고 허락했다는 내용으로 둔갑되었던 것입니다. 영주는 이렇게 위조된 교서를 널리 공포했습니다.

기대했던 바대로 백성들은 이 교서를 순진하게 그대로 믿었습니다. 이 소식을 전해 들은 그리셀다의 마음이 얼마나 괴로웠을지 나는 이해할 수 있습니다. 그러나 그리셀다는 평소처럼 굳은 마음으로 속세의 진정한 위안을 가져다준 남편이자 자기의 마음과 영혼을 바친 남편을 기쁘게 해주기 위해 이런 불행한 운명을 참고 견디었습니다.

이 이야기는 더 이상 길게 하지 않겠습니다. 후작은 자기 계획을 이루기 위해 아무도 모르게 볼로냐로 한 통의 편지를 보냈습니다. 그것은 자기 누이와 결혼한 파냐고 백작에게 정중히 부탁하는 내용이었는데, 바로 두 아이들을 호위하여 공개적으로 고향으로 데려오라는 것이었습니다. 그리고 덧붙이기를, 도중에 그들이 누구냐고 묻더라도 절대로 말하지 말 것이며, 다만 여자아이는 살루초의 후작과 결혼할 것이라는 말만 해 달라고 부탁했습니다.

백작은 그가 부탁한 대로 해주었습니다. 예정했던 날이 되자 백작은 살루초를 향해 떠났습니다. 화려하게 차려 입은 수많은 귀족들이 처녀와 어린 동생을 호위하고 있었습니다. 어린 동생은 누이 옆에서 말을 타고 있었습니다. 꽃봉오리 같은 처녀는 결혼식을 치르기 위해 화려한 옷을 입고 온통 찬란한 보석으로 치장하고 있었습니다. 한편 일곱 살짜리 동생도 나름대로 멋지게 옷을 입고 있었습니다. 그들은 이렇게 화려한 행렬을 이루며 기쁜 마음으로 살루초를 향해 여행했습니다.

5

그러는 동안에도 후작은 아내가 전과 다름없는 지조를 지녔는지 확인하기 위해, 여느 때처럼 잔인한 마음으로 아내를 시험할 방법을 찾았습니다. 그리하여 어느 날 공개석상에서 큰 소리로 아내에게 말했습니다.

"그리셀다여, 나는 당신이 충실하고 유순하며 순종적이기 때문에 아내로 맞이한 것이지, 돈과 명예와 혈통 때문에 결혼한 것이 아니오. 그리고 나는 이런 결정에 더할 수 없이 만족하오. 그러나 이런 생각을 할 때마다, 고귀한 신분은 여러 면에서 힘든 예속을 감당해야 한다는 사실을 깨닫게 되었소. 나는 땅이나 일구는 촌부처럼 마음대로 행동할 수 없는 것이오.

그래서 나의 백성들은 내게 다른 여자를 아내로 맞이하라고 매일 소리치며 요구하고 있소. 교황께서도 백성들의 민심을 가라앉히기 위해서라면 나의 뜻대로 하는 것이 좋겠다고 동의하셨소.

그래서 미리 당신에게 말을 하겠는데, 지금 나의 새 신부가 이리로 오고 있는 중이오. 그러니 지체하지 말고 당신의 자리를 비워 주시오. 당신이 가져온 지참금은 당신이 모두 가져가도록 특별한 호의를 베풀겠소. 이제 당신 아버지의 집으로 돌아가시오. 세상 어느 누구도 항상 행운을 누릴 수는 없는 법이니, 한결같은 마음으로 운명의 풍파를 견뎌 나가도록 하시오."

그리셀다는 조금도 흔들림 없는 모습으로 이렇게 말했습니다.

"당신의 빛나는 지위와 가난한 제 처지는 어떤 식으로도 비교될 수 없다는 사실을 저는 잘 알고 있으며, 또 언제나 알고 있을 것입니다. 이건 아무도 부정할 수 없습니다. 제가 당신의 아내 될 자격이 있다고 생각해 본 적은 한 번도 없습니다. 심지어는 당신의 시녀가 될 자격조차 갖추지 못하고 있음을 잘 알고 있습니다.

제 영혼의 안식처인 하느님을 증인으로 맹세하건대, 당신이 저를 주인으로 만들어 주신 이 집에서 저는 제 자신을 영주님의 아내로 생각해 본 적이 없습니다. 단지 귀하신 당신의 비천한 하녀에 불과하다고 믿었습니다. 그러니 제 목숨이 남아 있는 동안 이 세상 누구보다도 당신의 충실한 종이 될 것입니다.

저처럼 보잘것없는 여인에게 자비롭게도 오랫동안 영예를 베푸신 당신과 하느님에게 감사드립니다. 또한 하느님께서 그런 자비에 보답해 주시길 기도드립니다. 제가 드릴 말은 이것뿐입니다.

이제 저는 기꺼이 아버님께 돌아가 여생을 함께 보내겠습니다. 또한 제가 어렸을 때부터 살아온 고향에서 몸과 마음이 깨끗한 홀어미로서 인생을 마감하겠습니다. 저는 당신에게 저의 처녀를 바쳤고, 의심할 나위 없이 당신의 충실한 아내였습니다. 그러니 위대한 영주의 아내였던 제가 다른 남자를 남편으로 맞는 것은 하느님께서도 허락하시지 않을 것입니다.

하느님께서 당신과 당신의 새 부인에게 은총을 내리시어 행복과 번영을 누리기를 바랄 뿐입니다. 당신의 새 부인에게 제가 크나큰 행복을 누렸던 자리를 기꺼이 내어드리겠습니다. 제 마음은 온통 당신을 위하는 일로 가득 차 있습니다. 그러니 제가 이곳을 떠나길 원하신다면, 기꺼이 당신이 원하는 곳으로 가겠습니다.

제가 시집올 때 가져온 물건을 돌려주겠다고 하셨지만, 저는 그것이 무엇이었는지 제대로 기억조차 나지 않습니다. 값비싼 것은 아무것도 없습니다. 기껏해야 떨어진 옷가지 정도입니다. 게다가 지금 그것을 찾기는 매우 어려울 것입니다.

아, 우리가 결혼하던 날 당신의 모습과 말씀은 너무도 고귀하고 다정하셨습니다. 그러나 '늙으면 사랑은 바뀐다'라는 속담은 사실인 것 같습니다. 적어도 저는 그렇게 믿으며, 실제로도 그 말대로 되었습니다. 하지만 앞으로 어떤 어려움에 부닥치더라도, 또 목숨을 빼앗기는 한이 있더라도 제가 당신에게 온 정성을 바쳤다는 사실을 말이나 행동으로 뉘우치는 일은 절대로 없을 것입니다.

당신은 제 친정에서 제가 입고 있던 남루한 옷을 벗기시고, 친절하게 화려한 새 옷으로 갈아입히신 일을 기억하실 것입니다. 제가 가져온 것은 저의 성실함과 벌거벗은 알몸과 순결밖에는 없습니다. 이제 여기 그 옷과 당신이 주신 결혼반지를 영원히 되돌려드립니다. 당신이 주신 다른 패물은 당신 침실에 보관되어 있습니다.

제가 처음 시집올 때 알몸으로 왔으니 알몸으로 되돌아가야 합니다. 저는 기꺼이 당신의 뜻에 따르겠습니다. 그러나 당신도 제가 아무것도 걸치지 않은 채 알몸으로 나가는 것을 원치는 않으실 것입니다. 당신의 자녀를 잉태한 적이 있는 이 몸이 아무것도 걸치지 않은 알몸으로 걸어나가는 것을 백성들이 보도록 하는 불명예스런 처사는 하시지 않을 겁니다. 그러니 부탁하건대 제가 벌레처럼 알몸으로 거리를 지나가게 하지는 말아 주십시오.

저는 보잘것없는 여자이지만 당신의 아내였다는 사실을 기억해 주십시오. 그러니 당신에게 가져왔던, 하지만 이제 다시는 가질 수 없는 순결의 대가로 제가 입던 겉옷 한 벌을 주십시오. 그러면 저는 그것으로 한때 당신의 아내였던 여인의 배를 가리겠습니다. 당신을 더 이상 화나게 하고 싶지 않으니, 저는 이만 당신과 작별하고자 합니다."

그러자 영주가 말했습니다.

"지금 걸치고 있는 그 겉옷을 입고 떠나시오."

아내가 너무나 불쌍하고 양심의 가책을 느낀 나머지 영주는 간신히 이렇게 말하고 밖으로 나갔습니다.

그리셀다는 백성들이 보는 앞에서 옷을 벗고, 머리에 모자도 쓰지 않고 신발도 신지 않은 채, 겉옷 하나만 걸치고 친정으로 향했습니다. 백성들은 울면서 그녀 뒤를 따랐고, 가면서 줄곧 변덕스런 운명의 여신을 향해 욕을 퍼부었습니다. 그러나 정작 그녀는 가는 도중에 눈물 한 방울도 흘리지 않고, 말 한마디도 하지 않았습니다.

이 소식을 전해 들은 그리셀다의 아버지는 자기가 태어난 날과 시간을 저주

〈그리셀다의 신분 변화〉, 존 손더즈 그림

했습니다. 이 불쌍한 노인은 항상 딸의 결혼에 불안을 느끼고 있었습니다. 처음부터 그는 영주가 자신의 성적 욕구를 채우고 난 뒤에는 천한 여자를 선택하여 자신의 품격이 떨어졌다고 여길 것이며, 마침내는 가능한 한 빠른 시일 내에 아내를 내쫓을 것이라고 생각했습니다.

사람들이 웅성거리는 소리가 들려왔습니다. 그것은 딸이 가까이 왔음을 알리는 신호였습니다. 그는 딸을 맞이하기 위해 급히 뛰어나갔습니다. 노인은 슬프게 눈물을 흘리면서 그녀가 옛날에 입었던 외투로 정성껏 감싸주었습니다. 그러나 제대로 감쌀 수는 없었습니다. 그 외투는 짧았고, 결혼식을 올린 후 수많은 세월이 지났기 때문에 아주 낡아 있었기 때문입니다.

그리셀다는 얼마 동안 그녀의 아버지와 함께 살았습니다. 인내심이 많은 여자의 본보기인 그녀는 사람들 앞에서든 사람들이 없는 곳에서든 마음에 입은 상처를 결코 말하는 법이 없었습니다. 또한 그런 시선을 보이지도 않았습니다. 그녀의 얼굴은 잃어버린 높은 지위를 그리워하거나 기억하는 듯한 표정을 짓지 않았습니다. 하지만 이런 것은 전혀 놀라운 일이 아니었습니다. 그녀는 후작부인의 지위에 있을 때에도 지극히 겸손했기 때문입니다.

그리셀다는 맛있는 진수성찬을 좋아하지도 않았고, 쾌락을 사랑하는 정신의 소유자도 아니었습니다. 반대로 그녀는 인내심과 온정으로 가득 차 있었고, 거만하지 않았으며, 항상 남을 배려했고 명예를 존중했으며, 남편에게 순종하고 변함없이 충실했습니다.

아직도 사람들은 욥을 이야기하면서, 특히 그의 겸손함에 관해 말합니다. 신학자들도 자기들이 원할 때에는 이 주제에 관해 유창하게 말하지만, 대부분이 남자들의 겸손에 관한 것입니다. 이 학자들은 여자에 관해서는 별로 칭찬하지 않지만, 사실 지조와 겸손에 있어서 남자들은 여자의 반도 따라오지 못합니다. 그렇지 않은 경우는 극히 드물지요.

6

파냐고 백작이 볼로냐에 도착하자, 이 소식은 방방곡곡으로 퍼졌습니다. 그가 화려한 행렬을 이끌고 후작의 새 부인을 데려왔으며, 그 행렬로 말하면 서부 롬바르디아에서는 예전에 본 사람이 없을 정도로 장관이라는 소식이 온 백성들의 귀에 들어갔습니다.

영주는 자기의 새 부인이 누구인지 잘 알고 있었습니다. 그가 바로 이런 일을 꾸민 장본인이었기 때문입니다. 그는 백작이 도착하기 전에 사자를 보내어 아무 죄 없는 그리셀다를 데려오게 했습니다. 그녀는 겸손한 마음과 밝은 얼굴로 영주의 부름을 받들었습니다. 그리고 그의 앞에 무릎을 꿇고 공손하게 인사를 했습니다.

후작이 말했습니다.

"그리셀다여, 나는 내일 이곳에서 나와 결혼할 여자를 마치 왕비를 맞듯이 성대하게 맞이하려 한다. 또한 모든 사람들이 그들의 신분에 맞는 대접을 받을 수 있도록 온 정성을 다해 그들을 맞이하고 싶구나. 하지만 내가 원하는 대로 침실을 꾸미고 정돈할 만한 여자가 없으니, 그대가 그 일을 맡아 주었으면 한다. 그대는 나의 모든 취향을 잘 알고 있으니, 비록 그대의 옷차림이 남루하고 보기 흉하기는 하지만 최선을 다해 그대의 의무를 다하라."

그리셀다가 말했습니다.

"후작님, 저는 당신이 원하는 일을 할 수 있다는 사실에 행복을 느낍니다. 또한 보잘것없는 지금의 제 위치에서 쓰러질 때까지 최선을 다해 당신을 기쁘게 하는 것은 제 소원이기도 합니다. 좋을 때나 슬플 때나, 제 가슴속의 마음은 성심껏 영주님을 사랑할 것입니다."

그리셀다는 곧 집 안을 정리하기 시작했습니다. 식탁을 차리고 잠자리를 준비했습니다. 하녀들에게 서둘러 쓸고 닦으라고 지시를 내리면서, 누구보다도 부지런히 침실과 연회장을 말끔하게 치웠습니다. 그녀는 있는 힘을 다해 일했던 것입니다.

백작은 아침 아홉 시경에 귀한 두 아이들을 데리고 도착했습니다. 사람들은 보기 힘든 광경을 지켜보기 위해 달려나왔습니다. 그리고 영주 월터가 왜 새 아내를 얻으려고 했는지 알 만하다며 서로 수군대기 시작했습니다. 그들은 그리셀다보다 훨씬 예쁘고 젊은 여자를 보았던 것입니다. 그래서 결혼을 하면 그리셀다의 아이들보다 더 예쁜 아기가 태어날 것이고, 새색시의 출신 가문이 좋으니 금실도 전과 비할 수 없을 것이라고 생각했습니다. 새색시의 남동생 역시 멋있기는 마찬가지였습니다. 사람들은 두 사람을 모두 마음에 들어하면서 후작의 처사를 칭찬하기 시작했습니다.

'정말 변덕스런 사람들이군! 바람개비처럼 수시로 변하고 지조도 신의도 없는 족속들이야. 무엇이든지 새로운 소문에 즐거워하는 사람들이야. 항상 달처럼 커졌다 작아졌다 하면서 일고의 가치도 없는 소리만 늘어놓아. 너희들의 판단은 항상 틀리고, 너희들의 지조는 최소한의 공격만 받아도 무너져 버려. 너희 같은 백성들을 믿는 자는 천하의 바보야.'

그 도시의 뜻있는 사람들은 구경꾼들이 수군대는 소리를 들으며 이렇게 생각했습니다. 하지만 사람들은 여전히 입을 벌린 채 신이 나서 구경하며, 새 후작부인을 맞는 것이 새로운 일이라는 이유만으로 마냥 행복해했습니다. 이쯤에서 이 이야기는 그만하고, 그리셀다의 인내심이 어느 정도이고 얼마나 열심히 일을 했는지 말하겠습니다.

그리셀다는 결혼식 만찬 준비를 하느라고 눈코 뜰 새 없이 바빴습니다. 낡아서 넝마가 되어버린 옷 따위에는 아랑곳없이 기쁜 표정으로 다른 사람들과 함께 성문으로 나아가 백작의 일행을 맞이하고는 다시 자기가 할 일을 했습니다. 그녀는 영주의 손님들을 맞이하여 저마다의 신분에 맞게 능숙하게 접대했습니다. 그래서 손님들은 경사스러운 날에 어울리지 않는 그녀의 차림새를 비난하기보다는, 오히려 이토록 예의바르게 일을 잘하는 여인이 누구인지 의아해했습니다. 모든 손님들은 빈틈없는 그녀를 입이 마르도록 칭찬했습니다.

새색시와 그녀의 동생을 본 그리셀다는 진심으로 그들을 칭찬했습니다. 이런 칭찬은 인자한 마음씨에서 자발적으로 우러나온 것이었으므로 그녀보다 진심 어린 칭찬을 할 수 있는 사람은 아무도 없었습니다.

마침내 귀족들이 잔치 식탁에 자리를 잡고 앉자, 후작은 연회장에서 바쁘게 일하고 있던 그리셀다를 불렀습니다. 그는 농담조로 이렇게 물었습니다.

"내 아내가 어떻느냐? 아름답지 않으냐?"

"정말 아름답습니다, 영주님. 정말이지 이분보다 더 아름다운 사람은 본 적이 없습니다. 하느님께서 그녀에게 행복을 내려주시기를 기원합니다. 또한 영주님께도 남은 생애 동안 행복을 내려주시기를 빕니다. 단 한 가지 간청드리고 충고하고 싶은 말은, 영주님이 다른 여자에게 하신 것처럼 이 연약한 여자를 괴롭히지 말아 달라는 것입니다. 이분은 귀하게 자랐고 훌륭한 교육을 받으셨습니다. 그러니 가난하게 자란 사람과는 달리 힘든 일을 이겨내지는 못할 것입니다."

월터는 그녀의 인내심과 밝은 태도를 보고, 그녀의 말에 아무런 악의가 없음을 다시 깨달았습니다. 거듭되는 고통과 치욕을 겪었음에도 불구하고 그녀가 성벽처럼 굳고 정숙하여 본래의 꿋꿋함을 잃지 않자, 후작은 그리셀다의 확고한 지조에 크게 감동하여 연민을 느끼게 되었습니다. 그래서 그는 이렇게 말했습니다.

"사랑하는 그리셀다! 이제 이것으로 충분하오. 이제 더 이상의 고통은 없을 것이니 두려워하지 마오. 난 단지 당신이 높은 지위에 있건 낮은 지위에 있건 당신의 지조가 얼마나 굳고 당신의 마음이 얼마나 인자한지 시험을 해봤을 뿐이오. 그래서 지금까지 그 어떤 여인도 시험해 보지 않은 방법을 썼던 것이오. 그러나 이제는 당신의 지조를 확신하게 되었소."

후작은 두 팔로 그녀를 껴안고 입을 맞추었습니다. 그녀는 너무나 놀란 나머지 그가 하는 말을 이해할 수가 없었습니다. 마치 깊은 잠에서 깨어난 것처럼 한동안 몽롱한 상태가 이어지다가 비로소 정신을 차렸습니다.

후작이 말했습니다.

"그리셀다, 우리를 위해 세상을 떠나신 그리스도를 두고 맹세하건대, 나의 아내는 바로 당신이오. 당신말고는 다른 아내가 없으며, 앞으로도 절대로 그런 일은 없을 것이오. 이 말은 하느님이 나의 영혼을 구원하실 것이라는 말처럼 틀림없는 말이오.

당신이 나의 새색시라고 생각한 이 처녀는 바로 당신의 딸이오. 그리고 이 사내아이는 나의 후계자요. 난 처음부터 이 아이에게 대를 잇게 할 생각이었소. 이 아이는 정말로 당신의 뱃속에서 나온 우리의 아들이오. 난 이 애들을 볼로냐에서 은밀히 키워왔다오. 자, 어서 아이들을 맞아주오. 당신의 두 아이들이 죽은 것이 아니라 이렇게 살아 있음을 확인하구려.

나에 관해 이러쿵저러쿵 말을 하는 사람들에게 이르노니, 나는 악의를 품고 잔인한 마음으로 이런 일을 했던 것이 아니라 단지 아내의 지조를 시험해 보기 위해서였소. 어떻게 하느님께서 자기 자식을 죽이려는 사람을 가만히 놔두시겠소? 나는 처음부터 당신의 의지가 얼마나 확고한지 알게 될 때까지 남몰래 이 아이들을 키울 생각이었소."

영주에게 모든 이야기를 들은 그리셀다는 너무나 기쁜 나머지 정신을 잃고 말았습니다. 정신을 차리고 난 뒤에는 두 아이들에게 가까이 오라고 말한 다음, 애절하게 울면서 두 팔로 껴안고는 모든 어머니들이 그러는 것처럼 애정 어린 키스를 퍼부었습니다. 그녀의 얼굴과 머리칼은 온통 짜디짠 눈물로 범벅이 되었습니다. 그녀가 정신을 잃을 때의 모습과 그녀가 가련한 목소리로 말하는 장면은 얼마나 감동적이었는지 모릅니다.

"사랑하는 아이들의 목숨을 살려 주셔서 정말로 고맙습니다. 이제 저는 지금 당장 죽어도 여한이 없습니다. 제가 죽어 영혼이 육체를 떠나더라도 아무 상관 없습니다. 아, 나의 귀여운 아이들아! 이 어미는 너희들이 사나운 개들이나 끔찍스런 짐승들에게 먹힌 줄 알고 얼마나 괴로워했는지 모른단다. 하지만 자비로운 하느님과 인자하신 아버지께서 너희들을 지금까지 이렇게 잘 보살펴 주셨구나."

바로 그 순간 그녀는 다시 쓰러지고 말았습니다. 너무나 두 아이들을 세게 부둥켜안고 있었기 때문에, 아이들을 그녀의 품에서 떼어내기란 보통 힘든 것이 아니었습니다. 이 광경을 보고 있던 수많은 사람들은 쉴 새 없이 눈물을 흘렸습니다. 눈물을 흘리지 않고는 그 광경을 차마 볼 수가 없었던 것입니다.

월터는 그녀의 깊은 슬픔이 가실 때까지 위로해 주었습니다. 그리셀다는 정신을 수습하고 나니 조금 부끄러운 생각이 들었지만, 사람들은 그녀가 제 모습을 되찾을 때까지 개의치 않고 진심으로 축하해 주었습니다.

월터는 정성을 다해 그리셀다를 대했으며, 이제 다시 만난 두 사람은 진정한 행복을 맛보는 듯했습니다.

적당한 시간이 되자 귀부인들은 그리셀다를 침실로 모시고 가서 낡은 옷을 모두 벗기고 눈부신 황금 옷을 입혔으며, 머리에는 갖가지 보석으로 장식한 관을 씌워 주었습니다. 다시 연회장으로 안내를 받은 그녀는 후작부인의 지위에 걸맞은 대접을 받았습니다. 이렇게 슬프게 시작했던 날은 행복하게 끝을 맺었습니다.

그 자리에 모였던 사람들은 남녀 할 것 없이 모두 진심으로 그리셀다를 축하하면서, 하늘에 별들이 반짝이기 시작할 때까지 즐겁고 기쁘게 보냈습니다. 누가 보아도 그날의 잔치는 옛날의 결혼 잔치보다 훨씬 화려했고 멋졌습니다.

영주와 그리셀다는 오랫동안 평화롭고 단란하고 유복하게 살았습니다. 그들의 딸은 이탈리아에서 가장 고귀한 왕자와 성대하게 결혼식을 올렸습니다. 월터는 장인을 궁전으로 모셔서 죽는 날까지 안락하게 생활할 수 있도록 했습니다. 월터가 죽은 뒤에는 그의 아들이 평화롭게 그의 뒤를 계승했습니다. 그는 아버지처럼 복된 결혼을 올렸지만 아내를 괴롭히거나 시험하지는 않았습니다. 말할 나위도 없이 요즘은 옛날처럼 모질지 않으니까요.

이제 페트라르카가 이 점에 관해 어떻게 말하는지 들어보십시오.

"이 이야기는 아내들이 그리셀다의 유순함을 본받으라는 뜻에서 말한 것이 아닙니다. 여자들이 그렇게 하고 싶다고 해도 이런 고통을 참아낼 여자는 아무도 없을 것입니다. 이 이야기는 신분과 지위를 막론하고 모든 사람들은 그리셀다처럼 역경에 처하더라도 지조를 버리지 말아야 한다는 것입니다."

바로 이런 이유로 페트라르카는 고상한 문체로 이 이야기를 한 것입니다. 배운 것도 없는 여인이 한 인간에게 커다란 참을성을 보여준 것처럼, 우리는 하느님이 주신 모든 것을 불평하지 말고 기꺼이 받아들여야 합니다. 하느님께서 창조하신 것을 그분이 시험하시는 것은 너무나 당연한 일이기 때문입니다. 그러나 성 야고보의 서신을 읽어보면 알겠지만, 그분은 죄를 사해준 우리들을 극한에 이를 정도로 시험하지는 않으십니다.

물론 그분은 우리를 항상 시험하고 계십니다. 그러나 그분은 우리를 올바른 길로 인도하기 위해 여러 가지 방법으로 역경의 날카로운 매를 들어 고통을 주는 것이지, 우리의 의지가 얼마나 강인한지 확인하기 위해서 그러시는 것이 아닙니다. 하느님은 우리가 태어나기 전부터 우리의 모든 약점을 잘 알고 계시기 때문입니다. 그분이 주시는 것은 모두 우리를 위한 것입니다. 그러니 덕을 베풀며 변치 않는 마음으로 살아가도록 합시다.

자, 이제 제 이야기를 마치기 전에 한 마디만 덧붙이겠습니다. 지금은 온 도시를 모두 뒤져도 그리셀다와 같은 여자를 셋 이상, 아니 둘도 찾아내기 힘듭니다. 요즘 덕성스럽게 보이는 여자들은 청동을 섞은 금과 같아서 겉은 번지르르하지만, 그리셀다와 같은 고통을 겪는다면 굽어지기도 전에 두 쪽으로 갈라지고 말 것입니다.

하느님, 배스의 여인을 보호해 주시고, 그녀와 모든 여성들의 생명을 유지시켜 주시고, 남자 위에 높은 지배권을 누리게 하소서. 그녀를 칭송하는 의미에서 노래를 한 곡 부르겠습니다. 그러니 여러분들, 기운을 내시기 바랍니다. 저는 이야기를 했더니 굉장히 기분이 좋습니다. 하지만 딱딱한 이야기는 그만 하겠습니다. 이제 제 노래를 들어주십시오.

초서의 맺음말

그리셀다가 죽자 그녀의 인내심도 끝을 맺었다.
이제 둘은 관에 박힌 못보다도 더 죽은 몸이다.
나는 여기에 있는 모든 남편들에게 이르노니,

그리셀다와 같은 여인을 찾겠다는 바람으로
아내의 인내를 시험하지 말라.
틀림없이 그것은 실패로 돌아가고 말 것이다.

신중하기로 이름높으신 귀부인들이여,
겸손이라는 이유로 당신들의 입을 못 박지 말라.
또한 학자들에게 참을성 있고 친절한 그리셀다와 같은
여자의 믿을 수 없는 이야기를 하게 하지 말라.
자칫 치체바체[4]에게 잡아먹힐지도 모르니 말이다.

에코[5]를 본받아라.
그녀는 한시도 쉬지 않고 재잘거리며,
항상 모든 소리에 말대답을 한다.
너무나 순진한 바보가 되어서는 안 된다.
대신 남편들이 꼼짝못하게 쥐고 흔들어야 한다.
그대들은 이 교훈을 항상 마음속에 새겨두어야 한다.
그러면 모든 행복이 태양처럼 빛날 것이다.

세상의 훌륭한 아내들이여, 스스로를 지켜라.
그대들은 모두 낙타처럼 힘이 세고 커다랗다.
왜 남자들이 그대들을 모욕하게 만드는가?
별 볼일 없는 아내들이여, 그대들은 싸움에 약하지만,
호랑이나 악마처럼 사나워져야 한다.
그리고 물방아처럼 쉬지 않고 잔소리하라.

---

4. 참을성 많은 아내들을 먹고사는 전설적인 소. 따라서 이 소는 항상 굶주려 있다.
5. 메아리가 된 님프

왜 당신들은 남자들을 겁내고 존경해야만 하는가?
당신의 남편이 갑옷을 입었더라도
그대들의 유창한 말은 날카로운 화살이 되어
그들의 가슴과 단단한 턱받이를 뚫을 것이다.
내 충고를 따르라. 그리고 질투심 많은 여인이 되고
한시도 게을리하지 말고 남편을 감시하라.

그러면 남편들은 메추라기처럼 웅크리고 앉아 벌벌 떨 것이다.
당신이 미녀라면 다른 사람들이 있을 때
그대의 미와 옷을 과시하라.
당신이 추녀라면 돈을 물 쓰듯이 하라.
그러면 친구가 생길 것이고, 그들은 항상 당신을 생각할 것이다.
바람에 떠다니는 잎사귀처럼 명랑한 표정을 짓고 밝게 행동하라.
그리고 남자들의 입에서 탄식과 걱정의 소리가 나오게 하고,
그들이 눈물짓고 탄식하게 만들라.

사회자의 말

착한 서생의 이야기가 끝나자 사회자는 이렇게 말했다.

"우리 마누라에게 이 이야기를 들려준다면 맥주 한 통을 주겠네. 이것은 정말이지 내 마음에 꼭 드는 이야기야. 이게 무슨 말인지는 자네도 알 거야. 하지만 가망없는 일이라면 일찌감치 포기하는 편이 낫지."

옥스퍼드 서생의 이야기는 여기에서 끝난다.

상인의 이야기

상인의 이야기 서문

상인이 말했다.

"아침 저녁으로 울고 탄식하고 슬퍼하며 걱정하는 일은 내가 너무나도 잘 알고 있는 일입니다. 이것은 결혼한 남자라면 모두 잘 알고 있을 겁니다. 내 경우로 미루어보아 적어도 나는 그렇게 생각합니다. 나는 아내가 있습니다. 그런데 여러분들의 상상을 초월할 정도의 악처랍니다. 내 마누라가 악마와 결혼을 했더라도 그놈을 깔아뭉갰을 겁니다. 아마 손쉽게 그놈을 제압했을 거예요.

하지만 그녀의 악독한 성격을 일일이 예를 든들 무슨 소용이 있겠습니까? 그녀는 완벽한 독부(毒婦)입니다. 그리셀다의 크나큰 인내력과 우리 마누라의 마음속에 자리잡고 있는 복수심 사이에는 말할 수 없이 엄청난 차이가 있습니다. 내가 자유의 몸이 된다면 결혼의 굴레에 다시는 빠지지 않을 겁니다. 결혼한 남자들은 항상 고민하며 슬퍼합니다. 인도의 성 토마스를 두고 맹세하지만, 누구든지 한 번 시험해 보면 내 말이 옳다는 것을 알게 될 겁니다.

물론 모든 사람이 그렇다는 것은 아니고, 대부분의 결혼한 남자가 그렇다는 것입니다. 하느님, 이렇게 말하는 저를 용서해 주소서! 착한 사회자 양반, 내 말을 믿어주시오. 나는 겨우 두 달 동안 결혼 생활을 했지만 평생을 독신으로 지낸 그 어떤 총각도 내가 마누라와 살면서 겪은 일보다 더 고통스런 이야기는 할 수 없을 것입니다. 심장을 도려내는 고통도 이것보다는 못할 겁니다."

이때 우리 사회자가 말했다.

"상인 양반, 하느님께서 은총을 내리시길! 당신이 이 문제에 관해 잘 알고 있는 것 같으니, 이것에 관한 이야기를 들려달라고 진심으로 부탁하고 싶소."

그러자 상인이 대답했다.

"기꺼이 그렇게 하지요. 하지만 내 가슴은 너무나 슬퍼서 내 자신의 고통에 관해서는 이야기하지 못하겠습니다."

상인의 이야기[1]

오래 전 롬바르디아에 훌륭한 기사가 살고 있었습니다. 그는 파비아에서 태어나 부유하게 살았는데, 60년 동안 독신으로 지내면서 지각 없는 속인들처럼 자기 구미에 맞는 여자들과 어울려 육체의 쾌락을 즐겼습니다. 그런데 신앙심 때문인지 아니면 노망을 했는지는 모르겠지만, 예순 살이 넘자 결혼을 하겠다는 억누를 수 없는 욕망을 갖게 되었습니다. 그래서 그는 밤낮을 가리지 않고 자기가 꿈에 그리던 신붓감을 찾아다니면서 하느님께 아내와 남편이 결혼이라는 성스런 관계, 즉 하느님께서 남자와 여자를 하나로 만들어 주셨을 때 누릴 수 있는 인생의 달콤한 맛을 한 번이라도 음미할 수 있게 해 달라고 기도했습니다. 그는 이렇게 말하곤 했습니다.

"결혼을 제외한 나머지 생활은 일고의 가치도 없는 것이야. 이 세상을 낙원으로 만드는 것은 바로 결혼의 순수한 기쁨이야."

이 늙은 기사의 말은 일리가 있는 것이었습니다.

결혼이 대단히 좋은 일이라는 것은 하느님이 하늘에 계시는 것처럼 틀림없는 사실입니다. 특히 남자가 늙고 백발이 되었을 때에는 더욱더 그렇습니다. 그 나이의 남자들에게 있어서 아내는 그들이 가질 수 있는 최고의 보물이기 때문입니다. 그래서 그는 젊고 예쁜 아내를 맞아 후손도 얻고, 아내와 함께 기쁨

---

1. 이 작품의 마지막 부분인 배나무 장면은 중세 문학에서 흔히 쓰였지만, 전체적으로 볼 때 이 이야기는 초서의 가장 독창적인 이야기 가운데 하나이다.

과 위안을 누리기로 마음먹었습니다.

노총각들은 사랑이 뜻대로 이루어지지 않으면 탄식하며 슬퍼하지만 그것은 어린애처럼 유치한 일이지요. 사실 노총각들이 걱정하며 고민하는 것은 당연한 일입니다. 무른 모래 위에 집을 짓고도 그곳에서 단단한 것을 찾으려 하니, 뜻대로 이루어질 리 없지요.

그들은 새나 짐승처럼 아무런 억압도 받지 않은 채 방종한 생활을 하지만 결혼한 남자는 튼튼한 결혼의 테두리 안에서 행복하고 안정된 생활을 합니다. 결혼했다는 이유로 기쁨과 행복으로 가득 차 있으면 안 됩니까?

사실 아내보다 더 고분고분한 사람이 누가 있습니까? 남편이 건강할 때나 병들었을 때를 막론하고, 아내처럼 충실하고 근면하게 보살펴 주는 사람이 어디 있습니까? 아내는 행복할 때나 고통스러울 때나 남편을 버리지 않으며, 남편이 죽을 때까지 병으로 누워 있는다 해도 그를 사랑하고 섬기는 데 지치지 않습니다.

그러나 어떤 학자들은 그렇지 않다고 말합니다. 그 중의 하나가 바로 테오프라스토스[2]입니다. 테오프라스토스가 거짓말을 할 리는 없지 않겠습니까? 그는 이렇게 말했습니다. "생활비를 절약할 생각으로 아내를 얻지 말라. 즉 경제적인 목적으로만 아내를 얻어서는 안 된다. 그렇다면 아내보다 충실한 하인을 얻는 편이 낫다. 하인은 아내보다 당신 재산을 더욱 정성스럽게 지켜줄 것이다. 반면에 아내는 그녀가 살아 있는 동안 당신 재산의 반을 나눠 달라고 요구할 것이다. 나의 구세주이신 하느님을 두고 말하거니와, 당신이 병에 걸리면 당신 재산을 차지할 순간만을 기다리는 아내보다는 당신 친구들이나 성실한 하인이 훨씬 간호를 잘해 줄 것이다. 아내에게 당신 집을 맡기면 머지않아 아내에게는 새서방이 생기기 일쑤이다."

이 작자는 이런 말을 비롯해 이보다 더 흉악한 말을 수없이 써놓았습니다.

---

2. 결혼을 반박한 「결혼에 관한 황금서」의 저자.

하느님, 이 자에게 저주를 내리소서! 테오프라스토스의 말은 헛소리에 불과합니다. 여러분들은 이런 엉터리 소리에 귀를 기울이지 마시고 내 이야기를 들어주십시오.

사실 아내는 하느님이 내려주신 선물입니다. 그 이외의 재산, 즉 토지나 임대료나 목장 혹은 공동재산이나 동산(動産) 등은 운명의 여신이 주시는 선물이며, 벽에 비친 그림자처럼 있다가도 없어지는 것입니다. 하지만 두려워 마십시오. 솔직히 여러분들에게 말하는데, 아내는 오래 지속되는 존재이며 당신들이 생각하는 것보다 훨씬 오래 집 안에 남아 있습니다.

결혼은 거룩한 성사(聖事)입니다. 나는 아내 없는 남자는 멸시를 받아도 마땅하다고 생각합니다. 그런 사람의 인생은 외롭고 가련합니다. 이것은 물론 평신도의 경우입니다. 나는 지금 아무렇게나 말하는 것이 아닙니다. 내 말을 주의 깊게 들어보면 무슨 이유로 여자가 남자의 반려자로 만들어졌는지 알게 될 것입니다.

전지전능하신 하느님께서 아담을 창조하셨을 때, 혼자 벌거벗고 있는 아담을 보시고는 인자하신 마음으로 이렇게 말씀하셨습니다. "아담이 혼자 있는 것이 좋지 않으니 그의 일을 거들 짝을 만들어 주리라. 그와 똑같은 사람을 만들어 주리라."

그래서 이브를 만드셨습니다. 따라서 여자는 남자를 거들어 주고 편안하게 만들어 주는 사람이요, 남자의 위안자이며 지상의 천국이라는 사실을 알 수 있고 또 증명할 수 있는 것입니다. 여자는 남자에게 순종하고 덕스럽기 때문에 남녀는 하나가 되어 행복하게 살 수 있습니다. 부부는 한 몸이며, 한 몸은 괴로울 때나 즐거울 때나 하나의 마음만을 갖는다고 나는 생각합니다.

아내란 얼마나 소중한 존재입니까! 성모 마리아시여, 우리 모두에게 축복을 내려주소서! 아내를 가진 남자가 곤경에 빠지는 일이 있겠습니까? 사실 어떤 경우에 그렇게 되는지, 나는 잘 알지 못합니다. 부부가 누리는 행복은 말로 다 할 수 없으며, 상상할 수도 없습니다. 남편이 가난하면 아내는 그의 일을 돕고 그의 재산을 지키며 단 한 푼도 헤프게 쓰지 않습니다. 남편이 좋아하는 것은 아내도 기뻐하며, 남편이 그렇다고 말하면 아내는 아니라고 말하는 법이 없습니다. 남편이 "이것 좀 하시오"라고 말하면, 아내는 "네, 곧 할게요"라고 대답합니다.

결혼이란 축복받은 제도이며, 더할 나위 없이 소중한 것입니다. 그것은 기쁨이며 동시에 덕행입니다. 그러기에 사람들이 권하며 좋다고 인정하는 것입니다. 쥐가 아닌 사람의 모습으로 태어난 남자라면 아내를 주신 하느님께 무릎 꿇고 감사드리거나, 아니면 죽을 때까지 백년해로할 아내를 보내 달라고 기도하며 생활해야 합니다. 아내를 맞음으로써 비로소 남자는 인생의 확실한 기초를 다질 수 있는 것이기 때문입니다.

내가 보기에, 아내의 충고대로 따르는 남자는 절대로 실수하는 법이 없습니다. 또 아내들은 슬기롭고 착하기 때문에 아내의 말을 따르는 남편은 출세가도를 달릴 수도 있습니다. 그러니 현명한 남자의 예를 따르고자 한다면 여자들이 충고하는 대로 따르십시오.

학자들이 말하듯이, 야곱을 보십시오. 그는 어머니 리브가의 슬기로운 지혜를 배워 목에 염소가죽을 감았고, 그래서 아버지의 축복을 받을 수 있었습니다. 또한 유딧의 현명한 지혜 덕택에, 홀로페르네스가 잠자고 있는 틈을 이용해 그를 죽여 하느님의 백성을 구했다는 이야기도 있습니다.

또한 아비가일이 어떻게 죽기 일보 직전에 있던 남편 나발을 구했는지 생각해 보십시오. 아니면 에스더를 떠올려 보세요. 그녀는 훌륭한 조언으로 하느님의 선택된 백성들을 곤경에서 건져내고, 모르드개가 아하스에로스(크세르크세스) 왕의 은총을 입어 높은 지위에 오르게 하기도 했습니다.

세네카가 말했듯이, 친절하고 성실한 아내보다 더 훌륭한 것은 없습니다. 카토의 충고대로 아내의 말을 참고 들으십시오. 아내에게 주도권을 건네주고 아내의 말을 참고 따르라는 말입니다. 그래도 아내는 남편에게 복종하게 마련입니다. 아내는 가정의 주인입니다. 집 안을 지켜줄 아내가 병들어 눕고 난 뒤에는 아무리 울고 후회해도 소용없습니다.

현명하게 살려면, 그리스도께서 교회를 사랑하셨듯이 아내를 사랑해야 합니다. 자기 자신의 몸을 학대하는 사람은 없습니다. 사람이라면 누구나 살아 있는 동안 평생 자기의 몸을 보살피고 보호합니다. 그러니 자기 자신을 소중히 여긴다면 아내를 사랑해야 합니다.

여러분들에게 충고하오니, 아내를 사랑하십시오. 그렇지 않은 사람은 절대로 번영을 누릴 수 없습니다. 사람들이 무어라고 말하든, 남편과 아내야말로 세상에서 가장 확실하고 안정된 길을 선택한 사람들입니다. 두 사람이 굳게 하나가 되면, 둘 중의 하나, 특히 아내에게는 어떤 위험도 닥치지 않는답니다.

그럼 이제 아까 말했던 기사 재뉴어리(January, 일월)의 이야기로 돌아가겠습니다. 그는 이런 생각을 하고, 비록 늙었지만 달콤한 결혼 생활에서 맛볼 수 있는 행복과 고결한 마음의 평온을 누리고자 했습니다. 어느 날 그는 자기가 오랫동안 생각해 왔던 것을 이야기하기 위해 친구들을 불렀습니다. 재뉴어리는 자못 심각한 얼굴로 설명을 하기 시작했습니다.

"여보게들, 나는 이제 늙었고 머리도 백발이 되었네. 하느님께서도 아시지만, 이제 무덤 언저리에 발을 들여놓은 것이지. 그러니 내 영혼에 대해 조금은 생각을 해 봐야겠네. 지금까지 나는 내 몸을 경솔하게 마구 탕진해 왔네. 하느님, 은총을 베풀어 주소서! 하지만 이건 고칠 수 있다고 생각하네.

그래서 나는 가능한 한 빠른 시일 내에 결혼을 하기로 마음먹었네. 그러니 젊고 예쁜 여자와 되도록 빨리 결혼할 수 있도록 도와주게. 난 더 이상 기다릴 수가 없네. 나도 두 눈을 크게 뜨고 지체없이 결혼할 수 있는 여자를 찾아보겠네만, 나는 하나고 자네들은 여럿이니까, 내게 알맞은 신붓감을 찾을 확률이 나보다 많을 걸세. 그래서 자네들에게 도움을 청하는 걸세.

하지만 한 가지 미리 일러둘 것은, 나이 먹은 여자를 아내로 맞이하지는 않을 걸세. 신부는 스무 살이 넘으면 안 되네. 이건 타협의 여지가 없는 것이네. 생선은 다 자란 것이 좋지만, 고기는 어린 것이 더 맛있지. 꼬치어는 작은 것보다 큰 것이 좋지만, 고기는 송아지고기가 늙은 암소고기보다 더 나은 법이란 말이네. 난 서른 살 먹은 여자는 싫네. 그것은 말먹이용 콩줄기나 지푸라기처럼 하나도 맛이 없네.

하느님도 아시지만, 늙은 과부들은 얕은 물에 띄워놓은 배처럼 결혼 생활의 속임수를 낱낱이 알고 있어서, 마음만 먹으면 얼마든지 문제를 만들 수 있네. 난 그런 여자들과는 마음 편히 살 수가 없어. 여러 학교에 다닌 사람은 자연히 학자가 되는 법이네. 남편을 여러 번 갈아본 여자도 이와 마찬가지일 걸세. 반면에 따뜻한 밀랍은 손으로 주무르는 대로 모양이 만들어지는 것처럼 젊은 여자는 우리가 길들이기 나름이거든. 간단히 말하자면, 나는 이런 이유로 늙은 여자를 아내로 맞이하고 싶지 않네.

내가 결혼을 하고서도 불행하게도 아내와 기쁨을 누리지 못할 경우를 생각해 보게. 그러면 나는 평생을 남의 여자나 탐하면서 지내다가 죽어서 결국 지옥으로 가게 될 걸세. 나는 그런 여자와 아이를 낳을 수 없을 거야. 난 내 유산이 남의 손에 들어가는 것을 보느니 차라리 내 몸뚱이가 개들에게 먹히는 편을 택할 걸세.

이건 공연히 해보는 소리가 아니라 남자들이 왜 결혼해야 하는지 잘 알고 이야기하는 것일세. 또 사람들은 남자가 결혼하는 이유를 우리 집 머슴만큼도 모르면서 마구 지껄인다는 것도 잘 알고 있네. 남자는 순결을 지키며 살 수가 없네. 그러니 아내를 맞아야만 하네. 그것은 단순히 욕정이니 사랑이니 하는 따위의 이유 때문이 아니라, 합당하게 자식을 낳아 하느님께 영광을 드리기 위해서일세.

결혼은 음란의 죄를 피하고, 자기가 진 사랑의 빚을 갚고, 불행을 당했을 때 남매처럼 서로를 도우며 정숙한 생활을 하기 위해서일세. 그렇지만 난 금욕 생활을 할 사람이 못 돼. 나는 아직도 남자가 하는 일이라면 무엇이든지 할 수 있는 충분한 힘이 있네. 이런 점에서 내 자신을 나보다 잘 아는 사람은 없지.

비록 머리는 백발이지만, 나는 과일이 무르익기 전에 꽃을 피우는 나무와 같네. 꽃이 핀 나무는 죽은 것도 마른 것도 아니야. 단지 내 머리만이 백발일 뿐, 마음과 육체는 일년 내내 푸른 월계수처럼 언제나 싱싱하네. 자, 이제 내 생각을 다 얘기했으니, 자네들에게 내 소망을 들어달라고 부탁하고 싶네."

여러 사람이 결혼에 관해 서로 다른 이야기를 해주었습니다. 어떤 사람은 결혼을 몹쓸 것이라고 비난했고, 또 어떤 이들은 그것을 찬양했습니다. 여러 분들은 친구들 사이의 논쟁은 결국 싸움으로 변한다는 것을 알고 계실 겁니다. 이 경우에도 마침내 두 형제들 사이에 말싸움이 벌어지고 말았습니다. 한 사람의 이름은 플라체보였고, 다른 사람의 이름은 유스티누스였습니다.

플라체보가 말했습니다.

"재뉴어리 형님, 여기에 있는 이분들에게 물어보실 필요도 없습니다. 형님은 슬기롭고 생각이 깊으십니다. 그러니 솔로몬의 가르침을 거스르지 않기를 바랄 따름입니다. 솔로몬은 우리 모두에게 이렇게 말씀하셨어요. '생각 없이 마구 행동하지 말라. 그래야 네 행실을 후회하지 않게 되리라.' 솔로몬이 이렇게 말했지만, 구세주이신 하느님을 믿는 것처럼 저는 형님의 생각이 가장 훌륭하다고 믿습니다. 제 말을 믿어주십시오.

저는 일생을 궁정에서 살아왔고, 비록 보잘것없지만 많은 고관대작들과 어울리며 지내왔습니다. 그러나 저는 한 번도 그네들과 말다툼을 벌인 적이 없습니다. 제가 그들의 말을 부정한 적이 없기 때문이지요. 저는 영주님이 저보다 많이 아신다는 사실을 늘 명심하고 있습니다. 그래서 영주님 말씀이라면 무엇이든지 틀림없다고 생각하고 있고, 그래서 나도 그분과 똑같거나 비슷하게 말하기도 합니다.

영주를 모시는 자문관이 자기의 충고가 영주의 생각보다 뛰어나다고 생각한다면 그는 건방진 바보입니다. 영주치고 어리석은 사람은 하나도 없으니까요. 형님께서는 오늘 신앙심에 가득 찬 깊은 뜻을 말씀하셨는데, 저는 형님의 의견에 전적으로 동의하며 형님이 하신 말씀도 모두 옳다고 생각합니다. 온 도시를 뒤져보아도 그렇게 훌륭하게 말할 수 있는 사람은 없을 겁니다. 그리스도께서도 형님 말을 들었다면 몹시 흡족해하셨을 거예요.

사실 나이 든 남자가 젊은 아내를 맞이하는 것은 큰 용기가 필요한 일입니다. 말이야 바른 말이지, 형님의 용기는 대단해요. 이 일에 대해서는 형님이 좋으실 대로 하십시오. 하지만 이 모든 것이 말로만 그칠 것이 아니라, 실제 행동으로 옮기는 것이 좋다고 생각합니다."

그동안 잠자코 앉아서 듣기만 하던 유스티누스는 플라체보의 말을 듣고 이렇게 말했습니다.

"음…… 지금까지 자네 생각을 말했으니, 이제 그만하고 내 의견을 들어주게. 슬기로운 격언을 수없이 남긴 세네카는 자기의 재산과 토지를 누구에게 넘기느냐의 문제를 다룰 때는 매우 신중해야 한다고 말씀하셨네. 내가 내 재산을 넘길 사람을 선택할 때 최대한 심사숙고해야 한다면, 내 몸을 맡길 사람을 선택할 때는 더욱 조심해야 하네. 자네에게 진심으로 말하는데, 아내를 선택하는 것은 아이들 장난이 아닐세. 그러니 정말 신중하게 생각해야만 하네. 내가 보기에는 기본적으로 여자가 생각이 깊은지, 술을 자제할 줄 아는지 알아봐야 하네. 또한 허영스러운지 사나운지, 바가지를 긁는 성격은 아닌지, 낭비벽은 없는지도 잘 알아봐야 하네. 더불어 부자인지 가난한지, 아니면 남자 같은 여자는 아닌지도 알아봐야 하지.

모든 면에서 완벽한 말(馬)을 찾기는 불가능하네. 이 세상에서 짐승이든 사람이든 이상적인 것을 찾기는 불가능하거든. 하지만 나쁜 점보다는 좋은 점이 더 많은 아내라면 그것으로 족하겠지. 그런데 이런 것을 모두 알아보려면 시간이 걸리네. 하느님도 아시지만, 나는 장가든 다음에 남몰래 눈물을 흘린 적이 한두 번이 아니었네.

결혼을 찬양하는 사람이 많긴 하지만, 사실대로 말하자면 나는 결혼 속에서 은총이라고는 전혀 보지 못했네. 단지 수많은 문제가 일어나고 남편으로서의 의무를 지키기 위해 집에 돈을 갖다주어야 하는 것 따위만 보았을 뿐이야. 특히 내 이웃에 사는 여자들은 내 아내처럼 지조가 강하고 착한 여자는 없다고 떠들지. 그러나 내 신발의 어느 부분이 뒤틀려 발이 아픈지 가장 잘 아는 사람은 바로 나일세.

그건 그렇고, 형님. 내 생각을 말씀드리지요. 형님 생각대로 하십시오. 그렇지만 형님 나이가 적지 않으니 결혼하기 전에 잘 생각해 보십시오. 특히 젊고 예쁜 여자와 결혼한다면 더욱 그렇습니다. 물과 땅과 하늘을 만드신 하느님을 두고 말하는데, 이 자리에 있는 가장 젊은 남자도 자기 여편네를 혼자 간직하려면 엄청난 노력을 해야 합니다. 내 말을 귀담아들으십시오. 형님, 젊은 여자에게 기쁨을 줄 수 있는 기간은 기껏해야 3년입니다. 게다가 여자들은 남편에게 갖가지 요구를 합니다. 형님, 제발이지 이런 제 말을 언짢게 여기지는 마세요."

그러자 재뉴어리가 대답했습니다.

"그래, 이제 할 얘기 다 했나? 자네가 들먹이는 세네카나 그 녀석의 격언 따위는 집어치워! 그건 잘난 척하는 학자들이 씨부렁거리는 말일 뿐이야. 그런 건 잡초 한 바구니보다도 못해. 자네보다 더 슬기로운 사람들이 내 뜻에 동조해 주었어. 플라체보, 더 할 말이 있나?"

"저는 남의 결혼을 방해하는 사람은 정말로 못된 놈이라고 생각합니다. 그것뿐입니다."

플라체보의 말이 끝나자 사람들 모두가 즉시 자리에서 일어났습니다. 그리고 늙은 기사가 원하는 여자라면 누구든지 간에 결혼해도 좋다고 동의했습니다.

날마다 재뉴어리의 머릿속은 결혼에 관한 엄청난 환상과 야릇한 생각들로 가득 찼습니다. 밤이면 밤마다 요염한 여자의 자태와 예쁜 여자의 얼굴이 그의 마음속을 스쳐 지나갔습니다. 마치 누군가가 깨끗한 거울을 광장 한복판에 갖다 놓고, 그 거울을 스쳐 지나가는 모든 사람들을 보여주는 것 같았습니다.

이런 환상 속에서 재뉴어리는 자기 집 가까이에 살고 있는 여자들을 눈여겨보았지만 누구를 결정해야 할지 판단이 서지 않았습니다. 어떤 여자는 얼굴이 예뻤고, 다른 여자는 착하고 참해서 사람들의 존경을 받고 있었습니다. 또 어떤 여자는 돈이 많았지만 평판이 나빴습니다. 마침내 그는 진담 반 농담 반으로 그 중 한 여자에게 마음을 두고 다른 여자들 생각은 모두 떨쳐 버렸습니다.

사랑은 언제나 사람의 눈을 멀게 하여 아무것도 보지 못하게 합니다. 그는 잠자리에 들자마자 마음속으로 이 여자를 생각했습니다. 나이도 젊고 눈부시게 아름다우며, 팔과 허리는 길고 가늘며, 신중하게 행동하고, 집안도 좋으며, 여성스럽기 그지없는 여자였습니다. 그는 이 여자를 신붓감으로 결정하고 나니 더 이상의 현명한 선택은 있을 수 없다는 생각이 들었습니다. 일단 이렇게 결정을 한 그는 다른 사람들의 판단을 믿지 않았으며, 아무도 반대하지 않을 것이라고 생각했습니다. 적어도 그는 이렇게 자기 자신에게 최면을 걸었던 것입니다.

그는 친구들에게 될 수 있는 한 빨리 그들과 함께 자리를 마련하면 좋겠다며 초청을 했습니다. 그는 자기를 위해 신붓감을 찾아헤매는 그들의 수고를 덜어주고자 했던 것입니다. 이제 친구들이 신붓감을 찾아서 말을 타고 이리저리 돌아다닐 필요가 없었던 것입니다. 그는 이미 안식처를 찾았으니 말입니다.

이내 플라체보와 친구들이 도착했습니다. 그는 먼저 친구들에게 자기가 이미 내린 결정에 대해서 더 이상 왈가왈부하지 말아달라고 부탁했습니다. 그러면서 그녀를 아내로 맞으면 하느님도 좋아하실 것이며, 자기가 행복해지는 데 진정한 기초가 될 것이라고 설명했습니다.

그는 도시에 아름답기로 유명한 한 처녀가 있는데, 신분은 보잘것없지만 젊고 아름다운 것만으로도 충분하다고 말했습니다. 그러고 나서 그 처녀를 아내로 맞아 여생을 편안하고 거룩하게 보낼 것이라고 천명하면서, 그녀를 독차지하고 다른 남자와 기쁨을 나눠 갖지 않도록 해주신 하느님에게 감사드렸습니다. 이어서 찾아온 모든 사람에게 자기의 목적이 이루어질 수 있도록 도와달라고 부탁하고, 결혼을 하면 그의 마음이 편해질 것이라고 덧붙였습니다.

그리고 이렇게 말했습니다.

"이제 단 한 가지만 제외하고는 아무 걱정이 없네. 나의 양심에 거리끼는 일이지만, 지금 자네들에게 밝히겠네. 오래 전에 나는 아무도 두 가지의 천국, 즉 지상에서의 천국과 하늘에서의 천국을 동시에 누릴 수는 없다는 말을 들었네. 하지만 우리가 일곱 개의 죄악과 거기서 파생된 다른 죄악을 멀리한다면 결혼생활 속에서 완전한 쾌락과 안락과 기쁨을 누릴 수 있다고 보네.

그래서 내가 늙은 나이에 아무런 근심이나 고통도 없이 그토록 복되고 편안한 삶을 누린다면, 이곳 지상이 나의 천국이 되지 않을까 걱정이네. 진정한 천국은 무한한 고통과 커다란 고난의 대가를 치러야 하는데, 내가 만일 다른 남자들처럼 아내들과 기쁨을 즐기면서 산다면 어떻게 그리스도께서 계시는 영원한 천국으로 들어갈 수 있겠나? 이것이 바로 나의 걱정인데, 자네들이 이 문제를 해결해 주었으면 좋겠네."

이런 터무니없는 생각을 못마땅하게 여긴 유스티누스는 비웃는 표정으로 대답했습니다. 하지만 이번에는 유식한 사람들의 말을 인용하지 않았습니다.

"형님, 형님도 이것이 유일한 장애물이라고 말씀하셨습니다. 아마 무한하게 자비로우신 하느님께서는 형님이 아무런 걱정도 슬픔도 없다고 말씀하신 결혼 생활을 후회하도록 만드실 겁니다. 심지어는 성당에서 결혼식을 올리기 전에 그렇게 하실지도 모릅니다. 하느님께서는 독신자보다도 기혼자에게 더 많은 참회의 기회를 주시지 않습니까!

형님, 이것이 제가 드리는 최고의 충고인데요, 너무 절망하실 것은 없지만, 결혼하시겠다는 그 처녀가 바로 형님의 연옥(煉獄)이 될지도 모른다는 사실을 명심하십시오. 그녀는 하느님의 도구이며 하느님의 채찍이 될 수도 있습니다. 그렇다면 형님의 영혼은 활시위를 떠난 화살보다 더 빨리 천국을 향해 올라갈지도 모릅니다. 나는 결혼 생활에는 형님의 구원을 방해하거나 장애물이 될 완전한 행복은 없으며, 앞으로도 없을 것이라는 사실을 형님 스스로 조만간 확인할 수 있기를 바랍니다.

형님께서는 아내의 정욕을 절제 있게 만족시켜 주고, 그녀에게 너무 큰 사랑을 베풀지 말며, 형님 자신도 나머지 죄악을 멀리하셔야 합니다. 저는 본래 아는 것이 없으니 더 이상 길게 말하지는 않겠습니다. 그렇지만 너무 걱정하실 필요는 없습니다. 형님께서도 잘 들으셨겠지만, 배스의 여인은 이 문제, 즉 결혼에 관해 분명하고도 간략하게 자기의 관점을 설명해 주었습니다. 이제 마음을 편히 가지시고, 하느님의 은총이 함께 하길 기원합니다."

이렇게 말한 다음 유스티누스와 플라체보는 헤어졌습니다. 그들은 결국 다른 방법이 없다고 생각하고, 갖은 꾀와 지혜를 다해서 처녀와 재뉴어리 기사의 결혼을 서둘렀습니다. 이 처녀의 이름은 메이(오월)였습니다. 하지만 그 처녀가 시집올 때 받은 땅문서와 같은 서류들이 무엇무엇이며, 결혼식 때 어떤 옷을 입었는지에 대해 이야기하는 것은 시간 낭비라고 생각합니다.

마침내 결혼할 날이 되었습니다. 두 사람은 성당으로 가서 혼례 성사를 받았습니다. 목에 영대(領帶)를 걸친 사제가 나와 신부 메이에게 사라와 리브가처럼 지혜롭고 충실하게 결혼 생활을 하라고 당부하고는 결혼 서약을 하게 했습니다. 이어 평소와 같은 기도를 드리고, 신랑 신부에게 성호를 그어주면서 하느님의 축복을 빌고는 결혼 미사를 끝마쳤습니다.

이렇게 해서 두 사람은 정식으로 결혼한 몸이 되었고, 여러 손님들과 함께 결혼식 피로연에 자리를 잡고 앉았습니다. 기사 재뉴어리의 저택은 기쁨의 소리와 음악으로 가득 찼으며, 손님들은 이탈리아에서 가장 맛있는 요리를 먹으며 한껏 즐겼습니다. 결혼을 축하하기 위해 오르페우스[3]나 테베의 암피온[4]이 연주한 음악보다 더욱 부드럽고 달콤한 음악이 울려퍼졌습니다. 악사들은 음식이 나올 때마다 우렁찬 음악을 연주했는데, 그 소리는 다윗 군대의 지휘관인 요압의 나팔소리보다 더 컸고, 테베가 위험에 처했을 때 티오다마스가 울렸던 나팔소리보다도 더 크게 울렸습니다.

주신(酒神) 바쿠스는 사방을 돌아다니며 술을 따르고 있었고, 베누스는 모든 사람에게 미소를 짓고 있었습니다. 재뉴어리는 총각 시절에 늘 하던 식대로 베누스의 기사가 되었고, 결혼을 하고서도 자기의 힘을 과시하려고 했습니다. 재뉴어리는 이글거리는 횃불을 손에 들고 신부를 비롯한 수많은 하객들 앞에서 춤을 추었습니다. 감히 말하건대, 결혼의 신인 히메나이오스(히멘)도 이보다 더 행복한 신랑을 본 적은 없었을 것입니다.

시인 마르티아누스여, 그대의 입을 다물라! 그대는 학문과 메르쿠리우스의 흥겨운 혼인 잔치와 뮤즈들이 노래한 노래에 관해 글을 썼다. 하지만 그대의 입과 펜은 이런 결혼을 그려내기에는 너무나도 미약하다. 구부정한 노인이 어

---

3. 음악으로 아내를 구한 그리스 신화에 나오는 악사.
4. 암피온이 음악을 연주하자 돌들이 스스로 물러났는데, 이 돌로 테베를 건설했다고 전해진다.

린 처녀와 결혼할 때의 기쁨은 말로 표현할 수가 없는 법이다. 내 말을 믿지 못하겠으면, 그대가 한 번 직접 시험해 보라. 그러면 곧 알게 될 것이다.

메이가 그곳에 다소곳이 앉아 있는 모습은 정말 아름다웠습니다. 마치 선녀 이야기에 나오는 선녀를 보는 것 같았습니다. 에스더 왕후도 아하스에로스 왕에게 그런 시선을 보내지 못했으며, 그토록 점잖게 행동하지 못했을 겁니다. 메이가 얼마나 아름다운지 나는 반도 채 설명할 수 없을 것입니다. 그렇지만 그녀는 5월의 맑은 아침처럼 아름다움과 기쁨으로 충만해 있었다는 사실만은 말할 수 있습니다.

재뉴어리는 메이의 얼굴을 바라볼 때마다 황홀경에 빠졌고, 파리스[5]가 헬레네를 껴안았을 때보다 더욱 세게 메이를 안아주리라 마음먹었습니다. 그러나 그날 밤 신부에게 상처를 입혀야 할 것을 생각하니 애처로운 생각이 들었습니다. 그래서 마음속으로 이렇게 말했습니다. '아, 불쌍한 여인이여! 하느님, 그녀가 나의 뜨거운 정욕을 감당할 수 있도록 도와주소서! 전 메이가 과연 그것을 이겨낼 수 있을지 걱정스럽습니다. 하느님, 제 기운을 모두 쓰지 못하도록 해주소서! 한시바삐 밤이 되어, 그 밤이 영원히 계속되도록 도와주소서! 그리고 얼른 하객들이 이 자리를 뜨게 해주소서!'

그는 아무도 눈치 채지 못하도록 신중하게 손님들로 하여금 일찍 자리를 뜨게 하려고 무척 애를 썼습니다.[6]

마침내 시간이 되자 모두들 테이블에서 일어났습니다. 그리고 오랫동안 춤을 추고 술을 마신 후, 온 집 안을 돌아다니며 향료를 뿌려놓았습니다. 모두들 행복과 기쁨에 넘친 표정이었습니다. 하지만 한 사람만은 그렇지 않았습니다. 그의 이름은 다미안이었고, 오랫동안 기사의 주방에서 고기를 자르던 종자였

---

5. 그리스 신화에서, 헬레네를 유혹한 트로이의 왕자.
6. 결혼 첫날밤을 초조하게 기다리는 남편의 모습은 재미있는 문학 소재가 되어왔다. 이 이야기에는 '초조한 남편'이 나이 많은 신랑이기에 더욱 이 점이 강조되어 있다.

습니다. 그는 기사의 부인인 메이에게 반해 이성을 잃어버릴 지경이었습니다. 그토록 그의 고통은 컸던 것입니다. 하마터면 그는 그녀가 서 있던 자리에서 넋을 잃고 쓰러질 뻔했는데, 횃불을 손에 들고 춤을 추던 베누스가 그 불꽃으로 그의 가슴을 태웠던 것입니다. 그래서 그는 서둘러 잠자리에 들었습니다.

그러면 다미안의 이야기는 잠시 멈추고, 미소짓는 메이가 연민을 베풀 때까지 그가 혼자서 실컷 울고 탄식하도록 놔두겠습니다. 침대의 지푸라기에서 솟아오르는 불길은 위험하기 짝이 없습니다. 그것은 마치 순한 양처럼 행동하는 늑대이며, 주인을 배신하는 못된 종과 같고, 교활한 독사를 가슴에 품고 있는 것과 같습니다. 하느님, 우리가 이런 자들을 모른 채 살아가도록 도와주소서! 결혼의 기쁨에 도취된 재뉴어리여, 태어날 때부터 그대의 종이었으며, 지금은 종자인 다미안이 그대의 명예를 실추시키기 위해 어떤 음모를 꾸미고 있는지 두 눈을 똑바로 뜨고 보라! 하느님, 재뉴어리에게 집 안에 숨어 있는 적을 발견하게 도와주소서! 집 안에 숨어서 항상 모습을 드러내는 적보다 더 흉악한 재앙은 이 세상에 없습니다.

태양이 하늘에서 하루의 여행을 마치고 이제 모습을 숨길 시간이 되었습니다. 이제 그 위도에서는 더 이상 지평선에 머무를 수 없게 되었습니다. 밤은 검고 거친 외투를 반구(半球) 위로 펼쳤습니다. 그러자 즐겁게 지낸 하객들은 재뉴어리와 작별의 말을 나누기 시작했습니다. 기쁜 마음으로 그들은 말을 타고 집으로 돌아가서, 잠자리에 들 때까지 마음 편히 각자의 일을 하였습니다.

일반 하객들이 모두 떠나자, 재뉴어리는 초조한 마음을 감추지 못한 채 메이에게 더 이상 기다릴 수 없으니 신방으로 가자고 보챘습니다. 우선 그는 정력을 강화하기 위해 포도주에 꿀과 향료를 넣은 따뜻한 독주를 마셨습니다. 그 술은 저주받은 수도사 콘스탄티누스가 『성교에 관하여』에 적어놓은 수많은 강력한 최음(催淫) 성분을 많이 가지고 있기로 유명했습니다. 재뉴어리는 주저하지 않고 단숨에 마셔 버렸습니다. 그리고 아직도 남아 있던 그의 친한 친구들에게 이렇게 말했습니다.

"제발 서둘러 가주게. 예의바르게 행동하고 싶다면, 어서 집으로 돌아가

주게.”

친구들은 재뉴어리의 부탁을 들어주었습니다. 그들이 마지막 건배를 들고 떠나자, 그는 커튼을 치고 신부를 방으로 데려갔습니다. 신부는 돌처럼 아무 말도 없었습니다.

신부(神父)가 침대에 십자가를 그어 축복을 내리자, 그곳에 있던 모든 사람들이 침실에서 물러났습니다. 그러자 재뉴어리는 자기의 낙원이자 아내인 사랑스런 메이를 꼭 껴안고서, 그녀의 부드러운 피부에 가시나무처럼 날카롭고 돔발상어처럼 껄끄러운 거친 수염을 비벼대며 애무를 하고 수없이 키스를 퍼부었습니다. 그리고는 이렇게 말했습니다.

“사랑하는 아내여! 당신과 본격적인 결혼 생활을 하기 전에, 나는 내 마음대로 당신을 못살게 굴고 괴롭히게 될 것이오. 하지만 이것만은 기억해주오. 아무리 훌륭한 직공이라도 서두르면 일이 제대로 되지 않는 법이오. 그러니 시간에 구애받지 말고 잘해 봅시다. 우리가 얼마나 오래 사랑을 하느냐는 중요하지 않소. 우리는 혼인이란 성스러운 관계로 맺어진 사이니, 우리에겐 아무것도 죄악이 되지 않소. 남편과 아내는 아무리 사랑을 나누어도 죄를 짓는 것이 아니오. 그건 자기 칼로 자기를 찌르는 행위와 같기 때문이오. 또한 우리의 쾌락은 법률이 허락하는 떳떳한 것이오”

그는 밤새 아내와 ‘일’을 했습니다. 날이 새자 비로소 그는 빵 한 조각을 집어 강한 향료가 들어 있는 술에 찍어서 먹었습니다. 그리고 침대 위에 일어나 앉아 크고 낭랑한 목소리로 노래를 부르며, 아내에게 키스를 하고 다시 사랑놀이를 즐겼습니다. 재뉴어리의 음탕한 모습은 망아지 같았고, 재잘거리는 모습은 까치와 같았습니다. 짹짹거리며 노래를 부를 때면, 목덜미의 주름이 아래위로 흔들렸습니다. 그러나 신부 메이가, 잠옷을 입은 채 앙상한 목을 놀리고 앉아 있는 남편의 모습을 보면서 무슨 생각을 했는지는 하느님도 아실 겁니다. 그녀는 남편과의 사랑놀이가 하나도 즐겁지 않았습니다. 어쨌거나 마침내 기진맥진한 재뉴어리는 이렇게 말했습니다.

“이제 날이 밝았으니, 난 잠을 자겠소. 더 이상 한시도 눈을 뜰 수가 없소.”

그는 곧 쓰러져서 잠을 잤습니다. 아홉 시가 되어서야 재뉴어리는 눈을 뜨고 자리에서 일어나 옷을 입었습니다. 그러나 아리따운 메이는 양가(良家)의 새색시들의 관습을 따라 나흘째 되던 날까지 침실을 떠나지 않았습니다. 그것은 갓 결혼한 여자들이 견딜 수 있는 최대한의 시간이었습니다. '일'하는 모든 것들은 가끔씩 휴식을 취해야 합니다. 그렇지 않으면 오래 일을 할 수 없기 때문입니다. 이것은 새든 동물이든, 아니면 사람이든 살아 있는 모든 것에게 해당되는 말입니다.

이제 불쌍한 다미안의 이야기로 돌아가서, 그가 얼마나 고통을 받았는지 말하겠습니다. 하지만 우선 이렇게 말하고 싶습니다. "불쌍한 다미안, 네가 어떻게 안주인인 아름다운 메이에게 네 사랑을 고백할 수 있겠느냐? 어디 이 물음에 대답해 보아라. 그녀는 네 사랑을 거절할 것이다. 또한 네가 구애를 하면, 그 사연을 남편에게 고자질할 것이다. 지금 내가 너에게 해줄 수 있는 말은, 하느님께 도와 달라고 부탁하는 것밖에 없구나."

사랑에 빠진 다미안은 베누스의 불길에 온몸이 불타고 있었습니다. 그는 욕망을 이기지 못해 죽을 지경이었습니다. 더 이상 참을 수 없어서 마침내 위험을 무릅쓰고 모든 것을 운명에 맡기기로 했습니다. 별안간 그는 연애 편지 속에 자기의 슬픔을 적기로 했습니다. 그래서 자기의 고통을 아름다운 여인 메이에게 바치는 노래의 형식으로 쓰기 시작했습니다. 편지를 쓰자, 그는 자기 셔츠 아래에 달린 실크 주머니에 넣어, 자기 마음 가까운 곳에 보관했습니다.

재뉴어리와 메이가 결혼한 날 정오에 황소자리의 90도를 지나가고 있던 달은, 이제 모든 여정을 마치고 게자리에 있었습니다. 나흘이 지났건만 메이는 상류계급의 관습대로 아직 침실에서 나오지 않고 있었습니다. 나흘이 지나 엄숙한 미사가 끝나기 전까지 신부는 절대로 식당에 앉아 식사를 할 수가 없었습니다. 미사가 끝나자 마침내 식당에 나온 메이의 얼굴은 찬란한 여름날처럼 화사했습니다. 그런데 그때 우연히 재뉴어리는 다미안을 생각하면서 이렇게 말했습니다.

"맙소사! 다미안이 왜 시중을 들지 않는 거지? 아직도 몸이 안 좋은 거야?

도대체 무슨 일이야?"

재뉴어리 옆에 서 있던 종자들은 다미안이 병이 나서 의무를 다하지 못한다고 변명을 했습니다. 그것 이외에는 그가 의무를 피할 수 있는 다른 이유가 없었기 때문입니다. 그러자 재뉴어리가 대답했습니다.

"정말 안됐군! 아주 훌륭한 종자였는데. 만일 죽는다면, 큰 일이야. 종자 중에는 어느 누구 못지 않게 생각이 깊고 신중하며 믿음직했는데. 게다가 남자답고 능력이 있었지. 저녁을 먹은 뒤에 한 번 찾아가야겠어. 메이와 함께 가서 그의 기운을 북돋아야겠어."

그러자 그곳에 있던 모든 사람들이 좋은 생각이라고 말했습니다. 종자가 병에 걸렸을 때 위로한다는 것은 기사의 온정과 고귀한 마음씨를 보여주는 일이었기 때문입니다. 모든 사람들은 그런 행동이 아주 기사다운 것이라고 생각했습니다.

그리고 아내에게 이렇게 말했습니다.

"부인, 저녁식사가 끝나면 집안 여인들을 모두 데리고 다미안을 찾아보도록 하시오. 그는 신사이니 잘 위로해 주고, 나도 조금 있다가 보러 가겠다고 전해 주시오. 하지만 그곳에서 너무 오래 지체하지는 마시오. 내가 당신을 품안에 안고 잠잘 순간을 기다리고 있으니 말이오."

이렇게 말한 후, 재뉴어리는 식당 관리를 맡고 있던 종자를 불러 여러 가지를 지시하기 시작했습니다.

아리따운 메이는 집안 여인들의 시중을 받으며 곧장 다미안을 보러 갔습니다. 그녀는 다미안의 침대맡에 앉아 성심껏 그의 기분을 북돋아 주었습니다. 다미안은 적당한 기회가 오자 자기의 모든 소원을 쓴 편지를 주머니에서 꺼내 아무도 모르게 메이의 손에 쥐여주었습니다. 그리고 길고 슬픈 탄식을 하며 귀엣말로 속삭였습니다.

"저에게 자비를 베풀어 주소서! 만일 이 일을 누설하면, 저는 목숨을 잃게 됩니다."

그녀는 편지를 자기 품 안에 숨기고 방을 나왔습니다. 다미안의 고통에 관해서는 이 정도로 마치겠습니다.

메이는 침대 옆에 편안히 앉아 있던 재뉴어리에게 다시 돌아갔습니다. 재뉴어리는 그녀를 껴안고 여러 번 키스를 퍼붓고는 곧 잠이 들었습니다. 한편 메이는 우리 모두가 종종 가야 하는 그곳에 가는 척했습니다. 그리고 거기에 가서 다미안의 편지를 읽자마자 조심스럽게 찢어서 변기 속에 버렸습니다.

예쁘고 아리따운 메이의 머릿속은 온갖 생각으로 가득 찼습니다. 그녀는 재뉴어리 옆에 누웠습니다. 재뉴어리는 잠을 자다가 자기의 기침소리에 놀라 눈을 떴습니다. 그러자 아내에게 실오라기 하나 걸치지 말고 모두 벗으라고 말했습니다. 아내와 재미를 좀 보고 싶은데, 옷을 입고 있으면 방해가 된다는 것이었습니다. 메이는 좋든 싫든 남편의 말대로 했습니다. 그러나 여기에 계신 점잖은 분들의 귀를 상하게 하고 싶지 않기에, 재뉴어리가 어떻게 했으며, 그런 일이 메이에게 낙원으로 생각되었는지, 아니면 지옥으로 여겨졌는지에 관한 것은 말하지 않겠습니다. 나는 이 두 사람이 하고 싶은 것을 할 수 있도록 그냥 놔두겠습니다. 어쨌거나 밤 기도를 알리는 종소리가 울리면 침대에서 일어날 테니 말입니다.

운명인지 우연인지, 혹은 자연의 섭리인지 행성의 영향인지 나는 모릅니다. 또한 각각의 일에는 적당한 시간이 있다고 말하는 학자들의 말대로, 창공에 떠 있는 별자리가 여자에게 베누스의 놀이에 동참하도록 하는 위치에 있었는지, 아니면 베누스의 사랑을 얻을 수 있는 위치였는지 나는 정확하게 말할 수 없습니다. 하늘에 계신 하느님께서 모든 것의 이유와 동기를 알고 계시니, 나는 침묵을 지키겠습니다. 어쨌든 그날 다미안은 아름답고 마음씨 착한 메이에게 좋은 인상을 주었습니다. 그래서 메이는 그를 행복하게 만들어 주고 싶다는 생각을 머리에서 지울 수가 없었습니다. 그녀는 이렇게 생각했습니다. '한 가지 틀림없는 것은, 이것으로 누구의 마음이 상할지라도, 지금이라도 다미안에게 기꺼이 그를 가장 사랑하겠다고 약속을 주어야겠어. 그가 이 세상에서 가진 것이라고는 셔츠 한 벌밖에 없다고 해도 말이야.' 이렇게 착한 여자의 가슴속에는 자비로운 마음이 아주 빨리 일어나는 법입니다.

이것은 여자가 무언가를 마음에 두면 얼마나 다정한 마음이 생겨날 수 있는지를 보여주는 예입니다. 아마도 많은 여자들은 돌처럼 굳고 잔인한 마음을 갖고 있어서, 다미안이 죽어가게 내버려 두고 그의 애절한 사랑도 물리칠 겁니다. 그러면서 자기의 잔인함을 자랑으로 생각하고, 생사람을 죽게 한 것에 대해 조금도 번민을 느끼지 않을 겁니다.

부드럽고 자비로우며 동정심 많은 메이는 손수 정성을 다해 편지를 썼습니다. 그 안에는 그가 원하는 것이라면 모두 가질 것이라고 씌어져 있었습니다. 단지 그의 욕망을 만족시켜 줄 날짜와 장소만 빠져 있었습니다. 어느 날 적당한 기회가 생기자, 메이는 다미안을 찾아가, 남몰래 그 편지를 그의 베개 밑에 넣어두었습니다. 그것은 읽고 싶으면 읽어보라는 뜻이었습니다. 그녀는 다미안에게 빨리 회복되기를 빈다고 말하면서 그의 손을 꼭 잡았습니다. 하지만 아주 조심스럽게 잡았기 때문에, 아무도 그런 사실을 눈치 챌 수는 없었습니다. 메이는 재뉴어리의 부름을 받고 그가 있는 곳으로 갔습니다.

다음날 아침 다미안은 자리에서 일어나자, 자기의 병과 고민이 모두 사라졌음을 알았습니다. 그는 애인의 눈에 매력적으로 보일 수 있도록 머리를 빗고, 옷을 차려 입고 맵시를 냈습니다. 그런 다음 재뉴어리에게 갔습니다. 그는 사냥개처럼 주인의 명령이라면 무엇이든지 복종할 자세였습니다. 그는 모든 사람을 기쁘게 해주었습니다. 아부라는 것이 잘만 쓰면 이런 효과를 낸다는 것쯤은 여러분들도 알고 계실 겁니다. 어쨌거나 그는 자기가 모시는 부인의 총애를 받게 되자, 모든 사람들과 즐겁게 이야기를 나누었습니다. 이제 여기에서 다미안은 그가 할 일을 하게 놔두고, 내 이야기를 계속하겠습니다.

어떤 학자들은 가장 순수한 행복은 쾌락에 있다고 생각합니다. 이런 점에서 훌륭한 노기사 재뉴어리는 틀림없이 화려한 생활을 하면서 기사에 걸맞은 삶을 살려고 온 힘을 다했습니다. 왕의 궁궐처럼 그의 집과 가구와 의상들은 화려했습니다. 그 중에서도 가장 아름다운 것은 돌벽으로 둘러싸인 정원이었습니다. 이것보다 더 아름다운 정원은 눈 씻고 찾아도 찾을 수가 없었습니다. 사실 『장미 이야기』을 쓴 작가(기욤 드 로리스)도 이 매혹적인 정원을 제대로 묘사하기란 쉽지 않을 것입니다. 또한 정원의 신이라는 프리아푸스도 항상 푸른 월계수로 덮인 그 정원과 샘의 아름다움을 충분히 표현할 수 없을 것입니다. 이 정원 주위에는 플루토 왕과 왕비 프로세르피나를 비롯하여 요정들이 와서 노래하고 춤을 추며 즐겁게 보내곤 했습니다.

늙고 명예로운 기사 재뉴어리는 이 정원을 오랫동안 거닐면서 기쁨을 만끽하곤 했습니다. 그는 자기를 제외한 그 누구에게도 정원 문 열쇠를 주지 않았습니다. 그래서 항상 조그만 열쇠를 가지고 다니다가, 정원을 거닐고 싶어지면 문을 열고 들어갔습니다. 여름 동안 그는 아내 메이에게 진 사랑의 빚을 갚아야겠다고 생각했습니다. 그래서 메이와 함께 정원을 거닐었습니다. 이 두 사람을 제외한 그 누구도 그 정원에 들어갈 수 없었으며, 그들은 그곳에서 침대에서 하지 못했던 사랑놀이를 더욱 즐길 수 있었습니다.

재뉴어리와 그의 아내 메이는 이렇게 행복한 나날을 보냈습니다. 그러나 모든 사람들과 마찬가지로 재뉴어리에게 이런 속세의 행복은 영원히 지속될 수 없었습니다.

오, 예기치 않은 운명이여! 오, 믿을 수 없는 운명의 여신이여! 멋진 머리로 먹잇감을 유혹하여 독으로 가득 찬 꼬리로 찔러 죽이고 마는 전갈처럼, 그대는 속임수의 명수입니다. 오, 깨지기 쉬운 기쁨이여! 오, 야릇하고도 달콤한 독이여! 못된 운명의 여신은 교묘하게 자기의 재능을 숨긴 채, 전혀 변하지 않을 것 같은 겉모습으로 모든 사람들을 속입니다. 운명의 여신은 재뉴어리의 친구였지만, 그건 속임수에 불과했습니다. 이제는 그의 두 눈을 멀게 했고, 그 슬픔을 이기지 못한 재뉴어리는 죽고 싶은 심정이었습니다.

이것은 고귀하고 다정한 기사 재뉴어리에게는 말로 표현하지 못할 불행이었습니다. 그는 행복과 부귀를 한창 즐기는 도중에 눈이 멀게 되었습니다. 그는 하염없이 울며 슬퍼했습니다. 또한 아내가 어처구니없는 행동을 하지는 않을까 걱정한 나머지, 질투의 불꽃에 사로잡혀 마음을 불태웠습니다. 그는 그녀와 자기를 누군가가 죽여 주었으면 하고 바라게 되었습니다. 자기가 죽었건 살았건, 메이가 다른 남자의 아내나 정부가 된다는 생각은 참을 수가 없었던 것입니다. 재뉴어리는 메이가 짝 잃은 비둘기처럼 외롭게 검은 상복을 입은 채 과부로서 여생을 마쳐주길 바랐습니다. 그러나 한두 달이 지나가자, 그의 고통은 희석되기 시작했습니다.

더 이상 시력을 되찾을 방법이 없다는 사실을 알자, 그는 자기의 불행을 체념하며 받아들였습니다. 그러나 양보할 수 없는 것이 하나 있었는데, 그것은 계속되는 질투의 불꽃이었습니다. 그래서 그는 메이가 자기 곁을 떠나 다른 사람의 집에 가는 것은 물론이고, 혼자 집 안을 돌아다니는 것도 허락하지 않았습니다. 꼭 가야만 할 때에는 자기 손을 잡고 함께 가도록 했습니다. 그래서 아름다운 메이는 수많은 눈물을 흘렸습니다. 그녀는 너무나도 다미안을 사랑하기에 마침내 자기가 원하는 대로 다미안을 갖든지, 아니면 그 자리에서 죽어 없어지든지 결말을 지어야겠다고 생각했습니다. 그녀는 매순간 자기의 마음이 폭발하기만을 기다리고 있었습니다.

한편 다미안은 이 세상에서 가장 슬픈 남자가 되어 있었습니다. 그는 낮이나 밤이나 전하고 싶은 사랑의 사연을 한 마디도 전할 수 없었습니다. 재뉴어리가 언제나 메이의 손을 잡고 떨어지지 않았기 때문입니다. 그러나 두 사람만 아는 손짓과 편지를 통해 그는 메이와 마음을 주고받을 수 있었습니다. 그녀 역시 다미안이 무슨 생각을 하는지 이렇게 확인할 수 있었습니다.

재뉴어리의 운명은 참으로 가여웠습니다. 비록 바다 저 멀리 수평선까지 볼 수 있는 시력을 가졌다 하더라도 소용이 없었을 것입니다. 눈뜨고 속는 것이나 눈감고 속는 것이나, 속는다는 점에서는 똑같습니다. 백 개의 눈을 가졌던 아르고스[7]는 그 많은 눈을 가지고 수없이 바라보았지만, 결국은 다른 사람들처럼 눈뜬장님에 불과했습니다. 그는 많은 사람들처럼 자기가 절대로 속아 넘어가지 않을 것이라고 생각했지만, 사실은 그 반대였습니다. 이것은 바로 '눈이 바라보지 못하는 것은 마음도 느끼지 못한다'라는 속담이 얼마나 진실인

---

7. 그리스 신화에서, 100개의 눈을 가진 괴물.

지를 보여줍니다.

아름다운 메이는 재뉴어리가 드나들던 작은 정원 문의 열쇠 모형을 밀랍으로 떴습니다. 메이가 무슨 생각을 하는지 잘 알고 있던 다미안은 아무도 모르게 그 열쇠를 하나 더 만들었습니다. 이제 더 이상 이야기할 것도 없지만, 곧이어 이 열쇠들로 인해 일어날 기상천외한 이야기를 들을 수 있게 될 것입니다.

오, 고귀한 오비디우스여! 아무리 정교하고 독창적인 꾀를 부리더라도, 사랑은 모든 장애물을 이겨낸다고 말한 당신의 말은 틀림없는 진리입니다. 그것은 피라모스와 티스베의 예에서도 알 수 있습니다. 두 사람은 사방으로 감시를 당하고 있었지만, 벽에 뚫린 구멍을 통해 속삭이면서 서로의 사랑을 확인했습니다. 누가 감히 그런 방법을 상상이나 할 수 있었겠습니까?

그러나 다시 본론으로 돌아가겠습니다. 6월 첫째 주에 재뉴어리는 아내의 부탁에 못 이겨 정원에 가서 두 사람만 즐기고 싶다는 생각을 하게 되었습니다. 그래서 어느 날 아침 이렇게 말했습니다.

"여보, 나의 사랑하는 아내여, 자리에서 일어나오! 귀여운 나의 비둘기여! 저기 비둘기소리가 들리지 않소? 이제 겨울은 끝났소. 이제 비가 그쳤단 말이오! 자, 나와 함께 나갑시다. 당신의 비둘기 같은 눈으로 직접 보시오. 당신의 가슴은 포도주보다 더 달콤하오. 정원은 모두 담으로 둘러싸여 있으니 아무도 우리를 볼 수는 없을 것이오. 자, 흰눈처럼 뽀얀 나의 신부여, 이리로 오시오! 당신은 내 가슴에 상처를 입혔지만, 난 당신에게 아무런 흠도 보지 못했소. 그러니 어서 즐기도록 합시다. 이런 이유로 난 당신을 아내이자 나의 안식처로 택한 것이오."

이것은 그가 사용하던 낡고 저속한 말이었습니다. 메이는 다미안에게 신호를 해서 그가 가진 열쇠를 가지고 먼저 들어가라고 했습니다. 다미안은 메이가 시키는 대로 했습니다. 그는 열쇠로 쇠창살이 달린 정원 문을 열고, 아무도 눈치 채지 못하게 안으로 들어가서는 조용히 덤불 아래에 웅크리고 앉았습니다. 그것도 모르고 돌멩이처럼 눈먼 재뉴어리는 메이의 손을 잡고 매혹적인 정원으로 들어갔습니다. 그리고 재빨리 쾅 하고 정원 문을 닫고는 아내에게 이렇게 말했습니다.

"여보, 이곳에는 세상에서 가장 사랑하는 당신과 나밖에 없소. 하느님을 두고 맹세하는데, 내가 당신의 마음에 상처를 입히느니, 차라리 내 손으로 목숨을 끊는 편을 택하겠소. 제발 내가 당신을 어떻게 택했는지 돌이켜봐 주오. 나는 돈 때문이 아니라 단지 당신을 사랑했기 때문에 아내로 맞이한 것이오. 나는 늙고 눈마저 멀었지만, 나에게 정조를 지켜주오. 이제 그래야 하는 까닭을 말하겠소. 정조를 지킴으로써 당신이 얻을 수 있는 것은 세 가지가 있소. 첫째는 그리스도의 사랑이고, 둘째는 당신 자신의 명예이며, 셋째는 나의 모든 토지와 집과 성이 당신 것이 될 것이오. 당신이 바란다면 문서도 만들어 주겠소. 내일 해가 지기 전까지 그대로 다 해주겠소. 그러나 우선 우리 약속의 표시로 내게 키스를 해주오. 질투가 심한 나를 너무 원망하진 마시오. 그건 내 마음이 항상 당신과 함께 있기 때문이오. 또한 항상 당신이 얼마나 아름다운지 생각할 때마다, 내가 나이 먹은 추한 늙은이라는 사실을 떠올리고 있소. 죽는 순간까지 난 한시도 당신과 떨어져 있고 싶지 않소. 난 당신을 너무나 사랑하기에……. 이건 모두 틀림없는 사실이오. 사랑하는 아내여, 이제 나에게 키스를 해 주오. 그리고 이곳을 거닐도록 합시다."

남편의 말을 다 듣고 나서 아름다운 메이는 다정스럽게 대답을 했는데, 대답하기 전에 그녀는 먼저 울고 나서 이렇게 말했습니다.

"나도 지켜야만 할 영혼이 있어요. 그러니 사제가 제 몸을 당신과 맺어주었을 때, 당신에게 맹세했던 아내로서의 도리와 명예에 관해서는 말할 필요가 없어요. 당신만 괜찮으시다면, 이렇게 대답하고 싶어요. 저는 제가 부정한 아내가 되어 우리 가족을 수치스럽게 하거나 제 자신의 명예를 더럽히지 않게 해 달라고 하느님께 빌고 싶어요. 만일 저에게 그런 일이 일어난다면, 그 어떤 여자도 겪어보지 못한 끔찍한 고통을 받으며 죽게 해주세요. 그러니까 저를 발가벗겨서 자루에 넣어 가까운 호수에 던져서 빠져죽게 해주세요. 저는 양갓집 규수이지 결코 창녀가 아니에요! 그런데 왜 제가 이런 말을 해야 하죠? 바람을 피우는 쪽은 언제나 남자들이면서, 왜 늘 여자들에게만 책임을 돌리나요? 당신도 항상 이렇게 해왔어요. 여자들은 지조가 없다고 야단을 치면서 살아왔어요."

이렇게 말하면서, 메이는 덤불 아래에 웅크리고 있는 다미안을 바라보았습니다. 그녀는 기침을 하면서, 손가락으로 다미안에게 과일이 주렁주렁 매달린 나무 위로 올라가라고 신호를 보냈습니다. 그는 즉시 나무 위로 올라갔습니다. 그는 남편 재뉴어리보다 메이의 신호를 더 잘 이해했습니다. 왜냐하면 그녀가 편지에 그가 해야 할 일이 무엇인지 모두 적어서 설명했기 때문입니다. 다미안은 배나무 위에 올라앉았고, 재뉴어리와 메이는 행복한 마음으로 그곳을 거닐었습니다.

그날은 맑고 하늘은 푸르렀습니다. 내 계산에 의하면, 태양은 쌍둥이자리에 있었지만, 북쪽으로 최대한 기울어져 있었습니다. 그러니까 목성이 힘을 쓰는 게자리에 있었던 것입니다. 태양은 황금빛을 내려보내면서, 그 열기로 꽃들의 기분을 북돋고 있었습니다. 맑은 그날 아침, 지옥의 왕인 플루토도 아내인 프로세르피나와 그녀를 수행하는 많은 귀부인들을 거느리고 정원의 푸른 잔디 위에 앉아 있었습니다.

이 프로세르피나가 에트나의 들판에서 꽃을 꺾고 있을 때, 플루토가 덤벼들어 그녀를 소름끼치는 마차에 실어 납치했다는 이야기는 로마의 시인 클라우디아누스의 작품 『프로세르피나의 겁탈』을 읽어보면 잘 알 수 있습니다. 어쨌든 플루토는 재뉴어리와 메이가 있던 정원의 반대편에서 왕비 프로세르피나와 말하고 있었습니다.

"사랑하는 아내여, 우리의 경험에 비추어볼 때, 여자들이 날마다 남자들을 배반하고 있다는 사실을 부정할 사람은 아무도 없을 것이오. 난 여자들의 위선과 경거망동에 대해 수만 가지의 이야기를 들려줄 수 있소. 현명하기 이를 데 없고, 세상 사람들 중에서 가장 부자였으며, 지혜와 영광으로 가득 찬 솔로몬 왕은 지혜 있는 모든 사람이라면 기억할 만한 수많은 명언을 남겼소. 그는 남자들의 선한 행동을 이렇게 찬양했소. '나는 천 명의 사람 중에서 착한 남자를 한 명 발견했다. 그렇지만 천 명의 여자 가운데에서는 단 한 명의 착한 사람도 보지 못했다.' 이것이 여자들은 사악한 존재라는 사실을 잘 알고 있던 솔로몬 왕의 말씀이오. 또한 시라크의 아들 예수도 여자를 말할 때 그다지 존경하는 눈치가 아니었소.

아, 당신네 여자들의 몸 위로 유황과 역병이 덮쳤으면 좋겠소! 저 훌륭한 기사를 보시오. 단지 늙고 눈이 멀었다는 이유로 그의 종자가 마누라를 건드리려고 하고 있지 않소? 나무 위에 올라가 있는 저 못된 녀석을 보시오. 이제 나는 내 힘을 저 늙은이에게 베풀어 주겠소. 그의 아내가 추잡한 생각으로 그를 속이려는 순간, 그의 시력을 되돌려 주겠소. 그러면 자기 아내가 얼마나 창녀 같은 여자인지 알게 될 것이오. 이건 그녀뿐만 아니라, 그녀와 같은 여자들을 망신주기 위함이오."

그러자 왕비 프로세르피나가 말했습니다.

"정말 그렇게 하시겠어요? 그렇다면 저는 외할아버지이신 사투르누스를 두고 맹세하는데, 저 여자와 미래의 모든 여자들에게 완벽한 대답을 할 수 있게 해주겠어요. 그 여자들이 환희의 절정에 있을 때 들키더라도, 태연한 얼굴로 변명을 함으로써 그녀들을 나무라는 남자들이 오히려 고개를 숙이도록 하겠어요. 적절한 변명을 하지 못해서 죽는 여자는 하나도 없게 만들겠어요. 비록 남자가 두 눈으로 여자의 부정을 목격하더라도, 우리 여자들은 시치미를 떼고 눈물을 흘리며 맹세하면서, 교묘하게 남자들을 탓할 거예요. 결국 남자들은 바보 같은 오리처럼 당하고 말 거예요.

당신이 들먹이는 경서(經書)니 고사(故事)니 하는 따위는 나와 상관이 없어요. 당신이 말하는 솔로몬이라는 유대인이 많은 여자들을 알고 있었지만, 그 여자들은 모두 바보였어요. 비록 착한 여자를 한 명도 발견하지 못했다 하더라도, 착하고 지조 있고 덕스러운 여자들을 본 남자들은 수없이 많이 있어요. 가령 그리스도께서 계신 천국에 살고 있는 여자들은 정조를 지키기 위해 목숨을 바쳤어요. 또한 로마의 역사를 보더라도, 신의 있고 착한 여자들이 많이 있었어요. 그렇다고 화를 내지는 말아요. 솔로몬 왕이 착한 여자를 한 명도 못 보았다고 말했지만, 그 사람이 무슨 뜻으로 그렇게 말했는지 잘 생각해 보세요. 그가 말하고자 한 바는, 최고의 선(善)은 하느님의 것이지 남자나 여자의 것이 아니란 말이었어요.

그건 그렇고, 왜 유일한 진리이신 하느님 이름을 들먹이면서, 당신은 솔로몬을 그토록 우러러보지요? 그가 하느님에게 성전을 하나 지었다는 것이 그리 대단한가요? 돈이 많고 영예가 높았다는 것이 그리 큰 일인가요? 그는 가짜 신들을 위해서도 신전을 지은 사람이에요. 이처럼 금지된 일을 누가 감히 할 수 있었나요? 당신은 그의 명성을 찬양하기 위해 애를 쓰겠지만, 그는 난봉꾼이었고 나이를 먹어서는 진정한 하느님을 잊어버린 우상숭배자였어요. 하느님께서는 성경에 적힌 대로 그의 아버지를 사랑하셨기 때문에 그를 구원하신 거예요. 그렇지 않았다면, 아마 솔로몬은 그가 생각했던 것보다 훨씬 이전에 모든 영토를 잃어버렸을 거예요.

나는 남자들이 여자들에 관해 쓴 온갖 중상모략에는 전혀 개의치 않아요. 하지만 나는 여자예요! 그래서 말을 해야만 해요. 그렇지 않으면 가슴이 터져버릴 것만 같거든요. 만일 어떤 남자가 우리 여자들을 보고 성마른 성격이라며 험담하면, 내가 아무리 착한 여자라도 용서하지 않고 그에게 마구 욕을 퍼부어 줄 거예요. 내가 입다물고 있느니, 차라리 내 머리칼을 잘라 버리겠어요."

그러자 플루토가 말했습니다.

"부인, 진정하시오. 내가 졌소. 그러나 내가 저 노인에게 시력을 돌려 주겠다고 맹세했으니, 그 약속은 지켜야 할 것 같소. 당신에게 분명히 말하겠소. 나는 왕이오. 그러니 거짓말하는 것은 옳지 않소."

이 말을 들은 프로세르피나가 말했습니다.

"나도 요정의 여왕이란 말이에요! 저 여자도 적당히 꾸며댈 구실을 가지게 될 거예요. 이제 이 문제에 대해서는 더 이상 왈가왈부하지 않기로 해요. 정말이지 당신과 더 이상 말다툼을 하고 싶지 않거든요."

이제 다시 재뉴어리의 이야기로 돌아가겠습니다. 그는 아름다운 메이와 정원에 앉아서 딱따구리보다도 더 즐겁게 노래를 부르고 있었습니다. '영원히 당신을 사랑하리. 당신만을 사랑하리.' 그는 정원의 오솔길을 거닐다가, 마침내 다미안이 올라가 있는 배나무 밑에 이르렀습니다. 다미안은 푸른 잎사귀 틈 사이로 행복한 표정을 지으며 앉아 있었습니다.

아름다운 메이는 맑은 눈과 상기된 얼굴로 한숨을 지으며 말했습니다.

"아이고 옆구리야! 저는 무슨 일이 있어도 저 위에 보이는 배를 먹지 않으면 죽을 것 같아요. 갑자기 푸른 작은 배를 꼭 먹고 싶어요. 제발 어떻게 좀 해 주세요! 저와 같은 상태에 있는 여자는 과일을 먹고 싶은 마음이 간절해서, 그걸 먹지 못하면 죽을지도 몰라요"

그러자 재뉴어리가 말했습니다.

"맙소사! 나무 위에 올라갈 하인이라도 옆에 있었으면 ……. 내가 눈이 멀지만 않았더라도 ……."

"상관없어요. 당신이 배나무를 꼭 껴안으세요. 당신이 내 정조를 믿지 않는 걸 잘 알지만, 날 당신의 손에서 잠시 풀어 주세요. 그러면 당신 등을 타고 쉽게 올라갈 수 있거든요."

"물론이지. 그렇게 하고말고. 당신에게 좋은 일이라면, 내 심장에서 피를 토해 달라고 해도 들어주겠어."

재뉴어리는 허리를 굽히고 메이는 그의 등 위에 서서 나뭇가지를 잡고서 나무 위로 올라갔습니다. 부인네들, 이제부터 이야기할 내용을 듣고 너무 기분 나빠하지 마십시오. 나는 본래 무식한 놈이라 점잖은 말을 모릅니다. 그러니 용서해 주십시오. 어쨌거나 다미안은 시간을 허비하지 않았습니다. 그는 메이의 옷을 걷어올리고는 그대로 그녀 안으로 자기의 것을 들여보냈습니다.

플루토는 이런 뻔뻔스런 수작을 보고, 곧 재뉴어리의 눈을 뜨게 해주었습니다. 그러자 그는 예전처럼 앞을 볼 수 있게 되었습니다. 그는 시력을 되찾자 너무나 기뻤습니다. 그러나 그는 아직도 아내에 대한 생각을 머릿속에서 떨쳐 버린 것이 아니었습니다. 그래서 눈을 들어 나무 위를 올려다보았습니다. 그는 다미안이 이상한 자세를 취한 채, 자기 아내를 껴안고 있음을 알게 되었습니다. 상스런 말을 쓰지 않고는 도저히 표현할 수 없는 자세였습니다. 그 순간

메이, 나무에 오르다

그는 고함을 질렀습니다. 아이가 죽을 때 어머니가 지르는 비명 같았습니다.

"도와줘! 이건 죄악이야! 저 도둑놈을 잡아! 여보, 거기서 뭘 하는 거야! 이런 빌어먹을 여편네 같으니! 저런 뻔뻔스런 창녀 같으니!"

그러자 메이가 말했습니다.

"무슨 일 있어요? 잠시 참고, 점잖게 구세요. 지금 제 덕택에 눈을 뜨셨잖아요. 목숨을 걸고 이야기하는데, 이건 거짓말이 아니에요. 제가 한 남자와 나무 위에서 사랑하는 척해야만 당신의 눈을 치료하고, 당신이 다시 볼 수 있게 된다고 말하더군요. 하느님도 제가 당신을 위해서 이런 일을 했다는 것을 알고 계세요."

"사랑하는 척한다고? 그것 참 좋은 핑계군! 하지만 그놈 물건이 당신 안으로 다 들어간걸! 하느님, 저 두 연놈이 수치와 불명예 속에서 죽게 해주소서! 저놈이 자기 물건을 당신 보물 속으로 집어넣었단 말이야! 내 두 눈으로 똑똑히 보았단 말이야. 이 말이 거짓이라면, 내 목을 가져가도 좋아!"

"이번에는 제 약(藥)이 별로 효과가 없었네요. 당신이 눈을 뜨고도 그렇게 말씀하시니 말이에요. 당신은 지금 흘끗흘끗 쳐다볼 수만 있을 뿐이지, 완전히 보시는 것이 아니에요."

그러자 다시 재뉴어리가 말했습니다.

"하느님 덕택에 나는 이제 옛날과 다름없이 두 눈을 뜨게 되었어. 내 명예를 걸고 말하겠는데, 그 녀석이 당신과 그 짓을 했단 말이야."

"당신은 지금 제정신이 아니에요. 이게 당신 눈을 뜨게 해준 것에 대한 보답이에요? 제가 당신에게 선심을 베풀지 말아야 했어요."

"자, 여보. 그렇다면 지금 말한 것은 잊어버리시오. 그리고 어서 내려오시오. 내가 잘못 말했다면, 용서해 주시오. 난 이미 충분한 벌을 받았으니 말이오. 그렇지만 선친의 영혼을 걸고 말하는데, 다미안이 당신 위에 올라가 있고, 당신 옷이 가슴팍까지 밀려 올라가 있던 것처럼 보였소."

"좋아요, 당신 마음대로 생각하세요. 그렇지만 방금 잠에서 깨어난 사람은 사물이 어떻게 되었는지 제대로 알 수 없는 법이에요. 잠에서 완전히 깨야만 제대로 보이는 법이에요. 마찬가지로 오랫동안 앞을 보지 못한 사람은 시력을 되찾더라도 하루나 이틀은 제대로 앞을 볼 수가 없어요. 당신 시력이 본래의 상태로 되돌아올 때까지는, 당신이 앞을 본다는 생각을 종종 할지도 모르지만, 그건 착각일 뿐이에요. 그러니 제발 조심하세요. 하늘에 계신 주님을 두고 말하는데, 많은 사람들의 눈에 비치는 모습과 실제의 모습은 다를 때가 많아요. 그런 식으로 사물을 오인하면, 판단도 그릇되게 마련이죠."

메이는 이렇게 말하면서 나무에서 훌쩍 뛰어내렸습니다.

그때 재뉴어리가 기뻐하는 모습은 형언할 수 없었습니다. 그는 메이에게 키스를 퍼부으며 여러 차례 껴안았습니다. 그리고 그녀의 배를 다정하게 어루만진 다음, 집으로 데려갔습니다.

자, 신사 여러분, 여러분들에게 행복이 깃들기를 기원합니다. 여기에서 재뉴어리의 이야기는 끝이 납니다. 하느님과 성모 마리아님, 우리 모두에게 은총을 베푸소서!

여기에서 상인의 이야기는 끝이 난다.

상인의 이야기 맺음말

이야기가 끝나자 우리 사회자가 말했다.

"허허, 그것참, 그런 여편네를 만났다가는 큰일나겠군요! 여러분들은 여자들의 속임수와 꾀가 이만저만이 아니라는 것을 알았을 것입니다. 항상 꿀벌처럼 바쁘게 쏘다니면서 우리를 속이려고 애를 쓰지요. 정말로 불쌍한 것은 우리 남자들입니다. 상인의 이야기에서 분명히 나타났듯이, 여자들은 항상 진실을 왜곡합니다. 물론 나도 지조가 굳은 마누라가 하나 있지요. 하지만 말할 때면 성난 사람처럼 걷잡을 수 없답니다. 이것말고도 결점이 아주 많지요. 하지만 그게 무슨 상관이 있습니까? 그런 것은 다 잊도록 합시다.

한 가지만 이야기하지요. 우리끼리 하는 이야기지만, 난 마누라에 매여 살고 싶지는 않습니다. 그러나 난 바보가 아니기에 그녀의 결점을 여러분들에게 모두 이야기하지는 않겠습니다. 왜 그런지 아십니까? 여기에서 한 이야기는 반드시 그녀의 귀에 들어가기 때문입니다. 여기에 있는 누군가가 이 이야기를 일러바칠 것이거든요. 어떤 분이 그럴는지는 말할 필요가 없을 것 같습니다. 여자들은 이런 문제들이 어떻게 전달되는지 잘 알고 있을 것입니다. 나는 그녀의 죄악을 일일이 말할 정도로 머리가 나쁘지 않습니다. 그러면 이쯤에서 내 이야기를 끝마치겠습니다."

제5부

수습 기사의 이야기

소지주의 이야기

수습기사의 이야기

수습기사의 이야기 서문

“기사 양반, 이리로 와서 연애 이야기나 하나 들려주시오. 틀림없이 당신은 그 누구보다도 연애에 관해서는 잘 알고 있을 거요.”

그러자 수습기사는 이렇게 대답했다.

“그렇지도 않습니다. 하지만 최선을 다해 이야기해 보겠습니다. 사회자 양반의 말을 거역하기는 싫거든요. 그럼 이야기를 하겠습니다. 내 말 재주가 형편없더라도 용서해 주기 바랍니다. 어쨌든 최선을 다할 테니까요. 자, 그럼 이야기를 시작하겠습니다.”

수습기사의 이야기

1

타타르 지방의 짜레브라는 곳에 어떤 왕이 살고 있었습니다. 그는 러시아와 전쟁을 벌였고, 수많은 용사들이 이 전쟁터에서 목숨을 잃었습니다. 이 훌륭한 왕의 이름은 칭기즈칸이었습니다. 그는 당시 대단한 명성을 떨쳤으며, 이 세상 어디를 뒤져봐도 이 왕처럼 모든 점에서 뛰어난 인물은 없었습니다.

그는 왕이 지녀야 할 모든 것을 다 갖추고 있었습니다. 또한 자기가 태어난 나라의 신앙을 굳게 지켰습니다. 게다가 그는 힘이 세고 돈도 많으며 똑똑하고 자비로웠을 뿐만 아니라 항상 공정했습니다. 한 번 약속한 것은 반드시 지켰으며 명예를 존중했고 인자한 성품에 지조가 굳었습니다. 그리고 젊고 쾌활하고 강인해서 궁정 안의 어느 기사 못지않은 전투 의욕을 가지고 있었습니다. 용모가 수려하고 많은 행운이 따랐던 그는 왕으로서의 기품을 하나도 빠짐없이 지녔습니다. 한 마디로 이 왕과 비교될 만한 사람은 이 세상에 아무도 없었습니다.

이 타타르의 왕 칭기즈칸은 그의 아내 엘페타와 두 아들을 두었는데, 큰아들의 이름은 알가시프고 작은아들의 이름은 캄발로였습니다. 또한 딸도 하나 있었는데, 이름은 카나세이고 세 아이들 중 막내였습니다. 그녀는 너무나 아름다워서 내 말주변으로는 반도 채 설명하지 못할 것입니다. 아마 수사법에 정통한 위대한 시인 정도 되어야 그녀의 미모를 제대로 묘사할 수 있을 것입니다. 하지만 나는 그런 자질을 갖추지 못했기 때문에 내가 알고 있는 모든 표현을 동원해서 최선을 다해 이야기하도록 하겠습니다.

칭기즈칸이 왕위에 오른 지 20년이 되는 해였습니다. 그는 매년 해왔던 대로 3월 보름에 자신의 생일잔치를 벌일 것을 온 타타르에 널리 알렸습니다.

태양은 맑고 화사하게 비치고 있었습니다. 그것은 태양이 화성의 최고점 가까이, 12궁에서도 뜨겁고 격하기로 유명한 양자리에 있었기 때문입니다. 날씨는 쾌적했고 따스했습니다. 모든 식물이 푸른 잎사귀를 뽐내는 계절이 되자, 새들은 환하게 빛나는 태양을 향해 사랑스럽게 지저귀었습니다. 새들도 아마 겨울의 춥고 날카로운 칼에서 보호를 받게 되었다고 생각했던 것 같습니다.

칭기즈칸은 어의(御衣)를 입고 왕관을 쓰고서 궁전 높은 곳에 설치한 왕좌에 앉아, 이 세상에서 가장 장엄하고도 화려한 잔치를 벌이고 있었습니다. 만일 내가 이 광경을 제대로 설명하려면 여름날 하루가 꼬박 걸릴 것입니다. 하지만 음식이 어떤 순서로 차려졌는지, 그날 나온 진귀한 수프며 백조와 해오라기들이 얼마나 맛있게 구워졌는지 구태여 자세하게 설명할 필요는 없다고 생각합니다. 옛날 기사들이 말한 대로 그런 요리들은 타타르 지방에서는 가장 맛있는 음식으로 여겨지지만, 이곳에서는 그리 맛있는 음식이라고 생각되지 않기 때문입니다. 어쨌거나 이런 것을 하나도 빼놓지 않고 이야기할 수 있는 사람은 아마 없을 것입니다. 그리고 나는 이런 이야기로 여러분들의 귀한 시간을 빼앗고 싶지 않습니다. 그것은 시간낭비에 지나지 않을 테니까요. 그래서 이야기하던 부분으로 돌아가겠습니다.

귀족들 한가운데 앉은 왕은 그의 식탁 앞의 악사들이 연주하는 달콤한 음악을 들으면서 세 번째 요리를 먹고 있었습니다. 그런데 그때 갑자기 웬 기사가 번쩍거리는 말을 타고 연회장으로 들어왔습니다. 그는 손에 커다란 유리거울을 들었고, 엄지손가락에는 금처럼 빛나는 반지를 꼈으며, 옆구리에는 칼집에서 뺀 칼이 매달려 있었습니다. 그는 말을 탄 채 왕이 자리잡은 윗자리로 다가갔습니다. 이 기사의 갑작스러운 출현에 너무나 놀란 참석자들은 한 마디도 할 수 없었습니다. 노인이나 청년 할 것 없이 그를 멍하니 바라보기만 했습니다.

갑자기 모습을 드러낸 이 이상한 기사는 값비싼 갑옷으로 온몸을 두르고 있었지만, 머리에는 투구를 쓰지 않았습니다. 우선 그는 왕과 왕비에게 인사를 한 다음, 자리에 앉아 차례대로 여러 귀족들에게 인사를 했습니다. 말뿐만 아니라 행동도 아주 예의바르고 정중했습니다. 기사도의 모범이라고 일컬어지는 가웨인이 요정의 나라에서 되돌아온다고 해도 이 기사보다 낫지는 않았을 것입니다.

이 기사는 높이 솟은 식탁 앞에서 점잖고 우아한 목소리로 자기가 온 목적을 빠짐없이 말했습니다. 그리고 자기의 뜻을 제대로 전하기 위해, 화술을 가르치는 사람들에게 배운 대로 말의 의미에 맞게 몸짓도 취했습니다. 나는 그의 표현을 그대로 재현할 수가 없습니다. 그렇게 해 달라는 것은 너무 지나친 부탁입니다. 그렇지만 기억을 더듬어 그가 말하려고 했던 내용을 대략 말해 보겠습니다. 그 기사의 말은 이러했습니다.

"제가 섬기는 아랍과 인도의 왕께서는 폐하께 오늘처럼 경사스런 날을 맞게 되어 진심으로 축하드린다는 말을 전하셨습니다. 그리고 오늘 잔치를 기념하기 위해 저를 통해 황동으로 만든 말을 보내셨습니다. 비가 오건 해가 비치건 제가 타고 있는 이 말은 하루 안에, 그러니까 스물네 시간 내로 폐하께서 가시고 싶은 곳이면 어디든지 폐하의 옥체를 조금도 다치지 않고 편하게 모셔다 드릴 겁니다. 또 만일 폐하께서 독수리처럼 하늘 높이 날고 싶다면, 폐하가 말 위에서 주무시더라도 가시고자 하는 곳까지 모셔다 드리고, 눈 깜짝할 사이에 다시 폐하를 모시고 돌아올 수 있습니다. 이 말을 만든 사람은 기계 전문가이며 갖가지 마법을 잘 알고 있습니다. 그는 폐하께 유리한 별자리가 될 때까지 오랜 시간을 기다렸다가 이 말을 완성했습니다.

또 지금 제가 들고 있는 이 거울은 엄청난 힘을 가지고 있습니다. 이 거울은 폐하의 나라나 폐하 자신에게 일어날지 모르는 재난을 미리 알려줄 것입니다. 그리고 누가 폐하의 적이고 누가 친구인지도 가려줄 것입니다. 특히 이 거울은 어떤 규수가 어떤 남자에게 마음을 주었을 때 요긴하게 쓰입니다. 만일 남자가 부정한 짓을 하면 이 거울을 통해 알 수 있고, 남자의 새 애인과 그의 모든 속임수도 이 거울 속에 드러납니다. 그러니 아무것도 감출 수 없게 되는 것입니다. 이런 이유로 저희 왕께서는 앞으로 다가올 사랑의 계절인 여름철에 대비하여, 여기에 계신 폐하의 아리따운 카나세 공주님에게 이 거울과 반지를 보내셨습니다.

폐하께서 이 반지의 효험을 알고 싶으신 것 같으니 간단하게 말씀드리겠습니다. 만일 공주님께서 이 반지를 엄지손가락에 끼시거나 주머니 속에 넣어 가지고 다니시면, 하늘을 나는 모든 날짐승들의 소리를 들으실 수 있고 그것이 무슨 새인지 구별하실 수 있습니다. 뿐만 아니라 그들이 말하는 내용도 분명하고 정확하게 아실 수 있으며 그들의 말로 대답하실 수도 있습니다. 그리고 땅 위에서 자라는 모든 약초의 특성들도 다 아실 수 있습니다. 그래서 아무리 크고 깊은 상처를 입은 사람이라도 약초로 능히 치료하실 수 있을 것입니다.

또한 지금 제 옆구리에 차고 있는 이 칼은 누구든지 쥐고 치기만 하면, 그것이 뚫고 벨 수 없는 갑옷이란 없습니다. 아무리 커다란 참나무처럼 두꺼운 갑옷을 입었더라도 소용없을 것입니다. 그리고 이 칼로 상처를 입은 사람은 폐하께서 온정을 베푸시어 칼등으로 상처를 만져주시지 않는 한 절대로 낫지 않을 것입니다. 다시 말씀드리자면, 그의 상처가 아물려면 폐하께서 칼등으로 그의 상처를 어루만져 주셔야만 합니다. 이 말은 과장이 아니라 진실 그대로입니다. 이 칼이 폐하의 손에 있는 한 절대로 효험이 사라지지 않을 것입니다."

이렇게 자기의 말을 끝마친 그 기사는 연회장을 나가 말에서 내렸습니다. 말은 태양처럼 빛을 발하면서 정원에 꼼짝하지 않고 서 있었습니다. 말에서 내린 기사는 다시 연회장으로 안내되어, 그곳에 무기를 내려놓고 음식상을 받았습니다.

칭기즈칸이 특별히 선정한 장교들은 기사가 가져온 선물인 거울과 칼을 정중하게 높은 탑으로 운반하였습니다. 그리고 반지는 예의를 갖추어 주빈석에 낮아 있던 카나세 공주에게 전달하였습니다. 하지만 황동으로 만든 말은 다른 곳으로 데려갈 수가 없었습니다. 땅에다 아교로 붙여놓은 듯이 꼼짝도 하지 않았기 때문입니다. 한 발짝이라도 움직이게 할 수 있는 사람은 아무도 없었습니다. 심지어 활차도 사용해 보았지만 그 말을 움직일 수는 없었습니다. 그 이유는 아무도 그 말을 움직이게 하는 방법을 알지 못하게 때문입니다. 그래서 기사가 그 방법을 보여줄 때까지 그대로 내버려 둘 수밖에 없었습니다. 이 이야기는 잠시 후에 하겠습니다.

수많은 사람들이 꼼짝하지 않고 있는 말을 보기 위해 이리저리 밀치며 야단이었습니다. 그 말은 롬바르디아의 준마처럼 키는 훤칠했고 몸집이 컸으며 균형 잡혀 있었습니다. 또한 아풀리아산(産)의 경주마처럼 눈매가 보통이 아니었습니다. 모든 사람들은 그 말이 꼬리부터 귀까지 완벽하며 더 이상 멋질 수는 없다는 점에 의견을 같이했습니다. 그러나 더욱더 그들을 놀라게 한 것은 어떻게 황동으로 만든 말이 움직이느냐는 것이었습니다. 그들은 틀림없이 마술일 것이라고 생각했습니다.

이 문제에 관해서는 보는 사람마다 다른 생각을 갖고 있었습니다. 열이면 열 사람 모두 생각이 달랐습니다. 그들은 벌 떼가 윙윙 소리를 내듯이 중얼거리면서 각자의 환상에 따라 이론을 전개했습니다. 옛 시(詩)를 인용하면서 그 말이 하늘을 나는 페가수스라고 말하는 사람도 있었으며, 고대 사기(史記)에 의거하여 트로이를 파멸로 몰고 간 그리스의 시논이 지녔던 말과 같다고 말하는 사람도 있었습니다. 그 중의 어떤 사람은 이렇게 말하기도 했습니다.

"아무래도 마음이 놓이질 않아. 틀림없이 저 말의 뱃속에는 이 도시를 빼앗으려는 무장한 병사들이 들어 있을 거야. 한번 뱃속을 조사해 보는 것이 좋을 것 같아."

또 어떤 사람은 작은 소리로 친구에게 이렇게 속삭였습니다.

"그렇지 않아. 이건 큰 잔치 때 요술쟁이들이 사용하는 마술과 비슷해."

사람들은 저마다 불안한 마음을 감추지 못한 채 되는 대로 마구 말을 하면서 최악의 결론을 내리기 시작했습니다. 이것은 배우지 못한 사람들이 아주 미묘한 문제에 관해 잘난 척하려고 할 때 종종 일어나는 일입니다.

몇몇 사람은 탑으로 가져간 거울이 어떻게 해서 놀라운 것들을 보여줄 수 있는지 의아해했습니다. 그러자 어떤 사람이 그것은 하나도 놀랄 것이 없는 당연한 일이며, 각도와 빛의 반사를 교묘하게 배합하면 된다고 설명했습니다. 그러면서 "이런 것이 로마에도 하나 있었지요."라고 지적했습니다. 또한 알하젠[1]과 비텔로[2]와 아리스토텔레스의 이름을 언급하면서, 그들의 책을 읽은 사람은 모두 알다시피, 그들은 이미 이상한 거울과 광학에 관해 글을 썼다고 덧붙였습니다.

그렇지만 어떤 사람들은 모든 것을 꿰뚫고 들어갈 수 있는 칼에 대해 수군거리고 있었습니다. 그들은 상처를 입힐 수도 있고 아물게 할 수도 있었던 아킬레우스의 창[3]과 텔레푸스에 관해 말하면서, 앞에서 말한 칼도 똑같은 힘을 지니고 있다고 말했습니다. 그러면서 쇠를 담금질하는 여러 가지 방법과 언제 어떻게 칼을 단단하게 만들어야 하는가에 관해 의견을 교환했습니다. 어쨌거나 나로서는 알 수 없는 이야기였습니다.

또한 사람들은 카나세 공주가 받은 반지도 화제에 올렸습니다. 모두들 이토

---

1. 아라비아의 물리학자로, 특히 광학(光學)에 뛰어난 업적을 남겼다.
2. 알하젠의 광학이론을 라틴어로 번역하였다.
3. 아킬레우스는 창으로 텔레푸스에게 상처를 입힌 후, 그 창으로 상처를 치료했다.

록 기적적인 반지 이야기는 들어 본 적이 없다면서, 단지 모세와 솔로몬 왕[4]이 금세공 분야에 뛰어난 명성을 지녔었다는 말만 들었다고 했습니다.

사람들은 삼삼오오 짝을 지어 이렇게 이야기를 하고 있었습니다. 몇몇 사람은 고사리의 재로 거울을 만들었지만 고사리의 재와는 전혀 다르게 보인다고 말했습니다. 그렇지만 거울 제조법은 오래 전부터 알려진 것이었기에 사람들은 별로 궁금해하지 않았습니다. 또 사람들은 천둥, 밀물과 썰물, 안개, 섬세한 거미줄을 비롯해 세상만사의 원인에 대해 진지하게 생각하면서, 그 해답을 얻을 때까지 말하고 궁리하고 판단했습니다. 그들은 왕이 식탁에서 일어날 때까지 이렇게 수군거리며 말을 했던 것입니다.

태양은 이미 자오선을 지나고 있었습니다. 왕의 짐승이라는 고귀한 사자자리는 알디란 성(星)[5]을 발톱으로 움켜쥐고 높이 올라가고 있었습니다. 그러니까 오후 두시가 지났던 것입니다. 성장(盛裝)을 한 타타르의 왕 칭기즈칸은 당당히 앉아 있던 식탁에서 일어났습니다.

음악소리가 크게 울려 퍼지는 가운데 왕은 알현실에 도착했습니다. 그곳에서는 천국의 음악과도 같은 아름다운 선율이 여러 가지 악기로 연주되고 있었습니다. 그때 기쁜 베누스의 신봉자들인 기사들과 귀부인들은 춤을 추기 시작했고, 그들의 여신인 베누스는 물고기자리의 가장 높은 자리에 앉아서 춤추는 그들을 다정스러운 눈길로 바라보고 있었습니다.

고귀한 칭기즈칸이 왕좌에 앉았습니다. 그리고 다른 나라에서 온 기사는 즉시 왕 앞으로 불려 나와서 카나세 공주와 춤을 추었습니다. 나처럼 둔한 사람은 도저히 꿈도 꿀 수 없는 기쁨과 환희의 잔치가 펼쳐졌습니다. 사랑과 사랑의 의식에 정통한 사람이 아니고서는 그날 그 잔치의 모습을 제대로 그려낼 수 없을 것입니다. 그들이 얼마나 이국적인 스타일로 춤을 추었으며 그들이 얼마나 아름다운 얼굴이었는지, 그리고 시기심 많은 남자들이 눈치 채지 못하

---

4. 중세 때에는 성서에 나오는 이 두 인물을 위대한 마법의 힘을 지닌 사람으로 간주하였다.
5. 쌍둥이자리를 의미한다.

게 여자들이 얼마나 솜씨 좋게 시치미를 떼고 교묘하게 곁눈질했는지 누가 일일이 묘사할 수 있겠습니까? 이미 죽어서 저승에 있는 랜슬롯[6]을 제외하면 아무도 묘사할 수 없을 것입니다. 그래서 나는 그날의 기쁜 모습과 화려한 놀이에 관해서는 더 이상 말하지 않겠습니다. 그들은 저녁식사 때까지 이렇게 흥겹게 놀았습니다.

저녁식사 시간이 되자 음악이 울렸습니다. 그러자 궁정대신은 신속하게 술과 향료를 가져오라고 명령했습니다. 의전 관리들과 수습 기사들은 궁정대신의 지시를 따르기 위해 급히 달려갔습니다. 그들이 이내 술과 향료를 갖고 들어오자, 모든 사람들은 술을 마시고 신전으로 향했습니다. 그리고 그곳에서 예배를 본 후 만찬을 들었습니다. 그들이 무엇을 먹었는지에 관해서는 설명할 필요가 없을 것 같습니다. 왕이 베푸는 만찬에는 지위가 높고 낮음을 막론하고 모든 사람들이 풍성하게 먹을 수 있는 맛있는 음식이 나온다는 사실을 모두 알고 있을 것입니다. 어쨌든 내가 알지도 못하는 산해진미가 가득했습니다.

저녁식사를 마친 칭기즈칸은 귀족들과 귀부인들을 거느리고 황동마를 보러 갔습니다. 그들은 번쩍이는 이 말을 넋을 잃고 바라보았습니다. 트로이 포위전에서 목마가 난타나 경탄의 대상이 된 이후, 사람들이 말을 보고 놀란 것은 이때가 처음이었습니다. 마침내 왕은 기사에게 그 말의 힘과 능력에 관해 물으면서, 그 말을 어떻게 조정해야 하는지 설명해 달라고 했습니다.

기사가 말고삐를 잡자, 말은 즉시 펄쩍펄쩍 뛰기 시작했습니다. 그러자 기사가 말했습니다.

"폐하, 이 말을 다루는 법은 어렵지 않습니다. 폐하께서 이 말을 타고 가시고 싶은 곳이 있으면 귀 안에 꽂혀 있는 조종철사를 돌리십시오. 어떻게 돌리는지는 저희 두 사람만 있을 때 은밀히 알려 드리겠습니다. 그런 다음 폐하께서 가시고 싶은 장소나 나라 이름을 말씀하십시오. 폐하가 머무르고 싶은 목적

---

6. 아서 왕이 거느린 원탁의 기사 중 하나이며 기니비어 왕비를 사랑하였다.

지에 도착하면 말한테 내려달라고 말씀하십시오. 그리고 다른 조종철사를 돌리십시오. 그러면 폐하의 뜻대로 복종할 것이며, 폐하는 말에서 내려 땅에 있게 될 것입니다. 이 말은 그곳에 뿌리를 박은 나무처럼 꼼짝도 하지 않을 것입니다. 이 세상의 그 누구도 그 자리에서 이 말을 움직이게 하거나 훔쳐갈 수 없습니다. 또한 폐하께서 그 말을 떠나보내고 싶으시면 이 조종철사를 돌리십시오. 그러면 즉시 모든 사람의 시야에서 사라지게 될 것입니다. 그렇지만 폐하께서 다시 부르시면 밤이든 낮이든 즉시 폐하 옆으로 돌아올 것입니다. 저희 둘만 있는 자리에서 폐하께 시범을 보여 드리겠습니다. 폐하가 원하실 때마다 이 말을 타십시오. 그렇게만 하시면 됩니다."

기사가 설명한 대로 황동마의 조종법을 완전히 숙지한 칭기즈칸은 말할 수 없는 기쁨을 가슴에 안고 다시 연회장으로 돌아갔습니다.

말은 탑으로 운반되어 왕의 가장 소중한 귀금속과 함께 있게 되었습니다. 그런데 어떻게 된 영문인지는 모르겠지만, 말은 순식간에 자취를 감추었습니다. 이제 이 이야기는 더 이상 하지 않겠습니다. 칭기즈칸과 그의 신하들은 거의 날이 샐 때까지 잔치를 벌였습니다.

2

'소화(消化)의 간호사'라고 하는 잠은 잔치 손님들에게 눈짓하며 술을 많이 마시면 적당한 휴식을 취해야 한다고 일러주었습니다. 잠은 하품을 하면서 손님들 한 사람 한 사람에게 입을 맞추었습니다. 그러고 나서 이제 뜨겁고 축축한 혈액이 지배하는 시간이니 잠을 자야 한다면서 이렇게 말했습니다.

"자연의 친구인 여러분의 피를 잘 보살피시오."

사람들은 하품하기 시작했고, 두 사람 혹은 세 사람씩 짝을 지어 잠에게 감사하면서, 잠이 명령한 대로 잠을 자기 위해 연회장을 떠났습니다. 모두가 자신들의 건강을 위해서는 잠을 자야 한다는 사실을 잘 알고 있었습니다.

그들이 어떤 꿈을 꾸었는지 나로서는 말할 수가 없습니다. 그들의 머릿속은 술기운으로 가득 차 있었고, 따라서 그들의 꿈은 특별한 의미가 없었기 때문입니다.

카나세 공주를 제외한 모든 참석자들은 다음날 늦게까지 잠을 잤습니다. 대부분의 여자들이 그렇듯이 공주는 술을 자제했고, 날이 어두워지자마자 부왕에게 인사를 하고 잠자리에 들었습니다. 다음날 창백하고 피곤한 모습을 보이고 싶지 않았던 것입니다. 잠을 자면서 그녀의 마음은 마법의 거울과 반지 생각에 기쁨으로 가득 차 얼굴빛이 열 번도 넘게 바뀌었습니다. 특히 거울은 그녀에게 강한 인상을 주었기 때문에 밤새 거울 꿈만 꾸었습니다. 이런 이유로 태양이 동녘 하늘로 떠오르기도 전에 눈을 뜬 공주는 시녀를 불러 자리에서 일어나고 싶다고 말했습니다. 늙은 여자들은 남한테서 현명하다는 말을 듣고 싶어 하는데, 그 시녀 역시 그런 여자여서 즉시 이렇게 물었습니다.

"공주님, 모두들 아직 자고 있는 이른 시간에 어디를 가시겠다는 겁니까?"

그러자 공주가 대답했습니다.

"자리에서 일어나 산책을 할까 해요. 더 이상 잠이 오지 않아요."

시녀는 자기 밑에서 일하고 있는 열두어 명의 시녀를 불러 깨웠습니다. 그러자 카나세 공주도 자리에서 일어났습니다. 그녀는 방금 떠오른 태양처럼 발그스레하고 싱싱했습니다. 그녀가 산책 준비를 마쳤을 때에는 해가 지평선 위로 4도 이상도 올라가지 못하고 있었습니다.

공주는 천천히 걸었습니다. 거추장스럽지 않게 가벼운 옷을 입고 있었는데, 그 옷은 감미로운 계절에 알맞게 은은한 색을 띠고 있었습니다. 그녀는 대여섯 명의 시녀만을 데리고 오솔길로 접어들었습니다. 그곳은 나무로 가득 찬 숲이었습니다.

땅바닥에서 안개가 솟아오르고 있었습니다. 그래서인지 태양이 크고 붉게 보였습니다. 이 광경은 너무나 아름다웠습니다. 이른 아침에 이런 멋진 광경을 보고 계절의 온화한 날씨를 느끼며 아름다운 새소리를 듣게 되니, 공주는 마음이 흐뭇해졌습니다. 그리고 새들의 노랫소리를 듣자마자 그녀는 새들이 말하는 내용과 그들의 감정이 어떤지 모두 알 수 있었습니다.

보통 말하는 사람들이 요점을 뒤로 미루면, 이야기를 듣는 사람들의 관심은 식게 마련입니다. 이야기가 길어지면 길어질수록 그 맛은 점점 사라지는 것입니다. 이런 이유로 해서 이제는 이 이야기의 요점으로 들어가야 할 것 같습니다. 그래서 카나세 공주의 산책을 되도록 빨리 끝마치겠습니다.

그녀는 천천히 편안한 마음으로 걷다가 석고처럼 하얗게 말라죽은 나무 근처를 지나게 되었습니다. 그런데 그 나무 꼭대기에는 암매 한 마리가 앉아서 구슬피 울고 있었습니다. 처량한 울음소리가 온 숲에 울려 퍼지고 있었습니다. 너무나 무참히 두 날개로 자기의 몸을 때린 나머지 붉은 피가 나무를 타고 카나세 공주가 있는 곳까지 흘러내렸습니다. 암매는 쉬지 않고 울부짖으며 부리로 자기의 몸을 쪼았습니다. 숲 속에 사는 호랑이나 그 밖의 사나운 짐승들도 이 암매의 모습을 보았다면 슬퍼서 눈물을 흘리지 않을 수 없었을 겁니다.

아, 내가 매를 제대로 묘사할 능력만 있다면 얼마나 좋겠습니까! 다른 나라에서 날아온 것 같은 이 암매는 매 중에서도 보기 드물게 아름다운 깃털과 고귀한 생김새를 지니고 있었습니다. 하지만 피를 너무 흘려서 종종 정신을 잃었고, 마침내는 거의 땅으로 떨어질 지경이 되었습니다.

아름다운 카나세 공주는 손가락에 마법의 반지를 끼고 있었습니다. 그래서 모든 새들의 말을 알아들을 수 있었을 뿐만 아니라, 그 새들의 언어로 대답할 수도 있었습니다. 암매가 하는 말을 모두 알아들은 공주는 그 매가 너무나 불쌍하여 거의 실신할 지경이었습니다. 그녀는 급히 나무로 다가갔습니다. 그리고 슬픈 표정으로 매를 바라보면서 치마 앞자락을 펼쳤습니다. 암매가 피를 너무 많이 흘려서 다시 한 번 까무러치는 순간에는 나무에서 떨어질 것이라고 생각했던 것입니다. 공주는 오랫동안 암매를 바라보다가, 마침내 암매를 향해서 이렇게 말했습니다.

"도대체 왜 네가 이토록 처참하고 끔찍한 고통을 겪고 있는지 그 이유를 말해 줄 수 없겠니? 누가 죽어서 슬피 우는 것이니, 아니면 사랑하는 짝을 잃어버려서 그런 것이니? 내가 아는 바로는 고결한 마음에 고통을 줄 수 있는 것은 이 두 가지 밖에 없단다. 이것 이외의 다른 고통은 말할 가치도 없단다. 너는 지금 네 자신의 몸을 학대하고 있어. 그런 고통은 쓰라린 사연이 있거나 절망에 빠져 있을 때에만 가능한 것이야. 네 모습이 너무나 처참해서 이제는 너를 잡으려고 하는 사람도 없을 것 같구나.

제발 네 자신을 어여삐 여겨 보살피도록 해라. 그리고 내가 어떻게 도울 수 있는지 말해보렴. 나는 이 세상 어디에서도 너처럼 자신을 몹시 학대하는 새나 짐승을 본 적이 없어. 너를 보니 불쌍해 주겠구나. 정말이지 네 고통을 보니 내가 죽을 것만 같아. 제발 부탁이니 나무에서 내려오도록 해. 난 이 나라 왕의 딸이야. 그러니 네가 무엇 때문에 고통을 받는지 그 원인을 말해봐. 내가 도와줄 수 있는 일이라면 오늘 해가 지기 전까지 그 문제를 해결해 줄게. 아마 만물을 지배하시는 하느님께서 틀림없이 내가 해결해 줄 수 있도록 도와주실 거야. 그리고 네 상처가 빨리 아물도록 많은 약초를 찾아서 갖다 줄게."

이 말을 듣자 암매는 전에 없이 더욱 슬프게 울었습니다. 그러더니 갑자기 실신을 했는지 땅으로 떨어져서 꼼짝도 하지 않고 누워 있었습니다. 카나세 공주는 암매를 치마 앞자락에 싸서 다시 깨어날 때까지 보호해 주었습니다. 정신을 차린 암매는 자기들 언어로 이렇게 말했습니다.

"공주님, 고귀한 사람의 마음에서는 쉽사리 동정심이 일어나고, 남이 겪는 고통과 고생을 보면 자기도 같은 괴로움을 느낀답니다. 이것은 옛날의 경전에도 기록되어 있고 나날이 증명되는 일이지요. 고귀한 마음은 고귀한 행동을 하게 합니다. 아름다운 카나세 공주님, 당신은 자연이 당신의 성격으로 부여해 준 부드러운 마음을 갖고 있으며, 그래서 저의 슬픔을 크게 동정해 주신다는 사실을 잘 알고 있어요. 저는 제 처지를 고쳐보려는 마음은 없지만, 당신의 너그러운 마음에 복종하고, 다른 사람들이 저의 예를 보고 조심하길 바랍니다. 개가 어떻게 매 맞는지 보면 사자도 거동을 조심하게 마련이니까요. 그런 이유로 공주님 곁을 떠나기 전에 고통의 이유를 말씀드리겠어요."

암매가 이렇게 자기의 고통을 말하려 하자, 카나세 공주는 하염없이 울기부터 했습니다. 마치 그녀 자신이 눈물이 된 듯 했습니다. 그러자 암매는 울음을 멈추라고 부탁한 다음, 깊은 한숨을 내쉬고는 이야기를 시작했습니다.

"저는 회색 대리석에서 태어났어요. 정말 불행한 날이었지요. 저는 부모님의 사랑을 한몸에 받으며 자랐어요. 고통이란 것을 모르고 컸지요. 그러나 하늘 높이 날기 시작하면서부터 불행이 무엇인지 알게 되었답니다. 우리 집 근처에 수매가 한 마리 살고 있었어요. 그의 가슴속은 배신과 변절로 가득 차 있었지만, 겉으로는 고상함의 표본처럼 보였어요. 겸손하고 정직하며 예의 바르고 명랑했어요. 그런 것이 모두 속임수라고 생각할 사람은 아무도 없었어요. 그는 깃털까지 가짜일 정도로 완벽하게 속였어요. 꽃 속에 숨어 있다가 공격할 순간만을 기다리는 뱀처럼 위선자였어요. 또한 사랑에 빠진 사람의 전형이었어요. 극도로 친절했고 예의 바르며, 항상 고귀한 사랑을 소중히 여기는 척했지요. 이 위선자는 겉으로는 아름답게 보였지만, 속으로는 시체가 썩어가고 있는 무덤과 같았어요. 이 수매의 위선은 극에 달해 있었지요. 아마 악마를 제외하곤 그런 속셈을 아는 사람은 아무도 없었을 거예요.

그는 오랜 세월을 울고 통곡하면서 저에게 사랑을 애원하는 척했어요. 너무나 여리고 바보 같았던 제 마음은 그 수매의 악의는 눈곱만큼도 눈치 채지 못한 채, 그가 울다가 죽지는 않을까 두려워지기 시작했어요. 그래서 그의 맹세와 약속을 받고 제 사랑을 허락했어요. 그 맹세란 바로 공적으로나 사적으로나 제 명예를 더럽히지 않고 오래오래 지켜주어야 한다는 것이었지요. 다시 말하자면, 저는 그의 훌륭한 성품을 믿고 내 마음과 영혼을 그에게 모두 바쳤어요. 그렇지 않았다면 절대로 그에게 제 마음을 주지 않았을 거예요. 목숨이 다할 때까지 그의 마음과 제 마음을 맞바꾸었던 것이지요. 하지만 옛날 속담에 '정직한 사람과 도둑은 절대로 똑같이 생각할 수 없다'라는 말이 있는데, 이 말은 참으로 틀림없는 것 같아요.

자기 생각대로 일이 되어가고, 그게 제게 마음을 주겠다고 맹세한 것과 마찬가지로 제가 그에게 모든 사랑을 주자, 그 수매는 겉과 속이 다른 호랑이처럼 겸손하게 무릎을 꿇고 저를 높이 존경하는 척했어요. 행동과 말에 있어서 그는 정정한 애인 같았어요. 사랑의 기쁨으로 가득 찬 것 같았어요. 아마 이아손이나 트로이의 파리스도 흉내 내지 못했을 겁니다. 그런데 내가 이아손이라

카나세 공주와 암매

고 말했나요? 아니에요. 옛날 작가들에 의하면, 인류 역사상 처음으로 두 애인을 사랑한 사람은 라멕이었지요. 라멕 이래 그 누구도 속임수와 궤변에 있어서는 그 사람의 백만 분의 일도 흉내 낼 수 없었을 겁니다. 겉과 속이 다른 행동을 하는 데는 아무도 그를 당할 사람이 없을 테니까요.

아무리 신중한 여자라도 천국에서 내려온 천사 같은 그의 태도를 보고 거부할 수는 없었을 거예요. 그는 말과 행동에 있어서 교양이 있었고 점잖았거든요. 그가 저를 아껴주고 모든 면에서 정직하게 행동하자, 저는 그를 사랑하게 되었어요. 그러면서 이런 사랑이 그의 마음속에도 자리 잡고 있을 거라고 생각했지요. 제가 조금이라도 그의 마음에 상처를 입혔다고 생각되면 제 마음은 죽음의 포로가 된 듯이 괴로웠어요. 간단하게 말하자면, 우리의 사랑이 잘 되어가자 저는 그가 원하는 대로 했어요. 이치에 맞고 제 명예를 훼손시키지 않는다면 저는 무슨 일이든 그의 뜻을 따랐어요. 제가 그 누구보다도 그를 사랑했다는 사실은 하느님께서도 잘 알고 계신답니다.

1년, 아니 2년 이상 저는 그의 좋은 점만을 생각했어요. 그렇지만 마침내 운명의 여신은 그 수매로 하여금 제 곁을 떠나게 했어요. 제가 얼마나 슬퍼했는지는 말할 필요도 없을 겁니다. 지금도 그 고통을 어떻게 설명해야 할지 모르겠어요. 하지만 한 가지만은 말하겠어요. 저는 그 덕분에 죽음의 고통이 어떤 것인지 알게 되었어요. 그가 떠나는 것을 보면서 전 바로 그런 고통을 느꼈거든요.

어느 날이었어요. 그가 몹시 고통스런 표정을 지으며 제게 작별을 고하는 것이었어요. 그의 얼굴이 고통으로 일그러지는 것을 보자, 저는 그도 저처럼 고통받고 있다고 생각했지요. 또한 그는 저를 절대로 버리지 않을 것이며, 곧 제 곁으로 돌아올 거라고 믿었어요. 종종 그렇듯이 저는 그가 책임을 완수하기 위해 떠나야만 한다면 참는 길 외에 더 이상의 방법이 없다고, 그렇게 좋은 쪽으로 생각했어요. 그리고 있는 힘을 다해 슬픔을 감추고 성 요한을 두고 맹세했어요. '걱정 말고 떠나세요. 저는 당신 거랍니다. 저는 당신의 것이었고 앞으로도 영원히 당신의 것이 될 거예요. 그런 것처럼 당신도 저에게 당신의 모든 것을 주세요.'

그가 뭐라고 대답했는지 여기서 다시 반복해서 말할 필요는 없을 것 같아요. 그보다 더 말을 잘하고, 동시에 행동은 그보다 더 형편없는 사람은 없을 테니까요. 그는 말은 멋지게 잘하지만 그런 말을 지킬 위인은 아니었어요. 그는 '악마와 함께 저녁을 먹는 여자는 긴 수저를 가져야 한다'라고 말했어요. 어쨌거나 그는 길을 떠났고, 자기가 가야 할 곳으로 갔답니다. 그가 발길을 멈추었을 때, 분명히 마음속으로 '자기 본성으로 돌아갈 때 모든 기쁨을 누릴 수 있다'라는 격언을 떠올렸을 거예요. 그렇지 않으면 적어도 그렇게 마음속으로 기도를 했을 겁니다.

새장에서 키우는 새들처럼 사람들은 새로운 것을 좋아하는 성향이 있어요. 당신이 밤낮으로 정성들여 돌봐주고 새장 안에 비단처럼 부드러운 지푸라기를 넣어주며 설탕과 꿀과 빵을 준다고 해도, 새로운 것을 향한 새들의 갈증은 너무나 크기 때문에 새장 문이 열리면 발로 그릇을 뒤엎고 숲 속으로 날아가 벌레를 잡아먹으며 살게 되지요. 새로운 것을 찾아 떠나는 것은 그들의 본성이랍니다. 아무리 고귀한 혈통이라 할지라도 그것을 막을 수는 없어요.

이 수매에게도 이런 일이 일어났어요. 그는 훌륭한 혈통을 이어받았고 성격도 활달했으며 근사한 외모에 마음 또한 자비로웠지요. 하지만 어느 날 솔개를 보고는 그 솔개를 미친 듯이 사랑하게 되었답니다. 이렇게 해서 나에 대한 사랑은 깨끗이 끝나고 말았어요. 그는 신의를 저버렸어요. 제 애인은 그 솔개를 사랑하게 되었고 저를 영원히 잊어버렸답니다."

이렇게 이야기를 마친 암매는 슬피 울다가 갑자기 비명을 지르고는 카나세 공주의 품에 안겨 까무러치고 말았습니다. 카나세와 그곳에 있던 시녀들은 불쌍한 암매의 이야기를 듣고는 이루 말할 수 없이 슬펐습니다. 공주는 어떻게 암매를 위로해 주어야 할지 몰랐습니다. 그래서 암매를 치마 앞자락으로 싸서 궁전으로 데려가 상처 입은 곳을 정성을 다해 붕대로 감아 주었습니다.

카나세 공주가 할 수 있는 일은 땅에서 귀하고 아름다운 빛깔의 약초를 찾아내어, 그것으로 고약을 만들어 암매의 상처에 발라 주는 것밖에 없었습니다. 공주는 밤낮으로 온 힘을 다해 간호했습니다. 침대 머리맡에는 암매가 살 수 있는 새장을 놓고 그것을 푸른 벨벳천으로 감쌌습니다. 푸른색은 여자들에게 지조를 뜻하는 것이기 때문이었습니다. 하지만 바깥쪽에는 초록색을 칠했습니다. 그것은 굴뚝새나 수매와 부엉이처럼 지조 없는 부정(不貞)한 새들을 뜻하는 것이었습니다. 그리고 옆에는 그 새들을 혼내주기 위해 마구 야단치는 까치를 그려놓았습니다.

이제 카나세 공주는 암매를 보살피도록 놔두겠습니다. 이야기책에 의하면, 칭기즈칸의 작은아들인 캄발로의 도움으로 암매는 자기의 못된 행실을 뉘우친 수매의 사랑을 얻게 되는데, 그때까지는 잠시 마법의 반지 이야기도 하지 않겠습니다.

지금부터는 모험과 전쟁에 대한 이야기를 하겠습니다. 사실 여러분들은 이토록 신비로운 기적에 대해서는 한 번도 들어보지 못했을 겁니다. 우선 당시 많은 도시를 점령한 칭기즈칸에 관해 말하겠습니다. 그런 다음에 칭기즈칸의 큰아들인 알가시프가 어떻게 테오도라를 아내로 맞이하게 되는지 설명하겠습니다. 황동마의 도움이 없었다면, 알가시프는 아내 때문에 여러 번 큰 위험에 처할 뻔했습니다.

이 이야기 다음에는 작은아들 캄발로가 아닌, 또다른 캄발로의 이야기를 들려주겠습니다. 그는 칭기즈칸의 두 아들과 마상 시합을 한 끝에 카나세를 손에 넣을 수 있었습니다. 그럼 이제 이야기하다가 그만둔 부분으로 돌아가겠습니다.

3

아폴로는 수레를 타고 하늘 높이 올라가서, 노련하고 교활한 신 메르쿠리우스의 저택으로 들어가는데 …….

(초서는 수습기사의 이야기를 완결짓지 않은 채 여기서 끝낸다.)

소지주가 수습기사에게, 여관 주인이 소지주에게 하는 말

소지주가 수습기사에게 말했다.

"정말 훌륭하게 의무를 이행하셨소. 당신의 뛰어난 재주에 경의를 표하는 바요. 젊은 나이에도 불구하고 너무나 감동적이고 열정적으로 이야기를 했소. 당신에게 박수를 치지 않을 수가 없소. 계속해서 이 방면으로 나간다면 여기 있는 누구도 당신의 말솜씨를 따르지 못할 것 같소. 하느님께서 당신에게 행운을 주시고 당신의 소질을 계발할 수 있도록 도와주시길 빌겠소. 정말이지 얼마나 재미있게 당신 이야기를 들었는지 모르겠소. 나도 아들이 하나 있소. 하지만 난 1년에 20파운드의 세를 받을 수 있는 땅보다는 당신처럼 똑똑한 사람을 택하겠소. 지금 당장 그런 땅이 내 손에 굴러들어온다고 하더라도 말이오. 사람이 배운 것이 없다면 아무리 많은 재산을 가진다 한들 무슨 소용이 있겠소? 지금까지 수없이 내 아들을 혼냈지만 공부에는 별 흥미가 없는 것 같소. 그놈은 주사위놀이나 하면서 가진 돈을 이곳저곳에 뿌리기만 하오. 훌륭한 예의범절을 배울 수 있는 점잖은 신사와 이야기하는 것보다는 젊은 하인들과 어울려 놀기를 좋아하니 …….”

이 때 사회자인 여관 주인이 말했다.

“갑자기 웬 예의범절이오! 지금 왜 그런 이야기를 하는 것이오? 당신은 여기에 있는 모든 사람들이 적어도 이야기 하나씩은 해야 한다는 사실을 알고 있을 것이오. 그렇지 않으면 당신이 한 약속을 어기게 되는 것이오.”

그러자 소지주가 대답했다.

“나도 잘 알고 있소, 사회자 양반. 내가 이 젊은이와 몇 마디 나누었다고 기분 나쁘게 생각하지 마시오.”

“그럼 더 이상 말하지 말고 어서 이야기나 시작하시오.”

“그럽시다. 사회자의 뜻에 복종하겠소. 이제 내 이야기를 들어보시오. 내 재주가 닿는 한도 내에서 여러분의 뜻을 거스르지 않도록 노력하겠소. 여러분들이 이 이야기를 마음에 들어 하고 기뻐한다면, 나도 기분 좋을 것이오.”

소지주의 이야기

소지주의 이야기 서문

옛날 옛적에 고귀한 브르타뉴 사람들은 많은 모험담을 썼습니다. 지금 그런 이야기 중의 하나가 생각납니다. 나는 최선을 다해 그 이야기를 여러분들에게 들려 드리겠습니다. 하지만 먼저 나는 보잘것없는 사람임을 여러분들에게 밝히겠습니다. 그러니 내 말투가 서툴고 조악하더라도 용서해 주기 바랍니다.

나는 수사학을 배우지 못했기 때문에 아무런 꾸밈이 없는 단순한 말만 할 수 있을 뿐입니다. 나는 파르나소스 산[1]에서 잠을 잔 적도 없으며, 마르쿠스 툴리우스 키케로[2]를 공부한 적도 없습니다. 하지만 실수를 범하지는 않을 것입니다.

나는 수사학적으로 언어에 어떻게 색깔을 입히는지 모릅니다. 내가 아는 색깔들이란 단지 사람들이 염색하거나 그림을 그릴 때 쓰는 들판의 색깔들뿐입니다. 그건 그렇고, 이제 내 이야기를 들려 드리겠습니다.

소지주의 이야기

브르타뉴에 한 기사가 살고 있었습니다. 그는 어느 규수를 사랑하고 있었고 그 규수를 섬기는 데 온 힘을 기울였습니다. 하지만 그 규수는 태양 아래서 가

---

1. 뮤즈들이 사는 성스러운 산.
2. 106-43 B.C. 고대 로마의 웅변가, 정치가.

장 아름다운 여인이었으며 지체 높은 가문의 여자였기에, 기사는 감히 자신의 사랑에 대한 고통과 슬픔과 소망을 털어놓을 수 없었습니다. 그렇지만 마침내 그의 진가, 특히 그의 정성과 겸손에 감동한 규수는 그의 고통을 어여삐 여겨 그를 남편이자 주인으로 맞이하기로 마음먹었습니다.

기사는 귀한 집의 규수와 더 행복하게 살기 위해 평생 동안 그녀의 뜻에 반하는 행동을 하지 않을 것이며, 질투도 하지 않을 것이고, 그녀의 말에 따르고 모든 면에서 그녀가 바라는 대로 하겠다고 자발적으로 맹세했습니다. 그렇지만 남편의 명예를 지키기 위해서 남이 보는 앞에서는 그녀의 주인이 될 것이라고 말했습니다.

그녀는 감사하면서 공손하게 말했습니다.

"당신은 관대한 아량을 베푸시어 저의 고삐를 풀어 주셨습니다. 하느님, 제 잘못으로 인해 우리 두 사람이 싸우거나 불화를 일으키는 일이 없도록 도와주소서. 이제 제 명예를 걸고 맹세하겠습니다. 저도 죽을 때까지 당신의 참되고 겸손한 아내가 되겠습니다."

그래서 두 사람은 평화롭게 평온하게 살았습니다.

여러분, 내가 자신 있게 할 수 있는 말이 하나 있습니다. 그것은 오랜 시간 함께 살고자 하는 연인들은 서로 상대방의 말에 따라야 한다는 것입니다. 사랑은 한 사람의 뜻에 지배되어서는 안 됩니다. 지배라는 것이 나타나면, 사랑의 신은 날개를 펴서 눈 깜짝할 사이에 모습을 감춥니다. 사랑은 영혼처럼 자유로운 것입니다.

여자들은 속성상 자유를 갈망하며 그리워합니다. 그들은 노예가 되고 싶어 하지 않습니다. 남자들도 마찬가지입니다. 사랑에는 많이 참는 자가 유리합니다. 사실 인내란 최고의 덕입니다. 학자들의 말에 따르면, 사랑은 아무리 애를 써도 얻을 수 없는 것을 정복합니다. 귀에 거슬리는 말을 듣는다 해도 일일이 잔소리하거나 투덜대서는 안 됩니다. 참는 법을 배우십시오. 그것은 언젠가는 배워야 할 것입니다.

화목하게 살기 위해 현명하고 훌륭한 기사는 인내할 것을 약속했고, 그녀도 절대로 실수를 하지 않겠다고 다짐했습니다. 이것은 겸손하면서도 현명한 상호협정이었습니다. 그녀는 남편을 종이자 주인으로 섬겼습니다. 그러니까 사랑에 있어서는 종이었지만 결혼 생활에 있어서는 주인이었던 것입니다. 다시 말하면, 남편은 주인이며 동시에 종이었습니다. 아니 귀부인뿐만 아니라 사랑도 얻었으니, 단순한 종이 아니라 최고의 지배권을 가진 종이었던 것입니다. 한편 그녀는 그의 애인이었으며 동시에 아내였습니다. 이것이 바로 사랑의 법칙입니다.

이런 행복을 누리게 된 기사는 아내와 함께 자기 고향으로 돌아갔습니다. 그는 펜마르크 만(灣)에서 그다지 멀지 않은 곳에 살림을 차려 행복과 기쁨을 누리며 살았습니다. 결혼한 사람이 아니면 남편과 아내가 공유하는 기쁨과 평화와 행복을 이해할 수 없을 것입니다.

이렇게 행복한 나날이 1년 이상 지속되었습니다. 그런데 어느 날, 기사는 브리튼이라고 불리는 잉글랜드에 가기로 마음먹었습니다. 이 기사의 이름은 카이루드의 아르베라구스였고, 그가 잉글랜드로 떠나는 목적은 전쟁에서 명예와 명성을 얻기 위해서였습니다. 사실 그의 마음은 온통 무훈을 세우는 것으로 가득 차 있었습니다. 책에 의하면, 그는 그곳에서 2년간 살았습니다.

이제 아르베라구스 기사의 이야기는 그만하고, 그의 아내 도리겐에 관해 말하겠습니다. 그녀는 온 마음을 다해 남편을 사랑하고 있었습니다. 모든 지체 있는 여자들이 사랑에 빠졌을 때 그러하듯이, 그녀는 그가 없는 동안 눈물과 탄식으로 나날을 보냈습니다. 남편과의 이별을 생각하면서 슬퍼하며 울부짖었고, 밥도 먹지 않고 탄식했습니다. 남편과의 만남을 갈망하면서 그녀는 엄청난 고통을 받고 있었습니다. 이 세상에서 남편을 제외한 그 어떤 것도 중요하지 않았습니다.

그녀가 이렇게 슬퍼하는 것을 알게 된 친구들은 있는 힘을 다해 그녀를 위로하려고 했습니다. 그런 행동은 아무런 이유도 없이 자신을 죽이는 행동이라고 말하면서 밤낮으로 충고했습니다. 친구들은 도리겐의 울적한 마음을 풀어주기 위해 그들이 할 수 있는 모든 위로의 말을 아끼지 않았습니다.

여러분들도 알다시피 바위에다 꾸준히 무언가를 새긴다면, 결국 시간이 흐르면 무언가가 새겨지는 법입니다. 친구들도 오랫동안 꾸준히 도리겐을 위로했고, 마침내 희망과 이성의 힘을 통해 효과가 나타나기 시작했습니다. 도리겐의 얼굴에서 그런 표시가 나타났던 것입니다. 아마 그녀도 그토록 심한 고통을 영원히 견딜 수는 없었을 것입니다.

한편 도리겐이 슬픔에 잠겨 있을 때, 아르베라구스는 편지를 보내 안부를 전하고 곧 돌아가겠다고 했습니다. 그렇지 않았더라면 그녀의 심장은 고통을 이기지 못하고 산산조각이 났을 것입니다.

도리겐의 고통이 가시는 것을 보자, 그녀의 친구들은 제발 함께 산책을 나가서 우울한 생각을 떨쳐 버리자고 애원했습니다. 이런 모든 것이 자기를 위한 것임을 알게 된 도리겐은 기꺼이 청을 수락했습니다.

도리겐이 살고 있던 성(城)은 바닷가와 인접해 있었습니다. 그녀는 기분을 전환하기 위해 종종 친구들과 함께 벼랑 위를 거닐었습니다. 그곳에서는 저마다의 목적지를 향해 떠나는 수많은 돛단배와 거룻배들이 보였습니다. 그런데 이런 광경을 볼 때면 도리겐은 슬픔에 젖어 이렇게 혼잣말을 하곤 했습니다. "아, 불쌍한 내 신세여! 저 많은 배들 중에서 우리 남편을 이곳으로 실어다 줄 배는 없단 말인가? 그렇게만 해준다면 내 가슴속의 쓰라린 상처는 씻은 듯이 사라질 텐데……."

도리겐은 또 벼랑가에 앉아 벼랑 아래를 바라보곤 했는데, 그러다가 바다 속에서 아주 끔찍한 시커먼 바위를 보게 되었습니다. 그녀의 마음은 별안간 공포에 사로잡혔고, 너무나 떨린 나머지 제대로 일어설 수도 없었습니다. 마침내 그녀는 풀밭에 앉아 슬픈 표정으로 바다를 바라보면서 한숨을 내쉬며 이렇게 말했습니다.

"영원하신 하느님, 당신의 섭리로 이 세상을 확고하게 다스리시는 분이시여! 당신이 하는 일은 하나도 헛된 것이 없다고들 합니다. 그런데 왜 보기에도 끔찍한 시커먼 바위와 같이 터무니없는 것들을 만드셨습니까? 그것들은 전지전능하시고 변함없으신 하느님의 아름다운 창조물이라기보다는 더럽고 불결한 혼란의 세계처럼 보입니다. 이 세상 어느 곳에도 저 바위의 도움을 받을 사람이나 짐승은 없습니다. 새들도 마찬가지입니다. 제 생각으로는 해만 끼칠 뿐 아무런 도움도 되지 않습니다. 하느님, 수많은 사람이 바위 때문에 죽은 것을 모르십니까? 수만 명이 바위 때문에 목숨을 잃었지만, 그들의 이름을 기억해 주는 사람은 이 세상에 아무도 없습니다. 그렇지만 인간은 아름답기 그지없는 당신의 창조물의 일부랍니다. 당신의 모습대로 만든 것이 인간입니다. 이것은 그만큼 당신이 인간들에게 크나큰 사랑을 느끼고 있었다는 말입니다. 그런데 왜 저런 바위를 만드셔서 사람들을 죽게 하는 것입니까? 저 바위들은 인간에게 아무런 도움도 되지 않고 그저 해만 끼칠 뿐입니다.

저는 학자들이 최선을 다해 자기들이 생각하는 것을 논리적으로 말했으며, 이런 것은 모두 우리를 위해서라는 사실을 잘 알고 있습니다. 하지만 아직도 저는 그 까닭을 모르겠습니다. 바람을 창조하신 하느님, 제 남편을 보호해 주소서. 이것이 저의 바람입니다. 당신이 왜 끔찍스런 바위를 만들었는지에 관한 논쟁은 학자들에게 맡기겠습니다. 하지만 저는 하느님께서 이런 바위들을 모두 지옥으로 가라앉혀 제 남편이 무사히 돌아오게 해주시기를 빕니다. 이런 바위들만 보면 제 가슴에는 두려움이 엄습합니다."

도리겐은 슬피 울면서 이렇게 말했습니다.

친구들은 바닷가를 거니는 것이 도리겐에게 위안이 되기는커녕 슬픔만 더한다는 사실을 알고 그녀를 다른 곳으로 데려가 즐겁게 해주기로 마음먹었습니다. 그래서 강과 샘터를 비롯해 멋진 곳으로 데려가서 춤도 추고 체스와 주사위놀이도 했습니다.

어느 아름다운 날 아침, 그들은 근처에 있는 정원으로 갔습니다. 음식과 다른 필요한 것들을 준비해서 그곳에서 하루 종일 놀았습니다. 그날은 바로 5월의 여섯 번째 날의 아침으로, 5월은 부드러운 비로 정원을 물들였고 온갖 화초로 정원을 가득 메워 놓았습니다. 정원은 훌륭하고 아주 우아하게 단장되어 있었습니다. 천상의 낙원이 아니고서는 그보다 훌륭한 정원은 이 세상에 있을 수 없었습니다. 기쁨과 아름다움으로 충만한 정원에서 풍기는 꽃향기와 화려한 풍경을 보면, 그 누구의 마음이라도 즐겁지 않을 수가 없었습니다. 만일 그렇지 못한 사람이 있다면, 그는 중병을 앓거나 혹은 너무 커다란 슬픔을 지닌 사람일 겁니다.

식사를 마치자 모두들 춤을 추고 노래를 불렀지만, 도리겐은 혼자 남아 한숨을 쉬며 흐느꼈습니다. 춤추는 사람들 속에서 자기의 남편이자 애인을 볼 수 없었기 때문입니다. 그러나 그녀는 잠시 그 자리에 머무르면서 희망이 슬픔을 잠재우도록 했습니다.

춤을 추던 사람 중에는 수습기사가 한 명 있었습니다. 그는 도리겐 앞에서 춤을 추었습니다. 내가 보기에 그는 5월보다 더 발랄하고 화사한 옷을 입고 있었습니다. 그는 세상이 시작된 이래로 그 누구보다도 훌륭하게 노래하고 춤을 추었습니다. 게다가 그의 용모로 말하자면, 이 세상에 살아 있는 사람들 중에서 으뜸가는 미남이었습니다. 또한 젊고 힘도 세고 재주도 많았으며, 돈도 많고 똑똑하고 인기가 있었을 뿐만 아니라 생각도 깊었습니다. 그런데 베누스의 종이었던 미남의 수습기사는 지난 2년 동안 이 세상의 그 누구보다도 도리겐을 사랑하고 있었습니다. 하지만 도리겐은 전혀 그 사실을 눈치 채지 못했습니다. 이 수습기사의 이름은 아우렐리우스였습니다.

그는 자기의 고통을 한 번도 이야기하지 않은 채 마음속으로만 형언할 수 없는 고통을 감내하고 있었습니다. 아무에게도 속마음을 털어놓을 수가 없었던 수습기사는 절망에 빠져 버렸습니다. 그저 노래를 부르면서 자기의 열정을 표현하는 수밖에 없었습니다. 가령 슬픔과 탄식을 노래하면서, 자기는 사랑에 빠져 있지만 그런 사랑에 화답해 줄 사람은 없다고 푸념만 할 뿐이었습니다. 이런 짝사랑을 주제로 그는 서정시, 비가, 가요 등 수많은 노래를 지었습니다. 이런 심정을 고백할 수 없었기에, 아베르누스(지옥)에서 복수의 여신이 번민하듯이, 그 또한 심한 고통을 받고 있었습니다.

그는 에코가 나르키소스에게 사랑을 고백해보지도 못한 채 죽었듯이 자기도 그런 죽음을 면할 수 없을 것이라고 읊곤 했습니다. 마음속의 고통을 도리겐에게 드러내는 방법은 이런 것밖에 없었습니다. 하지만 가끔씩 젊은이들이 여자들에게 사랑을 호소하는 무도회에서 사랑을 구하는 눈길로 도리겐의 얼굴을 쳐다보곤 했습니다. 그렇지만 도리겐은 그가 말하려는 것이 무엇인지 전혀 관심도 두지 않았습니다. 그런데 정원을 떠나기 전에 이 두 사람은 함께 이야기를 나누게 되었습니다.

아우렐리우스는 도리겐의 이웃이었고, 명예와 명성을 지킬 줄 아는 사람이었기 때문에 도리겐은 오래 전부터 그를 알고 있었습니다. 대화를 나누면서 아우렐리우스는 자기의 마음을 고백할 목적으로 화제를 이끌어나가고 있었습니다. 그래서 마침내 적당한 순간이 오자 이렇게 말했습니다.

"부인, 세상을 만드신 하느님을 두고 말씀드립니다. 당신의 남편 아르베라구스가 바다를 건넌 날, 이 아우렐리우스도 다시는 돌아오지 못하는 곳으로 떠났다면 당신의 마음을 행복하게 만들었을 것입니다. 사실 저는 당신을 열렬히 사랑하지만 그런 것은 결국 헛된 일이라는 것을 잘 알고 있습니다. 그런 사랑으로 제가 받을 대가는 마음의 상처뿐입니다. 부인, 제 괴로움을 불쌍히 여겨

도리겐에게 사랑을 고백하는 아우렐리우스

주십시오. 당신의 한 마디가 저를 살릴 수도 있고 죽일 수도 있습니다. 아, 바로 여기 당신의 발 밑에 죽어서 묻히기라도 했으면 한이 없을 것 같습니다. 저에게 자비를 베풀어 주소서. 그렇지 않으면 저는 죽고 말 겁니다."

그러자 도리겐이 말했습니다.

"정말로 그런 감정을 느끼고 있나요? 이 말을 듣기 전까지는 전혀 당신의 생각을 몰랐어요. 아우렐리우스, 이건 당신의 뜻을 알기에 하는 말이에요. 나에게 생명과 영혼을 주신 하느님을 두고 맹세컨대, 내가 살아 있는 동안 말이나 행실에 있어서 절대로 부정한 아내가 되고 싶지 않아요. 나는 내가 결혼한 남자와 영원히 함께 있을 거예요. 난 결혼한 몸이니까요. 이것이 나의 대답이에요."

그러나 잠시 후 그녀는 농담 삼아 이렇게 말했습니다.

"아우렐리우스, 당신이 너무나 감동적으로 사랑을 호소하니 당신의 사랑을 들어주겠지만…… 한 가지 조건이 있어요. 당신이 브르타뉴의 바닷가에 있는 돌과 바위를 모두 치워서 큰 배나 작은 배가 지나다니는 데 방해가 되지 않도록 하는 날, 당신의 사랑에 보답하겠어요. 그러니까 바위로 가득 찬 해안을 깨끗이 치워서 돌이 하나도 보이지 않게 되는 날, 이 세상의 그 누구보다도 당신을 사랑하겠어요. 내 목숨이 살아 있는 한 이 약속은 지키겠어요. 하지만 내가 알기로는 이런 일을 한다는 것은 거의 불가능에 가까워요. 그러니 어리석은 생각은 버리고 마음을 비우세요. 아내의 몸은 남편이 원할 때마다 소유할 수 있는 거예요. 그런데 그런 여자를 사랑해서 무슨 만족을 얻겠어요?"

아우렐리우스는 깊은 한숨을 내쉬었습니다.

"이것이 나에게 베푸는 자비입니까?"

그러자 도리겐이 대답했습니다.

"그래요. 나를 만드신 하느님을 두고 맹세해요."

이 말을 듣자 아우렐리우스는 한없이 슬퍼져서 비통한 심정으로 이렇게 말했습니다.

"부인, 그런 일은 불가능합니다. 그 말은 나보고 절망에 빠져 죽으라는 소리와 마찬가지입니다."

이렇게 말한 후, 아우렐리우스는 뒤돌아서 가버렸습니다. 그때 도리겐의 친구들이 다가왔고, 그들은 정원의 오솔길을 이리저리 거닐었습니다. 그들은 방금 전에 무슨 일이 있었는지 전혀 모르고 있었습니다. 그래서 지평선이 태양의 빛을 빼앗아 환한 태양이 빛을 잃을 때까지 흥겹게 놀았습니다.

모두가 행복한 얼굴과 기쁜 마음으로 집으로 돌아갔지만, 아우렐리우스만은 납처럼 무거운 마음으로 돌아갔습니다. 죽음을 피할 방법이 없다는 사실과 자기 심장이 차디차게 식어가고 있음을 알았습니다. 그는 손을 쳐들고 무릎을 꿇었습니다. 그리고 거의 정신 나간 상태로 기도를 시작했습니다. 너무나 고통스러운 나머지 정신이 나간 상태였기에 자기가 무슨 말을 하는지도 모르고 있었습니다. 상처받은 그의 마음은 신들을 향해 흐느끼며 탄식하기 시작했습니다. 특히 태양의 신을 보며 이렇게 말했습니다.

"모든 식물과 풀과 나무와 꽃의 주인이신 아폴로여! 당신은 천국의 위도에서 얼마나 떨어졌는지에 따라 그에 맞는 기후와 계절을 주시며, 일식 속에서는 자리를 마음대로 아래위로 바꾸십니다. 태양의 신이시여, 절망에 빠져 어찌할 바 모르는 아우렐리우스를 자비의 눈으로 내려 보소서. 보십시오! 저는 아무 죄도 짓지 않았는데 제가 사랑하는 여인은 저에게 죽음을 선고했습니다. 위대하신 당신만이 죽어가는 제 마음을 불쌍히 여기실 수 있습니다. 태양의 신이시여, 당신이 마음만 먹는다면 제 애인을 제외한 그 누구보다도 저를 잘 도와줄 분임을 잘 알고 있습니다. 이제 당신이 저를 어떻게 도우실 수 있는지 말씀드리겠습니다.

당신의 영광스런 자매이자 찬란하게 빛나는 아름다운 루키나[3]는 여왕이시며 바다에서 가장 높은 여신이십니다. 넵투누스가 바다의 신이라고는 하지만, 루키나 여신은 그보다 훨씬 위에 군림하시는 왕후이십니다. 태양의 신이시

---

3. 디아나는 세 가지 형태를 띤다. 달의 여신일 때는 '루키나', 대지의 여신일 때에는 '아르테미스' 혹은 디아나, 지옥의 여신일 때에는 '헤카테'라고 불린다.

여, 당신은 사랑의 불이 붙은 루키나 여신이 당신을 열렬히 쫓아다니기를 원한다는 사실을 알고 계십니다. 마찬가지로 바다도 루키나 여신을 쫓아다닙니다. 루키나는 단지 바다의 여신일 뿐 아니라 모든 강과 하천의 여신이기 때문입니다. 그러하오니 태양의 신이시여, 이것이 저의 소망입니다. 이 기적을 행하여주시지 않으면 제 심장은 산산이 부서질 것입니다. 당신이 다시 사자자리에 계시고 루키나 여신께서 당신과 마주보는 위치에 자리하셨을 때, 당신의 남매에게 브르타뉴의 아르모리카 만에서 가장 큰 바윗돌을 다섯 길 밑으로 묻히게 하고, 그 밀물이 2년간 빠지지 않게 해 달라고 부탁해 주소서. 그러면 저는 애인에게 달려가 이렇게 말하겠습니다. '이제 바윗돌을 모두 치웠으니 약속을 지켜 주십시오.'

태양의 신이시여, 저에게 이런 기적을 베풀어 주소서. 당신과 같은 속도로 달리도록 달의 여신에게 부탁해 주소서. 2년 동안 계속해서 당신보다 더 빨리 달리지 말라고 부탁해 주소서. 그러면 여신은 언제나 최고점에 계실 것이며, 봄날의 조수는 밤낮을 가리지 않고 바위를 뒤덮고 있을 것입니다. 하지만 루키나 여신께서 저에게 사랑하는 애인을 줄 수 없다면 모든 바윗돌을 플루토가 계신 지옥의 심연으로 가라앉게 해 달라고 부탁해 주소서. 그렇지 않으면 저는 영영 제 애인을 정복할 수 없습니다. 저는 맨발로 델포이에 있는 당신의 신전으로 순례를 하겠습니다. 태양의 신이시여, 이 뺨으로 흘러내리는 눈물을 보시고 제 고통을 가엾게 여겨 주소서."

이렇게 장황하게 말한 후 그는 기절을 하고 말았습니다. 그리고 오랫동안 땅 위에 쓰러져 깨어나지 못했습니다.

아우렐리우스의 슬픔을 알고 있던 그의 형은 그를 침대로 데려갔습니다. 이제 이 불쌍한 수습기사는 침대에 누워 미친 사람처럼 고통을 받게 놔두겠습니다. 내가 아무리 보살펴도 죽거나 살거나 하는 문제는 모두 그의 의지에 달린 것이기 때문입니다.

한편 기사도의 꽃인 아르베라구스는 다른 훌륭한 기사들과 함께 온몸에 명예를 안고 집으로 돌아왔습니다. 이제 도리겐의 기쁨은 말할 나위가 없었습니다. 그녀는 환희의 나라라는 제7천국에 있었던 것입니다. 그녀가 자기 목숨보다도 더 사랑한 용감한 기사이자 훌륭한 전사는 그녀의 품 안에 있었습니다.

그는 자기가 없는 사이에 어떤 남자가 자기 아내에게 사랑을 속삭였으리라고는 꿈에도 생각할 수 없었습니다. 그런 것은 전혀 걱정하지 않았던 것입니다. 그래서 그는 아내와 함께 춤을 추고 마상 시합을 벌이며 한껏 즐겼습니다. 이제 두 사람은 행복과 기쁨에 파묻혀 지내도록 놔두고, 병든 아우렐리우스에 관해 말하겠습니다.

가련한 아우렐리우스는 2년 넘게 심한 고통으로 자리에 누운 채 한 번도 땅에 발을 내딛지 못했습니다. 그동안 그를 위로해 준 사람은 학자인 그의 형뿐이었습니다. 형은 왜 아우렐리우스가 고통을 받고 실성했는지 잘 알고 있었습니다. 그러나 아우렐리우스는 이 문제에 대해 한 마디도 말하지 않았습니다. 그는 폴리페모스가 갈라테이아를 향한 연정을 감춘 것보다 더 깊이 자기 가슴속에 이런 비밀을 감추었습니다. 겉으로 보기에 그의 가슴은 상처 하나 없었지만, 그의 마음속에는 화살 하나가 깊이 박혀 있었습니다. 여러분들도 알다시피 화살을 빼내지 않고 외상만 치료하는 것은 위험하기 짝이 없습니다.

아우렐리우스의 형은 아무도 모르게 울며 슬퍼했습니다. 그런데 어느 날 그가 오를레앙에 있었을 때 보았던 책이 생각났습니다. 당시 그는 심령학을 배우기 위해 방방곡곡을 누비고 있었습니다. 당시 모든 젊은 학생들이 그랬던 것처럼, 그도 이런 학문에 관한 책을 읽고 싶어 견딜 수가 없었던 것입니다. 마법에 관한 그 책은 친구가 몰래 자기 책상 속에 숨겨두었던 것이었습니다. 그 친구는 당시 법학을 공부하고 있었지만 다른 분야를 배우기 위해 오를레앙에 잠시 체류하고 있었습니다.

그 책에는 달의 영향을 받아서 움직이는 스물여덟 별자리의 운행에 대한 이야기가 자세하게 씌어 있었는데, 지금 그런 책은 전혀 중요하지가 않습니다. 우리가 믿는 신성한 교회의 교리는 우리를 해칠 그러한 망상을 허용하지 않기 때문입니다.

그러나 아우렐리우스의 형은 그 책을 떠올렸을 때, 너무나 기뻐 춤이라도 추고 싶은 심정이었습니다. 그는 이렇게 마음속으로 말했습니다.

'내 동생은 곧 낫게 될 거야. 노련한 마술사들이 했던 것처럼, 난 여러 가지 환상을 자아낼 수 있는 학문들이 있다는 사실을 확신하고 있어. 마술사들은 커다란 잔치 때 물을 일게 하여 배를 띄우고, 연회장을 오르락내리락했다는 말을 들었어. 그리고 어떤 때에는 성난 사자를 보여주기도 했으며, 꽃을 피워서 우리가 들판에 있다는 환상을 주기도 했어. 때로는 희고 붉은 포도가 주렁주렁 매달린 포도나무를 만들기도 했으며, 단단한 성(城)을 나타나게 하기도 했어. 그리고 그들이 원하는 때에 이런 것들을 모두 공중으로 사라지게 했지.

달이 지닌 스물여덟 자리의 비밀을 알고 있는 옛 친구를 만나거나, 아니면 이와 유사한 마술을 할 수 있는 사람을 만나면 우리 동생이 원하는 사랑을 얻게 해줄 수 있을 거야. 이런 비법을 통해 마술사는 사람들의 눈에 브르타뉴 바닷가의 검은 암석들이 모두 없어진 것처럼 보이게 할 수도 있으며, 배들이 해안을 따라 자유롭게 왔다 갔다 하는 것처럼 만들 수도 있어. 그 마술사는 이런 환상을 일주일 정도 지속시켜 줄 수 있을 거야. 그러면 우리 동생은 상사병에서 회복될 거야. 그 여자는 약속을 지켜야만 할 것이고, 그렇지 않다면 적어도 그 여자를 망신줄 수 있을 테니까.'

이 이야기를 더 길게 할 필요는 없을 겁니다. 그는 병들어 누워 있는 동생의 침대 머리맡으로 다가가서 사랑스런 어조로 함께 오를레앙으로 가자고 말했습니다. 그러자 기사는 벌떡 일어났고, 자기의 불행이 사라질 것을 기대하면서 서둘러 출발했습니다.

두 사람이 오를레앙에서 거의 반마일 정도 떨어진 곳에 이르렀을 때였습니다. 그들은 혼자 이리저리 거닐고 있는 젊은 학자를 만났습니다. 그는 두 사람에게 공손하게 라틴어로 인사를 한 후, 놀랍게도 이런 말을 했습니다.

"난 당신들이 이곳에 온 이유를 알고 있소."

그러면서 바로 그 자리에서 그들이 마음속에 품고 있던 의도를 모두 이야기했습니다. 학자인 아우렐리우스의 형은 그 젊은 학자에게 자기가 옛날에 알고 지내던 친구들의 소식을 물었습니다. 그가 그들은 모두 죽었다고 대답하자 아우렐리우스의 형은 하염없이 슬픔의 눈물을 흘렸습니다. 그러자 아우렐리우스는 말에서 내려, 학자 마술사와 함께 그의 집으로 갔습니다. 그리고 그곳에서 편안하게 여장을 풀었습니다. 그 집에는 음식이 먹고 남을 만큼 많았습니다. 아우렐리우스가 그처럼 훌륭한 설비를 갖춘 집을 본 것은 난생 처음이었습니다.

저녁을 먹기 전에 마술사는 아우렐리우스에게 야생동물로 가득 찬 숲과 공원을 보여주었습니다. 그곳에는 커다란 뿔을 가진 수사슴들이 뛰어놀고 있었는데, 그렇게 큰 뿔은 일찍이 본 적이 없었습니다. 또한 수백 마리의 사슴을 죽이고 있는 사냥개와 잔인한 화살에 맞아 피를 흘리고 있는 사슴들도 보았습니다. 이들 사슴들이 사라진 뒤에는 매 사냥꾼들이 아름다운 강가에서 매로 왜가리를 잡는 것을 보았습니다. 그 다음에는 넓은 들판에서 마상 시합을 벌이는 기사들을 보았습니다. 그 뒤에 마술사는 아우렐리우스를 기쁘게 해줄 수 있는 광경을 보여주었습니다. 그가 사랑하는 도리겐이 춤을 추고 있었는데, 아우렐리우스가 바로 도리겐의 파트너였던 것입니다.

그러자 이제 충분하다고 생각했는지 그 마술사가 손뼉을 딱딱 쳤습니다. 이 소리와 함께 모든 장면이 순식간에 눈앞에서 사라졌습니다. 그들은 한 발짝도 집에서 나가지 않은 채, 마술사의 서재 안에서 이런 광경을 보고 있었습니다. 그 자리에는 그들 세 사람 외에는 아무도 없었습니다.

마술사는 자기 종자를 불러 말했습니다.

"식사 준비는 다 되었느냐? 이 두 분과 서재로 들어올 때 식사 준비를 하라고 일렀는데, 벌써 한 시간이 지났구나."

그러자 종자가 대답했습니다.

"언제든지 드실 수 있도록 식사는 준비되어 있습니다."

다시 마술사가 말했습니다.

"그럼 저녁을 먹는 게 좋을 것 같구나. 사랑에 빠진 사람도 가끔씩은 밥을 먹어야 하니까."

저녁식사가 끝난 후, 두 형제는 지롱드와 센 강 사이에[4] 있는 모든 암석과 브르타뉴 바닷가의 모든 바윗돌을 치워주는 데 얼마만큼의 보수면 되겠느냐고 물었습니다. 처음에 마술사는 여러 가지 어려움을 들어 비싸게 굴더니 마침내 1000파운드 아래로는 절대로 안 된다고 말하고, 그만한 돈을 준 대도 마지못해 하는 것 같은 표정을 지었습니다. 하지만 아우렐리우스는 너무나 기뻐 어쩔 줄 몰라 하면서 이렇게 말했습니다.

"1000파운드라면 좋아요! 내가 그녀를 사랑할 수만 있다면, 사람들이 둥글다고 말하는 이 지구라도 주겠습니다. 그럼 흥정은 끝났습니다. 한 푼도 에누리하지 않겠습니다. 이건 제 명예를 걸고 약속드립니다. 하지만 게으름을 부리셔서 우리를 내일 하루 더 이곳에 머물게 하면 안 됩니다."

그러자 마술사가 대답했습니다.

"좋소, 맹세코 그렇게 하지는 않겠소."

아우렐리우스는 잠이 오자 침대로 가서 밤새도록 곤히 잤습니다. 그날 하루 동안의 피로와 행복에 대한 기대로, 근심에 찼던 그의 마음은 하루 만에 고통에서 해방된 것이었습니다.

다음날 아침이 밝아오자, 아우렐리우스와 마술사는 가장 가까운 길을 택해 브르타뉴로 떠났고, 목적지에 도착해서 말에서 내렸습니다. 책을 읽어보면 얼어붙을 듯이 추운 12월에 도착했다고 씌어 있습니다.

태양은 이제 나이를 먹은 탓인지 구릿빛을 띠고 있었습니다. 여름철에 뜨거운 황금빛을 발하던 태양은 염소자리(동지, 冬至)로 내려온 탓인지 거의 죽어가듯이 창백한 햇빛만을 보내고 있었습니다. 진눈깨비와 비가 내리고, 게다가 차가운 이슬까지 겹쳐서 모든 정원의 꽃과 나무들은 시들어가고 있었습니다. 이제 1월의 신인 야누스는 양쪽으로 갈라진 수염을 한 채, 뜨거운 화로 옆에 앉아서 큰 뿔 모양의 술잔으로 술을 마시고 있었습니다. 큰 엄니가 있는 멧돼지

---

4. 이 지역은 브르타뉴 지방보다 훨씬 넓다.

고기가 그의 앞에 놓여 있었고, 사람들은 모두 큰 소리로 '메리 크리스마스!'라고 외치고 있었습니다.

아우렐리우스는 모든 방법을 동원하여 마술사를 환대했습니다. 그리고 가능한 한 빨리 자기를 사랑의 고통에서 해방시켜 달라고 부탁하면서, 만약 그렇지 않으면 칼로 자기의 심장을 찔러 죽을 것이라고 말했습니다. 노련한 마술사는 이 청년이 불쌍하게 생각되었습니다. 그래서 가능한 한 빨리 서둘렀습니다. 잠도 자지 않고 밤낮으로 그는 자기의 점성학을 실험할 수 있는 좋은 시간을 기다렸습니다. 나는 점성학 용어를 모르지만, 좌우간 마술을 부려서 도리겐을 비롯한 모든 사람들이 브르타뉴의 바윗돌이 없어졌거나 땅 밑으로 가라앉았다고 믿고 말할 수 있는 환상을 만들려고 했던 것입니다.

마침내 그는 악마적이고 저주받은 마술을 행할 최적의 시간이 왔음을 알았습니다. 그는 최근에 수정된 톨레도의 점성표[5]를 꺼냈습니다. 또한 정기적으로 순환하는 행성들의 움직임을 적은 표와, 계절을 좀 더 세밀히 구분한 표, 계산의 기초가 되는 날짜를 측정하기 위한 황경(黃經)과 항성의 위치표도 꺼냈습니다. 각도계와 행성들의 움직임을 비례적으로 측정하는 표를 비롯하여 모든 계산 도구가 마련되어 있었습니다.

그는 제8구(球)의 움직임으로 지금의 제9구(球)에 있는 알나스[6]가 위쪽 양자리의 꼭대기에서 얼마나 움직였는지 정확하게 알아냈습니다. 그런 다음에 춘분점 세차(歲差)의 정확한 양이 얼마인지도 노련하게 계산했습니다.

그는 달이 스물여덟 자리 중에서 첫 번째 자리에 있음을 알고, 나머지를 비례법에 의해 계산할 수 있었습니다. 즉 언제 보름달이 뜰 것이며, 그러면 무슨 행성과 관련이 있으며, 12궁의 어느 자리에 있을 것인지를 비롯한 모든 것을 알아냈습니다. 또한 달이 어느 자리에 있을 때 자기의 실험이 가장 좋은 효과를 볼 수 있는지를 비롯해, 이런 환상을 만드는 데 필요한 모든 나머지 의식

---

5. 스페인의 왕 알폰소 10세의 명으로 제작된 점성표.

6. 세차(歲差)를 측정하는 데 도움을 주는 별로, 양자리의 알파 성(星)이다.

을 알고 있었습니다. 그리고 당시 이교도들이 사용하던 사악한 방법도 알고 있었습니다. 그래서 마술사는 더 이상 지체하지 않았습니다. 마침내 그는 일주일이나 이주일간 브르타뉴 해안의 모든 바위가 사라진 것처럼 보이게 하는 데 성공했습니다.

아직도 자기의 사랑을 정복할 것인지, 아니면 그런 기회를 잃어버릴 것인지 알지 못해 안달하던 아우렐리우스는 밤낮으로 이런 기적을 기다렸습니다. 마침내 바위가 사라지고 사랑의 모든 장애물이 없어졌음을 확인하자, 마술사의 발 밑에 엎드려 이렇게 말했습니다.

"가련하고 불쌍한 이 아우렐리우스는 마술의 스승이신 당신에게 진심으로 감사를 드립니다. 또한 참기 힘든 고통에서 저를 구해 주신 베누스 여신에게도 감사드립니다."

그는 당장 성당으로 달려갔습니다. 사랑하는 여인이 그곳에 있으리라는 것을 알고 있었던 것입니다. 그는 적당한 기회를 보아, 그가 사랑하는 최고의 여인에게 다가가 인사를 하고 떨리는 마음으로 겸손하게 말했습니다.

"사랑하는 부인, 당신은 내가 이 세상에서 가장 사랑하며 가장 두려워하는 여인입니다. 나는 당신의 마음에 거슬리며 살고 싶지 않습니다. 나는 여기 당신의 발 밑에서 죽어도 좋을 정도로 당신 때문에 고통을 받고 있습니다. 그래서 얼마나 내가 괴로운지 말씀드리지 않을 수가 없습니다. 나는 죽거나 당신에게 사랑을 고백하거나 둘 중의 하나만을 택할 수밖에 없습니다. 당신을 사랑하는 죄 때문에 나는 한없는 고통을 받으며 죄 없이 죽어가고 있습니다. 당신은 나에게 자비를 베풀지 않은 채, 내가 죽도록 놔둘 수도 있습니다. 그렇지만 잠시 지난번에 했던 약속을 생각해 주십시오. 당신을 사랑한다는 이유만으로 나를 죽게 내버려 두시기 전에, 하늘을 다스리시는 하느님을 위해 잘 생각해 보십시오.

부인, 당신은 지난번에 약속하신 것을 잘 알고 계십니다. 나는 당신에게 무엇을 요구하려는 것이 아니라, 오직 당신의 자비만을 바랄 뿐입니다. 그날 저 정원에서 당신이 나에게 약속하신 것을 잘 알고 계실 겁니다. 그때 당신은 내 손을 잡고 당신의 말대로만 해주면 나를 그 누구보다도 사랑하겠다고 맹세했습니다. 나는 당신의 사랑을 받을 자격이 없지만, 하느님은 당신이 말한 것을 지켜보셨습니다. 부인, 나는 내 심장의 생명을 구하기 위해서가 아니라 당신의 명예를 위해 말하고 있습니다. 나는 당신이 지시하신 것을 완수했습니다. 직접 가보시면 확인하실 수 있습니다. 그러니 이제 마음대로 하십시오. 하지만 당신의 약속을 잊지는 마십시오. 나는 죽든 살든 이곳에 있을 것입니다. 이제 내가 죽고 사는 것은 오직 당신의 손에 달려 있습니다. 그렇지만 그 바윗돌들이 사라졌다는 것은 틀림없는 사실입니다."

그는 이렇게 말한 후 도리겐 곁을 떠났습니다. 그녀는 너무나 놀란 나머지 핏기 하나 없는 얼굴로 넋을 잃은 채 아무 말도 못하고 있었습니다. 자기가 판 함정에 빠지리라고는 생각조차 하지 못했던 것입니다. 그녀는 혼잣말로 이렇게 외쳤습니다.

"누가 이런 일이 일어나리라고 생각이나 했을까! 이런 기적이 일어날 거라고는 꿈에도 생각하지 못했어. 이건 자연의 이치에 어긋나는 일이야!"

도리겐은 비참한 심정이 되어 집으로 돌아왔습니다. 너무나 기운이 빠져 제대로 걸을 수도 없었습니다.

다음날 그녀는 울며 탄식하다가 몇 번이나 정신을 잃었습니다. 그 가련한 모습은 불쌍해서 차마 볼 수가 없었습니다. 하지만 그 이유에 대해서는 한 마디도 하지 않았습니다. 남편 아르베라구스는 마침 다른 곳에 가고 없었기 때문입니다.

도리겐은 죽은 사람처럼 창백한 얼굴과 비통한 표정으로 한탄했습니다. 그녀는 자기의 슬픔을 이렇게 표현했습니다.

"아, 가련한 내 신세여! 운명의 여신이여, 저는 당신을 원망합니다. 당신은 제가 방심한 틈을 이용해 저를 붙잡아 당신의 쇠사슬로 묶어 빠져나오지 못하게 하셨습니다. 저는 죽거나, 아니면 몸을 더럽혀야만 합니다. 저는 이 두 가지 중에서 하나를 택해야만 합니다. 그러나 제 몸을 더럽혀서 부정한 아내가 되어 제 이름을 더럽히느니 차라리 목숨을 끊는 편을 택하겠습니다. 제가 죽으면 틀림없이 이런 곤경에서 해방될 것입니다. 이전에도 수많은 귀부인들과 처녀들이 몸을 더럽히지 않기 위해 스스로 목숨을 끊지 않았습니까? 저는 그래야만 한다고 생각합니다. 다음 이야기도 그런 사실을 보여줍니다.

흉악무도한 서른 명의 폭군들[7]은 아테네에서 열린 잔치에서 파이돈을 죽이고, 그의 딸들을 체포하라는 명령을 내렸습니다. 그리고 추악한 욕망을 채우기 위해 그녀들을 완전히 발가벗겨서 데려오라고 지시한 후, 바닥에 흥건하게 고여 있는 아버지의 피 위에서 춤을 추도록 했습니다. 하느님, 그들에게 저주를 내리소서! 책에 의하면, 파이돈의 딸들은 그곳을 빠져나와 우물에 몸을 던져 목숨을 끊었습니다. 이것은 모두 자신들의 처녀성이 더러운 자들에게 짓밟힐 것을 두려워했기 때문입니다.

또한 메세나의 사람들은 라케다이몬[8]의 처녀 50명을 찾아서 데려오도록 했습니다. 이것은 자신들의 음탕한 욕심을 채우기 위한 것이었습니다. 그렇지만 모두들 처녀성을 빼앗기느니 차라리 죽는 것이 낫다고 생각하여 목숨을 끊었습니다. 그런데 왜 제가 죽음을 두려워하겠습니까?

또한 폭군 아리스토클리데스의 경우도 생각해보십시오. 그는 스팀팔리스라는 처녀를 사랑하고 있었습니다. 어느 날 밤 아버지가 살해되자, 그 처녀는 디아나 여신의 신전으로 달려가 두 손으로 디아나 여신상을 꼭 붙잡았습니다. 스팀팔리스는 그 상에서 손을 놓지 않았고, 아무도 그녀의 손에서 여신상을 빼앗을 수 없었습니다. 그래서 그 자리에서 그녀는 살해되었던 것입니다. 처녀들도 음탕한 남자들의 더러운 쾌락을 만족시키기 위해 몸을 더럽히는 것을 끔찍한 일이라고 생각했습니다. 그러니 아내 된 여자는 몸을 더럽히느니 목숨을 끊는 것이 당연합니다.

카르타고의 왕 하스드루발의 아내도 마찬가지입니다. 그녀도 스스로 목숨을 끊었습니다. 로마인들이 카르타고를 점령했다는 소식을 듣고는 아이들과

---

7. 기원전 403년에 권력을 박탈당한 사람들.

8. 스파르타를 지칭한다.

함께 불 속으로 뛰어들었습니다. 이렇게 로마인들에게 치욕을 당하느니 차라리 죽음을 택했던 것입니다. 루크레티아 역시 로마에서 자살했습니다. 그녀는 타르퀴누스에게 겁탈을 당하자 자기의 이름을 더럽히면서까지 목숨을 부지하는 것은 치욕이라고 생각했습니다. 밀레투스의 일곱 처녀도 갈리아인들의 겁탈로 처녀성을 잃게 될 것을 두려워한 나머지 절망에 빠져 스스로 목숨을 끊었습니다. 이 주제에 관해서는 아마 수천 가지의 이야기도 할 수 있을 것입니다. 가령 아브라다테스가 살해되자, 그의 아내는 스스로 칼로 몸을 찔러 자기의 피가 남편의 크고 깊은 상처로 떨어지게 하고는 이렇게 소리쳤습니다. '적어도 내 몸만은 그 어떤 남자도 더럽히지 못하게 하리라.'

몸을 더럽히느니 스스로 목숨을 끊는 편을 택한 여자들의 이야기는 너무나 많습니다. 이런 모든 것을 생각해 볼 때, 저 또한 제 몸을 더럽히느니 죽는 편이 낫다고 생각합니다. 저는 남편 아르베라구스에게 정조를 지키지 못한다면 어떤 방법으로든 목숨을 끊을 것입니다. 몸을 더럽히지 않기 위해 죽은 데모키오네스의 딸처럼 말입니다.

오, 스케다수스여! 앞의 예와 비슷한 이유로 자살한 당신의 불쌍한 딸들이 어떻게 죽었는지 읽으면 눈물이 나옵니다. 또한 니카노르[9]에게 겁탈당하지 않기 위해 목숨을 끊은 테베의 처녀 이야기도 감동적입니다. 그리고 마케도니아인이 겁탈하려고 하자 순결을 지키기 위해 자살한 또다른 테베 처녀의 이야기도 있습니다. 이와 비슷한 상황에서 스스로 목숨을 끊은 니케라투스의 아내에 관해서는 말할 필요도 없습니다. 마찬가지로 알키비아데스의 애인도 사랑하는 사람의 시체가 땅에 묻히지 못하는 굴욕을 당한다면 죽는 편이 낫다면서 자살을 했습니다. 알케스티스의 경우도 생각하십시오. 그는 아내 대신에 자신을 희생하면서, 부부의 행복이 얼마나 아름다운지 좋은 본보기를 남겼습니다.

호메로스는 착한 페넬로페에 관해서 무엇이라고 말합니까? 모든 그리스가

9. 알렉산드로스 대왕의 장군으로 테베 전쟁에 참가했다.

그녀의 정숙함을 알고 있었습니다. 또한 그는 라오다미아에 관해 이렇게 쓰고 있습니다. 그녀는 남편 프로테실라우스가 트로이 전쟁에서 죽자 단 하루도 살고 싶어 하지 않았습니다. 고귀한 포르티아도 이와 비슷한 경우입니다. 그녀는 자기의 마음을 모두 주었던 브루투스 없이는 살 수 없었습니다. 모든 이교도 나라에서 존경받는 아르테미시아의 완전무결한 정조도 잘 알려져 있습니다. 오, 테우타 왕비[10]여! 그대의 아내다운 정숙함은 모든 아내들의 거울이며 본보기입니다. 또한 빌리에아나 로도구네[11], 혹은 발레리아에 관해서도 똑같이 말할 수 있습니다."

도리겐은 이틀 동안 이렇게 한탄하면서 죽기로 마음먹었습니다. 그러나 사흘째 되던 날 밤, 훌륭한 기사 아르베라구스가 집으로 돌아와, 왜 그토록 슬프게 우느냐고 물었습니다. 이 말을 듣자 도리겐은 더욱 구슬프게 울며 이렇게 말했습니다.

"아, 제가 세상에 태어난 것이 너무도 원망스러워요. 저는 한 남자에게 약속을……."

그녀는 그동안 있었던 일을 남편에게 모두 말했습니다. 이야기를 다 듣고 난 남편은 침착한 표정을 지으며 다정한 목소리로 말했습니다.

"도리겐, 지금 말한 것이 전부요? 겨우 그것뿐이오?"

"겨우 그것뿐이라니요? 그것도 너무 많은 거예요. 하느님의 뜻이라 할지라도 너무한 거예요."

"걱정 마시오. 아마 잘 끝날 것이오. 당신은 약속을 지켜야만 하오. 하느님을 두고 맹세하지만, 난 당신을 너무나 사랑하오. 그래서 당신이 약속을 어기는 것을 참느니 칼에 찔려 죽는 편을 택하겠소. 약속을 지키는 것보다 성스러운 일은 이 세상에 없소."

---

10. 일리리아의 왕비
11. 빌리에아는 기원전 260년에 카르타고인들을 이긴 두일루스의 아내이다. 로도구네는 다리우스의 딸로, 다시 재혼하라고 설득하는 시녀를 칼로 찔러 죽였다.

그러나 이 말을 끝내면서 아르베라구스는 울음을 터뜨리고 말았습니다. 그리고 이렇게 덧붙였습니다.

"당신이 살아 있는 동안 이 일을 누구에게도 말하지 마시오. 만일 새어나가는 날에는 당신의 목숨은 없는 것으로 아시오. 나도 최선을 다해 이 슬픔을 이겨내도록 하겠소. 그리고 사람들이 당신에게 무슨 걱정이 있는지 알아채지 못하도록 슬픈 표정을 짓지 마시오."

그러고 나서 아르베라구스는 종자와 하녀를 불렀습니다.

"도리겐 마님을 모시고 가라. 즉시 마님이 원하시는 곳으로 모셔다 드리도록 해라."

그들은 집을 떠났습니다. 하지만 하녀와 종자는 도리겐이 왜 그곳으로 가는지 이유를 알 수 없었습니다. 기사는 자기가 무슨 의도를 지니고 있는지 아무에게도 말하려고 하지 않았습니다.

아마 여러분들은 아내를 이토록 위험한 상황으로 몰아넣는 것은 바보 같은 짓이라고 생각할 겁니다. 그러나 도리겐을 불쌍히 여겨 울기 전에 이 이야기를 들어보십시오. 도리겐은 여러분들이 생각하는 것 이상으로 복이 많은 여자였습니다. 그러니 이 이야기를 끝까지 듣고 판단해 주십시오.

도리겐을 깊이 사랑하던 수습기사 아우렐리우스는 우연히 시내의 가장 번잡한 거리 한복판에서 도리겐과 마주쳤습니다. 도리겐은 그와 약속한 정원을 향해 가고 있던 중이었습니다. 그도 또한 정원으로 가고 있었습니다. 그는 도리겐이 언제 집을 나오며, 어느 곳으로 가는지 하나도 빠짐없이 지켜보고 있었던 것입니다. 어쨌거나 그것이 우연이건 하느님의 섭리건 두 사람이 마주치는 일이 벌어졌습니다. 아우렐리우스는 기쁜 마음으로 도리겐에게 인사를 하면서 어디로 가느냐고 물었습니다. 그러자 도리겐은 거의 미친 사람처럼 이렇게 대답했습니다.

"우리 남편이 말한 대로 약속을 지키기 위해 정원으로 가요! 아, 가련한 내 신세야!"

이 말을 듣자 아우렐리우스는 깜짝 놀랐고, 마음속으로 도리겐과 그녀의 슬픔을 동정하게 되었습니다. 또한 한 번 약속한 것을 깨뜨리는 것을 참고 견디지 못하면서, 아내에게 약속을 지키라고 지시한 기사 아르베라구스의 훌륭한 성품도 우러러보았습니다. 이런 모든 것을 생각하자 아우렐리우스는 기사의 관대함을 야비하게 짓밟으며 도리겐을 차지하겠다는 자신의 못된 욕망을 버리는 편이 낫겠다고 생각하게 되었습니다. 그래서 이렇게 말했습니다.

"부인, 당신의 남편 아르베라구스에게 전해 주십시오. 나는 당신의 남편이 당신을 향해 커다란 관용을 베풀고, 당신이 나와 한 약속을 깨뜨리게 하느니 차라리 그가 치욕을 감수하겠다고 생각한다는 사실을 알게 되었습니다. 또한 그렇게 결심한 그분이 얼마나 고귀하며, 당신이 얼마나 고통받고 있는지도 알았습니다. 부인, 저는 당신들 두 사람의 사랑을 방해하느니 저 혼자서 죽을 때까지 고통을 받는 것이 낫다고 생각합니다. 부인, 저는 당신이 세상에 태어난 이래 저에게 주셨던 모든 약속을 다시 당신의 손에 돌려 드립니다. 이제 제 평생 알게 된 여인 중에서 가장 정숙하고 가장 훌륭한 부인인 당신과 작별을 하겠습니다."

모든 여자들이여, 그러니 약속을 할 때에는 조심하십시오. 적어도 도리겐의 이야기를 기억하십시오. 수습기사와 기사는 이렇게 훌륭하고 너그럽게 처신했습니다. 도리겐은 무릎을 꿇고 아우렐리우스에게 감사하다고 말한 후, 집으로 향했습니다. 그리고 집에 도착하자마자 남편에게 이런 이야기를 모두 들려주었습니다.

남편은 내가 설명하기 불가능할 정도로 기뻐했습니다. 그리고 아르베라구스와 그의 아내 도리겐은 죽을 때까지 완전한 행복을 누리며 살았습니다. 그들은 한 번도 말다툼을 한 적이 없었으며, 그 이후에도 그랬습니다. 아르베라구스는 아내를 극진히 보살폈고, 마치 왕비처럼 섬기고 아꼈습니다. 또한 도리겐은 죽을 때까지 남편에게 정조를 지켰습니다. 이 두 사람에 관한 이야기는 그만 끝내겠습니다.

그런데 모든 재산을 잃어버린 아우렐리우스는 자기가 태어난 날을 저주하면서 이렇게 말했습니다.

"아, 그 마술사에게 순금 1000파운드를 주겠다고 약속하지 않았더라면 얼마나 좋았을까! 이제 어떻게 해야 하나? 난 이제 완전히 거지 신세가 된 거야. 상속받은 재산을 모두 팔고 동냥을 해서 먹고살아야 할 판이야. 이곳에 살면서 친척들을 망신시킬 수는 없어. 마술사의 자비를 구하는 수밖에. 어쨌거나 해마다 얼마씩 갚을 수 있게 해 달라고 부탁해 봐야겠어. 만약 그가 내 부탁을 들어준다면 그에게 고맙다고 말해야지. 절대로 약속을 어기지는 않을 거야. 반드시 지키고 말겠어."

그는 울적한 마음으로 보물 상자에서 약 500파운드의 금을 꺼내 마술사가 있는 곳으로 갔습니다. 그리고 그에게 나머지를 갚을 시간을 달라면서 인정에 호소했습니다.

"선생님, 저는 지금까지 약속을 어긴 일이 한 번도 없습니다. 무슨 일이 있어도 약속한 날짜까지 갚겠습니다. 제가 이 옷 하나만 걸친 채 이곳저곳을 돌아다니며 구걸을 하는 일이 있더라도 빚은 꼭 갚겠습니다. 2년이나 3년의 여유를 주신다면 반드시 갚겠습니다. 그렇지 않으면 저는 부모님이 물려주신 유산을 팔아야 합니다. 제가 드릴 말은 이것뿐입니다."

이 말을 듣자 마술사는 근엄한 표정으로 말했습니다.

"나는 당신과의 약속을 지키지 않았소?"

"아닙니다. 틀림없이 모두 지키셨습니다."

"그런데 당신은 원했던 대로 당신이 사랑하는 여인을 얻지 못했소?"

"그렇습니다."

아우렐리우스는 이렇게 대답하면서 한숨을 내쉬었습니다.

"왜 그렇게 된 것이오? 그 까닭을 말해 주시오."

그러자 아우렐리우스는 여러분들이 들어서 알고 있는 지금까지의 이야기를 마술사에게 말하기 시작했습니다. 그 내용을 여기에서 되풀이할 필요는 없을 것 같습니다. 그는 이렇게 말했습니다.

"고귀하고 인자한 아르베라구스는 자기 아내가 약속을 어기기보다는 오히려 자신이 고통으로 죽는 편이 낫다고 생각했습니다."

또한 도리겐이 얼마나 슬퍼했으며, 남편에 대한 정조를 버리느니 차라리 죽음을 택하려고 했다고 말했습니다. 그리고 그 약속을 할 때 그녀는 마술의 위력을 모른 채 순진한 마음에서 그랬다는 사실도 지적하면서, 아우렐리우스는 이렇게 말을 끝맺었습니다.

"저는 그녀를 크게 동정하게 되었습니다. 그래서 그 기사가 저에게 아내를 보내 주었듯이, 저도 똑같이 관대한 마음으로 그녀를 남편에게 되돌려 보냈습니다. 이게 전부입니다. 더 이상 말할 것이 없습니다."

그러자 마술사가 대답했습니다.

"당신들은 모두 서로에게 신사답게 행동하였소. 당신은 수습기사의 본분에 맞게 행동했고, 그도 기사답게 처신했소. 그렇지만 나와 같은 학자 역시 당신들 못지않게 고귀한 행동을 할 수 있다는 것을 보여주겠소. 아우렐리우스, 걱정 마시오! 당신이 빚진 1000파운드의 돈을 모두 면제해 주겠소. 그러니 이제는 세상에 다시 태어난 것처럼, 또한 나를 전혀 알지 못한 것처럼 생각하시오. 난 당신에게 한 푼도 받지 않겠소. 당신은 이미 내가 이곳에 머무는 동안 숙식을 책임져 주었소. 그것만으로도 족하오. 그럼 하느님이 당신과 함께 하시길 빌겠소. 안녕."

이렇게 말을 마친 후 마술사는 말을 타고 떠났습니다.

여러분, 나는 이렇게 묻고 싶습니다. 이들 중에서 누가 가장 관대하다고 생각하십니까? 말을 타고 다시 여행을 떠나기 전에 말해 주십시오. 이제 나는 더 이상 할 말이 없습니다. 이야기는 여기에서 끝난 것입니다.

소지주의 이야기는 여기에서 끝난다.

제6부

의사의 이야기

면죄사의 이야기

의사의 이야기[1]

티투스 리비우스에 따르면, 옛날에 비르기니우스라는 기사가 있었는데, 그는 명성이 높고 뛰어났으며 친구도 많고 재산 또한 상당했습니다.

이 기사는 아내와의 사이에 딸 하나만을 두고 있었습니다. 이 딸은 이 세상 그 어느 여자보다도 아름다웠는데, 그것은 자연의 여신이 특별한 정성을 기울여 만들었기 때문입니다. 자연의 여신은 마치 자랑스럽게 이렇게 말하는 것 같았습니다.

"나, 자연의 여신은 내가 하고자 하기만 하면 사람을 이렇게 아름답게 꾸미고 단장할 수 있다. 누가 내 기술을 흉내 내겠느냐? 피그말리온[2]이 아무리 조각하고 색칠하고 벼리고 망치로 두드려도 나를 따를 수는 없다. 알렉산드로스 대왕 때의 화가 아펠레스도, 이름난 그리스의 화가 제우시스도 제아무리 망치로 두드리고 벼리고 색칠하고 조각해도 감히 내가 만든 작품과 똑같이 만들 수는 없다. 그들의 일은 모두 헛수고가 되고 말 것이다. 그것은 이 세상을 창조하신 분이 나를 총대리인으로 임명하시어, 내 마음대로 이 지상의 만물들에게 색깔과 모습을 주도록 하셨기 때문이다. 달이 차건 기울건 나는 모든 만물을 보살핀다. 그렇지만 내가 한 일에 대해 어떤 대가를 요구하지는 않는다. 그것은 나와 창조주 사이에 완전한 합의가 이루어졌기 때문이다. 그리고 어떤 빛깔, 어떤 모양의 생물이건 나는 항상 주님의 영광을 위해 그것들을 만들었다. 마찬

---

1. 이 이야기는 티투스 리비우스의 『로마사』에 나오는 비르기니우스와 아피우스의 문제를 다룬 이야기에 바탕을 두고 있다.
2. 그리스의 유명한 조각가.

가지로 그녀를 만든 것도 주님을 섬기기 위한 것이다."

나는 자연의 여신이 이렇게 말했다고 생각합니다.

자연의 여신이 그토록 흡족해하던 이 처녀는 열네 살이었습니다. 여신은 백합을 흰색으로, 장미는 붉은색으로 칠해 주었듯이 이 처녀가 아직 세상에 태어나기도 전에 그녀의 아름다운 몸을 각 부분에 알맞은 색깔로 칠해 주었습니다. 태양은 그녀의 탐스러운 머리칼을 황금빛으로 물들여 주었습니다. 그러나 그녀의 덕은 그 완벽한 미모보다 수천 배나 더 컸고, 똑똑한 사람들이 칭송하는 덕성이란 덕성은 하나도 빠짐없이 지니고 있었습니다.

그녀의 몸과 영혼은 이루 말할 수 없이 정숙했습니다. 이런 순결함은 겸손과 절제, 인내와 어우러지면서 한층 꽃을 피웠습니다. 또한 그녀의 행동과 옷차림새도 절도 있고 수수했습니다. 그리고 팔라스[3]처럼 현명했지만 그녀의 대답은 항상 조심성 있었으며, 그녀의 말씨는 평범하면서도 여성다웠습니다. 남에게 잘난 척하기 위해 과장해서 말하는 법도 없었고 잘난 척하지도 않았던 것입니다. 하지만 그녀의 말씨에는 덕성스럽고 교육을 잘 받았다는 것을 알 수 있었습니다.

그녀는 매사에 처녀답게 수줍어하는 편이었지만 마음은 웬만한 일에도 흔들리지 않을 만큼 강했습니다. 또한 게으름을 떨쳐 버리기 위해 열심히 일했습니다. 그리고 술을 입에 대는 법이 없기에, 주당(酒黨)들의 신인 바쿠스는 그녀의 입에 아무런 지배력을 행사하지 못했습니다. 사실 젊은이들이 술을 마시면 성욕이 증대되는 법입니다. 그것은 불에 기름을 붓는 것이나 마찬가지입니다.

그녀는 천성적으로 순결한 성격 때문에 종종 아픈 척하는 일이 있었습니다. 그것은 남녀가 시시덕거리는 기회가 되는 축제나 술잔치, 혹은 무도회 같은 곳에서 함께 어울려 잡소리를 하고 싶지 않았기 때문입니다. 여러분들도 아시겠지만 이런 것들은 아이들의 눈을 너무 일찍 뜨게 해주며, 조숙하고 대담하게

3. 아테나 여신.

만듭니다. 이것은 예나 지금이나 항상 위험한 일입니다. 처녀가 이런 자유분방한 말에 익숙해지면 이내 순결을 잃어버리게 마련입니다.

귀족들의 딸들을 맡아서 기르는 중년 부인들이여, 내 말을 듣고 노여워하지는 마십시오. 그들이 당신들에게 가정교육을 맡긴 것은 두 가지 이유 중의 하나에서입니다. 즉 여러분들이 정숙하기 때문이거나, 아니면 정조관념이 희박하여 유혹에 굴복한 뒤 사랑놀이가 헛되다는 것을 깨닫고 그런 생활을 영원히 포기하기로 결심했기 때문입니다. 그러니 하느님을 위해 여러분들이 맡은 처녀들의 덕성교육에 끊임없이 노력하십시오.

한때 사슴을 훔치다가 그 버릇을 뉘우치고 참회한 도둑은 그 어떤 사슴지기보다 낫습니다. 그러므로 마음만 먹으면 얼마든지 할 수 있는 일이니 맡은 처녀들을 잘 지켜 주십시오. 그리고 어떠한 악에도 눈짓을 하지 마십시오. 그렇지 않으면 여러분들의 악한 의도는 저주를 받게 될 것입니다. 또한 지금 내가 말하는 것을 주의 깊게 들어주십시오. 모든 배신 중에서도 가장 역겹고 저주받을 일은 순진한 사람을 배신하는 것입니다.

하나 혹은 그 이상의 자식을 가진 부모들이여, 당신들이 아이들을 기르는 동안 아이들을 보호하고 지킬 의무는 바로 여러분들의 것이라는 사실을 기억하십시오. 여러분들이 나쁜 본보기를 보이거나 혹은 아이들을 제대로 혼내지 않아 아이들이 나쁜 일을 저지르면, 감히 말하건대 여러분들은 비싼 대가를 치르게 될 겁니다. 늑대는 게으르고 부주의한 목자가 지키는 양을 수없이 잡아먹었지만, 지금은 우선 이 한 가지 예만 들어두고 내 이야기를 계속하겠습니다.

내가 이야기하고 있는 처녀는 행실이 훌륭해서 가정교사가 필요 없었습니다. 그녀는 착하고 슬기롭게 살았기 때문에, 세상 처녀들은 마치 책을 읽듯이 그 처녀의 행실 속에서 덕성스런 처녀의 모든 것을 읽을 수 있었습니다. 그녀의 미모와 덕성스러움에 대한 명성은 널리 퍼져서 전국 방방곡곡에서 덕을 사랑하는 사람들이 너나 할 것 없이 그녀를 칭찬했습니다. 하지만 성 아우구스티누스가 책에 적고 있듯이, 남의 행복을 보면 슬퍼하고 남의 슬픔과 불행을 보면 기뻐하는 질투의 여신만은 그렇지 않았습니다.

이 처녀는 어느 날 어머니와 함께 시내의 성당에 갔습니다. 당시 젊은 처녀들은 종종 이렇게 하곤 했습니다. 그 도시에는 그때 그 지방을 담당하는 재판관이 하나 있었습니다. 그 재판관은 자기 앞을 지나가는 이 처녀를 우연히 보게 되었습니다. 그는 눈길을 다른 곳으로 돌리지 않은 채 그녀만을 눈여겨 바라보았습니다. 재판관은 곧 그녀의 아름다움에 사로잡혔고, 그의 가슴은 요동치기 시작했습니다. 그는 머릿속으로 멋진 생각을 떠올리며 이렇게 혼잣말을 했습니다.

'무슨 일이 있더라도 이 처녀를 내 것으로 만들어야지.'

그런 생각을 하자마자 악마가 순식간에 그의 마음속으로 침투했습니다. 그리고 어떻게 처녀를 정복하는지 가르쳐 주었습니다. 그것이 바로 악마의 계략이었습니다.

그는 처음부터 힘이나 뇌물은 전혀 도움이 되지 않는다는 것을 알았습니다. 그녀에게도 세력 있는 친구들이 많고, 게다가 평생 흠 하나 없는 삶을 산 규수이기 때문에 그녀를 설득해서 육체의 죄를 짓게 할 수 없다는 사실을 잘 알고 있었던 것입니다. 그래서 재판관은 오랫동안 궁리한 끝에, 대담하고 교활하기로 유명한 그 도시의 건달을 부르러 보냈습니다. 재판관은 남몰래 이 작자에게 자신의 생각을 이야기한 뒤, 절대로 아무에게도 말하지 않을 것을 맹세하게 했으며, 만일 누설하는 날에는 목이 달아날 것이라고 위협했습니다. 이 작자가 흉악한 계획에 동의하자 재판관은 크게 기뻐하면서 그에게 값비싼 선물을 듬뿍 주었습니다.

이 작자의 이름은 클라우디우스였습니다. 재판관의 음탕한 욕심을 채워줄 교활한 계략에 동의한 그는 재판관과 자세하게 계획을 짠 뒤 집으로 돌아갔습니다. 전혀 정직하지 않은 이 재판관의 이름은 아피우스였습니다. 지금 말하고 있는 내용은 전설이 아니라 실제로 있었던 역사적 사실입니다. 클라우디우스는 가능한 한 빨리 재판관의 욕망을 채우는 데 필요한 모든 것을 실행에 옮기기 위해 서둘렀습니다.

리비우스의 책에 의하면, 며칠 뒤 악랄한 재판관이 평소처럼 재판정에 앉아 여러 가지 사건을 심리하고 있을 때, 이 못된 건달이 황급히 뛰어들어와 말했습니다.

"재판관님, 저의 보잘것없는 청원을 들어보시고 옳고 그름을 가려 주십시오. 저는 비르기니우스를 고발합니다. 만일 그가 부인하면 믿을 만한 증인을 내세워 제 고발이 참되다는 것을 보여드리겠습니다."

그러자 재판관이 말했습니다.

"비르기니우스가 이곳에 없기 때문에 나는 그 문제에 대해 아무런 판결도 내릴 수 없다. 비르기니우스가 이곳에 도착하면 네가 고발하려는 것이 무엇인지 기꺼이 들어주겠다. 그러면 너는 시시비비를 완전히 가릴 수 있을 것이다. 나의 판결은 한 번도 부당한 적이 없었다."

비르기니우스는 재판관이 어떤 판결을 내리는지 알아보기 위해 재판정으로 달려왔습니다. 그러자 흉악한 고소장이 낭독되었습니다. 그 내용의 핵심은 다음과 같습니다.

'고명하신 재판관 아피우스님. 당신의 보잘것없는 종인 클라우디우스는 감히 당신 앞에 아뢰옵니다. 비르기니우스라는 기사는 법과 소인의 의사를 어기고, 어느 날 밤 소인의 집에서 소인이 합법적으로 소유하고 있던 노예를 빼앗았습니다. 당시 제 노예는 아주 어렸습니다. 재판관님, 이런 것이 사실임을 증명할 수 있도록 증인을 세우겠습니다. 그러면 재판관님은 조금도 의심을 품지 않으실 겁니다. 그가 뭐라고 말하든 지금의 딸은 그의 딸이 아닙니다. 재판관님에게 호소하오니, 제 노예를 되돌려 주십시오.'

이것이 그가 작성한 고소장의 내용이었습니다.

비르기니우스는 너무나 기가 막혀 아무 말도 하지 못한 채, 그 건달만을 바라보고 있었습니다. 비르기니우스는 자기의 명예를 걸거나 많은 증인을 내세워 그런 말이 터무니없는 거짓임을 증명할 수 있었습니다. 그러나 악덕 재판관은 그럴 시간도 주지 않고, 심지어는 비르기니우스의 말을 한 마디도 듣지 않은 채 이렇게 판결했습니다.

"이 고소인에게 즉시 그의 노예를 되돌려줄 것을 명한다. 더 이상 그 하녀를 네 집에 두어서는 안 된다. 지금 당장 그 노예를 이 재판정으로 데려와 이곳에 유치하도록 하라. 피고는 그 노예를 고소인에게 돌려 주도록 하라. 나는 이렇게 판결하노라."

훌륭하고 착한 기사 비르기니우스는 이런 판결에 따라, 아피우스의 탐욕을 채워주기 위해 딸을 아피우스에게 건네주어야만 했습니다. 그는 집으로 돌아와서 거실에 앉아 딸을 불러오도록 지시했습니다. 핏기 하나 없는 창백한 얼굴로 사랑스러운 딸의 얼굴을 바라보자니 아버지로서 한없이 슬펐지만 그는 의연한 표정으로 이렇게 말했습니다.

"나의 딸 비르기니아야! 지금 네가 가야 할 길은 둘 중의 하나다. 즉 죽느냐,

비르기니우스와 그의 딸 비르기니아

아니면 치욕을 당하느냐이다. 아, 내가 이 세상에 태어나지 않았다면 얼마나 좋았을까! 너는 단도나 칼로 죽어야 할 아무런 죄도 짓지 않았다. 오, 사랑스런 나의 딸아! 너는 내 인생의 전부였고, 나는 너를 키우면서 얼마나 행복했는지 모른다. 너는 내 생애의 마지막 슬픔이며 기쁨이다. 순결의 대명사인 비르기니아야, 너는 체념하고 죽음을 받아들여야 한다. 이것이 나의 결심이다. 네가 미워서가 아니라 사랑하기 때문에 나는 너를 죽여야 한다. 나는 내 손으로 네 머리를 자를 것이다. 아, 그놈의 아피우스가 너를 본 것이 이런 불행의 원인이었다. 그래서 그는 오늘 부당한 판결을 내린 것이다."

비르기니우스는 딸에게 사건의 경위를 모두 설명해 주었습니다. 이야기를 다 들은 비르기니아가 외쳤습니다.

"아버지, 저를 용서해 주세요!"

그녀는 이렇게 외치면서, 평소에 하던 것처럼 아버지의 목을 두 팔로 꼭 껴안았습니다. 그녀의 두 눈에서는 쓰라린 눈물이 솟구쳐 나왔습니다.

"아버지, 제가 꼭 죽어야 하나요? 저를 용서해 주실 수는 없나요? 용서받을 방법은 없나요?"

그러자 아버지가 대답했습니다.

"무슨 일이 있어도 안 된다."

"그러면 잠시만 시간을 주세요. 몇 분 동안만이라도 제 죽음을 슬퍼할 수 있도록 말이에요. 입다[4]도 그의 딸을 죽이기 전에 딸이 자신의 죽음을 애도할 수 있는 시간을 주었어요. 그녀가 지은 유일한 죄는 남보다 앞서 뛰어나가서 가장 먼저 아버지를 맞이한 것뿐이었어요."

이렇게 말한 비르기니아는 곧 까무러쳐 바닥에 쓰러졌습니다. 그리고 잠시 후에 다시 정신을 차리고는 아버지에게 이렇게 말했습니다.

"제가 처녀로 죽게 해주신 하느님을 찬양합니다. 제가 치욕의 오점으로 더

---

4. 구약 시대 판관의 한 사람.

럽혀지기 전에 저를 죽여 주세요. 아버지의 뜻대로 당신의 딸 비르기니아를 죽여 주세요."

그리고 칼로 치되 부드럽게 쳐 달라고 거듭 부탁하면서 다시 기절했습니다.

슬픔을 억누르지 못한 채, 비르기니아의 아버지는 딸의 목을 잘랐습니다. 그리고 그것을 가지고 아직도 재판을 하고 있던 재판관에게 갔습니다.

내가 읽은 책에 의하면, 재판관은 비르기니아의 잘린 목을 보자 비르기니우스를 즉시 체포하여 그 자리에서 교수형에 처하라고 지시했습니다. 그러나 바로 그 순간 기사를 불쌍히 여긴 수많은 사람들이 재판정으로 들이닥쳐서 기사를 구했습니다. 재판관의 끔찍한 계략이 만천하에 폭로되었기 때문입니다.

사람들은 클라우디우스가 고소한 내용을 의심하기 시작했고, 그것은 분명히 재판관 아피우스의 동의하에 이루어졌다는 사실을 알게 되었습니다. 왜냐하면 아피우스가 색을 밝힌다는 것은 익히 알려진 사실이었기 때문입니다. 그래서 사람들은 아피우스에게 달려들어 그를 감옥에 처넣었고, 아피우스는 그곳에서 자살하고 말았습니다. 또한 아피우스의 심복이었던 클라우디우스는 나무에 매달아서 죽이라는 선고를 받았습니다. 하지만 비르기니우스가 그를 죽이지는 말고 먼 곳으로 추방하자고 제안해서 간신히 목숨만은 건질 수 있었습니다. 또한 크게든 작게든 이 음모에 가담했던 나머지 사람들은 모두 교수형을 당했습니다.

여기에 계신 여러분들은 죄를 지으면 어떤 대가를 받게 되는지 알았을 것입니다. 그러니 조심하십시오. 하느님이 누구에게 벌을 내릴지 아는 사람은 아무도 없고, 또 아무도 모르게 죄를 짓는다 하더라도 하느님은 반드시 사악한 행동에 대한 무서운 형벌을 내립니다. 유식한 사람이든 무식한 사람이든, 언제 무서운 심판을 받게 될지 예측할 수 있는 사람은 아무도 없습니다. 그래서 나는 여러분에게 충고합니다. 죄를 지어 신세를 망치기 전에 죄를 짓지 말도록 하십시오.

의사의 이야기는 여기에서 끝난다.

사회자가 의사와 면죄사에게 하는 말

우리의 사회자는 갑자기 욕을 퍼붓기 시작했다.

"제기랄! 그리스도를 십자가에 박은 못과 그리스도의 피를 두고 말하겠어! 그 재판관은 정말로 빌어먹을 놈이야! 거짓말만 일삼는 놈들은 모두 없어져야 돼! 하느님, 이런 재판관과 변호사들에게 상상할 수 없는 끔찍한 죽음을 내려주소서!

불행히도 그 처녀는 죽었소. 아름답다는 이유만으로 너무 비싼 대가를 치렀소. 그래서 난 항상 이렇게 말하오. 운명의 여신과 자연의 여신이 주는 선물은 많은 사람들에게 치명적인 결과를 가져온다는 것은 명백한 사실이라고. 두 여신은 좋은 일보다 해로운 일을 더 많이 선사하는 법이오.

하지만 의사 양반, 당신 이야기는 감동적이었소. 그건 그렇고 우리 이야기나 계속합시다. 당신과 당신의 약병과 의약품과 시럽에 하느님의 은총이 깃들기를 빌겠소. 또한 주님과 성모님이 그런 것들 모두에게 축복을 내리길 빌겠소. 솔직히 말하건대 당신은 완벽한 사람이오. 성 로니안을 두고 맹세하는데, 당신은 주교가 되고도 남을 사람이오. 여러분 내 말이 틀립니까? 난 유식한 말을 할 줄은 모르지만 당신의 이야기가 내 마음을 감동시켰다는 사실은 알고 있소. 당신 이야기를 듣자 내 심장이 멎는 것만 같았소. 내게 진정제 한 알만 주시오. 아니면 독한 맥주 한 잔을 주시오. 그것도 없다면 어서 재미있는 이야기나 하나 듣도록 합시다. 그렇지 않으면 내 심장은 불쌍한 처녀 때문에 거의 멈출 것만 같소. 자, 면죄사여, 이야기를 들려주시오. 아주 재미있는 이야기나 농담 따위를 들려주시오."

그러자 면죄사가 말했다.

"성 로니안을 두고 맹세하는데, 당신이 시키는 대로 하겠소. 하지만 그전에 이 술집에서 술 한 모금과 안주를 먹어야겠소."

면죄사의 말을 들은 일행은 동시에 이렇게 소리치기 시작했다.

"부도덕한 이야기는 하지 마시오. 우리에게 가르침을 줄 수 있고 우리가 즐겁게 들을 수 있는 것으로 이야기하시오."

그러자 면죄사는 알았다는 듯 고개를 끄덕이며 이렇게 말했다.

"하지만 점잖은 이야기를 생각하는 동안 술이나 한 잔 마시고 싶습니다."

면죄사의 이야기

면죄사의 이야기 서문

여러분, 나는 성당에서 설교할 때 위엄 있게 보이고 종소리처럼 큰 소리로 말하려고 애를 씁니다. 난 항상 외우고 있는 것만 말합니다. 사실 내가 좋아하는 설교의 내용은 모두 똑같습니다. 그건 바로 탐욕은 모든 악의 근원이라는 것이지요.[1]

우선 내가 어디에서 왔는지를 말한 다음, 내가 가진 교황님의 신임장을 모두 보여 드리겠습니다. 먼저 나의 신분을 밝히기 위해 주교님의 도장이 커다랗게 찍힌 위임장을 보여 드리겠습니다. 그것은 성직자이건 누구이건 내가 행하는 그리스도의 거룩한 사업을 감히 방해하지 못하게 하기 위함입니다. 그러고 나서 이야기를 시작하려고 합니다. 그럼 지금 교황님과 추기경, 대주교와 주교와 같은 높은 분들이 준 신임장을 보여 드리겠습니다. 그리고 라틴어로 몇 마디 하겠습니다. 그것은 내 설교를 멋지게 보이게 하고, 신도들에게 경건한 마음을 고양하고자 하기 위함입니다. 또한 뼈와 천 조각이 가득 들어 있는 유리 상자를 보여 드리고자 합니다. 아무것도 모르는 신도들은 그런 것을 모두 거룩한 유물이라고 생각합니다. 또한 쇠 상자 속에는 거룩한 유대인 야곱이 기른 양의 어깨뼈가 들어 있다고 말합니다. 그러고 나서 이렇게 시작합니다.

"여러분! 내 말을 주의 깊게 들으십시오. 이 뼈를 우물물에 담근 후, 벌레를

---

1. 디모데전서 6장 10절

먹었거나 뱀에 물려 병에 걸린 황소나 암소, 혹은 염소에게 그 물을 먹이면 즉시 낫습니다. 그것뿐이 아닙니다. 이 물을 마시는 모든 양들은 수두나 옴, 그 밖의 모든 병에 하나도 걸리지 않습니다. 또한 이런 경우도 있습니다. 유대의 성인인 야곱이 가르쳐 주신 대로, 첫닭이 울기 전에 농부가 일주일에 한 번씩만 이 뼈를 씻은 우물물을 가축들에게 마시게 하면, 그의 가축과 재산은 한없이 불어나게 됩니다. 그리고 질투에 대해서도 특효약입니다. 만일 누군가가 심한 의처증에 걸렸다면, 이 뼈를 씻은 물로 국을 끓여 먹이십시오. 그러면 다시는 아내를 의심하지 않게 됩니다. 심지어는 마누라가 두세 명의 사제와 관계를 가졌다는 사실을 알게 되더라도 다시는 의처증이 생기지 않습니다.

자, 여기에 장갑이 하나 있습니다. 여러분의 눈으로 직접 확인해 보십시오. 이 장갑을 끼는 사람은 밀이든 보리든 씨를 뿌린 것의 수확이 몇 곱절 늘어납니다. 하지만 단 한 가지 조건이 있습니다. 그것은 적은 액수더라도 헌금을 해야 한다는 것입니다. 그러나 하나만 경고하겠습니다. 만일 이 성당에 있는 여러분들 가운데 말할 수 없이 무서운 죄를 짓고도 고백을 하지 않았거나, 아니면 젊은 여자건 늙은 여자건 남편에게 오쟁이를 지게 한 여자는 이 거룩한 유물함에 헌금을 해서는 안 된다는 것입니다. 그러나 이런 커다란 잘못이 없는 선남선녀들은 유물함 앞으로 나와 하느님의 이름으로 헌금할 수 있습니다. 그러면 내가 교황님의 신임장에 적힌 권한에 의거하여 여러분들의 죄를 사해 주겠습니다."

나는 이런 속임수를 써서 면죄사가 된 이후 해마다 100마르크씩 벌었습니다. 나는 설교단 위에 사제처럼 버티고 섭니다. 그러면 무지한 교인들은 자리에 앉고, 나는 지금 여러분들이 들은 내용을 비롯해 수백 가지의 거짓말을 설교합니다. 또한 목을 쭉 빼고 마치 곳간에 앉은 비둘기처럼 머리를 좌우로 움직입니다. 그리고 손과 혓바닥을 번개처럼 놀리는데, 아마 이런 모습을 보면 여러분들은 몹시 재미있어할 것입니다. 내 설교는 모두 탐욕과 그와 비슷한 악에 관한 것입니다. 그건 바로 많은 돈을 거두어들이기 위해서입니다. 나의 유일한 목표는 경제적인 이득을 얻자는 것입니다. 나는 신도들의 잘못이나 죄를 고쳐주는 것에는 눈곱만큼도 관심이 없습니다. 그들이 죽어서 어떤 형벌을 받는지에 관해서도 전혀 관심이 없습니다.

의심할 여지 없이 내 설교의 대부분은 악한 의도에 바탕을 두고 있습니다. 어떤 때는 사람들의 귀를 즐겁게 해주기 위한 설교를 하기도 하며, 또 돈을 거두어들이기 위해 거짓말로 신도들에게 아첨하면서 설교할 때도 있습니다. 때로는 허영이나 악의를 갖고 설교할 경우도 있지요. 가령 여기 어떤 녀석이 나나 나의 동료에게 모욕을 주었다고 생각해 봅시다. 그런데 그런 녀석을 공격할 다른 방법이 없을 때, 나는 설교를 통해서 그 작자에게 따끔한 독설을 퍼붓습니다. 그렇게 신도들이 보는 앞에서 망신을 주는 경우도 있습니다. 내가 직접적으로 그 작자의 이름을 언급하지 않더라도, 모든 사람들은 적당한 암시를 통해 그가 누구인지 알 수가 있습니다. 이렇게 우리를 괴롭히는 사람에게 복수를 합니다. 겉으로는 신앙심이 깊고 진실하며 거룩한 척하지만 속으로는 이런 독기를 내뿜는 것입니다.

내가 설교하는 의도를 간단히 말하겠습니다. 나는 단지 돈 때문에 설교를 합니다. 그러기에 내 설교의 주제는 항상 '모든 악의 근원은 탐욕이다'라는 것입니다. 내 자신이 탐욕이란 악을 가장 잘 실천하고 있기 때문에 탐욕에 관해서는 어떻게 말해야 할지 잘 알고 있습니다. 비록 내 자신은 이런 죄악에 빠져 있지만 남들에게는 그런 죄를 피하게 만들고, 그런 죄를 지으면 깊이 회개하게 만드는 방법을 나는 잘 알고 있습니다. 물론 세인들에게 이런 죄를 피하게 하는 것이 내 설교의 주요 목적은 아닙니다. 난 단지 돈을 거두어들이고자 설교를 할 뿐입니다. 이 문제에 대해서는 이 정도면 충분하리라 생각합니다.

그럼 이제 교훈이 될 만한 아주 오래된 옛날이야기를 들려 드리겠습니다. 무식한 사람들은 옛날이야기를 좋아하지요. 이런 이야기를 들으면 무지한 백성들은 머릿속에 간직하면서 한없이 되풀이합니다. 나는 설교로 많은 돈을 법니다. 그런데도 여러분들은 내가 가난하게 살 것이라고 생각하십니까? 아닙니다. 천만의 말씀입니다.

나는 육체노동을 한다든지, 성 바울로처럼 바구니 따위를 만들어서 먹고살지는 않을 것입니다. 동냥해서 얻는 돈은 먹고살기에 충분합니다. 나는 성인들의 삶을 그대로 따르고 싶지는 않습니다. 동네에서 가장 가난한 과부나 머슴들에게 동냥을 하는 한이 있어도, 나는 돈과 털옷과 치즈와 밀가루가 충분하지 않으면 살 수가 없습니다. 그들의 아이들이 굶어죽더라도 그것은 나와 상관없는 일입니다. 나는 포도주를 마시고 동네마다 예쁜 정부(情婦)를 하나씩 두고 싶습니다.

그렇지만 여러분, 내 결론을 귀담아들어 주십시오. 여러분들은 내 이야기를 듣고 싶어 합니다. 이제 독한 맥주를 마셨으니 여러분이 좋아할 이야기를 하나 들려 드리겠습니다. 나는 죄 많은 사람이지만, 여러분들에게는 교훈적인 이야기를 들려 드리겠습니다. 이것은 신도들에게 돈을 거두려고 설교할 때 사용하는 이야기입니다.

자, 조용히 하십시오! 이제 이야기가 시작됩니다.

면죄사의 이야기

옛날 플랑드르에 한 무리의 젊은이들이 있었는데, 이들은 몰려다니면서 노름이나 주사위놀이를 하고 유곽이나 술집을 드나들며 방탕하게 살아가고 있었습니다. 주막이나 유곽에 가서는 밤낮으로 주사위놀이를 하면서 하프나 류트 혹은 기타 반주에 맞춰 춤을 추었고, 배가 터지도록 먹고 곤드레만드레 되도록 술을 퍼마셨습니다.

이렇게 그들은 끔찍한 과음과 폭식을 하면서 악마의 신전이라는 술집에서 온갖 사악한 행위를 일삼았습니다. 그들이 얼마나 끔찍한 욕설을 퍼부으며 신성을 모독했는지 듣게 된다면 여러분들은 무서워 벌벌 떨 것입니다. 유대인들이 저지른 것도 충분하지 않다는 듯이, 그들은 이런 욕설을 퍼부으며 우리 주님의 성체(聖體)를 갈기갈기 찢었습니다.

그들은 다른 친구들의 못된 짓을 보면서 깔깔대며 웃었습니다. 그리고 실컷 먹고 나면, 예쁜 무희와 하프를 든 악사들과 늙은 포주들을 비롯하여 과일과 과자를 파는 젊은 여자들이 들어왔습니다. 특히 여자들은 음욕의 불을 붙이는 악마의 앞잡이들이었습니다. 색욕이 술과 취기에서 비롯된다는 사실은 성서에도 씌어 있습니다.

롯이 너무나 취한 나머지 자기도 모르는 사이에 자연의 섭리를 어기고 자기의 두 딸과 동침한 대목을 보십시오. 그는 술을 너무 많이 마셨기 때문에 자기가 무슨 짓을 하고 있는지 알지 못했습니다. 『신약성서』를 읽어 보시면 알겠지만, 헤로데는 자기 집에서 열린 잔치에서 너무나 술을 퍼마신 나머지 아무 죄도 없는 세례자 요한을 죽이라고 지시했습니다. 이런 점에서 세네카가 한 말은 의심의 여지 없이 옳습니다. 그는 미친 사람과 술에 취한 사람은 전혀 차이가 없다고 말했습니다. 단지 차이라면 죄 많은 사람이 미치게 되면 그의 광기가 술 취한 사람보다 더 오래간다는 것뿐입니다.

탐욕은 우리를 멸망시키는 첫 번째 원인이며, 그리스도가 피를 흘리며 우리를 구원해 주실 때까지 우리를 파멸로 이끈 주범입니다. 간단히 말하자면, 그 사악한 탐욕 때문에 우리가 얼마나 큰 대가를 치렀습니까? 지금 온 세상은 탐욕 때문에 썩어 있습니다.

우리의 아버지 아담과 그의 아내인 하와가 낙원에서 쫓겨나, 일을 하고 고생하게 된 것도 바로 탐욕이라는 죄악 때문이었습니다. 내가 책에서 읽은 바에 의하면, 아담은 낙원에 머무르는 동안 금식을 했습니다. 하지만 금단의 과일을 먹은 이후, 낙원에서 쫓겨나 고통과 번민을 겪게 되었습니다. 우리 모두는 무절제와 탐욕을 슬퍼해야 합니다. 만일 어떤 사람이 탐욕과 무절제의 결과로 얼마나 많은 병이 나타나는지 안다면, 식탁에서 음식을 대할 때 틀림없이 절제하게 될 것입니다. 그들이 순간적인 쾌락을 즐기고 달콤한 음식을 먹을 수 있도록 하기 위해 얼마나 많은 사람들이 희생을 합니까! 그들은 동서남북과 바다와 육지와 하늘을 헤매면서 호식가들에게 가장 멋진 술과 산해진미를 가져다주기 위해 엄청나게 고생을 합니다.

사도 바울로는 이 문제에 관해 정확하게 지적했습니다. 그는 이렇게 말합니다. "음식은 배를 위하여 있고, 배는 음식을 위하여 있다고 말할 수 있습니다. 그러나 하느님께서는 이것도 저것도 다 없애버리실 것입니다."[2] 내 영혼을 구원해 주실 하느님을 두고 말하지만, 이런 말을 한다는 것은 참으로 추악한 것입니다. 그렇지만 이런 것보다 더욱 추악한 것이 있습니다. 그것은 백포도주와 적포도주를 생각 없이 마구 마셔대면서, 자신의 목구멍을 하느님으로 삼는 행위입니다.

이 점에 관해서도 사도 바울로는 눈물을 흘리며 말했습니다.

"내가 벌써 여러 번 여러분들에게 일러준 것을 지금 또 눈물을 흘리며 말하는 바이지만, 많은 사람들이 그리스도의 십자가의 원수가 되어 살고 있습니다. 그들의 최후는 멸망뿐입니다. 그들은 자기네 뱃속을 하느님으로 삼고 있습니다."[3]

배와 위! 그것은 썩은 똥으로 가득 차서 악취만 풍기는 주머니에 불과합니다. 또한 그것들은 더럽고 추한 소리를 냅니다. 배불리 먹기 위해서는 얼마나 많은 노력과 돈이 들어갑니까? 요리사들은 부수고 갈고 빻아서 자기들이 준비하는 음식이 다른 것과 똑같은 맛이 나지 않도록 애를 씁니다. 이것은 모두 여러분들의 왕성한 식욕을 만족시켜 주기 위한 것입니다. 그들은 가장 단단한 뼈에서 골수를 뽑아냅니다. 여러분의 목구멍을 달콤하고 부드럽게 타고 내려갈 것은 하나도 버리지 않습니다. 또한 여러분들의 식욕을 돋우기 위해 갖가지 잎사귀며 뿌리며 껍질로 만든 향신료를 뒤섞어 맛있는 소스를 만듭니다. 그러나 이런 쾌락에 빠져 죄를 지으며 사는 사람은 죽은 것과 다름없습니다. 술은 음욕을 부추기고, 만취는 싸움과 불행의 근원이기 때문입니다.

술에 취한 사람이여, 당신의 얼굴은 일그러져 있고 당신의 입 냄새는 악취를 풍기며 당신의 팔은 더러워서 껴안을 수가 없습니다. 삼손이 술을 입에도 대지 않았다는 것은 모두가 아는 사실이지만, 당신의 술 취한 코는 요란한 소리를 내며 마치 "삼손아! 삼손아!"라고 말하는 것 같습니다. 그러면서 돼지처

---

2. 고린도전서 6:13
3. 빌립보서 3:18-19

럼 바닥에 고꾸라집니다.

당신의 혀는 당신의 의지와는 상관없이 움직입니다. 그러면 당신의 명예는 온데간데없이 사라지고 맙니다. 취한다는 것은 인간의 지혜와 분별력을 무덤에 묻는 것과 같기 때문입니다. 술에 취한 사람은 그 누구도 비밀을 간직할 수 없습니다. 이것은 의심의 여지가 없는 사실입니다. 그러니 백포도주건 적포도주건 멀리하십시오. 특히 피시 거리나 칩사이드에서 파는 레페산(産) 백포도주를 조심하십시오. 이 스페인 포도주는 아주 이상한 방식으로, 그 근처에서 숙성되고 있는 다른 포도주를 전염시킵니다. 그리고 다른 술과 혼합되면 엄청난 독기를 내뿜습니다. 어찌나 독한지 석 잔만 마시면 로셸이나 보르도도 아닌 스페인의 레페에 있는 사람이 자기가 칩사이드의 제 집에 있다고 생각하게 만듭니다. 그러면서 "삼손, 삼손" 하고 거듭 중얼거립니다.

여러분, 이 한 마디만 더 들어주십시오. 나는『구약성서』에 씌어 있는 모든 업적과 승리는 전지전능하시고 진리이신 하느님에게 바친 기도의 힘과 금욕으로 이루어졌다는 사실을 지적하고 싶습니다. 성서를 읽어 보시면 금방 알 것입니다.

위대한 정복자 아틸라를 보십시오. 그는 술에 취해 잠을 자다가 코로 피를 토하며 수치스럽고 불명예스럽게 죽었습니다. 군사를 거느리는 사람은 항상 술을 멀리해야만 합니다. 또한 르무엘에게 내린 계명을 주의 깊게 살펴보십시오. 사무엘이 아니라 르무엘입니다. 그 계명이 무엇인지 알고 싶으면 성서를 읽어 보십시오.[4] 그러면 법을 다루는 재판관들에게 술을 주면 어떻게 되는지 분명하게 지적하는 대목을 찾을 수 있을 겁니다. 그러니 이 이야기는 그만하겠습니다. 지금까지 말한 것만으로도 충분할 것입니다.

지금까지는 탐욕에 관해 이야기했습니다. 이제부터는 노름에 대해서 말하고자 합니다.

---

4. 잠언 31장 참고

노름은 거짓말과 사기와 가증스런 위증과 예수 그리스도에 대한 신성모독과 살인의 원인이며, 시간과 재산을 탕진하는 것입니다. 또한 노름꾼으로서 명성을 얻는 것은 우리의 이름에 먹칠을 하는 것이며, 불명예스러운 것입니다. 사회적 지위가 높으면 높을수록 더욱 노름을 피해야 합니다. 만일 왕이 상습적인 노름꾼이라면 백성들은 그의 정책과 정치를 우습게 여길 것입니다.

현명한 사신이었던 스틸본은 장엄한 행렬을 이끌고 스파르타에서 코린트로 파견되었습니다. 그의 임무는 코린트와 동맹관계를 맺는 것이었습니다. 그런데 코린트에 도착하자, 그 나라의 모든 고관대작들이 주사위로 노름을 하는 것을 보았습니다. 그러자 그는 즉시 본국으로 돌아가서 이렇게 말했습니다.

"저는 명예를 망쳐가면서까지 폐하를 노름꾼들의 동맹자로 만들었다는 비난을 듣고 싶지 않습니다. 다른 사신을 보내십시오. 저는 폐하를 노름꾼들의 동맹자로 만드느니 차라리 제 명예를 지키기 위해 죽음을 택하겠습니다. 저는 폐하의 나라와 같이 명예롭고 영광스런 나라가 노름꾼들의 나라와 맺는 조약의 중개자가 되고 싶지는 않습니다."

현명하기 그지없던 철학자 스틸본은 이렇게 말했던 것입니다.

또한 데메트리우스 왕을 보십시오. 역사책을 읽어보면, 파르티아의 왕은 노름을 몹시 즐기던 그에게 경멸의 표시로 황금 주사위 두 개를 보냈습니다. 이처럼 파르티아의 왕은 데메트리우스 왕이 세운 모든 업적과 명성에 전혀 가치를 부여하지 않았던 것입니다. 중요한 위치에 있는 사람들은 시간을 보내기 위해 노름을 하기보다는 그것보다 더 좋은 것을 찾아야만 합니다.

이제 고대 경서에 의거하며, 함부로 욕을 하거나 위증을 하는 문제에 관해 말하겠습니다. 하느님의 이름을 모독하는 것은 가증스런 일이지만, 위증은 그것보다 더욱 괘씸한 행동입니다. 하느님은 우리에게 맹세를 하지 못하도록 하셨습니다. 『마태오 복음』을 보십시오. 특히 예레미야는 맹세에 관해 이렇게 말하고 있습니다.

"맹세를 하려면 진실된 맹세를 하라. 제대로 생각하여 정직하게 맹세하라. 헛된 맹세는 죄악이다. 높으신 하느님의 거룩한 십계명을 상기하라. 그 세 번째 계명은 이러하다. '네 하느님의 이름을 헛되이 부르지 마라.'"

하느님은 살인이나 그 밖의 갖가지 죄를 금하시기 전에, 가장 먼저 이런 맹세를 금하셨습니다. 하느님의 십계명이 어떤 순서로 되어 있는지 잘 보십시오. 하느님의 계명을 아는 사람이라면 이것이 세 번째 계명임을 알고 있을 것입니다. 또한 여러분들에게 분명하게 말할 것이 하나 있습니다. 만일 분노에 차서 맹세를 하거나 욕을 하면 그의 집에는 항상 원한이 사라지지 않습니다.

'하느님의 성심(聖心)을 걸고 맹세합니다!' '하느님을 못 박은 못을 걸고 맹세합니다!' '골고다 언덕에서 피를 흘리신 그리스도를 두고 맹세합니다! 제발 제 주사위의 숫자가 7이 나오고, 상대편은 5와 3이 나오게 해주소서!' 또는 '하느님의 팔이 무섭지 않아? 속임수만 써봐라. 네 목구멍에 칼이 들어가고 말 테니까' 하는 따위가 그런 것입니다. 두 개의 주사위에서 굴러 나오는 것은 결국 욕설과 분노와 거짓과 살인밖에 없습니다. 그러니 우리를 위해 돌아가신 그리스도의 사랑을 위해 이런 종류의 맹세를 삼갑시다. 자 여러분, 이제부터는 내 이야기를 하겠습니다.

내 이야기는 세 명의 주정뱅이에 관한 것입니다. 여섯시 미사를 알리는 종이 울리기 훨씬 전부터 그들은 술집에서 술을 마시고 있었습니다. 그런데 종소리가 났습니다. 그것은 시체가 무덤으로 실려가기 전에 울리는 종소리였습니다. 그러자 주정뱅이 중 하나가 술집의 사환을 불러 말했습니다.

"지금 이곳을 지나간 시체가 누구인지 가서 알아보아라. 죽은 사람의 이름을 똑똑히 알아오도록 해."

그러자 사환이 대답했습니다.

"그럴 필요가 없어요. 당신들이 이곳에 오기 두 시간 전에 이미 들어서 알고 있어요. 그 사람은 바로 당신들 친구예요. 지난밤에 술에 취해 의자에 누워 있다가 갑자기 죽었다고 그러던데요. 우리가 보통 '죽음'이라고 부르는 도둑이 이곳을 서성이다가 이 지역 사람들을 모두 죽여 버리고 있어요. 어젯밤에는 그 친구분을 찾아가 심장을 창으로 찔러 두 동강을 낸 다음 아무 말도 없이 사라졌어요. 지금 전염병은 수천 명의 목숨을 앗아갔어요. 그러니 당신들도 죽음이라는 적에게 잡혀서 욕보기 전에 조심하는 편이 좋을 것 같군요. 죽음의 귀신이 언제 나타날지 모르니까 항상 대비하고 있어야 한다고 우리 어머니가 말씀하셨어요. 제 말은 이것뿐입니다."

그때 술집 주인이 끼어들어 이렇게 말했습니다.

"성모 마리아를 두고 맹세하는데, 이 아이의 말은 틀린 것이 하나도 없습니다. 올해에는 죽음의 귀신이 이곳에서 1마일 정도 떨어진 큰 마을에 나타나 남자, 여자, 어린아이, 농장 일꾼이나 하인 할 것 없이 모두 죽였어요. 내가 생각하기에는 바로 그 마을에 죽음의 귀신이 살고 있는 것 같아요. 어쨌거나 당신들도 참변을 당하기 전에 미리 조심하는 것이 좋을 것 같습니다."

그러자 한 주정뱅이가 말했습니다.

"뭐라고? 그놈과 만나는 것이 그토록 위험하단 말이오? 그리스도의 뼈를 두고 맹세하는데, 길이란 길은 모두 다 뒤져서 그놈을 찾아내고 말겠소. 친구들, 내 말 좀 들어봐. 우리 세 사람은 하나야. 우리 모두 손을 잡고 영원히 의형제가 되기로 약속해. 그리고 거리로 나가서 죽음이라는 배신자를 찾아 죽여 버리자구. 하느님의 영광을 위해 오늘 밤이 가기 전에 그 살인자를 죽여 버리자고."

세 사람은 살아도 함께 살고 죽어도 함께 죽자고 맹세했습니다. 마치 피를 나눈 친형제와 같았습니다. 술에 취해 분노가 치민 세 주정뱅이는 자리에서 벌떡 일어나 술집 주인이 말해준 마을로 향했습니다. 그리스도의 귀한 몸을 두고 치기 어린 맹세를 했습니다. 그렇게 그들은 그리스도를 욕되게 했던 것입니다.

그들이 반마일도 채 못 갔을 때였습니다. 어떤 울타리를 기어오르려는 순간, 그들은 초라한 행색의 늙은이를 만났습니다. 노인은 겸손하게 인사를 했습니다.

"하느님께서 여러분들을 보호해 주시고 함께 하시길 빌겠소."

그러자 세 주정뱅이 중에서 가장 거만한 사람이 이렇게 대답했습니다.

"빌어먹을 늙은이 같으니. 왜 눈까지 친친 동여 감고 다니는 거야? 뭐 때문에 망령이 들 때까지 살고 있는 거야?"

주정뱅이들과 노인

노인은 그 주정뱅이의 얼굴을 자세히 들여다보면서 말했습니다.

"내가 인도까지 가서 찾아보았지만, 도시에도 농촌에도 내 나이와 젊음을 맞바꾸겠다는 사람을 하나도 보지 못했기 때문이오. 그러니 나는 하느님이 불러주실 때까지 늙은 몸으로 사는 수밖에 없소. 아, 그 몹쓸 놈의 죽음조차도 내 목숨은 원치 않는 것 같소. 그래서 지칠 줄 모르는 죄수처럼 사방을 돌아다니며 우리 어머니의 문이라고 일컬어지는 땅을 지팡이로 두드리며 이렇게 말한다오. '사랑스런 어머니! 제발 저를 당신의 문 안으로 들어가게 해주세요. 내 육체와 피와 피부가 얼마나 시들었는지 보십시오. 제 뼈가 휴식을 취하려면 얼마나 더 있어야 하는 겁니까? 당신이 제 몸을 감쌀 수 있는 모직 옷 한 벌만 주신다면, 저는 오래 전부터 제 장롱에 간직하고 있던 옷을 모두 드리겠습니다.' 그래도 우리 어머니는 내 청을 들어주지 않았소. 그래서 내 얼굴이 이토록 파리하고 쪼글쪼글해졌다오.

하지만 당신들한테 말이나 행동으로 잘못을 범하지 않았는데도 노인에게 함부로 말을 하는 것은 버릇없는 짓이 아니오? 성서에도 '백발노인 앞에서는 일어나야 한다'라고 씌어 있소.[5] 그래서 당신들에게 충고 하나만 하겠소. 당신들이 노인이 되었을 때 해를 입고 싶지 않다면 젊을 때부터 늙은이들에게 해를 끼쳐서는 안 된다는 것이오. 자 그럼, 어디를 가든지 안녕히 가시오. 난 내가 갈 곳으로 가야겠소."

이 말을 듣자 다른 주정뱅이가 말했습니다.

"안 돼. 그렇게 가지는 못할 거야. 성 요한을 두고 맹세하는데, 쉽게 우리 손아귀를 빠져나갈 수는 없을 거야. 방금 전에 당신은 이 고장에 살고 있는 우리 친구들을 모두 죽인 죽음의 마귀 이야기를 했어. 바른 대로 말해. 틀림없이 당신의 죽음의 끄나풀이야. 그놈이 어디에 있는지 말해. 하느님의 성체를 두고 맹세하는데, 그렇지 않으면 비싼 대가를 치르고 말 거야. 당신과 죽음은 우리 젊은이들을 모두 죽이려고 음모를 꾸미고 있어. 내 말은 틀림없는 사실이야. 이 빌어먹을 늙은이야!"

노인이 대답했습니다.

"좋소. 정말 죽음을 만나고 싶다면 이 꼬부랑길로 올라가시오. 난 저 작은 숲 속에 있는 나무 밑에 앉아서 기다리고 있던 죽음과 헤어진 지 얼마 안 되었소. 당신들에게 자신 있게 말하건대, 당신들이 큰소리친다고 죽음의 마귀가 숨지는 않을 것이오. 저 참나무가 보이시오? 바로 저기에서 당신들이 찾는 죽음의 마귀를 만날 수 있을 것이오. 구세주이신 하느님께서 당신들을 지켜 주시고 보살펴 주시길 빌겠소."

노인이 말을 마치자마자 세 주정뱅이는 참나무가 있는 곳까지 급히 달려갔습니다. 그런데 그곳에서 만든 지 얼마 되지 않은 금화 더미를 발견했습니다.

---

5. 레위기 19:32.

8부셸[6]은 족히 되어 보였습니다. 금화 더미를 보자, 그들은 죽음의 귀신을 찾겠다는 생각은 아예 잊어버린 채 그곳에 주저앉았습니다. 그들은 아름답게 번쩍이는 금화를 보자 흥분해 있었습니다.

그때 세 주정뱅이 중에서도 가장 못된 사람이 먼저 입을 열었습니다.

"이보게들, 내 말 좀 들어보게. 내가 실없는 소리만 하는 어수룩한 사람처럼 보일지 모르지만, 사실 겉보기보다는 용의주도한 사람이야. 운명의 여신은 우리에게 이 보물을 주셨어. 그것은 우리보고 여생을 기쁘고 흥겹게 살라는 뜻일 거야. 쉽게 얻은 것은 쉽게 써버리는 법이야. 우리도 그렇게 이 돈을 써버려야 돼. 우리 모두 하느님의 은총에 감사드리자구. 우리가 이런 행운을 잡게 될지 누가 상상이나 했겠어?

이 금화들을 우리 집이나 자네들 집으로 가져갈 수만 있다면 우리는 더 이상 바랄 것이 없을 거야. 누구의 집으로 가져가든지 이것은 우리의 공동 소유니까. 그렇지만 대낮에 그런 일을 할 수는 없어. 사람들이 이 보물을 보면 우리를 노상강도로 생각하고 목매달아 죽여 버릴 거야. 그러니 이 돈은 어두운 밤을 이용해서 쥐도 새도 모르게 날라야 해. 그래서 너희들에게 한 가지 제안을 하는데, 제비를 뽑아서 누가 걸리는지 보기로 해. 가장 긴 지푸라기를 뽑는 사람이 가능한 한 빨리 시내로 달려가서 빵과 술을 가져오기로 하고, 나머지 두 사람은 이 보물에서 눈을 떼지 않고 지키는 거야. 시내에 간 사람이 빨리 돌아와 준다면 우리가 가장 좋다고 생각하는 곳으로 이 보물을 가져갈 수 있을 거야."

그는 손에 제비를 들고 나머지 두 사람보고 뽑으라고 말했습니다. 그러자 가장 나이 어린 사람이 가장 긴 지푸라기를 뽑았고, 그는 곧 시내로 떠났습니다. 그 젊은이가 떠나자마자 남아 있던 두 사람 중의 하나가 말했습니다.

"너도 알다시피 우리는 의형제를 맺기로 맹세했어. 그래서 말인데, 지금 너

---

6. 여기서 부셸(bushel)은 부셸들이 그릇을 의미한다. 1부셸은 약 36리터이다.

황금을 발견한 세 명의 주정뱅이

에게 득이 될 일을 하나 말해 주겠어. 너도 보았듯이 우리 친구는 시내로 떠났고, 여기에는 우리 세 사람이 나누어 가질 금이 그대로 있어. 그렇지만 이 황금을 셋이 아니라 둘이서 나누어 갖는다면 더 많은 금을 가질 수 있지 않겠어?"

그러자 다른 사람이 대답했습니다.

"아니, 어떻게 그럴 수가 있나? 그 친구는 우리 둘이 여기에서 금을 지키고 있다는 사실을 잘 알고 있는데 어떻게 그런 일을 할 수가 있어? 그 친구한테는 뭐라고 하겠나?"

이 말을 듣자 먼저 말을 꺼낸 주정뱅이가 대답했습니다.

"그런 약속을 꼭 지켜야만 하나? 꼭 그런 것이 아니라면 몇 마디로 간단하게 금을 가져가는 방법을 말해 주겠어."

"좋아. 난 겁나지 않아. 약속하지. 너를 절대로 배신하지 않겠어."

"그렇다면 이야기해 주지. 너도 알다시피 우리는 둘이고, 두 사람은 한 사람보다 힘이 센 법이야. 시내로 간 친구가 돌아와서 이곳에 앉기를 기다린 다음, 장난삼아 그의 멱살을 잡고 싸울 듯이 일어나게. 나는 네가 그와 엎치락뒤치락하는 동안 그 녀석의 옆구리를 칼로 찔러 버리겠어. 너도 네가 지닌 단도로 녀석의 배를 깊숙이 찔러 버리도록 해. 그러면 너와 내가 이 모든 금을 나누어 가질 수 있을 거야. 우리는 세상에서 하고 싶은 것은 무엇이든 다 할 수 있을 것이고, 주사위 노름도 얼마든지 할 수 있을 거야."

지금 이야기한 것처럼 두 악당은 친구를 죽여 버리기로 합의했습니다.

한편 시내로 갔던 가장 나이 어린 친구는 번쩍이는 새 금화의 근사한 모습을 한시도 머릿속에서 지울 수가 없었습니다. 그는 혼자서 이렇게 생각했습니다. '아, 이 모든 보물을 나 혼자 가질 수만 있다면 얼마나 좋을까! 하느님의 천국 아래에 사는 사람 중에서 그 누가 나보다 행복하게 살 수 있을까?' 마침내 우리 모두의 적인 악마는 청년의 마음속으로 들어가 두 친구를 살해할 독약을 사도록 마음먹게 하였습니다. 악마는 이 작자의 행실이 평소에도 형편없었던 것을 알았고, 그래서 그를 파멸시키기로 했던 것입니다.

이 청년은 양심의 가책을 조금도 느끼지 않은 채 두 친구를 죽이기로 마음먹었습니다. 그는 전혀 망설이지 않고 시내로 들어가서는 곧 약방으로 달려갔습니다. 그리고 쥐를 죽일 독약을 달라고 약방 주인에게 말했습니다. 그러면서 족제비 한 마리가 자기 집 마당을 드나들면서 암탉들을 잡아먹을 뿐만 아니라, 밤마다 자기를 괴롭힌다면서, 그 못된 놈을 단단히 혼내주겠다고 덧붙였습니다. 그러자 약방 주인은 이렇게 말했습니다.

"좋소, 내가 약을 하나 주겠소. 이 세상의 어떤 것이라도 이 독약을 묻힌 밀알 한 톨만 먹으면 즉시 목숨을 잃고 마오. 이 약은 효력이 너무 강해서 이것을 먹은 사람은 당신이 1마일을 걸어가는 데 걸리는 시간보다 더 짧은 시간 내에 죽고 말 것이오."

못된 청년은 독약 상자를 손에 들고 근처에 있는 거리로 갔습니다. 그리고 그곳에 사는 사람에게 큰 병 세 개만 빌려 달라고 말했습니다. 그는 그 약을 병 두 개에다 나누어 붓고 자기가 쓸 병은 그대로 두었습니다. 친구들에게는 독약을 먹이고, 자기는 밤새도록 열심히 그 금화를 자기 집으로 옮겨다 놓을 작정이었습니다. 그는 커다란 세 개의 병에 술을 가득 채운 후 친구들이 있는 숲으로 되돌아갔습니다.

그런데 이 이야기를 자세히 할 필요는 없을 것입니다. 간단하게 말하자면, 다른 두 친구들은 이 청년이 도착하자마자 칼로 찔러 죽였습니다. 그들의 계획이 마무리되자 한 친구가 말했습니다.

"자, 이제 앉아서 한 잔 하지. 그런 다음에 저 녀석을 묻어 버리자구."

이렇게 말하면서 그는 독약이 든 술병을 들어 한 모금 마신 뒤 그 병을 친구에게 건네주었습니다. 친구도 그 술을 마셨고, 결국은 두 사람 모두 즉사하고 말았습니다. 이 두 사람은 죽기 전에 말로 표현할 수 없을 정도로 끔찍한 증세를 나타냈습니다. 나는 위대한 의사인 아비센나가 『의학의 정전』이란 책에 그들이 겪었던 독약 중독 증세에 관해 썼는지는 알 수 없습니다. 이렇게 친구들을 독살하려던 자와 그 친구를 살해한 두 살인범들은 죽음을 맞이했습니다.

면죄사는 이야기를 끝내고 이렇게 부연했다.

"친구를 배신하고 죽이는 것은 죄악 중에서도 가장 큰 죄악입니다. 탐욕과 음욕과 노름으로 세월을 보내는 사람들은 습관적으로 거만한 표정을 짓고 천박한 맹세를 일삼으면서 그리스도를 모욕합니다. 인간들이여, 그런데 어찌하여 당신들은 창조주를 기만하거나 위협하려고 하십니까? 그분은 인간을 만드셨고, 자신의 성혈(聖血)로 인간의 죄를 씻어주신 분입니다.

여러분, 하느님께서 여러분들의 죄를 용서해 주시고 여러분들을 탐욕의 죄에서 구원해 주시기를 빕니다. 당신들이 금화나 은화 혹은 은 브로치나 은수저 또는 반지와 같은 패물을 헌납하시면, 나의 신성한 면죄부가 당신들을 모든 죄에서 구해 주고 모든 병을 고쳐 줄 것입니다. 이 성스러운 교황님의 교서 앞에 머리를 숙이십시오. 여인들이여, 여기로 다가와 여러분들의 털옷을 봉헌하십시오. 나는 여러분들의 이름을 이 명단에 올릴 것입니다. 그렇게 되면 여러분들은 축복받은 천국으로 가게 됩니다. 교황님의 이름으로 여러분들의 죄를 사해주겠습니다. 그러면 여러분들이 태어났을 때처럼 순결해질 것입니다.

나는 대략 이렇게 설교를 합니다. 우리 영혼의 구세주이신 그리스도께서 여러분들의 죄를 용서해 주시길 빕니다. 나는 여러분들을 속일 마음은 전혀 없습니다.

여러분, 그렇지만 잊어버리고 말을 하지 않은 것이 하나 있습니다. 나는 보따리 안에 유물과 면죄부를 가지고 있습니다. 그런데 그것은 이곳 잉글랜드에서는 그 누구의 것에 못지않으며, 또한 로마에 계신 교황님께서 손수 주신 것입니다. 혹시 여러분들 중에서 경건한 마음으로 봉헌을 하고 나의 사죄(赦罪)를 원하시는 분이 있으며, 내 앞으로 나와 무릎을 꿇고 겸손하게 나의 용서를 받으십시오. 또한 원하신다면 우리가 여행하는 도중에 아무 때나 해도 상관없습니다. 우리가 마을에 머무를 때마다 금이나 은으로 봉헌을 하면 그때마다 사죄를 받을 수 있습니다. 이렇게 시골길을 가면서 여러분들이 범한 모든 죄를 용서해 줄 수 있는 나처럼 훌륭한 면죄사를 일행으로 지닌 것은 여러분들의 영광입니다. 여러분들 중에서 한두 사람이 말에서 떨어져 목이 부러질지 누가 알겠습니까?

나는 귀족이건 평민이건, 그러니까 지위고하를 막론하고 그들이 세상을 떠날 때 모든 죄를 사해 줄 수 있습니다. 그런 사람이 여러분 일행 속에 있다는 사실이 얼마나 마음 든든합니까! 나는 우리 사회자부터 사죄를 받을 것을 권합니다. 그 사람이 죄악 속에 가장 깊이 파묻혀 있으니까요. 자, 사회자 양반, 어서 헌금을 하고 이 유물에 입을 맞추십시오. 모두 6페니만 내면 됩니다. 어서 돈주머니를 푸십시오."

이 말을 듣자 사회자가 말했다.

"아니요. 예수 그리스도가 내게 벌을 내리는 한이 있어도 절대 돈주머니를 풀 수는 없소. 당신한테 돈을 주라고? 내가 그렇게 한다면 아마 하느님이 저주를 내릴 것이오. 당신은 엉덩이 때가 묻은 헌 바지 따위를 내보이면서 성인의 바지라고 거짓말을 할 위인이오. 그러면서 거기에 입을 맞추라고 할 것이오. 그렇지만 성녀 헬레나가 찾은 참된 십자가를 걸고 맹세하는데, 당신이 가진 유물이니 성물(聖物)이니 하는 것에 입을 맞추느니 차라리 당신의 불알을 한 번 만지는 편이 나을 것 같소. 당신이 말하는 성물이니 유물을 이리 주시오. 내가 들어다주겠소. 그리고 돼지 똥 속에 고이 모셔 놓겠소."

면죄사는 한 마디도 대답하지 못했다. 너무나 화가 치민 나머지 말을 할 수 없었던 것이다. 그러자 사회자가 다시 이렇게 말했다.

"자, 이젠 당신을 그만 놀리겠소. 화가 난 사람과는 농담을 할 수 없지 않겠소?"

일행이 모두 웃는 것을 보자 훌륭한 기사가 끼어들어 말했다.

"자, 그만하십시오. 이것만으로도 충분합니다. 면죄사 양반, 기분을 돌리고 웃으십시오. 그리고 사회자 양반, 면죄사와 화해의 입맞춤을 하십시오. 그리고 우리 모두 예전처럼 웃고 재미있게 놉시다."

그들은 화해의 입맞춤을 하고 여행을 계속했다.

면죄사의 이야기는 여기에서 끝난다.

제7부

선장의 이야기

수녀원장의 이야기

초서의 이야기

수사의 이야기

수녀원 신부의 이야기

선장의 이야기[1]

옛날 생드니[2]라는 곳에 어느 상인이 살고 있었습니다. 그는 돈이 많았기 때문에, 사람들은 그를 영리한 인물로 생각했습니다. 그의 아내는 매우 아름다웠고 사교성이 뛰어났으며 파티를 좋아했습니다. 그런데 이런 여자를 데리고 산다는 것은 엄청난 비용을 필요로 합니다. 남자들은 축제나 무도회에서 여자들에게 아양을 떨며 예의바르게 대합니다. 그런 것은 벽에 비친 그림자처럼 금방 사라지고 말지만, 연회 비용을 지불해야 하는 남자는 정말로 불쌍하기 이를 데 없습니다. 게다가 그런 돈을 내기 위해 주머니를 긁어모아야 하는 사람은 남편입니다. 그는 체면을 유지하기 위해 우리 여자들에게[3] 값비싼 옷과 보석으로 치장을 해 주어야만 합니다. 만일 남편이라는 사람이 그런 비용을 감당할 수 없거나, 그런 것을 낭비라고 하면서 돈내기를 마다하는 경우에는, 다른 남자가 대신 돈을 내게 하거나 돈을 빌릴 수밖에 없습니다. 그러나 그런 곳에는 항상 위험이 도사리고 있습니다.

이 돈 많은 상인은 수많은 하인들을 거느리고 대저택에 살고 있었습니다. 아마 여러분들은 그 집에 얼마나 많은 사람들이 드나들었는지 알면 깜짝 놀랄 것입니다. 그의 아내가 친절했기 때문에 찾아오는 사람도 많았지만, 그녀가 미

---

1. 이 작품에는 여러 상이한 요소들이 많이 들어있는데, 이것은 본래 『캔터베리 이야기』에 속해 있지 않은 이야기를 초서가 임의로 삽입했다는 가능성을 제시한다. 특히 이것은 「기사 토파스의 이야기」, 「멜리베우스의 이야기」, 「수사의 이야기」에서 명확하게 나타난다. 또한 「선장의 이야기」의 첫 부분은 이 이야기의 화자가 선장이 아니라 배스의 여인일 가능성이 높다는 것을 보여준다.

2. 파리 북부에 있는 마을.

3. 이 대목은 이 이야기가 선장의 것이 아니라, '배스의 여인'일 것이라고 추측하게 만드는 말이다.

녀였기 때문에 찾아오는 사람도 적지 않았습니다. 그러나 이런 이야기는 그만 두고 본론으로 들어가겠습니다. 그 집에는 각양각색의 사람이 찾아왔는데, 그 중에는 서른 살쯤 되어 보이는 수사가 있었습니다. 그는 잘 생겼으며 뻔뻔스런 사람이었습니다. 그는 아주 빈번하게 그 집을 찾아왔습니다. 이 멋진 수사는 착한 주인남자와 처음 만났을 때부터 친하게 지냈고, 마침내는 가장 친한 친구처럼 지내게 되었습니다.

남편인 상인과 내가 이야기하고 있는 수사는 같은 마을에서 태어났습니다. 그래서 수사는 상인을 사촌형이라고 주장했고, 상인도 그런 것을 전혀 부정하지 않았습니다. 사실 그는 마음속으로 그런 대접을 받는다는 것이 자랑스러운 나머지 봄날을 맞은 새처럼 행복해했습니다. 그래서 그들은 영원히 형제가 되기로 약속했으며, 목숨이 붙어있는 한까지 형제의 의를 지키기로 맹세했습니다.

이 수사의 이름은 존이었습니다. 그는 상인 집에 머무를 때면 돈을 물 쓰듯이 했습니다. 또한 인자하게 보이고 사람들의 기분을 북돋기 위해 무진 애를 썼습니다. 그는 집 안에서 가장 비천한 하인이라 할지라도 항상 잊지 않고 팁을 주었습니다. 그 집을 방문할 때에는 주인을 비롯하여 모든 하인들에게 지위에 맞는 적당한 선물을 주었습니다. 그래서 하인들은, 마치 새들이 떠오르는 태양을 반기듯이, 이 수사를 기쁜 마음으로 맞이했습니다. 그러나 이 이야기는 이 정도로 해 두겠습니다.

그런데 어느 날이었습니다. 상인은 물건을 사기 위해 브뤼헤로 갈 채비를 차렸습니다. 그래서 파리에 있는 존 수사에게 전갈을 보내, 자기가 브뤼헤로 떠나기 전에 생드니에서 며칠간 쉬라고 말했습니다.

내가 말하고 있는 이 훌륭한 수사는 상급자들의 신임을 한 몸에 받고 있었고, 또한 수도원 내에서 대단한 영향력을 과시하고 있었습니다. 그래서 그는 자기가 나가고 싶을 때마다 먼 곳에 있는 농장과 곡창을 둘러보아야 한다면서 수도원장의 외출 허가를 받곤 했습니다. 그날도 존은 그렇게 외출 허가를 받고 생드니에 도착했습니다.

사랑스럽고 멋진 존 수사보다 누가 더 큰 환영을 받겠습니까? 평소처럼 그는 맘지 포도주[4]와 달콤한 이탈리아 산 포도주 한 통씩과 사냥에서 잡은 고기를 가져왔습니다. 상인과 수사는 이틀동안 실컷 먹고 마시며 놀았습니다.

사흘째 되던 날, 상인은 자리에서 일어나 사업을 돌보기 시작했습니다. 그는 회계실로 올라갔습니다. 그 해 장사가 어땠으며, 지출을 계산하고, 이익이 났는지 손실이 났는지 열심히 따져보기 위해서 그랬던 것입니다. 그는 계산대 위에 장부와 돈주머니를 펼쳐놓았습니다. 그런데 그곳이 보물로 가득 찬 곳인 양, 회계실 문을 꼭꼭 잠갔습니다. 그리고 동시에 자기가 그곳에 있는 동안 방해하지 말라고 지시했습니다. 그렇게 아침 아홉시 종소리가 울릴 때까지 그곳에 틀어박혀 있었습니다.

존 수사 역시 동이 트자 자리에서 일어나 정원을 이리저리 왔다갔다하면서 경건하게 기도를 드리고 있었습니다. 그가 조용히 왔다갔다하는 동안, 착한 여주인이 눈치 채지 못하게 살그머니 정원으로 들어와서 여느 때처럼 인사를 했습니다. 그녀는 자기가 돌보고 있던 어린아이를 데리고 있었습니다. .

"존 수사님. 웬 일로 이렇게 일찍 일어나셨어요? 무슨 일이라도 있어요?"

그러자 수사가 대답했습니다.

"밤에 다섯 시간만 자면 충분합니다. 물론 피로에 지친 노인이나, 사냥개들에게 초죽음이 되도록 쫓겨다닌 토끼처럼 웅크리고 자는 결혼한 남자들은 사정이 틀리지만 말이에요. 그런데 왜 그렇게 얼굴이 창백하지요? 틀림없이 그 친구가 간밤에 열심히 '일'을 했던 모양이군요. 잠시 휴식을 취하는 편이 좋겠군요."

이렇게 말하면서 수사는 명랑하게 웃어대면서 자기가 생각한 것을 떠올리고는 지레 얼굴이 빨개졌습니다.

그러나 아리따운 상인의 아내는 아니라는 표정을 지으며 고개를 흔들었습

---

4. 그리스 백포도주로 맛이 달콤하다.

니다.

"하느님도 다 아시는 걸요. 수사님, 절대로 그런 일은 없었어요. 나에게 몸과 영혼을 주신 하느님을 걸고 맹세해요. 온 프랑스를 다 뒤져보아도 그 문제에 있어서 나처럼 즐기지 못한 여자는 없을 거예요. 나는 〈아, 가련한 내 팔자야〉라고 노래를 부르라면 기꺼이 부를 수 있을 정도예요. 사실 이런 문제는 아무에게도 말할 수 없어요. 정말이지 너무나 내 자신이 불쌍하고 두려워서 이 나라를 떠나든지 자살을 하려고 생각했던 적이 한두 번이 아니에요."

수사는 그녀를 뚫어지게 바라보며 대답했습니다.

"하느님께서 당신에게 자살을 충동질하는 고통과 두려움을 없애 주시기를 빕니다. 그런데 도대체 무슨 문제 때문에 그런 생각을 하는지 말해 보십시오. 당신 문제가 해결되도록 조언을 하거나 도와줄 방법이 있을지도 모르니까 말입니다. 그러니 걱정이 무엇인지 모두 말해 보십시오. 나는 절대로 그런 것을 입밖에 내지 않겠습니다. 이 기도서에 손을 올려놓고 맹세합니다. 내가 살아 있는 동안 싫든 좋든 간에 절대로 당신의 비밀을 발설하지 않겠습니다."

그러자 그녀도 이렇게 덧붙였습니다.

"나도 마찬가지예요. 하느님과 이 기도책을 두고 맹세하겠어요. 내 몸이 갈기갈기 찢어지는 한이 있더라도, 당신이 하는 말은 입 밖에 내지 않겠어요. 내가 지옥에 갈 것이 두렵거나 우리가 사촌관계이기 때문에 이런 말을 하는 것이 아니에요. 단지 당신을 믿고 사랑하기 때문에 그런 거예요."

이런 맹세를 한 후, 그들은 서로 키스를 하고 서로 마음을 활짝 열어놓기 시작했습니다.

먼저 상인의 아내가 말했습니다.

"수사님. 지금 이곳에서는 시간이 없었지만, 만일 충분한 시간만 있었다면 내가 어떻게 고통 받았는지 모두 이야기를 했을 거예요. 당신이 비록 남편의 사촌이지만, 내가 아내가 된 이후 받은 고통을 모두 이야기하고 싶어요."

그러자 수사가 말했습니다.

"아니에요. 사촌은 무슨 사촌입니까. 성 마틴과 하느님을 두고 말하지만, 절대로 사촌이 아닙니다. 만일 그렇다면, 나무에 걸려 있는 저 잎사귀도 내 사촌이 될 겁니다. 또한 프랑스의 성 드니를 두고 고백하는데, 내가 당신 남편을 사촌이라고 부르는 것은 단지 당신을 볼 수 있는 기회를 많이 갖고 싶었기 때문이지요. 나는 이 세상의 어떤 여자보다 당신을 사랑합니다. 내 수사직을 걸고 맹세합니다! 자, 무슨 일이 있는지 말해 보십시오. 남편이 내려오면, 당신은 집 안으로 들어가야 하니까 말입니다."

이 말을 듣자 상인의 아내는 말하기 시작했습니다.

"사랑하는 수사님, 정말로 사랑하는 존 수사님! 이런 말을 하고 싶지는 않아요. 그렇지만 말해야만 할 것 같아요. 더 이상 참을 수가 없거든요. 이 세상이 생긴 이래, 내 남편처럼 형편없는 사람은 없을 거예요. 다른 남자에게 침대나 다른 장소에서 갖는 우리의 사생활에 관해 말한다는 것은 아내로서 옳지 않은 일이에요. 하느님, 제가 그런 말을 하도록 허락해 주소서! 나는 아내란 남편의 위신을 떨어뜨리는 말은 하지 말아야 한다는 것을 잘 알고 있어요. 그렇지만 당신에게 하나만 말하겠어요. 하느님, 용서해 주소서! 내가 아무리 좋게 바라보려고 해도, 그는 남편으로서 파리만큼도 가치가 없어요. 하지만 내 억장을 뒤엎는 것은 바로 그가 구두쇠라는 것이에요. 당신도 잘 알겠지만, 나를 위시한 여자들이 본능적으로 바라는 것은 여섯 가지예요. 그것은 우리의 남편이 용감하고 똑똑하며, 돈이 많고, 돈 잘 쓰며, 아내 말을 잘 듣고, 밤일을 하는데 열정적이 되어 달라는 것이죠. 우리를 위해 피를 흘리신 그리스도를 두고 말하지만, 다음 주 일요일이 되기 전에 내가 입을 옷 값 백 프랑을 치러야만 해요. 그건 바로 그의 위신을 세워주기 위해서였어요. 그렇지 않으면 난 톡톡히 망신을 당하고 말 거예요. 그렇다고 내가 상스런 짓을 해서 돈을 마련하느니, 차라리 목숨을 끊고 말겠어요. 또 우리 남편이 이런 사실을 알게 되는 날에도 나는 끝장이에요. 그래서 당신에게 부탁하는데, 백 프랑만 빌려 주세요. 그렇지 않으면 난 죽을지도 몰라요. 존 수사님, 제발 백 프랑만 변통해 주세요. 그렇게만 해 주면 절대로 은혜를 잊지 않을게요. 정확하게 돈을 돌려드리겠어요. 당신이 원하는 것이라면 무슨 일이든 하겠어요. 당신을 위해서라면 무엇이든지 해 드리겠어요. 그렇지 않으면 하느님께서 배신자 가늘롱[5]보다 더 심한 벌을 내리셔도 좋아요."

상인 아내의 말을 듣자, 착하고 예의바른 존 수사는 이렇게 말했습니다.

"사랑하는 나의 여인이여, 정말이지 당신을 동정합니다. 당신 남편이 플랑드르의 브뤼헤로 떠나면 이런 근심에서 벗어날 수 있도록 도와 드릴 것을 약속합니다. 당신에게 백 프랑을 갖다 드리겠어요."

그러면서 수사는 여자의 허리를 붙잡고 꼭 껴안았습니다. 그는 여러 차례 키스를 한 다음 말했습니다.

"자, 아무 소리도 내지 말고 이곳을 떠나십시오. 그리고 옷매무새를 고친 다음, 함께 아침을 먹읍시다. 내 주머니 시계[6]에 의하면 벌써 아침 아홉 시가 되었습니다. 어서 집 안으로 들어가세요. 내가 당신의 것이 틀림없는 것처럼, 반드시 이 약속을 지키겠습니다."

"절대로 약속을 어기지 말기 바라요."

상인의 아내는 종달새처럼 기쁜 표정을 지으며 그곳을 떠나갔고, 집 안에 도착하자 요리사들에게 곧 식사를 할 수 있게 준비하라고 보챘습니다. 그리고 남편에게 올라가서 회계실 문을 자신 있게 쾅 쾅 두드렸습니다.

그러자 상인이 물었습니다.

"누구지?"

"나예요. 언제 아침 식사를 하실 거예요? 장부와 서류를 갖고 얼마나 더 계산하고 있을 거예요? 에이, 빌어먹을 계산 같으니! 하느님이 당신에게 주신 것만으로도 충분하지 않나요? 돈주머니는 잠시 놔두고, 아래로 내려오세요. 존 수사님을 아침 내내 배곯게 하시고도 미안하지 않나요? 미사를 보고 아침을 먹도록 해요."

아내의 성화를 듣자, 남편이 말했습니다.

---

5. <롤랑의 노래>에 나오는 배신자로 능지처참을 당했다.

6. 휴대용 해시계를 의미함.

"여보, 당신은 장사를 한다는 게 얼마나 복잡한지 모르는구려. 하느님과 성이브를 두고 말하는데, 평생 일하면서 계속해서 이익을 남기는 상인은 열두명 중에서 겨우 두 사람밖에 없단 말이오. 우리는 즐겁고 명랑한 표정을 짓고, 체면을 차리려고 애를 쓰며, 온 힘을 다해 우리의 인생을 살려고 하지만, 속으로는 죽을 때까지 우리 주머니 속의 비밀을 지켜야 하는 것이오. 우리가 휴가를 가거나 순례를 떠나는 것은 바로 채권자들의 성화에서 벗어나기 위한 것이란 말이오. 그래서 이 묘한 세상이 어떻게 돌아가는지 한시도 눈을 뗄 수가 없소. 장사는 항상 운과 상황에 좌우되기 때문이오.

내일 새벽에 나는 브뤼헤로 떠날 것이오. 하지만 되도록 일찍 돌아오도록 노력하겠소. 내가 없는 동안, 누구한테나 친절하고 예의바르게 대하도록 하시오. 우리 물건들을 잘 살펴보고, 집 안이 잘 돌아가도록 신경써 주시오. 살림을 하는데 하나도 부족한 것이 없을 것이오. 옷도 있고 식량도 풍부하고, 주머니에 돈도 많이 들어 있으니 말이오."

이렇게 말한 후, 상인은 회계실의 문을 닫고, 즉시 계단으로 내려왔습니다. 그러자 간단하게 미사가 열렸습니다. 식탁이 서둘러 차려졌기 때문에, 그들은 즉시 식당 안으로 들어가서 자리에 앉았습니다. 상인은 수사에게 아주 맛있는 음식만 대접했습니다.

식사가 끝나자 존 수사는 자못 진지한 표정을 지으면서, 상인을 한쪽으로 데려가 비밀리에 대화를 나누었습니다.

"형님, 내일 브뤼헤로 떠나시죠? 하느님이 보호해 주시고, 아우구스티누스 성인께서 인도해 주시길 빕니다. 조심해서 말을 타고, 밥을 먹을 때에도 너무 욕심 내지 마세요. 특히 더위가 기승을 부릴 때에는 절제 있게 식사를 해야 합니다. 형제끼리 서로 격식을 차릴 것은 없으니, 잘 다녀오시라는 말만 하겠습니다. 그리고 하느님께서 형님의 모든 걱정을 덜어주시길 바랍니다. 만일 제가 형님을 위해 해주었으면 좋겠다는 것이 있으면, 최선을 다해 도와 드리겠어요. 그러니 걱정하지 마시고 부탁하세요. 형님이 원하시는 대로 해 드리겠어요.

그런데 형님이 떠나시기 전에 부탁드릴 것이 한 가지 있어요. 한두 주일만

백 프랑을 빌려 주실 수 있나요? 우리 농장에 몇 마리의 가축을 사야 하는데… 그 농장이 형님 것이라면 얼마나 좋을까요! 빌린 돈은 정한 날짜에 틀림없이 갚겠어요. 액수가 천 프랑이더라도 약속 시간에서 15분도 기다리지 않게 하겠어요. 그러나 한 가지 부탁드릴 것은, 이 일을 비밀로 해 달라는 것이에요. 지금 생각으로는 오늘 밤에 가축들을 사려고 하거든요. 자, 친애하는 사촌 형님, 잘 다녀 오세요. 형님의 환대와 친절에 감사드립니다."

그러자 마음씨 착한 상인은 부드럽게 말했습니다.

"사랑하는 사촌 동생 존 수사! 그런 것은 큰 부탁이 아니네. 내 돈은, 자네가 필요로 할 때는 언제나 자네 돈과 다름없네. 아니 돈뿐만 아니라 내 물건도 마찬가지야. 원하는 대로 가져도 좋네. 그러나 우리 상인들이 지키는 원칙이 하나 있는데, 아마 그런 건 내가 말하지 않아도 알 걸세. 그건 돈은 우리의 쟁기와 다름없다는 것이지. 평판이 좋을 때는 쉽게 외상을 얻을 수 있지만, 돈이 없을 때에는 거지와 다름없다는 것은 농담이 아니네. 여유가 생기면 갚도록 하게. 내가 힘 닿는 데까지 자네를 도울 수 있다는 사실이 기쁠 뿐이네."

상인은 백 프랑을 찾으러 갔습니다. 그리고 아무도 모르게 그 돈을 존 수사에게 건네주었습니다. 상인과 존 수사를 제외하면, 이런 사실을 아는 사람은 아무도 없었습니다. 한참동안 그들은 술을 마시고 이야기를 나누며 마음 편히 산책을 했습니다. 그런 다음 존 수사는 말을 타고 수도원으로 떠났습니다.

다음날 아침이 되자, 상인은 플랑드르를 향해 떠났습니다. 그의 도제가 훌륭하게 길을 안내했기 때문에, 아무 일 없이 브뤼헤에 도착할 수 있었습니다. 상인은 밀린 돈을 결제하고 다시 물건을 외상으로 사면서 부지런히 할 일을 했습니다. 그는 주사위 노름도 하지 않았고 춤도 추지 않았습니다. 간단하게 말하자면, 상인답게 처신한 것입니다. 그래서 상인 이야기는 잠시 멈추겠습니다.

상인이 떠난 그 주의 일요일, 존 수사는 머리와 수염을 단정하게 깎고서 생드니로 찾아왔습니다. 다시 돌아온 수사를 보자, 모든 집안 식구들, 심지어는 어린아이들까지도 좋아했습니다. 이제 핵심만 이야기하겠습니다. 아리따운 상인의 아내는 존 수사와 협정을 맺었었습니다. 그것은 백 프랑을 빌려주면 그 날 밤은 존의 품에 안겨 온 밤을 보내겠다는 것이었습니다. 이 협정은 철저하게 이행되었습니다. 두 사람은 즐겁게 놀았고, 어느덧 새벽이 되었습니다. 그러자 존 수사는 하인들에게 작별을 고하고 다시 수도원으로 떠났습니다. 그들 중에는 그 누구도 존 수사를 의심하는 사람이 없었습니다. 또한 그 도시에 사는 사람들도 마찬가지였습니다. 존은 숙소를 향해 갔습니다. 그곳이 수도원이든, 아니면 다른 곳이든 상관없었습니다. 이제 존 수사에 관한 이야기는 잠시 멈추겠습니다.

브뤼헤에서 일이 끝나자, 상인은 생드니로 돌아왔습니다. 그는 무사히 귀환한 것을 축하하기 위해 잔치를 벌이면서 아내와 즐거운 시간을 보냈습니다. 그리고 아내에게 물건값으로 돈을 너무 많이 써서 돈을 빌려야 할 것이라고 말했습니다. 2만 크라운을 단기간 내에 갚아야 했던 것입니다. 그래서 그는 돈을 가지고 파리로 떠났습니다. 나머지 돈은 친구들에게 빌려서 갚기로 했던 것입니다. 파리에 도착하자 그는 먼저 존 수사를 찾아갔습니다. 그에게 커다란 애정을 느끼고 있었기 때문입니다. 그는 빌린 돈을 받으러 간 것이 아니라, 친한 친구들이 만날 때 으레 그러하듯이, 그의 안부를 묻고 장사 이야기를 들려주기 위해서 찾아간 것이었습니다. 존 수사는 정중하고도 기쁘게 상인을 맞이하면서, 그에게 특별한 대접을 베풀었습니다. 한편 상인은 물건을 구입하면서 얼마나 큰 이익을 보았는지 자세하게 이야기했습니다. 그러면서 단지 돈만 빌리면 아무 걱정도 없이 편하게 여생을 살 수 있을 것이라는 이야기도 덧붙였습니다.

이 말을 듣자 존 수사가 대답했습니다.

"아무 일 없이 집으로 돌아갈 수 있었다니 정말 다행이네요. 만일 내가 돈이 많다면, 2만 크라운을 빌려 드릴 수 있을 텐데. 형님은 지난번에 내게 친절하게 돈을 빌려 주셨잖아요. 하느님과 성 야고보를 두고 말하지만, 어떻게 감사를 드려야 할지 모르겠어요. 그런데 제가 빌린 돈은 형수님에게 되돌려 주었어요. 형님 집 금고에 넣어두었지요. 형수님이 잘 기억하실 거예요. 형님, 죄송합니다만, 더 이상 형님과 함께 있을 수가 없어요. 우리 수도원장님이 파리를 떠나시는데, 그분을 모시고 가야 하거든요. 그럼, 다시 만날 때까지 안녕히 계세요."

슬기롭고 똑똑한 상인은 돈을 빌려서, 파리에 있던 롬바르디아 사람들[7]에게 돈을 지불했고, 그들은 채무증서를 되돌려 주었습니다. 그는 귀뚜라미처럼 기분이 좋아서 집으로 돌아갔습니다. 여행에서 쓴 비용을 모두 제하고도 천 프랑 이상을 벌었다는 사실을 상인 자신도 잘 알고 있었던 것입니다.

그가 여행에서 돌아올 때면 항상 그랬던 것처럼, 아내는 그를 문간에서 기다리고 있었습니다. 그날 밤 두 사람은 성공적인 여행을 축하하면서 온 밤을 보냈습니다. 그가 돈도 많이 벌었고 빚도 다 갚았기 때문입니다. 아침이 되자, 상인은 다시 아내를 얼싸안고 입을 맞추었습니다. 다시금 정열이 불타올랐던 것입니다. 그러자 아내가 소리쳤습니다.

"이제 그만해요. 그만하면 충분히 했잖아요. 도대체 언제까지 할 거예요?"

그러나 아내는 다시 음란한 표정을 지으며 남편에게 돌아가서 재미있게 놀아주었습니다. 마침내 상인은 아내에게 이렇게 말했습니다.

"여보, 사실은 당신에게 화낼 일이 하나 있소. 아주 기분 나쁜 일이었소. 왜 그런지 아시오? 그건 당신이 나와 사촌 사이를 멀어지게 만든 원인이었기 때문이오. 당신은 내가 떠나기 전에 그가 백 프랑 대신에 담보를 맡겼다는 이야기를 미리 해 주었어야만 했소. 내가 돈을 빌린다는 이야기를 하자, 그는 퍽 섭섭한 표정을 지었소. 적어도 나는 그가 그런 표정을 지었다고 생각했소. 그러나 하느님을 두고 맹세하는데, 난 절대로 돈을 빌려 달라고 할 생각은 없었소. 여보, 다시는 그러지 마시오. 만일 내가 없는 사이에 빌려간 돈을 갚은 사람이 있다면, 지금 내가 당신 곁을 떠나기 전에 말해 주시오. 그렇지 않으면 당신의 부주의로 말미암아 이미 갚은 돈을 다시 갚으라고 할 경우가 생길지도 모르니 말이오."

---

7. 초서가 살던 시기에 롬바르디아는 유럽에서 가장 번성하던 금융가였다.

그러나 상인의 아내는 놀라거나 당황한 표정을 짓지도 않은 채, 눈 하나 까딱하지 않고 대담하게 대답했습니다.

"거짓말쟁이 존 수사의 이야기는 꺼내지도 마세요. 담보 따위는 중요한 게 아니에요. 존 수사가 돈을 가져온 것은 나도 알고 있어요. 하느님, 그 수사의 주둥이에 천벌을 내려주소서! 저는 그가 당신이 이곳에서 베풀어준 호의에 보답하기 위해 가져온 줄 알았어요. 그래서 사촌의 정을 나누기 위해 나에게 주는 것인지 알았지 뭐예요. 그래서 즐거운 마음으로 옷을 사는데 모두 써버렸어요. 그런데 지금 내가 거짓말을 했다는 오해를 사고 있으니, 간단하게 대답해 드리겠어요. 당신은 나보다 훨씬 악랄한 채무자들이 많아요. 좌우간 난 빠른 시일 내에 그 돈을 갚겠어요. 아니 날마다 조금씩 갚도록 하겠어요. 그렇지만 난 당신의 아내가 아닌가요! 사실대로 말하자면, 난 그 돈을 마구 낭비한 것이 아니라, 모두 옷을 사는데 썼어요. 오직 당신의 체면을 지키기 위해서 그 돈을 썼단 말이에요. 여보, 화내지 말아요. 대신 웃고 행복하게 지내도록 해요. 여기 나의 아름다운 육체가 있어요. 난 이걸 담보로 맡기겠어요. 그 돈을 모두 잠자리로 대신 갚겠어요. 여보, 그러니 날 용서해 주세요. 자, 이리로 돌아누우세요. 그리고 웃어 보세요!"

상인은 어찌할 방법이 없다는 것을 알았습니다. 이미 지나간 일을 가지고 야단을 쳐봤자 소용없다는 것을 깨닫고는 이렇게 말했습니다.

"여보, 이번만은 용서해 주겠소. 그렇지만 다음부터는 돈을 함부로 쓰지 말아요. 내 돈을 아껴서 써 달란 말이오. 이건 나의 명령이오!"

이렇게 내 이야기는 끝이 납니다. 하느님, 우리가 사는 동안 편안하고 즐겁게 살 수 있도록 도와주소서!

선장의 이야기는 여기에서 끝난다.

사회자, 선장, 수녀원장의 대화

사회자는 이렇게 말했다.

"성체(聖體)를 두고 말하지만, 정말로 근사한 이야기였소. 선장, 무사히 항해를 하며 오래오래 사시오. 하느님, 그 못된 수사에게 엄청난 액운을 내려주소서! 여러분, 이런 속임수에 조심하십시오. 이 수사는 상인을 속였소. 또한 상인의 아내 역시 남편을 속였단 말이오! 그러니 수사를 절대로 집 안에 들여서는 안 됩니다. 자, 이제 이런 이야기는 그만하고, 다음 이야기는 누가 할 것인지 찾아봅시다."

이렇게 말하고 그는 다시 처녀처럼 얌전하게 수녀원장에게 말했다.

"수녀원장님, 원장님이 괜찮으시다면, 다음에는 원장님께서 이야기를 해주시는 것으로 하겠습니다. 이런 생각에 동의하십니까?"

그러자 수녀원장이 대답했다.

"물론이죠. 기꺼이 그렇게 하겠어요."

수녀원장의 이야기

수녀원장의 서문

오, 우리의 주님! 당신의 이름이 이 세상에 널리 퍼졌으니 얼마나 놀랍습니까! 지체 높은 사람들만 당신의 이름을 찬양하는 것이 아니라, 어린아이들의 입에서도 당신을 찬양하는 소리가 들려옵니다. 아이들은 젖을 빨면서도 당신을 찬미합니다. 저는 당신과 영원한 동정녀이시며 흰 백합꽃이신 성모 마리아를 찬양하면서, 최선을 다해 이야기를 하나 하려고 합니다. 저는 성모님의 영광을 더욱 빛낼 수 없을지도 모릅니다. 성모 마리아는 그의 아들 예수님 다음으로 자비와 박애의 근원이시며 영혼의 구원자이시기 때문입니다.

성모 마리아님! 자비로우신 성모 마리아님! 모세의 눈 앞에서는 타는 듯이 보였지만, 결코 타지 않은 가시덤불이시여! 당신의 겸손하심으로 하느님은 이 땅에 내려오셨고, 성령을 통하여 당신 가슴에 빛을 밝히셨습니다. 성부의 지혜를 잉태하신 성모님! 제가 당신의 영광 안에서 이야기를 할 수 있도록 도와주소서!

성모 마리아님! 당신의 자비와 당신의 훌륭함과 당신의 덕성과 겸손하심을 말로 다할 수는 없습니다. 성모님, 종종 저희 인간들이 당신에게 도와달라고 기도하기도 전에, 당신은 무한한 자비와 기도로 저희들에게 빛을 주시어, 복되신 당신의 아드님께 저희를 인도해 주십니다.

복되신 여왕이시여, 저의 말하는 능력은 보잘것없습니다. 그런데 어떻게 제가 당신의 커다란 가치를 세상에 널리 펼칠 수가 있겠습니까? 저는 그 짐을 감히 짊어질 수가 없습니다. 저는 말 한 마디를 하기 위해 온 힘을 다해야 하는 한 살배기 아이와 같습니다. 그러니 저를 불쌍히 여겨 주소서! 그리고 당신을 기리는 이야기를 하는 동안 저를 인도해 주소서!

수녀원장의 이야기

옛날 소아시아에 그리스도교인들이 사는 커다란 도시가 있었어요. 그곳에는 유대인 거리가 있었지요. 그 나라의 영주는 그곳을 다스리고 있었는데, 유대인들은 우리 그리스도와 그의 사도들이 그토록 혐오하던 고리대금업을 하고 있었어요. 사람들은 마음대로 거리를 돌아다닐 수 있었어요. 거리에는 아무런 바리케이드도 없었고 양끝이 훤히 터져 있었기 때문이에요. 그 길의 맨 끝에는 그리스도교인들이 다니는 학교가 하나 세워져 있었어요. 그곳에서는 해마다 그리스도교인으로 태어난 많은 아이들이 공부를 했어요. 모든 어린이들이 어렸을 때 배우는 것들을 가르치고 있었어요. 그러니까 읽고 노래하는 것을 가르쳤던 거예요. 이 아이들 중에는 홀어머니 밑에서 자란 일곱 살짜리 아이가 있었어요. 그 소년은 성가대원으로 날마다 학교로 가곤 했지요. 또한 거리에서 그리스도의 어머니인 성모상을 보면, 배운 대로 항상 무릎을 꿇고 기도를 하면서 '성모송'을 부르곤 했답니다. 그의 어머니는 어린 아들에게 성모를 항상 존경하도록 가르쳤으며, 그는 이런 것을 잊지 않았던 것이에요. 순진한 어린아이는 언제나 모든 것을 빨리 배우는 법이니까요. 이 아이의 이야기를 떠올릴 때마다 나는 어렸을 때부터 그리스도를 우러러보았던 성 니콜라스를 생각하지요.

이 어린아이가 학교에 앉아 기도서를 공부하고 있었을 때였어요. 그는 다른 아이들이 성가를 연습하면서 '구세주의 어머니'를 부르는 것을 들었어요. 그러자 이 아이는 용기를 내서 그곳으로 다가갔어요. 그는 가사와 선율을 귀담아 듣고는 드디어 첫 소절을 외우게 되었답니다. 나이가 어렸기 때문에 라틴어로 된 그 구절이 무엇을 의미하는지는 알 수 없었어요. 그래서 어느 날 학교 선배형에게 이 노래 가사가 무슨 뜻이며, 왜 부르는지를 설명해 달라고 부탁했어요. 그는 수없이 선배형 앞에 무릎을 꿇고 그 구절을 번역해 달라고 부탁했으며, 그 노래의 의미를 설명해 달라고 애원했어요. 그러자 마침내 그 선배형은 이렇게 대답해 주었어요.

"내가 아는 것만 말해줄게. 이 노래는 은총이 가득하신 성모님을 기리기 위해 만들어졌고, 또한 우리가 죽을 때에 도와 달라고 간청하기 위한 거야. 이게 네게 말해줄 수 있는 전부야. 난 노래를 배우긴 하지만 말뜻이 뭔지는 잘 모르거든."

그러자 순진한 아이가 물었어요.

"그러니까 이 노래는 예수 그리스도의 어머니를 기리기 위한 거예요? 그럼 온 힘을 다해 크리스마스 전까지 이 노래를 배울 거예요. 기도를 모른다고 야단을 맞고 공부시간마다 세 번씩 매를 맞더라도 성모님의 영광을 찬양하기 위해 이 노래를 배울 거예요."

그래서 소년의 선배는 매일 집으로 돌아가는 길에 아무도 모르게 이 노래를 가르쳐 주었어요. 마침내 소년은 노래를 완전히 외우게 되었고, 악보에 맞추어 가사 하나하나를 정확하고 자신 있게 불렀어요. 매일 소년은 두 번씩 이 노래를 불렀어요. 그러니까 학교에 갈 때와 학교에서 돌아올 때마다 불렀던 거예요. 아이의 머릿속에는 온통 그리스도의 어머니 생각으로 가득 차 있었어요.

이미 말했다시피, 이 아이는 항상 기쁘게 '구세주의 어머니'를 부르며 유대인 거리를 지나다녔어요. 그리스도 어머니의 자비가 그의 마음을 감동시켰기 때문에, 길을 걸으면서도 노래를 멈출 수 없었던 거지요. 그러나 우리 최초의 적인 사탄의 뱀이 유대인들의 마음속에 둥지를 틀었어요. 그래서 화가 잔뜩 치밀어 이렇게 외쳤답니다.

"오, 유대인들이여! 어린아이가 마음대로 이 거리를 돌아다니면서, 너희들의 믿음을 거스르는 노래를 하면서 너희들을 업신여기는데도 가만히 있느냐?"

이후 유대인들은 아이를 죽이려는 계획을 짜기 시작했어요. 이 계획을 이루기 위해 골목길에 숨어살고 있던 살인자를 고용했어요. 아이가 유대인 거리를 지나자, 이 비열한 유대인은 그를 붙잡아서 목을 자른 다음 구덩이에 던져버렸어요. 그곳은 유대인들이 대변을 보던 변소 구덩이였지요. 새로 태어난 저주받은 헤롯의 무리들은 이렇게 끔찍한 일을 저질렀던 것이에요. 하지만 이런 죄는 조만간 들통나게 마련이에요. 특히 이런 죄는 하느님의 영광을 더욱 기리게 만들었을 뿐이에요. 이렇게 죽은 자의 피는 그들의 사악한 행위를 폭로하게 마련이거든요.

오, 영원히 동정을 지킨 순교자여! 그대는 하늘에 살고 있는 흰 양을 계속해서 찬미할 것입니다. 위대한 복음사가 요한이 파트모스의 섬에서 기록하기를, 여자의 육체를 알지 못한 사람들은 이 양 앞에서 새로운 노래를 부를 것이라고 했거든요.

아이의 어머니는 밤새 아들을 기다렸지만, 아이는 돌아오지 않았어요. 동이 트자 두려운 마음과 창백한 얼굴로 학교를 비롯하여 온 동네를 뒤지며 아이를 찾았어요. 그리고 그 아이를 마지막으로 목격했던 곳이 유대인 거리라는 사실을 알게 되었어요. 터질 듯한 슬픔을 간직한 채, 마치 정신 나간 사람처럼 그녀는 어린 아들을 찾을 수 있다고 생각되는 곳은 모두 돌아다녔어요. 그러면서 자비로우신 그리스도의 어머니에게 기도를 드렸답니다. 마침내 그녀는 유대인들 속에서 아이를 찾아보기로 마음먹었어요. 눈물을 흘리며 그녀는 유대인 거리에 살고 있던 유대인들을 일일이 찾아다니면서 자기 아들이 이곳을 지나갔느냐고 물었지만, 그들은 모두 보지 못했다고 대답했어요. 그녀는 아이가 버려진 구덩이 근처에 오게 되었어요. 그러자 그리스도께서는 자비를 베푸셔서 그 여자에게 큰 소리로 아이를 부르게 하셨어요.

순진무구한 사람들의 입에서 당신의 영광을 나타내시는 전지전능하신 하느님! 이제 여기에서 당신의 멋진 능력을 보여주소서! 어머니가 부르는 소리를 듣자, 순교자들 중에서 가장 찬란히 빛나는 루비이며 순결의 에메랄드인 아이는 목이 잘린 채 커다란 목소리로 '구세주의 어머니'를 부르기 시작했어요. 그 노랫소리는 온 유대인 거리에 울려 퍼졌답니다.

그곳을 지나던 그리스도교인들은 몰려들어 놀란 모습으로 그 소리를 들었어요. 그들은 급히 영주를 불러오게 했어요. 영주는 즉시 달려왔고, 천국의 왕이신 그리스도와 그분의 어머니이시며 인류의 영광이신 성모 마리아를 찬양한 후, 유대인들을 포박하라고 지시했어요. 그리스도교인들은 애처롭게 울면서 계속해서 노래를 부르고 있던 아이를 구덩이에서 꺼내, 장엄한 행렬을 벌이며 근처에 있던 수도원으로 옮겼답니다. 아이의 어머니는 기운을 잃고 관 위로 쓰러지고 말았어요. 라헬처럼 말이에요. 사람들은 어머니를 관에서 떼어놓으려고 했지만 모두 허사였어요.

영주는 이 범죄에 관련된 모든 유대인들을 고문한 다음, 모든 사람들 앞에서 창피를 당하면서 죽도록 만들었어요. 그는 이런 가증스런 범죄를 도저히 용서할 수가 없었던 것이에요. '잘못을 저지르면 그에 상응하는 벌을 받아야 한다'라는 원칙에 입각했던 것이지요. 그래서 야생마를 시켜 능지처참을 한 후에 법에 따라 그들의 시체를 유대인 거리 입구에 걸어놓았답니다.

이런 일이 일어나는 동안 아무 죄도 없는 아이는 수도원 성당의 제단 앞에 안치되어 있었어요. 미사를 치른 후 수도원장과 사제들은 장례식을 거행했어요. 그런데 성수를 뿌리는 순간 이 아이는 다시 '구세주의 어머니'를 부르기 시작했어요. 그 수도원장은 성인(聖人)이었어요. 사실 수도원장들은 거의 성인과 같으며, 적어도 성인과 같아지려고 노력을 하지요. 어쨌거나 그 수도원장은 어린아이에게 질문을 하기 시작했어요.

"삼위일체이신 하느님에게 간청하오니 저 아이가 말을 하도록 도와주소서. 사랑스런 아이야, 말해보아라. 너의 목은 완전히 두 동강이 났는데 어떻게 노래를 부를 수 있니?"

그러자 아이가 대답했어요.

"저는 목뼈까지 잘려나갔어요. 자연의 법칙에 의하면, 이미 죽었어야 할 몸이에요. 그러나 당신이 성서를 읽으면 알 수 있듯이, 예수 그리스도는 자신의 영광이 오래오래 기억되고 지속되길 원하셨어요. 그래서 성모 마리아님을 기리기 위해, 저는 아직도 힘차고 맑은 목소리로 '구세주의 어머니'를 부른답니다. 저는 은총의 샘이신 그리스도의 어머니를 사랑했어요. 그런 이유로 제가 죽어야만 했을 때, 성모님은 제게 다가오셔서 제가 죽더라도 이 성가를 불러달라고 부탁하셨어요. 방금 여러분들이 들은 것처럼 말이에요. 제가 노래를 부르는 동안 그분은 저의 혀 위에 진주 한 알을 놓아 주시는 것 같았어요. 그래서 저는 은총이 가득하신 동정녀 마리아님을 위해 노래를 부르고 있으며, 그 진주 알이 제 혀에서 없어질 때까지 노래를 불러야만 해요. 성모님은 제게 이렇게 말씀하셨어요. '사랑하는 나의 아이야, 진주 알이 네 혀에서 없어질 때 너를 찾으러 오겠다. 무서워 말아라. 난 너를 절대로 버리지 않을 것이다.'"

이 말을 듣자 성인, 즉 수도원장은 아이의 혀에서 진주 알을 꺼냈어요. 그랬더니 그의 영혼이 미소를 지으며 하늘로 올라갔어요. 이런 기적을 보자, 수도원장은 눈물을 펑펑 흘리며 바닥에 엎드려 마치 사슬에 묶인 것처럼 꼼짝도 하지 않았답니다. 또한 다른 사제들도 바닥에 엎드려 울면서 그리스도의 어머니를 찬양했어요. 그렇게 한참이 지나자, 그들은 자리에서 일어나 관 속에서 순교자인 아이를 꺼내 작고 연약한 몸을 깨끗한 대리석 무덤 안에 안치했어요. 하느님, 우리도 그와 함께 있도록 특권을 내려주소서!

여러분들은 링컨 지방에 살았던 어린 휴의 일은 일어난 지 얼마 되지 않았으니 잘 기억하실 겁니다. 그는 못된 유대인들의 손에 죽었습니다. 휴여, 연약하고 죄 많은 저희를 위해 빌어주소서! 인자하신 하느님, 성모 마리아를 위해 저희에게 충만한 은총을 내려주소서! 아멘.

수녀원장의 이야기는 여기에서 끝난다.

초서의 이야기

사회자와 초서의 대화

기적의 이야기를 듣자 모든 사람이 감격한 나머지 이상할 정도로 침묵을 지키고 있었다. 그러자 여관 주인이 농담을 하기 시작하면서 나를 향해 이렇게 말했다.

"당신은 무얼 하는 사람이오? 항상 땅만 바라보는 모습이 마치 땅에 돈이 떨어졌는지에만 관심이 있는 사람 같소. 자, 이리 와서 눈을 들고 웃어보시오. 여러분, 이리로 올 수 있게 자리 좀 비켜주시오. 이 친구의 허리는 내 허리처럼 가늘군. 예쁘고 작은 처녀가 꼭 껴안고 있는 강아지 같군. 당신 얼굴을 보면 뭔가 걱정이 있는 것 같소. 한 번도 말을 하지 않으니 말이오. 자, 이제 당신 차례니까 이야기나 하나 해 보시오. 다른 사람은 이미 말했으니, 재미있는 걸로 하나 들려주시오."

그래서 나는 이렇게 말했다.

"사회자 양반, 기분 나쁘게 듣지는 마시오. 내가 알고 있는 이야기라고는 모두 운문으로 된 옛날 것들뿐이오. 그것을 제외한 나머지는 하나도 모르오."

내 말이 끝나자 사회자가 다시 말했다.

"좋소. 당신 얼굴을 보니 아주 멋진 이야기를 들을 수 있을 것 같소."

초서의 이야기 1: 기사 토파즈의 이야기

첫 번째 노래

여러분, 기쁜 마음으로 이 이야기를 들어보십시오.
전쟁이나 마상 시합에서 용감하게 싸운
어떤 기사의 멋진 모험을 들려드립니다.
그의 이름은 토파즈였습니다.

그는 바다 건너 플랑드르라는 먼 나라에서 태어났답니다.
그의 고향은 포페링이라는 곳.
아버지는 지체 높은 귀족이고 그 고장의 영주였지요.
이것은 모두 하느님의 은총 덕택이었습니다.

토파즈는 훌륭한 청년으로 자랐고
얼굴은 고운 밀가루처럼 하얗고 입술은 장미꽃처럼 붉었고,
얼굴색은 진홍색으로 물들인 것 같았으며 코도 아주 멋졌답니다.

머리칼과 수염은 샛노랬으며, 멋진 허리와 잘 어울렸습니다.
구두는 스페인 산(産) 가죽이었으며
브뤼헤의 시장에서 산 양말은 갈색이었고
실크 옷은 비교할 수 없이 아름다웠으니
돈깨나 들었을 것입니다.

그리고 사슴 사냥의 명수였으며,
항상 손에 매를 들고
말을 타고 강변을 따라 매 사냥도 즐겼답니다.

또한 몸싸움에도 당할 사람이 없어서
경기에 나가면 항상 이기곤 했답니다.

많은 처녀들이 방에 틀어박혀
그를 향한 미칠 듯한 욕망에 한숨을 쉬었답니다.
이루지 못할 사랑이면 잠이나 잤을 텐데.
그러나 그는 순결하여 호색(好色) 같은 것은 몰랐고,
붉은 열매를 맺는
가시나무꽃보다 더 부드러웠답니다.

그런데 어느 날 일어났던 일을 나는 진실대로 노래하려고 합니다.
기사 토파즈는 전쟁터로 나갔습니다.
회색 준마에 올라타고 손에는 창을 쥐고 허리에는 긴 칼을 차고
말을 몰았습니다.

말을 달려 아름다운 숲을 지났습니다.
그 속에는 산짐승들이 가득했고 토끼와 사슴들도 많았습니다.
그는 이리저리 말을 몰다가 중대한 함정에 빠졌는데,
어떻게 해서 그렇게 되었는지 설명하겠습니다.

그곳에는 감초며 생강이니 정향(丁香)나무를 비롯하여
온갖 풀들이 가득했습니다.
또한 흑맥주나 그냥 맥주에 넣거나,
아니면 최고의 순간을 위해 간직하는
육두구(肉豆蔻) 나무도 많았답니다.

새들은 노래하고 있었습니다.

새매와 앵무새의 노랫소리는 기분 좋게 울려 퍼지고 있었습니다.
개똥지빠귀는 피리를 불고 있었고, 산비둘기도 폭포수에 앉아
크고 맑은 목소리로 노래를 했습니다.

개똥지빠귀의 노랫소리를 듣자
기사 토파즈는 하염없는 사랑에 빠졌습니다.
말에 박차를 가하면서 그는 미친 듯이 숲을 빠져나갔습니다.
뼛속까지 땀을 흘리며 쉬지 않고 달리는 준마의
양쪽 옆구리에는 피가 흥건했습니다.

기사 토파즈는 부드러운 풀밭을
달리는 것은 지겹다고 생각했습니다.
너무나 용기가 용솟음쳤기에 그 즉시 말에서 내려
말에게 먹이를 듬뿍 주면서 쉬게 해주었습니다.

"오, 성모님, 저에게 은총을 내려주소서!
사랑이 무엇이기에 이토록 나를 불안하게 하고
내 가슴을 이렇게 조이는 것입니까?
지난밤 내내 꼬마 요정의 여왕이
내 사랑하는 여인이 되어 나의 옷자락 밑에서
잠자는 꿈을 꾸었습니다.

난 오직 요정의 여왕만을 사랑할 것입니다.
이 도시에서 내 배우자가 될 만한 여자는
하나도 보지 못했습니다.
나머지 여자들은 내 관심 밖입니다.
난 계곡과 풀밭으로 요정의 여왕만을 쫓아다닐 겁니다."

요정의 나라의 여왕

기사 토파즈는 다시 말에 올라서
요정 나라의 여왕을 찾아서
울타리와 웅덩이를 넘어 마구 달렸습니다.
오랜 시간 쉬지 않고 말을 몰아
마침내 아무도 모르는 곳에 도착했는데,
그곳은 바로 요정의 나라였습니다.

그곳에는 사람의 흔적조차 없었기에
감히 기사와 얼굴을 마주칠 사람은
여자건 아이건 아무도 없었습니다.
그런데 마침내 힘센 거인이 나타났는데,

그의 이름은 '코끼리'였습니다.
물론 아주 위험한 사람이었습니다.

그가 입을 열었습니다.
"기사 양반! 나는 이곳에 사는 사람이다.
말을 타고 빨리 집으로 돌아가지 않으면,
이 철퇴로 너의 준마를 죽여 버리겠다.
이곳은 요정 나라의 여왕이 하프와 피리와 탬버린으로
자기의 집을 만드신 곳이다."

그러자 기사가 대답했습니다.
"내일 네가 갑옷 차림으로 이곳에 나타나면
너와 대적하여 싸우겠다.
자신 있게 말하는데, 그런 기회가 오게 되면
넌 이 커다란 창 맛을 톡톡히 볼 것이고,
다시는 그런 소릴 못할 것이다.
아침 아홉 시 반이 되기도 전에
네 얼굴은 형체도 남아 있지 않을 것이고,
난 여기서 네 장사(葬事)를 지내 주겠다."
거인은 끔찍스런 팔매질로 돌멩이들을
비오듯이 던졌습니다.
그래서 기사는 급히 몸을 피해야만 했습니다.
기사 토파즈는 상처 하나 입지 않고 도망쳤습니다.
이것은 모두 하느님의 은총이며,
토파즈 자신의 당당한 태도 덕택이었습니다.

두 번째 노래

그러나 여러분, 종달새보다도 더 즐거운
표정으로 제 이야기를 들어주십시오.
나는 토파즈 기사가 날렵한 다리로
어떻게 말을 몰아 다리와 계곡을 지나서
자기가 살던 곳으로 되돌아왔는지 말하겠습니다.

그는 부하들에게 분부를 내려 잔치를 벌이라고 했습니다.
왜냐하면 머리가 세 개 달린 거대한 괴물과
싸움을 벌여 이겨야만 했기 때문입니다.
이 모든 것이 화려하게 빛나는
여인을 사랑하기 때문이었습니다.

그는 이렇게 말했습니다.
"나의 악사들을 모두 불러서 이곳으로 오게 하라.
그리고 내가 갑옷을 입는 동안 재미있는 이야기를 하도록 하라.
왕이나 주교, 혹은 교황이나 추기경, 아니면
슬픈 연인들의 진짜 사랑 이야기를 하게 하라."

우선 감미로운 술이 나왔습니다.
그 다음에는 나무 사발에 꿀술이 가득 나왔고,
모든 종류의 향신료와 아주 맛있는 생강 과자에다
감초와 달콤한 설탕이 나왔습니다.

그 다음 상아처럼 하얀 살에
고급 무명으로 지은 속옷을 입었습니다.

또한 그 위에 심장을 보호하기 위해
튼튼한 쇠로 만든 흉갑(胸鉀)을 걸쳤습니다.

그것도 모자라 그 위에다
유대인이 가장 강한 쇠로 만든
아주 비싸고 멋진 갑옷을 입었습니다.
갑옷에 새겨진 문장(紋章)은 백합꽃보다 하얗게 빛났습니다.
그는 이렇게 싸움에 나갈 작정이었습니다.

방패는 아주 붉은 금으로 만들어졌고,
수퇘지의 큰 머리가 그려져 있었으며
그 옆에는 홍옥(紅玉)이 반짝이고 있었습니다.
그는 빵과 술 앞에서 곧 거인을 죽이겠다고 맹세했습니다.
무슨 일이 있어도 죽이겠다고 했습니다.

다리 덮개는 단단한 가죽으로 만들어졌습니다.
칼집은 하얀 상아였고,
머리에는 청동 놋쇠로 만든 철모를 썼습니다.
그는 고래수염으로 만든 안장 위에 올랐는데,
안장과 말고삐는 해나 달 혹은 별처럼
화사하게 빛나고 있었습니다.

창은 가장 좋은 삼나무로 만들어졌고,
창끝은 아주 날카롭게 다듬어져 있어서
평화시가 아니라 전시라는 것을 보여주고 있었습니다.
그의 준마는 얼룩무늬가 새겨져 있었고
시종 차분하게 걸으며

방방곡곡을 부드러운 발걸음으로 돌아다녔습니다.

여러분, 이제 두 번째 노래가 끝났습니다.
더 들으시겠다면 기꺼이 들려 드리겠습니다.

세 번째 노래

제발 입을 다물어 주십시오.
점잖은 기사 여러분과 아름다운 귀부인들이시여,
지금 내가 이야기하려는 전쟁과 기사도의 이야기와
귀부인을 향한 열렬한 사랑 이야기를 들어주십시오.

사람들은 옛날부터 전해 내려오는 사랑 이야기를 말합니다.
호른 왕의 이야기이며 히포티스 경의 전설,
베비스의 이야기와 가이 경의 이야기,
리베우스, 플레인다무르 경의 이야기들을 말합니다.
그러나 토파즈 기사는 왕족의 피를 이어받은
최고의 기사였습니다.

그는 멋진 회색 말을 타고 빠르게 앞으로 나아갔습니다.
마치 화염에서 튀어나오는 불꽃과 같았습니다.
그의 모자 깃은 하늘로 치솟은 탑과 같았고,
그곳에는 한 송이 백합꽃이 꽂혀 있었습니다.
하느님, 이 기사가 망신을 당하지 않도록 도와주소서!

이 기사는 너무도 모험을 사랑했기에,
한 번도 집에서 잠을 잔 적이 없었습니다.

그는 항상 망토를 덮고 잠을 잤습니다.
그의 베개는 번쩍이는 철모였습니다.
기사가 잠을 자는 동안, 그의 말은 옆에서
싱싱하고 맛있는 풀을 뜯어먹었습니다.

퍼시발 기사가 아주 멋있는
갑옷을 두르고 우물물을 손수 마셨듯이,
토파즈도 그렇게 물을 마셨습니다.
그러던 어느 날…….

사회자의 방해

내가 이렇게 토파즈의 이야기를 읊고 있는데, 갑자기 사회자가 소리쳤다.

"됐소! 제발 그만두시오. 당신의 바보 같은 소리에 지쳐 버렸소. 하느님을 증인으로 맹세하는데, 당신이 말하는 잡소리를 듣느라고 귀가 아파 죽겠소. 운문인지 뭔지는 정말 빌어먹을 것이오! 그런 시를 두고 바로 엉터리라고 하는 것이오."

나는 이렇게 대꾸했다.

"도대체 왜 그러는 것이오? 남들이 이야기할 때는 가만히 있다가, 왜 내가 하니까 성화요? 이건 내가 알고 있는 가장 근사한 시란 말이오."

그러자 사회자인 여관 주인이 말했다.

"하느님 맙소사! 간단하게 말하겠소. 당신의 빌어먹을 시는 전혀 가치가 없는 엉터리요. 당신은 아까운 우리 시간만 낭비했단 말이오. 단적으로 말하겠는데, 더 이상 그런 시는 읊지 마시오. 이제 당신이 근사한 사랑 이야기를 할 줄 아는지 보겠소. 아니면 적어도 산문으로 교훈이 될 만한 것이든지, 그것도 아니면 재미있는 것으로 이야기하시오."

이 말을 듣고 나는 이렇게 대답했다.

"좋소. 하느님을 두고 맹세하는데, 여러분들에게 산문으로 된 짧은 이야기를 들려주겠소. 틀림없이 좋아할 것이라고 믿소. 그것도 싫다면, 여러분들의 성격은 아주 까다롭다고 말할 수 있을 것이오. 사람에 따라 이 이야기를 다르게 받아들이지만, 어쨌거나 매우 교훈적인 것이오. 가령 예수님의 수난을 설명하는 복음서의 저자들도 모두가 똑같이 표현하고 있는 것은 아니오. 그렇지만 그들은 모두 진실을 말하고 있으며, 모두가 이야기의 전체적인 의미에는 동의하고 있소. 단지 말하는 방식에만 차이가 있을 뿐이오. 어떤 사람은 조금 더 말을 하고, 어떤 이는 조금 덜 하기도 하오. 마태오, 마르코, 누가, 요한은 예수님의 수난을 각각 다른 방식으로 서술하지만, 그들은 동일한 의미를 전하고자 했던 것이오. 여러분, 그러니 이 이야기를 내가 조금 바꾼다고 해도 나를 탓하지는 마시오. 나는 좀 더 강한 효과를 내기 위해, 이 짧은 이야기를 하면서 많은 교훈이나 격언을 사용할 것이오. 난 방금 전에 했던 이야기 같은 형식을 사용하지는 않겠소. 그러나 이 멋진 이야기의 출처인 조그만 이야기책과 전체적인 뜻은 조금도 다름이 없을 것이오. 그러니 내가 말할 이야기를 귀담아 들어주시오. 그리고 이번에는 내가 끝까지 이야기를 할 수 있게 해주시오."

초서의 이야기 2: 멜리베우스의 이야기

옛날에 멜리베우스라는 돈 많고 권세 있는 젊은이가 살고 있었습니다. 그는 아내 프루던스(신중, 분별)에게서 소피(지혜)라는 이름의 딸을 하나 얻었습니다.

어느 날, 멜리베우스는 들판으로 놀러 나갔습니다. 그는 아내와 딸을 집 안에 남겨두고 문을 꼭꼭 닫아걸고 나섰습니다. 그러나 숨어서 이 장면을 훔쳐보고 있던 세 명의 적이 담에 사다리를 놓고, 창문을 통해 집 안으로 들어갔습니다. 그리고 멜리베우스의 아내를 마구 때리고, 그의 딸에게는 다섯 군데에 상처를 입혔습니다. 즉 다리와 손과 귀와 입과 코에 상처를 입혔던 것입니다.

그리고는 그 모녀가 죽은 것으로 생각하고 슬그머니 그 집을 빠져나갔습니다.

집에 돌아온 멜리베우스는 이 광경을 보고 미친 사람처럼 제 옷을 마구 찢으며 큰 소리로 울음을 터뜨렸습니다. 그의 아내 프루던스는 정신을 차리자마자 남편보고 울음을 그치라고 애원하면서 그를 진정시키려고 했지만, 멜리베우스는 더욱더 슬피 울었습니다.

이런 모습을 보자, 고결한 프루던스는 오비디우스가 『사랑의 요법』에서 말한 금언을 떠올렸습니다. "아들의 죽음을 보고 우는 어머니에게 울지 말라고 하는 것은 미친 짓과 다름없다. 시간이 어느 정도 흐를 때까지 눈물을 흘리게 내버려 두었다가, 이런 상태가 어느 정도 지나가면 다정한 말로 눈물을 그치게 해야 한다." 그래서 프루던스는 남편이 흐느끼도록 놔두었습니다. 그리고 적당한 시간이 흐르자 다음과 같이 말했습니다.

"여보, 왜 바보처럼 구세요? 당신은 깊이 괴로워하지만, 그건 경솔한 짓이에요. 하느님이 도와주신다면 우리 딸은 위험에서 벗어나 반드시 목숨을 구할 거예요. 지금 바로 당장 죽는다 하더라도, 그것 때문에 당신마저 죽어서야 되겠어요? 세네카는 이렇게 말했어요. '현명한 사람이라면 자식의 죽음을 너무 슬퍼하지 말고, 자기의 죽음을 기다리듯이 참고 견뎌야 한다.'"

그러자 멜리베우스는 즉시 대답했습니다.

"울어도 될 만한 충분한 이유가 있는데, 어떻게 울음을 그칠 수 있단 말이오? 우리의 주님이신 그리스도도 친구 나사로가 죽자 우셨단 말이오."

프루던스가 다시 말했습니다.

"슬픔에 빠진 사람에게 적당히 울 수 있는 권리마저 금지해서는 안 된다는 것쯤은 나도 잘 알고 있어요. 성 바울로는 『로마인들에게 보낸 편지』에서 '기뻐하는 사람이 있으면 함께 기뻐해 주고, 우는 사람이 있으면 함께 울어 주십시오'라고 쓰셨어요. 적당히 우는 울음은 괜찮지만 과도한 울음은 좋지 않아요. 세네카의 가르침을 따라 울음의 정도를 잘 조절해야 해요. 그는 이렇게 말했어요. '친구가 죽었을 때는 그대의 눈을 너무 많은 눈물로 적셔서도 안 되지만, 너무 울지 않아서도 안 된다. 눈물이 앞을 가리더라도 마음대로 흘러내리게 해서는 안 된다.' 세네카의 말씀대로, 친구를 잃으면 다른 친구를 사귀도록 해야 해요. 그것이 잃어버린 친구를 위해 우는 것보다 더 현명한 처사예요. 운다고 죽은 사람이 되돌아오는 것은 아니니까요. 그러니까 당신이 현명하다면, 당신 가슴에 깊이 간직한 슬픔을 잊는 편이 낫지요. 시라크의 예수는 이렇게 말씀하셨어요. '마음이 즐거우면 앓던 병도 낫고 속에 걱정이 있으면 뼈도 마른다.' 또한 마음속의 슬픔은 수많은 병의 원인이 된다고 덧붙이셨어요.

솔로몬은 이렇게 말했어요. '좀벌레가 순모로 만든 옷을 좀먹고, 해충이 수목을 갉아먹듯이 슬픔은 사람의 가슴에 해를 끼친다.' 그래서 자식을 잃었을 때나 재산을 잃었을 때, 우리는 참고 견뎌야 해요. 인내심 많은 욥을 생각해 보세요. 그는 자식과 재산을 잃고 엄청난 육체적 고통을 참아야만 했지만 이렇게 말했어요. '야훼께서 주셨던 것, 야훼께서 도로 가져가시니 다만 야훼의 이름을 찬양할지라.'"

이런 모든 말을 듣고 멜리베우스가 말했습니다.

"당신 말은 모두 옳고 유익한 이야기요. 그렇지만 고통이 내 가슴을 에워싸고 있으니 어찌해야 좋을지 모르겠소."

그러자 아내 프루던스가 대답했습니다.

"그러면 당신이 믿을 만한 친구들과 지각 있는 친척들을 모두 부르세요. 그리고 당신의 상황을 설명하고, 그들의 충고를 들으시고, 그 충고에 따르세요. 그럼 절대로 후회하지 않을 거예요."

멜리베우스는 아내 프루던스의 의견대로 많은 사람들을 집으로 불렀습니다. 외과의사, 내과의사, 젊은 사람, 나이 든 사람을 비롯해서, 한때는 적이었다가 화해를 한 친구들도 있었습니다. 또한 일반사람들이 하듯이 몇몇 이웃사람들도 불렀는데, 그들은 멜리베우스와 친하기보다는 그를 두려워하는 사람들이었습니다. 그리고 말 잘하는 아부쟁이들과 법률에 정통한 변호사들도 불렀습니다.

멜리베우스는 자기 집에 모인 사람들에게 자기의 딱한 처지를 설명했습니다. 그의 말을 들으면서, 사람들은 그가 마음속으로 무서운 분노를 간직하고 있으며, 원수들에게 복수를 할 준비가 되어 있고, 그들에게 전쟁을 선포하려고 안달하고 있음을 알 수 있었습니다. 그 자리에 모인 신중한 사람들을 대표해서 어느 외과의사가 자리에서 일어나, 다음과 같이 멜리베우스에게 말했습니다.

"우리 외과의사들은 최선을 다해 환자들을 치료해야 하고, 또한 그들에게 더 이상의 상처를 입히지 말아야 합니다. 두 사람이 싸움을 하여 서로 상처를 입게 되면, 우리는 그들을 똑같이 치료하게 됩니다. 그래서 싸움을 조장한다든지 혹은 패를 가른다든지 하는 것은 우리의 직업 정신에 어긋납니다. 따님에 관해 말한다면, 비록 심한 상처를 입었더라도, 우리는 밤낮으로 정성을 다해 치료하겠습니다. 하느님의 도움이 있다면 아마 빠른 시일 내에 회복될 것입니다."

의사들은 거의 똑같은 이야기를 했습니다. 그렇지만 병이란 반대 체액을 사용해도 고쳐지는 것과 마찬가지로 사람도 복수를 함으로써 그런 마음 상태를 해결할 수 있다고 덧붙였습니다.

멜리베우스를 시기하는 이웃들과 겉으로만 화해를 한 친구들, 그리고 그에게 아첨하는 사람들은 슬픈 표정을 지으며 오히려 상황을 악화시키고 있었습니다. 이들은 멜리베우스의 권세와 재산과 힘을 한없이 찬양했고, 멜리베우스의 친구들 역시 세력이 당당하다는 것을 강조했습니다. 그리고 그의 적들을 깎아내리면서 당장 싸움을 벌여 원수를 갚으라고 말했습니다.

그러자 어떤 변호사가 일어났습니다. 그는 다른 변호사들의 권고와 동의를 얻어 이렇게 충고했습니다.

"우리가 여기에 모인 목적은 아주 중요한 것입니다. 지금까지 벌어진 악덕한 행위는 굉장히 중대한 것이며, 그로 말미암아 앞으로 어떤 큰 재난이 닥쳐올지도 모릅니다. 또한 이 분쟁의 당사자들이 모두 돈이 많고 권세 있는 집안이라는 사실도 이 문제를 더욱 어렵게 만들고 있습니다. 그러니 잘못했다가는 큰일이 날지도 모릅니다. 멜리베우스 씨, 우리는 당신에게 이렇게 충고합니다. 무엇보다도 당신의 몸을 조심하시고, 감시와 경계를 게을리하지 마십시오. 또한 당신의 신변과 집을 지킬 수 있는 경비원을 집 안에 두십시오. 물론 복수를 하기 위해 싸움을 시작하는 문제는 우리가 아직 충분히 생각할 시간이 없었기 때문에 뭐라고 말할 수가 없습니다. 이런 문제는 좀 더 차분히 생각해야 합니다. '속단하는 사람은 이내 후회한다'라는 속담도 있습니다. 또한 사건의 내용은 빨리 알아차리지만 판결은 차분한 마음으로 하는 재판관이 현명한 판관이라는 말도 있습니다. 물론 시간을 끈다는 것은 따분한 일입니다. 그러나 복수하는 일이나 판결을 내려야 할 때에는 합리적이고 신중하게 생각해야 하며, 이런 경우 시간적 여유를 갖는다는 것은 별로 탓할 일이 못됩니다. 그리스도도 자신의 예를 보여주셨습니다. 간통을 저지른 여인이 앞으로 끌려오자, 그리스도는 그 여인을 어떻게 처리할 것인지 잘 알고 계셨지만 조급하게 대답하지 않으셨습니다. 그리스도는 깊이 생각하시고 두 번이나 땅에 글씨를 쓰셨습니다. 마찬가지로 우리는 깊이 생각해야 합니다. 그리고 하느님의 도움을 받아서, 어떻게 하는 것이 좋은지 가장 좋은 방법을 말씀드리겠습니다."

젊은이들은 노인들의 신중론에 반발하여 모두 일어나 마구 소리를 치기 시작했습니다. 그러면서 쇠도 뜨거울 때 두드려야 하듯이, 공격을 받으면 즉시 원수를 갚아야 한다고 말했습니다. 그들은 모두 '전쟁터로 가자! 전쟁터로!'라고 큰 소리로 외쳤습니다.

그러자 현명한 노인 중의 한 사람이 일어나 조용히 하라는 손짓을 하고, 그곳에 모인 사람들을 주목시키고서 말했습니다.

"여러분, 전쟁을 해야 한다고 생각하는 사람들이 많지만, 그것이 무엇을 의미하는지 아는 사람은 별로 없는 것 같습니다. 전쟁이 시작될 때의 문은 넓습니다. 즉 누구든지 싸움에 참가할 수 있습니다. 그렇지만 그것이 어떻게 끝날 것인지 안다는 것은 쉬운 일이 아닙니다. 일단 전쟁이 시작되면, 아직 태어나지도 않은 어린애들이 엄마 뱃속에서 무수히 죽어가거나, 아니면 불행 속에서 수많은 고통을 받으며 살아가야 합니다. 그래서 전쟁을 시작하기 전에 심사숙고해야 하고, 많은 자문을 구해야 합니다."

노인은 더 많은 예를 들어 자기 생각을 주장하려고 했지만, 대부분의 사람들이 욕을 퍼부으며 빨리 끝내라고 아우성을 쳤습니다. 사실 듣기 싫어하는 사람들에게 설교를 하면, 그 사람들은 화를 내는 법입니다. 그래서 시라크의 예수는 '사람들이 우는데 음악을 연주하면 아무도 반가워하지 않는다'라고 말했습니다. 이 말은 듣기 귀찮아하는 사람에게 이야기를 한다는 것은 우는 사람에게 음악을 들려주는 것과 같다는 것입니다. 신중한 노인은 아무도 자기 이야기를 듣지 않는다는 사실을 알자 몹시 기분이 나빴습니다. 솔로몬 왕도 '다른 사람들이 네 말을 듣고 싶어하지 않는 곳에서는 말을 하려고 하지 말라'라고 충고했습니다. 이 노인은 이렇게 생각했습니다. "정말이지 '좋은 충고'란 그것이 반드시 필요할 때에는 얻을 수 없다'라는 격언은 옳아."

멜리베우스의 집에 모인 사람들 중에는 그의 귀에 대고 남몰래 속삭이는 사람도 많았고, 반대로 모든 사람이 있는 자리에서 절대로 해서는 안 될 일을 충고하는 사람도 있었습니다. 그러나 참석자 대부분이 전쟁을 찬성한다는 것을 확인하자, 멜리베우스는 그들의 생각을 받아들이고, 그들의 뜻대로 행할 것을 다짐했습니다.

그러나 프루던스는 남편이 무기를 들고 적들에게 복수하는 길을 택했다는 사실을 알자, 때를 보아 그에게 다가가서 공손하게 말했습니다.

"여보, 진정으로 부탁하건대, 복수하라는 의견에 귀를 기울이지 마시고, 서둘러 일을 행하지 마세요. 페트루스 알폰수스는 '누가 너에게 선한 행동을 했고 악한 행동을 했는지 서둘러 판단하지 말라. 그러면 친구는 너를 기다릴 것이고, 적은 더 오랫동안 너를 두려워하며 살아갈 것이다'라고 말했어요. 또한 '신중하게 기다리는 것이 올바르게 서두르는 것이다'라는 속담과 '잘못 서둘러서 득이 되는 것은 하나도 없다'라는 속담도 있어요"

이런 말을 듣자 멜리베우스는 아내 프루던스에게 이렇게 말했습니다.

"난 당신 말에 귀를 기울이지 않겠소. 거기에는 여러 가지 이유가 있소. 첫 번째 이유는, 만일 당신 의견을 받아들여서 내가 현명한 사람들이 수많은 토론을 거쳐 결정하여 권고한 것을 바꾼다면, 틀림없이 사람들은 나를 제정신이 아니라고 생각할 것이오. 두 번째 이유는 모든 여자들은 악한 존재요. 즉 여자들 중에는 단 한 명의 착한 사람도 없다는 말이오. 솔로몬은 '착한 사람이 남자

중에는 천에 하나 있을까 말까 하지만, 여자들 가운데는 하나도 없다'라고 말했소. 결론적으로 말해서, 만일 당신의 충고를 따른다면, 남들은 당신이 내 위에 군림한다고 생각할 것이오. 오, 하느님, 이런 일이 일어나지 않도록 해주소서! 시라크의 예수는 '만일 아내가 남편을 지배하면, 필시 남편의 뜻을 거역하리라'고 말씀하셨소. 또한 솔로몬도 이렇게 말했소. '아들이건 아내건 형제건 친구건, 네가 살아 있는 동안에는 아무에게도 권력을 양도하지 말라. 네가 자식들에게 의지하는 것보다, 자식들이 너에게 의지하는 것이 낫다.' 또 내가 당신 생각대로 행하고자 한다면, 이런 나의 결정은 당분간 비밀로 해두어야 하오. 그러나 이런 것은 불가능한 일이오. 여자들이란 너무나 말이 많은 존재들이라, 자기들이 모르는 것만 비밀에 부쳐둘 수 있으니 말이오. 어떤 철학자는 '여자들은 그릇된 충고로 남자를 이긴다'라고 말했소. 이런 이유들로 난 당신의 의견을 따를 수가 없소."

프루던스는 남편의 말을 참을성 있고 유순하게 다 듣고 나서, 남편에게 말을 해도 좋으냐고 묻고서 이렇게 말했습니다.

"당신이 지적하신 첫 번째 이유에 대해서는 이렇게 대답하겠어요. 일 자체가 달라지거나, 아니면 처음과는 다르게 보여질 경우에는 의견을 바꾼다는 것이 어리석은 일이 아니에요. 정당한 이유로 당신이 맹세하거나 약속한 것을 이행하지 않는다면, 아무도 당신을 거짓말쟁이라고 부르거나 약속을 어겼다고 비난하지 않을 거예요. '현명한 사람이 더 나은 목적을 위해 자신의 마음을 고친다면, 절대로 거짓말을 했다고 할 수 없다'라고 책에도 씌어 있어요. 많은 사람들이 당신 의견을 받아들이고 지지했다고 하더라도, 당신이 바라지 않으면 구태여 행동으로 옮길 필요는 없어요. 왜냐하면 사물에 대한 진리와 유용성은 소수의 지각 있는 사람들에게서 찾을 수 있는 것이지, 저마다 소리지르고 아우성치는 군중 속에서는 찾을 수 없거든요. 사실 이런 군중들은 진지함이 결여되어 있거든요.

당신이 말한 두 번째 이유는 모든 여자들이 사악하다는 것을 전제로 말하고 있어요. 당신은 모든 여자들을 멸시하고 있어요. 그러나 '모든 것을 멸시하는 자는 그 누구의 호감도 얻을 수 없다'라고 성서에 씌어 있어요. 또한 세네카는 이렇게 말하지요. '현자는 아무도 멸시하지 말고, 오만하거나 불손하지 않게 자기가 아는 바를 가르쳐야 한다. 그리고 알지 못하는 것을 자기보다 못한 사람에게 물어서 배우는 것을 부끄럽게 생각하지 말아야 한다.' 이 세상에 얼마나 착한 여자들이 많았는지는 쉽게 증명해 드릴 수 있어요. 사실대로 말해서, 만일 모든 여자들이 악했다면, 우리의 주님이신 그리스도는 절대로 태어나지 못했을 거예요. 또한 그리스도가 부활하셨을 때, 열두 사도들보다 여자들 앞에 먼저 나타나셨어요. 그건 여자들이 지닌 크나큰 덕 때문이었어요.

솔로몬이 착한 여자를 하나도 보지 못했다고 말하더라도, 그 말로 인해 모든 여자들이 악한 사람이라고 생각하지는 마세요. 그가 착한 여인을 만나지 못했더라도, 착하고 정직한 여자들을 만난 남자들은 얼마든지 있으니까요. 아마 솔로몬이 말하려고 했던 것은 절대적으로 선한 여자들을 만나지 못했다는 말일 거예요. 그러나 예수님이 복음서에서 말씀하시듯이, 절대적인 선은 인간에게 발견되는 것이 아니라 하느님에게만 있는 거예요. 왜냐하면 창조주이신 하느님의 완전무결한 덕성을 하나도 빠뜨리지 않고 가진 사람은 이 세상에 하나도 없거든요.

세 번째 이유로, 만일 당신이 제 생각대로 이끌린다면, 남들은 제가 당신을 다스린다고 생각할 것이라고 말씀하셨어요. 여보, 하지만 그렇지 않아요. 만일 남자들이 자기를 지배하는 사람들의 말만을 듣는다면, 아무도 그토록 자주 남의 충고를 받으려고 하지 않을 거예요. 그러나 무슨 일에 관해서 의논하는 사람은, 상대방이 해주는 권고를 받을 수도 있고 거부할 수도 있어요.

네 번째 이유로, 이제는 여자들이 무지를 숨기기 위해 수다를 떨고, 따라서 알고 있는 비밀을 간직하지 못한다는 문제에 관해서 말하겠어요. 그것은 수다쟁이 여자들과 못된 여인네들에게 한정된 것이에요. 남자들은 여자에 관해 말하면서, 남자를 집에서 나가게 하는 세 가지 이유는 바로 연기와 지붕에서 물이 새는 것과 못된 마누라 때문이라고 하지요. 또 여자들에 관해서 솔로몬도 '바가지 긁는 아내와 큰 집에서 사는 것보다 다락 한구석에서 사는 편이 낫다'라고 말했어요. 하지만 이런 것은 저에게 하나도 해당되지 않아요. 당신은 제가 말이 없고 참을성 많다는 사실을 확인하셨고, 또한 제가 반드시 지켜야 하는 비밀은 지킬 줄 안다는 것도 알고 계세요.

그리고 여자는 그릇된 충고로 남자를 이긴다는 다섯 번째 이유는, 지금의 경우와는 전혀 상관이 없어요. 가령 남편이 나쁜 일을 행하기 위해 조언을 구한다고 생각해 봐요. 만일 아내가 나쁜 일을 못하게 하고 좋은 충고로 당신을 설득한다면, 그녀는 책망보다는 칭찬을 받아야 해요. '여자는 그릇된 충고로 남자를 이긴다'라는 그 철학자의 말은 바로 이런 의미로 해석되어야 해요.

당신이 여자들의 말을 모두 비난하시니, 저는 많은 여자들이 얼마나 훌륭하게 처신했으며, 그들의 충고가 얼마나 건전하고 유익했는지 예를 들어 설명해드리겠어요. 사실 어떤 남자들은 여자들의 충고는 너무 비싸거나 아니면 너무 값싸다고 말하기도 했어요. 이 세상에는 아주 사악한 나머지 못된 충고를 하는 여자들도 있지만, 한편으로는 분별 있고 신중한 조언으로 남자들을 도와준 여자도 수없이 많아요.

야곱을 보세요. 그는 어머니 리브가의 훌륭한 조언 덕택에 아버지 이삭의 축복을 받았고, 나머지 형제보다 사랑을 받았어요. 또 유딧은 좋은 조언을 하고 훌륭하게 행동하여, 홀로페르네스가 포위하여 파괴하려던 자기의 고장 베툴리아를 구했어요. 아비가일은 다윗 왕이 죽이려던 남편 나발을 살려냈고, 지혜와 충고로 왕의 분노를 가라앉혔어요. 또한 하느님의 백성들은 에스델 왕후의 훌륭한 조언 때문에 아하스에로스 왕의 치하에서 번영을 누렸어요.

여자들이 좋은 충고를 해서 일이 잘된 경우는 얼마든지 많아요. 또한 하느님도 아담을 만드셨을 때 이렇게 생각하셨어요. '아담이 혼자 있는 것이 좋지 않으니, 그의 일을 거들 짝을 만들어 주리라.' 만일 여자들이 착하지 않고 그들의 조언이 옳지 않고 이롭지 않았다면, 하늘에 계신 하느님께서는 여자를 만드시지도 않았을 거예요. 또한 남자의 짝으로 부르시지도 않고, 대신 남자의 파괴자로 지칭하셨을 거예요. 옛날에 어떤 학자가 이렇게 읊은 적이 있어요. '벽옥(碧玉)이 황금보다 낫다. 지혜는 벽옥보다 낫다. 그러나 여자는 지혜보다

나으며, 여자보다 더 좋은 것은 아무것도 없다.'

여보, 여러 가지 근거를 들어 이 세상에 착한 여자들이 얼마나 많으며, 그들의 조언이 얼마나 신중하고 이로웠는지 보여드릴 수 있어요. 만일 당신이 저의 충고를 받아들이신다면, 당신의 딸을 완전히 낫게 하겠다는 것을 약속하겠어요. 또한 당신의 명예에 해가 되지 않도록 이 문제를 처리할 수 있는 방법을 찾아드리겠어요."

아내 프루던스의 말을 듣자, 멜리베우스는 이렇게 말했습니다.

"솔로몬은 '마음이 슬기로운 사람은 말이 어질어서 그 가르치는 말이 지식을 더해준다. 다정스러운 말은 꿀송이 같아 입에는 달고 몸에는 생기를 준다'라고 말했는데, 나는 이 말이 얼마나 옳은지 당신의 달콤한 말을 듣고서야 실감하게 되었소. 난 당신이 얼마나 정직하며 신중하고 지혜로운지 이미 잘 알고 있소. 그러니 모든 것을 당신의 충고에 따라 처리하겠소."

그러자 프루던스가 말했습니다.

"당신이 제 의견대로 해주시겠다고 하시니, 이제는 당신의 의논 상대자를 선택하는 데 어떻게 하셔야 하는지 말씀드리겠어요. 우선 토비트가 아들에게 가르친 것처럼, 모든 일에 있어서 하느님에게 당신의 조언자이자 위안자이며 스승이 되어 달라고 비세요. 토비트는 이렇게 말했어요. '언제나 주 하느님을 찬양하고 네가 가는 길을 평탄하게 해주시기를 간구하여라.' 그러니 당신은 최고의 목표점으로 하느님을 섬길 수 있는 결정을 하셔야 해요. 성 야고보는 이렇게 말했어요. '누구든지 지혜를 바라는 사람은 하느님께 빌어라.'

그러고 나서는 당신 스스로 생각하고 심사숙고해서 무엇이 가장 당신에게 이로운 것인지를 검토해 보세요. 그런데 이럴 때에는 올바른 판단을 그르치는 세 가지를 마음속에서 떨쳐 버리셔야 해요. 그것은 바로 분노와 욕심과 서두름이에요.

우선 자기 자신에게 조언을 하려는 사람은 분노를 없애야 해요. 그래야만 하는 까닭은 한두 가지가 아니랍니다. 첫째로, 분노는 언제나 자기가 할 수 있다고 생각하지만 결국 할 수 없게 될 때 일어나는 것이에요. 둘째로, 노한 사람은 무엇이 옳고 그른지 제대로 분별할 수가 없어요. 셋째는, 세네카의 말대로, 화가 난 사람은 욕을 하지 않고는 아무것도 말할 수 없으며, 그의 욕은 또다시 남을 노하게 만들기 때문이에요.[1]

또한 당신의 마음속에서 탐욕을 떨쳐 버려야 해요. 사도 바울로는 '돈을 사랑하는 것은 악의 뿌리입니다'라고 말하고 있어요. 정말이지 욕심 많은 사람은 아무것도 판단할 수도 없고 생각할 수도 없어요. 오직 자신의 탐욕을 채울 생각밖에는 하지 않아요. 하지만 그런 사람은 절대로 자기의 탐욕을 채울 수가 없어요. 재물을 많이 가질수록 욕심은 더 많아지기 때문이죠.

여보, 또한 당신 마음속에서 조급함을 떨쳐 버려야 해요. 갑자기 떠오르는 생각으로는 사물을 제대로 판단할 수가 없거든요. 반대로 몇 번이고 되풀이해서 생각하세요. 당신도 이미 들으셨겠지만, '빨리 결정하는 사람은 빨리 후회한다'라는 속담이 있어요. 물론 사람이 항상 똑같이 생각하는 것은 아니에요. 한때 좋아 보이던 것도 다른 때에는 정반대로 보이는 수가 있으니까요.

만일 당신이 오랫동안 심사숙고하여 최선의 결정을 내리면, 그것을 비밀에 부쳐두세요. 아무에게도 당신의 결정을 말하지 마세요. 물론 그런 결정을 이야기하면, 당신에게 도움을 줄 수 있다고 확신하는 경우는 예외지요. 시라크의 예수도 이렇게 가르치셨어요. '너의 비밀이나 약점을 적은 물론이고 친구에게도 보이지 말라. 그들은 네 앞에서 동정을 표하거나 칭찬을 하지만, 네가 없는 자리에서는 너에게 등을 돌릴 것이다.' 또 어떤 현자는 '비밀을 끝까지 간직하는 사람은 찾아보기 힘들다'라고 말했어요. 그리고 성서에도 이렇게 씌어져 있어요. '네 비밀을 네 가슴에 묻어두고 있는 동안 너는 그것을 감옥 속에 간직하고 있는 것이다. 그러나 만일 네 비밀을 다른 사람에게 털어놓으면, 그 사람은 너를 함정에 빠뜨릴 것이다.' 그러니 비밀을 털어놓고 그 사람에게 입을 봉해 달라고 부탁하는 것보다 당신 마음속으로 품고 있는 결정을 혼자 간직하는

---

1. 이것은 세네카의 말이 아니라, 푸빌리우스 시루스의 말이다.

것이 더 바람직하죠.

세네카는 이렇게 말했어요. '네 비밀을 제대로 지키지 못하면서, 어떻게 다른 사람이 그 비밀을 지켜줄 것을 바랄 수 있겠는가?' 그렇지만 당신의 의견을 다른 사람에게 말하면 당신이 좀 더 나은 입장에 있을 거라고 생각되신다면, 그때는 그 비밀을 말씀하시되, 이렇게 하세요. 우선 당신이 전쟁을 바라는지 아니면 평화를 바라는지, 혹은 이것인지 아니면 저것인지 절대로 말하지 마세요. 다시 말하면, 당신의 목적을 털어놓지 마세요. 일반적으로 자문에 응하는 사람들은 아첨쟁이들이거든요. 특히 고관대작의 자문관일 경우는 더욱 그렇답니다. 그런 사람들은 자기들의 충고가 거짓말이고 쓸데없는 것일지라도 마음에 드는 소리만 늘어놓으려고 해요. 그래서 부자는 자기 자신의 충고 이외에는, 훌륭한 조언을 얻기란 거의 불가능하다는 말이 있는 것이지요.

그 다음에는, 누가 당신의 친구들이며 누가 당신의 적인지 깊이 생각해 보세요. 그리고 친구들 중에서도 누가 가장 현명하고 충실한지 생각해 보시고, 또한 누가 연장자이며 누가 당신에게 자문을 해줄 자격이 있는가를 따져 보세요. 필요한 경우에는 그런 사람들에게 자문을 요청하세요. 우선 가장 충실한 친구들을 부르도록 하세요. 솔로몬은 감미롭고 고상한 음식이 우리의 마음을 기쁘게 하듯이, 진실한 친구의 충고는 우리의 영혼을 달콤하게 만든다고 했어요. 또한 '진실한 친구와 비길 만한 것은 이 세상에 아무것도 없다'라고 말했어요. 틀림없이 진정한 친구의 선의(善意)는 금과 은도 비교될 수 없어요. 그러면서 '성실한 친구는 안전한 피난처요, 그런 친구를 가진 것은 보화를 지닌 것과 같다'라고 말했답니다.

그리고 또 명심해야 할 것은 진정한 친구들이 현명하고 신중한지도 생각해 봐야 한다는 것이에요. 성서를 보면 '지혜로운 사람에게 조언을 구하라'라고 적혀 있어요. 나이 많은 사람에게 조언을 구하라는 것도 같은 이유예요. 물론 그들이 오랜 경험을 쌓고 많은 것들을 보아왔으며, 당신이 믿을 만한 사람이어야만 되지요. 또한 성서에도 '나이와 함께 지혜가 자라고, 연륜과 함께 깨달음이 깊어간다'라고 적혀 있어요. 툴리우스 키케로는 이렇게 말한답니다. '커다란 업적은 힘이나 재빠른 육체에 의해 얻어지는 것이 아니라, 훌륭한 조언과 사람들의 권위와 지혜로써 이루어진다. 이 세 가지는 나이를 먹을수록 감퇴되는 것이 아니라, 날마다 커지고 강해지는 것이다.'

또한 언제나 다음과 같은 법칙을 명심하세요. 첫째는 소수의 친구들에게 자문을 구하세요. 솔로몬은 이렇게 말합니다. '될 수 있는 대로 많은 친구들과 잘 사귀어라. 그러나 네 마음을 털어놓을 친구는 한 사람만 택하여라.' 물론 처음에는 소수의 친구들에게 의논하시더라도, 나중에는 필요에 따라서 더 많은 사람들과 의논하실 수 있어요. 그렇지만 항상 자문을 구하는 상대는 진실하고 현명하며 경험이 많은 사람만을 고르세요. 반드시 이런 세 가지 자격을 갖추어야 해요. 하지만 단 한 사람의 친구에게만 자문을 구해서는 안 돼요. 때로는 많은 사람들의 조언을 들어야 할 경우도 있거든요. 솔로몬도 이렇게 말했어요. '안전한 인생은 많은 참모를 가지는 데 있다.'

지금까지 당신에게 진정한 친구들은 어디에서 찾아야 하는지 설명해 드렸으니까, 이제는 어떤 종류의 조언을 따라야 하는지 가르쳐 드리겠어요. 우선 바보들의 조언은 듣지 마세요. 솔로몬은 이렇게 말했어요. '어리석은 자와 털어놓고 의논하지 말아라. 그는 자기의 욕심에서 우러나온 말밖에 하지 않는다.' 또한 성서에도 이렇게 씌어져 있어요. '어리석은 사람의 특징은 모든 사람을 경박하다고 잘못 생각하는 것이다. 그리고 경박하게도 자기가 모든 장점을 가지고 있다고 믿는다.' 그리고 아첨쟁이들의 말도 피하도록 하세요. 그들은 진실을 말하는 대신, 당신을 칭찬하면서 아부만 하려고 해요. 툴리우스 키케로는 '아부는 가장 못된 우정의 역병(疫病)이다'라고 말했어요. 그리고 성서에서도 이렇게 말하고 있어요. '너에게 진실을 말하는 친구의 고언(苦言)보다 너의 비위를 맞추려고 애쓰는 아첨쟁이들의 달콤한 말을 더 두려워하고 피하도록 하라.'

솔로몬은 아첨쟁이의 말들은 순진한 사람을 사냥하기 위해 매복하고 있는 것이라고 말하지요. 또한 '친구에게 감언이설(甘言利說)만 일삼는 사람은 친구를 잡으려고 발 밑에 그물을 치고 있는 사람과 마찬가지다'라고도 말했어요. 따라서 툴리우스 키케로는 이렇게 말한답니다. '아첨쟁이들에게 귀를 기울이지 말고, 아부의 말을 따르지 말라.' 또한 카토는 '깊이 생각하여 달콤하고 듣기 좋은 말을 뿌리쳐라'라고 말하고 있어요.

마찬가지로 비록 옛날에 적들과 화해를 했더라도, 그들의 말을 듣지 마세요. 성서는 과거의 적에게 호의를 베풀면 화를 입는다고 적고 있어요. 또한 이솝도 '한때 싸웠거나 적의를 품었던 사람을 믿지 말고, 그에게 너의 비밀을 드러내지 말라'라고 쓰고 있어요. 세네카는 왜 과거의 적을 믿지 말아야 하는지 이렇게 적고 있어요. '오랫동안 커다란 불길이 일었던 곳에는 반드시 잔불이 남아 있는 법이다.'

그래서 솔로몬은 이렇게 충고하지요. '과거의 적을 절대로 믿지 말라.' 비록 적이 당신과 화해를 하고 머리를 숙여 당신을 공손히 섬기더라도 절대로 믿으면 안 돼요. 틀림없이 그런 사람은 당신을 좋아하기 때문에 그렇게 하는 것이 아니라, 자기의 이익을 챙기기 위해서 공손한 척하는 거예요. 즉 싸움을 통해서는 당신을 이길 수 없음을 알고서 이런 위선적인 행동으로 당신을 이기려고 하는 거지요. 이미 오래 전에 페트루스 알폰수스도 '과거의 적들과 자주 만나지 말라. 그들은 당신의 선행을 악으로 보답할 것이다'라고 경고했지요.

또한 당신을 매우 존경하는 듯이 행동하는 하인들의 말도 믿지 말아요. 그들은 당신을 사랑하기 때문이 아니라, 단지 당신이 두려워 충동적으로 행동할 경우가 많거든요. 어느 철학자는 이렇게 말했어요. '아주 두려워하는 사람에게 완전한 충성을 바칠 수는 없다.' 이 말은 일리가 있어요. 또한 키케로도 '황제의 권력이 아무리 위대하더라도, 백성들이 사랑이 아니라 두려워 그를 받아들인다면, 그 나라는 오래가지 않는다.'

그리고 술주정뱅이들의 조언도 믿지 마세요. 그들은 비밀을 지킬 수 없는 사람들이거든요. 솔로몬은 '주정뱅이들이 모인 곳에는 비밀이란 없다'라고 말했어요. 마찬가지로 단 둘이 있을 때에는 이런 말을 하다가 사람들이 많은 곳에서는 반대로 말하는 사람들의 말은 믿지 마세요. 카시오도루스는 공개 석상에서는 이런 말을 하고, 단 둘이 있을 때에는 다른 말을 하는 사람은 위선의 탈을 쓴 사람이라고 말했지요. 또한 나쁜 자들이 주는 충고는 일단 의심을 해봐야 해요. 성서에도 '나쁜 사람은 남 속일 궁리만 한다'라는 말이 적혀 있거든요. 다윗은 '죄인들의 조언을 따르지 않는 사람은 복되어라'라고 말했답니다. 그리고 젊은 사람들의 조언도 듣지 마세요. 그들은 아직 미숙한 사람들이니까요.

지금까지 저는 당신에게 누구의 조언을 들어야 하는지 설명해 드렸어요. 이제는 키케로의 말에 의거해서, 당신에게 주는 조언들을 어떻게 분석해야 하는지 그 방법을 가르쳐 드리겠어요. 무엇보다도 조언자들의 말을 고려할 때는 여러 가지 상황이 있다는 것을 명심하셔야 해요. 첫째, 당신이 하시고자 하는 일이 무엇이며 어떤 조언을 필요로 하는지 잘 생각하셔야 해요. 그리고 그것에 관해서 진실대로 말씀하셔야 해요. 다시 말하자면, 모든 것을 사실 그대로 명확하게 말씀하셔야 한답니다. 조언을 구하면서 거짓말을 하는 사람은 절대로 좋은 조언을 받을 수가 없답니다.

그 다음에는, 자문관들의 의견대로 행하시고자 하는 일이 사리에 맞는 것인지, 당신의 능력으로 할 수 있는 일인지, 또한 당신이 선택한 자문관들이 대부분 동의하는지 아니면 그렇지 않은지를 검토하셔야 해요. 또한 당신이 선택한 조언의 후유증으로 증오나 전쟁과 같은 손해가 뒤따를 것인지, 아니면 평화와 용서와 같은 좋은 것이 일어날 것인지 심사숙고하셔야 해요. 그런 것들 중에서 가장 이로운 것을 택하시고, 나머지 것은 모두 버리세요. 그리고 이런 문제의 뿌리가 무엇이며, 어떠한 결과를 낳을 수 있을 것인지 깊이 생각해 보세요. 또한 원인이 모두 어디에서 생겨났는지도 잊어버리시면 안 돼요.

지금 제가 말한 방법으로 조언을 검토하셔서 무엇이 가장 좋고 이익이 되는지 판단하시고, 경험이 많고 아는 것이 많은 사람들이 찬성하는 것을 받아들이세요. 그런 다음에는 조언을 능히 실행에 옮길 수 있는지, 유종의 미를 거둘 수 있는지를 고려하세요. 사실 일을 시작했다가 적절하게 끝을 맺지 못한다는 것은 합리적인 생각이 아니거든요. 아무도 자기에게 버거운 짐을 어깨 위에 짊어질 수는 없는 법이거든요. '많은 것을 껴안은 사람은 강하게 조이지 못한다'라는 속담이 있어요. 또한 카토는 이렇게 말했어요. '네 힘에 닿는 것만을 실행에 옮겨라. 그렇지 않으면 견뎌내지 못하고 도중에 그만둘 것이다.'

그리고 만일 어떤 일을 해야 할지 말아야 할지 모를 때에는, 그 일을 시작하는 것보다는 차라리 참는 편을 택하세요. 페트루스 알폰수스는 '나중에 후회할 일을 하는 것보다는 차라리 시작하지 않는 편이 낫다'라고 말했어요. 그러니까 말하는 것보다는 침묵을 지키는 편이 낫다는 말이지요. 다시 말하자면, 당신이 충분히 하실 수는 있지만 나중에 후회할지도 모르는 일을 시작하느니, 차라리 하지 않는 것이 좋다는 말이지요. 슬기로운 사람들은 어떤 일을 해야 하는지 아닌지 모를 때에는 절대로 하지 말라고 충고하는데, 그 말은 하나도 틀린 게 없답니다. 그리고 제가 말씀드린 대로 당신이 받은 조언을 면밀히 검토하셔서, 능히 당신이 그런 일을 해야겠다는 확신이 들면 끝까지 그 결정을 밀고 나가세요.

이제는 남의 비난을 받지 않고 언제, 그리고 어떻게 당신의 의견을 바꿀 수 있는지를 설명해 드리겠어요. 사실대로 말해서, 새로운 상황이 발생하거나 결정을 하게 만든 원인이 사라지면, 우리의 생각과 범주를 바꿀 수도 있어요. 법에도 이렇게 씌어져 있어요. '새로운 일이 일어나면 새로운 조언을 필요로 한다.' 세네카 역시 '네 생각이 적의 귀에 들어갔다면 그 생각을 바꿔라'라고 말했어요. 또한 실수나 다른 원인으로 인해서 당신이 한 결정이 해나 재난을 일으킬 수 있을 때에는 생각을 바꿀 수 있어요. 당신이 받은 조언이 정직하지 못한 것이거나 온당치 못한 동기에서 나온 것이라면, 의당 생각을 바꾸셔야 해요. '정직하지 않은 명령은 효력이 없다'라고 법전에도 적혀 있어요. 또한 실행이 불가능한 명령이거나 혹은 끝까지 실행할 수 없을 경우에도 의견을 바꿀 수 있는 것이에요. 이것을 일반적인 행동의 규칙으로 삼아 주세요. 어떤 상황에서도 절대로 바꿀 수 없는 결심은 잘못된 것이에요."

남편 멜리베우스는 아내 프루던스의 말을 들은 후, 이렇게 말했습니다.

"여보, 지금까지 당신은 내가 어떤 사람의 조언을 들어야 하는지 전반적으로 가르쳐 주었소. 그러나 지금의 상황에서 내가 선택한 결정을 어떻게 생각하고 있는지 구체적으로 당신의 의견을 말해 주면 좋겠소."

그러자 프루던스는 이렇게 대답했습니다.

"당신에게 부탁하는데, 제가 듣기 싫은 소리를 하더라도 기분 나쁘게 듣지는 말아주세요. 하느님도 아시다시피, 저는 오직 당신과 당신의 명예를 위해서 말하는 것일 뿐이에요. 솔직히 말하자면, 당신의 어진 마음씨로 제 말을 참고 들어주시길 바래요. 우선 제 말을 믿어 주세요. 이번 문제에서 당신이 의논하신 것은 적당하지 않았어요. 차라리 충동적인 것이거나 광기의 소산이었다고 생각해요. 당신이 택하신 결정에는 여러 가지 잘못이 있었어요.

우선 자문 상대들을 소집하는 것부터 실수를 하셨어요. 처음에는 몇 사람만 불러 의논을 하시고 나중에 필요한 경우에 더 많은 사람들과 상의를 하셨어야 했어요. 결론적으로 말하자면 당신은 갑자기 많은 사람들의 자문을 구하셨고, 그들은 저마다 떠들어댔어요. 또한 진실하고 경험이 많은 친구들만 부르시지 않으신 것도 잘못하셨어요. 당신은 이상한 사람들과 아첨쟁이들, 과거의 적들을 비롯해서 당신을 존경하기는 하지만 사랑하지는 않는 사람들을 모두 부르셨어요. 그리고 상의를 하시면서 분노와 탐욕과 서두름이라는 세 가지 금물 사항을 피하지 않으셨어요. 이 세 가지는 훌륭하고 이로운 토론을 하는 데 방해가 되는 요소들이지요. 마찬가지로 당신이나 당신 의논 상대들도 당신 가슴속에 품고 있던 이런 세 가지 감정을 저지하지 않으셨어요.

또한 의논 상대들에게 싸움으로 복수를 하겠다는 의도를 드러내신 것도 잘못하셨어요. 당신의 말에서 그들은 무엇 때문에 당신이 그들을 불렀는지 간파했어요. 그래서 당신을 위해서가 아니라 단지 당신의 생각에 맞는 충고를 한 것이에요. 그리고 이런 사람들의 어리석은 충고를 듣는 것만으로 족하다고 생각하신 것도 실수였어요. 사실 이런 문제는 더 많은 사람들의 의견을 들어보셔야 하고, 당신의 생각을 행동으로 옮기는 것도 좀 더 신중히 결정하셨어야 했어요. 이미 말씀드린 대로 당신의 목표가 무엇인지 세심하게 점검하지 않으셨고, 이런 경우에 어떤 방법이 적당한 것인지도 생각하지 않으셨어요. 또한 의논 상대를 구분하지 않았다는 것도 잘못이에요. 다시 말하자면, 진정한 친구와 거짓 조언자들을 구별하지 않으셨어요. 그리고 당신의 진정한 친구들이나 나이 많고 현명한 사람들의 의견은 귀담아듣지 않으신 채, 모든 의견을 뒤범벅하여 그중에서 다수가 지지하는 것을 선택하셨어요. 당신도 익히 잘 알고 있겠지만, 어리석은 자들이 현명한 사람들보다 훨씬 많은 법이에요. 흔히 사람들이 많이 모이면 지혜보다는 숫자에 더 집착을 하게 되고, 결국은 항상 바보 같은 의견이 이기게 되지요."

멜리베우스는 다시 이렇게 말했습니다.

"내가 잘못했다는 것은 인정하오. 그렇지만 당신도 이야기했다시피, 정당한 사유가 있는 경우에는 결정을 번복할 수도 있소. 난 당신의 생각대로 내 의견을 바꾸고 싶소. 속담에도 있듯이, 죄를 짓는 것은 인간적이지만 죄에 집착하는 것은 악마적인 일이니 말이오."

이 말을 듣자 프루던스는 다음과 같이 말했습니다.

"그럼 이번 모임에서 나온 의견들을 살펴보세요. 그럼 누가 가장 좋은 조언을 했고, 누가 가장 현명한 말을 했는지 아시게 될 거예요. 우선 가장 먼저 말을 꺼낸 의사들의 생각을 먼저 점검해 보도록 해요. 그들은 자기들 본분에 맞게 지혜롭고 신중하게 조언을 했어요. 또한 모든 사람에게 이익이 되는 말을 했으며 아무도 해치지 않았어요. 그리고 자기들이 보살피는 환자들의 병을 정성들여 고치듯이 성심성의껏 조언을 했어요. 제가 보기에 그들의 고귀한 말은 최고의 보답을 받아 마땅하다고 생각해요. 또 그들이 적절한 해답을 주었던 것처럼, 우리의 사랑스런 딸도 정성들여 보살필 거예요. 의사들이 당신 친구들이기는 하지만, 그들이 공짜로 치료해 주기를 기대해서는 안 돼요. 그렇지 않으면 적어도 그들을 너그럽게 대하셔야 해요. 그런데 의사들이 주장했던 것처럼 병은 반대의 체액에 의해서도 치료된다는 것을 당신은 어떻게 이해했으며, 당신 의견은 어떤지 알고 싶어요."

그러자 멜리베우스가 대답했습니다.

"내 의견은 이렇소. 내 적들이 나를 해쳤으니, 나도 그들에게 해로운 것으로 응답해야겠다고 생각했소. 또한 내게 복수를 하고 무력을 행사했으니, 나 역시 그들에게 복수를 하고 무력으로 응징을 해야겠다고 결심했소. 이런 식으로 역(逆)을 또 다른 역(逆)으로 대응해야 한다고 생각했소."

그러자 프루던스가 설명했습니다.

"그것 보세요. 남자들은 자기들이 유리하도록 생각하는 성향이 있는데, 그건 너무 경솔한 짓이에요. 의심할 여지 없이 의사들의 말을 당신처럼 해석해서는 안 돼요. 악을 악으로 대항해서는 안 되며, 복수를 당했다고 그것을 다시 복수해서는 안 되며, 모욕을 당했다고 역으로 다시 모욕을 주는 것은 옳지 않아요. 이것은 반대가 아니라 실상은 거의 유사한 것이거든요. 따라서 복수는 또 다른 복수로 잠재워지는 것이 아니고, 실수를 했다고 그것을 다시 실수로 앙갚음해서는 안 돼요. 그 결과는 다시 복수심을 불러일으키고, 다시 실수로 앙갚음을 하게 되지요. 의사들의 말은 이렇게 해석하셔야 해요. 즉 선행(善行)은 악행(惡行)의 반대이고, 평화는 전쟁의 반대이며, 복수는 용서의 반대이고, 불화는 화목의 반대라는 식이 되어야 하는 것이죠. 간단하게 말하자면, 악한 행동은 선한 행동으로 고치고, 전쟁은 평화로 고치듯이 나머지도 그렇게 해야 한다는 거예요.

성 바울로는 여러 대목에서 이런 것을 꾸짖으셨어요. 그는 이렇게 말씀하셨죠. '아무에게도 악을 악으로 갚지 말고, 욕을 욕으로 갚지 말라. 반대로 너에게 해를 끼치는 사람에게 선행을 베풀고 너에게 욕을 하는 사람에게 축복을 내려라.' 또한 여러 대목에서 그분은 평화와 화해를 강조하셨어요.

그렇지만 이제는 변호사와 현자들이 말한 의견에 관해 평을 하겠어요. 무엇보다도 이 사람들은 당신에게 당신의 몸과 집을 보호하라고 말하면서, 상황을 보건대 조심스럽고 신중하게 행동해야 한다고 충고했어요. 우선 당신 자신을 보호해야 한다는 문제에 관해서 말해 보겠어요. 전쟁에 있는 사람은 무엇보다도 경건하고 겸허한 마음으로 예수 그리스도에게 위험에 처한 자기 자신을 보호해 주고 용기를 달라고 기도를 해야 해요. 우리의 주님이신 그리스도의 도움이 없이는 이 세상의 그 누구도 좋은 조언을 얻을 수 없으며, 그의 신변도 충분히 보호받을 수 없어요. 예언자 다윗은 '야훼께서 집을 세우지 아니하시면 집 짓는 자들의 수고가 헛되며, 야훼께서 성을 지키지 아니하시면 파수꾼의 깨어 있음이 헛일이다'라고 말하시면서, 똑같은 의견을 피력하셨어요.

그리고 당신의 신변 안전은, 진실되고 오래 사귀어 충성이 증명된 사람들에게 도와 달라고 부탁하셔야 해요. 카토는 이렇게 말했어요. '도움이 필요할 때에는 친구들에게 요청하라. 최고의 의사는 항상 진실한 친구이다.'

또한 낯선 사람들이나 거짓말쟁이들을 멀리하시고, 그들과 함께 있지 마세요. 페트루스 알폰수스는 이렇게 가르쳤어요. '오래 사귀어 아는 사람이 아닌 낯선 사람과 함께 길을 가지 말라. 우연히 낯선 사람과 함께 길을 가게 되면, 눈치 채지 못하게 그가 어떤 삶을 살았는지 알아보고, 네가 어디로 가는지 말하지 말라. 그가 물어보면 거짓으로 목적지를 대라. 만일 그대가 창을 들었다면 그것을 왼손으로 들고, 칼이 있다면 오른쪽에 차라.'

다시 한 번 말씀드리겠어요. 앞에서 말한 바와 같이 낯선 사람과 동행하지 말고 그들의 조언은 받아들이지 마세요. 또한 자신의 힘을 과신한 나머지 상대방의 힘을 과소평가하는 법이 없도록 하세요. 현명한 사람은 항상 적을 두려워하는 법이에요. 솔로몬도 이렇게 말했어요. '적을 두려워하는 자는 복을 받지만, 겁이 없거나 거만한 사람은 재난을 면할 길이 없다.' 또한 당신은 언제나 복병과 첩자들을 경계하셔야 해요. 세네카는 이렇게 말했어요. '악을 두려워하는 현자는 악을 피하며, 유혹을 피하는 자는 유혹에 빠지지 않는다.' 당신이 아무리 안전한 장소에 있더라도 당신 몸을 잘 돌보시도록 노력하세요. 큰 적을 만나든 작은 적을 만나든 절대로 신변 보호를 게을리하지 마세요. 세네카는 이렇게 가르치고 있어요.'정말로 현명한 사람은 심지어 하찮은 적도 두려워한다.' 오비디우스 역시 이렇게 말했어요. '조그만 족제비가 커다란 황소나 사슴도 죽일 수 있다.' 또한 고서에도 이렇게 적혀 있어요. '조그만 가시가 왕을 찔러 큰 아픔을 줄 수 있으며, 개가 산돼지를 잡을 수도 있다.'

그러나 너무나 비겁한 나머지 두려워할 이유가 없는 곳에서도 말을 더듬는 사람이 되라는 말은 아니에요. 고서에는 '어떤 사람들은 남을 속일 마음이 있지만 속는 것은 무척 두려워한다'라고 적혀 있어요. 또한 독살(毒殺)될 것을 경계하고 무례한 사람들을 멀리하세요. 고서에는 '무례한 사람들과 어울리지 말라. 그들의 말은 독과 같다'라고 씌어져 있어요.

두 번째 문제, 즉 당신 집을 잘 지키라는 점에 관해서 당신의 의견은 어떤지, 그리고 어떻게 결정하셨는지 알고 싶어요."

멜리베우스는 다음과 같이 대답했습니다.

"솔직하게 대답해 주겠소. 나는 그 말을 성이나 다른 큰 건물처럼 망루를 만들고 무기와 대포로 지키라는 말로 이해했소. 그러면 적들이 감히 우리에게 접근할 수 없을 것이고, 따라서 내 몸과 집을 지킬 수 있을 것이라고 생각했소."

그러자 프루던스는 이렇게 대답했습니다.

"높은 망루를 만들고 큰 건물을 세운다는 것은 돈이 너무 많이 들어요. 그리고 종종 그런 것은 자존심의 산물일 경우가 많아요. 하지만 그런 것을 세우더라도 진실하고 충성스럽고 신중한 친구들이 지켜주지 않으면 아무 소용도 없는 것이지요. 부자가 자신의 신변과 재산을 지키기 위해 가져야 하는 최고의 용감한 수비대는 부하들과 이웃사람들에게 받는 사랑이에요. 키케로는 이렇게 말했어요. '이 세상에는 절대로 무너뜨릴 수 없는 난공불락의 수비대가 있다. 그것은 시민들과 백성들이 영주에게 바치는 사랑이다.'

이제는 세 번째 문제로 들어가겠어요. 늙고 현명한 사람들은 당신에게 일을 서두르지 말고 극도로 주의를 기울여 심사숙고하라고 말했어요. 사실 저는 그들의 말이 현명하기 그지없고 매우 옳은 말이었다고 생각해요. 툴리우스 키케로는 이렇게 덧붙였어요.'무슨 일이든 시작하기 전에 빈틈없이 준비하라.'

복수를 한다든지, 전쟁을 일으킨다든지, 또는 성을 쌓는다든지와 같은 경우에 당신은 그런 일을 시작하시기 전에 열심히 준비를 해야 해요. 툴리우스 키케로는 다음과 같이 지적하고 있어요. '전쟁 전에 세심하게 준비를 하면 승리는 그만큼 빨라진다.' 또한 카시오도루스는 '오랫동안 준비할수록 수비대는 더욱 강해진다'라고 말했어요.

이제는 당신 이웃들, 즉 당신을 사랑하지 않은 채 무서워 공경하는 사람들이나 화해한 과거의 적들이나 아첨꾼들이 했던 말을 생각해 보세요. 그들은 사석에서는 특정한 것을 권하지만, 공석에서는 전혀 다른 말을 하지요. 또한 젊은 사람들은 당신에게 복수를 하고 즉시 전쟁을 하라고 조언했어요. 이미 제가 말씀드렸다시피 당신이 모든 사람들을 불러 의논하신 것은 실수였어요. 이 사람들이 의논 상대로 적당하지 않은 이유는 제가 분명히 말씀드렸어요. 그렇지만 이제는 좀 더 자세하게 살펴보기로 해요.

첫 번째로, 당신은 키케로의 생각대로 일을 진행하셨어야 했어요. 이 사건의 진상은 구태여 조사할 필요가 없는 것이에요. 누가 당신을 공격하고 모욕한 장본인이며, 또 그들이 어떤 사람들인지는 익히 알려져 있는 사실이니까요.

그럼 키케로가 언급한 두 번째 요건을 살펴봐야 해요. 이것은 키케로가 '동의'라고 말하는 것이에요. 즉 급히 복수를 서두르시는 당신의 뜻에 동의한 사람들이 누구이고, 그 수가 얼마나 되며, 무엇을 하는 사람들인지 알아보세요. 당신 적들의 행동에 뜻을 같이하는 사람들이 누구이며, 그 숫자는 얼마나 되고, 그들이 어떤 부류인지 생각해 보세요. 우선, 당신의 조급한 복수에 동의한 사람이 누구인지는 다 아는 일이에요. 즉시 전쟁을 시작하고 충고한 사람들은 모두 당신의 진정한 친구들이 아니었어요. 이제 당신이 당신 몸처럼 아끼는 친구들이 누군지 생각해 보세요. 당신은 권력도 있고 재산도 많지만, 홀몸이에요. 아들은 없고 딸만 하나 있으니까요. 또한 형제나 사촌 혹은 가까운 친척이 하나도 없어요. 그래서 당신의 적들은 당신을 공격하려 들고, 당신을 무서워하지 않으면서 파멸시키려고 하는 거예요. 당신이 죽으면 당신 재산은 여러 사람의 손에 분할될 것임은 당신도 잘 알고 있을 거예요. 그렇지만 그들이 각자의 몫을 받더라도 당신의 죽음을 복수하겠다고 생각하지는 않을 거예요.

반면에 당신의 적은 세 사람이에요. 그들은 자식들과 형제들과 사촌들과 가까운 친척들이 굉장히 많아요. 당신이 두세 사람을 죽인다 하더라도 당신에게 복수를 하고 당신의 목숨을 빼앗을 수 있는 사람들은 얼마든지 많아요. 당신의 친척들이 적들의 친척보다 훨씬 충실하고 힘이 세다고 하더라도, 그들은 먼 곳에 살고 당신과는 촌수도 멀어요. 반면에 당신 적들의 친척은 가까운 친척들이에요. 이 점에 관해서는 적들의 입장이 당신보다 훨씬 유리해요. 마찬가지로 복수를 주장한 사람들의 생각이 이치에 맞는지 검토해 보세요. 당신도 잘 알고 있다시피, 그 대답은 '아니요'지요. 법뿐만 아니라 우리의 이성(理性)은 복수를 금지하고 있어요. 그것을 할 수 있는 사람은 재판관밖에 없어요. 그 사람만이 법이 요구하는 바에 따라 합법적으로 복수를 할 수 있어요.

키케로가 '동의'라고 말한 것에 대해서, 그것은 당신이 당신의 목적을 달성하기 위해 충분한 힘과 능력을 가졌는가 하는 것이지요. 물론 당신은 그렇지 않다고 대답할 거예요. 분명히 말씀드리자면 우리가 할 수 있는 일은 합법적으로 할 수 있는 것뿐이거든요. 따라서 법적인 관점에서 바라본다면, 당신 스스로 복수를 할 수는 없어요. 결과적으로 당신은 당신의 목적을 수행할 능력이 없는 것이죠.

그럼 키케로가 '결과'라고 말한 세 번째 사항을 살펴보겠어요. 여기에서 결과는 당신이 목적으로 삼고 있는 복수랍니다. 그러나 복수는 또다른 복수와 위험과 전쟁을 낳으며, 전쟁에는 또다른 무한한 해가 뒤따르는 법이에요. 지금은 이것이 무엇일지 우리는 전혀 알 수가 없답니다.

네 번째로 살펴봐야 할 것은 키케로가 말한 '동기'예요. 당신이 입으신 피해는 당신 적들이 당신을 증오했다는 점에 그 원인이 있어요. 그러므로 당신의 복수는 또다른 복수의 동기를 제공하는 것이에요. 따라서 앞에서 말한 것처럼 큰 불행과 막대한 재산의 손실을 가져올 수 있어요.

마지막으로, 키케로가 '원인'이라고 이름붙인 점을 살펴보도록 해요. 당신이 입으신 피해에는 원인이 있다는 것을 당신도 아실 거예요. 학자들은 그것을 먼 원인과 가까운 원인으로 나눈답니다. 먼 원인은 모든 것의 기원이신 전지전능하신 하느님이지요. 반면에 가까운 원인은 당신의 적들이에요. 사고의 원인은 증오였으며, 물질적인 원인은 우리 딸이 입은 다섯 군데의 상처예요. 형식적 원인, 즉 당신 적들의 행동은 사다리를 가져와서 우리 집 창문으로 들어온 것이에요. 최후의 원인은 당신 딸을 죽이는 것이었어요. 이런 목적이 달성되지 않았다고 해서, 그들이 이런 것을 목적으로 삼지 않았다고는 말할 수 없어요. 그러나 먼 원인, 즉 그들이 어떤 최후를 맞이할 것이고, 그들에게 어떤 일이 발생할 것인지 저는 추측할 수는 있지만 판단할 수는 없어요. 아마 불행한 최후를 맞이할 거예요. 왜냐하면 교령서(敎令書)에 이렇게 적혀 있거든요. '나쁜

게 시작한 것이 좋은 결말을 맺기는 극히 어렵고 드문 일이다.'

그런데 왜 하느님께서 사람들이 그런 못된 짓을 저지르도록 놔두셨느냐고 물으신다면, 저는 적당한 대답을 할 수가 없어요. 사도 바울로는 이렇게 말하고 있어요. '하느님의 풍요와 지혜와 지식은 심오합니다. 누가 그분의 판단을 헤아릴 수 있으며, 그분이 하시는 일을 이해할 수 있겠습니까?' 그렇지만 상상과 추측을 해 보자면, 공정하고 정의로우신 하느님께서는 어떤 합당한 이유가 있어서 이런 일이 일어나게 하였으리라고 생각해요.

당신의 이름 멜리베우스는 '꿀 마시는 사람'이란 뜻이에요. 당신은 달콤한 세속의 부귀와 현세의 쾌락과 명예를 너무 많이 마신 나머지 그것에 취하고 말았어요. 그래서 당신의 창조주이신 예수 그리스도를 잊어버렸어요. 당신은 그리스도를 존경하고 우러러보아야 하지만, 그렇게 하지 않았어요. 당신은 오비디우스의 말을 잊으셨어요. 그는 이렇게 말했죠. '속세의 행복을 선사하는 꿀 속에는 영혼을 죽이는 독이 숨어 있다.' 또한 솔로몬은 이렇게 지적했어요. '꿀을 봐도 적당히 먹어라. 너무 많이 먹으면 토하리라. 그러면 사람들은 너를 가난하고 불쌍한 사람으로 생각하리라.'

아마 그리스도는 당신을 외면하시고, 그의 자비로운 귀를 당신에게 기울이지 않았을지도 몰라요. 그렇게 함으로써 당신의 죄를 벌 주셨는지도 모르는 일이에요. 당신은 우리 주 예수 그리스도에게 죄를 지으셨어요. 왜냐하면 인류의 세 적, 즉 육체와 악마와 세속성이 당신의 육체라는 창을 통해 들어와 당신의 의지를 점령하게 하셨거든요. 당신은 그런 적들이 침입하여 유혹했지만, 열심히 저항하지 않았어요. 그래서 다섯 군데에 상처를 입힌 거예요. 다시 말하자면, 가장 큰 죄악들이 당신의 다섯 가지 감각이라는 창문을 통해 침입한 것이에요. 마찬가지로 우리의 주님이신 그리스도도 세 명의 적이 창문을 통해 당신 집으로 들어와, 우리가 익히 알고 있는 바대로 우리 딸에게 상처를 입히도록 하신 거예요."

이 말을 듣자 멜리베우스가 말했습니다.

"사실대로 말하겠소. 난 지금 당신이 내 적들에게 복수를 하지 않도록 여러 가지로 날 설득하려고 애를 쓰고 있다는 사실을 잘 알고 있소. 그래서 복수가 초래할 수 있는 여러 가지 위험과 재난을 설명하고 있다는 것도 알고 있소. 하지만 복수를 하려는 사람이 앞으로 생길 수 있는 위험과 재난을 일일이 생각한다면, 이 세상에서 복수하는 사람은 모두 없어질 것이오. 복수는 선과 악을 구별해 주는 방법이며, 복수를 하겠다는 사람들은 악한 자들에게 죄인들이 받을 형벌과 응징을 생각하게 하면서 그들의 사악한 목적을 포기하게 만들기도 하오."

남편의 말을 들은 아내 프루던스가 대답했습니다.

"복수가 나쁜 일도 생기게 하고 좋은 일도 생기게 할 수 있다는 것은 저도 잘 알고 있어요. 그러나 복수는 개인이 할 수 있는 것이 아니에요. 그것은 재판관들과 죄인들을 다스리는 사람들만이 할 수 있는 거예요. 그것뿐만이 아니에요. 개인적으로 남에게 복수를 하는 사람은 죄를 짓는 것이듯이, 재판관이 마땅히 해야 할 복수를 하지 않으면 그는 죄를 짓는 거예요. 세네카는 이렇게 말했어요. '악한 사람을 꾸짖는 사람은 좋은 사람이다.' 또한 카시오도루스도 '사람은 자기의 죄가 재판관들과 영주들이 싫어할 것임을 알면, 죄짓기를 두려워한다'라고 말했고, 어떤 사람은 '정의 구현을 두려워하는 재판관은 악한 사람들을 낳는다'라고 지적하기도 했어요. 그리고 성 바울로는「로마인들에게 보내는 편지」에서 '재판관들은 아무 이유도 없이 창을 휘두르지 않는다'라고 말씀하셨어요. 그것은 바로 악인들과 죄인들을 벌하고, 착한 사람을 보호하기 위해서지요. 만일 당신이 적들에게 복수하기를 바라신다면, 그들을 다스리는 재판관에게 근거를 제출하세요. 그러면 그 재판관은 법이 정하고 요구하는 바에 따라 정당하게 그들에게 벌을 내릴 거예요."

그러자 멜리베우스가 대답했습니다.

"그런 종류의 복수는 전혀 내 마음에 들지 않소. 오랫동안 생각한 끝에 나는 운명의 여신이 내가 어렸을 때부터 나에게 호의를 베풀었으며, 내가 수많은 어려운 고비를 넘기도록 도와주셨다는 사실을 알게 되었소. 그래서 이번에도 그런 운명을 지니고 있는지 시험해 보겠소. 운명의 여신은 하느님의 도움으로 틀림없이 내가 받은 치욕을 복수할 수 있도록 도와주실 것이오."

이 말에 대한 대답으로 프루던스는 이렇게 말했습니다.

"만일 당신이 제 충고를 따르신다면, 운명의 여신에 의지하실 필요도 없고 운명을 시험해 보실 필요도 없어요. 세네카는 이렇게 말했어요. '운명의 여신을 믿고 서둘러 일을 행하면 절대로 좋은 결과를 얻을 수 없다.' 또한 그는 이렇게 덧붙였어요. '운명의 여신이 가장 밝게 빛날수록 더욱 변덕스럽게 행동하는 법이다.'그러니 운명의 여신을 믿지 말아요. 그녀는 변덕스럽고 언제 변할지 모르니까요. 운명의 여신이 도와줄 것이라고 확신할수록, 그녀는 당신을 속이고 배신하는 법이에요. 운명의 여신이 어렸을 때부터 당신을 사랑했다고 말하셨는데, 그럴수록 지금은 그녀가 호의를 베풀어 줄 것이라고 믿으시면 안 돼요. 세네카는 이렇게 말했어요. '운명의 여신이 호의를 베푼 사람은 바보가 되고 만다.' 당신은 복수를 원하시고 있으며, 법적인 재판을 통한 복수는 성에 차지 않아요. 또한 운명의 여신을 믿고 행하는 복수는 위험하고 불안한 것이에요. 그러니 당신이 택할 길은 오직 하나밖에 없어요. 그것은 바로 모든 악과 죄를 응징하는 최고의 재판관에게 호소하는 것이에요. 하느님은 스스로 이런 것을 확인하셔서 당신의 원수를 갚아줄 거예요. 그리스도는 이렇게 말씀하셨어요. '복수는 내게 맡겨라. 내가 대신 복수를 해주리라.'"

프루던스가 이렇게 말하자, 멜리베우스가 대답했습니다.

"만일 내가 적들에게 받은 치욕을 복수하지 않는다면, 그들은 내게 더 큰 상처를 입혀도 좋다고 생각할 것이오. 이것은 결국 그들을 부추기는 결과가 되고 마오. 푸빌리우스 시루스는 이렇게 적고 있소. '과거의 치욕을 복수하지 않는다면, 너는 적들에게 다시 너를 모욕하라고 부추기는 것이다.' 또한 내가 참으면, 사람들은 내가 견디지 못할 정도로 온갖 악행으로 나를 신음하게 만들 것이고, 결국 나는 힘이 없거나 겁 많은 사람처럼 바닥에 쓰러지고 말 것이오. 속담에도 이런 말이 있소. '너무 많이 참으면 너를 참을 수 없는 수많은 고통으로 몰고 갈 것이다.'"

이 말에 대한 대답으로 프루던스가 말했습니다.

"지나치게 참는 것이 좋지 않다는 의견에는 나도 동의해요. 그러나 그 말은 화를 입었다고 누구나 복수를 해야 한다는 것을 뜻하지는 않아요. 그런 것이야말로 재판관들이 할 일이에요. 그들은 죄를 짓거나 모욕을 준 사람들을 응징할 책임이 있어요. 그러니 지금 인용하신 말은 모두 재판관들에게 한 이야기예요. 만일 그들이 죄악과 부정을 엄하게 벌하지 않고 너무 오랫동안 참고 있는다면, 그것은 새로운 부정을 부추기는 것과 같거든요. 어떤 현자는 이렇게 말했어요. '죄인을 벌하지 않는 판관은 죄인에게 다시 죄를 지으라고 명령하는 것과 같다.' 만일 재판관들이나 통치자들이 자기들 치하에 있는 죄인들을 벌하지 않는다면, 이 죄인들이 힘과 권력을 키워서 마침내 못된 짓을 엄단하지 않은 재판관과 통치자들을 자리에서 몰아내게 되지요.

그러나 이번에는 당신이 복수해도 좋다는 허락을 받았다고 가정해 보세요. 그렇더라도 저는 현재 당신이 그런 복수를 행할 충분한 능력을 갖추고 있지 못하다고 생각해요. 적들과 비교를 해보면, 이미 제가 말씀드린 여러 면에서 그들이 당신보다 유리한 입장이라는 사실을 알게 될 거예요. 그래서 지금은 참는 편이 낫다고 말씀드리는 거예요.

이것뿐만이 아니에요. 당신도 이런 속담은 잘 알고 있을 거예요. '자기보다 힘세고 권력 있는 자와 싸우는 사람은 어리석다. 자기와 힘이 비슷한 사람과 싸우는 것은 위험한 일이다. 또한 자기보다 힘이 약한 사람과 싸우는 것은 비열한 행위다.' 그래서 싸움은 되도록 피하셔야 해요. 솔로몬은 이렇게 말했어요. '위대한 사람은 싸움과 소란을 자제하지만, 어리석은 사람은 싸움에 뛰어든다.' 만일 당신보다 힘이 세고 권력이 강한 사람이 공격을 하면, 복수를 하는 대신 그의 공격을 멈추게 하려고 노력해야 해요. 세네카는 이렇게 말했답니다. '자기보다 강한 사람과 싸우는 사람은 큰 위험에 처하게 된다.' 카토 역시 이렇게 지적하고 있어요. '만일 너보다 힘이 세거나 지위가 높은 사람이 너를 해치면 참도록 하라. 한때 너를 괴롭히거나 해친 자는 다음에 너를 구하고 도와줄 수도 있기 때문이다.'

그렇지만 당신이 복수를 할 능력과 힘이 있을 경우에도 대부분은 복수를 하지 말고, 당신이 입은 해를 참고 견디는 쪽을 택하시는 것이 좋다고 생각해요. 특히 당신 자신이 여러 가지 부족함이 있다고 생각될 경우에는 더욱 그렇지요. 이미 말씀드렸다시피 바로 이런 이유로 하느님께서는 당신에게 그런 고통을 내려주신 거예요. 어느 시인은 이렇게 말했어요. '우리는 고통을 꿋꿋이 참고 견뎌야 한다. 그리고 그런 고통을 겪어 마땅하다고 생각해야 한다.'

성 그레고리우스는 이렇게 말했어요. '우리가 얼마나 많은 잘못과 죄를 범했는지 생각한다면, 우리가 겪는 고통과 고난은 아주 가벼운 것이다. 우리의 죄를 진지하고 깊이 반성할수록 고통은 더 가벼워지고 마음도 편해진다.' 그러니 당신은 겸손한 마음으로 우리의 주 예수 그리스도의 인내심을 본받아야 해요. 성 베드로는 『베드로의 첫 번째 편지』에서 이렇게 말하고 있어요. '그리스도께서도 여러분을 위해서 고난을 받으심으로써 당신의 발자취를 따르라고 본보기를 남겨주셨습니다. 그리스도는 죄를 지으신 일이 없고, 한 번도 나쁜 말을 하신 적이 없습니다. 사람들이 그분에게 욕을 할 때에도 그분은 욕하지 않으셨습니다.'

낙원에 살고 있는 성인들은 생전에 아무런 잘못도 없었지만 고난을 겪으며 인내로 참아냈어요. 또한 고통은 오래 지속되지 않고 빨리 지나가지만, 슬픔을 참아내면 우리는 영원한 기쁨을 누릴 수 있어요. 사도 바울로는 그의 편지에서 '하느님의 기쁨은 영원하다'라고 적고 있어요. 다시 말하자면, 영원히 지속된다는 것이지요. 그리고 저는 참을성이 없거나 참으려고 하지 않는 사람은 무지하고 제대로 교육을 받지 못한 사람이라고 굳게 믿고 있어요. 솔로몬은 이 점에 관해 이렇게 말했어요. '인내심을 보면 그 사람의 교양과 지식 수준을 알 수 있다.' 또한 다른 곳에서는 '인내심 많은 사람은 지혜롭게 행동한다'라고 적고 있으며 '성급한 사람은 말썽을 일으키고, 마음에 여유 있는 사람은 싸움을 말린다'라고도 말했어요. 솔로몬은 이런 말도 했어요. '함부로 화를 내지 않는 사람은 힘센 용사보다 낫다. 제 마음을 다스리는 사람은 수많은 성을 탈취하는 것보다 나으며, 더 큰 찬사를 받아야 한다.' 이런 의미로 야고보는 편지에서 '인내력을 발휘하십시오. 그러면 여러분은 조금도 흠잡을 데 없이 완전하고도 덕성스런 사람이 될 것입니다'라고 말했어요."

그러자 멜리베우스가 말했습니다.

"인내가 완전한 미덕이라는 것은 나도 알고 있소. 그렇지만 당신이 추구하는 완성된 인격을 누구나 가지고 있는 것은 아니오. 내 마음은 복수를 하기 전까지는 절대로 가라앉지 않을 것이오. 내 적들은 나를 해치면 위험에 처할 것을 알고 있었지만, 그런 위험을 조금도 개의치 않고 자기들의 못된 의도를 만족시킬 방법을 찾았소. 그러니 내가 약간 모험을 해서 원수를 갚는다고 나를 비난해서는 안 될 것이오. 또한 적들에게 해를 끼치기 위해 내가 조금 과한 행동을 했다고 나무라서도 안 될 것이오."

이 말을 듣자 프루던스가 말했습니다.

"당신은 당신의 목적을 기필코 이루겠다고 말씀하시는군요. 그러나 어떤 일이 있어도 복수를 하기 위한 목적으로 정당하지 못한 행동을 하거나 과도한 폭력을 사용해서는 안 돼요. 카시오도루스는 이렇게 말했어요. '복수를 하기 위해 폭력을 행사하는 자는 그에게 폭력을 휘두른 자와 똑같다.' 그러므로 당신은 정당한 방법으로 복수를 하셔야 해요. 즉 과도한 폭력에 의해서가 아니라 법에 따라 해야 돼요. 당신이 법에 의거하지 않고 다른 방법으로 복수를 하신다면, 당신 역시 죄를 짓는 거예요. 세네카는 이렇게 말했어요. '악을 악으로 복수해서는 안 된다.' 당신은 법전에 폭행은 폭행으로, 싸움은 싸움으로 방어해야 한다고 적혀 있다고 말씀하셨어요. 그러나 그것은 지체되거나 시간적인 간격을 두고 하는 복수가 아니라, 자기 방어로써 행해질 때를 지칭하는 것이에요. 그런 경우에는 자기 방어이지 복수를 하는 게 아니거든요. 그러나 그런 경우에도 절제를 해서 과도한 폭력을 사용했다거나 잔인한 행동을 했다는 비난을 피하도록 하셔야 해요. 당신도 잘 알고 있겠지만, 당신은 자신을 방어하려는 것이 아니라 복수를 하겠다는 것이에요. 그것은 절제 있게 행동하실 의사가 없다는 뜻이기에 저는 참는 것이 좋다고 생각하는 거예요. 솔로몬은 이렇게 말했어요. '참을성이 없는 사람은 큰 화를 입게 된다.'"

그러자 멜리베우스가 덧붙였습니다.

"나도 당신 말에 동의하오. 자기와 상관도 없고 자기가 해야 할 일도 아닌 것을 가지고 화를 내거나 참지 못하는 사람이 화를 당한다는 것은 전혀 이상한 일이 아니오. 유스티니아누스 법전에는 이렇게 씌어져 있소. '자기와 상관없는 일에 간섭하는 것은 유죄다.' 또한 솔로몬도 이렇게 말하고 있소. '상관도 없는 분쟁에 끼어드는 것은 지나가는 개의 귀를 잡는 격이다.' 모르는 개의 귀를 잡으면 물릴 가능성이 많은 것과 마찬가지로, 자기와 아무런 관련도 없는 일에 참지 못하고 끼어드는 사람이 화를 입는 것은 당연한 일이오. 그러나 당신도 잘 알고 있다시피, 이번 사건, 즉 내가 모욕을 당했고 딸아이 때문에 괴로워하고 있다는 것은 나와 밀접한 관계가 있고, 나에게 상당한 충격을 주었소. 따라서 내가 참지 못하고 분노하는 것은 전혀 이상한 일이 아니오. 당신은 나에게 여러 가지 생각을 말했지만, 나는 내가 복수를 한다고 큰 화를 입을 것이라고는 생각하지 않소. 그것은 내가 적들보다 더 부자이고 더 큰 권력을 가졌기 때문이오. 돈과 재산이 많으면, 이 속세의 모든 문제는 해결될 수 있다는 것쯤은 당신도 잘 알고 있을 것이오. 솔로몬은 '모든 것은 돈에 좌우된다'라고 자신 있게 말하고 있소."

프루던스는 남편이 얼마나 그의 재산과 돈을 자랑하고 있으며, 또한 적의 힘을 얼마나 과소평가하고 있는지를 알게 되자 이렇게 말했습니다.

"여보, 나도 당신이 돈과 권력이 있다는 것을 알고 있어요. 정당하게 돈을 벌고 그것을 올바르게 쓰는 것은 좋은 일이에요. 인간의 육체가 영혼 없이 살 수 없는 것처럼, 세상도 돈 없이는 살 수 없어요. 또한 돈으로 인해 많은 친구를 얻을 수도 있어요. 바로 이런 이유로 팜필루스는 이렇게 말했어요. '돈 많은 소몰이꾼의 딸은 수천 명의 남자 중에서 자기 마음에 드는 남편감을 마음대로 고를 수 있다. 그 많은 남자들 가운데 그녀를 거부하거나 그녀의 체면에 먹칠할 사람은 아무도 없기 때문이다.' 또한 팜필루스는 이런 말도 했어요. '당신이 행복하다면, 그러니까 아주 부자라면 수많은 친구와 동지를 얻을 수 있다. 그러나 만일 당신의 운명이 꼬여서 가난하게 되면, 그들은 모두 당신을 버리고 떠난다. 그러면 당신은 혼자라는 사실을 알게 될 것이다.' 그리고 팜필루스는 '태생이 노예라도 돈만 있으면 모든 사람의 존경을 받는다'라고 말하기도 했어요.

돈이 이렇게 여러 가지 좋은 일을 선사하는 것처럼, 가난하면 많은 손해를 볼 수도 있어요. 찢어지게 가난하면 수많은 피해를 입을 수 있어요. 그래서 카시오도루스는 가난을 가리켜서 파멸의 어머니라고 불렀어요. 즉 이 말은 몰락과 죽음의 어머니라는 뜻이에요. 이런 이유로 페트루스 알폰수스는 이렇게 말했어요. '자유인으로 태어났고 자유인의 혈통을 지니고 있지만, 너무나 가난하여 적이 주는 동냥으로 먹고사는 사람이야말로 이 세상에서 가장 불행한 자다.' 이와 같은 생각은 인노켄티우스 교황도 그의 저서에서 말하고 있어요. '불쌍한 거지의 신세는 슬프고 불행하다. 구걸을 하지 않으면 배고파 죽을 것이고, 배가 고파 구걸을 하자니 그 치욕은 죽음에 못지 않다. 그러나 배가 고프기 때문에 하는 수 없이 구걸을 해야 한다.'

솔로몬도 이렇게 말하고 있어요. '너희는 남에게 구걸을 하지 말아라. 빌어먹고 사느니 차라리 죽어라.' 이런 이유를 비롯하여 제가 알고 있는 다른 많은 이유 때문에, 돈이라는 것은 정당하게 벌어서 올바로 쓰는 것은 좋은 일이라고 말했던 거예요. 그래서 이제는 당신이 어떻게 재산을 모아야 하고 어떻게 쓰는 것이 올바른 행동인지 가르쳐 드리겠어요.

우선 돈에 대해 너무 욕심을 내지 말고, 차분하고 깊이 생각한 후에 조금씩 모으도록 하세요. 돈을 탐하는 사람은 도둑질을 비롯해 나쁜 짓은 모두 하게 마련이에요. 이 점에 관해 솔로몬은 이렇게 말했어요. '벼락부자가 되려는 사람은 죄를 짓지 않을 수 없다.' 또한 이런 말도 했어요. '급하게 얻은 재산은 쉽게 사라지지만, 조금씩 모은 재산은 갈수록 불어난다.' 당신은 노력과 지혜로 재산을 불려야 해요. 당신이 부자가 되기 위해서, 다른 사람에게 해를 끼치거나 부정한 방법으로 재산을 얻어서는 안 돼요. 법전에도 이렇게 씌어져 있어요. '남에게 해를 끼치는 사람은 절대로 부자가 될 수 없다.' 다시 말하면, 타인에게 해를 끼치면서 부자가 되는 것을 금하고 있어요. 키케로는 이렇게 말했어요. '폭력이나 죽음의 공포, 혹은 그 밖의 어떤 재난도 남을 해침으로써 자신의

이익을 추구하는 것만큼 자연의 법칙에 어긋나는 것은 없다.'

권력자와 갑부들이 당신보다 더 쉽게 부자가 된다 하더라도, 당신은 게으르지 않고 열심히 일을 하며 재산을 모아야 해요. 게으르지 않도록 항상 조심하세요. 솔로몬은 '게으름은 온갖 나쁜 짓의 선생이다'라고 지적하면서 이렇게 덧붙였어요. '부지런히 밭을 가는 사람은 배불리 먹을 것이고, 일하지 않고 놀기만 하는 게으름뱅이는 가난에 허덕이며 배고파 죽을 것이다.' 나태한 자는 일을 하려고 하지 않아요. 어떤 시인은 이렇게 말했어요. '게으른 자는 겨울은 일하기에 너무 춥다고 말하고, 여름이 되면 일하기에 너무 덥다고 말한다.' 그래서 카토는 이렇게 충고했어요. '잠을 너무 많이 자지 말라. 지나친 휴식은 수많은 악의 원천이며 자양분이다.' 이런 이유로 성 히에로니무스는 '우리의 적인 악마가 너에게서 한가한 틈을 보지 못하도록 열심히 좋은 일을 하라'라고 말했어요. 악마는 좋은 일을 하는 사람들을 쉽게 정복하지 못하거든요.

이렇게 재산을 모으는 데 가장 중요한 것은 게으르지 말라는 것이에요. 그리고 당신의 능력과 노력으로 얻은 재산과 돈을 제대로 쓰도록 하세요. 그러나 남들에게 너무 인색하다느니 혹은 반대로 너무 헤프게 낭비한다는 비난을 듣지 않도록 하세요. 카토는 이렇게 말했어요. '구두쇠라고 부르지 않도록 네가 번 돈을 써라. 마음은 가난하면서 돈만 많다는 것은 사람에게 가장 치욕적인 말이다.' 그는 또 '네가 번 돈을 신중하게 써라'라고 말하기도 했어요. 벌어 모은 재산을 어리석게 마구 낭비하는 사람은 자기의 재산이 모두 없어지면 결국 남의 재산을 빼앗을 생각을 하거든요.

욕심을 버리세요. 또한 다른 사람들이 당신보고 돈을 꼭꼭 숨겨두고 있다고 비난하지 않도록 돈을 쓰세요. 당신이 돈을 제대로 사용하며 관리하고 있다고 생각하게 만드세요. 어떤 현자는 욕심 많은 구두쇠를 나무라면서 두 줄의 시로 이렇게 썼어요. '무엇 때문에 사람은 극도의 욕심을 이기지 못해 재산을 꼭꼭 숨겨두는가? 사람이 언젠가 죽을 것이라는 사실은 모두가 알고 있다. 속세에서 죽음은 모든 것의 종말이다.' 무슨 이유로 당신은 재산에 그토록 집착하나요? 왜 당신은 항상 재산만을 생각하나요? 당신도 알다시피, 죽으면 이 세상의 아무것도 가져갈 수 없어요. 그래서 성 아우구스티누스는 이렇게 말했어요. '탐욕이 많은 자는 지옥과 같다. 삼키면 삼킬수록 욕심은 한없이 늘어난다.'

구두쇠니 욕심쟁이니 하는 소리를 듣지 않도록 노력하셔야 하지만, 마찬가지로 낭비벽이 심하다는 소리를 들으셔도 안 돼요. 키케로는 이렇게 말했어요. '너의 집 안에 있는 재물을 묻어두거나 감추어두지 말라. 그것들이 너의 동정과 자비에서 동떨어져 있지 않게 하라.' 이 말은 가난한 사람들에게 재산의 일부를 나누어 주라는 소리예요. 그러면서 이렇게 덧붙였죠. '그렇다고 해서 네 재산이 모든 사람의 공유재산이 되게 하지는 말라.'

이제 돈을 모으고 쓰는 문제를 이야기했으니, 다른 것을 말하겠어요. 당신은 지금 말하는 세 가지를 깊이 명심하도록 하세요. 그것은 바로 우리의 주님과 당신의 양심과 명성을 잊지 말라는 거예요. 무슨 일이 있어도 당신은 창조주이신 하느님을 가슴에 모시고 재물로 인해 하느님을 기분 나쁘게 해서는 안 돼요. 솔로몬은 이렇게 말했어요. '재산을 쌓아놓고 다투며 사는 것보다 가난해도 야훼를 경외하며 사는 것이 낫다.' 또한 예언자 다윗은 '많은 재산을 가지고 나쁜 사람이라는 말을 듣느니, 재산이 없더라도 착한 사람으로 사는 편이 낫다'라고 말씀하셨어요.

저는 이 말에서 한 걸음 더 나아가겠어요. 재물을 모으려는 당신의 노력은 언제나 양심이 허락하는 범위 안에서 이루어져야 해요. 사도 바울로는 이렇게 말씀하셨어요. '우리는 이 세상에서 인간의 꾀를 부리지 않고 하느님의 은총으로 그분의 뜻을 따라 솔직하고도 진실하게 살아왔다는 것을 양심을 걸고 말할 수 있으며, 또 이것을 자랑으로 여기고 있습니다.' 또한 어떤 현자는 이렇게 말했답니다. '죄를 전혀 짓지 않고 양심적이라면, 그 사람의 재물은 좋은 것이다.'

당신이 재산을 얻고 쓰실 때에는 항상 당신의 명예에 흠이 가지 않도록 최대한으로 노력을 해야 해요. 솔로몬은 이렇게 말했어요. '많은 재산을 갖는 것보다 높은 명성을 갖는 것이 더 좋고 더 이롭다.' 그는 다른 곳에서도 이렇게 말한답니다. '친구와 명성을 지키도록 노력하라. 이런 것은 큰돈이 들지 않지만 재물보다 훨씬 오래간다.' 하느님을 우러러보고 양심적으로 행동했다고 하더라도 명성을 지키려는 노력을 게을리하면, 당신은 '기사'라는 칭호를 받을 자격이 없어요. 카시오도루스는 이렇게 말했어요. '훌륭한 명성을 원하고 사랑하는 사람의 정신은 고귀하다.' 또한 성 아우구스티누스도 다음과 같이 말했어요. '없어서는 안 될 것이 두 가지가 있으니, 그것은 바로 양심과 명성이다. 양심은 각자의 마음속에 있는 것이고, 명성은 이웃들과 관계된 것이다. 자신의 양심을 지나치게 믿는 나머지 자신의 명성을 우습게 여기거나 관심을 보이지 않는 사람은 정말로 바보이다.'

지금까지 저는 당신이 재물을 어떻게 얻어야 하며, 또 어떻게 사용해야 하는지 말했어요. 당신은 자신의 재력을 굳게 믿으시기에 결국 싸움을 하려고 생각한다는 사실을 잘 알고 있어요. 하지만 당신의 재산을 믿고 전쟁을 하지는 말라고 충고드리고 싶어요. 아무리 많은 재산이 있더라도 전쟁을 하기에는 충분하지 않거든요. 그래서 어떤 철학자는 이렇게 말했어요. '어떤 비용을 치르더라도 전쟁을 하려고 하는 사람은 절대로 전쟁에 필요한 비용을 댈 정도로 많은 돈이 있을 수 없다. 승리와 영광을 얻으려면 가진 돈보다 더욱 많은 돈을 써야 하기 때문이다.' 이 주제에 관해 솔로몬은 이렇게 말한답니다. '재산이 많으면, 그만큼 쓸 데도 많다.'

결론적으로 말하자면, 당신이 많은 돈을 가지고 있기 때문에, 많은 사람들이 당신의 의견을 지지할지는 몰라요. 그렇지만 당신이 명예를 누리면서 평화롭게 살 수 있는 방법이 있는데도 전쟁을 시작한다는 것은 그리 옳은 일이 아니지요. 이 세상에서 일어나는 승리는 군대의 수가 많으냐 병사들이 용기가 있느냐에 좌우되는 것이 아니라, 전지전능하신 하느님의 의지에 달려 있어요. 우리는 단지 주님의 손에 있는 것일 뿐이에요. 그래서 하느님의 전사였던 유다 마카베오는 적들과 싸우면서, 그들이 자기 군대보다 숫자도 많고 힘이 세다는 것을 알고, 열세인 군사들에게 이렇게 격려했어요. '하느님께서 구원하시려고 하면 군대가 크고 작은 것이 문제가 되지 않는다. 전쟁의 승리는 군대의 다수에 달린 것이 아니고, 우리의 주님이신 하느님께서 내려주는 힘에 달려 있다.'

이 세상에는 하느님께서 자기에게 승리를 내려주실 것이라고 확신할 수 있는 사람은 아무도 없어요. 하느님이 사랑하는 사람조차도 그렇게 생각할 수는 없지요. 그래서 누구나 전쟁을 두려워해야 해요. 전쟁이 나면 약자건 강자건 위험을 피할 수가 없거든요. 「열왕기」에는 다음과 같이 적혀 있어요. '전쟁에는 뜻밖의 일이 많아서 확실한 것은 하나도 없다.' 창을 맞을 가능성은 장수(將帥)건 병사건 똑같거든요. 전쟁에는 항상 위험이 도사리고 있기 때문에, 우리는 가능한 한 전쟁을 피해야만 해요. 솔로몬은 이렇게 말했어요. '위험을 사랑하는 자는 위험에 빠져 죽을 것이다.'"

프루던스가 말을 끝내자, 멜리베우스는 이렇게 대답했습니다.

"프루던스, 당신의 아름다운 말과 조리 있는 말솜씨 덕택에 나는 당신이 전쟁을 원하지 않는다는 사실을 알게 되었소. 그러나 지금의 상황에서 내가 어떻게 행동해야 하는지는 아직 충고하지 않았소."

그러자 프루던스가 말했습니다.

"적들과 화해를 하시고 평화협정을 맺으라고 권하고 싶어요. 야고보는 자기가 쓴 「야고보의 편지」에서 '화해를 하여 평화를 누리면 작은 재산도 크게 되지만, 불화와 전쟁 속에서는 큰 재산도 사라진다'라고 말했어요. 또한 당신도 잘 알다시피, 단결과 평화는 이 세상에서 가장 고귀한 것 중의 하나예요. 이런 이유로 우리의 주 예수 그리스도는 사도들에게 이렇게 말씀하셨어요. '평화를 위해 일하는 사람은 행복하다. 그들은 하느님의 아들이 될 것이다.'"

이 말을 들은 멜리베우스는 이렇게 말했습니다.

"아, 이제야 나는 당신이 내 명예나 체면을 존중하지 않는다는 것을 알게 되었소. 내 적들이 이 전쟁을 먼저 시작했고 내 가족에게 폭행을 했으며, 그들이 나와 화해를 요구하지도 않고, 화해를 할 생각이 없다는 것은 당신도 잘 알고 있소. 당신은 내가 그들에게 가서 고개를 숙여 복종을 하고, 화해를 해 달라고 애원해야 한다는 말이오? 사실 내 위신을 생각한다면 난 절대로 그런 일을 할 수 없소. 너무 자만하면 경멸을 자초한다는 말이 있는데, 겸손이 지나칠 때에도 마찬가지 현상이 일어나오."

이 말을 듣자, 프루던스는 화난 표정을 지으며 대답했습니다.

"그건 당연한 말이에요. 저는 제 자신의 명예와 행복처럼 당신의 명성과 행복을 원했고, 지금도 그런 마음은 변함이 없어요. 당신이나 다른 어떤 사람도 제가 이런 말과 다르게 행동하는 것은 보지 못했을 거예요. 어쨌거나 당신에게 화해와 평화를 추구하라고 조언한 것은 하나도 잘못되지 않았어요. 어느 현자는 '남이 싸움을 시작하더라도 화해는 네가 먼저 하라'고 충고했어요. 또한 예언자 다윗도 이렇게 말했어요. '악을 피하고 선을 행하라. 또한 모든 것이 네 결정에 달려 있다면, 평화를 추구하고 평화를 따르도록 하라.' 그러나 저는 적들이 당신에게 오기를 기다리는 대신, 당신이 그들에게 평화협정을 맺자고 애원하라는 말은 하지 않았어요. 왜냐하면 당신은 너무 자존심이 강해서 절대로 저를 위해 그런 일을 하지는 않을 것임을 알고 있거든요. 그렇지만 솔로몬은 이렇게 말했어요. '콧대가 센 사람은 결국 불행과 재앙에 빠지게 될 것이다.'"

멜리베우스는 아내 프루던스가 불쾌한 표정을 짓자 이런 말로 대답했습니다.

"여보, 부탁하건대 내 말을 듣고 화내지 마시오. 당신도 알겠지만 난 지금 화가 나 있소. 당연한 소리지만 성난 사람은 자기가 무슨 말을 하는지, 또한 무엇을 하는지 제대로 의식하지 못하는 법이오. 이런 이유로 어떤 예언자는 분노로 눈물을 흘리는 눈은 명확하게 사물을 보지 못한다고 말했소. 그러니 당신의 생각은 어떤지 내게 말해 주시오. 그러면 나는 당신의 뜻대로 따르겠소. 당신이 나의 어리석음을 꾸짖는다 하더라도 나는 당신을 사랑할 것이고 존경할 것이니 말이오. 솔로몬은 '듣기 좋은 소리보다는 바른 말을 해주어야 나중에 고맙다는 말을 듣는다'라고 말했소."

그러자 프루던스 부인이 말했습니다.

"제가 화를 내며 분노하는 것은 모두 당신이 잘되라고 하는 것이에요. 솔로몬은 '어리석음을 보고 겉으로는 칭찬하고 속으로 비웃는 사람보다는 그것을 꾸짖는 사람이 더 좋다'라고 자신 있게 말했어요. 또한 '어리석은 사람은 다른 사람이 진지하고 딱딱한 표정을 짓는 것을 보면 자신의 행동을 교정한다'라고도 지적했어요."

아내 프루던스가 이렇게 말하자 멜리베우스가 다시 대답했습니다.

"난 당신이 들려준 수많은 교훈을 반박할 생각은 없소. 아주 당신이 조리 있고 설득력 있게 설명을 해주었기 때문이오. 그럼 이제는 간단하게 당신의 생각과 의견을 말해 주시오. 난 그대로 행하겠소."

그러자 프루던스는 비로소 자기의 뜻을 솔직하게 말했습니다.

"우선 당신이 하느님과 화해하시고, 하느님께 은총을 내려 달라고 비세요. 제가 말씀드린 것처럼 하느님은 당신의 죄를 보시고 당신에게 고통과 불행을 내리신 거예요. 만일 당신이 제가 말한 대로 행하시면, 하느님은 당신의 적들을 당신 발 밑으로 보내 무릎을 꿇게 하시고 당신의 뜻과 소망에 따라 처리하게 해주실 거예요. 솔로몬은 이렇게 말했어요. '사람이 하느님 마음에 들면, 하느님은 적들의 마음까지도 바꾸어 그에게 평화와 자비를 구하게 하신다.' 당신에게 부탁하건대, 제가 당신의 적들과 비밀히 이야기할 수 있도록 허락해 주세요. 그렇게 하면 그것이 당신의 뜻이나, 당신의 동의 아래 하는 일임을 그들은 모를 거예요. 제가 그들이 무슨 목적을 갖고 일을 저질렀는지 알아내면, 당신에게 좀 더 확실한 조언을 드릴 수 있을 거예요"

멜리베우스가 말했습니다.

"부인, 당신이 원하는 대로 하시오. 난 전적으로 당신의 뜻에 따를 것이오."

남편이 기꺼이 동의해 주자, 프루던스 부인은 어떻게 해야 이 문제를 좋게 끝낼 수 있을지 곰곰이 생각하고 궁리했습니다. 그녀는 적당한 때를 보아 사람을 보내서, 그들과 혼자 만났습니다. 그리고 그들에게 평화가 가져올 수 있는 좋은 점과 전쟁에 내포된 커다란 위험이 무엇인지를 논리적으로 설명했습니다. 그러면서 그들에게 남편 멜리베우스와 자기와 자기의 딸에게 입힌 상처와 모욕을 뉘우쳐야만 한다고 부드럽게 타일렀습니다.

그들은 프루던스의 다정하고 친절한 말을 듣자 너무나 놀란 나머지 어찌할 바를 몰랐습니다. 그들의 얼굴에서는 형언할 수 없는 기쁨을 엿볼 수 있었습니다. 그들은 이렇게 말했습니다.

"부인, 당신은 우리에게 예언자 다윗이 가르친 것처럼 온순한 마음씨가 얼마나 좋은 것인지를 보여주었습니다. 당신은 용서를 빌 자격이 없는 우리를 용서하셨습니다. 그래서 우리는 죄를 깊이 뉘우치고 겸손하게 용서를 빌어야 합니다. 이제 우리들은 솔로몬의 말이 얼마나 옳은지 헤아릴 수 있게 되었습니다. 그는 이렇게 말했습니다. '화해의 말은 우정을 배가시키며, 악한 자들을 순하고 다정하게 만든다.'

우리들은 이 문제를 모두 당신의 뜻에 맡기고, 멜리베우스 님의 명령과 결정에 따를 것을 약속합니다. 착하신 부인이여, 저희들은 고개를 조아리며 당신에게 간청합니다. 당신의 커다란 자비에서 우러나온 인자한 생각과 말씀을 실행에 옮겨 주십시오. 우리는 멜리베우스 님에게 용서받을 수 없는 큰 죄를 저질렀으며, 그분에게 큰 빚을 지고 있음을 잘 알고 있습니다. 그래서 그분의 뜻과 명령에 따를 것을 다짐합니다. 그러나 우리가 저지른 잘못 때문에 멜리베우스 님이 너무나 큰 원한과 노여움을 품고 계시기에, 우리들이 감당하지 못할 벌을 주실지도 모릅니다. 그러니 부인에게 간청하오니, 만일 이런 일이 일어나면, 인자하신 여인의 자비로 우리가 재산을 모두 몰수당하고 죽임을 당하지 않도록 도와주십시오."

그러자 프루던스 부인이 말했습니다.

"자기의 모든 것을 적의 판단과 뜻에 맡긴다는 것은 분명히 아주 위험한 일입니다. 솔로몬은 이렇게 경고했습니다. '백성의 지도자들이여, 회중의 대표자들이여, 내 말에 귀를 기울이고 잘 들어라. 너는 아들이건 아내건 형제건 친구건 네가 살아 있는 동안에는 아무에게도 권력을 양도하지 말라.' 솔로몬이 친구나 형제에게조차 권력을 양도하지 말라고 하셨으니, 자신을 적에게 맡기는 일을 금해야 한다는 것은 말할 필요도 없습니다. 그렇지만 저는 제 남편을 믿어달라고 말씀드리고 싶어요. 제가 아는 한에서 그분은 온화하고 다정하며, 인정이 많고 너그러우며 재산이나 재물을 탐하지 않는 분입니다. 그분이 가장 중요하다고 생각하는 것은 명예와 명성뿐입니다. 또한 이 문제에 대해서 틀림없이 저와 상의를 할 것이며, 저는 우리 주님의 은총으로 그분이 여러분들과 화해를 하도록 중재를 서겠습니다."

프루던스의 말을 듣자, 그들은 이구동성으로 대답했습니다.

"존경하는 부인, 우리의 몸과 재산을 당신의 뜻과 의지에 맡기겠습니다. 당신의 다정한 말씀대로, 당신이 정하시는 날에 우리는 이곳으로 다시 와서 의무와 약속을 지키겠습니다. 우리는 당신과 멜리베우스 님의 뜻을 존중하겠습니다"

이런 말을 듣자, 프루던스는 그들에게 아무도 눈치 채지 못하게 돌아가라고 지시했습니다. 그녀는 남편에게 돌아와 적들이 뉘우치고 있으며, 겸손한 마음으로 그들의 잘못을 인정했고, 또한 어떤 벌이라도 달게 받을 준비가 되어 있다고 이야기해 주었습니다. 그러면서 그들은 자기들에게 해를 입은 사람이 용서와 자비를 베풀기만을 원한다고 덧붙였습니다.

멜리베우스는 이렇게 대답했습니다.

"자기들의 잘못을 고백하고 후회하면서 구차한 변명을 대지 않는 사람은 용서와 관용을 받을 자격이 있소. 세네카는 '고백이 있는 곳에 용서와 은총이 있다'라고 말했소. 사실 고백과 죄가 없음은 이웃사촌간이오. 이 학자는 다른 책에서 이렇게 말하고 있소. '자신의 죄를 부끄럽게 여기고 고백하는 사람은 용서받을 자격이 있다.' 결론적으로 말하자면, 난 그들과 화해를 하겠소. 하지만 그 전에 우리 친구들의 의견을 듣고 그들의 동의를 구하는 것이 좋을 듯하오."

그러자 프루던스는 기쁨에 넘쳐 이렇게 말했습니다.

"정말 훌륭한 결정을 하셨어요. 당신이 싸움을 결정하실 때 친구들의 의견을 듣고 동의를 구하셨으니, 적들과 화해를 할 때에도 그들의 조언을 구해야 하는 것이지요. 법전에도 이렇게 적혀 있답니다. '묶어놓은 물건은 묶은 사람이 푸는 것이 가장 자연적이고 합당한 것이다.'"

프루던스는 지체하지 않고 멜리베우스의 가장 친하고 똑똑하고 오래된 친구들과 친척들에게 전갈을 보냈습니다. 그리고 멜리베우스가 있는 자리에서 앞에서 이야기한 것처럼 이 문제를 낱낱이 설명하고, 어떻게 결정을 해야 좋을 것인지 그들의 의견과 생각을 물어보았습니다. 멜리베우스의 친구들은 이 문제를 깊이 생각한 끝에 화해를 하고 평화롭게 사는 것이 좋다는 데 의견의 일치를 보았습니다. 그리고 멜리베우스에게 화해의 정신으로 적들을 용서하라고 말했습니다.

친구들의 조언과 남편 멜리베우스가 그들의 의견에 동의하는 것을 보자, 프루던스는 모든 것이 자기의 생각대로 진행되고 있다는 사실에 내심 몹시 기뻤습니다. 그래서 이렇게 말했습니다.

"오늘 할 일을 내일로 미루지 말라는 옛 속담이 있어요. 그러므로 당신에게 부탁하건대, 당신의 적들에게 분별력 있고 똑똑한 사람을 보내세요. 그리고 그들이 평화와 화해를 바란다면, 즉시 이곳으로 오라고 하세요."

그녀의 말은 지체없이 실행에 옮겨졌습니다. 사자(使者)의 전갈을 받자, 멜리베우스의 죄 많은 적들은 매우 기뻐하면서, 겸손하고 공손한 어조로 멜리베우스와 그의 친척들에게 감사를 드렸습니다. 그리고 사자와 함께 즉시 멜리베우스의 명령을 받들 준비를 했습니다. 그들은 증인 겸 조정자 역할을 담당할 몇몇 친한 친구들과 함께 멜리베우스의 저택으로 떠났습니다.

그들이 멜리베우스의 저택에 도착하자, 멜리베우스는 그들을 향해 이렇게 말했습니다.

"사실대로 말하자면, 너희들은 정당한 이유나 동기도 없이 나와 내 아내 프루던스와 내 딸에게 큰 상처를 입혔다. 너희들은 몰래 우리 집에 침입하여 폭행을 하였으므로 죽어도 마땅하다. 그래서 너희들에게 묻겠다. 너희들이 저지른 폭행에 대한 벌을 나와 내 아내 프루던스의 뜻에 맡길 용의가 있느냐?"

그러자 세 명의 적 중에서 가장 똑똑한 사람이 그들을 대표하여 이렇게 말했습니다.

"저희들은 고귀하고 점잖으시며 훌륭하신 당신 앞에 설 자격도 없는 사람들임을 잘 알고 있습니다. 저희들은 당신처럼 높으신 분에게 엄청난 폭행을 일삼는 죄를 지었으니 죽어도 마땅합니다. 그러나 모든 사람이 잘 알고 있다시피 당신께서는 항상 커다란 자비와 온정을 베푸신다는 것을 알고, 높으신 당신 앞에 무릎을 꿇으러 왔습니다. 저희는 당신의 명령에 복종할 마음의 준비가 되어 있습니다. 그러나 저희가 진심으로 뉘우치고 겸손한 마음으로 당신의 뜻에 복종하고 있음을 생각하시어, 저희에게 자비를 베풀어 주소서. 저희들은 귀하신 당신에게 죽을죄를 지었습니다. 그렇지만 당신의 너그러운 온정과 자비심은 저희들이 저지른 못된 죄를 덮어주시고도 남습니다. 그러니 저희가 당신에게 저지른 끔찍한 죄를 용서해 주소서."

이런 말을 듣자, 멜리베우스는 그들에게 일어나라고 말한 다음, 그들의 약속과 충성을 받아들였습니다. 그리고 그들에게 다시 올 날을 정해주면서, 그 날 그들의 죄를 판결하겠다고 말했습니다. 그런 다음 그들은 집으로 돌아갔습니다. 프루던스는 멜리베우스에게 어떤 보복을 적들에게 할 것이냐고 물어보았습니다. 멜리베우스가 말했습니다.

"그들의 재산을 모두 몰수하고, 평생 이 마을에 발을 들여놓지 못하게 할 것이오."

그러자 프루던스가 다정하게 말했습니다.

"그건 너무 잔인하고 신중하지 못한 결정이에요. 당신은 이미 충분한 재산을 갖고 있으니 남의 재산이 필요하지 않아요. 만일 그들의 재산을 몰수하신다면, 사람들은 당신을 욕심 많은 사람이라고 비난할 거예요. 우리 모두는 탐욕을 부려서는 안 돼요. 사도 바울로께서 말씀하셨듯이 '모든 악의 근원은 탐욕'이거든요. 이런 식으로 부자가 되는 것보다는 당신 재산의 일부를 잃어버리는 편이 더 나아요. 불명예스럽게 재산을 불리느니, 명예롭게 재산을 잃어버리는 게 나아요. 우리 모두는 좋은 평판을 얻도록 노력해야 해요. 아니 훌륭한 명성을 누리는 것으로는 충분하지 않고, 더욱 명성이 드높아지도록 항상 애를 써야 돼요. 성서에는 이렇게 적혀 있어요. '옛날의 명성은 끊임없이 새롭게 하지 않으면 쉽사리 사라지는 법이다.'

또한 그들을 추방하는 것도 문제가 있어요. 그들은 당신에게 모든 것을 맡겼는데, 그런 걸 생각하면 당신 생각은 별로 합리적이지 않으며 너무 지나친 것이에요. 옛 책에는 이렇게 씌어져 있어요. '주어진 권력과 힘을 남용하는 사람은 특권을 빼앗겨도 마땅하다.' 그들을 이런 형벌에 처하는 것은 당신의 권한이지만, 그렇게 한다는 것은 옳지 않아요. 그런 행동은 싸움을 다시 시작하는 것과 다름이 없어요. 그래서 만일 당신이 그들이 복종하길 원하신다면, 좀 더 너그럽게 다루셔야 돼요. '덕망 있게 통치할수록 따르는 사람들이 많아진다'라는 격언을 떠올리세요. 이런 일에 있어서는 당신 스스로 충동을 억제하려고 하셔야 해요. 세네카는 '자기 마음을 이기는 자는 두 배로 이기는 것이다'라고 말했어요. 또한 키케로도 이렇게 말했어요. '군주 중에서 가장 높이 칭송을 받는 사람은 인자하고 너그러우며 쉽게 남과 화해하는 사람이다.'

결론적으로 말하자면, 저는 복수하겠다는 생각을 떨쳐 버리라고 당신에게 조언하고 싶어요. 이렇게 하면 당신은 명성도 유지하고, 사람들은 당신의 온정과 자비를 한없이 찬양할 것이며, 당신도 나중에 절대로 후회하지 않으실 거예요. 세네카는 '승리를 하고서 후회하면 잘못 이긴 것이다'라고 말했어요. 저는 전지전능하신 하느님께서 최후의 심판날에 당신을 불쌍히 여기실 수 있도록, 당신도 마음속에 자비의 온정을 싹틔우라고 권하고 싶어요. 성 야고보는 이렇게 말하고 있어요. '무자비한 사람은 무자비한 심판을 받습니다. 그러나 자비는 심판을 이깁니다.'

멜리베우스는 아내의 조리 있고 훌륭한 의견을 듣자, 그녀가 얼마나 현명하게 자기에게 충고하고 가르치고 있는지를 깨달았습니다. 그래서 프루던스의 뜻에 따르기로 하고, 그녀가 지닌 훌륭한 뜻을 받들기로 했습니다. 그는 아내의 충고를 따라 그대로 하기로 마음을 먹으면서, 이토록 훌륭한 아내를 내려주신 데 대해 모든 미덕과 자비의 원천이신 하느님에게 감사를 드렸습니다.

그래서 적들이 다시 오기로 한 날이 되자, 멜리베우스는 아주 다정한 목소리로 그들에게 말했습니다.

"너희들은 자만과 어리석음의 충동을 받아 부주의하고 무지한 행동으로 악을 저지르고 나에게 죄를 지었다. 그러나 너희들이 겸허한 자세로 이곳에 나타나고, 너희들의 잘못을 후회하고 뉘우치는 것을 보니, 내 마음속에서 자비의 마음이 솟구치는구나. 그래서 너희를 용서해 주기로 마음을 먹었다. 나는 너희들의 모든 죄를 용서해 주겠다. 너희들이 나와 나의 가족에게 범한 모욕과 악행들을 모두 용서해 주겠다.그러면 무한하게 자비로우신 하느님께서 우리가 죽는 날 이 불쌍한 세상에서 우리가 범한 죄를 용서해 주실 것이다. 우리가 주이신 하느님 앞에 우리의 잘못을 뉘우치면, 선하고 너그러우신 주님께서 우리의 죄를 용서해 주시고 우리를 영원한 행복으로 맞아 주실 것이다. 아멘."

수사의 이야기

사회자와 수사의 대화

내가 멜리베우스와 프루던스와 그녀의 착한 마음씨에 관한 이야기를 끝내자, 여관주인은 이렇게 평을 했다.

"난 거짓말이라고는 모르는 정직한 사람이오. 그건 성 마드리안의 고귀한 뼈를 두고 맹세할 수 있소. 솔직히 말하자면, 내 마누라가 맥주 한 통을 마시는 것보다 이 이야기를 들었으면 좋았을 것이라고 생각하오. 프루던스가 멜리베우스에게 보여준 참을성이라고는 눈을 씻고 보아도 찾을 수가 없소. 하느님의 뼈를 두고 말하는데, 내가 하인들을 때리고 있을 때면, 내 마누라는 커다란 몽둥이를 들고 와서 이렇게 소리지르오. '이런 놈들은 죽여야 돼! 뼈 하나도 성하지 못하게 두들겨패요!'

만일 이웃 사람 중의 하나가 성당에서 인사를 하지 않거나 그녀의 감정을 상하게 하면, 우리 집에 도착하자마자 화를 내면서 이렇게 소리지른다오. '빌어먹을 겁쟁이야! 당신 마누라 대신 복수도 못해! 당신 칼을 이리 줘요. 당신은 이 실패나 들고 실이나 잣도록 해요.' 그리고 아침부터 밤까지 이렇게 말한다오. '아이구 내 팔자야! 저런 졸장부와 결혼했으니! 누구에게나 겁을 집어먹고, 자기 아내의 권리조차 제대로 찾아주지 못하는 겁쟁이 같으니!'

이게 나의 매일매일의 생활이오. 싸우지 않으려면 나는 옷을 걸치고 밖으로 나와야만 하오. 잠시라도 집 안에 머물거나 사자처럼 화를 내지 않으면, 내 인생은 말도 못할 정도가 되고 만다오. 아마 마누라 때문에 난 이웃의 손에 죽고 말 거요. 나도 손에 칼을 들면 위험한 인물이지만, 마누라와는 맞설 엄두가 나질 않소. 사실 우리 마누라의 팔은 억세기가 한이 없소. 여러분들이 우리 마누라에게 욕을 하거나 말대꾸를 하면, 금방 그 맛을 볼 수 있을 거요. 하지만 마누라 얘기는 그만하고 다음으로 넘어갑시다.

수사님, 기운 내시고 이야기나 하나 하시구려. 이제 로체스터가 바로 저기요! 우리의 흥을 깨지 말고 어서 시작하시오. 그런데 솔직히 말해서 당신 이름을 모르겠소. 혹시 존 수사시오? 아니면 토머스 수사시오? 그것도 아니면 알반 수사님? 그리고 무슨 교단에 속하시오? 피부가 정말 부드럽소. 귀신이나 고해자의 모습은 전혀 아닌 것을 보니, 당신이 사는 곳에는 먹을 것이 많은 모양이오. 틀림없이 당신은 높은 직책을 가진 사람인 것 같소. 성당지기가 아니면 수도원의 식료품 창고를 지키는 분일 것 같소. 내가 보기에 당신은 수도원의 최고 책임자 같소. 관상수도회의 수사나 풋내기 수사가 아니라, 아주 수단 좋고 똑똑한 관리자임에 틀림없소. 당신의 팽팽한 피부와 푸짐한 풍채는 무엇을 뜻하는 것이오? 당신을 종단(宗團)에 들어가게 만든 사람이 누구인지는 모르지만, 그 사람은 정말로 실수한 것이오. 수사만 되지 않았다면, 아마 여자깨나 녹이는 훌륭한 인물이 되었을 것이오. 당신이 왕성한 정력으로 자유분방하게 여자들과 놀았다면, 애를 낳았어도 수십 명은 낳았을 것이오. 그건 그렇고, 그 옷은 왜 그리 통이 크오? 내가 교황이었다면, 당신뿐만 아니라 정력이 왕성한 모든 성직자들과 심지어는 체발(剃髮)한 수도사들도 마누라를 하나씩 갖게 했을 것이오. 교회가 가장 생식력이 좋은 사람들을 모두 가져가 버렸으니, 우리 세상은 곧 멸망할지도 모르오. 당신네들과 비교하면, 우리 평신도들은 난쟁이와 같소. 시원찮은 나무에서는 병들어 빌빌대는 싹만 나는 법이오. 그래서 우리 자손들은 힘이 없고, 애를 낳을 능력도 별로 없는 것이오. 또 이런 이유 때문에 우리 마누라들은 수사만 보면 사족을 못쓰는 것이오. 그건 우리보다 당신네들이 사랑을 하는 데 훨씬 뛰어날 것이라고 생각하기 때문이오. 수사님, 이건 모두 농담이니까 화내지 마시오. 하지만 농담을 하다 보면 진실도 솟아나는 법이오."

훌륭한 수사는 여관주인의 농담을 꾹 참고 듣다가 이렇게 말했다.

"최선을 다해 내 직분에 맞는 이야기를 하겠습니다. 아니 둘이나 셋이라도 좋습니다. 여러분들이 잘 들어만 주신다면, 이제부터 고해신부로 유명한 성 에드워드의 삶을 이야기해 드리겠습니다. 그렇지 않으면 비극적인 이야기를 들려주겠습니다. 우리 수도원에서 있었던 이야기는 백 개도 넘게 기억하고 있으니 그런 것은 문제가 되지 않습니다. 고대 이야기책에 기록되어 있듯이, 비극이란 단어는 한때는 큰 영화를 누리며 살다가 높은 지위에서 떨어져 비참한 최후를 맞는 것을 뜻합니다. 이런 이야기들은 보통 육운각(六韻脚)의 시로 지어져 있습니다. 또한 산문으로 된 것도 있으며, 아주 상이한 구조의 시로 씌어진 것도 많습니다. 비극이 무엇인지 이 정도만 설명해도 충분하리라 생각합니다.

그럼 이제 내 이야기를 들어주십시오. 내가 교황이나 황제 혹은 왕들에 관해 정확하게 시간 순서대로 이야기를 하지 않더라도 양해해 주시기 바랍니다. 나는 내 머릿속에 떠오르는 대로 이야기할 겁니다. 그러니 앞에 나올 것을 뒤에 말하고 뒤에 말할 것을 앞에서 말하더라도, 나의 무지를 용서해 주시기 바랍니다."

수사의 이야기

지금부터 나는 비극의 형식을 빌려서, 높은 지위에 있다가 헤어날 수 없는 역경으로 빠진 불행한 사람들을 애도하며 이 이야기를 할 것입니다. 익히 알려져 있다시피 운명의 여신이 우리를 떠나고자 한다면 아무도 그녀를 잡을 수 없습니다. 그러니 행운을 맹목적으로 믿지 말고, 지금부터 이야기하는 옛날의 비화를 본보기로 삼으십시오.

루시퍼

나는 루시퍼 이야기부터 시작하겠습니다. 루시퍼는 인간이 아니라 천사였습니다. 운명의 여신은 천사를 해칠 수 없습니다. 루시퍼는 운명의 여신 때문이 아니라 죄를 지었기 때문에 높은 자리에서 지옥으로 떨어졌으며, 아직도 지옥에 남아 있습니다. 천사 중에서도 가장 높고 찬란했던 루시퍼는 이제 사탄이라고 불리며, 그가 빠진 불행에서 절대로 헤어날 수가 없습니다.

아담

아담의 예를 귀담아들으십시오. 그는 인간의 더러운 정액에서 생겨난 것이 아니라, 하느님의 손에 의해 만들어졌습니다. 하느님은 지금의 다마스쿠스에 있는 들판에서 직접 그를 만드셨습니다. 아담은 에덴 동산을 모두 지배했지만, 한 그루의 나무만은 그럴 수가 없었습니다. 이 세상의 어떤 사람도 아담처럼 부유하게 살았던 사람은 없습니다. 그러나 그는 불손한 행동을 했기에, 그지없는 영광의 자리에서 쫓겨나서 일을 하고, 불행과 지옥을 맛보게 되었습니다.

삼손

삼손의 예를 들어보십시오. 그가 태어나기 오래 전부터 천사의 알림이 있었고, 태어난 후 시력을 잃을 때까지 그는 전지전능하신 하느님에게 모든 것을 바쳤으며 모든 영예를 누렸습니다. 그의 힘과 용기를 당할 사람은 아무도 없었지만, 그는 자기의 비밀을 아내에게 털어놓았습니다. 그러자 아내는 그를 불행으로 몰고 갔습니다.

몸집이 크고 힘이 세었던 장사 삼손은 결혼식을 올리러 가는 길에, 아무런 무기도 없이 두 손으로 그에게 달려든 사자를 갈기갈기 찢어 죽였습니다. 그의 악한 애인은 삼손에게 어디에서 그런 힘이 나오는지 수없이 캐물어 결국 알아냈습니다. 그리고 그 비밀을 삼손의 적들에게 일러바치고는 삼손을 버리고 다른 남자를 남편으로 취했습니다.

화가 치민 삼손은 삼백 마리의 여우를 잡아 꼬리를 서로 비끄러매고는, 두 꼬리를 맨 사이에 준비해 두었던 홰를 하나씩 매달아놓고 그 홰에 불을 붙였습니다. 그리고 여우들을 블레셋 사람들의 곡식 밭으로 내몰자, 여우들은 그 마을의 모든 곡식과 올리브와 포도나무를 불태웠습니다. 또한 혼자 천 명의 사람을 죽였는데, 그때에도 그가 쓴 무기라고는 당나귀 광대뼈 하나밖에 없었습니다.

그 많은 사람들을 다 죽이고 나자, 삼손은 너무나 심한 갈증을 느껴 정신을 잃을 것만 같았습니다. 그래서 하느님에게 자기의 불행을 불쌍히 여기고 마실 것을 달라고 기도했습니다. 그랬더니 바싹 마른 당나귀의 광대뼈 어금니에서 샘물이 솟아나 그의 목을 한껏 축여 주었습니다. 『판관기』에서 말하고 있는 것처럼, 이렇게 하느님은 삼손을 도우셨습니다.

어느 날 밤 삼손은 가자에 갔습니다. 삼손이 왔다는 소문을 듣고 가자 사람들은 성을 둘러싸고 지켰지만, 삼손은 성문의 두 문설주를 빗장째 뽑아 어깨에 메고 모든 사람들이 볼 수 있는 맞은편 산꼭대기에 올라가 던져 버렸습니다. 아, 모든 사람의 사랑과 총애를 받은 힘센 삼손! 그가 여인에게 자기의 비밀을 털어놓지만 않았더라면, 세상에 그를 당할 사람은 아무도 없었을 것을.

삼손은 천사가 명한 대로 포도주나 독한 술을 입에 대는 법이 없었으며, 자기 머리에 면도칼이나 가위도 절대로 대지 못하게 했습니다. 그것은 그의 모든 힘이 바로 머리칼에 있었기 때문입니다. 그러나 이스라엘을 삼십여 년 간 다스렸던 삼손은 곧 엄청난 눈물을 흘려야만 했습니다. 여자들이 그를 불행으로 이끌었던 것입니다! 삼손은 애인 들릴라에게 자기의 모든 힘은 머리칼에서 나온다는 것을 말했고, 그녀는 그 비밀을 삼손의 적들에게 팔아 넘겼던 것입니다.

그녀는 어느 날 삼손이 자기의 품 안에서 잠을 자고 있는 동안 사람을 불러 그의 머리칼을 자르게 한 다음, 적들에게 비밀을 털어놓았습니다. 삼손의 머리칼이 모두 잘린 것을 보자, 블레셋 사람들은 그를 꽁꽁 묶고서 그의 두 눈을 뽑아 버렸습니다. 머리칼이 잘리기 전에 그를 결박할 수 있는 것은 아무것도 없었습니다. 그러나 이제는 포로가 되어 옥에 갇혀 연자매를 돌리는 신세가 되었습니다.

사람 중에서 가장 힘이 세었으며 이스라엘의 판관이었던 삼손은 이제 눈 없는 눈에서 눈물을 흘리며 우는 수밖에 없었습니다. 그는 행복한 위치에서 가장 불행한 사람으로 전락하고 말았던 것입니다.

이제 이 불쌍한 포로의 마지막 생애를 이야기하겠습니다. 어느 날 삼손의 적들은 신전에서 제사를 지내고 삼손을 끌어내어 두 기둥 사이에 놓고 놀려 주었습니다. 그 신전은 블레셋 사람들로 가득 차 있었습니다. 그러나 마침내 삼손은 그들을 엄청난 공포의 도가니로 몰아넣었습니다. 그가 두 개의 기둥을 흔들어 무너뜨리자, 신전이 무너지고 말았던 것입니다. 이렇게 삼손은 그의 적들과 함께 죽었습니다. 다시 말하자면, 돌로 만든 신전이 무너지면서 귀족들과 그곳에 모였던 삼천 명의 사람들이 모두 깔려 죽은 것입니다.

삼손에 대해서는 더 이상 말할 것이 없습니다. 그러나 간단하고도 오래된 이 말을 기억하십시오. 즉 정말로 비밀을 간직하고 싶다면 절대로 아내에게 말해주어서는 안 된다는 것입니다. 특히 그것이 자기의 생명이나 사지(四肢)에 관한 것이라면 더욱 그렇습니다.

헤라클레스

헤라클레스는 자신의 업적과 명성으로 모든 이의 칭송을 받았습니다. 그는 정복자들 중에서도 가장 위대한 정복자였습니다. 또한 당대에는 장사의 대명사였습니다. 그는 네메아 축제에서 사자를 죽여 그 껍질을 벗겼으며, 반인반마(半人半馬)인 켄타우로스의 자존심을 납작하게 만들었고, 여자의 얼굴과 몸에 새의 날개를 지닌 잔인하고 난폭한 하피들을 죽였으며, 용에게 황금사과를 빼앗았고, 지옥을 지키는 사나운 개인 케르베로스를 쫓아냈습니다. 또한 잔인한 폭군 부시루스를 죽인 후 그의 말에게 시체를 주어 살과 뼈를 모두 먹게 했으며, 머리가 아홉 개나 달린 독사 히드라를 죽였고, 아켈로우스의 두 개의 뿔 중에서 하나를 부러뜨렸으며, 돌로 둘러싸인 동굴에서 불카누스의 아들이자 소도둑인 카쿠스의 목숨을 끊었고, 힘센 거인 안타이오스를 죽였습니다. 그리고 무시무시한 에리만토스의 멧돼지를 찢어 죽였고, 두 어깨로 하늘의 지붕을 나르기도 했습니다. 이 세상이 생긴 이래 헤라클레스처럼 많은 괴물을 죽인 사람은 없었습니다.

그의 명성은 입에서 입으로 온 세계로 퍼졌으며, 그의 이름은 힘과 착한 마음씨의 동의어로 사용되었습니다. 그는 이 세상의 모든 왕국을 돌아다녔습니다. 트로페우스에 의하면, 그는 세계의 양쪽 끝에 기둥을 세워 세상이 어디까지인지 경계를 설정했다고 합니다.

이 고귀한 영웅에게는 5월에 핀 장미처럼 아름다운 데이아네이라라는 애인이 있었습니다. 박식한 학자들에 의하면, 그녀는 헤라클레스에게 화려한 속옷을 보냈는데, 그 옷은 치명적인 속옷이었습니다. 그 속옷에는 아무도 눈치 채지 못하게 독이 묻어 있었습니다. 그 옷을 입은 헤라클레스의 뼈는 반나절도 채 지나지 않아 살이 모두 떨어져 나갔습니다. 그러나 어떤 사람들은 데이아네이라는 아무런 잘못도 없으며, 네수스라는 사람이 원흉이었다고 말합니다. 어쨌든 헤라클레스는 그 옷을 몸에 걸쳤고, 결국 독이 묻어 살이 새카맣게 타버리고 말았습니다. 자기가 독약 때문에 손도 써보지 못하고 죽을 것임을 알자, 헤라클레스는 뜨거운 불덩이 속으로 몸을 던지고 말았습니다. 독살되느니 차라리 불에 타죽는 것을 택했던 것입니다.

이렇게 위대하고 유명한 헤라클레스는 죽었습니다. 이제 나는 여러분들에게 묻습니다. 변덕스런 운명의 여신을 한시라도 믿을 수 있는 사람이 누구입니까? 이 험난한 세상의 길을 가야만 하는 사람들은 종종 무슨 일이 일어났는지 알기도 전에 불행의 늪에 빠지고 맙니다. 그러니 자기 자신을 아는 사람은 현명한 사람입니다. 변덕스런 운명의 여신이 우리를 속이려 할 때에는, 시간이 되기를 기다렸다가 우리가 전혀 예기치 못하고 있을 때 우리를 불행 속으로 빠뜨립니다.

느부갓네살

그 누가 느부갓네살 왕이 가졌던 권력과 귀한 보물과 찬란한 왕홀(王笏)과 웅장한 위풍을 말로 설명할 수 있겠습니까? 그는 두 번이나 예루살렘을 정복했으며, 성전의 성배(聖杯)들을 자기 나라 바빌론으로 가져갔습니다. 그는 바빌론의 왕이었으며, 그곳에서 영광과 기쁨을 누리며 살았습니다. 또한 이스라엘의 왕족과 귀족들 중에서 가장 잘생긴 젊은이들을 거세하여 자기 시종으로 삼았습니다.

그런 시종들 중에는 다니엘이라는 청년이 있었는데, 그는 이스라엘의 왕자와 귀족의 자제들 중에서 가장 총명했습니다. 칼데아에 왕이 꾼 꿈의 의미를 정확히 알아맞힐 수 있는 현자가 아무도 없자, 그는 왕의 꿈을 해석해 주었습니다. 그런데 오만하고 영예에 목마른 느부갓네살 왕은 금으로 높이는 육십 척에 달하고 넓이는 육 척이나 되는 신상(神像) 하나를 만들라고 지시했습니다. 그리고 남녀노소 할 것 없이 그 신상에게 절하고 경배하고, 그것을 어기는 자는 활활 타는 화덕에 산 채로 집어넣어 불태워 죽이라고 명령했습니다. 그러나 다니엘과 그의 두 젊은 친구들은 신상에 절하기를 거부했습니다.

왕 중의 왕이며 오만하기 그지없던 그는 하늘에 계신 하느님께서 자기의 왕위를 절대로 빼앗지 않을 것이라고 생각했습니다. 그러나 그는 갑자기 왕위에서 쫓겨나 야생 동물과 비슷한 위치로 전락하여, 소처럼 풀을 뜯어먹고 비를 맞으며 들판에서 들짐승들과 함께 살았습니다. 그의 머리칼은 독수리의 깃털처럼 자라났고, 손톱 발톱은 새 발톱처럼 길어졌습니다. 그렇게 몇 해를 지내자, 하느님은 그를 용서하셨고 그는 제정신을 되찾았습니다. 그러자 느부갓네살은 울음을 터뜨리며 하느님에게 감사를 드렸습니다. 그리고 나머지 평생 동안 하느님을 두려워하며 죄를 저지르지 않으려고 애를 쓰며 살았습니다. 죽어서 관에 들어갈 때까지 그는 자비와 은총으로 가득 찬 하느님을 찬양했습니다.

벨사살

느부갓네살 왕이 죽자, 그의 아들 벨사살이 왕위를 이어받아 다스렸습니다. 그러나 그는 아버지에게서 배운 가르침은 염두에 두지 않은 채, 오만한 마음으로 허영과 사치를 일삼았습니다. 그리고 그는 변함없는 우상숭배자였습니다. 그는 자기의 지위가 높다는 사실을 과신했습니다. 그러나 운명의 여신은 갑자기 그를 왕좌에서 몰아내고 그의 왕국을 두 개로 잘라 버렸습니다.

어느 날 벨사살 왕은 귀족들에게 잔치를 베풀고, 그들의 흥을 돋우기 위해 시중을 드는 관리들에게 이렇게 말했습니다.

"우리 아버지가 예루살렘에서 약탈해 온 잔들을 모두 가져오너라. 그리고 하늘에 계신 신들에게 우리의 선조들이 물려주신 크나큰 은덕을 감사드리자."

왕비와 고관들과 후궁들은 더 이상 마실 수 없을 때까지 예루살렘의 성배(聖杯)로 술을 퍼마셨습니다. 그런데 벨사살 왕이 눈을 들어 벽을 바라보았을 때였습니다. 갑자기 팔 없는 사람의 손가락 하나가 나타나서 왕궁 벽에 붙어 있는 판에 글자를 썼습니다. 이런 장면을 보자, 그는 새파랗게 놀라 벌벌 떨면서 한숨을 쉬었습니다. 벨사살 왕을 놀라게 한 그 손은 '므네, 드켈, 브라신'이라고만 썼습니다.

온 나라의 점쟁이들을 불러모았지만, 한 명도 그 글의 뜻을 풀어내지 못했습니다. 그러나 다니엘은 다음과 같이 설명해 주었습니다.

"폐하, 지극히 높으신 하느님께서는 선왕 느부갓네살의 나라를 강대하게 하셔서 영화와 영광을 떨치게 해주셨습니다. 그러나 선왕은 거만하여 하느님을 두려워하지 않으셨습니다. 그래서 하느님께서는 그에게 복수의 칼을 빼서 왕좌에서 쫓아내셨습니다. 선왕은 세상에서 쫓겨나 짐승과 같아져서 들나귀와 어울려 지내며 소처럼 풀을 뜯어먹고 사셨습니다. 그러다가 마침내 하느님이 은총을 내리시어, 인간의 왕국을 다스리는 분은 지극히 높으신 하느님이라는 것을 깨닫게 되셨습니다. 그러자 하느님께서는 선왕을 불쌍히 여기시어, 다시 인간의 모습을 되찾게 하시고 그의 왕국을 되돌려 주셨습니다. 그런데 그분의 아들이신 폐하께서는 그런 사실을 모두 아시면서도 겸손해지시기는커녕 하느님을 거역하시고 그분의 적이 되셨습니다. 더구나 하느님의 집에서 쓰던 잔들을 내어다가, 대신들과 왕비와 후궁들과 함께 그 잔을 욕되게 하면서 술을 마시는 불경스런 행동을 하셨습니다. 그것도 모자라 폐하는 못되고 사악한 거짓 신들을 숭배하셨습니다. 그러니 폐하는 커다란 벌을 받으실 것입니다. 저기 '므네, 드켈, 브라신'이라는 글자들은 하느님께서 손가락을 보내시어 쓰게 하신 것입니다. 이제 당신의 왕국은 마감되었습니다. '므네, 드켈, 브라신'이라는 말은 하느님께서는 당신을 저울에 달아보셨는데 무게가 모자랐다는 뜻입니다. 이제 당신의 왕국은 분리되어 메디아 인과 페르시아 인의 손으로 넘어갈 것입니다."

그날 저녁 벨사살은 살해되었고, 다리우스가 왕위를 차지했습니다. 그는 왕위에 오를 자격이 없는 사람이었습니다.

여러분, 이 이야기는 다음과 같은 교훈을 말하고 있습니다. 즉 절대적으로 안전한 권력은 없다는 것입니다. 변덕스런 운명의 여신이 사람을 해치려고 마음먹으면, 왕국과 부귀와 지위 높은 친구들과 지위 낮은 친구들을 모두 빼앗아갑니다. 우리가 영광을 누릴 때 사귄 친구들은 우리가 곤경에 처하면 적으로 변한다는 속담이 있습니다. 이것은 너무나 틀림없는 사실이며, 거의 모든 경우에 적용될 수 있습니다.

제노비아

팔미라의 여왕인 제노비아의 명성은 이루 말할 수가 없었습니다. 페르시아 사람들이 쓴 책을 읽어보면, 그녀는 너무나 용감했고 무기도 잘 다루어서 세상의 어떤 남자도 힘에서 그녀를 당할 사람이 없었습니다. 또한 혈통과 그 밖의 귀족적 성품에 있어서도 그녀를 따를 사람이 없었습니다. 그녀는 페르시아 왕의 혈통을 이어받았습니다. 그녀가 세상에서 제일가는 미녀라고 말할 수는 없겠지만, 어쨌든 그녀의 자태는 흠 하나 잡을 것이 없었습니다.

제노비아는 어렸을 때부터 여자들의 일을 거부하고 숲 속을 거닐곤 했습니다. 그곳에서 그녀는 커다란 사냥 화살로 수많은 야생 사슴들의 피를 흘리게 한 후, 재빨리 달려가 그 사슴들을 사로잡곤 했습니다. 그리고 성숙한 여인이 되자, 사자며 표범이며 곰 같은 맹수들을 즐겨 잡았고 맨손으로 자기가 원하는 대로 그 맹수들을 찢어 버렸습니다. 그녀는 맹수들이 사는 동굴이나 보금자리를 겁없이 찾아다녔으며, 밤새 큰 산을 거닐며 노천에서 잠자기 일쑤였습니다. 또한 아무리 날쌘 남자라도 그녀와 싸움을 해서 이길 수 없었고, 항상 그녀의 힘에 굴복하고 말았습니다. 그녀의 팔 힘을 당해낼 것은 아무것도 없었습니다. 또한 남편에게 매여 사는 것을 경멸하며, 아무에게도 순결을 바치려고 하지 않았습니다.

그러나 오랜 시일에 걸쳐 설득한 결과, 마침내 그녀의 친구들은 제노비아를

제노비아

팔미라의 왕자인 오데나투스와 결혼시키는 데 성공했습니다. 제노비아와 오데나투스는 생각과 취향이 서로 비슷했습니다. 처음에 그녀는 결혼을 별로 달갑게 여기지 않았지만, 일단 결혼을 하자 두 사람은 행복하고 즐겁게 살았습니다. 그들은 서로 무척이나 사랑하게 되었기 때문입니다. 그런데 한 가지 일치하지 않는 것이 있었습니다. 그것은 남편과는 단 한 번만 동침하겠다는 것으로, 세상에 후손을 남기기 위해서 아기를 가지기만 하면, 그것으로 부부 사이의 목적은 끝난 것이라는 제노비아의 생각 때문이었습니다. 그러나 첫 번째 동침으로 아기를 가지지 못하였을 경우에는 남편에게 단 한 번만 더 그의 뜻대로 할 수 있는 기회를 주기로 동의했습니다. 그리고 마침내 임신을 하게 되면, 40 주일이 지날 때까지 남편은 사랑의 기쁨을 누릴 수 없다는 조건을 붙였습니다.

오데나투스는 화를 내고 사정도 해 보았지만, 아내에게서 아무것도 얻어 낼 수 없었습니다. 그녀는, 남자들이 자식을 낳는 것 이외의 다른 목적으로 여자와 사랑을 하는 것은 아내에게 음탕하고 수치스런 일이라고 생각하고 있었던 것입니다.

제노비아는 오데나투스와의 사이에서 두 아이를 얻었고, 그들에게 지혜와 덕성을 가르치며 길렀습니다. 그러나 이 이야기는 그만해두고 본론으로 들어가겠습니다.

제노비아처럼 현명하고 지조가 굳고 인자하며, 낭비를 모르고 공손하며 전쟁에서도 지치지 않고 의연한 여자는 이 세상 어디에서도 찾아볼 수 없었습니다. 그녀의 갑옷과 겉옷이 얼마나 멋진지 표현할 사람은 아마 없을 것입니다. 몸에는 보석과 황금으로 수놓은 옷을 걸쳤으며, 사냥을 가더라도 여가를 내어 여러 가지 언어를 철저하게 배웠습니다. 그녀에게 있어서 최대의 기쁨은 어떻게 덕성스런 삶을 살 수 있는지에 관한 책을 읽으며 공부하는 것이었습니다.

이야기를 간단히 하자면, 제노비아와 그녀의 남편은 아주 용감한 전사(戰士)였기에, 동방의 큰 나라들과 로마 황제의 통치하에 있는 많은 도시들을 빼앗고 정복했습니다. 오데나투스가 살아 있는 동안 어떠한 적도 그들을 물리칠 수 없었습니다. 그들이 사푸르 왕을 비롯하여 여러 왕들과 싸운 이야기나, 어떻게 그토록 많은 땅을 차지할 수 있었는지, 그녀가 정복한 땅에서 그녀는 어떤 칭호를 받았는지, 또한 그런 땅에서 무슨 권리를 행사했으며, 그녀가 나중에 어떤 불행을 맞이했는지, 어떻게 적의 포위를 받고 사로잡혔는지에 관해 알고 싶은 사람은 나의 스승이신 페트라르카의 책을 읽어 보시기 바랍니다. 페트라르카는 이 모든 것에 대해 자세히 적어놓았습니다.

오데나투스가 죽자 제노비아는 자기가 정복한 나라들을 강력하게 다스렸고, 혼자 용감하게 적들과 싸웠습니다. 그녀가 전쟁을 선포하지 않은 나라들의 왕이나 왕자들은 큰 은혜로 알고 기뻐했습니다. 그리고 자기 나라가 평화롭게 살 수 있도록 그녀와 공식적인 동맹협정을 맺고는, 그녀가 마음대로 말을 타고 사냥을 하며 지내게 놔두었습니다. 로마의 황제 클라우디우스나 그의 뒤를 이은 갈리에누스를 비롯하여 아르메니아, 이집트, 시리아, 아랍인들조차도 용기를 내어 제노비아와 맞설 생각을 하지 않았습니다. 그들은 모두 제노비아의 손에 목숨을 잃거나, 아니면 그녀의 군대에 쫓겨 도망치는 치욕을 당할지 몰라 두려워하고 있었기 때문입니다.

제노비아의 두 아들은 부왕의 후계자에 걸맞은 옷을 입고 다녔습니다. 페르시아인들의 책에 의하면, 그들의 이름은 헤르마노와 티말라오였습니다. 그러나 변덕스런 운명의 여신은 꿀에 쓴맛을 섞어놓는 버릇이 있습니다. 그래서 제노비아처럼 힘센 여왕도 오래 지속될 수는 없었습니다. 운명의 여신이 그녀를 왕좌에서 끌어내려 불행과 파멸의 길로 던져 버렸던 것입니다.

로마의 통치권이 아우렐리우스의 손에 들어가자, 그는 여왕에게 복수하기로 마음먹었습니다. 그는 군대를 이끌고 제노비아를 향해 쳐들어왔습니다. 결론을 말하면, 제노비아의 군대는 패했고, 도망간 제노비아는 마침내 그의 손에 붙잡히고 말았습니다. 그러자 아우렐리우스 황제는 제노비아와 그의 두 아들에게 족쇄를 채워 로마로 데려왔습니다.

위대한 로마 황제 아우렐리우스의 노획물 중에는 온통 금과 보석으로 뒤덮인 전차(戰車)가 있었습니다. 그는 이것을 로마로 가져와 모든 로마 백성들이 볼 수 있도록 했습니다. 개선행렬 선두에는 제노비아가 여왕의 왕관을 쓰고 목에는 황금 쇠사슬을 걸친 채 수많은 보석이 박힌 옷을 입고 걸어가고 있었습니다.

아, 운명의 여신이여! 한때는 왕들과 황제들이 두려워했던 그녀가 이제는 적국 시민들의 멸시를 받고 있었습니다. 가장 치열한 전투에서 군모를 쓰고, 가장 강력한 도시들을 겁없이 공격했던 그녀가 이제는 머리에 수수한 여인들이 쓰는 모자를 얹고 있었습니다. 또한 꽃으로 가득 장식된 왕홀(王笏)을 들었던 손은 이제 연자매를 돌리며 생활비를 벌어야만 했습니다.

스페인의 페드로 왕

스페인의 영광이라고 불리는, 훌륭하고 고귀한 페드로 왕이 있었습니다. 운명의 여신은 그에게 가장 빛나는 자리까지 주었으니, 우리는 그의 불행한 죽음을 더욱 슬퍼하는 것입니다. 그는 자기 동생에게 나라를 내주고 쫓겨났으며, 후에는 적을 공격하는 도중에 동생의 계략에 속고 말았습니다. 동생은 페드로 왕을 진지로 데려가 그곳에서 죽인 후, 페드로가 다스리던 나라의 왕위를 계승했습니다.

이토록 극악무도한 일을 획책하여 씻을 수 없는 죄를 지은 사람이 누구입니까? 그런 것을 꾀한 사람은 활활 타오르는 불덩이처럼 붉게 칠한 나뭇가지를 잡고 흰 눈이 덮인 들판을 나는 검은 까마귀입니다.[1] 그럼 누가 그런 살인을 도왔을까요? 그는 악의 온상이었습니다. 그 사람은 언제나 명예와 충성을 소중히 여긴 샤를마뉴의 올리버가 아니라, 뇌물에 눈이 어두워진 브리튼의 가늘롱 올리버였습니다. 그 사람이 바로 페드로 왕을 함정에 빠뜨린 장본인이었습니다.

키프로스의 페트루스 왕

키프로스의 왕 페트루스 역시 뛰어난 용병술로 알렉산드리아를 손에 넣었습니다. 수많은 이교도들이 페트루스 왕 때문에 고통을 당했습니다. 그래서 그의 신하들은 그를 시기했고, 어느 날 아침 그가 잠을 자고 있는 틈을 이용해 살해했습니다. 그들이 시기한 것은 기사다운 그의 용맹성이었습니다. 이런 식으로 운명의 수레바퀴를 돌리고 조종하는 운명의 여신은 사람들을 기쁨에서 슬픔으로 떨어뜨립니다.

롬바르디아의 베르나베

이제 위대한 베르나베의 불행한 운명을 이야기하겠습니다. 그는 밀라노의

---

1. 이것은 페드로를 텐트로 데려가 죽인 베르트랑 뒤 게스클랭의 무기를 의미한다.

자작(子爵)이었으며 기쁨의 신이었고, 롬바르디아의 재앙이었습니다. 그는 부귀영화를 누리고 있었습니다. 그러나 베르나베의 조카이자 사위였던 젊은이가 그를 감옥에 가두어 죽였습니다. 나는 그가 어떻게 죽었으며 왜 죽었는지는 잘 모릅니다. 단지 내가 아는 것은 베르나베의 사위가 베르나베를 죽였다는 것뿐입니다.

피사의 백작 우골리노

우골리노 백작이 굶주린 채 서서히 죽어간 장면은 너무나 불쌍하고 가엾어서 말로 표현할 수가 없습니다. 피사에서 그리 멀지 않은 곳에 탑이 하나 있었습니다. 우골리노 백작은 그곳에 세 아이들과 함께 갇혔습니다. 가장 큰 아이가 겨우 다섯 살이었습니다. 운명의 여신은 잔인하게도 이토록 연약한 아이들을 감옥에 가두어 죽여 버렸습니다. 바로 그 감옥에서 그는 사형을 선고받았습니다. 피사의 주교였던 로젤리오에게 무고한 고발을 당했고, 그런 고발 내용을 그대로 믿은 피사의 시민들은 일제히 봉기하여, 지금 말했던 감옥에 우골리노 백작을 가두었습니다.

감옥에서 주는 음식과 물은 목숨을 부지하기에는 턱없이 적은 양이었습니다. 게다가 영양가도 거의 없는 형편없는 음식이었습니다. 어느 날 아침, 평소처럼 음식이 들어올 시간이었습니다. 그런데 옥리가 탑의 육중한 문을 닫아 버렸습니다. 우골리노 백작은 그 소리를 분명하게 들었지만 아무 말도 하지 않았습니다. 그러나 그것은 자기를 굶겨 죽이려 하는 것이라는 생각이 들었습니다. 그는 눈물을 흘리며 마음속으로 이렇게 울부짖었습니다.

'아, 내가 왜 이 세상에 태어난 것입니까?'

그러자 세 살밖에 되지 않은 막내가 말했습니다.

"아빠, 왜 울어? 언제 먹을 것이 오는 거야? 먹다 남은 빵 없어? 너무 배고파서 잠도 오지 않아. 하느님께서 나에게 영원히 잠을 자게 해주셨으면 좋겠어. 그러면 배고픈 것도 모를 거야. 난 지금 빵 먹고 싶은 생각밖에 없어."

아이는 날마다 이렇게 말했습니다. 그러다가 마침내 아버지의 품에 안겨 누우면서 이렇게 말했습니다.

"아빠, 안녕. 곧 죽을 것 같아."

아이는 아버지에게 키스를 하고 숨을 거두었습니다.

아이가 죽는 모습을 본 아버지의 마음은 찢어지는 것 같았습니다. 그는 고통을 이기지 못한 채 자기 팔을 물어뜯으며 소리쳤습니다.

"아, 못돼먹은 운명의 여신아! 이 모든 나의 고통이 바로 너의 빌어먹을 수레바퀴 때문이야!"

그러나 다른 두 아이들은 아버지가 슬픔에 못 이겨 팔을 물어뜯는다는 사실은 모르고, 단지 배가 고파 팔을 뜯어먹는다고 생각했습니다. 그래서 이렇게 말했습니다.

"아빠, 그러지 말아요! 대신 우리 살을 드세요. 우리가 아버지에게 받은 이 살을 드세요. 어서 드시란 말이에요!"

이것이 바로 아이들이 한 말이었습니다. 그 일이 있고 나서 하루나 이틀이 지나자, 두 아이들도 아버지의 품에 안겨 세상을 떠났습니다. 백작은 절망과 배고픔을 이기지 못하고 죽고 말았습니다. 이것이 피사의 권력자였던 백작의 최후입니다. 운명의 여신은 그를 높은 지위에서 이렇게 몰아내고 말았던 것입니다.

그러나 이 비극적인 이야기는 그만하겠습니다. 좀 더 자세히 알고 싶은 분들은 이탈리아의 위대한 시인인 단테의 책을 읽어 보십시오. 그는 한 마디도 빼놓지 않고 처음부터 끝까지 자세하게 적고 있습니다.

네로

네로는 지옥의 가장 깊은 구덩이에 빠진 악마처럼 흉측한 사람이었습니다. 그러나 수에토니우스의 말에 의하면, 그는 전 세계를 지배하고 있었습니다. 그는 보석을 좋아했고, 그의 옷은 머리부터 발끝까지 루비나 사파이어 혹은 진주로 수놓아져 있었습니다. 그 어떤 황제도 그보다 화려하게 옷을 입어보지 못했습니다. 그는 가장 사치스럽고 오만한 황제였습니다. 한 번 입은 옷은 두 번 다시 걸치려고 하지 않았습니다. 또한 네로는 로마의 티베르 강에서 고기잡이를 즐겼는데, 그럴 때마다 금실로 만든 그물을 던지곤 했습니다. 그의 욕망은 곧 법이었고, 운명의 여신은 마치 친한 친구처럼 이 폭군의 말에 따르곤 했습니다.

그는 재미삼아 로마를 방화(放火)했고, 원로원 의원들의 울음소리와 통곡소리를 듣기 위해 그들을 죽이기도 했습니다. 또한 자기 동생을 죽이고 누이와 잠자리를 같이하기도 했습니다. 특히 친어머니에게는 눈뜨고는 보지 못할 일을 저질렀습니다. 자기를 잉태한 자궁을 보기 위해 어머니의 배를 갈랐던 것입니다. 자기 어머니를 그토록 잔인하게 대한 사람이 어디에 있겠습니까! 그런 광경을 보고도 그는 눈물 한 방울 흘리지 않고 이렇게 말했습니다.

"한때는 어여쁜 여인이었어."

아마 여러분들은 비참하게 살해된 어머니 앞에서 어떻게 아름다웠다는 말을 할 수 있었는지 이해가 되지 않으실 겁니다. 죽은 어머니 앞에서 네로는 포도주를 가져오라고 지시했고, 그 자리에서 술을 마셨습니다. 하지만 슬퍼하거나 괴로운 기색은 전혀 보이지 않았습니다. 권력이 잔인함과 손을 잡으면 그 독은 한없이 깊이 파고들게 마련입니다.

역사서가 거짓말을 하지 않는다면, 젊었을 때 이 황제는 훌륭한 스승이 있었습니다. 당대에 도덕과 지혜의 귀감이었던 그는 네로에게 예절과 글을 가르쳤습니다. 이 스승이 가르칠 때만 해도 네로는 똑똑하고 유순했습니다. 그러나 오랜 세월이 지나자 네로의 마음속에는 압제와 같은 악이 스며들었습니다. 네로는 스승인 세네카를 몹시 존경했으며, 그는 매를 때리는 대신 말로 신중하게 네로가 죄악에 빠지지 않게 했습니다. 세네카는 이렇게 말하곤 했습니다.

"폐하, 황제는 덕스러워야 하며 횡포와 권력 남용을 증오해야 합니다."

이 말 때문에 네로는 스승을 자살하게 만들었습니다. 세네카는 목욕을 하는 동안 팔 동맥을 잘라 피를 흘리며 죽었던 것입니다.

젊었을 때 네로는 자기 스승이 보는 앞에서 벌떡 일어나며 반항하는 습관이 있었는데, 그때의 생각을 가슴에 품었다가 마침내 스승을 죽이고 만 것입니다. 세네카 역시 다른 고통을 받으며 죽느니 목욕탕에서 피를 흘리며 죽는 쪽이 현명하다고 판단했습니다. 이런 식으로 네로는 자기가 사랑하고 존경하는 스승을 죽였던 것입니다.

그러나 어느 날 운명의 여신은 네로의 거만한 행동을 보호하는 데 지쳐 버렸습니다. 네로가 아무리 힘이 세다고는 하지만 운명의 여신을 당할 수는 없는 법입니다. 아마 운명의 여신은 이렇게 생각했을 것입니다. '맙소사, 내가 미쳤음에 틀림없어. 저토록 흉측한 놈을 높은 자리에 올려놓고 황제라고 불리게 하다니. 이제 저 작자의 왕관을 빼앗아 버려야겠어. 전혀 예기치 못한 순간에 말이야.'

어느 날 밤, 백성들은 네로가 범한 수많은 폭정(暴政)을 참지 못하고 봉기했습니다. 그것을 본 네로는 아무도 모르게 궁전 대문으로 도망쳤습니다. 그는 혼자 거닐며 도움을 청할 수 있는 친구들의 집을 찾아가 대문을 두드렸습니다. 그러나 네로가 소리지르며 구원을 청할수록, 친구들은 그가 들어오지 못하도록 더욱 굳게 문을 걸어 잠갔습니다. 마침내 네로는 자기가 착각하고 있다는 사실을 깨닫고, 더 이상 도와 달라고 할 용기도 내지 못했습니다. 성난 백성들은 사방으로 소리를 지르며 그를 찾았습니다. 네로의 귀에도 '빌어먹을 폭군 네로가 어디로 갔느냐?'라는 외침이 들려왔습니다.

그는 너무나 무서운 나머지 미칠 것만 같았습니다. 그래서 경건한 마음으로 신들에게 도와 달라고 빌었지만, 신들은 아무런 도움도 내려주지 않았습니다. 그러자 네로는 두려운 마음에 몸을 숨기기 위해 정원으로 달려갔습니다. 그곳에는 두 농부가 커다란 모닥불을 피워놓고 앉아 있었습니다. 그는 두 농부를 보자 마음을 바꾸어 자기 목을 잘라 달라고 부탁했습니다. 그러면 죽은 뒤에 자기의 시체가 모욕을 당하지는 않을 것이라고 생각했던 것입니다. 그는 자기가 운명의 여신을 피할 도리가 없음을 알자, 스스로 목숨을 끊었습니다. 그러자 운명의 여신은 깔깔거리며 재미있어 했습니다.

홀로페르네스

홀로페르네스는 느부갓네살 왕의 군대 총사령관으로 많은 나라를 정복했습니다. 전쟁터에서 그를 당할 사람은 아무도 없었고, 그보다 용감하고 훌륭한 사람은 없었습니다. 이렇게 운명의 여신은 홀로페르네스를 사랑스럽게 안아주었고, 그가 원하는 것은 무엇이든지 해주었습니다. 그러나 그는 어느 날 무슨 일이 일어나고 있는지 알아차리기도 전에 머리가 잘려 죽고 말았습니다. 그는 사람들의 자유와 재산을 약탈했을 뿐만 아니라, 적에게 신앙까지도 버리게 강요했었습니다. 그는 이렇게 말했습니다.

"느부갓네살이 신이다. 너희들은 느부갓네살 왕을 제외한 어떤 신도 믿어서는 안 된다."

아무도 이런 칙령을 어길 엄두를 내지 못했습니다. 그러나 요아킴이 사제로 있던 베툴리아라는 성만은 예외였습니다.

이제 홀로페르네스가 어떻게 죽었는지 잘 들어보십시오. 어느 날 그는 잔뜩 취하여 막사 한가운데 있는 야전 천막 속에 쓰러져 있었습니다. 그 천막은 헛간만큼 컸습니다. 그의 위풍과 권세가 당당했지만, 그가 술에 취해 잠을 자고 있는 사이에 유딧이라는 여인이 그의 목을 잘랐습니다. 그런 다음 군인들의 눈에 띄지 않게 홀로페르네스의 목을 가지고 베툴리아 성으로 돌아갔습니다.

유명한 안티오코스 왕

안티오코스 왕의 늠름한 모습과 그가 오만불손하게 저지른 수많은 악행을 일일이 설명할 필요는 없을 것입니다. 어쨌든 그와 같은 왕은 이 세상에 아무도 없었습니다. 그가 어떤 사람이었고, 얼마나 오만하게 말을 하고 행동했으며, 최고의 행복을 누리다가 어떻게 전락하게 되었고, 산등성이에서 얼마나 비참하게 생을 마감했는지에 관해서는 성서에 나오는 『마카베오』를 읽어 보십시오.

운명의 여신은 그를 극도로 거만하게 만들었습니다. 그러자 안티오코스 왕은 정말로 자기가 별들의 높이에 이를 수 있으며, 대지에 있는 모든 산을 들어올려 무게를 잴 수 있고, 바다의 모든 파도를 멈추게 할 수 있다고 생각하기에 이르렀습니다. 그러나 그는 하느님의 백성들을 증오했습니다. 하느님께서 그의 자만을 꺾을 것이라고는 생각하지 않은 채, 그는 수많은 하느님의 백성들을 고문하거나 끔찍한 고통을 받게 하면서 죽였습니다. 그런데 유대인들이 니가노르와 디모테오를 궤멸시켰다는 소식을 듣자, 안티오코스 왕은 유대인들을 전멸시켜 버리고 말겠다는 생각으로 급히 병거를 준비시키고, 그 원수를 갚기 위해 예루살렘으로 진군하라고 명령했습니다. 그러면서 유대인들에게 가장 악랄한 방법으로 자기가 얼마나 분노하고 있는지를 보여주겠다고 맹세했습니다.

그러나 그의 계획은 곧 장애물에 부딪치게 되었습니다. 하느님이 눈에 보이지 않는 불치의 병으로 안티오코스 왕을 벌하셨던 것입니다. 그 병은 왕의 내장 속까지 파고들었고, 결국 그는 그런 고통을 참을 수가 없게 되었습니다. 수많은 사람을 고통스럽게 만든 안티오코스가 받아도 마땅한 형벌이었습니다. 하지만 그런 고통을 받으면서도 그는 자신의 사악한 목표를 포기하지 않고 즉시 군사들에게 출정을 명령했습니다. 그러나 그도 모르는 사이에 하느님은 그의 자만심과 호언장담을 벌하셨습니다. 안티오코스 왕이 갑자기 병거에서 떨어져 사지와 살에 상처를 입었던 것입니다. 그는 걷지도 못하고 말을 타지도 못했을 뿐만 아니라, 등과 허리에 타박상을 입어 들것에 실려가는 신세가 되었습니다.

하느님이 내리신 벌은 너무나 혹독했습니다. 그의 몸에서는 보기에도 끔찍한 구더기들이 들끓었고 고약한 악취가 풍겼습니다. 그래서 밤이건 낮이건 그를 간호하는 사람들조차도 그 냄새를 견딜 수가 없었습니다. 이런 고통을 당하게 되자, 그는 울면서 통곡했습니다. 그러면서 하느님이 이 세상을 창조하신 분임을 깨닫게 되었습니다. 그의 썩은 살에서 풍기는 악취는 군사들뿐만 아니라 그 자신에게도 역겹기 그지없었습니다. 그래서 아무도 그를 옮기려고 하지 않았습니다. 이렇게 그는 악취와 무서운 고통을 받으며 산등성이에서 비참하게 숨을 거두었습니다. 죄 없는 많은 사람들에게 고통과 눈물을 자아낸 못된 살인자는 자만했던 탓에 이런 벌을 받으며 죽었던 것입니다.

알렉산드로스 대왕

알렉산드로스 대왕의 이야기는 너무나 잘 알려져 있어서, 조금이라도 교양이 있는 사람이라면 그의 업적을 전부는 아니더라도 일부는 알고 있을 것입니다. 알렉산드로스 대왕의 가공할 만한 명성을 듣고 평화협정을 체결한 나라를 제외하고, 그는 무력으로 전 세계를 정복했습니다. 가는 곳마다 그는 오만한 사람과 짐승들의 콧대를 꺾었습니다. 그와 비교될 만한 정복자는 하나도 없습니다. 전 세계가 그를 무서워하며 벌벌 떨었습니다.

그는 기사도와 자비의 전형이었습니다. 그래서 운명의 여신은 자기의 모든 명예를 걸머질 후계자로 그를 지목했습니다. 그는 사자처럼 용감했으며, 큰 무훈을 세우려는 야심으로 가득 차 있었으며, 그런 야심에 제동을 걸 만한 것은 이 세상에 아무것도 없었습니다. 단지 여자와 술만이 유일한 방법이었습니다.

그가 싸워 이긴 다리우스 왕을 비롯하여 수천 명의 왕이나 왕자, 혹은 백작이나 공작들의 이름을 거론하면서 그의 이름을 찬양할 필요는 없을 것입니다. 전 세계가 그의 것이었으니 말입니다. 내가 아무리 유창하게 그가 얼마나 훌륭한 기사였는지 설명한다고 하더라도 충분하지 않을 것입니다. 『마카베오』에 의하면, 그는 12년간 통치했습니다. 또한 그리스 최초의 왕이었던 마케도니아 필립보 왕의 아들이었습니다. 그토록 그는 고귀하고 뛰어난 사람이었습니다. 그런데 동족에 의해 독살당하리라고 그 누가 알았겠습니까? 그는 운명의 여신과 노름을 했고, 그녀는 눈물 한 방울 흘리지 않은 채 결국 그에게 가장 비참한 운명을 선사하고 말았습니다.

그는 전 세계를 마치 하나의 왕국인 양 다스리면서도, 그것도 부족하다고 생각할 정도로 야심만만했습니다. 그런 고귀하고 인자한 사람이 비참한 죽음을 당했으니 어찌 슬퍼하지 않을 수 있겠습니까? 알렉산드로스 대왕을 죽인 두 불행은 바로 독약과, 배신자인 운명의 여신이었습니다. 나는 이렇게 그를 죽인 두 가지 원인을 탓하며 이 이야기를 끝맺습니다.

율리우스 카이사르

정복자 율리우스 카이사르는 미천한 가문에서 태어나 왕위까지 오르게 되었습니다. 그것은 모두 그의 지혜와 용기와 엄청난 노력의 결과였습니다. 그는 육지와 바다를 돌아다니며 외교 혹은 무력을 통해 전 서양을 정복했고, 그 나라들을 모두 로마에 예속시켰습니다. 그리고 후에 운명의 여신이 그에게 등을 돌릴 때까지 로마의 황제로 군림했습니다.

위대한 카이사르는 테살리아에서 동방의 기사들을 휘하에 거느리고 있던 장인(丈人) 폼페이우스와 싸웠습니다. 그는 용감하게 싸워 폼페이우스를 무찔렀으며, 폼페이우스와 함께 달아난 몇 명만을 빼놓고 모든 적군들을 포로로 만들었습니다. 이런 무훈을 듣자 동방의 모든 나라는 깜짝 놀랐습니다. 하지만 이것은 모두 카이사르를 총애했던 운명의 여신 덕택이었습니다.

여기에서 잠시 로마의 고귀한 통치자였지만 테살리아 전투에서 도망쳐 버린 폼페이우스의 슬픈 최후를 이야기하겠습니다. 그와 함께 도망친 부하 중에는 비열한 배신자가 한 명 있었습니다. 이 배신자는 폼페이우스의 목을 잘라 카이사르에게 가져갔습니다. 그러면 카이사르가 좋아할 것이라고 생각했던 것입니다. 이렇게 운명의 여신은 한때 동방세계의 정복자였던 폼페이우스에게 비참한 최후를 맞이하게 했던 것입니다.

카이사르는 로마인들의 승리와 환호성 속에서 월계관을 쓰고 늠름하게 개선했습니다. 그러나 시간이 지나면서 카이사르의 뛰어난 용기를 질투했던 브루투스 카시우스는 비밀리에 그를 없앨 음모를 꾸몄습니다. 그리고 이제부터 이야기하려는 것처럼 카이사르가 칼에 맞아 죽을 장소를 골라두었습니다.

어느 날, 카이사르는 평상시와 마찬가지로 유피테르 신전으로 향했습니다. 그곳에서 브루투스는 그의 공모자들과 합세하여 카이사르를 습격했습니다. 그리고 그를 마구 칼로 찔러 온몸을 상처투성이로 만들었습니다. 그러나 전해오는 이야기가 거짓이 아니라면, 카이사르는 첫 번째 칼에 찔렸을 때에만 신음을 냈을 뿐, 다음에는 조금도 신음하지 않았습니다.

카이사르는 용기만 뛰어난 것이 아니라 명예와 예절을 사랑하기도 했습니다. 그래서 치명적인 상처로 고통을 받으면서도 자기 허벅지를 외투로 감싸서 아무도 자기의 은밀한 부분을 보지 못하게 했습니다. 거의 의식을 잃은 채 자기의 죽음이 다가왔다는 사실을 알면서도 그는 자기의 명예와 체신을 떠올렸던 것입니다.

이 이야기를 자세히 알고 싶으시면 카이사르의 영광과 최후를 처음부터 끝까지 하나도 빼놓지 않고 서술한 루카누스와 수에토니우스 혹은 발레리우스를 읽어 보십시오. 그러면 운명의 여신이 처음에는 위대한 정복자의 친구였다가 나중에는 적이 되었음을 알게 될 것입니다. 나는 모든 사람이 운명의 여신이 사랑한다는 사실을 너무 믿지 말고, 항상 경계하길 바랍니다. 그렇지 않으면 위대한 정복자들처럼 비참한 최후를 맞이하게 될 것입니다.

크로이소스

부유하기 이를 데 없던 크로이소스는 한때 리디아의 왕이었습니다. 그는 페르시아의 키루스도 두려워했던 사람이지만, 최고의 전성기를 누리던 중에 포로가 되어 산 채로 화형을 당하게 되었습니다. 그러나 하늘에서 엄청난 폭우가 내려 화형장의 불을 꺼버렸고, 그 틈을 이용해 죽음을 면할 수 있었습니다. 하지만 이런 일을 당하고도 조심을 하지 않았고, 마침내는 운명의 여신에게 미움을 받아 교수형을 당하고 말았습니다. 그는 화형장에서 도망쳐 다시 전쟁을 일으켰습니다. 운명의 여신이 도망칠 수 있도록 비를 내려준 것을 보고, 그는 적들이 자기를 절대로 죽일 수 없을 것이라고 확신했습니다. 또한 어느 날 그는 너무나 기분 좋은 꿈을 꾼 나머지 자만하기 시작했고, 그의 마음은 복수를 하겠다는 생각에 이끌리고 있었습니다.

그는 나무 위에 올라가 있는 꿈을 꾸었습니다. 그곳에서 유피테르는 그의 등과 옆구리를 씻어주었고, 태양은 물을 닦으라고 수건을 가져왔습니다. 이런 꿈을 꾸자 그는 너무 기분이 좋아서 옆에 있던 딸에게 꿈의 뜻을 설명해 달라고 부탁했습니다. 그는 딸이 꿈을 해석하는 데 일가견이 있음을 알고 있었습니다. 그러자 딸은 이렇게 해몽했습니다.

"나무는 교수대를 뜻하고 유피테르는 눈과 비를, 수건을 가져온 태양은 햇빛을 각각 가리킵니다. 아버지, 이건 틀림없이 교수형을 당한다는 것을 의미해요. 비는 아버지의 몸을 씻고, 태양은 씻은 물을 말려줄 겁니다."

파니아라는 그 딸은 이렇게 경고했습니다. 그리고 실제로 오만하던 크로이소스 왕은 교수대에 매달려 죽었습니다. 그가 왕의 자리에 있었지만, 그런 것은 하나도 소용이 없었습니다.

이런 비극들은 모두 한 가지 교훈을 주고 있습니다. 그것은 운명의 여신이 오만한 자들이 전혀 예기치 않은 순간에 그들을 습격한다는 것입니다. 우리 인간들이 운명의 여신을 믿을 때면, 그녀는 환한 자기의 얼굴을 구름 뒤로 가리곤 합니다.

여기에서 기사가 수사의 이야기를 가로막는다.

수녀원 신부의 이야기

수녀원 신부의 이야기 서문

"그만하면 충분하오!"

기사가 수사의 이야기를 가로막으며 말했다.

"지금까지 한 이야기로도 충분합니다. 아마 많은 사람들도 불행한 이야기를 그 정도 들었으면 충분하다고 생각할 겁니다. 나 역시도 힘 있고 잘살던 사람들이 몰락한 이야기를 들으면 기분이 별로 좋지 않습니다. 하지만 반대의 경우라면 기분이 좋아지지요. 즉 가난한 사람이 어떻게 출세를 해서 부귀영화를 누렸는지에 관한 이야기 말입니다. 이런 것을 들으면 마음이 즐거워집니다. 그러니 이런 이야기들을 해야 합니다."

그러자 사회자인 여관주인이 말했다.

"맞소. 성 바울로 성당의 종을 두고 말하는데, 이 말은 사실이오. 이 수사는 너무 말이 많았소. 운명의 여신이 구름의 망토를 두르고 있다느니와 같은 것을 이야기했고, 또한 여러분들이 들었듯이 비극 이야기를 늘어놓았소. 지나간 일을 통곡하고 한탄한들 무슨 소용이 있겠소. 그리고 기사 양반이 말했듯이, 슬픈 이야기를 듣는 것은 정말로 피곤한 일이오. 수사님, 이제 그만해도 좋소. 당신 이야기는 우리 일행들의 사기를 저하시켰소. 재미도 없고 기쁘지도 않으니 더 이상 들을 필요도 없소. 그러니 베드로 수사님, 이게 당신 이름인지는 잘 모르겠지만, 부디 다른 이야기를 들려주시오. 당신 말의 안장에 주렁주렁 매달린 종들이 소리를 내지 않았더라면, 아마 나는 잠에 빠져 말에서 떨어졌을 것이오. 이 진흙 수렁에 말이오. 그러니 당신이 아무리 좋은 이야기를 했더라도 헛수고가 되었을 것이오. 현자들이 말하듯이, 들어주는 사람이 없으면 아무리 좋은 이야기도 소용이 없는 법이오. 하지만 재미있는 이야기를 들으면, 나는 그 이야기 속에서 중요한 교훈을 얻을 수 있소. 그러니 이번에는 좋아하시는 사냥 이야기를 들려주시오."

이 말을 들은 수사가 말했다.

"아니요. 그런 헛소리를 늘어놓을 생각은 없소. 그러니 다른 사람을 시키시오."

그러자 사회자는 즉시 수녀원 신부를 보면서 거칠고 노골적인 상소리를 섞어가며 말했다.

"자, 신부님, 이리 오시오. 존 신부님, 이리 가까이 오시오! 우리의 흥을 돋울 수 있는 재미있는 이야기를 하나 들려주시오. 신통치 않은 말(馬)에는 신경 쓰지 말고, 어서 기운을 내시오! 당신이 타고 있는 말이 비쩍 말랐으면 어떻소. 자, 걱정 말고 늘 마음을 명랑하게 가지시오. 이게 바로 인생을 즐겁게 사는 비결이오."

"알았소, 사회자 양반. 최선을 다해 노력하겠소. 내 이야기를 듣고도 기분이 좋아지지 않는다면 날 원망해도 좋소."

즉시 수녀원 신부는 이야기를 시작했다.

마음씨 좋은 존 신부는 우리 모두를 바라보면서 이렇게 이야기를 했다.

수녀원 신부의 이야기

나이든 어느 가난한 과부가 오막살이집에서 살고 있었습니다. 그 집은 골짜기에 있는 숲 옆에 있었습니다. 그녀는 남편이 세상을 떠난 이후부터 아주 검소한 생활을 하며 힘들게 살고 있었습니다. 가진 재산도 별로 없었고 수입도 변변치 않았기 때문입니다. 그래서 두 딸과 함께 하느님께서 주신 것만 가지고 근근이 살아가고 있었습니다. 그러니까 커다란 암퇘지 세 마리와 암소 세 마리, 그리고 '몰'이라고 불리는 양이 한 마리 있을 뿐이었습니다. 거실과 침실은 그을어서 거무죽죽했고, 그곳에서 먹는 음식 또한 보잘것없었습니다.

그녀는 매운 소스가 필요 없었습니다. 왜냐하면 맛있는 음식을 먹지 않았기 때문입니다. 그녀가 먹는 음식은 사는 집과 유사했습니다. 그래서 너무 많이 먹어서 병이 나는 일은 없었습니다. 검소한 식사와 운동과 편안한 마음이 그녀의 약이었습니다. 통풍(痛風) 때문에 춤을 못 추는 일도 없었고, 별안간 졸도해서 머리를 상하는 일도 없었습니다. 또한 백포도주나 적포도주를 마시는 일도 없었습니다. 식탁에 있는 대부분의 음식은 검고 하얀 음식이었습니다. 그러니까 우유와 검은 빵은 한 번도 빠지는 일이 없었고, 구운 베이컨과 한두 개의 계란이 가끔씩 나올 뿐이었습니다. 그것은 그녀가 우유를 짜는 여인이기 때문이었습니다.

마당은 막대기로 울타리가 쳐져 있었고, 그 주위에는 마른 도랑이 흐르고 있었습니다. 그리고 그 마당에서 샹테클레르라 불리는 수탉을 한 마리 기르고 있었습니다. 샹테클레르처럼 멋있게 우는 닭은 그 나라에 없었습니다. 그 닭의 목소리는 미사 때 울리는 성당의 오르간 소리보다 더 부드러웠습니다. 그리고 시계나 수도원의 종소리보다 더 정확한 시간에 울곤 했습니다. 그 수탉은 그 지방의 주야 평분선이 어떻게 돌아가고 있는지 본능적으로 잘 알고 있었습니다. 그 선이 15도가 되는 정확한 시간에 비할 데 없이 훌륭한 소리로 울어댔던 것입니다. 수탉의 볏은 산호보다 더 붉었고 성벽보다 더 늠름했습니다. 검은 부리는 흑옥처럼 반짝였으며, 다리와 발가락은 하늘색이었고, 발톱은 백합보다 희었고, 깃털은 번쩍이는 금과 같았습니다.

이 멋진 수탉은 일곱 마리의 암탉을 거느리면서 재미를 보고 있었습니다. 이 암탉들은 샹테클레르의 종이자 애인들이었으며, 모두 샹테클레르와 비슷한 색을 띠고 있었습니다. 목에 가장 아름다운 빛깔을 지닌 암탉의 이름은 페르텔로트 마님이었습니다. 이 마님은 예의바르고 재치 있으며, 우아하고 공손했습니다. 너무나 아름다웠기에 샹테클레르는 그녀에게 매료되었고, 그녀가 태어난 지 일주일이 되던 날부터 그녀와 결혼하기로 굳게 마음먹고 있었습니다.

샹테클레르는 페르텔로트의 사랑을 받으며 너무나 행복한 나날을 보내고 있었습니다. 동이 틀 무렵에 '내 사랑은 떠났네'라는 달콤한 합창소리를 듣는 것은 여간 즐거운 일이 아니었습니다. 전해오는 이야기에 따르면, 당시에는 새들과 짐승들도 노래하고 말할 줄 알았다고 합니다.

그런데 어느 날 이른 아침이었습니다. 샹테클레르는 아내들과 함께 부엌의 횃대 위에 앉아 있었습니다. 그는 아름다운 페르텔로트 옆에 앉아서 간밤에 악몽에 시달린 사람처럼 신음소리를 내기 시작했습니다. 페르텔로트는 이 소리를 듣자 깜짝 놀라 이렇게 말했습니다.

"여보, 무슨 일이에요? 왜 신음하세요? 당신처럼 잠을 잘 주무시는 분이 이런 신음소리를 내다니, 무슨 일이 있는 거죠?"

그러자 샹테클레르는 이렇게 대답했습니다.

"괜찮으니 걱정 마오. 방금 꿈을 꾸었는데, 어찌나 커다란 위험에 빠졌던지 아직도 가슴이 이렇게 두근거리고 있소. 아, 하느님, 제 꿈을 길몽으로 바꿔주시고, 제 몸을 더러운 감옥에서 빼내 주소서! 내 꿈은 이렇소. 내가 우리 집 마당을 왔다 갔다 하는데 개와 흡사한 짐승 하나를 보았소. 그런데 나를 덮쳐서 내 목숨을 빼앗으려고 했소. 그 짐승의 색깔은 주황색이었지만 꼬리 끝과 양쪽 귀 끝은 검은 색이었소. 주둥이는 작았고, 눈빛은 날카로웠소. 그런 모습 때문에 나는 아직도 무서워 죽을 것 같소. 그러니 내가 신음소리를 내는 것도 무리는 아니오."

이 말을 듣자 페르텔로트가 말했습니다.

"저리 비켜요! 창피하지도 않아요? 이 겁쟁이 양반아! 하늘에 계신 하느님을 두고 맹세하는데, 이제 우리의 사랑은 끝났어요. 지금 이 자리에서 말하지만, 나는 겁쟁이를 사랑할 수가 없어요. 여자들이 뭐라고 말하더라도, 우리는 모두 우리네의 남편들이 가능한 한 용감하고 똑똑하며 너그럽고 믿음직하기를 바라요. 우리는 구두쇠이거나 멍청하거나, 혹은 무기 앞에만 서면 벌벌 떨거나 허풍치는 남편은 바라지 않아요. 그런데 어떻게 당신은 사랑하는 여자 앞에서 뻔뻔스럽게 무섭다는 말을 할 수 있어요? 수염은 그렇게 멋지게 달고서 왜 남자답지 못한 거죠? 꿈이 그렇게 무섭다는 거예요? 하느님도 아시다시피, 꿈은 아무런 의미도 없는 거예요. 꿈은 과식의 결과이며, 가끔씩은 위에 체액이 너무 많거나 몸 안에 여러 체액이 너무 많이 뒤섞일 때 일어나는 것이에요. 미안한 소리지만, 당신이 방금 전에 꾼 꿈은 피에 붉은 담즙이 너무 많아서 생긴 거예요. 그럴 경우 화살이나 붉은 불꽃, 붉은 색의 성난 짐승, 크고 작은 여러 종류의 싸움이나 개들이 꿈속에 나타나는 것이에요. 그리고 검은 우울증 체액이 생기면, 많은 사람들이 잠자는 도중에 악몽을 꾸며 소리를 지르고, 무서운 곰이나 검은 황소가 덮치거나 검은 악마의 손에 끌려간다는 느낌을 받는 것이죠. 나는 당신에게 잠을 자는 동안 사람을 괴롭히는 다른 체액들도 이야기해 줄 수 있지만, 가능한 한 이런 이야기를 빨리 끝내고 싶기에 한 마디만 하고 그만두겠어요. 현자로 유명했던 카토는 언젠가 이렇게 말했어요. '꿈을 믿지 말라.'"

페르텔로트는 잠시 쉬더니 계속해서 이렇게 말했습니다.

"이제 이 서까래에서 내려가면 설사약을 잡수세요. 내 영혼과 목숨을 걸고 말하는데, 내가 드릴 수 있는 최고의 충고는 바로 이런 체액들을 깨끗이 씻어 버리라는 것이에요. 이건 거짓말이 아니에요. 이 동네에는 약사가 없으니 시간을 절약할 수 있도록 내가 당신의 건강을 되찾을 수 있는 약초를 가르쳐 드리겠어요. 당신은 우리 집 마당에서 그 약초를 찾을 수 있을 거예요. 그 약초는 당신의 머리에서 발끝까지 씻어낼 수 있는 힘을 지니고 있어요. 그렇지만 이것만은 잊지 마세요. 당신은 성마른 기질이에요. 그러니 정오의 태양 아래에서는 너무 뜨거운 체액으로 가득 차지 않도록 하세요. 만일 당신이 그런 상태라면, 당신은 당장에 학질에 걸리거나 열병으로 죽고 말 거예요. 그럴 경우에는 이틀 동안 구더기로 만든 연한 음식을 먹은 다음 설사약을 드세요. 자, 그럼 설사약으로 사용할 수 있는 약초가 무엇인지 가르쳐 드리죠. 이것들은 등대풀, 수레국화, 현호색, 크리스마스로즈인데 모두 우리 마을에서 구할 수 있어요. 또한 풍조목이나 갈매 산딸기 혹은 담쟁이처럼, 아름다운 우리 마당에서 손쉽게 구할 수 있는 것도 있지요. 지금 당장 약초가 자라나는 곳으로 가서 잎사귀를 뜯어먹으세요. 자, 기운 내세요! 악몽 따위에 겁먹지 말아요! 나는 이만 말하겠어요."

이 말을 듣자 수탉이 말했습니다.

"부인, 소중한 정보를 주어서 고맙소. 그렇지만 지혜롭다고 유명한 카토에 관해서 한 마디만 하겠소. 그는 우리가 꿈 따위를 걱정할 필요가 없다고 썼지만, 카토보다 훨씬 권위 있는 사람들이 쓴 옛날 책을 읽어 보면, 카토의 의견과는 반대가 되는 것이 많소. 그들은 꿈이란 우리가 이 세상을 살아가는 동안 느낄 기쁨과 고통을 미리 가르쳐 주는 전조(前兆)라고 말하고 있소. 이 문제에 대해서는 왈가왈부하지 맙시다. 경험으로 증명을 해 보일 테니 말이오.

아주 위대한 작가 중의 하나는 다음과 같은 이야기를 들려주고 있소. 어느 날, 친구 둘이서 경건한 마음으로 순례를 떠났소. 그런데 순례 도중에 어느 도시에 들르게 되었는데, 그곳에는 너무나 사람이 많아서 남아 있는 숙소가 거의 없었소. 그들은 함께 하룻밤을 머무를 수 있는 오두막집조차 찾을 수가 없었소. 그래서 하는 수 없이 서로 헤어져 그날 밤을 지내기로 하고, 각자 여관을 찾아가 밤을 지샐 만한 자리를 구하기로 했소. 한 사람은 여관 마당에 있는 외양간에 잠자리를 구했소. 그런데 다른 사람은 우리 모두의 생애를 지배하는 행운을 지녔던 탓인지, 아주 좋은 숙소에 들게 되었소. 그런데 동이 트기 한참 전에 이 친구가 꿈을 꾸게 되었소. 그는 침대에 누워 잠을 자는데, 자기 친구가 이렇게 외치는 소리를 들었소.

'아, 나는 내가 머물고 있는 이 외양간에서 오늘 밤 살해당하고 말 거야. 날 도와줘, 그렇지 않으면 난 죽고 말 거야. 어서 빨리 이리 와 줘!'

꿈을 꾼 친구는 공포에 사로잡혀 자리에서 벌떡 일어났소. 하지만 잠이 완전히 깨자, 침대에서 한두 번 뒤척이고는 자기 꿈이 말도 안 되는 것이라고 생각하면서 꿈에 주의를 기울이지 않았소. 그런데 다시 한 번 그 꿈을 꾸게 되었고, 세 번째 꿈에는 친구가 다가와 이렇게 말했소.

'이제 난 죽었어. 피로 적셔진 이 상처를 봐! 아침 일찍 일어나 이 도시의 서쪽 문으로 와. 그러면 거름을 가득 실은 수레가 있을 거야. 그 안에 아무도 모르게 내 시체가 숨겨져 있을 거야. 내 말을 믿고 그 수레를 멈추게 해. 그 이유

를 알고 싶다면, 말해주지. 사실 난 금을 가지고 있었기 때문에 살해당한 거야.'

그런 다음 창백한 얼굴과 가련한 표정으로 자기가 어떻게 죽었는지 자세히 말해 주었소. 정말이지 그 친구는 자기의 꿈이 절대적으로 확실하다는 것을 확인할 수 있었소. 다음날 아침, 해가 뜨자마자 그 친구는 자기 친구가 머물고 있던 여관으로 향했소. 그리고 외양간에 도착하자 그 친구를 큰 소리로 부르기 시작했소. 그러자 여관주인은 이렇게 말했소.

'당신 친구는 이미 떠났소. 동이 트자마자 이 도시를 떠났소.'

자기가 간밤에 꾸었던 꿈을 떠올리자, 그는 갑자기 무언가 이상하다는 생각을 하게 되었소. 그는 지체없이 서쪽 문을 향해 달려갔소. 그곳에는 죽은 친구가 설명했던 대로 거름을 가득 실은 수레가 있었소. 그 수레는 밭에 거름을 주기 위해 가고 있었소. 그러자 그는 살인자에 대해 심판과 복수를 해 달라며 마구 소리치기 시작했소.

'내 친구가 어젯밤에 죽었소. 그는 지금 저 수레 안에 뻣뻣한 시체가 되어 누워 있소. 어서 이 도시의 치안을 담당하는 관리를 불러오시오! 도와주시오, 날 좀 도와주시오! 우리 친구가 저 안에 누워 있단 말이오!'

이 이야기를 더 이상 길게 해서 무엇하겠소? 이 소리를 듣자, 사람들이 달려와 수레에 실려 있던 거름을 바닥으로 내던졌소. 그러자 거름 한가운데에 살해된 지 얼마 안 되는 시체가 있었소.

우리의 주님은 공정하시고 진실된 분이오. 그래서 모든 죄를 드러내 보이시오. 어떤 범죄도 하느님의 눈을 속일 수는 없소. 우리는 매일 이런 것을 보고 있지 않소? 살인이란 너무나 흉악하고 가증스런 것이라, 하느님의 심판을 받아야 하는 것이오. 하느님은 그토록 커다란 범죄가 영영 감추어지는 것을 허락하지 않으시오. 기껏해야 그런 범죄는 이삼 년 정도 감추어질 수 있을 뿐이오. '살인죄는 언제고 드러난다'라는 것이 바로 내 생각이오.

그러자 도시의 관헌들은 수레 주인과 여관 주인을 체포하여 고문을 했소. 형틀에 올려놓고 죄를 고백할 때까지 주리를 틀었소. 그리고 결국 그들은 교수형을 당하고 말았소.

이 이야기로 보건대, 꿈은 존중해야 한다는 사실을 알 수 있소. 또한 이 책의 다음 장(章)에는 다음과 같은 이야기가 적혀 있소. 내가 지금 과장해서 이야기하는 것이 아니라는 사실을 믿어 주기 바라오. 이것은 먼 나라로 바다를 건너가려던 두 사람의 이야기요. 하지만 역풍이 불어 항구 근처의 도시에서 기다리지 않을 수 없게 되었소. 그런데 어느 날 저녁, 풍향이 갑자기 바뀌어 두 사람이 원하고 있던 쪽으로 바람이 불기 시작했소. 그래서 두 사람은 다음날 아침 출항하기로 마음먹고 기쁨에 넘쳐 잠자리에 들었소. 그런데 한 사람에게 아주 이상한 일이 일어났소. 잠을 자는 도중에 꿈을 꾸었던 것이오. 꿈속에서 어떤 사람이 그의 침대 머리맡으로 다가와 그에게 떠나지 말고 기다리라고 명령을 하면서 이렇게 말했소. '내일 출항하면, 너는 물에 빠져 죽는다. 내가 할 말은 이것뿐이다.'

그 남자는 잠에서 깨어나 자기가 꾼 꿈을 친구에게 말해 주었소. 그렇지만 옆에서 자고 있던 친구는 그 꿈을 비웃으면서 말했소.

"나는 그 어떤 꿈에도 놀라지 않을 것이며, 그런 꿈 때문에 내 계획을 포기하지도 않을 거야. 그건 단지 우리를 속이려는 행위일 뿐이야. 사람들은 항상 올빼미나 원숭이 혹은 아무런 의미도 없는 온갖 것들을 꿈꿔. 그러니까 과거에도 없었고, 앞으로도 없을 모든 것들을 꿈꾼단 말이야. 그런데 자네는 여기에 머무르면서 시간을 낭비하고, 우리에게 유리한 조수를 이용하려고 하지 않는 것 같아. 그렇다면 좋네. 하느님만이 내가 무슨 생각을 하고 있는지 아실 걸세. 어쨌든 자네의 행운을 빌겠네."

이렇게 말하면서 그는 출항했소. 다른 친구가 왜 함께 떠나지 않았는지는 나도 모르니 묻지 마시오. 어쨌건 바닷길의 반도 채 못 가서 배 밑바닥이 사고로 빠져 버렸고, 함께 출발했던 다른 배들이 보는 앞에서 그 배의 승무원과 배가 모두 가라앉고 말았소.

사랑하는 페르텔로트, 이런 옛날 이야기에서 우리가 배워야 할 점은 꿈을 함부로 생각해서는 안 된다는 것이오. 우리가 두려워하고 경계해야 할 꿈이 많으니 말이오. 또 케넬름의 꿈은 어떻소? 나는 메르시아의 왕 케날푸스의 아들인 케넬름의 전기를 읽었소. 그가 죽기 전날, 그는 자기가 살해되는 꿈을 꾸었소. 그의 유모는 이 꿈을 자세히 설명해 주면서 모반을 경계하라고 일러주었소. 그러나 당시 그는 겨우 일곱 살이었고, 그의 마음도 너무나 착했기 때문에 이런 꿈에 신경을 쓰지 않았소. 내가 읽은 것처럼 당신도 이 이야기를 읽었더라면 얼마나 좋겠소!

페르텔로트, 난 당신에게 진실만을 이야기하고 있소. 스키피오가 아프리카에서 꾸었던 꿈을 기록한 마크로비우스도 꿈이란 진실이며, 미래의 위험을 경고하는 것이라고 말했소. 그리고 구약성서를 한 번 읽어 보시오. 다니엘이 꿈을 쓸모 없는 것이라고 생각했소? 또한 요셉의 이야기도 읽어 보시오. 그러면 항상은 아니지만 종종 꿈이 미래의 사건을 예고하는 것인지 아닌지 알게 될 것이오. 이집트의 왕인 파라오와 그의 지배인과 요리사를 생각해 보시오. 그들이 꾼 꿈은 그대로 나타났소.

여러 왕국의 역사를 연구하는 사람은 누구든지 꿈에 관한 갖가지 놀라운 이야기들을 읽을 수 있을 것이오. 리디아의 왕이었던 크로이소스에 관해서는 어떻게 생각하오? 그는 나무 위에 올라가 있는 꿈을 꾸었는데, 그것은 바로 교수형을 당하리라는 예고였소. 또한 헥토르의 아내 안드로마케의 경우도 마찬가지요. 헥토르가 죽기 전날 밤, 안드로마케는 남편이 다음날 전쟁터에 나가면 죽을 것이라는 꿈을 꾸었소. 그래서 이런 사실을 알려주었지만 아무 소용이 없었소. 헥토르는 아내의 말을 듣지 않고 전쟁터로 나갔고, 결국 아킬레우스의 손에 죽고 말았소. 그러나 이 이야기는 지금 하기에는 너무 길고, 벌써 날이 다 샜으니 그만해야겠소. 그럼 이야기를 끝내겠소. 그렇지만 이것만은 분명히 말해 두겠소. 내가 꾼 꿈은 분명히 어려움을 당할 거라는 사실을 암시하고 있소. 그리고 난 절대로 설사약 같은 것은 먹지 않겠다는 사실을 덧붙여두겠소. 그런 약은 모두 독약이라는 사실을 난 잘 알고 있소. 그런 약은 악마나 먹으라고 하시오!

이제 이런 이야기를 그만하고 좀 더 재미있는 이야기를 합시다. 페르텔로트 부인, 한 가지만은 자신 있게 말하는데, 그것은 하느님께서 나에게 항상 자비를 베푸셨다는 것이오. 당신의 매력적인 얼굴을 보고 당신 눈 주위를 둘러싸고 있는 자줏빛 원(圓)을 볼 때마다, 나의 모든 두려움은 깨끗이 사라지고 만다오.

복음서에서는 'Mulier est homninis confusio'[1]라고 말하는데, 이 라틴어의 뜻은 '여자는 남자의 완전한 기쁨이고 행복이다'라는 것이오. 당신에게 말했듯이, 밤에 내 옆에서 당신의 보드라운 옆구리를 느낄 때면 내 마음은 기쁨으로 가득 차고, 나는 너무나 즐거운 나머지 모든 꿈이니 환영이니 하는 것을 모두 잊어버리게 되오. 지금 나는 당신을 가지고 싶지만, 이 횃대가 너무 좁아서 당신 위로 올라가 일을 치를 수 없는 것이 유감이오!"

이렇게 말하면서 수탉은 아래로 내려왔습니다. 날이 벌써 환하게 밝았기 때문에 다른 암탉들도 그의 뒤를 따라 내려왔습니다. 수탉은 꼬꼬댁 하고 울면서 암탉들을 불렀습니다. 마당에서 옥수수 알을 발견했기 때문이었습니다. 그는 왕자처럼 위풍당당하고 아무것도 겁내지 않았습니다. 그는 아침 아홉 시가 되기 전에 페르텔로트를 스무 번 이상이나 날개로 껴안고서 그때마다 사랑을 했습니다. 마치 무서운 사자와 같았습니다. 그는 발바닥에 흙을 묻히는 것을 싫어하는 듯이 날개를 펴고 이리저리 왔다 갔다 했습니다. 옥수수 알을 발견하면 꼬꼬댁 하고 소리를 질렀고, 그러면 그의 아내들은 급히 달려왔습니다. 그렇지만 궁전에서 왕자처럼 밥을 먹는 샹테클레르의 이야기는 잠시 멈추고 그에게 일어난 모험담을 말하겠습니다.

이 세계가 시작되고 하느님이 인간을 만드신 3월도 완전히 지나고, 3월 첫째 날부터 32일이 지났을 때였습니다. 샹테클레르는 옆에 일곱 명의 아내를 거느리고 우쭐대며 걷고 있다가 눈을 들어 태양을 바라보았습니다. 태양은 황소자리에서 21도 높이로 올라 있었습니다. 그러자 직감적으로 아침 아홉 시라는 것을 알았습니다. 그는 즐겁게 꼬꼬댁거리면서 말했습니다.

"태양이 41도 하고도 조금 더 돌았소. 내 마음의 여왕인 페르텔로트여, 행복

---

1. '여자는 남자를 멸망하게 한다'라는 뜻임. 이 말은 부부관계를 갖고 싶어하는 수탉에 의해 교묘하게 변형된다.

하게 노래하는 새들의 노래를 들어보시오! 얼마나 즐겁게 노래하는지 모르겠소. 꽃들이 얼마나 아름답게 피어나고 있는지 바라보시오!"

그러나 잠시 후, 그는 커다란 위험에 처하게 되었습니다. 행복 다음에는 슬픔이 온다는 것쯤은 여러분들도 알고 계실 겁니다. 속세의 기쁨은 순간적인 것입니다. 우아하게 시를 쓸 줄 아는 수사학자가 있다면, 이런 사실이 틀림없는 진리임을 기록해 두어도 무방할 것입니다. 현자들이여, 내 이야기를 들어보십시오. 이 이야기는 여자들이 그토록 존경하고 아끼는 기사 랜슬롯의 이야기처럼 틀림없는 이야기입니다. 그럼 본론으로 들어가겠습니다.

그날 저녁, 3년 동안 숲 속에서 살고 있던 숯덩이처럼 검고 음흉한 여우 한 마리가, 하느님의 분부에 따라 울타리를 뛰어넘어 샹테클레르가 우쭐대며 아내들을 거느리고 자주 돌아다니던 마당으로 들어왔습니다. 여우는 점심때가 지날 때까지 배추밭 속에 숨어서 샹테클레르를 잡아먹을 적당한 시간이 오기를 기다리고 있었습니다. 모든 살인자들이 적당한 순간에 죽일 사람을 기다리듯이 말입니다.

여우는 남의 보금자리에 숨어서 기다리는 배신자와 같았습니다. 그는 제2의 유다였으며, 또다른 가늘롱이었습니다. 신의라고는 하나도 없는 위선자였으며, 트로이를 눈물로 적시게 만든 그리스의 배신자 시논이었습니다. 샹테클레르가 횃대에서 날아 내려와 그 마당으로 갔던 날은 정말로 비운의 날이었습니다. 그는 그날 위험에 처할 것이라고 꿈속에서 경고를 받았습니다.

그렇지만 몇몇 신학자들의 말에 의하면, 하느님이 예정하신 일은 반드시 일어나고야 맙니다. 박식한 학자라면 누구든지 이 문제에 관해서는 여러 학파 사이에 많은 이견이 있다는 것을 부인하지 않을 것이며, 수만 명의 학자들이 이것에 관해 의견을 개진했다고 이야기를 해줄 겁니다. 어쨌거나 나는 성 아우구스티누스나 보에티우스 혹은 브래드워딘 대주교 같은 신학자들처럼 이 문제를 깊이 파고들 능력은 없습니다. 또한 신의 예지가 우리에게 특정한 행동을 반드시 하게 만드는 것인지 — 여기에서 '반드시'라는 말은 단순 필요라는 의미입니다 — 아니면 우리라는 존재는 할 것과 하지 않을 것을 자유롭게 결정할 수 있는 상황에 있는지도 모릅니다. 물론 이런 경우도 하느님께서 이런 우리의 행동이 실행에 옮겨지기 전에 미리 예견하고 계신다고 생각하는 것이 옳을 것입니다. 그리고 하느님의 예지가 '조건적 필요성'을 제외한 모든 것에 적용되는지 나는 자세히 모릅니다. 나는 이런 문제에 관해서는 전혀 알지 못하고 관심도 없습니다.

내 이야기는 단지 아내의 충고를 무시하여 불행을 당한 수탉의 이야기를 하려는 것입니다. 이미 여러분들에게 말했듯이 수탉은 악몽을 꾼 그날 아침, 마당으로 갔습니다. 여자들의 충고는 흔히 파멸을 가져옵니다. 최초의 여자인 이브의 충고는 행복하고 안락하게 살던 아담을 낙원에서 추방시키는 결과를 가져왔습니다. 그렇지만 나는 여자들의 충고를 비난하면서 그녀들의 기분을 상하게 만들고 싶지는 않으니 그냥 넘어가도록 하겠습니다. 난 사실 농담으로 말한 것이거든요. 이 주제에 관해 다루고 있는 작가들의 글을 읽어 보면, 여자들에 관해 무엇이라고 말하고 있는지 잘 알 수 있을 겁니다. 난 단지 수탉의 말만 옮기겠습니다. 그의 말에 의하면, 여자들은 천사입니다. 또한 나 자신도 여자들이 어떤 악을 끼치는지 생각할 수도 없는 위치이니까 말입니다.

페르텔로트는 모래밭에서 먼지로 목욕을 하며 행복한 표정을 짓고 있었습니다. 또한 나머지 암탉들도 모래밭 근처에서 햇볕을 쪼이고 있었습니다. 한편 샹테클레르는 바다 속의 인어보다도 더 명랑한 목소리로 노래를 부르고 있었습니다. 『동물학』에는 인어가 명랑한 목소리로 노래를 잘한다고 씌어져 있거든요. 그런데 그때 그는 배추밭 위를 날아다니고 있던 나비를 바라보았고, 동시에 그 안에 숨어 있는 여우를 보았습니다. 그는 목구멍에서 차마 노랫소리가 나오지 않았습니다. 그리고 공포에 질린 사람처럼 두려워하면서 '꼬꼬댁, 꼬꼬댁' 하고 울어대기 시작했습니다. 동물은 전에 한 번도 보지 못한 천적이라도, 일단 그것을 보면 본능적으로 마구 도망치려는 욕망을 느끼게 된다는 사실은 여러분 모두 알고 있으리라고 생각합니다. 만일 엉큼한 여우가 즉시 이렇게 말하지 않았다면 샹테클레르는 도망치고 말았을 겁니다.

"안녕하세요? 수탉님, 어디 가세요? 난 당신의 친구인데, 왜 나를 두려워하는 거죠? 만일 내가 당신에게 해를 끼친다면, 난 괴물보다도 못한 놈일 거예요. 난 당신을 염탐하러 온 것이 아니라, 사실은 당신의 노랫소리를 들으러 온 거예요. 정말이지 당신은 천사처럼 아름다운 목소리를 지녔어요. 보에티우스나 그 어떤 가수 못지않게 노래 속에 감정이 들어가 있어요. 당신의 착한 아버지와 어머니는 종종 우리 집으로 찾아와 나를 기쁘게 해주었지요. 난 당신도 우리 집에 모실 영광을 누렸으면 좋겠어요. 그런데 노래 이야기가 나왔으니 말이지, 아침마다 당신의 아버지처럼 근사하게 노래할 수 있는 사람은 당신 빼놓고는 일찍이 보지 못했어요. 정말이지 당신 아버지의 노랫소리는 모두 가슴에서 우러나왔어요. 그분은 고음을 내기 위해 굉장히 노력하셨고, 그럴 때마다 두 눈을 감는 것 같았어요. 또한 발끝으로 서서 길고 가느다란 목을 빼어서 힘차게 노래를 부르곤 했어요. 아주 똑똑한 수탉이었기에, 이 동네에서는 노래나 지혜에 있어서 그분보다 뛰어난 이가 없었지요.

나는 여러 작품들 중에서도 특히 『당나귀 부르넬』[2]을 읽었는데, 그 시는 유명한 수탉에 관한 것이었어요. 어리고 철없는 사제의 아들이 수탉의 다리를 하나 부러뜨렸는데, 그것 때문에 그 아버지가 사제직을 잃게 되었다는 것이었죠. 그러나 그 수탉의 지혜와 당신 아버지의 분별력과 학식은 비교가 되지 않았어요. 그럼 수탉님, 나에게 자비를 베풀어서 노래를 불러 주세요. 그럼 내가 당신이 아버지와 견줄 수 있는지 판단해 줄게요."

샹테클레르는 여우의 칭찬을 듣자 그가 배신할 것이라고는 생각도 못하고 날개를 펄럭이기 시작했습니다. 귀부인들이여, 당신들의 궁전 안에는 진실을 말해 주는 사람들보다 거짓말만 늘어놓는 아첨쟁이들이 더 많다는 사실을 아셔야 합니다. 아부에 관해 말하고 있는 「전도서」를 읽어 보시고 그들의 계략에 넘어가지 않도록 조심하십시오.

샹테클레르는 발가락으로 발돋움을 하고 목을 쭉 빼고서 눈을 지그시 감았

---

2. 자기 꼬리가 짧다고 불만을 털어놓던 당나귀에 관한 라틴 풍자시.

습니다. 그리고 있는 힘을 다해 노래를 하기 시작했습니다. 그러자 순식간에 여우 러셀 경은 펄쩍 뛰어 수탉의 목을 덥석 물더니 등에다 둘러메고 숲으로 뛰어갔습니다. 여우를 뒤쫓아올 수 있는 사람은 아무도 없었습니다.

정말 피할 수 없는 운명이었습니다. 샹테클레르가 횃대에서 내려온 것은 유감스런 일이었습니다. 또한 그의 아내가 꿈을 무시한 것 역시 유감스런 일이었습니다. 분명한 것은, 이 모든 불행이 금요일에 일어났다는 것입니다. 쾌락의 여신인 베누스여! 샹테클레르는 당신을 모셨고, 있는 힘을 다해 당신을 섬겼습니다. 그것은 자손을 번식하기 위해서가 아니라 쾌락을 위해서였습니다. 그런데 어찌하여 당신의 제일(祭日)에 죽게 하십니까?

아, 고명하신 스승인 빈소프의 제프리시여! 당신은 리처드 왕이 화살에 맞아 죽었을 때, 몹시 서러워하며 애도가를 지으셨습니다. 리처드 왕이 금요일에 죽었을 때 당신이 노래한 것처럼, 내가 금요일을 저주할 재주와 능력이 있다면 얼마나 좋겠습니까! 그랬다면 아마 샹테클레르의 고통과 슬픔을 비가로 만들어 당신에게 보여주었을 것입니다.

『아이네이드』에 의하면, 트로이의 여인들은 일리움(트로이)이 함락되고 피루스가 칼을 뽑아들고 프리아모스 왕의 수염을 잡아 그를 찔러 죽였을 때 울고불고했습니다. 그렇지만 샹테클레르가 여우에게 잡혀가는 것을 보고 황급히 도망치던 암탉들이 터뜨린 울음소리보다는 덜했을 것입니다.

가장 큰 소리로 통곡한 것은 페르텔로트였습니다. 그녀는 카르타고의 왕 하스드루발이 죽었을 때 그의 아내가 울었던 것보다 더 크게 울었습니다. 로마인들이 카르타고를 불지르자, 그녀는 슬픔과 분노를 이기지 못해 스스로 불길에 몸을 던져 죽고 말았습니다. 네로가 로마를 불태우라고 지시하고 죄 없는 원로원 의원들을 죽이라고 명령했을 때, 원로원 의원들의 아내들이 대성통곡을 했던 것처럼, 슬픔에 잠긴 암탉들은 소리지르며 울었습니다. 그럼 이제 내 이야기로 돌아가겠습니다.

불쌍한 과부는 암탉들이 울부짖는 소리를 듣자 두 딸과 함께 급히 집에서 달려나왔습니다. 그리고 등에 수탉을 메고 숲 속으로 도망치는 여우를 보았습니다.

"도와줘요! 도와줘요! 저 도둑놈을 잡아요! 저 여우를 잡으란 말이에요!"

그들 모녀는 이렇게 소리지르며 여우의 뒤를 좇았습니다. 그리고 그 뒤에는 수많은 마을 사람들이 몽둥이를 들고 따라왔습니다.

모두가 달려왔습니다. 콜이란 개도 달려왔고, 탈보트와 개를란도 손에 실패를 든 하녀 맬킨과 함께 뛰어나왔습니다. 또한 개들과 남자와 여자들이 지르는 소리에 놀란 송아지와 개와 심지어 돼지들까지 숨이 찰 때까지 여우를 뒤쫓으면서, 지옥의 악마처럼 소리를 질렀습니다. 거위들은 너무 놀란 나머지 날개를 펴고 나무 위로 올라갔으며, 심지어 벌들조차 벌통에서 뛰쳐나와 윙윙거리며 날았습니다. 잭 스트로[3]와 그의 일당들이 플랑드르 사람들을 죽이려고 뛰쳐나왔을 때에도 그날의 여우 쫓는 소리만큼은 크지 못했을 겁니다. 그들은 놋쇠나 나무 혹은 뿔이나 뼈로 만든 갖가지 나팔을 불어댔으며, 하늘이 무너질 정도로 고함과 비명을 질러댔습니다.

여러분, 이제 운명의 여신이 어떻게 갑자기 생각을 바꾸어 잘난 척하는 여우의 자만심을 꺾어 버렸는지 들어보십시오. 여우의 등에 업혀 가던 수탉 샹테클레르는 엄청난 두려움을 느끼면서도 여우에게 이렇게 말을 걸었습니다.

"여우님, 내가 당신이라면 당신을 쫓아오는 사람들에게 이렇게 소리치겠습니다. '이 바보들아, 집으로 달려가! 전염병이나 걸려 죽을 놈들아! 이제 나는 숲에 거의 다 왔으니, 너희들이 무슨 짓을 해도 수탉은 내 차지야. 지금 당장 먹어치워 버릴 거야!'"

그러자 여우가 대답했습니다.

"그래, 나도 그렇게 말하겠어."

그런데 입을 열고 이렇게 말하자마자, 수탉은 기회를 놓치지 않고 여우의 입에서 빠져나와 나무 꼭대기로 날아가 버렸습니다. 여우는 수탉이 도망갔다는 사실을 알고 소리쳤습니다.

---

3. 1381년 농민 반란 주동자 중의 하나.

"아, 샹테클레르. 내가 잘못했어. 마당에서 갑자기 너를 물어 놀라게 한 것은 내 잘못이었어. 그렇지만 너에게 해를 끼칠 생각은 없었어. 이리 내려와, 그럼 내가 하려고 했던 것이 무엇인지 말해줄게. 하느님에게 맹세컨대, 진심으로 말해줄게."

그러자 수탉이 대답했습니다.

"싫어요. 하느님, 우리 둘에게 저주를 내려 주소서! 제가 다시 여우에게 속아넘어간다면, 제게 더 많은 저주를 내려 주소서! 이제 당신이 아무리 달콤한 말을 해도 나는 절대로 눈을 감지 않을 거예요. 눈을 바짝 뜨고 정신차려야 할 때, 두 눈을 감는 자는 벌을 받아도 마땅해요."

다시 여우가 말했습니다.

"그렇지 않아. 하느님은 말을 해서는 안 될 때, 자제를 하지 못하고 지껄이는 자에게 불행을 내려 주시는 거야."

이런 일은 부주의한 사람이나 감언이설을 믿는 사람에게 생깁니다. 여러분, 이 이야기를 수탉이나 암탉에 관한 재미있는 이야기로만 생각하지 말고, 이 이야기의 교훈이 무엇인지 생각해 보십시오. 성 바울로는 글로 씌어진 것은 모두 우리를 가르치기 위한 것이라고 말씀하셨습니다. 그러니 알맹이는 먹되 껍데기는 버리십시오.

하느님 아버지, 당신의 뜻이 주님이 말씀하신 대로 이루어지게 하시고, 저희를 착한 사람으로 만들어 주시고, 저희를 천국으로 인도해 주소서.

여기에서 수녀원 신부의 이야기는 끝난다.

수녀원 신부의 이야기 맺음말

이야기가 끝나자 사회자는 이렇게 말했다.

"수녀원 신부님, 당신의 엉덩이와 불알에 축복이 내리길 빌겠소. 상테클레르의 이야기는 정말로 재미있었소. 내 목숨을 걸고 말하는데, 만일 당신이 평신도였다면 수많은 암탉을 거느리는 보기 드문 수탉이 되었을 것이오. 당신이 정력만큼 욕망을 지녔다면, 아마 여러 암탉들이 필요했을 것이오. 아마 열일곱의 일곱 배 정도는 필요할 거요. 여러분, 이 멋진 신부님의 근육을 보시오. 저 넓은 가슴과 목을 보시오! 눈은 마치 매의 눈처럼 멋있소. 혈색이 너무 좋아 포르투갈이나 인도에서 가져온 연지를 바를 필요도 없겠소. 신부님, 당신의 이야기는 너무 근사했소. 하느님의 축복이 내리길 빌겠소."

이렇게 평을 하고 나서, 사회자는 즐거운 표정으로 다른 사람에게 말을 했다. 이제 그 사람이 누구인지 여러분은 곧 알게 될 것이다.

제8부

두 번째 수녀의 이야기

성당 참사회원 종자의 이야기

두 번째 수녀의 이야기

두 번째 수녀의 이야기 서문

우리 모두는, 악의 하인이며 온상이고 쾌락의 문지기인 '게으름'을 가능한 한 피해야 합니다. 우리는 근면으로 게으름과 맞서 싸우고, 악마가 게으름을 통해 우리를 점령하지 못하도록 해야 합니다. 악마는 수천 가지의 교묘한 속임수로 우리를 유혹하기 위해 노리고 있습니다. 그래서 게으른 사람을 보면, 자기의 그물로 사로잡아 버립니다. 그러나 악마가 그의 옷깃을 덥석 쥘 때까지 게으른 사람은 자기가 적에게 잡혀 있다는 사실을 알지 못합니다.

게으름과 싸우기 위해서는 열심히 일해야 합니다. 우리 중에는 현세의 삶에만 관심 있는 사람이 많습니다. 이런 삶에서조차 게으름은 아무런 이익이나 좋은 일도 제공하지 않습니다. 나태는 게으른 사람을 끈으로 묶어놓고, 단지 먹고 자고 남들이 만든 것을 먹어치우게 할 뿐입니다. 모든 재앙의 원인인 이런 게으름을 떨쳐 버리기 위해, 나는 '황금 전설'의 주인공인 어느 성녀의 영광스런 삶과 수난을 정확하게 옮기려고 노력했습니다. 그녀의 화관(花冠)은 순결의 상징인 백합과 순교의 상징인 장미로 만들어져 있습니다. 그녀의 이름은 동정녀이며 순교자인 성녀 체칠리아입니다.

동정녀 마리아에게 드리는 기도

모든 처녀들의 꽃이시고, 성 베르나르가 글을 쓰면서 그토록 좋아하신 성모님, 저는 첫 기도를 당신께 드립니다. 불행한 죄인을 위로하시고, 앞으로 이야기할 내용처럼 당신의 여종이 상을 받아 영원한 생명을 누리고 악마에게 승리를 거두시게 해주신 성모님을 찬양합니다. 동정녀이시며 어머니이시고 당신의 거룩하신 아들의 따님이신 성모 마리아님, 당신은 은총의 샘이시며 죄 많은 영혼들의 위로자이십니다. 그래서 무한하게 자비로우신 하느님은 당신을 선택하셔서 당신 속에 머무르셨습니다. 또한 당신은 겸손하시지만 모든 인간들의 찬양을 받으시고 죄 많은 우리 인간을 더없이 고귀하게 만드셨습니다. 그래서 하느님께서는 인간의 옷을 경멸하지 않으시고 그의 아드님에게 옷을 입히시고 피와 살을 주셔서 사람으로 만드셨습니다. 영원한 사랑이시고 평화이시며, 온 세상의 주님이시고 안내자이시며, 땅과 바다와 하늘에서 끊임없이 찬양받으시는 우리 하느님은 당신의 복된 태중에서 사람의 모습을 취하셨습니다. 원죄 없으신 동정녀 성모 마리아님, 당신은 태중에 모든 피조물을 창조하신 분을 잉태하셨지만, 순결한 처녀로 남으셨습니다.

당신은 장엄하면서도 은총과 자비와 동정을 지니고 계십니다. 미덕의 태양이신 당신은 당신에게 기도하는 사람만을 도우시는 것이 아니라, 사람들이 당신에게 도움을 청하기도 전에 자비로우신 마음으로 그들의 생명을 구해주는 의사(醫師)가 되십니다. 아름답고 상냥하며 축복받으신 성모님, 고통의 사막에 유배된 저를 도와주소서! "개들도 주인의 상에서 떨어지는 부스러기를 주워 먹습니다"라고 말한 어느 가나안 여자를 기억해 주소서. 저는 보잘것없는 이브의 딸이라 죄 많은 여자이지만, 저의 믿음을 받아 주소서. 선행을 베풀지 않는 믿음이란 죽은 것과 같으니, 저에게 일할 능력과 기회를 주시어 세상에서 가장 어두운 곳에 빠지지 않도록 해주소서.

아름다우시고 하느님의 은총을 가장 많이 받으신 성모님, 그리스도의 어머니이시고 성 안나의 사랑스런 따님이신 성모님, 저는 당신이 끝없이 '호산나'를 노래하는 높디높은 천국에서 저의 대변자가 되어 주실 것을 믿습니다. 당신의 빛으로 육체의 감옥에 갇힌 저의 영혼을 밝혀 주소서. 저의 영혼은 육체에 전염되었고, 속세의 음탕한 마음의 무게에 짓눌려 있으며, 그릇된 애정의 포로가 되어 있습니다. 오, 저의 피난처이자 구원자시여! 고통과 슬픔에 빠진 사람들을 구원하시는 성모님, 이제 저를 도와주소서! 저는 이제 제 임무를 수행하려고 합니다.

그러나 제가 쓰는 이 글을 읽는 사람들에게 부탁합니다. 제가 이 이야기를 좀 더 화려하게 장식하지 않는 이유는 이 성녀를 찬양하는 작가의 글과 그 의미를 그대로 옮겨놓았기 때문입니다. 저는 단지 이 성녀의 삶을 따르고자 할 뿐입니다. 그러니 여러분들에게 간구하오니, 모자라는 부분이 있으면 여러분들이 좀 더 낫게 고쳐주시기 바랍니다.

체칠리아라는 이름에 대한 설명

우선 저는 성녀 체칠리아의 이름을 그녀의 이야기와 관련지어 어원적으로 설명하려고 합니다. 체칠리아(영어로 세실리아)는 '하늘의 백합'(coeli lilia)입니다. 이것은 순결한 동정녀를 상징합니다. 아마 '백합'이라고 부른 것은 티없이 하얀 정절과 푸른 양심과 향기롭고 달콤한 그녀의 명성 때문일 것입니다. 또한 체칠리아는 '눈먼 사람들의 길'(caecis via)이라는 뜻인데, 이것은 그녀의 가르침이 세상의 본보기가 되었기 때문입니다. 그리고 제가 읽은 바에 의하면, 체칠리아라는 이름은 '하늘'(coelum)과 레아의 합성어입니다. 비유적으로 말하자면, 하늘은 신성에 대한 그녀의 명상이며, 레아는 쉬지 않고 일하는 그녀의 근면함을 뜻합니다.

그리고 체칠리아는 '눈이 멀지 않음'(caecitate carens)을 의미하는데, 이것은 그녀가 지닌 지혜의 빛과 찬란한 미덕 때문입니다. 또한 찬란하게 빛나는 이 동정녀의 이름은 하늘(coelum)과 레오스(leos)에서 유래하기도 합니다. 레오스는 사람을 뜻합니다. 그녀는 선행과 의로운 행동의 본보기이므로 '인류의 하늘'이라고 불러도 좋을 것입니다. 하늘에서 태양과 달과 별들을 볼 수 있는 것처럼, 정신적 차원에서 우리는 이 고귀한 동정녀의 관대한 믿음과 완전히 투명한 그녀의 지혜와 갖가지 선행을 볼 수 있습니다.

학자들은 하늘은 둥글고 뜨거우며 빠르게 움직인다고 적고 있습니다. 이와 마찬가지로 희고 아름다운 체칠리아는 선행을 베푸는 데 언제나 부지런하고 빠르게 행동했습니다. 또한 인내에 있어서 둥글고 완벽하며, 자비와 정숙의 빛나는 불꽃으로 항상 뜨겁게 타고 있습니다. 이제 그녀의 이름에 대한 설명을 마치겠습니다.

두 번째 수녀의 이야기

그녀의 전기에 의하면, 아름다운 성처녀 체칠리아는 로마 귀족의 집안에서 태어나, 요람에 있을 때부터 그리스도의 믿음을 배웠으며, 그녀의 머리에서 그리스도의 복음이 떠난 적이 한 번도 없었습니다. 그 책을 읽어 보면, 그녀는 한시도 쉬지 않고 그리스도를 사랑하고 경외했으며 자기의 순결을 지켜 달라고 하느님께 기도했습니다. 그러나 이 처녀는 발레리아누스라는 청년과 결혼을 하게 되었습니다.

결혼식 날이 되자 겸허하고 경건한 마음으로 모직 옷을 입고, 그 위에 아주 잘 어울리는 황금빛 겉옷을 걸쳤습니다. 성당에서 오르간 연주가 흐르자, 그녀는 마음속으로 하느님에게 이렇게 노래했습니다.

'오, 주님! 저의 영혼과 육체가 죽지 않도록 저를 티없이 맑게 지켜주소서.'

결혼식 전에 그녀는 이틀이나 사흘에 한 번씩 나무 십자가에서 돌아가신 주님을 사랑하기 위해 끝없이 기도하면서 금식을 했습니다. 이제 밤이 되었습니다. 관례대로 남편과 잠자리에 들어야 할 시간이었습니다. 체칠리아는 남편에게 은밀하게 말했습니다.

"사랑하는 당신, 나는 한 가지 비밀을 가지고 있어요. 아마 당신도 듣고 싶어할 거예요. 당신이 아무에게도 말하지 않겠다고 약속하시면 그 비밀을 말하겠어요."

발레리아누스는 어떤 상황에서도 무슨 일이 벌어지더라도 약속을 어기지 않겠다고 맹세했습니다. 그러자 체칠리아가 말했습니다.

"나는 천사를 가지고 있어요. 그 천사는 저를 무척이나 사랑하기에, 내가 눈을 뜨고 있건 잠을 자건 항상 내 몸을 지켜주고 있답니다. 당신이 나를 건드리거나, 아니면 나를 육체적으로 사랑하는 것을 알면, 그 천사가 그 자리에서 당신을 죽여 버리고 말 거예요. 그러면 당신은 한창 젊은 나이에 죽게 되는 거예요. 그러나 순수한 사랑으로 나를 보호해 주면, 당신의 순수성에 감동하여 천사는 나를 사랑하듯이 당신도 사랑할 것이고, 당신에게 자기의 기쁨과 광채를 보여줄 거예요."

하느님의 뜻에 따라 열정을 억제한 발레리아누스는 이렇게 대답했습니다.

"내가 당신 말을 믿게 하려면, 먼저 그 천사를 보여주고 그를 자세히 살펴보도록 해주시오. 만일 정말 천사라면 당신의 청을 들어주겠소. 그러나 당신이 다른 남자를 사랑하기 때문에 내게 거짓말을 한 것이라면 이 칼로 당신들 두 사람을 죽여 버리겠소."

그러자 체칠리아는 즉시 이렇게 대답했습니다.

"당신이 원하신다면 천사를 보여드리겠어요. 하지만 조건이 있어요. 그것은 당신이 그리스도를 믿고 세례를 받아야 한다는 것이에요. 이곳을 나가 삼 마일 정도 떨어진 아피아 거리[1]로 가세요. 그리고 내가 가르쳐 주는 대로 그곳에 사는 가난한 사람들에게 말을 하세요. 그들에게 체칠리아가 보내서 왔고, 말할 수 없는 여러 이유가 있으니 착한 노인 우르바누스에게 데려다 달라고 부탁하세요. 성 우르바누스를 만나시면 내가 말한 대로 말씀하세요. 그리고 세례를 받고 모든 죄에서 깨끗해지면, 당신이 그곳을 떠나시기 전에 천사를 보실 수 있을 거예요."

체칠리아의 말대로 발레리아누스는 그곳으로 가서 성인들의 무덤 사이에 숨어 있던 성인 우르바누스를 만났습니다. 발레리아누스는 주저하지 않고 그에게 체칠리아의 말을 전했습니다. 그러자 우르바누스는 기쁨에 가득 차서 두 손을 하늘로 올렸고, 그의 뺨 위로 눈물을 흘리면서 말했습니다.

"전능하신 그리스도! 순결한 생각의 씨를 뿌리시는 분이시며, 우리 모두의

---

1. 네 개의 카타콤베로 가는 길이 서로 만나는 거리.

목자이시여! 당신이 체칠리아에게 뿌리신 순결의 씨앗의 열매를 거두어들이소서. 근면하고 죄 없는 벌처럼, 당신의 딸 체칠리아는 영원히 당신을 섬기고 있습니다. 그녀는 사자처럼 잔인한 남편을 맞았지만, 이제는 순한 양을 보내듯이 그를 당신에게 보냈습니다."

이 노인이 말하는 동안, 화사하게 빛나는 흰 옷을 입고 금박 글씨가 씌어진 책을 손에 든 다른 노인이 나타났습니다. 그는 발레리아누스의 앞에 꼼짝하지 않고 서 있었습니다. 그를 보자 발레리아누스는 너무 놀라 바닥에 쓰러지고 말았습니다. 그 노인은 죽은 사람처럼 누워 있던 발레리아누스를 안아 올리고서 책을 읽기 시작했습니다.

"한 분의 하느님과 한 분의 주님, 그리고 단 하나의 믿음만 있으며, 너에게는 단 하나의 그리스도 왕국과 전능하시고 최고이신 단 한 분의 아버지만이 있는 것이다."

이 모든 말이 황금 글씨로 씌어져 있었습니다. 이것을 읽고 나자, 노인은 큰 소리로 말했습니다.

"너는 이 말을 믿느냐? 그러면 그렇다고 대답하라."

발레리아누스가 대답했습니다.

"이 모든 것을 믿습니다. 하늘 아래 어떠한 것도 그것보다 확실한 것은 없습니다."

그러자 노인은 공중으로 사라졌습니다. 발레리아누스는 그가 어디로 갔는지 알 수가 없었습니다. 교황 우르바누스는 그 자리에서 그에게 세례를 주었습니다.

발레리아누스는 집으로 돌아왔고, 체칠리아가 천사와 함께 그의 방에 서 있는 모습을 보았습니다. 천사는 손에 두 개의 화관을 들고 있었습니다. 하나는 장미로 만든 것이었고, 다른 하나는 백합으로 만든 것이었습니다. 장미 화관은 체칠리아에게 주고, 백합 화관은 그녀의 남편 발레리아누스에게 주었습니다. 천사는 이렇게 말했습니다.

"죽을 때까지 순결한 몸과 티없는 마음으로 이 화관을 간직하라. 나는 이것

체칠리아와 발레리아누스에게 화관을 전하는 천사

들을 천국에서 가져왔다. 너희들에게 약속하는데, 이 꽃들은 절대로 시들지 않을 것이며, 달콤한 향기를 잃는 법도 없을 것이며, 너희들이 순결한 마음을 지니고 악을 증오하는 동안에는 절대로 남의 눈에 보이지 않을 것이다. 발레리아누스, 그대는 아내의 좋은 충고를 빨리 받아들였으니, 네가 원하는 것을 부탁하라. 그러면 네 소원이 이루어질 것이다."

그러자 발레리아누스가 말했습니다.

"저는 그 누구보다도 사랑하는 동생이 하나 있습니다. 당신에게 청컨대, 제가 이곳에서 알게 된 진리를 그도 알 수 있도록 은총을 베풀어 주소서."

천사가 대답했습니다.

"너의 소원은 하느님의 마음을 흡족하게 해드렸다. 그러니 두 사람은 모두 순교의 종려가지를 들고 하느님의 복된 잔치에 참여할 수 있을 것이다."

천사가 이렇게 말하고 있는데, 발레리아누스의 동생인 티부르키우스가 도착했습니다. 그는 장미와 백합에서 풍겨 나오는 냄새를 맡더니, 마음속으로 너무 놀라 이렇게 말했습니다.

천사에게 화관을 받다.

“지금 이 계절에 이 방에서 풍기는 장미와 백합의 그윽한 향내는 어디에서 온 것이죠? 그 꽃들을 손에 쥐고 있다고 하더라도, 이처럼 진할 수는 없을 거예요. 지금 제 마음속에서 맡는 이 달콤한 향내는 저를 완전히 다른 사람으로 만들어 버렸어요.”

그러자 발레리아누스가 말했습니다.

“우리는 화사하게 빛나는 두 개의 화관을 갖고 있어. 하나는 눈처럼 흰 것이고, 다른 것은 장미처럼 붉어. 그렇지만 너는 그것들을 볼 수가 없어. 네가 지금 그 향내를 맡을 수 있는 것은 내가 그렇게 해 달라고 기도를 했기 때문이야. 동생아, 네가 서둘러 믿음을 갖고 이 진리를 알게 되면, 너도 곧 이 화관들을 볼 수 있을 거야.”

티부르키우스가 대답했습니다.

"지금 형님이 제게 말하고 있는 것입니까? 아니면 제가 지금 꿈속에서 듣고 있는 것입니까?"

"동생아, 틀림없는 것은 지금까지 우리 두 사람은 꿈을 꾸어왔다는 것이다. 그러나 이제 우리는 처음으로 진리 안에 있게 된 것이란다."

"어떻게 그것을 아시죠? 그리고 그게 무엇이죠?"

"이제 설명해 줄게. 사실 하느님의 천사가 나타나, 네가 우상을 버리고 모든 죄에서 깨끗해진다면 너도 그 화관을 볼 수 있을 것이라고 가르쳐 주셨어. 그러나 만일 그렇게 하지 않는다면 절대로 볼 수 없을 거야."

성 암브로시우스는 그가 쓴 서문에서 이 두 화관의 기적에 대해 말하고 있습니다. 하느님을 사랑한 훌륭한 이 학자는 엄숙한 어조로 이렇게 적고 있습니다. '순교의 영예를 받기 위해서 하느님의 은총을 가득 받으신 체칠리아는 속세를 버렸고, 심지어는 신혼의 침대까지도 포기했습니다. 그녀는 티부르키우스와 발레리아누스의 대화를 직접 들은 증인이었습니다. 인자하신 하느님께서는 그들에게 그윽한 향기를 풍기는 두 개의 화관을 내려주셨고, 그것들을 천사를 통해 보내주셨습니다. 하느님의 종이었던 체칠리아는 두 남자를 영원한 영광의 나라로 인도했습니다. 세상 사람들은 영혼의 사랑에게 순결하게 몸을 바친 사람이 진정으로 무슨 보상을 받는지 알게 되었습니다.'

발레리아누스의 말이 끝나자, 체칠리아는 티부르키우스에게 모든 우상은 헛된 것이라는 사실을 분명하게 보여주었습니다. 그것들은 말없는 벙어리일 뿐 아니라 듣지도 못하는 귀머거리이니 그것들을 버리라고 말했습니다. 그러자 티부르키우스가 말했습니다.

"이것을 믿지 않는 사람은 들판에 사는 짐승과 다름없습니다."

이 말을 듣자, 체칠리아는 티부르키우스의 가슴에 키스를 해주었으며, 그가 참된 진리를 보게 되었다는 생각에 이루 말할 수 없는 기쁨을 느꼈습니다. 그리고 하느님의 축복받은 종인 아름다운 체칠리아는 이렇게 말했습니다.

"오늘부터 도련님은 저의 형제예요. 하느님께서 사랑을 베푸시어 당신 형을 제 남편으로 만들어 주셨듯이, 당신도 우상을 버리겠다니 지금부터 제 형제로 받아들이겠어요. 형과 함께 지금 당장 가셔서 세례를 받으세요. 또한 형이 말씀하신 천사의 얼굴을 볼 수 있도록 몸을 깨끗이 하세요."

그러자 티부르키우스가 말했습니다.

"형님, 제가 어디로 가야 하는지, 그리고 누구를 만나야 하는지 말씀해 주세요."

"누구를 만나느냐고? 아무것도 두려워 말고 나를 따라오너라. 내가 너를 교황 우르바누스에게 안내해 주겠다."

"누구라고요? 이건 기적과 같은 일이네요. 수없이 사형을 선고받았지만 지하의 이곳 저곳으로 숨어사는 우르바누스를 말하시는 거예요? 오늘은 여기에 있다가 내일은 다른 곳에 나타나면서, 지상의 사람들에게는 머리도 한 번 내밀지 않는 사람을 말하시는 건가요? 그가 들키거나 잡히는 날에는 우리 모두가 그와 함께 있었다는 이유만으로 화형을 당해야 해요. 저 하늘에 숨어 계신 하느님을 찾다가, 우리는 화형장에서 불타 죽을지도 몰라요."

이 말을 들은 체칠리아는 단호하게 말했습니다.

"사랑하는 도련님, 사람들이 목숨을 잃을지도 모른다고 두려워하는 것은 당연한 것이에요. 그러나 이 세상 말고도 다른 세상이 있어요. 그러니 걱정하지 마세요. 다른 세상에서는 절대로 목숨을 잃지 않을 테니까요. 하느님의 은총으로 그의 아드님께서 그런 세상이 있음을 알려 주셨어요. 하나님의 아들은 만물을 창조하셨어요. 그리고 성령님께서 모든 피조물들에게 분별력과 지혜를 주셨어요. 하느님의 아들이 이 세상에 계셨을 때 여러 가지 말씀과 기적을 통해 우리 인간들이 살 수 있는 다른 세상이 있음을 보여주셨어요."

그러자 티부르키우스가 대답했습니다.

"형수님, 방금 전에 하느님은 한 분이시며, 그분이 진정한 주님이라고 말씀하지 않으셨나요? 그런데 어째서 지금은 세 분에 관해 말씀하십니까?"

체칠리아가 말했습니다.

"그건 곧 설명해 드릴게요. 한 사람이 세 가지 능력, 즉 기억과 상상과 이성의 힘을 가지고 있는 것과 마찬가지로, 유일하신 하느님 속에서는 세 분이 있는 것이에요."

그녀는 하느님이 이 세상에 오신 것에 관해 열심히 설명하기 시작했습니다. 또한 그리스도의 고통과 그분이 받으신 수난에 관해 이야기했습니다. 즉 죽을 죄를 지은 인류를 구원하기 위해서 하느님의 아들이 이 세상에 오셔서 어떻게 살았는지를 말했습니다. 체칠리아는 이런 모든 것을 티부르키우스에게 설명했습니다. 그러자 티부르키우스는 형 발레리아누스와 함께 교황 우르바누스를 만나러 갔고, 교황은 하느님의 은총을 내리면서 기쁜 마음으로 티부르키우스에게 세례를 주었습니다. 그런 다음 필요한 것을 가르친 후, 그를 하느님의 기사로 만들어 주었습니다. 이 의식이 끝나자, 티부르키우스는 하느님의 은총을 입어서, 매일 이 속세에서 하느님의 천사를 보았습니다. 그리고 무슨 일이든지 하느님께 부탁한 것은 즉시 이루어졌습니다.

예수님이 천사를 통해 보여주신 수많은 기적을 차례로 설명하기란 아주 힘듭니다. 그러나 마침내 로마의 관리들은 발레리아누스와 티부르키우스를 찾아서, 알마키우스 총독 앞으로 데려갔습니다. 총독은 그들의 목적과 의도를 알 때까지 심문했습니다. 그러고 나서 그들을 유피테르 상으로 데려가 말했습니다.

"나는 이렇게 선고한다. 유피테르 신에게 제물을 바치지 않는 자는 교수형에 처한다."

유피테르 상

그런데 총독의 보좌관이던 막시무스라는 관리가 지금 제가 말하고 있는 순교자들을 인도받았습니다. 그들이 너무나 가엾게 생각된 막시무스는 이 성인들을 형장으로 끌고 가면서 울음을 터뜨렸습니다. 막시무스는 성인들의 가르침을 듣자, 사형 집행인들의 허락을 받아 그들을 즉시 자기 집으로 데려갔습니다. 밤이 되기 전에 성인들은 설교를 통해 막시무스와 그의 가족뿐만 아니라 사형집행인들까지도 그릇된 신앙에서 해방시켜 주었고, 그들이 모두 유일하신 하느님을 믿도록 만들었습니다.

밤이 되자, 체칠리아가 신부들과 함께 와서 그들 모두에게 세례를 주었습니다. 그리고 날이 밝자, 그들에게 엄숙한 표정으로 말했습니다.

"사랑하는 그리스도의 병사들이여, 어둠의 산물을 모두 던져 버리고 빛의 갑옷으로 새로이 무장하십시오. 당신들은 진리를 위해 큰 싸움을 하셨습니다. 이제 여러분들의 싸움은 끝이 났고 여러분들은 믿음을 지켰습니다. 이제 떠나십시오. 그리고 여러분들이 섬긴 정의로운 심판관들이 여러분에게 주는 시들지 않는 관을 받으십시오."

이런 말을 하고 얼마 지나지 않아, 그들은 제물을 바치도록 유피테르 신전으로 끌려갔습니다. 그러나 그곳에 도착하자 제물을 바치는 것뿐만 아니라 향불도 피우지 못하겠다고 단호히 거부했습니다. 그들은 겸허한 마음과 굳은 믿음으로 그 자리에 꿇어앉았습니다.

그들은 그곳에서 참수를 당했습니다. 그러나 그들의 영혼은 은총을 베푸시는 하느님에게 올라갔습니다. 이런 것을 모두 지켜보았던 막시무스는 슬피 울면서, 그들의 영혼이 환하게 빛나는 빛의 천사들과 함께 하늘로 올라갔다고 이야기를 했습니다. 이 말을 들은 많은 사람들이 그리스도를 믿게 되었습니다. 이런 이유로 알마키우스 총독은 납이 달린 채찍으로 심하게 그를 때렸고, 결국 그도 세상을 떠나고 말았습니다.

그러자 체칠리아는 그의 시체를 거두어 아무도 모르게 발레리아누스와 티부르키우스 옆에 묻어 주었습니다. 그리고 그 묘지에 비석을 하나 세워 주었습니다. 이런 사실을 알자, 알마키우스는 즉시 관리들에게 체칠리아를 데려오라고 명령하면서, 자기가 보는 앞에서 공개적으로 유피테르에게 제물을 바치고 향불을 피우라고 지시했습니다. 이미 체칠리아의 현명한 가르침으로 그리스도를 믿게 된 그들은 슬피 울었습니다. 그리고 그녀가 가르친 것을 그대로 믿는다면서 수없이 소리쳤습니다.

"그리스도와 하느님의 아들은 진리이신 하느님이십니다. 우리는 이런 것을 굳게 믿습니다. 죽는 한이 있더라도 이런 사실을 믿습니다."

이런 일을 알게 된 알마키우스는 체칠리아를 보기 위해 그녀를 데려오라고 지시했습니다. 그가 던진 첫 번째 질문은 이러했습니다.

"너는 어떤 여자냐?"

"저는 귀족의 딸입니다."

"내가 묻는 것은 너의 종교와 믿음이 무엇이냐는 것이다. 이런 문제에 대답하기가 괴롭다는 사실은 나도 알고 있다."

〈성 체칠리아〉, 귀도 레니, 1606년

그러자 체칠리아가 대답했습니다.

"참으로 어리석은 질문부터 시작하셨습니다. 당신은 하나의 질문으로 두 개의 대답을 듣고자 하실 겁니다. 당신은 바보처럼 질문하셨습니다."

무례한 대답을 듣자, 알마키우스는 다시 물었습니다.

"너는 무엇을 믿고 그토록 불손하게 대답하느냐?"

"무엇을 믿느냐고요? 저는 양심과 순전한 제 믿음을 믿습니다."

"너는 나의 힘이 전혀 무섭지 않느냐?"

"당신의 힘은 전혀 두려울 것이 없습니다. 언젠가는 죽어야 할 인간의 권력은 공기로 가득 찬 풍선에 불과합니다. 바늘로 찌르기만 해도 공기는 빠져 버립니다. 인간의 부푼 자만심도 이와 같습니다."

"너는 시작부터 잘못하였고, 아직도 그것을 고집하고 있다. 우리의 고귀하고 힘 있는 왕들은 모든 그리스도교도가 그들의 믿음을 버리지 않는 한 그들에게 형벌을 내리도록 지시하신 것도 모르느냐?"

"당신이 섬기는 왕들은 실수를 저질렀고, 또한 그들의 귀족들도 마찬가지입니다. 우리는 사실 아무 죄도 없지만, 바보 같은 법 때문에 죄인이 되고 있습니다. 당신은 우리가 아무런 죄도 없다는 사실을 잘 알고 계십니다. 단지 우리가 그리스도를 섬기고 그리스도교인이라는 이름을 달고 다닌다는 이유로, 우리를 증오하면서 우리에게 죄를 뒤집어씌우는 것입니다. 그러나 우리는 그리스도교인이라는 이름이 얼마나 위대한지 잘 알고 있고, 따라서 그 이름을 버릴 수는 없습니다."

그러자 알마키우스가 말했습니다.

"이제 너는 두 가지 중의 하나를 선택하라. 제물을 바치겠느냐, 아니면 그리스도교를 버리겠느냐? 그러면 넌 풀려날 것이다."

이 소리를 듣자, 축복받은 동정녀 체칠리아는 웃음을 터뜨리면서 총독을 보며 말했습니다.

"당신은 바보임에 틀림없군요. 나보고 결백을 버리고 죄인이 되라는 말씀입니까? 총독을 보십시오! 그는 지금 공개석상에서 바보짓을 하고 있습니다. 지금 그의 마음은 어찌할 바 모른 채, 미친 사람처럼 눈을 부릅뜨고 있습니다."

"뭐라고! 너는 내 힘이 어느 정도인지 모르느냐? 우리의 전능하신 왕들이 나에게 사람을 죽이고 살리는 권한을 부여했다는 것을 모르느냐? 어떻게 감히 그렇게 건방지게 말을 하느냐?"

"저는 건방지게 말하는 것이 아니라 확신 있게 말하는 것입니다. 우리 그리스도교인들은 오만이란 죄악을 죽도록 증오하고 있습니다. 당신이 진실을 듣기를 두려워하지 않는다면, 제가 공개적으로 설득력 있게 당신이 가공할 만한 거짓말을 했다는 사실을 보여 드리겠습니다. 당신은 선왕들이 사람을 죽이거나 살릴 수 있는 권한을 부여했다고 말했습니다. 그러나 당신은 죽일 권한만 가지고 있습니다. 당신은 다른 권한이나 권력은 없습니다. 그러니까 선왕들이 당신을 사형시키는 부하로 임명했다고 말할 수는 있어도 그 이상의 것을 주장한다면, 그것은 거짓말입니다. 왜냐하면 당신의 권력은 보잘것없기 때문입니다."

그러자 알마키우스가 소리쳤습니다.

"이제 저 거만한 소리를 더 이상 못 들어주겠다. 네가 이곳을 떠나기 전에, 우리의 신들에게 제물을 드리도록 하라. 네가 나에게 욕을 하는 것은 상관없다. 난 그런 것들을 철학자들처럼 참을 수 있으니 말이다. 그러나 우리의 신들을 모욕하는 오만불손한 행위는 참지 않을 것이다."

이 말을 들은 체칠리아는 이렇게 대답했습니다.

"당신은 어리석은 사람입니다. 당신이 입을 연 순간부터 당신의 모든 말은 당신이 어리석다는 것을 확인시켜 주었고, 또한 당신이 모든 면에서 무지한 관리이며 무능한 판관이라는 것만을 보여주었습니다. 당신은 눈을 뜨고 있지만 실제로는 눈을 감은 사람과 똑같습니다. 삼척동자도 돌임을 아는데, 당신은 그런 것을 보고 신이라고 부르고 있습니다. 내가 시키는 대로 해 보십시오. 당신의 손을 돌 위에 올려놓고 시험해 보십시오. 그럼 그것이 돌임을 알게 될 것입니다. 사람들이 당신의 바보스런 행동을 비웃고 조롱하는데 창피하지도 않으십니까? 전능하신 하느님께서 저 위에 있는 하늘에 계신다는 것은 모든 사람이 다 알고 있습니다. 이런 우상들은 아무것에도 쓸모가 없으며, 당신이나 다른 사람들에게도 전혀 소용이 없다는 것은 쉽게 알 수 있을 것입니다. 결론적으로 우상들은 하나도 가치가 없는 것입니다."

그녀는 이렇게 말하고, 또 이와 유사한 말을 했습니다. 그러자 알마키우스는 화를 벌컥 내며 체칠리아를 집으로 데려가라고 명령하면서 이렇게 말했습니다.

"이 계집의 집에 있는 욕조에 불을 지펴, 이 계집을 익혀 죽여라."

그가 명령한 대로 형은 집행되었습니다. 체칠리아를 욕조에 넣고 목욕탕 문을 잠갔습니다. 그리고 아궁이에 밤낮으로 불을 지폈습니다. 그렇게 그녀는 성스런 밤과 그 다음날을 보냈습니다. 그런데 욕조에 불을 지펴 뜨거운 물 속에 있었지만 그녀는 아무렇지 않았습니다. 아무런 고통도 느끼지 않았고, 심지어는 땀 한 방울도 흘리지 않았습니다.

그러나 그녀는 바로 그 욕조에서 세상을 떠날 운명이었습니다. 무자비한 알마키우스가 그녀를 그곳에서 죽여 버리라는 명령을 부하에게 시달하면서, 그를 체칠리아의 집으로 보냈던 것입니다. 이 사형집행인은 그녀의 목을 칼로 네 번 내리쳤지만, 목을 완전히 자를 수는 없었습니다. 당시는 가볍게든 심하게든 세 번 이상 목을 쳐서 사람에게 고통을 주지 못하도록 금하는 법이 있었습니다. 그래서 사형집행인은 더 이상 칼로 목을 내리치지 못한 채, 칼로 목에 상처를 입어 피를 흘리며 반쯤 죽어 있는 체칠리아를 그대로 놔두고 도망쳐 버렸습니다.

그녀 주위에 있던 그리스도교인들은 조심스럽게 흐르는 피를 침대 시트로 감쌌습니다. 그녀는 이런 고통 속에서 사흘을 살았습니다. 그러면서도 자기가 개종시킨 사람들에게 설교를 하며 그리스도교의 신앙을 가르쳤습니다. 또한 자기의 재산을 교황 우르바누스에게 전해 달라고 말했습니다. 교황 우르바누스와 보좌 사제들이 집에 도착하자, 그녀는 마지막 말을 했습니다.

"저는 하늘에 계신 왕에게 단지 사흘간만 더 살게 해 달라고 부탁했습니다. 제가 떠나기 전에 이 영혼들을 여러분들에게 보살펴 달라고 부탁하고, 또한 이 집을 성당으로 만들어 영원히 보존해 달라고 일러두고 싶었기 때문이에요."

성 우르바누스와 보좌 사제들은 아무도 모르게 그녀의 시체를 실어냈습니다. 그리고 밤이 되자 다른 성인들과 함께 예의를 갖추어 묻어 주었습니다. 그녀의 집은 이제 성 체칠리아 성당이라고 불립니다. 성 우르바누스는 그 성당을 축성했고, 그곳에서는 오늘날까지 예수 그리스도와 성 체칠리아를 기리고 있습니다.

두 번째 수녀의 이야기는 여기에서 끝난다.

성당 참사회원 종자의 이야기

성당 참사회원 종자의 이야기 서문

성 체칠리아의 이야기가 끝났지만, 우리는 말을 타고 채 8km도 가지 못하고 있었다. 그때 보튼 언더 블린에서 어떤 사람이 우리 일행에 합류했다. 그는 검은 옷을 입고 그 밑에는 흰 중백의(中白衣)를 입고 있었다. 이 사람은 마지막 5km 정도를 힘껏 박차를 가해 달려온 것 같았다. 회색 무늬가 새겨진 그의 늙은 말이 완전히 땀에 젖어 있었기 때문이었다. 또한 그의 종자가 타고 온 말도 땀에 흠뻑 젖어 거의 걷지도 못할 지경이었다. 말의 가슴은 끈끈한 땀으로 뒤덮여 있었고, 종자 역시 땀으로 범벅이 되어 있었다. 그래서 그의 모습은 까치와 같았다. 말 엉덩이에 접혀진 가죽 주머니만을 가지고 있었을 뿐, 거의 아무것도 지니지 않은 가벼운 옷차림이었다. 마치 여름철에 입는 옷차림새 같았다. 그래서 나는 도대체 저 사람은 누구일까 하고 생각하면서 주의 깊게 그를 살핀 끝에, 그의 두건이 망토에 꿰매 있다는 사실을 알게 되었다. 나는 잠시 생각한 후, 그가 성당 참사회원일 것이라고 판단했다.

그는 보통 걸음걸이나 총총걸음보다 훨씬 빠른 속도로 말을 타고 왔기 때문에 끈 달린 그의 모자는 그의 등 뒤에 매달려 있었다. 아마 미친 듯이 말을 타고 달려온 것 같았다. 땀을 막고 머리를 시원하게 하기 위해 그는 두건 밑에 커다란 우엉 잎을 달고 있었다. 그가 땀을 흘리는 모습은 정말로 볼 만했다. 그의 이마에서는 질경이 풀을 가득 담아놓은 증류기처럼 땀방울이 뚝뚝 떨어졌다. 그는 우리에게 다가오면서 이렇게 말했다.

"즐겁게 여행하는 여러분들에게 하느님의 은총이 있기를 빕니다. 난 당신들 때문에 이렇게 줄곧 달려왔습니다. 유쾌한 분들과 동행하려고 이렇게 따라온 겁니다."

그러자 그의 종자도 아주 예의바르게 말했다.

"여러분, 저는 여러분들이 오늘 아침 말을 타고 여관을 떠나시는 것을 보았습니다. 그래서 제 주인님께 그런 사실을 알렸습니다. 제 주인님께서는 여러분들이 너무나 화기애애해 보였고, 그래서 여러분과 함께 말을 타고 가시려고 했습니다. 대화하는 것을 아주 좋아하시거든요."

이 말을 들은 우리 사회자가 말했다.

"잘했네. 그런데 자네 주인 양반은 재주도 많고 재미있는 분일 것 같네. 여기에 있는 우리를 즐겁게 해주기 위해서 한두 개의 재미있는 이야기를 들려주면 고맙겠네."

"누구보고 이야기를 하라는 거죠? 제 주인님인가요? 그런 것 같군요. 제 주인님은 필요 이상으로 신나는 놀이를 많이 아시죠. 저처럼 이분을 잘 알고 있는 사람은 없을 것입니다. 아마 당신들은 이분이 이런 일에 얼마나 재주가 많은지 아시면 놀라실 겁니다. 여기 계시는 어느 분이라도 하시기 힘든 커다란 일들을 제 주인님은 많이 맡으셨습니다. 물론 주인님이 어떻게 그런 일을 해야 하는지 가르쳐 주신다면, 상황은 달라지지만 말입니다. 여러분들과 함께 말을 타고 가는 모습이 평범한 사람 같지만, 아마 사귀어둘 필요가 있는 분이라는 것을 아시게 될 겁니다. 제가 가진 모든 돈을 걸고 장담하는데, 아마 저분을 사귈 수만 있다면 큰돈을 지불하겠다는 사람도 이중에는 많이 있을 겁니다. 그럼 한 가지만 가르쳐드리죠. 저분은 정말로 유명한 분이랍니다."

다시 사회자가 말했다.

"좋소. 그럼 저분은 성직자인가? 그렇지 않으면 누군지 말해보게나."

그러자 종자가 대답했다.

"아닙니다. 하지만 성직자보다 더 위대한 분이시죠. 간단하게 제 주인님의 직업에 관해 말씀드리겠습니다. 이분은 남이 모르는 재주가 많으십니다. 너무 많아서 그런 재주를 모두 배우실 수는 없을 겁니다. 저는 저분의 일을 조금 도와주고 있습니다. 제 주인님은 우리가 캔터베리까지 말을 타고 가는 이 땅을 모두 뒤집어놓고, 그 길을 온통 금이나 은으로 포장할 수도 있답니다."

종자가 이렇게 말하자, 우리 사회자가 소리쳤다.

"정말인가? 그렇게 재치 있고 사람들의 존경을 한몸에 받는데, 옷차림새에 신경을 쓰지 않는다니 정말 놀랍군. 명사의 옷으로 보기에는 힘든 겉옷을 입고 다니니 말이야. 게다가 더럽고 다 해져서 넝마 같아. 자네 주인이 더 나은 옷을 사 입을 경제적 능력이 있는데도 형편없는 옷을 입는 이유는 무엇이라고 생각하는가? 물론 이것은 자네의 말이 맞다는 가정하에 하는 말일세. 자, 어서 설명해 보게나."

이런 물음에 종자가 대답했다.

"왜 나한테 그런 걸 물으시죠? 저분은 평생 저렇게 다니실 겁니다. 하지만 부탁이니 제가 이런 말을 했다고는 말하지 마세요. 단지 여러분들만 알고 계셔야 합니다. 저분은 지나치게 똑똑합니다. 흔히 말하듯이, 잔치도 너무 과하면 좋지 않다고 하지요. 이런 이유로 저는 그를 바보나 천치라고 생각한답니다. 너무 재주가 좋은 사람은 그 능력을 잘못 쓰는 경우가 종종 있지요. 우리 주인님도 마찬가지랍니다. 하느님이 해결해 주시지 않는다면, 정말 골칫덩어리가 될 겁니다. 이것 이외에 저는 더 이상 할 말이 없습니다."

그러자 사회자가 덧붙였다.

"그런 건 자네가 신경 쓸 일이 아니네. 그렇지만 자네는 주인의 재주가 무엇인지 잘 알고 있으니, 그가 뭐 하는 사람이고 무슨 방면에 재주가 좋은지 말해보게. 그리고 자네는 어디에서 사는가?"

"교외에서 살고 있어요. 도둑놈들과 강도들이 모여 사는 길모퉁이나 막다른 골목길에서 숨어삽니다. 그런 사람들은 자신의 모습을 드러내길 두려워하기 때문에 계속해서 숨어 지내는 것이죠. 사실 우리도 바로 그런 이유로 숨어 산답니다."

"다른 걸 물어봐도 되겠나? 자네 얼굴은 왜 그리 창백한지 말해주게"

"저는 불행했습니다. 그래서 지금 이곳에 있는 것입니다. 저는 하루 종일 불을 불어댔는데, 그래서 제 얼굴색이 달라진 것이라고 생각합니다. 저는 거울을 보고 모양을 내며 시간을 보내는 것이 아니라, 죽도록 일을 하면서 쇠를 금으로 바꾸는 일을 배우고 있습니다. 불을 하염없이 바라보고 있노라면 현기증이 납니다. 이렇게 애를 썼지만 우리가 원하는 것을 얻지도 못했고, 우리의 목표를 이룬 적도 없습니다. 우리는 많은 사람들을 속여서 금을 빌렸습니다. 어떤 때는 1파운드 혹은 2파운드가 될 때도 있고, 아니면 10파운드나 12파운드, 심지어는 그보다 훨씬 많은 금을 빌리기도 했습니다. 그리고 빌린 금의 두 배를 만들 수 있다고 믿게 만들었지요. 이런 것은 모두 뻔한 거짓말입니다. 물론 우리는 그렇게 될 수 있다는 희망을 가지고 그런 목표를 이루기 위해 끊임없이 노력을 합니다. 그러나 연금술은 우리의 지식보다 너무나 앞서 있습니다. 우리는 그 흐름을 쫓아갈 수가 없습니다. 따라붙으려고 애를 쓰면, 금세 도망쳐 버리고 맙니다. 결국 우리는 거지 신세가 되고 말 겁니다."

종자가 이렇게 이야기를 하는 동안, 성당 참사회원은 슬그머니 다가와서 그가 하는 소리를 모두 들었다. 그 참사회원은 항상 사람들의 말에 의심을 품는 위인이었다. 카토에 의하면, 잘못을 저지른 사람들은 모든 세상 사람들이 자기들에 관해 말한다고 믿는다고 한다. 바로 이런 이유로 참사회원은 자기 종자가 하는 말을 하나도 빠짐없이 엿듣기 위해 다가왔던 것이다. 그리고는 종자에게 소리를 지르며 이렇게 말했다.

"입 다물어! 더 이상 한 마디도 하지 마라. 입을 다물지 않으면 후회하게 만들어 주겠다. 넌 지금 이 사람들 앞에서 내 욕을 하고 있으며, 그것도 모자라 말해서는 안 될 것들을 떠들고 있다."

그러자 사회자가 말했다.

"상관없으니 계속 말해보게. 자네 주인의 협박 따위는 신경 쓰지 말게."

"물론 신경 쓰지 않아요!"

종자가 이렇게 대답했다. 참사회원은 자기 종자가 말을 듣지 않을 뿐만 아니라 자기의 모든 비밀을 털어놓을 자세를 취하자, 분하고 속상하고 창피해서 도망치고 말았다. 그러자 종자가 다시 말을 했다.

"이제 그럼 재미있는 이야기를 들려 드리겠습니다. 우리 주인이 없으니 제가 알고 있는 비밀을 모두 말씀드리겠습니다. 악마여, 우리 주인을 데려가 물에 빠뜨려 죽여 주소서! 여러분들에게 약속하는데, 지금부터 저는 저 사람과 다시는 어울리지 않을 겁니다. 제게 천만금을 준다고 해도 말입니다. 저 사람이 고통과 치욕을 받으며 죽게 하소서! 저를 처음으로 이런 장난으로 끌어들인 자가 바로 저 사람이었습니다. 여러분들이 어떻게 생각하실지는 모르겠지만, 저는 장난이 아니었다고 자신 있게 말씀드릴 수 있습니다. 이런 일로 제가 슬픔과 불행을 맛보고 힘들게 일했지만, 한 번도 저 사람과 헤어질 생각은 하지 않았습니다. 연금술과 관련된 모든 것을 여러분들에게 말할 재주가 있다면 좋겠지만, 제게 그럴 능력은 없습니다. 어쨌거나 이제 연금술에 대한 것을 말씀드리겠습니다. 우리 주인이 가 버렸으니 제 입을 다물게 할 수 있는 것은 아무것도 없습니다. 그러니 제가 아는 모든 것을 말하겠습니다."

참사회원 종자의 이야기

1

저는 참사회원과 7년을 함께 살았지만, 그의 학문에 대해서는 거의 배운 것이 없습니다. 저는 연금술을 배우기 위해 제가 가진 것을 모두 잃어버렸습니다. 하느님도 아시다시피, 이런 사람은 저 하나가 아닙니다. 저도 한때는 좋은 옷을 입고, 멋진 장신구를 몸에 달고, 즐겁고 재미있게 살았습니다. 그러나 이제는 모자 대신 낡은 양말을 머리 위에 올려놓아야 할 처지가 되었습니다. 제 혈색은 싱싱하고 불그스레했지만, 지금은 시들어서 납빛을 띠고 있습니다. 여러분도 연금술에 빠져 보십시오. 그럼 얼마나 쓰라린 후회를 하게 되는지 아시게 될 겁니다. 제 눈은 아직도 남을 속였다는 죄책감에 눈물을 흘리고 있습니다. 연금술을 배우면 이런 눈물만 흘리게 됩니다.

이런 믿을 수 없는 학문 때문에 저는 지금의 신세가 되었습니다. 저는 알거지가 되었습니다. 또한 제가 빌려온 금 때문에 빚더미에 올라앉았습니다. 제가 목숨을 부지하는 동안, 아무리 열심히 일해도 갚지 못할 정도입니다. 그러니 세상사람들이 저를 본보기로 삼았으면 하는 생각입니다. 연금술에 발을 들여놓은 사람은 누구든지 오랫동안 그 일을 하면 제 신세가 됩니다. 연금술로 얻을 수 있는 것은 머리가 돌아버리는 것과 빈털터리가 되는 것뿐입니다. 연금술에 미쳐서 제정신을 잃고 자기의 모든 재산을 날려 버리면, 남들을 부추겨서 그들의 재산까지도 탕진하고 맙니다. 이런 철면피 인간들은 불행한 동지를 갖게 되는 것을 즐거워하며 위안으로 삼습니다. 이런 것이 사실이 아닐지는 모르지만, 적어도 제가 어느 학자에게서 배운 바에 의하면 그렇습니다. 그렇지만 이런 이야기는 그만두고, 우리가 해온 연금술 이야기를 들려 드리겠습니다.

우리가 쓰는 용어는 아주 이상한 전문적인 말들입니다. 그래서 난해한 학문을 직접 실행에 옮기는 작업장에 들어가면, 우리는 아주 현명하고 똑똑한 사람들처럼 보입니다. 저는 숨이 찰 때까지 불을 불어댑니다. 연금술에 사용하는 재료들이 어떻게 배합되는지 모두 설명해 드릴 필요는 없을 겁니다. 예컨대 5온스나 6온스의 은을 비롯하여, 웅황(雄黃)이니 불에 구운 뼈니 혹은 가는 가루로 만든 비소유화물(砒素硫化物)과 같은 재료에 대해 말해서 무엇하겠습니까? 또한 토기 냄비 속에 소금과 후추를 먼저 넣고, 앞에서 말한 재료들과 그 밖의 갖가지 것들을 넣은 다음, 유리판으로 잘 덮어야 한다든가 따위의 세세한 과정을 설명한들 무슨 소용이 있겠습니까? 어떻게 해야 유리판과 토기를 잘 봉해서 공기가 빠져나가지 않도록 하는지, 아니면 센 불과 약한 불을 어떻게 조절하는지, 수은을 굽고 배합하면서 우리의 재료들을 증발시키기 위해 우리가 얼마나 고생을 하고, 얼마나 절망을 맛보는지 여기에서 털어놓을 필요는 없을 것입니다.

우리는 모든 재주를 부려보았지만 한 번도 긍정적인 결과를 얻어보지 못했습니다. 아무것도 소용이 없었습니다. 비소유화물이나 승화된 수은이나 혹은 반암(斑岩) 반죽에 잘 갈아놓은 연산화물 등을 각각 일정한 양을 넣고 시험해 보앉지만 모두 소용이 없었습니다. 그곳에서 발생된 기체나 냄비 바닥에 들러붙은 고체도 우리가 하고 있던 일에는 아무 소용이 없었습니다. 엄청난 노력을 하고 엄청난 시간을 소비했지만 하나도 쓸모가 없었습니다. 이렇게 우리의 돈은 날아가 버렸습니다.

연금술에 관해서는 수많은 것들이 있지만, 그런 것을 체계적으로 배우지 못한 저는 순서대로 설명드릴 수가 없습니다. 그러니 머릿속에 떠오르는 대로 말씀드리겠습니다. 물론 저는 이런 것들을 종류에 따라 체계적으로 정리할 수는 없습니다. 우선 아르메니아 점토, 녹청(綠靑), 붕사(硼砂)를 비롯하여 소변기나 증류기 혹은 약병이나 도가니 혹은 시험관이나 정화기처럼 유리와 진흙으로 만든 여러 용기들이 있지만, 이런 것들은 별로 중요한 것이 아닙니다. 또한 붉은 염색수나 황소의 쓸개, 비소, 염화암모늄, 유황 같은 것도 필요합니다. 그리고 짚신나물, 쥐오줌풀, 고사리 등의 여러 풀들을 열거할 수도 있지만, 지금 이 자리에서는 언급할 필요가 없을 것 같습니다.

우리는 밤낮으로 등불을 켜고서 원하는 결과를 얻기 위해 노력했습니다. 석회화를 시키는 화로나 물을 희게 하는 화로, 생석회, 달걀 흰자, 여러 가지 분말, 재, 분뇨, 오줌, 점토, 밀랍으로 봉한 그릇, 초석, 황산, 장작과 숯에서 나오는 여러 불꽃, 가성 칼륨, 알칼리 금속, 조리한 소금, 탄 물체들, 응고된 용액들, 말이나 사람의 머리털을 혼합한 점토, 주석에서 추출한 기름, 석명반, 효모, 맥아즙, 조주석(粗酒石), 아비산(亞砒酸) 그리고 다른 흡수성 물질과 혼합제, 담황색 은과 발효 중에 있는 물질들과 난해하게 밀봉한 물질을 비롯하여 우리가 쓰는 주형(鑄型)과 시험관 등 이루 말할 수 없이 많은 것들을 써보았습니다.

그럼 제가 배운 대로 여러분들에게 말하겠습니다. 우선 네 개의 영혼과 일곱 개의 육체에 관해 순서대로 말하겠습니다. 이건 제 스승이 말한 것입니다.

첫 번째 영혼은 수은이며, 두 번째 영혼은 웅황(雄黃)이고, 세 번째 영혼은 염화암모늄이며, 네 번째 영혼은 유황입니다.

이제 일곱 개의 육체에 관해 말씀드리겠습니다. 그것은 태양에 해당하는 금과, 달에 상응하는 은, 화성에 해당하는 철, 수성에 상응하는 수은, 토성에 해

당하는 납, 목성에 상응하는 주석, 금성에 해당하는 구리입니다.

이런 저주받을 학문에 빠지는 사람은 아무리 돈이 많아도 부족하게 되어 있습니다. 이런 연금술에 투자한 돈은 잃어버린 돈과 마찬가지입니다. 이 점은 의심의 여지가 없습니다. 혹시 여러분들 중에서 이런 바보 같은 짓을 하고 싶은 사람 있습니까? 그러면 연금술을 공부하십시오. 돈이 있다면 연금술사가 될 수 있습니다. 그런데 그게 배우기 쉬울 것이라고 생각하십니까? 아닙니다. 절대로 그렇지 않습니다. 여러분이 사제건, 성당 참사회원이건, 혹은 수도 수사건 탁발 수사건, 혹은 잘난 그 누구이건 간에, 밤낮으로 앉아서 이상하고 음침한 이 학문을 아무리 공부해 봐도 헛일에 불과합니다. 하느님은 이것이 헛일보다 더 심한 결과를 초래한다는 사실을 알고 계십니다.

그러니 교양도 없는 사람에게 연금술을 가르친다는 것은 두말할 나위도 없습니다. 이런 건 불가능한 일이니 말도 할 필요가 없습니다. 그러나 여러분들이 공부를 한 사람이건 아니건 간에 그 결과는 똑같습니다. 제 영혼의 구세주를 걸고 맹세하는데, 여러분이 연금술 공부를 끝냈다 하더라도 여러분들은 항상 처음으로 와 있을 겁니다. 그러니까 아무런 결론에도 도달하지 못한다는 이야기입니다.

지금에야 기억이 나는데 산성수(酸性水)와 쇠줄밥, 물체를 연하게 하거나 강하게 만드는 방법, 여러 가지 기름들, 세정수(洗淨水), 가용성 금속들도 있습니다. 이런 것들을 모두 적으면, 아마 세상에서 가장 두꺼운 책이 될 겁니다. 그러니 이런 이름들을 외우는 것은 그만두고 본론으로 넘어가는 것이 좋을 것이라고 생각됩니다. 이 정도만 해도 지옥에 있는 가장 험상궂은 악마는 벌떡 일어났을 것입니다.

아, 한 가지 중요한 것을 잊었습니다. 우리 연금술사들은 항상 연금약액(elixir)이라고 불리는 '현자(賢者)의 돌'[1] 을 찾으려고 안간힘을 씁니다. 적어도 그

---

1. 연금술이 찾는 궁극의 물질로, 이것을 이용해 하찮은 금속을 귀한 금속으로 변환시킬 수 있다고 믿었다.

걸 얻었다면, 우리의 인생은 탄탄대로였을 겁니다. 그렇지만 하늘에 계신 하느님을 두고 맹세하건대, 우리가 온갖 재주를 부렸지만, 일을 끝내고 보면 연금약액은 나타나주지 않았습니다. 우리는 '현자의 돌'만 손에 넣으면 우리의 인생은 완전히 바뀔 것이라는 생각으로 가진 돈을 모두 써버렸습니다. 희망이란 가장 쓰라린 순간에도 우리의 영혼에 활력소가 되는 것입니다. 이런 희망이 없었다면, 아마 우리는 미치고 말았을 겁니다. 그렇지만 이런 희망은 괴롭고 힘든 결과만을 초래합니다. 저는 여러분들에게 이 사실만은 분명히 말해둡니다.

연금술은 끝이 없는 연구입니다. 언젠가는 반드시 성공하리라 믿기에, 많은 사람들은 자신들의 재산을 모두 날려 버립니다. 그렇지만 이 학문에서는 아무것도 얻지 못합니다. 연금술이란 치명적인 마법과 같습니다. 비록 밤에 몸을 덮을 홑이불 하나밖에 없거나, 아니면 낮에 어깨를 가릴 수 있는 낡은 겉옷 한 벌밖에 없을지라도, 연금술에 미치면 이것들마저 팔아 버립니다. 그들은 완전히 빈털터리가 될 때까지 단념하지 않습니다. 또한 그들이 어디를 가든지, 사람들은 그들 몸에서 나는 유황냄새로 그들이 연금술사라는 것을 쉽게 알아볼 수 있습니다. 마치 염소처럼 악취를 내뿜거든요. 이 악취는 얼마나 지독하고 강렬한지 2km 밖에서도 냄새가 납니다. 그러니 악취와 다 해진 옷차림새로 연금술사들을 쉽게 알아볼 수 있습니다. 그리고 그들에게 다가가 왜 누추한 옷차림새로 다니느냐고 물으면, 당신들의 귀에다 대고, 자기들의 신분이 발각되면 연금술사라는 이유로 죽임을 당할 것이기 때문이라고 속삭일 것입니다. 이렇게 그들은 순진한 사람들을 속인답니다.

자, 이런 이야기는 그만하고 제 이야기를 시작하겠습니다.

토기 냄비를 불 위에 얹기 전에, 제 주인은 일정한 양의 금속들을 불에 데웁니다. 이제 그 주인이 가고 없으니 마음대로 말하겠습니다. 그는 자기가 이 분야의 전문가라고 말합니다. 그리고 실제로 그가 그런 명성을 누리고 있다는 사실은 저도 잘 알고 있습니다. 그러나 그는 항상 실수를 합니다. 어떻게 실수하느냐고요? 흔히 냄비가 뜨거운 불을 견디지 못해 터져 버립니다. 그러면 모든 것이 끝장이죠.

연금술에서 쓰는 금속들은 가연성이 강해서 심하게 튀는 성질이 있습니다. 우리 집 벽들이 돌과 석회로 되어 있지 않았다면 아마 견디지 못했을 겁니다. 어떤 것들은 벽을 뚫고 지나가기도 하고, 어떤 것들은 땅 속에 박혀 버립니다. 이런 식으로 우리는 몇 파운드의 쇠붙이를 잃어버렸습니다. 어떤 것은 바닥으로 흩어졌고, 또 다른 것들은 천장을 향해 튀어 올랐기 때문입니다.

악마가 우리 눈 앞에 한 번도 나타나지는 않았지만, 저는 그놈이 분명히 우리와 함께 있으면서 장난을 치고 있다고 생각했습니다. 악마가 주인이며 왕인 지옥에서도 제가 느꼈던 분노와 원한보다 더한 것을 찾아보기는 쉽지 않을 것입니다. 우리의 냄비가 터져 산산조각이 되어 공중으로 날아가 버리면, 우리는 분노가 치밀어 서로를 탓하기 시작합니다.

한 사람이 화로가 잘못 만들어져서 이렇게 되었다고 말하면, 다른 사람은 불을 잘못 붙여서 그렇다고 핑계를 댑니다. 그럼 저는 깜짝 놀랍니다. 불붙이는 일은 제 담당이거든요. 그러면 세 번째 사람은 재료들이 적당한 비율로 섞이지 않아서 그랬다고 말하면서 자기 말이 맞다고 우깁니다. 하지만 네 번째 사람은 이렇게 말합니다.

"입닥치고 내 말을 들어봐! 불 피우는 데 밤나무를 쓰지 않아서 그런 거야. 이게 사고의 원인이야. 내 말이 틀리면, 날 미친 놈 취급해도 좋아!"

저는 개인적으로 무슨 일 때문에 그랬는지는 알 수가 없습니다. 단지 제가 격렬한 논쟁의 한가운데 있다는 것만 알 뿐입니다. 그러면 주인은 이렇게 말합니다.

"이제 다 끝난 일이야. 다음에는 이런 일이 일어나지 않도록 하지. 내가 보기에는 틀림없이 토기 냄비에 금이 가 있었어. 하지만 어쨌든지 어서 바닥이나 쓸고 다시 기운을 내도록 해. 기운을 내란 말이야!"

그러면 우리는 찌꺼기들을 쓸어서 한데 모으고, 바닥에 천을 펼친 다음 모든 쓰레기를 바구니에 담아서 여러 번 체로 칩니다. 그러면 누군가가 이렇게 말합니다.

"맙소사! 전부는 아닐지라도 아직도 약간의 재료가 남아 있어. 이번에는 실패했지만, 다음 번에는 잘 될 거야. 투자를 해야 돈을 버는 법이야. 말이야 바른 말이지, 장사하는 사람이라고 항상 돈벌이를 잘하는 것은 아니거든. 가끔씩 물건들이 바다 속에 빠지기도 하지만 다음에는 안전하게 육지에 도달하는 법이거든."

그럼 우리 주인은 이렇게 말합니다.

"조용히 해! 다음 번에는 우리의 배가 다른 방법으로 집에 도착할 수 있는 수단이 무엇인지 찾아보겠어. 다음에도 결과가 좋지 않으면 날 탓해도 좋아. 이번에는 무언가 잘못된 점이 있었어. 이것만은 확실해."

그러자 다른 사람이 불이 너무 뜨거워서 그랬다고 말합니다. 그러나 불이 너무 뜨거웠건 아니건 간에, 매번 우리는 실패하고 말았다고 저는 자신 있게 말할 수 있습니다. 우리는 한 번도 목표를 달성하지 못했고 미친 듯이 헛소리만 떠들어댔습니다. 우리 모두가 한자리에 모이면, 모두 솔로몬과 같은 현자입니다. 그러나 여러분들에게 말했듯이, 반짝인다고 모두 금은 아니며, 맛있게 보이는 사과라고 모두 맛있는 것은 아닙니다. 이건 우리의 경우에도 해당됩니다. 시험을 해 보면, 가장 많이 아는 것 같은 사람이 가장 멍청합니다. 그리고 가장 정직해 보이는 사람이 도둑이 됩니다. 이 말은 제가 이야기를 끝마치면 분명하게 확인될 것입니다.

2

우리들 가운데에는 성당의 참사회원이 한 사람 있었습니다. 그는 니느웨, 로마, 알렉산드리아, 트로이를 비롯하여 또다른 세 개의 도시를 모두 함께 악에 물들게 할 수 있는 인물이었습니다. 이 사람이 천 년을 산다고 해도 그의 모든 속임수와 농간을 기록할 만한 사람은 어느 곳에서도 찾을 수 없을 것입니다. 온 세상을 둘러보아도 남을 속이는 데 있어서 그를 따를 사람은 없었습니다. 사람과 말을 할 때면, 복잡한 전문용어를 제멋대로 사용하고 이야기도 아주 교묘하게 잘 꾸며댔습니다. 그래서 참사회원처럼 지옥에서 나온 악마가 아니면 모두들 2분도 채 안 되어 그의 속임수에 빠지고 말았습니다.

지금까지 속인 사람들 숫자만 해도 수백 명이 됩니다. 그리고 앞으로 그가 살아 있는 한 계속해서 수많은 사람들을 속일 것입니다. 그렇지만 그의 진짜 성품을 알지도 못한 채, 그와 친해지기 위해 머나먼 길을 여행하는 사람들도 있습니다. 지금부터 그의 성품이 얼마나 악독한지 이야기를 해 드릴 테니 끝까지 참고 들어주시기 바랍니다.

이곳에도 존경하는 평신도 참사회원님들이 계실 겁니다. 제 이야기가 여러분들의 단체를 언급하고 있지만, 이것이 여러분들의 모임을 비방하려는 것은 아닙니다. 모든 종교단체에는 악한 사람들이 한두 명은 항상 있는 법입니다. 어리석은 한두 사람 때문에 단체 모두가 욕을 얻어먹어서는 안 됩니다. 저는 여러분들을 욕할 생각은 추호도 없으며, 단지 잘못된 것만을 비판하려는 것입니다. 이 이야기는 특정 단체에게 하는 것이 아니라, 그보다 더 광범위하게 적용될 수 있는 것입니다. 여러분들도 잘 알고 있다시피, 예수의 열두 제자들 중에서 배신자는 오직 유다뿐이었습니다. 나머지 사람들은 아무런 죄도 없습니다. 그런데 왜 그 제자들이 욕을 얻어먹어야 합니까? 저는 여러분들의 경우에도 똑같은 현상이 벌어진다고 말하고 싶습니다. 그러나 여러분들 중에 유다가 있다면, 그를 내쫓으십시오. 만일 그 유다 때문에 불행을 당하거나 망신을 당할지 몰라 두려워하고 있다면, 제 충고를 따르십시오. 그리고 제발 제 이야기를 듣고 기분 나빠하지 마십시오. 그럼 이런 경우에 관해 언급하는 제 이야기를 주의 깊게 들어주십시오.

오랫동안 런던에 살면서 소성당을 이끌어가던 신부가 있었습니다. 그는 명랑하게 살면서, 자기가 살고 있던 집의 여주인을 극진히 대했습니다. 그래서 여주인은 한푼도 하숙비를 받지 않았고, 옷도 거저 빨아주었으며, 아무리 좋은 옷을 입더라도 돈을 받지 않았습니다. 그는 쓰고 남을 정도로 돈이 많았습니다. 그러나 이것은 그리 중요한 것이 아닙니다.

이제 이 신부를 파멸로 이끈 참사회원의 이야기를 하겠습니다. 어느 날, 못된 참사회원이 그 신부가 사는 방으로 찾아와서, 돈을 빌려 달라고 부탁했습니다. 그러면서 한푼도 빼놓지 않고 모두 돌려 주겠다고 약속했습니다. 참사회원은 이렇게 말했습니다.

"사흘간 1마르크만 빌려 주십시오. 그러면 사흘째 되는 날 정확하게 갚겠습니다. 제가 약속을 지키지 않으면, 저를 교수형에 처해도 좋습니다."

신부는 그 자리에서 1마르크를 빌려 주었습니다. 참사회원은 거듭 고맙다고 말하면서 신부와 헤어져 떠났습니다. 사흘째 되던 날 그는 돈을 가져와 신부에게 갚았습니다. 그러자 신부는 기뻐하며 이렇게 말했습니다.

"무슨 일이 있더라도 제 날짜에 돈을 되돌려주는 정직한 사람이라면, 금화 한두 냥, 심지어는 석 냥이나 그 이상이라도 빌려 줄 용의가 있네. 그런 사람의 청은 절대로 거절하지 않을 작정이네."

그러자 참사회원이 말했습니다.

"뭐라고요! 그럼 저를 정직한 사람으로 생각하지 않으셨다는 말입니까? 이거야말로 평생 처음 들어보는 말입니다. 제 약속은 제가 죽어서 무덤에 들어갈 때까지 반드시 지킬 겁니다. 사도신경을 믿듯이 제 말을 믿어 주십시오. 저에게 금화나 은화를 빌려주고 못 받은 사람은 아무도 없습니다. 저는 남을 속이려는 마음을 눈곱만치도 품어 본 적이 없습니다. 신부님, 당신이 저를 인자하게 대해 주시면서 친절을 베푸셨으니, 저만 알고 있는 비밀을 한 가지 말씀드리겠습니다. 이것은 당신의 호의에 대한 보답입니다. 신부님이 원하시기만 하신다면, 제가 얼마나 연금술에 정통한지 직접 보여 드리겠습니다. 자, 잘 보세요. 제가 이곳을 나가기 전에 신부님의 눈으로 직접 이 기적을 보실 수 있을 겁니다."

이 말을 들은 신부가 말했습니다.

"정말인가? 정말로 기적을 만들 수 있나? 한 번 해보게나. 어서 해보게나"

"원하신다면 보여 드리겠습니다. 그렇지 않으면 하느님께서 노하실 테니까요."

도둑놈 같은 참사회원이 스스로 봉사하겠다니 얼마나 기가 막힌 일입니까! 옛날 현인들이 말하듯이, '스스로 하겠다고 나서는 봉사는 뭔가 냄새를 풍긴다'는 말은 하나도 틀리지 않습니다. 이 참사회원의 경우에 이 말이 얼마나 틀림없는지 알게 될 것입니다. 이 참사회원은 모든 사기의 아버지이며, 그리스도교인들을 파멸로 이끌 때 가장 큰 기쁨과 행복을 느끼는 사람이었습니다. 악마 같은 그의 마음속은 온통 사악한 계획으로 가득 차 있었습니다. 하느님, 이런 자의 속임수에 넘어가지 않도록 우리를 보호해 주십시오!

신부는 자기가 어떤 사람을 상대하고 있는지 전혀 알지 못하고 있었으며, 어떤 불행이 자기를 기다리고 있는지 의심도 하지 않았습니다. 정말 순진한 신부였습니다. 그는 욕심 때문에 눈이 어두워질 순간에 있었습니다. 이 가련한 신부의 이해능력은 완전히 가려져 있었습니다. 그는 이 여우 같은 인간이 자기를 속이려고 한다는 사실을 전혀 눈치 채지 못했습니다. 그리고 그의 계략에 말려들면 빠져나올 수 없다는 사실도 모르고 있었습니다. 이 가련한 신부가 파멸에 이르기 전에, 제 능력이 닿는 대로 신부가 얼마나 어리석었고, 그 참사회원이 얼마나 이중적인 인간이었는지 말하겠습니다.

여러분들은 이 참사회원이 제 주인이라고 생각하십니까? 사회자님, 하늘에 계신 성모 마리아를 두고 맹세하는데, 이 참사회원은 제 주인이 아닙니다. 그는 또다른 참사회원으로 제 주인보다 백 배는 더 교활한 사람이며, 수 차에 걸쳐 수많은 사람을 속였습니다. 그의 속임수를 생각할 때면 제가 정신이 없어질 정도입니다. 이 자의 사기술을 말할 때마다 제 뺨은 부끄러워서 붉어집니다. 적어도 새빨갛게 달아오르는 것 같습니다. 여러분들도 아시다시피 갖가지 쇠붙이들에서 나오는 열기 때문에 제 얼굴에서는 붉은 혈색이 사라진지 오래이기 때문에 이렇게 말하는 것입니다. 그럼 이 참사회원이 얼마나 못되었는지 지켜보십시오.

참사회원은 신부에게 말했습니다.

"신부님, 지금 당장 수은이 필요하니까 하인을 보내 가져오도록 하십시오. 두세 온스 정도 필요해요. 수은이 도착하면, 신부님이 지금껏 보지 못했던 멋진 것을 보여주겠습니다."

"자네 말대로 하겠네"

신부는 이렇게 대답한 후, 하인을 보내 수은을 가져오라고 시켰습니다. 하인은 신부의 말대로 즉시 밖으로 나가 수은 세 온스를 가지고 와서 참사회원에게 건네주었습니다. 참사회원은 조심스럽게 받고서, 하인에게 즉시 작업을 시작할 수 있도록 숯을 조금 가져오라고 말했습니다. 숯은 지체없이 준비되었습니다. 그러자 참사회원은 가슴에서 도가니 하나를 꺼내 신부에게 보여주었습니다.

"이 기구가 보이십니까? 당신 손으로 잡고 수은 1온스를 넣으십시오. 그럼 연금술이 시작됩니다. 제가 이런 지식을 가르쳐 준 사람은 거의 없습니다. 이 실험을 잘 지켜 보십시오. 그러면 속임수 없이 당신 눈 앞에서 이 수은을 순은으로 바꾸어놓겠습니다. 이 은은 당신 지갑이나 제 지갑 혹은 다른 사람의 지갑에 있는 은과 똑같은 것입니다. 만일 그렇지 않으면, 저를 사기꾼이라고 불러도 좋습니다. 다시는 정직한 사람들 사이에 얼굴을 내밀지 못하게 하셔도 좋습니다. 여기 아주 비싼 값을 치르고 구입한 가루가 있습니다. 이 가루들이 바로 마술의 주인공입니다. 이것들이 바로 당신에게 보여줄 제 힘의 근원입니다. 이제 하인을 이 방에서 내보내고 밖에서 대기하라고 말하십시오. 우리가 은밀한 작업을 하는 동안 문을 닫으십시오. 그래야만 연금술 작업을 하는 우리를 아무도 엿보지 못할 테니까요."

신부는 참사회원이 시키는 대로 했습니다. 하인이 즉시 밖으로 나가자, 방의 주인인 신부는 문을 닫았습니다. 두 사람은 재빠르게 일을 시작했습니다. 못된 참사회원의 요구에 따라 신부는 도가니를 불 위에 올려놓고 열심히 불을 불었습니다. 그런 동안 참사회원은 신부를 속이기 위해 가루를 도가니 속에 넣었습니다. 나는 그 가루가 무엇인지 잘 모릅니다. 그게 석회가루인지 유리가루인지 알 수 없지만, 저주받을 만한 가치도 없는 것이었습니다.

그런 다음 그는 신부에게 도가니에 숯을 빨리 쌓으라고 지시했습니다. 참사회원은 이렇게 말했습니다.

"당신을 존경한다는 표시로, 지금 제가 해야만 하는 모든 것을 신부님 손으로 직접 할 수 있도록 해 드리겠습니다."

"정말 고맙소."

신부는 너무나 기뻐 이렇게 대답했습니다. 그리고 참사회원이 시킨 대로 숯을 쌓아올렸습니다.

신부가 이런 일을 하는 동안, 못된 참사회원은 밤나무로 만든 가짜 숯을 품에서 꺼냈습니다. 그 안에 교묘하게 구멍을 하나 파서, 그 안에 1온스의 은줄밥을 넣고 은줄밥이 나오지 못하도록 밀랍으로 봉했었습니다. 여기서 알아두어야 할 것이 있습니다. 이 속임수는 그 자리에서 만들어진 것이 아니라, 이미 오래 전부터 다른 물건과 함께 그가 준비해 가지고 다니던 것입니다. 다른 것들이 무엇인지는 나중에 설명해 드리겠습니다. 참사회원은 신부를 속이기 위해 미리 계획을 짰던 것입니다. 그리고 사제와 헤어지기 전에 그의 목표를 관철시키고 말았습니다. 참사회원은 신부를 완전히 속이지 않고는 그 자리를 떠날 수 없었던 것입니다. 이 참사회원의 이야기를 할 때면 제 정신은 혼미해집니다. 제가 방법만 안다면, 그가 했던 모든 거짓말에 대한 값을 치르게 할 것입니다. 그러나 그는 오늘은 동에 번쩍했다가 내일은 서에 번쩍 나타납니다. 그는 한 군데 오래 머무르는 성격이 아닙니다.

여러분, 이제 잘 들어 보십시오. 참사회원은 제가 말한 숯을 집어서 자기 손안에 감추었습니다. 그런 동안에도 신부는 숯을 쌓고 있었습니다. 그때 참사회원이 이렇게 말했습니다.

"신부님, 지금 거꾸로 하고 있습니다. 숯을 잘못 쌓고 있어요. 하지만 걱정 마세요. 제가 곧 고쳐드리겠습니다. 제가 잠시 도와드리겠습니다. 오, 성 자일스여! 정말 불쌍하군요. 너무 더우신 것 같아요. 땀이 비오듯이 떨어지고 있습니다. 이 수건으로 땀을 닦으세요."

신부가 수건으로 얼굴을 닦는 동안, 빌어먹을 참사회원은 손에 쥐고 있던 숯을 도가니 한가운데에 올려놓았습니다. 그리고 숯이 활활 타오를 때까지 힘껏 불을 불었습니다.

"마실 것 없습니까? 저를 믿으십시오. 이제 잠시 후면 모든 게 끝나게 됩니다. 자리에 앉아서 목이나 축입시다."

밤나무 숯이 타자 은줄밥이 구멍에서 나와 도가니 안으로 떨어졌습니다. 이건 당연한 일이었습니다. 숯에 파놓은 구멍이 바로 도가니 위에 놓여 있었으니까요. 그러나 순진한 신부는 이런 것을 알 리가 없었습니다. 그는 참사회원이 자기를 속일 것이라고는 생각도 못하고 있었습니다. 왜냐하면 숯은 모두 똑같고 인위적으로 조작할 수는 없다고 생각하고 있었기 때문입니다.

마침내 적당한 순간이 오자 연금술사가 말했습니다.

"신부님, 이제 일어나세요. 제 옆에 서 있도록 하세요. 신부님은 주형 같은 것이 없을 테니, 나가서 석고 덩어리 하나만 가져오세요. 그러면 제가 그것을 잘라 주형과 비슷하게 만들겠어요. 그런 다음 물이 가득 든 그릇이나 냄비를 가져오세요. 그럼 우리 작업이 얼마나 성공적으로 끝났는지 보시게 될 겁니다. 신부님이 밖에 계시는 동안 저를 의심할지도 모르니까, 저도 신부님과 함께 나가서 함께 돌아오겠습니다."

간단하게 이야기를 하겠습니다. 두 사람은 방문을 연 다음, 열쇠로 방문을 잠갔습니다. 그리고 열쇠를 가지고 함께 밖으로 나가서 함께 되돌아왔습니다. 하지만 이런 자세한 이야기로 시간을 낭비할 필요는 없을 것 같습니다. 참사회원은 석고를 들어서 주형 모양으로 만들었습니다. 이제 그것이 어떻게 생겼는지 설명해 드릴 테니 잘 들어주십시오.

교수형에 처해도 마땅할 참사회원은 자기 옷소매에서 은판을 한 장 꺼냈습니다. 그것은 1온스 정도밖에 나가지 않았습니다. 이제 그의 저주받을 속임수가 어떤지 잘 지켜보십시오.

그는 주형을 은판과 똑같이 잘랐습니다. 그러나 너무나 교묘하게 잘랐기 때문에, 신부는 전혀 그런 사실을 눈치 채지 못했습니다. 그리고 다시 은판을 소매에 숨겼습니다. 참사회원은 불에서 도가니를 들어내고서, 만족스럽다는 표정으로 그 안에 담긴 것을 주형 속에 부었습니다. 그런 다음 적당한 시간이 흐르자 그것을 물이 가득 담긴 냄비에 넣으면서 신부에게 말했습니다.

"이제 이 안에 무엇이 있나 봅시다. 손을 넣고 찾아보십시오. 그럼 은이 있을 겁니다. 그것 이외는 있을 수 없습니다. 은조각도 은입니다, 그렇지 않습니까?"

신부는 손을 넣고 순은으로 된 판을 하나 건져냈습니다. 그것이 정말로 은이라는 것을 알게 되자, 신부의 얼굴에는 기쁨이 넘쳤습니다. 신부는 이렇게 말했습니다.

"아, 찬양받으실 하느님과 성모 마리아님! 모든 성인의 은총이 당신에게 내리길 빌겠소. 제발 이 멋진 기술과 지식을 가르쳐 주게. 그럼 평생 동안 스승으로 모시겠네. 만일 내가 이 말을 지키지 않으면 저주를 받아도 좋네."

그러자 참사회원이 대답했습니다.

"아무래도 상관없습니다. 신부님이 잘 눈여겨보시고 전문가가 될 수 있도록 다시 한 번 실험을 해 드리겠습니다. 그러면 필요한 경우에 제가 없어도 이 오묘한 지식을 실험하고 사용하실 수 있을 겁니다. 하지만 이런 말은 그만하겠습니다. 제가 수은으로 지금의 은을 만들었듯이, 수은 1온스를 집으시고 똑같이 되풀이하십시오."

신부는 작업을 시작했습니다. 그리고 못된 참사회원이 시키는 대로 최선을 다했습니다. 그는 마음속으로 원하는 것을 얻을 수 있다는 희망으로 열심히 숯에 불을 피우고 불어댔습니다. 그러는 동안 참사회원은 다시 한 번 신부를 속일 준비를 했습니다. 그는 맹인처럼 지팡이를 가지고 다녔습니다. 그런데 지팡이 끝에는 참나무 숯 속에 들었던 것과 똑같은 1온스의 은줄밥이 들어 있었습니다. 그리고 줄밥이 새어나오지 못하도록 밀랍으로 단단히 봉했습니다.

신부가 부지런히 일하는 동안, 참사회원은 지팡이를 들고 가까이 다가와서 이전처럼 가루를 뿌렸습니다. 하느님, 이렇게 속임수를 일삼는 참사회원에게 그의 가죽이 벗겨질 때까지 채찍으로 마구 때려 주소서! 그의 생각과 행동은 모두 거짓이었습니다. 그는 도가니 위에 있던 숯을 지팡이로 휘저었습니다. 그것 역시 속임수였습니다. 그러자 밀랍이 녹았고, 그 안에 있던 은줄밥이 도가니 안으로 떨어졌습니다. 이건 바보가 아니라면 모두 알 수 있는 일입니다.

여러분, 이보다 완벽하게 속일 수는 없었습니다. 아무것도 의심하지 않은 신부는 자기가 다시 속은 줄도 모르고 얼굴에 기쁨의 표정을 감추지 못했습니다. 그가 얼마나 좋아하고 행복해했는지 이루 표현할 수가 없을 정도였습니다. 그러자 다시 한 번 참사회원에게 진심으로 감사를 드렸습니다. 그러자 참사회원이 말했습니다.

"저는 가난한 몸이지만, 신부님도 보았듯이 한두 가지 분야는 아주 잘 알고 있습니다. 하지만 아직 보여 드릴 것이 더 있습니다. 혹시 구리 없습니까?"

신부가 말했습니다.

"없소."

"없다면, 지체없이 사오도록 하십시오. 자, 시간 낭비하지 말고 어서 서두르십시오"

신부는 급히 달려나가서 구리를 사 가지고 돌아왔습니다.

참사회원은 구리를 손으로 받아들고 무게를 재더니 1온스를 떼어냈습니다.

제 혀는 모든 악의 아버지인 이 참사회원의 속임수를 표현하는 도구로는 너무나 미약합니다. 참사회원은 그를 잘 모르는 사람들에게는 친구처럼 보이지만, 사실 그의 마음과 행동은 악마와 똑같았습니다. 이 자의 못된 짓은 끝이 없습니다. 그렇지만 이 자의 본색을 알 수 있도록 여러분들에게 이야기를 계속하겠습니다. 정말이지 다른 사람들에게 이런 것을 알려주려는 이외의 의도밖에는 없습니다.

참사회원은 1온스의 구리를 도가니에 넣고 즉시 불 위에 올려놓았습니다. 그리고 전처럼 신부에게 불을 불라고 시켰고, 신부는 이런 일을 하기 위해 몸을 구부려야 했습니다. 또한 가루도 뿌렸습니다. 그렇지만 이런 것은 모두 속임수에 지나지 않았습니다. 이 신부는 참사회원에게 완전히 조롱당한 희생자였습니다. 그런 다음 녹은 구리를 주형 안으로 부었고, 마침내 냄비 안에 담긴 물 안으로 집어넣었습니다. 그러고 나서 손을 넣고 더듬거렸습니다. 이미 말했듯이 그는 옷소매 안에 은판 하나를 숨겨두고 있었습니다. 그는 은판을 냄비 안에 떨어뜨렸습니다. 그렇지만 신부는 참사회원의 속임수를 전혀 눈치 채지 못하고 있었습니다. 그는 물을 휘젓더니 노련하고 잽싸게 손가락으로 구리판을 집어 감추었습니다. 사제는 계속해서 아무것도 모르고 있었습니다.

그 다음에 참사회원은 신부의 어깨에 손을 올려놓고 비아냥거리듯이 말했습니다.

"신부님, 그렇게 서 있지만 마십시오. 잠시 전에 제가 당신을 도와드렸듯이, 허리를 구부리셔서 저를 도와주십시오. 손을 도가니 안으로 집어넣으세요. 그러면 무엇이 있는지 알게 될 겁니다."

신부는 즉시 물 속에서 은판을 꺼냈습니다. 그러자 참사회원이 말했습니다.

"우리가 방금 전에 만든 세 개의 은판을 금세공인에게 가져가셔서 정말 은인지 확인해 보십시오. 맹세하건대, 그건 순은(純銀)입니다. 그렇지 않다면, 제 참사회원 자격을 박탈하셔도 좋습니다. 그렇지만 곧 그것이 순은이라는 사실을 아시게 될 겁니다."

그들은 은판 세 개를 금세공업자에게 가져갔고, 금세공업자는 불과 망치를 가지고 시험해 보았습니다. 아무도 그것이 진짜 은임을 부정할 수는 없었습니다. 이런 사실을 확인하자 얼빠진 신부는 누구보다도 기뻐했습니다. 날이 밝는 것을 보며 노래하는 새도 그보다 더 즐거울 수는 없었고, 여름철에 노래부르는 꾀꼬리도 신부보다 더 기분 좋게 노래하지는 못했을 겁니다. 또한 남녀의 사랑에 관해 말하면서 춤을 추고자 하는 귀부인이나, 무훈을 세워 귀부인의 사랑을 얻으려고 안달하는 기사도, 엉터리 연금술을 배우고 싶어하는 이 신부보다 더 초조해하지는 못했을 겁니다. 신부는 참사회원에게 말했습니다.

"우리 모두를 위해 돌아가신 주님의 사랑을 걸고 말하겠네. 만일 내가 자네에게 그런 기술을 전수받고자 한다면, 얼마를 주면 그 방법을 가르쳐 주겠나?"

그러자 참사회원이 대답했습니다.

"동정녀 마리아 님을 두고 말하는데, 그건 굉장히 비쌉니다. 저와 신부님을 제외하곤 이 방법을 아는 사람은 영국에서 아무도 없습니다."

"상관없네. 자, 얼마인지 말해보게. 부탁이니, 어서 말해주게."

"정말로 비쌉니다. 딱 잘라서 말씀드리겠는데, 신부님이 원하신다면 40파운드를 내십시오. 방금 전에 저를 다정하게 맞이해 주지 않으셨다면 아마 더 내셔야 했을 겁니다."

신부는 즉시 금화로 40파운드를 가져와서, 은을 만드는 방법에 대한 대가로 참사회원에게 건네주었습니다. 그러나 그가 한 짓은 모두 사기였고 속임수였습니다.

돈을 받자 참사회원이 말했습니다.

"신부님, 저는 제 재주를 만천하에 자랑하고 싶은 생각이 없습니다. 저는 이런 재주를 숨기고 싶습니다. 그러니 신부님께서 저를 생각하신다면, 이런 사실을 비밀로 간직해 주십시오. 사람들이 제 능력을 알게 되면, 제 연금술을 시기한 나머지 저를 죽일 수도 있습니다. 이건 선택의 여지가 없는 겁니다."

그러자 신부가 말했습니다.

"그럴 리가 있겠나! 하지만 걱정 말게. 내가 미쳐서 내 재산을 모두 팔아 버리지 않는 한, 절대로 그런 문제는 없을 걸세."

"신부님, 당신의 훌륭하신 배려에 감사드립니다. 그럼 안녕히 계십시오."

참사회원은 이렇게 말한 후 신부의 숙소를 떠났습니다.

그 날 이후 두 번 다시 그 참사회원을 볼 수 없었습니다. 시간적인 여유가 생기자, 신부는 참사회원이 가르쳐 준 방법을 시도해 보았습니다. 하지만 놀랍게도 아무런 소용이 없었습니다. 신부는 불쌍하게도 이렇게 속아넘어간 것이었습니다.

이런 식으로 참사회원은 사람들을 속여 결국 빈털터리로 만들었던 것입니다.

여러분, 지위고하를 막론하고 사람들은 금을 가지려고 서로 싸웁니다. 그래서 이제는 금이 거의 남아 있지 않습니다. 값싼 쇠붙이를 금으로 만든다는 연금술에 속는 사람은 아주 많습니다. 이것이 바로 금이 귀하다는 것을 보여주는 증거입니다. 연금술사들은 애매한 용어로 자기들의 학문을 설명하기 때문에 아무도 그것을 이해할 수 없습니다. 요즘 사람들이 많이 배웠다고는 하지만, 연금술을 이해할 수 있는 사람은 아무도 없습니다. 그러니 연금술사들이 앵무새처럼 떠들어대고 모든 정성을 다해 그들의 용어를 열심히 다듬는다고 해도, 절대로 그들의 목표를 이룰 수 없다는 사실을 마음에 새기십시오. 우리가 가진 재산을 무(無)로 변환시키는 방법을 배우기란 너무나도 쉬운 일이라는 것을 명심하십시오.

이런 멍청한 짓을 하면 허황된 보상을 받습니다. 그 보상이란 바로 행복을 절망으로 바뀌게 하고, 돈이 가득 차서 무거운 주머니를 텅 비게 만드는 것입니다. 연금술에 재산을 희사한 사람들이 들을 수 있는 말은 저주밖에 없습니다. 그들은 자신들을 창피하게 생각해야 합니다.

불에 손가락을 덴 사람은 불에서 멀어져야 한다는 것을 배웁니다. 그러니 만일 여러분들이 연금술에 빠져 있다면, 제 충고를 따르십시오. 전 재산을 잃어버리기 전에 하루빨리 손을 떼십시오. 늦었다고 포기하느니, 늦더라도 하는 것이 낫습니다. 여러분들은 절대로 현자의 돌을 찾을 수 없습니다. 연금술사들은 위험을 전혀 생각하지 않고 마구 앞으로만 나아가는 눈먼 말(馬) 베이어드처럼 무모한 사람들입니다. 그 말은 길가로 비켜가야 하는데, 길 한복판으로 달리다가 바위에 부딪혀 위험에 처하게 됩니다. 연금술사들도 이와 똑같습니다. 앞을 제대로 바라볼 수 없다면, 적어도 정신이나마 혼미해지지 않도록 노력해야 합니다. 그러나 눈을 똑바로 뜬다고 해도 연금술로는 아무것도 얻지 못할 것입니다. 그들은 남에게 돈을 빌리거나 훔친 모든 것을 탕진할 뿐입니다. 연금술에 발을 들여놓은 사람들이여, 불이 너무 빨리 타지 않도록 당신들의 열기를 잠재우십시오. 그러니까 이 말은 연금술에서 손을 떼라는 말입니다. 만일 그렇게 하지 않으면, 당신들의 재산은 이내 사라지고 말 것입니다. 이 문제에 대해 진정한 연금술사들이 말한 것을 소개하겠습니다.

빌라노바의 아놀드[2]는 『철학의 장미밭』이란 책에서 이렇게 말합니다. "형제인 유황의 도움이 없다면 절대로 수은을 변형시키거나 응축할 수 없다." 그러나 처음으로 이런 것을 분명하게 경고한 사람은 연금술의 아버지라고 일컬어지는 헤르메스 트리스메기스투스입니다. 그는 이렇게 말하고 있습니다. "용은

2. 13세기 프랑스의 의사이며 연금술사.

그의 형제가 함께 죽지 않는 한 절대로 죽지 않는다." 여기에서 용은 수은을 가리키고, 형제는 유황을 뜻합니다. 수은은 금을 상징하는 태양에서 유래되고, 유황은 은을 상징하는 달에서 나오는 것입니다. 그는 이렇게 덧붙입니다. "따라서 그들의 지침을 눈여겨보라. 연금술사들이 사용하는 용어와 그들이 추구하는 목표를 이해하지 못하는 사람은 절대로 이 학문에 손을 대지 말라. 만일 손을 댄다면 그는 분명히 바보이다. 이 학문과 기술은, 사실 신비 중에서도 가장 신비로운 것이기 때문이다."

언젠가 플라톤의 제자가 스승에게 질문을 했는데, 이것은 그의 제자의 책 『화학 도표』에 기록되어 있습니다.

"스승님, '현자의 돌'의 이름이 무엇인지 말해 주십시오"

그러자 플라톤이 대답했습니다.

"그건 사람들이 티타늄이라고 부르는 것이다."

"그게 무엇입니까?"

"그건 마그네시아와 같은 것이다."

"그렇습니까? 가장 어려운 것을 통해 어려운 것을 설명한다는 '이그노툼 페르 이그노티우스'의 방법이군요. 그런데 마그네시아는 무엇입니까?"

"그건 네 개의 원소로 구성된 액체이다."

"스승님, 이 액체의 원리가 무엇인지부터 가르쳐 주십시오."

"그건 안 된다. 모든 연금술사는 절대로 그것을 아무에게도 밝히지 않을 것이고, 또한 책으로 쓰지도 않기로 맹세했다. 너무도 사랑스럽고 소중한 그리스도께서 그것이 밝혀지길 원하지 않으신다. 단지 하느님께서 인간에게 영감을 주고자 할 때에만 밝힐 수 있을 뿐이다. 그것 이외에는 모두 금하신다. 그것은 그분이 그렇게 원하시기 때문이다. 내가 할 말은 이것뿐이다."

제 이야기는 이렇게 끝납니다. 하늘에 계신 하느님께서는 연금술사들이 어떻게 현자의 돌을 발견할 수 있는지 설명하기를 바라지 않으십니다. 그래서 제가 보기에 가장 좋은 방법은 아예 그걸 찾을 생각을 하지 않는 것입니다. 하느님의 적이 되고, 하느님의 뜻을 거스르는 사람은 절대로 성공할 수 없습니다. 죽을 때까지 연금술을 배운다고 하더라도 절대로 그 돌을 발견할 수는 없을 것입니다.

이제 저는 여기에서 멈추려고 합니다. 제 이야기는 끝났습니다. 하느님께서 착한 사람들에게 고통을 치료할 수 있는 방법을 내려주시길 빌 뿐입니다.

여기에서 성당 참사회원 종자의 이야기는 끝난다.

제9부

식료품 조달인의 이야기

식료품 조달인의 이야기

식료품 조달인의 이야기 서문

여러분들은 밥 업 앤드 다운이라는 조그만 마을이 어디에 있는지 아는가? 그곳은 캔터베리로 가는 길목에 있는 블린 숲에서 굽어보이는 곳에 있다. 바로 그곳에 다다랐을 때 우리 사회자는 농담을 하기 시작했다.

"여러분, 말이 진흙탕에 빠졌소. 그를 꺼내줄 사람 없소? 공짜건 돈을 받건 상관없으니, 누가 뒤에 처진 저 친구를 깨워줄 사람 없소? 도둑놈이 습격해서 꽁꽁 묶어놓아도 모를 것 같소. 코를 고는 모습 좀 보시오! 저러다간 곧 말에서 떨어질 것 같소! 그런데 저 친구가 빌어먹을 런던의 요리사란 말이오? 이제 벌을 주어 잠에서 깨어나게 해야겠소. 여러분들은 그 벌이 무엇인지 잘 알고 있을 것이오. 정말 재미없고 시시한 이야기라도 좋으니, 이야기를 하도록 시켜야겠소. 요리사 양반, 잠 깨시오! 도대체 무슨 일이 있었기에 아침 내내 잠을 자는 것이오? 어젯밤 내내 벼룩을 잡다가 밤을 샜소? 아니면 밤새 술을 마셨소? 그것도 아니면 계집애 위에 올라타고 고개를 들지 못할 정도로 땀을 뻘뻘 흘리며 온 밤을 지냈소?"

완전히 핼쑥해지고 창백한 얼굴로 요리사는 사회자에게 대답했다.

"너무 졸려서 죽겠소. 나도 왜 그런지 모르겠소. 칩사이드에서 가장 좋은 술을 먹느니 차라리 한잠 자고 싶은 심정이오."

이때 식료품 조달인이 나서서 말했다.

"요리사를 도와줄 겸, 내가 대신 이야기를 하겠습니다. 물론 말을 타고 가는 여러분들이 내 의견에 반대를 하지 않고, 사회자 양반이 동의해 준다면 말입니다. 요리사 양반, 정말이지 당신 얼굴은 너무나 창백하고, 눈은 초점을 잃고 방황하고 있으며, 입에서는 역겨운 냄새를 풍기고 있소. 이것은 당신의 건강이 정상이 아니라는 것을 뜻하는 신호요. 난 당신을 추켜세울 의도는 전혀 없소. 여러분, 이 주정뱅이가 얼마나 크게 하품을 하는지 보십시오. 마치 이 자리에서 우리를 모두 삼킬 것처럼 입을 벌리지 않습니까?

요리사 양반, 제발 입 좀 열지 마시오. 지옥의 악마가 그 안에 발이라도 집어넣었으면 좋겠소. 당신의 끔찍한 입냄새 때문에 우리 모두가 죽을 것 같소. 이 더러운 돼지 같은 양반아, 제발 창피한 줄 아시오. 여러분, 이 멋있는 친구를 보십시오. 당신은 나와 마상 시합이라도 한 번 벌여볼 생각이시오? 아니면 모래주머니 피하기로 시합을 하고 싶으시오? 당신은 시합할 완벽한 준비가 되어 있는 것 같소. 당신은 부지런히 술을 마셨는데, 일반적으로 그렇게 마신다는 것은 시합 준비가 끝났다는 소리가 아니오?"

이런 말을 듣자 요리사는 화가 머리끝까지 치밀었다. 너무 화가 나서 제대로 말을 할 수 없었기에, 식료품 조달인을 향해 머리를 마구 흔들어댔다. 그러자 그의 말은 요리사를 땅으로 내팽개쳤고, 그는 사람들이 들어올려 줄 때까지 그 자리에 쓰러져 있었다. 술 취한 요리사의 말 타는 솜씨란 말할 필요도 없었다. 국자를 들고 있어야 마땅한데 본분에 맞지 않게 술에 취해 말을 타고 있으니, 정말이지 그의 모습은 보기에도 가련했다. 우리는 갖은 고생을 다하고 여러 번 엎치락뒤치락한 끝에 간신히 그를 말안장에 다시 앉힐 수 있었다. 창백한 얼굴의 가련한 도깨비를 다룬다는 것은 쉽지 않았다.

그때 사회자가 조달인을 보며 말했다.

"이 사람은 지금 술에 완전히 녹초가 되어 있소. 그러니 이야기도 제대로 못할 것 같소. 그가 마신 것이 포도주인지, 아니면 신선한 맥주인지 혹은 오래된 맥주인지, 난 알 도리가 없소. 그렇지만 감기에 걸린 듯이 코맹맹이 소리를 내고 있었소. 그러니 말에서 떨어지지 않고, 그의 말이 진흙탕에 빠지지 않는 것만 해도 대단한 일이 아니겠소. 만일 다시 말에서 떨어진다면, 저 무겁고 술 취한 뼈다귀를 들어올리는 게 보통 일이 아닐 것 같소. 조달인 양반, 그러니 당신이 이야기를 시작하시오. 저 요리사는 그냥 내버려 둡시다. 조달인 양반, 어쨌거나 당신이 저 친구를 보고 술에 취했다고 공개적으로 망신을 준 것은 어리석은 일이었다고 생각하오. 다음에 저 친구가 당신에게 함정을 파서 복수를 할지도 모르니 말이오. 그러니까 당신의 거래장부를 보고 한두 가지 트집을 잡을 수 있다는 말이오. 만일 그게 사실로 판명이 나면, 당신에게 하나도 이로울 것이 없을 것이오"

그러자 조달인은 동의하면서 이렇게 말했다.

"그렇게 된다면 큰일이지요. 그런 식으로 나를 골탕먹이기는 쉬운 일입니다. 난 그와 싸우느니 그가 탄 말 값을 내주는 편이 나을 거라고 생각한답니다. 그렇지만 최선을 다해 그의 노여움을 사지 않도록 노력하겠습니다. 사실 조금 전에 말한 것은 모두 농으로 한 것이지요. 그런데 어떻게 노여움을 사지 않는지 아십니까? 여기 호리병박에 마실 수 있는 포도주가 가득 있습니다. 아주 맛있는 술이지요. 이제 잠시 후에 아주 보기 드문 장난을 쳐보겠습니다. 요리사가 이 술을 조금 마시도록 해 보겠습니다. 틀림없이 싫다고는 하지 않을 겁니다. 내 목숨을 걸고 장담할 수 있어요"

정말로 요리사는 호리병박에 든 포도주를 선뜻 받아 단숨에 마셔 버렸다. 마신 양도 생각 이상이었다. 그는 이미 마실 대로 마신 상태였는데, 그렇게 많이 마실 필요가 있었을까? 요리사는 호리병박으로 나팔을 불고 나서 조달인에게 돌려 주었다. 그는 포도주를 마시자 행복한 표정을 지으면서, 조달인에게 거듭해서 고맙다고 말했다.

그러자 우리 사회자는 웃음을 터뜨리면서 말했다.

"우리가 어디를 가든지 맛있는 술을 가지고 다녀야 한다는 것을 분명히 알겠소. 술은 불평과 원한을 사랑과 조화로 바꾸고, 분노를 잠재우니 말이오. 오, 바쿠스 신이여, 당신은 심각한 일을 재미있는 놀이로 바꾸시니, 그대의 이름은 축복받아 마땅합니다. 우리의 주신(酒神)에게 영광과 감사를 드립시다! 그건 그렇고, 이제 이 문제에 대해서는 더 이상 말하지 않겠소. 자, 조달인 양반, 어서 이야기를 시작하시오."

그러자 조달인이 말했다.

"좋습니다. 그럼, 내 이야기를 들어 보십시오."

식료품 조달인의 이야기

옛날 책을 읽어보면, 태양신 포이보스(아폴론)가 이 지상에 살고 있었을 때, 그는 이 세상에서 가장 혈기왕성한 청년 기사였을 뿐만 아니라 가장 활을 잘 쏘았습니다. 어느 날 그는 거대한 뱀 피톤이 햇빛을 쬐며 잠을 자는 틈을 이용해 그 뱀을 죽였습니다. 여러분들은 그가 활로 얼마나 훌륭한 업적을 많이 세웠는지 역사책을 읽으면 알 수 있을 것입니다. 그는 악기란 악기는 모두 연주할 줄 알았고, 노래를 부를 때면 그의 깨끗한 목소리를 듣는 것 자체가 음악이었습니다. 아름다운 노랫소리로 테바이의 성을 쌓았다는 암피온 왕도 포이보스의 노래 실력에 비하면 아무것도 아니었습니다. 또한 그는 지상에서 가장 잘생긴 미남이었습니다.

그런데 그의 특징을 일일이 묘사할 필요가 있겠습니까? 단지 행동과 외모에서 포이보스보다 더 근사한 사람은 없었다고 말하면 될 것입니다. 또한 그는 고귀한 혈통을 이어받았고, 모든 사람의 존경을 받는 영예를 누리고 있었으며, 모든 면에서 완벽할 정도로 뛰어났습니다. 너그러운 마음씨와 청년 기사들의 전형이었던 포이보스는 항상 손에 활을 들고 다녔습니다. 그는 피톤을 죽였다는 승리의 상징으로서 뿐만 아니라, 운동 삼아 활을 들고 다녔던 것입니다. 적어도 역사책에는 이렇게 씌어져 있습니다.

그런데 포이보스는 집 안의 새장에 까마귀 한 마리를 기르고 있었습니다. 앵무새를 가르치듯이, 오래 전부터 까마귀를 교육시키며 말하는 법을 가르치고 있었습니다. 이 까마귀는 눈처럼 하얀 백조와 같았고, 누구의 말이든지 그대로 흉내 낼 수 있었습니다. 또한 이 까마귀처럼 명랑하게 노래를 잘하는 새는 없었습니다. 나이팅게일의 노래 실력도 이 까마귀의 십만 분의 일도 되지 못했습니다.

포이보스는 집에 자기 목숨보다 더 사랑하는 아내가 있었습니다. 그는 밤낮으로 아내를 즐겁게 해주고 받들었습니다. 하지만 한 가지 문제가 있었습니다. 사실대로 말하자면, 그는 질투가 심했고, 따라서 한시도 감시의 눈초리를 게을리하지 않았습니다. 이런 경우에 항상 그렇듯이, 이런 남편은 다른 남자가 자기 아내를 갖고 노는 장면을 보면 분노를 금치 못합니다. 그런데 감시를 한다고 무슨 소용이 있습니까? 그런 것은 결국 헛일이 되고 맙니다. 말과 행동에서 순수하고 착한 아내를 절대로 감시해서는 안 됩니다. 그런 것은 창녀 같은 아내를 감시하는 것처럼 쓸데없는 일입니다. 나는 아내를 감시하며 시간을 낭비하는 것은 정말로 어리석은 짓이라고 생각합니다. 나이 많은 학자들은 종종 이런 사실을 책에서 언급했습니다.

그렇지만 이런 이야기는 그만두고, 내 이야기로 돌아가겠습니다. 뛰어난 포이보스는 아내를 행복하게 해주기 위해 모든 노력을 다했습니다. 그는 자기가 상냥하고 남성다운 태도를 지니고 있다고 생각하면서, 그 누구도 자기에게서 아내의 사랑을 빼앗을 수는 없을 것이라고 믿었습니다. 그렇지만 그 누구도 손에 넣을 수 없는 것이 한 가지 있습니다. 그것은 바로 자연이 이 세상의 모든 동식물 속에 심어놓은 본능을 변화시킬 수는 없다는 사실입니다.

가령 새를 잡아 새장에 넣어 보십시오. 그리고 최선을 다해 청결하게 유지하고, 정성을 다해 기르면서 가장 맛있는 먹이와 물을 주어 보십시오. 황금으로 만든 새장에서 아무리 행복하게 해준다 하더라도, 새는 새장에 갇혀 있는 것보다는 춥고 거친 숲으로 날아가 벌레나 그와 유사한 것들을 잡아먹으면서 살기를 원할 것입니다. 새는 새장을 빠져나가려고 끊임없이 시도할 것입니다. 새는 언제나 자유를 갈망할 것입니다.

이번에는 고양이를 예로 들어 보겠습니다. 우유와 연한 고기를 먹이고 비단처럼 부드러운 잠자리에서 재워 보십시오. 아무리 그렇게 해도, 고양이는 벽을 따라 지나가는 쥐를 보면, 우유와 고기를 비롯하여 집 안의 모든 호화로운 삶을 버리고 쥐를 잡으러 달려갑니다. 쥐를 잡아먹으려는 욕구는 그토록 강한 것입니다. 여러분들도 알다시피, 본능은 모든 것을 이기고, 욕망이 생기면 이성이 사라지는 법입니다. 암늑대도 천한 본성을 지니고 있기는 마찬가지입니다. 그래서 발정기가 되면 그는 가장 사납고 가장 평판이 나쁜 숫늑대를 선택합니다.

그러나 이런 모든 예는 남자들이 부정(不貞)하다는 것을 보여주는 것이지, 절대로 여자들이 그렇다는 것은 아닙니다. 사실 남자들은 아내가 아무리 예쁘고 상냥하고 충실하더라도, 아내보다 못한 여자들과 즐기려는 음탕한 욕망을 가지고 있습니다. 우리의 빌어먹을 육체는 새로운 것을 너무나 탐냅니다. 그래서 아무리 덕스러운 것이라고 해도 그것을 오랫동안 즐기지는 못합니다.

포이보스가 훌륭한 점이 많았지만, 자기보다 나은 남자는 아무도 없을 것이라고 생각한 그는 결국 속아넘어가고 말았습니다. 그녀가 다른 남자를 끌어들였던 것입니다. 그는 포이보스와 비교할 수도 없는 형편없는 남자였으니 더욱 기가 막힐 노릇이었습니다. 하지만 이런 일은 종종 일어나고, 결국 수많은 슬픔과 문제를 안겨 줍니다. 포이보스가 집을 비우자마자, 그의 아내는 사람을 보내 기둥서방을 찾았습니다. 기둥서방이라고요? 이 말은 너무 천했던 것 같습니다. 용서해 주시기 바랍니다.

똑똑한 플라톤의 책을 읽어 보면 알 수 있듯이, 말과 행동은 반드시 일치해야 합니다. 좀 더 적절하게 설명하자면, 말과 행동은 함께 이루어진다는 것입니다. 그러니 내가 천한 말을 했다는 것은 천한 사람이라는 것을 뜻합니다. 육체가 부정한 고관대작의 귀부인과 천한 여자는 똑같이 천한 행동을 한다는 의미에서 아무런 차이도 없습니다. 그렇지만 귀부인은 신분이 높다는 이유로 '애인'이라 불립니다. 반면에 천한 여자는 가난하다는 이유로 '정부(情婦)'라고 불립니다. 그러나 귀부인과 하는 수작이나 갈보와 하는 짓이나 눕혀놓고 하기는 매한가지입니다.

이와 유사한 이치로, 약탈을 일삼은 폭군과 좀도둑 사이에도 전혀 차이가 없다고 말할 수 있습니다. 어떤 사람이 이 차이를 알렉산드로스 대왕에게 이렇게 설명했습니다. 폭군은 군대를 거느리고 있고, 따라서 사람들을 대량으로 학살할 수 있으며, 가옥에 불을 질러 모든 것을 불태워 버리라고 명령할 수 있는 최고의 권력을 갖고 있습니다. 그래서 사람들은 폭군을 '장군'이라고 부릅니다. 반면에 좀도둑은 그를 따르는 사람들이 거의 없고 큰 해를 끼칠 수 없으며, 온 나라를 폐허로 만들 힘이 없습니다. 그래서 그를 '좀도둑' 혹은 '날치기'라고 부르는 것입니다. 나는 책을 통해 배운 것이 없는 사람이라 수많은 학자들의 말을 인용할 능력은 없습니다. 그러니 내가 말하려고 하던 이야기나 계속하겠습니다.

포이보스의 아내는 자기 애인을 불러왔고, 두 사람은 즉시 덧없는 육체적 욕망을 채우기 시작했습니다. 새장에 있던 흰 까마귀는 그들이 사랑을 나누는 장면을 모두 지켜보았지만 아무 말도 하지 않았습니다. 하지만 주인이 집으로 돌아오자, 까마귀는 이렇게 노래했습니다.

"바보!, 바보!"

그러자 포이보스가 말했습니다.

"도대체 무슨 노래를 하는 거야? 이게 무슨 노래야? 너는 항상 멋지게 노래를 했고, 네 명랑한 노랫소리를 들으면 내 마음도 즐거워졌어. 그런데 지금 그건 무슨 노래지? 말해봐."

까마귀가 대답했습니다.

"내 노래는 하나도 틀린 게 없어요. 당신은 멋있고 용감하며, 예의바르고 노래도 잘하며, 악기도 훌륭하게 연주하고 빈틈없이 아내를 감시했지만, 당신과 비교하면 형편없는 남자가 당신 아내와 붙어서 놀았어요. 그가 당신의 아내와 당신 침대에서 수작하는 것을 이 두 눈으로 똑똑히 보았어요"

내가 더 이상 말해서 무엇하겠습니까? 까마귀는 전혀 으스대지 않은 채 부인할 수 없는 증거를 보여주면서, 그의 아내가 음탕한 욕망을 참지 못해 결국 포이보스에게 치욕과 불명예를 야기했다는 이야기를 들려주었습니다. 그리고 그런 부정한 행위를 자기 눈으로 분명히 보았다고 여러 차례에 걸쳐 말했습니다. 이 말을 듣자마자 포이보스는 아내에게 발길을 돌렸습니다. 그의 마음은 찢어질 것만 같았습니다. 그는 분노를 참지 못해 활시위를 당겨 그의 아내를 활로 쏘아 죽여 버렸습니다. 이렇게 그의 아내는 생을 마감했습니다.

이제 무슨 말을 덧붙일까요? 포이보스는 슬픔을 견디지 못해 악기를 모두 부숴 버렸습니다. 하프, 류트, 기타와 같은 현악기들을 모두 부수고 자기의 활과 화살을 꺾어 버린 다음, 새에게 말했습니다.

"배신자! 전갈처럼 흉악한 네 혀 때문에 나는 파멸하고 말았어. 아, 내가 왜 태어났을까? 왜 내가 죽지 않고 살았을까? 아, 사랑하는 아내여! 당신은 내 기쁨의 보석이었고, 정숙하고 변함없이 충실했소. 그런데 이제 당신의 얼굴은 핏기를 잃고 당신은 죽어서 누워 있소. 당신은 아무 죄도 없었소. 정말이오! 경솔한 이 손이 당신에게 끔찍한 일을 저질렀소. 오, 이 혼란스런 머리와 무분별한 분노 때문에 아무런 생각도 못한 채 죄 없는 당신을 죽이고 말았소. 나는 불신과 의심으로 가득 차 있었소. 이제 당신의 지혜는 어디로 갔소? 당신의 기지는 어디에 있소? 사람들이여, 성급하게 행동하지 말라! 확실한 증거 없이는 아무것도 믿지 말라! 손을 들기 전에 무슨 일을 하고 있는지 먼저 생각하라! 시기와 분노를 터뜨리기 전에 맑은 정신으로 차분히 생각하라! 무분별한 분노 때문에 죽어서 먼지로 된 사람이 수천 명에 이르지 않는가! 아, 난 이 슬픔을 못 이겨 죽어 버릴 것만 같구나."

이렇게 넋두리를 마치자, 그는 까마귀에게 말했다.

"이 배신자! 이 도둑놈! 네 거짓말에 대한 응분의 보답을 해 주겠다. 너는 지금까지 나이팅게일처럼 노래했다. 그러나 이제는 거짓말만 일삼는 도둑이 되었으니 노래를 부르지 못할 것이며, 더 이상 흰털도 갖지 못할 것이고, 네 목숨이 붙어 있는 동안 한 마디도 못하게 될 것이다. 이것이 내가 배신자에게 내리는 벌이다. 너와 너의 자손들은 영원히 까만 색이 될 것이고, 절대로 부드러운 노래를 부르지 못할 것이다. 그리고 네 잘못으로 내 아내가 죽었다는 신호로, 폭풍과 폭우가 내리기 전에 까악까악 울게 될 것이다."

포이보스는 즉시 까마귀를 덮쳐 그의 흰털을 모두 뽑아 버렸습니다. 그러자 흰 까마귀는 까만 색이 되었고, 말하고 노래하는 능력을 상실하게 되었습니다. 그리고 그는 악마가 가져갈 수 있도록 까마귀를 문 앞에 내놓았습니다. 이런 이유로 오늘날 모든 까마귀는 까만 것입니다.

여러분, 여러분들에게 부탁하는데, 이 비유를 잘 새겨들으시고 내가 말하는 것을 귀담아들으십시오. 여러분들의 목숨이 붙어 있는 동안은 그 누구에게도 외간남자가 그의 아내에게 사랑의 기쁨을 주었다는 이야기를 하지 마십시오. 만일 그렇게 하면, 그 사람은 당신을 죽도록 증오할 것입니다.

공부를 많이 한 학자들의 이야기를 들어보면, 위대한 솔로몬 왕은 우리의 혀를 조심하라고 가르쳤습니다. 그러나 앞서 말한 바와 같이, 나는 책에서 교훈을 배운 사람은 아닙니다. 단지 귀동냥으로 알 뿐입니다. 우리 어머니는 저에게 이렇게 가르치셨습니다.

"얘야, 까마귀의 교훈을 기억해라. 항상 입을 조심하고 친구들을 잃지 않도록 해라. 악마가 나타나면 우리는 십자가를 통해 우리 자신을 보호한다. 그런데 사악한 입은 그런 악마보다 더 나쁜 거란다. 무한하게 선하신 하느님은 우리의 혀에 입술과 이로 벽을 쌓아 주셨어. 그것은 바로 사람들이 말을 하기 전에 생각을 하라는 뜻이었지. 많이 배운 사람들에 의하면, 너무나 말을 많이 해서 죽은 사람이 아주 많단다. 일반적으로 말을 조금하거나 신중하게 해서 해를 입은 사람은 없단다. 얘야, 그러니 너도 하느님에게 기도를 하거나 하느님과 말할 때만을 제외하곤 항상 입을 다물도록 해라.

너도 배우고 싶어하니 말해 주겠다. 가장 훌륭한 미덕은 입을 다스리고 항상 말을 조심하는 거란다. 이것이 어린애들이 배워야 하는 거란다. 한두 마디면 필요한 곳에서 무분별하게 수다를 떨기 때문에 큰 재난이 닥치는 거란다. 이것이 내가 배우고 들은 거란다. 경솔한 말이 어떤 결과를 가져오는지 아니? 칼이 팔을 두 동강 내는 것처럼, 혀를 잘못 놀리면 우정이 두 쪽으로 갈라지는 거야. 하느님은 수다스런 사람을 싫어하셔. 현명하기로 유명한 솔로몬의 「잠언」이나 다윗의 「시편」 혹은 세네카를 읽어보렴. 얘야, 고개만 끄덕여도 충분할 때에는, 절대로 말을 하지 말아라. 수다쟁이가 위험한 소리를 할 때에는 귀머거리인 것처럼 행동해라.

플랑드르 사람들은 '말을 적게 할수록 일은 빨리 해결된다'라고 말한단다.

아마 이 말은 귀담아들어야 할 것이다. 네가 나쁜 말을 하지 않았다면 배신을 두려워할 필요가 없단다. 말은 일단 내뱉으면 주워담을 수 없는 거란다. 일단 내뱉은 말은 좋으나 싫으나 다시 불러들일 수 없고, 네가 아무리 후회를 하더라도 입에서 나온 말은 계속해서 굴러가는 거야. 후회할 말을 한 사람은 그 말을 들은 사람의 손 안에 있는 것과 똑같단다. 그러니 항상 말을 조심하도록 해라. 거짓말이든 참말이든, 네가 험담이나 소문의 출처가 되지 않도록 해라. 네가 어디에 있든지, 가난한 사람들과 함께 있든지 아니면 권력자들과 함께 있든지, 항상 입을 조심하고 까마귀의 예를 잊지 말도록 해라."

여기에서 식료품 조달인의 이야기는 끝난다.

제10부

본당신부의 이야기

초서의 고별사

본당신부의 이야기

본당신부의 이야기 서문

식료품 조달인이 이야기를 끝마쳤을 때에는 해가 이미 서산에 져서, 내가 보기에는 높이가 29도도 채 못 되는 것 같았다. 내 계산에 의하면, 그때가 네 시쯤 되었다고 생각한다. 왜냐하면 내 키는 여섯 자인데, 당시 내 그림자의 길이가 대략 열한 자 정도 되었기 때문이었다. 또한 달은 천칭자리에서 떠오르고 있었고, 우리가 조그만 마을에 들어설 무렵에도 계속해서 위로 올라가고 있었다. 이 마을에서 우리 사회자는 평상시처럼 행복하게 여행하는 일행들을 대표해서 이렇게 말했다.

"여러분, 이제 한 분만 더 이야기를 하면 됩니다. 모두 내가 시키는 대로 훌륭하게 이야기를 했고, 내 계획은 멋지게 이루어졌습니다. 우리는 이 일행을 구성하는 모든 계층의 출신으로부터 이야기를 하나씩 들어보았습니다. 내 일도 이젠 끝난 셈이지요. 하느님께서 마지막으로 말하는 사람과, 모든 이야기 중에서 가장 재미있을 이야기에 행운을 내려주시길 기원합니다."

이 말을 끝낸 후 잠시 숨을 돌렸다가 사회자는 다시 입을 열었다.

"신부님, 신부님은 보좌신부세요, 아니면 본당신부세요? 자, 솔직히 말해보세요. 당신이 어떤 분이든지 상관없으니, 제발 우리의 놀이만은 깨지 말아주세요. 당신만을 제외하곤 모두 이야기를 했으니까요. 허리띠를 푸시고 보따리 안에 무엇이 들어 있나 보여주세요. 이건 농담이고, 진담으로 한 마디 하겠습니다. 당신의 겉모습으로 판단하건대, 아주 중요한 주제로 긴 이야기를 하실 것 같습니다. 자, 재미있는 우화로 하나 들려주세요."

그러자 본당신부가 말했다.

"난 우화 같은 것은 말하지 않을 것이오. 「디모테오에게 보낸 편지」에서 성 바울로는 진실과 동떨어진 이야기나 우화처럼 바보 같은 이야기를 일삼는 사람들을 나무라셨소. 나는 가라지가 아니라 밀씨를 뿌리고 싶소. 그러니 도덕적이고 교훈적인 이야기를 듣고 싶다면, 내가 하는 이야기를 귀담아들어 주시오. 난 하느님의 축복을 기리면서 기꺼이 최선을 다해 여러분들에게 즐거움을 선사하도록 노력하겠소.

하지만 내가 남쪽 사람이라는 사실을 잊지 말아 주시오. 난 두운이나 각운을 맞추는 게 좋다고 생각하는 사람이 아니며, 운율을 대단한 것이라고도 생각하지 않소. 여러분들도 운율이 중요하지 않다고 생각한다면 나는 이런 방식을 사용하지 않고, 산문체로 여러분들이 만족할 만한 이야기를 들려주면서 이 놀이에 종지부를 찍고 싶소. 은총이 가득하신 그리스도여, 저에게 필요한 지혜를 내려주시어 여기 있는 사람들에게 천상의 예루살렘으로 알려진 완전하고도 영광스런 순례의 길을 보여주도록 도와주소서! 이제 여러분들이 내 의견에 이의가 없다면, 즉시 이야기를 시작하겠소. 그러니 여러분들의 의견이 어떤지 말해주시오. 난 이 이야기보다 잘할 수 있는 것은 없소.

그러나 이 설교는 학자들에 의해 수정될 수 있다고 생각하오. 난 별로 성서에 통달하지 못하고 있으니 말이오. 내 설교는 단지 성서의 일반적인 뜻만을 종합하고 있는 것이오. 그래서 나는 나의 말이 수정될 수 있을 것임을 여러분에게 미리 밝히는 것이오."

우리 모두는 그의 말에 동의했다. 다시 말하자면, 신부에게 말을 할 수 있는 기회를 주면서 고결하고 교훈적인 것으로 끝맺음을 하는 것이 옳은 일이라고 생각했다. 이런 이유로 사회자에게 우리 모두가 그의 이야기를 듣고 싶어 한다고 말해 줄 것을 부탁했다. 사회자는 우리의 대변인이었다. 마침내 사회자가 입을 열었다.

"신부님, 행운을 빕니다! 우리에게 설교를 해주세요. 하지만 해가 지고 있으니 서둘러 주세요. 우리가 훌륭한 수확을 거둘 수 있게 해주십시오. 그러나 너무 오랫동안 하지는 말아 주세요. 하느님께서 신부님께 은총을 베푸시어 훌륭한 설교가 나올 수 있도록 기도드립니다. 자, 우리가 기꺼이 들어 드릴 테니, 당신이 하시고 싶은 말을 하십시오."

그러자 본당신부는 설교를 시작했다.

본당신부의 이야기

"너희는 네거리에 서서 살펴보아라.
옛부터 있는 길을 물어보아라.
어떤 길이 나은 길인지 물어보고
그 길을 가거라.
그래야 너희 영혼이 평안을 얻을 것이다."

참회 1부

하늘에 계신 우리 주님께서는 인간이 죽는 것을 원치 않으시고, 모든 사람이 하느님의 지혜와 영원한 삶을 알기를 원하셨습니다. 그래서 예언자 예레미야를 통해 이런 말씀으로 우리를 가르치셨습니다.

"너희는 네거리에 서서 살펴보아라. 옛부터 있는 길을 물어보아라. 어떤 길이 나은 길인지 물어보고 그 길을 가거라. 그래야 너희 영혼이 평안을 얻을 것이다"(예레미야 6:16).

우리를 예수 그리스도와 영광의 나라로 이끄는 영혼의 길은 많습니다. 그 중에는 숭고함으로 가득 찬 적절한 길이 있는데, 이것은 죄를 지어 천상의 예루살렘으로 가는 길에서 벗어난 모든 남녀들이 가야만 하는 길입니다. 이 길은 바로 참회라고 불리는 것입니다. 우리 모두는 참회의 본질이 무엇인지 기쁜 마음으로 듣고 모든 힘을 다해 배워야 합니다. 즉 왜 그런 이름이 붙여졌으며, 참회의 작업에는 얼마나 다양한 것이 있고, 어떤 방식으로 행해져야 하며, 어떤 것이 참회에 해당하는지 알아야 합니다.

성 암브로시우스는 "참회란 악을 저지른 인간이 받는 고통이며, 다시는 죄를 짓지 않겠다고 다짐하는 것이라"고 말했습니다. 또한 어떤 학자는 이렇게도 말합니다. "참회란 사람들이 자기가 지은 죄를 뉘우치고, 저지른 잘못에 대한 대가로 받는 고통이다." 몇몇 경우에 참회란 지은 죄로 인해 고통받고 슬퍼하는 사람이 진정으로 뉘우치는 것을 일컫습니다.

진정으로 참회를 하기 위해서는 우선 자기가 범한 잘못을 뉘우치고 말로써 고해를 하겠다는 굳은 의지를 가지며, 참회의 행동을 하고 다시는 후회하거나 슬퍼할 행동을 하지 않으며, 항상 선행을 하겠다는 의지를 가져야 합니다. 그렇지 않으면 참회는 쓸모 없는 것이 되고 맙니다. 성 이시도로스는 이렇게 말씀하셨습니다. "참회를 한 즉시 후회할 행동을 하는 사람은 진정한 참회자라고 할 수 없다. 그런 사람은 사기꾼이나 위선자에 불과하다."

회개의 눈물을 흘리면서 다시 죄를 짓는 것은 좋은 일이 아닙니다. 물론 수없이 잘못을 저지르더라도 하느님의 은총을 입어 다시 일어설 수는 있습니다. 그러나 그런 것을 항상 기대할 수는 없습니다. 이 점에 관해 성 그레고리우스는 이렇게 말합니다. "악행의 무게에 짓눌린 사람이 죄를 용서받기란 극히 힘들다." 따라서 성 교회는, 죄가 사람을 버리기 전에 죄를 피하고 버리는 참회자들은 구원을 받는다고 확신하는 것입니다. 성 교회는, 죄를 지었지만 마지막 순간에 진심으로 뉘우치는 사람은 우리 주 예수 그리스도의 커다란 자비로 구원을 받는다고 믿는 것입니다. 그러나 이런 것보다는 좀 더 확실한 길을 선택하는 편이 낫다고 생각합니다.

이제 참회의 본질을 설명했으니, 참회가 이루어지지 않는 세 가지 행위가 무엇인지 알아야만 할 차례입니다. 첫 번째는 죄를 지은 후에 세례성사를 받은 사람에게 해당합니다. 성 아우구스티누스는 이렇게 말했습니다. "과거의 죄를 뉘우치지 않는 한, 새로운 삶을 시작할 수 없다." 만일 과거의 잘못을 뉘우치지 않고 세례를 받는다면, 그는 세례의 인호(印號)를 받는 것일 뿐, 하느님의 은총이나 죄의 사면을 받는 것이 아닙니다. 이것은 진정으로 후회할 때에만 받을 수 있습니다. 두 번째는 세례성사를 받은 후 대죄를 짓는 사람들의 경우입니다. 세 번째는 세례를 받은 후 매일 가벼운 죄를 짓는 사람들입니다. 이것에 관해 성 아우구스티누스는 이렇게 말합니다. "겸손하고 착한 사람들의 참회는 나날이 참회하는 것이다."

참회에는 세 가지 종류가 있습니다. 첫째는 공개참회이고, 둘째는 공동참회이고, 셋째는 개인참회입니다. 공개참회는 다시 두 종류로 나뉩니다. 첫 번째는 사순절 기간에 어린아이를 목졸라 죽였다든지와 같은 중죄를 지어서 성 교회에서 쫓겨나는 것이며, 두 번째는 공공연하게 죄를 저질러 모든 교구인들이 그 죄를 알고 있는 경우입니다. 이런 경우 성 교회가 유죄를 판정한 후 공개적으로 속죄를 하게 됩니다.

공동참회는 특정한 경우에 여러 사람들에게 다 함께 참회를 하라고 권하는 것입니다. 가령 거의 옷을 걸치지 않거나 맨발로 순례를 하는 경우입니다. 개인참회는 매일 은밀한 죄를 짓는 경우에 해당하는 것으로, 아무도 모르게 고해성사를 하거나, 아니면 참회를 하는 것입니다.

계속해서, 진정하고 완벽한 참회가 되기 위한 필수 사항과 조건들을 설명해 드리겠습니다. 이것은 세 가지에 바탕을 두고 있습니다. 즉 마음으로 뉘우치고 말로써 고백하며, 참회의 고행(苦行)을 하는 것입니다. 이 점에 관해 성 요한 크리소스토무스는 이렇게 말합니다. "참회는 무슨 벌을 받든지 겸허하게 수용하는 사람에게만 이루어진다. 즉 그는 마음으로 뉘우치고 말로써 고백하며, 겸손하고 기쁘게 고행을 해야 한다." 진정한 참회란 바로 이럴 때에만 이루어지는 것입니다.

또한 우리 주님 예수 그리스도를 노하게 하는 것에도 세 가지가 있습니다. 그것은 생각으로 죄를 짓고, 말을 함부로 하고, 사악하고 못된 행위를 하는 것입니다. 이런 세 가지 사악한 행동의 반대편에 참회가 서 있습니다. 그것은 나무와 비교될 수 있습니다. 이 나무의 뿌리는 뉘우침입니다. 나무의 뿌리가 땅

속에 숨어 있듯이, 뉘우침은 진정으로 후회하는 사람의 가슴속에 숨어 있습니다. 또한 나무뿌리에서 나무줄기가 돋아나고 잎사귀가 나듯이, 뉘우침의 뿌리에서 고해의 잎사귀와 가지가 돋아나고 보속의 열매가 열리는 것입니다.

예수 그리스도는 복음서에서 "너희는 회개했다는 증거를 행실로써 보여라"라고 말씀하십니다. 사람들은 이 열매로 나무를 알아볼 수 있습니다. 즉 인간의 마음속에 숨어 있는 뿌리나 고해의 가지 혹은 고해의 잎사귀를 통해서가 아니라, 열매를 통해서만 회개했다는 사실을 알 수 있다는 것입니다. 그래서 우리 주님 예수 그리스도는 "열매로써 그들이 어떤 사람인지 알게 된다"라고 말씀하십니다.

또한 이 뿌리에서 은총의 씨앗이 생겨납니다. 이 씨앗은 구원의 샘이며, 따라서 강렬하고 뜨겁습니다. 이 씨앗에서 나오는 은총은 하느님에게서 비롯되며, 이것은 최후의 심판을 상기시키고 지옥의 고통을 생각하게 하면서 이루어집니다. 이 점에 관해 솔로몬은, 인간은 하느님을 경외하면 죄를 멀리한다고 말합니다. 이 씨앗의 왕성한 열기는 하느님의 사랑과 영원한 영광을 바라는 마음에 기인합니다. 이 열기는 인간의 마음을 하느님에게 향하게 하면서 죄를 증오하게 만듭니다. 사실 어린아이에게 유모의 젖보다 맛있는 것은 없습니다. 그러나 이 젖에 다른 음식을 섞으면 그 맛은 역겹기 짝이 없습니다. 마찬가지로 죄를 사랑하는 죄인은, 죄가 자기에게는 그 무엇보다 달콤하다고 믿습니다. 하지만 그가 우리의 주님 예수 그리스도와 영원한 삶을 사랑하기로 약속한 날부터 그에게는 죄보다 더 역겨운 것이 없습니다.

하느님의 율법은 하느님을 사랑하는 것으로 설명됩니다. 이에 대해 예언자 다윗은 이렇게 말합니다. "나는 당신의 법을 사랑했고, 악과 증오를 미워했습니다." 또한 예언자 다니엘은 느부갓네살 왕의 꿈에 나타난 나무를 보고 그에게 참회할 것을 권했습니다. 참회는 그것을 받아들이는 자에게는 인생의 나무입니다. 또한 솔로몬의 잠언에 의하면, 참회하며 사는 자는 축복을 받습니다.

뉘우침이란 죄로 인해 겪는 솔직한 마음의 고통이며, 이것은 고백하고 고행을 하며 다시는 그런 죄를 짓지 않겠다는 굳은 신념을 동반합니다. 성 베르나르는 이런 고통을 다음과 같이 말합니다. "그런 고통은 매우 깊은 것이어서 극도로 쓰리고 마음을 아프게 한다." 무엇보다도 그것은 주님이자 창조주에게 죄를 지었기 때문입니다. 하늘에 계신 아버지에게 죄를 지으면 더욱 가슴이 아프고 쓰립니다. 고귀한 피를 흘리시며 우리를 구원하셨고, 죄의 속박에서 우리를 구해 주셨으며, 잔인한 악마와 지옥의 고통에서 구해 주신 그분을 노하게 해드렸다는 것을 생각하면 이런 고통은 더욱 심해집니다.

인간을 뉘우치게 만드는 것에는 여섯 가지 원인이 있습니다. 첫 번째는 죄에 대한 기억입니다. 그러나 이런 기억은 죄지은 사람에게도 유쾌한 것이 아닙니다. 그것은 오히려 자신의 잘못을 부끄럽게 여기며 고통을 느끼게 하는 동기가 됩니다. 욥은 이렇게 말합니다. "죄짓는 사람들은 모두 심히 근심해도 마땅한 행동을 한다." 이런 이유로 히즈키야는 "평생 마음의 고통을 느끼며 저의 죄를 기억하겠습니다"라고 말합니다.

하느님은「요한묵시록」에서 "네가 어디에서 빗나갔는지를 생각하고 뉘우쳐라"라고 말씀하십니다. 죄를 짓기 전에 사람은 하느님의 아들이었으며 하느님 나라의 백성이었습니다. 그러나 죄 때문에 노예가 되고 타락했으며, 악마의 일원이 되었고, 천사들에게 증오를 받으며, 성 교회의 비난을 받고, 위선적인 뱀의 먹이가 되었으며, 영원한 기름이 되어 지옥의 불을 피우게 된 것입니다. 토해놓은 것을 다시 먹는 개처럼, 되풀이해서 죄를 짓는 것은 더욱 추잡하고 비난받을 일입니다. 계속해서 죄를 지으며 그 버릇을 버리지 않으면, 죄는 그만큼 더 무거워집니다. 그리고 그 결과는 짐승이 자기 똥 속에서 썩어가듯이, 인간도 자신의 죄 속에서 썩어가게 됩니다. 사람이 이런 생각을 하게 되면, 죄를 지으며 기뻐하기보다는 부끄럽게 여기게 됩니다. 하느님은 예언자 에제키엘을 통해 이렇게 말씀하셨습니다. "너희는 그때까지 살아온 길, 자신을 더럽히던 행실을 생각하면, 어쩌면 그렇게 못할 짓을 하며 살았던가 싶어서 자신이 싫어질 것이다." 정말이지 죄악은 사람을 지옥으로 이끄는 지름길입니다.

죄를 미워하고 경멸해야 하는 두 번째 이유는 이것입니다. 성 베드로는 "죄를 짓는 사람은 죄의 노예가 된다"라고 말씀하셨습니다. 즉 죄는 인간을 노예로 만든다는 것입니다. 이런 이유로 예언자 에제키엘은 "저는 제 말이 잘못되었음을 깨닫고 뉘우칩니다"라고 말했습니다. 우리는 죄를 미워하고 죄의 노예가 되지 말아야 하며, 못된 행동에서 자신을 멀리해야 합니다. 그럼 세네카는 이 점에 관해 뭐라고 했을까요? 그는 다음과 같이 말합니다. "하느님이나 세상 어느 누구도 우리의 죄를 알지 못할 것이라고 생각하더라도, 우리는 죄를 멀리해야 한다." 또한 이 철학자는 "나는 내 육체의 노예가 되거나 육체를 노예로 만들기보다는, 그것보다 더 커다란 일을 하기 위해 태어났다"라고 말했습니다.

남자든 여자든 자기의 육체를 죄악에 맡기는 것보다 더 타락한 노예는 없습니다. 육체를 타락시키며 노예가 되는 것은, 세상에서 가장 천한 노예보다 더 추잡한 것입니다. 높은 지위의 인간이 타락할수록 그는 더욱 노예가 되며, 하느님과 세상의 눈에는 더욱 저주받는 사악한 존재가 됩니다. 인간은 죄를 미워해야 합니다. 그것은 인간이 죄를 지어 과거의 자유를 잃어버리고 노예가 되었기 때문입니다. 이에 관해 성 아우구스티누스는 말합니다. "너는 하인이 일을 잘못했거나 죄를 지으면 그를 미워한다. 그러니 만일 네가 죄를 지었을 경우에는 당연히 네 자신을 미워해야 한다."

우리 자신이 더럽혀지지 않도록 우리는 자신의 가치가 무엇인지 생각해야 합니다. 죄의 노예가 되지 않도록 노력해야 하며, 죄를 지으면 스스로 부끄럽게 생각해야 합니다. 무한하게 자비로우신 하느님은 우리를 가장 높은 자리에 앉혀 주셨으며, 지혜와 체력과 건강과 아름다움과 행복을 주셨으며, 자신의 피로써 우리를 구원하셨습니다. 그런데 우리는 주님의 무한한 자비를 저버리고, 우리의 영혼을 죽이는 반자연적인 악으로 그분의 은혜를 갚고 있습니다. 아름다운 여인들이여, 솔로몬의 이런 잠언을 기억하십시오. "예쁜 여자가 몸을 더럽히는 것은 돼지 코에 달린 금고리와 같다." 돼지가 코를 박고 쓰레기를 파헤치듯이, 그런 여자는 죄악의 쓰레기 속에 아름다운 얼굴을 파묻는 것입니다.

사람이 뉘우쳐야 하는 세 번째 이유는, 바로 최후의 심판이 이루어질 날과 지옥의 무서운 고통을 두려워하기 때문입니다. 성 히에로니무스는 이렇게 말합니다. "나는 최후의 심판이 이루어질 날을 생각할 때마다 두려움에 떤다. 내가 밥을 먹거나 술을 마실 때, 혹은 다른 일을 하고 있더라도, 내 귀에는 '죽은 자들이여, 부활하여 심판을 받으러 오라'라는 나팔 소리가 들리는 것 같다." 우리는 최후의 심판을 두려워해야 합니다. 성 바울로는 "우리는 모두 하느님의 심판대 앞에 설 사람이 아닙니까?"라고 말씀하십니다. 아무도 이 자리에서 빠질 수는 없습니다. 그때가 되면 어떤 구실이나 핑계도 소용이 없을 것입니다. 또한 우리의 잘못만 심판하시는 것이 아니라, 우리가 행한 모든 일이 공개될 것입니다.

성 베르나르는 "아무런 핑계도 소용없고, 아무리 속이려 해도 소용없을 것이다. 그곳에서는 어떠한 설명도 소용없음을 알게 될 것이다"라고 말했습니다. 그곳에서 우리는 속일 수도 없고 매수할 수도 없는 심판관을 가지게 될 것입니다. 왜 그럴까요? 그는 우리의 모든 생각을 환히 들여다보고 있기 때문에, 우리가 애원을 하든 매수를 하든 절대로 넘어가지 않을 것입니다. 그래서 솔로몬은 "아무리 애원을 하고 제물을 바쳐도 하느님의 분노는 그 누구도 피할 수 없을 것이다"라고 말합니다. 그러므로 최후의 심판이 이루어지는 날, 그것을 피할 사람은 아무도 없습니다.

이 점에 대해 성 안셀무스는 이렇게 말합니다. "죄지은 사람들은 이때를 몹시 두려워할 것이다. 윗자리에는 준엄하고 분노한 판관이 앉아 있을 것이고, 그의 발 밑에는 보기에도 끔찍한 지옥의 구덩이가 열려서, 하느님과 모든 사람들 앞에서 자기의 죄를 인정하지 않는 사람들의 죄를 낱낱이 공개하고 죽여 버릴 것이다. 그리고 그 왼편에는 상상할 수 없이 많은 악마들이 죄인들의 영혼을 붙잡아 끌고 가기 위해 대기하고 있을 것이다. 사람들은 마음속으로 양심의 가책을 느낄 것이고, 동시에 모든 대지는 화염에 휩싸일 것이다. 그런데 가련한 죄인이 어디로 도망칠 수 있을 것인가? 그는 숨을 수 없을 것이며, 앞으로 나와 심판을 받아야만 할 것이다." 또한 성 히에로니무스는 이렇게 말합니다. “땅과 바다와 하늘은 천둥과 번개로 가득 찰 것이며, 죄인을 자신들의 품 안에서 쫓아낼 것이다.”

이런 것을 마음속에 새기는 사람은, 누구든지 죄를 지으며 기뻐하기보다는 지옥의 고통을 두려워하며 큰 슬픔을 느낄 것이 분명합니다. 그래서 욥은 하느님에게 이렇게 말했습니다. “주님, 잠시 제가 한탄하고 눈물짓게 해주소서. 잠시 후에 저는 갑니다. 영영 돌아올 수 없는 죽음의 어둠만이 뒤덮인 곳으로 갑니다. 그곳은 죽음의 그림자와 고통과 암흑만이 있는 땅입니다. 그곳은 질서도 없으며 영원히 지속될 고통의 땅입니다.” 여기에서 우리는 욥이 모든 자존심을 버린 채, 자기의 잘못을 뉘우치며 울고 있음을 알 수 있습니다. 사실 하루 내내 뉘우치며 운다는 것은 지상의 모든 보물보다 값진 것입니다. 비록 인간이 이 세상에서 제물을 바쳐서가 아니라 참회를 통해 하느님의 용서를 받았다고 하더라도, 잘못을 뉘우치고 울 수 있는 시간을 달라고 하느님께 애원해야만 합니다. 이 세상이 시작된 이래 인간이 겪을 수 있는 모든 고통은 지옥의 고통과 비교할 때 아무것도 아니기 때문입니다.

욥이 지옥을 ‘암흑의 땅’이라고 정의한 이유는 두 가지가 있습니다. 그것은 ‘땅’이란 침몰되지 않는 안정된 곳을 의미하고, ‘암흑’이란 지옥 속에는 빛이 없다는 것을 뜻하기 때문입니다. 영원한 불길의 심장부에서 나오는 어두운 빛은 도처에서 고통을 야기할 것이고, 죄지은 사람에게 무서운 악마들을 보여주며 괴롭힐 것입니다. ‘죽음의 어둠만이 뒤덮인 곳’이란 말은 죄지은 사람이 하느님을 볼 수 없을 것이란 소리입니다. 왜냐하면 하느님을 본다는 것은 영원한 삶을 얻는다는 것이기 때문입니다. ‘죽음의 어둠’이란 인간이 저지른 갖가지 죄악을 뜻하며, 이런 죄악들은 하느님의 얼굴을 보지 못하게 만듭니다. 그것은 마치 어두운 구름이 태양과 우리 사이를 가로막는 것과 마찬가지입니다. ‘고통의 땅’은 인간이 현세에서 우러러보는 세 가지, 즉 명예와 쾌락과 재물에 대해 판결하는 방법이 세 가지가 있기 때문입니다. 지옥에 떨어진 사람은 명예 대신 치욕과 지옥의 혼란밖에 얻지 못합니다. 명예란 인간이 인간에게 바치는 존경을 뜻합니다. 그렇지만 지옥에서는 명예도 없고 존경도 없습니다. 지옥에 가면 왕도 천민처럼 아무런 존경을 받지 못합니다. 이 점에 관해 하느님은 예언자 예레미야를 통해 "나를 멸시하는 자는 천대하리라"라고 말씀하셨습니다.

또한 '명예'란 말은 커다란 권위가 있음을 뜻합니다. 그러나 지옥에서는 아무도 남을 섬기지 않으며, 단지 해를 끼치고 고통을 선사할 뿐입니다. '명예'란 최고의 고결함과 품위를 의미하지만, 지옥에서는 모두 악마들에게 짓밟힐 따름입니다. 하느님은 이렇게 말씀하십니다. "흉악한 악마들이 죄지은 자들의 머리 위로 왔다 갔다 할 것이다." 현세에서 높은 지위를 누렸다면, 그는 더욱 많이 수모를 당하고 고통을 받을 것입니다.

또한 현세에서 부자였던 사람이 지옥에 가면 궁핍의 고통을 맛보아야 합니다. 궁핍에는 네 가지가 있는데, 이것에 관해서 예언자 다윗은 이렇게 말합니다. "세상의 모든 보물을 지니고, 또한 그것을 마음으로 탐한 사람들은 죽음의 잠을 잘 것이고, 그들의 손은 아무런 보석도 없이 빈손이 될 것이다." 또한 지옥에는 먹을 것과 마실 것도 부족합니다. 그래서 하느님은 모세를 통해 이렇게 말씀하셨습니다. "그들은 배고픔의 고통을 알게 될 것이고, 지옥의 날짐승들은 끔찍하게 그들을 뜯어먹어 죽일 것이다. 그들은 뱀의 쓸개를 마실 것이고, 뱀의 독만을 먹을 것이다.'

지옥의 고통은 이것으로 끝나는 것이 아닙니다. 지옥에는 입을 옷도 부족합니다. 아니, 옷이 전혀 없습니다. 불길과 오물 속을 드나들 때를 제외하고, 그들은 항상 알몸으로 다닐 것입니다. 그들의 영혼 역시 미덕이라는 영혼의 옷을 입지 못한 채 알몸이 될 것입니다. 화려한 옷이나 부드러운 침대 시트나 속옷 등은 어디에도 없을 것입니다. 하느님은 예언자 이사야를 통해 이렇게 말씀하십니다. "구더기를 이불로 깔고 벌레를 이불로 덮을 것이다." 또한 친구가 없어서 고통받을 것입니다. 왜냐하면 좋은 친구를 가진 사람은 가난하지 않기 때문입니다. 그러나 그곳에는 좋은 친구가 하나도 없습니다. 하느님이나 다른 어떤 사람도 친구가 되지 않을 것이고, 그곳에 있는 모든 사람은 서로를 무섭게 증오할 것입니다.

하느님은 예언자 미가를 통해 이렇게 말씀하셨습니다. "아들이 아비를 우습게 볼 것이고, 딸이 어미를 거역할 것이며, 모든 식구끼리 원수가 되어 모두가 밤낮으로 서로 욕하고 업신여길 것이다." 한때는 서로 사랑하던 자식들이, 있는 힘을 다해 서로를 잡아먹으려고 안간힘을 쓸 것입니다. 이 세상에서 번영을 누릴 때 서로 미워한 사람들이, 지옥의 고통을 함께 겪으면서 어떻게 서로를 사랑할 수 있겠습니까?

그곳에는 사랑은 없고 살인적인 증오만 있을 뿐입니다. 예언자 다윗은 "악을 사랑하는 자는 자신의 영혼을 증오한다"라고 말합니다. 자신의 영혼을 증오하는 자는 다른 사람의 영혼을 사랑할 수 없습니다. 따라서 지옥에는 우정도 없고 위안도 없습니다. 혈연적으로 가까운 친척일수록 그들 사이에는 욕설과 반목과 증오가 더욱 커질 것입니다.

또한 감각적인 쾌락도 전혀 없을 것입니다. 감각적인 쾌락은 시각, 청각, 후각, 미각, 촉각이라는 오감(五感)에서 비롯됩니다. 그러나 지옥에 들어서면 눈은 연기와 암흑에 둘러싸여 있기 때문에 눈물만 끝없이 솟아납니다. 그리고 예수 그리스도가 말씀하시듯이, 지옥은 흐느낌과 이를 가는 소리로 가득 차 있으며, 코는 역겨운 악취밖에 맡지 못합니다. 예언자 이사야가 말하듯이, 맛볼 수 있는 것은 쓰디쓴 쓸개밖에 없습니다. 또한 이사야의 입을 통해 하느님이 말씀하시듯이, 만질 수 있는 것은 꺼지지 않는 불과 죽지 않는 구더기로 뒤덮인 자기의 육체밖에 없습니다.

그리고 고통을 참지 못해 죽는다고 해도 지옥을 벗어날 수 없습니다. 욥은 "그곳에는 죽음의 그림자만 있다"라고 말합니다. 물론 그림자는 원래의 사물과 비슷한 모습을 간직하지만, 그것과 똑같지는 않습니다. 지옥의 고통도 이것과 마찬가지입니다. 그것은 무서운 고통을 주기 때문에 죽음과 유사합니다. 그럼, 두 개의 차이점은 무엇일까요? 저주받은 사람은 큰 고통을 받아 마치 금방이라도 죽을 것 같지만, 절대로 죽지는 않습니다. 성 그레고리우스는 이렇게 말했습니다. "이런 불쌍한 존재들은 죽지 않은 채 죽을 것이며, 끝나지 않은 채 끝날 것이다." 그들은 죽어도 다시 살아날 것입니다. 그래서 끝은 시작에 불과할 것입니다. 이 점에 관해 성 요한은 "아무리 죽으려고 애써도 죽을 수가 없고, 죽기를 바라더라도 죽음이 그들을 피해 달아날 것입니다"라고 말하고 있습니다.

또한 욥은 지옥에는 완전한 무질서만이 존재한다고 말합니다. 하느님이 만물을 올바른 질서 속에서 만드셨고, 따라서 무질서한 것은 하나도 없으며, 모든 것은 체계적으로 조직되고 분류되어 있습니다. 그러나 죄를 지은 사람들에게는 질서가 없을 것입니다. 지옥의 땅이 그들에게 아무런 과실도 맺어주지 않기 때문입니다. 예언자 다윗은 이렇게 말합니다. "하느님은 그 땅이 그들에게 아무런 과실도 맺어주지 못하게 할 것이다. 그들의 목을 축여줄 물도, 그들이 숨쉴 시원한 공기도, 사물을 비춰줄 빛도 없을 것이다."

그리고 성 바실리우스는 "하느님은 지옥의 저주받은 자들에게 이 세상의 뜨거운 불을 주실 것이다. 그러나 광명과 빛은 하늘에 있는 아들들에게 주시려고 간직할 것이다"라고 말합니다. 이것은 착하고 올바른 사람이 아이들에게 고기를 주고, 개에게는 뼈를 주는 것과 같습니다. 그들이 지옥에서 빠져나갈 희망을 갖지 않도록, 욥은 지옥에는 무서운 공포와 두려움이 그치지 않을 것이라고 말합니다. 공포는 앞으로 닥쳐올 해를 두려워하는 것이며, 이런 두려움은 영원히 벌을 받은 자들의 가슴속에 자리잡고 있을 것입니다. 결론적으로 말해서, 그들은 일곱 가지의 이유로 모든 희망을 잃게 됩니다.

첫 번째 이유는 그들의 심판관이신 하느님께서 그들에게 자비를 베풀지 않으실 것이기 때문입니다. 그들은 하느님이나 성인들에게 감사를 하지도 않으며, 하느님과 말을 할 수도 없을 것입니다. 또한 고통에서도 헤어나지 못할 것입니다. 그들은 고통에서 해방될 아무런 미덕도 가지고 있지 못합니다. 이런 이유로 솔로몬은 이렇게 말합니다. "악한 사람은 죽은 뒤에도 고통에서 헤어날 가망이 없다." 그러므로 이런 고통을 이해하고, 자신이 죄를 지어 이런 고통을 받을 것이라고 생각하는 사람은 노래를 부르거나 놀지 말고, 흐느끼며 눈물을 흘려야 합니다. 그래서 솔로몬은 "지은 죄로 인해 고통을 받을 것임을 아는 사람은 괴로우리라"라고 말합니다. 또한 성 아우구스티누스는 "이런 것을 알면 마음이 괴로워진다"라고 말했습니다.

사람을 뉘우침으로 이끄는 네 번째 원인은, 현세의 생활 중에 이루려다가 그만둔 선행과, 잃어버린 선행을 기억하며 가슴 아파하는 것입니다. 다시 말하자면, 이루지 못한 선행에는 무거운 죄를 짓기 이전에 행했던 훌륭한 일과 죄를 짓는 동안에 이룬 선행이 있습니다. 죄를 짓기 이전에 행한 선행은 그가 거듭해서 지은 죄 때문에 빛을 잃고 헛되게 되며 무효화됩니다. 또한 죄를 짓는 동안에 행한 나머지 선행은 천국에서 누릴 영원한 생명을 위해서는 아무런 가치도 없습니다.

자주 죄를 지음으로써 효력이 상실된 모든 선행, 즉 그가 하느님의 은총을 받는 동안 이룬 선행은 진정한 참회가 없다면 아무 의미가 없습니다. 이 점에 관해 하느님은 예언자 에제키엘의 입을 빌려 이렇게 말씀하십니다. "만일 올바르게 살던 사람이 그 옳은 길을 떠나 나쁜 일을 하여, 나 보기에 역겨운 짓을 하나도 빼놓지 않고 한다고 하자. 그가 살 수 있을 것 같으냐! 나는 그가 이전에 옳게 산 것도 알아주지 않으리라. 그는 나를 배신하여 지은 죄를 쓰고 죽을 것이다."

이 말씀에 대해 성 그레고리우스는 다음과 같이 말합니다. "우리는 본질적으로 이런 것을 이해해야 한다. 즉 우리가 무거운 죄를 지었을 경우, 이전에 행했던 선행을 기억하거나 떠올려도 전혀 소용없다는 것이다." 다시 말하자면, 선행을 기억한다고 천국의 영원한 생명을 누리지는 못할 것이라는 말입니다. 그러나 우리의 죄를 뉘우치면 과거의 선행은 다시 살아나고, 우리를 도와 천국의 영원한 생명을 누릴 수 있게 해줍니다. 그러나 무거운 죄를 짓는 동안 행한 선행은 절대로 살아나지 못할 것입니다. 생명력이 없는 것은 절대로 부활할 수 없는 법입니다. 그러나 무거운 죄를 짓는 동안에 행한 선행은 영원한 생명을 누릴 수는 없을지라도 지옥의 고통을 줄일 수 있습니다. 또한 현세의 행복을 얻는 데 도움이 되기도 하며, 하느님께서 죄지은 사람의 가슴에 빛을 비춰주셔서 그를 뉘우치게 할 수도 있게 합니다. 그리고 사람에게 선행을 베푸는 습관을 갖게 해서, 악마가 그의 영혼에 영향력을 적게 행사할 수 있게 합니다.

이렇게 자비로우신 그리스도는 선행이 헛되이 사라지지 않고 언젠가는 모두 쓸모가 있기를 바라셨습니다. 그러나 착한 사람이 은총을 받는 동안 행했던 선행은 그 다음에 죄를 지으면 효력이 없어지게 됩니다. 그리고 무거운 죄를 짓는 동안 행해진 모든 선행은 그들이 영원한 생명을 얻는 데 하나도 소용이 없습니다. 이런 점에서 착한 일을 행하지 않는 사람이 최근에 "내 노력과 시간을 헛되이 보냈네"라고 부르는 어느 프랑스 유행가는 일리가 있는 것입니다.

사실 죄는 인간에게 자연의 축복과 함께 하느님의 은총도 앗아갑니다. 성령의 은총은 한시도 가만히 있지 않는 불과 같습니다. 불은 꺼지면 아무런 힘이 없습니다. 마찬가지로 성령의 은총도 모습을 감추면 아무런 소용도 없게 됩니다. 이렇게 죄인은 영광의 은총을 잃어버립니다. 성령의 은총은 열심히 일하고 노력하는 착한 사람에게만 주어지는 것입니다. 우리에게 생명을 주신 하느님의 은총에 보답할 수 있는 선행을 아무것도 하지 못했다면, 마음속으로 크게 뉘우쳐야 합니다. 성 베르나르는 이렇게 말씀하셨습니다. "하느님께서는 이 세상에서 받은 모든 재물을 어떻게 사용했는가 설명하라고 요구하실 것이다. 심지어는 그런 것을 잘못 사용하지 않았는지 확인하시기 위해 일분 일초도 빼놓지 않고 모두 설명하라고 말씀하실 것이다."

사람을 뉘우침의 길로 이끄는 다섯 번째 요인은, 우리가 지은 죄로 인해 수난을 받으신 그리스도를 떠올리는 것입니다. 성 베르나르는 이렇게 말씀하십니다. "너희들 목숨이 다할 때까지, 우리의 주님 예수 그리스도가 우리에게 설교를 하시는 동안 겪으신 고통을 기억하라. 또한 오랫동안 길을 걸으시면서 느끼셨을 피로와, 단식을 하시면서 받으신 갖가지 유혹과, 기도를 하시면서 오랫동안 잠을 자지 않으신 것, 또한 착한 사람들을 위해 흘리는 눈물과 사람들이 그분에 관해 말한 모략과 파렴치한 말들, 그분의 얼굴에 버릇없이 뱉은 침과 그분에게 가한 매와 그분에게 찌푸린 얼굴, 사람들이 그분에게 퍼부은 욕과 그분을 십자가에 매달 때 박은 못이며, 아무런 죄도 없이 우리의 죄 때문에 그분이 겪으신 모든 수난을 기억하라."

또한 우리들은 인간이 죄를 지으면 모든 질서가 기본적으로 변화된다는 것을 알아야 합니다. 하느님, 이성, 감성, 인간의 육체는 차례대로 질서가 잡혀 있어서, 각각의 요소들은 다른 하나를 지배하도록 되어 있습니다. 하느님은 이성을 지배하시고, 이성은 감성을 압도하며, 감성은 육체를 다스립니다. 그러나 사람이 죄를 지으면 이런 모든 질서가 뒤집힙니다. 그래서 인간의 이성은 주님이신 하느님을 따르고 복종하기를 거부하며, 결국 감성에 대한 지배권을 잃게 되고, 감성도 육체를 다스리지 못하게 됩니다.

왜 그럴까요? 감성은 이성에 대해 반항하고, 따라서 이성은 감성과 육체에 대한 통치권을 상실하게 됩니다. 이성이 하느님에게 반항한 것처럼, 감성과 육체도 이성에게 반발합니다. 그러나 틀림없는 것은 우리의 주님 예수 그리스도는 고귀한 피를 흘리시며 이런 무질서와 반항에서 우리를 구원하셨다는 것입니다. 그러면 어떻게 피를 흘리셨는지 들어 보십시오.

이성이 하느님에게 반항하면, 인간은 뉘우치면서 죽게 됩니다. 성 아우구스티누스가 말하듯이, 우리의 주님 예수 그리스도께서는 그의 제자 한 사람에게 배반을 당하여, 체포되어 결박을 당하시고 손에 못이 박혀 피를 흘리시면서 우리 인간을 위해 고통을 받으셨습니다. 이렇게 하느님은 인간의 이성이 거역한 대가를 치르신 것입니다. 인간의 이성이 감성을 지배하지 못한다면 인간은 수모를 당해도 마땅합니다. 이런 이유로 우리의 주님 예수 그리스도는 사람들이 자기 얼굴에 침을 뱉는 수모를 겪으셨습니다. 이것뿐만이 아닙니다. 인간의 육체가 이성과 감성을 거역한다면, 죽어도 마땅합니다. 그래서 우리의 주님 예수 그리스도는 인류를 위해 십자가에 못 박혀 돌아가셨습니다.

그리스도의 육체 중에서 어느 한 부분도 커다란 고통과 끔찍한 수난을 받지 않은 것이 없었습니다. 한 번도 죄를 짓지 않으셨던 우리의 주님 예수 그리스도가 이런 고통을 받으셨기에, 그분의 수난을 이렇게 표현해도 좋을 것입니다. "나는 지은 죄도 없이 지극히 커다란 고통을 받았다. 그리고 인류가 받아야 할 수치로 더럽혀졌다." 또한 성 베르나르가 말하듯이, 죄지은 자는 이렇게 말해야 할 것입니다. "내가 지은 죄 때문에 참혹한 고통을 받으셔야만 했으니, 내 죄는 저주를 받아도 마땅하다." 사실 우리의 죄로 인해 여러 가지 질서가 깨어진 후, 우리의 주님이신 예수 그리스도는 수난을 받으셨습니다. 이제 이것에 관해 말하겠습니다.

죄지은 인간의 영혼은 속세의 부귀를 탐하다가 악마에게 배신을 당하고, 육체적 쾌락만을 좇다가 악마에게 속으면서 비웃음을 당합니다. 인간은 성급해서 불행을 당하고, 그 불행으로 고통을 받습니다. 그러면 다른 사람들은 죄의 노예가 된 그에게 침을 뱉고, 마침내 그는 완전히 죽고 맙니다. 죄지은 인간의 무질서를 바로잡기 위해 우리의 주님 예수 그리스도는 배신을 당했고, 나중에는 우리가 죄와 고통에서 해방될 수 있도록 오랏줄에 결박되셨고, 모든 영예를 누리셔야 했던 예수 그리스도는 오히려 세인들의 조롱을 당하셨습니다. 또한 모든 인류와 모든 천사부대가 갈망하는 기도의 대상이 되셔야 했던 주님의 얼굴에 사람들은 침을 뱉었습니다. 그리고 아무 죄도 없으신 주님은 채찍을 맞으셨으며, 마지막으로 십자가에 못 박혀 돌아가셨습니다.

이렇게 우리의 죄 때문에 상처를 입으시고, 우리의 배신으로 치욕을 당하실 것이라는 예언자 이사야의 예언이 이루어졌습니다. 간단히 말하자면, 그리스도는 스스로 우리가 지은 모든 죄악의 고통을 짊어지셨습니다. 그래서 죄 많은 우리 인간들은 울고 슬퍼해야 합니다. 우리의 죄로 인해 천국의 성자께서 이런 고통을 당하셨으니 말입니다.

사람에게 참회를 하게 만드는 여섯 번째 원인은 죄의 용서를 받고, 하느님의 은총을 입고, 착한 일을 하는 사람에게 하느님이 보상해 주시는 천국의 영광을 얻고자 하는 것입니다. 그리스도는 우리에게 자신의 인자한 마음씨와 최고의 자비로 우리에게 이런 선물을 주십니다. 그래서 그분의 이름은 '유대인의 왕 나사렛 예수'이십니다. '예수'라는 말은 '구세주' 혹은 '구원'을 뜻하며, 이 말 속에서 우리는 죄가 용서받을 수 있다고 해석합니다. 즉 그것이 바로 우리를 구원하는 가장 중요한 요인이라고 생각합니다. 그러므로 천사는 요셉의 꿈에 나타나 이렇게 말했습니다. "그의 이름을 예수라 하여라. 예수는 자기 백성을 죄에서 구원할 것이다." 이 점에 관해 성 베드로는 이렇게 말했습니다. "이분의 도움을 받지 않고서는 아무도 구원받을 수 없습니다. 사람에게 주신 이름 가운데 우리를 구원할 수 있는 이름은 이 이름밖에는 없습니다." '나자레누스'란 말은 번영을 뜻합니다. 그분을 통하여 인류는 죄를 사면받기를 원하며, 또한 번영을 누릴 수 있도록 은총을 주실 것을 희망합니다. 꽃 속에는 앞으로 다가올 수확의 계절에 과실을 얻을 희망이 존재하고, 죄의 용서 속에는 하느님의 은총을 받아 은총의 세계로 들어갈 수 있다는 기대가 있습니다. 착한 일을 행한 사람에게 예수님은 이렇게 말씀하셨습니다. "들어라. 내가 문 밖에 서서 문을 두드리고 있다. 누구든지 내 음성을 듣고 문을 열면 죄를 용서받을 것이다. 나는 그 집에 들어가서 그와 함께 먹고, 그도 나와 함께 먹게 될 것이다."

이런 선행은 바로 하느님의 음식이며, '나와 함께 먹게 될 것'은 그분이 제공해 주실 커다란 기쁨을 뜻합니다. 이렇게 참회의 행동을 통해 하느님께서는 복음서에서 약속하신 대로 그분의 나라를 주실 것을 희망하는 것입니다.

이제 어떻게 뉘우칠 것인가에 관해 말하겠습니다. 뉘우침은 전반적이고 총체적이 되어야 합니다. 이 말은 우리가 감각적인 쾌락을 생각하면서 범한 모든 죄를 솔직히 뉘우쳐야 한다는 것입니다. 감각적인 쾌락이란 매우 위험한 것이기 때문입니다. 죄를 짓는 것에 동의하는 것에는 두 가지 종류가 있습니다. 첫째는 마음의 동의입니다. 이것은 어떤 사람이 죄를 지을 생각을 하거나 그런 죄를 오래도록 생각하면서 쾌락을 맛보는 경우입니다. 이때 그는 자기가 하느님의 법을 깨뜨렸다는 사실을 잘 간파하고 있습니다. 그는 하느님을 두려워하면서도, 그의 이성은 못된 욕망을 억누르려고 하지 않습니다. 이성이 죄를 짓는 것에 동의하지 않는다 하더라도, 몇몇 학자들은 이런 하찮은 욕망이 오래가면 대단히 위험한 것이 된다고 지적하고 있습니다.

동시에 인간은 뉘우쳐야 합니다. 특히 이성의 완전한 동의 아래 하느님의 법을 거역하려고 원했던 모든 것에 대해 뉘우쳐야 합니다. 이것은 의심의 여지가 없는 사실입니다. 죄를 짓는 것에 동의한다는 것은 무거운 죄를 짓는 것입니다. 물론 모든 무거운 죄는 먼저 생각으로 떠오르고, 그 다음에 그것을 바라게 되며, 이성의 동의하에 그런 것을 행동으로 옮기게 됩니다. 그러나 많은 사람들이 그런 생각이나 욕망을 뉘우치지 않고, 단지 겉으로 나타난 큰 죄만을 고백합니다. 결론적으로 말하자면, 나는 이런 사악한 욕망과 생각은 모두 사람들을 교묘하게 속이고, 결국 그들이 저주를 받게 하는 것이라고 말하고 싶습니다.

이것뿐만이 아닙니다. 사람들은 사악한 행동은 물론이거니와 못된 말에 대해서도 뉘우쳐야 합니다. 한 가지 죄만을 뉘우치고 나머지 모든 죄들을 참회하지 않거나, 다른 모든 죄들을 뉘우치면서 특정한 죄를 뉘우치지 않는다면, 그의 뉘우침은 하나도 소용이 없는 것입니다. 전능하신 하느님은 자비로 가득 차 있고, 따라서 뉘우치는 모든 죄를 용서하십니다. 그렇지 않은 경우에는 절대로 하나도 용서하지 않습니다.

이 점에 대해 성 아우구스티누스는 이렇게 말했습니다. "나는 하느님이 모든 죄인들의 적임을 잘 알고 있다." 그런데 한 가지 죄만을 뉘우치는 자가 어떻게 나머지 죄를 용서받을 수 있을까요? 그럴 수는 없는 법입니다. 한편 참회는 극단적으로 고통스럽고 괴로운 것이어야 합니다. 결론적으로 말하자면, 하느님은 그런 사람에게만 충만한 자비를 베푸십니다. 그래서 성 아우구스티누스는 "내 영혼이 고통과 고민으로 가득 차 있을 때, 나는 하느님께서 나의 기도를 들어주시도록 그분을 기억합니다"라고 말하고 있습니다.

또한 참회는 지속적이어야 합니다. 우리는 자기의 죄를 고백하고 행실을 고치겠다는 굳은 의지가 있어야만 합니다. 참회하는 동안은 죄를 용서받을 수 있습니다. 이 마음은 자신뿐만 아니라 다른 사람의 죄를 없애줍니다. 이런 이유로 다윗은 "하느님을 사랑하는 사람은 악을 미워한다"라고 말합니다. 하느님을 사랑한다는 것은, 하느님이 사랑하시는 것을 사랑하고 그분이 싫어하시는 것을 싫어한다는 것을 뜻합니다.

우리가 참회에 대해 이해해야 할 마지막 것은 왜 뉘우침이 필요하느냐는 것입니다. 나는 뉘우침은 인간을 죄로부터 구원해 준다고 말하고 싶습니다. 이 점에 관해 다윗은 말합니다. "저는 죄를 고백했고, 주님은 저를 죄에서 용서해 주셨습니다." 이렇게 뉘우침은, 말로써 고백을 하겠다는 굳은 마음이 없다면 아무런 소용이 없습니다. 뉘우침이 없는 고백이나 사죄는 아무런 가치도 없는 것입니다. 또한 뉘우침은 지옥의 감옥을 부수고, 악마의 힘을 약화시키며, 성령의 선물과 모든 덕성을 회복시킵니다. 그리고 죄로부터 영혼을 씻어주고, 지옥의 고통과 악마와 죄의 속박에서 풀어주며, 그에게 모든 영적인 선물을 주고, 성 교회와 하나가 되게 합니다. 또한 분노의 아들인 죄지은 자를 하느님의 아들로 만들어 줍니다.

이런 모든 것은 성서 속에 기록되어 있습니다. 그러므로 이런 것을 마음속에 간직한 사람은 현명한 사람입니다. 그것은 평생 동안 죄를 지을 생각을 하지 않기 때문입니다. 그리고 육체와 영혼을 예수 그리스도를 모시는 데 바칠 것이며, 그분을 영원히 기릴 것입니다. 우리의 주님 예수 그리스도는 우리의 죄를 용서해 주셨습니다. 주님이 우리의 영혼을 불쌍히 여기지 않으셨다면, 지금 우리 모두는 비통한 노래를 부르고 있을 것입니다.

참회 2부

참회의 2부는 뉘우침의 표시인 고해에 관한 것입니다. 계속해서 여러분들은 고해가 무엇인지, 고해는 반드시 해야 하는 것인지, 아니면 그럴 필요가 없는 것인지, 또한 진정한 고해를 하는 데 필요한 것은 무엇인지 알게 될 것입니다.

우선 고해란 지은 죄를 사제에게 솔직하게 말하는 것입니다. '솔직하게'라는 말은 사제에게 가능한 한 죄와 관련된 모든 것을 고백한다는 것입니다. 숨기거나 변명하거나 둘러대거나 하지 않고 모든 것을 말해야 합니다. 그리고 자기의 선행을 자랑해서도 안 됩니다. 또한 죄의 기원이 무엇이고, 죄가 어떻게 되풀이되고, 죄의 속성은 무엇인지를 이해해야만 합니다.

죄의 기원에 관해 성 바울로는 이렇게 말합니다. "죄가 인간을 통해 이 세상에 들어왔고 죄를 통해 죽음이 생겼듯이, 죽음은 죄를 짓는 모든 인간에게 들어왔다." 이 인간은 바로 아담이었습니다. 하느님의 명령을 어긴 아담을 통해 죄는 이 세상으로 들어왔던 것입니다. 그래서 처음에는 너무나 힘이 강해 죽음을 모르던 아담은 자기의 의지와는 상관없이 죽음에 종속되게 되었습니다. 그리고 아담의 죄를 짊어진 모든 후손들 역시 죽어야만 하는 운명이 되었습니다. 아담과 이브가 벌거벗은 채 천국을 돌아다니던 죄 없던 상태를 생각해 보십시오. 그들은 알몸을 부끄럽게 여기지 않았습니다. 그러나 하느님이 창조하신 동물 중에서 가장 교활한 뱀은 여자에게 이렇게 말했습니다.

"하느님이 너희더러 이 동산에 있는 나무 열매는 하나도 따먹지 말라고 하셨다는데, 그게 정말이냐?"

그러자 여자가 대답했습니다.

"하느님께서는 이 동산에 있는 나무 열매는 무엇이든지 따먹되, 죽지 않으려거든 이 동산 한가운데 있는 나무 열매만은 따먹지도 말고 만지지도 말라고 하셨어요."

이 말을 들은 뱀이 말했습니다.

"아니다. 절대로 죽지 않는다. 그 나무 열매를 따먹기만 하면, 너희의 눈이 밝아져서 하느님처럼 선과 악을 알게 될 줄을 하느님이 아시고 그렇게 말하신 것이다." 이브는 그 나무를 쳐다보았습니다. 정말 먹음직스럽고 보기에 탐스러울 뿐 아니라 사람을 영리하게 해줄 것 같았습니다. 그래서 그 열매를 따서 먹었고, 자기 남편에게도 따주어 먹게 했습니다. 그러자 두 사람은 눈이 밝아져 자기들이 알몸인 것을 알고 무화과 나뭇잎을 엮어 몸을 가렸습니다.

이것으로부터 무거운 죄는 악마의 사주로 시작되었음을 알 수 있습니다. 여기에서 악마는 뱀으로 대표됩니다. 또한 이브가 보여주는 육신의 쾌락과 아담이 보여주는 정신적 동의(同意)를 엿볼 수 있습니다. 잘 생각해 보십시오. 악마가 이브, 즉 육체를 유혹하고, 육체는 아름다운 금단의 열매를 음미하게 했지만, 아담이 그 열매를 먹을 것에 동의하기 전까지 그는 태초의 순진한 상태를 유지하고 있었습니다. 우리의 원죄는 바로 아담에서 비롯되는 것입니다. 그는 우리 모두의 첫 번째 조상입니다. 따라서 우리 모두는 추잡하고 부패한 조상으로부터 태어났습니다. 우리의 영혼이 우리의 몸에 들어오면, 즉시 우리는 원죄를 짊어지게 됩니다. 처음에는 단순히 육욕의 고통이었지만, 후에는 슬픔과 죄가 되고 말았습니다. 그러므로 우리는 모두 분노의 자식이며 동시에 영원한 저주의 아들입니다. 만일 우리가 죄를 씻어주는 세례를 받지 않는다면, 죄에서 구원을 받을 수가 없습니다. 그러나 사실 우리 속에는 고통이 남아 있습니다. 그런 고통은 육욕(肉慾)이라는 이름으로 불립니다. 이 육욕이 사람의 마음속에 무질서하게 자리잡으면 탐욕가가 되어 현세의 재물을 탐하고 육체의 죄를 짓게 되며, 오만한 마음이 생겨서 고귀함을 탐내게 됩니다.

그럼 첫 번째 탐욕인 육욕에 관해 말하겠습니다. 그것은 하느님의 올바른 판단에 의해 만들어진 우리 생식기의 욕구에서 파생된 것입니다. 인간이 그의 주인이신 하느님에게 복종하지 않는다면, 육체는 죄의 양식이며 원인이 되는 육욕을 통해 하느님께 반항을 합니다. 그러므로 우리가 육욕의 사주를 받게 되면, 우리는 유혹을 받고 우리의 육체는 죄를 짓지 않을 수가 없습니다. 우리가 이 세상에서 사는 동안은 아마 계속해서 그렇게 될 것입니다. 세례를 받거나 참회를 통해 하느님의 은총을 받아 이런 것이 약해질 수는 있지만, 병을 앓거나 마술을 부리거나 찬 음료를 마셔서 피가 얼어붙지 않는 한, 언제나 육욕은 사라지지 않을 것입니다.

이 점에 관해 성 바울로는 이렇게 말합니다. “육체의 욕망은 성령을 거스르고, 성령께서 원하시는 것은 욕정을 거스릅니다. 이 둘은 서로 반대되는 것이기 때문에 여러분은 자기가 원하는 대로 할 수 없게 됩니다.” 성 바울로는 바다에서 큰 위험에 처해 하루 밤낮을 고통받으셨고, 육지에서는 굶주림과 갈증을 겪으셨으며, 추위와 헐벗음에 고통을 받으셨습니다. 그런 후 거의 죽도록 돌에 맞으신 다음, 이렇게 말하셨습니다. “나는 과연 비참한 인간입니다. 누가 이 죽음의 육체에서 나를 구해줄 것입니까?” 성 히에로니무스는 사막에서 오랫동안 짐승들과 함께 살아야만 했고, 풀과 물밖에 먹을 것이 없었으며, 맨 땅을 침대로 삼아 지내야만 했습니다. 그는 뜨거운 햇빛을 받아 에티오피아 사람처럼 까맣게 그을고 추위로 온몸이 갈라졌지만, 자기 몸 속에는 욕정의 불이 타고 있다고 말했습니다.

그러므로 자기의 육체는 유혹을 받지 않는다고 자신 있게 말하는 사람들은 모두 거짓말을 하고 있다고 나는 확신합니다. 사도 야고보는 "사람은 자기 욕심에 끌려서 유혹을 당하고 함정에 빠지게 됩니다"라고 증언하고 계십니다. 즉 우리 모두는 우리의 육체 속에 자리잡고 있는 죄의 미끼에 유혹당할 수 있는 동기를 지니고 있습니다. 이 점에 관해 성 요한은 이렇게 말합니다. "만일 우리가 죄 없는 사람이라고 말한다면, 우리는 자신을 속이는 것이고 진리를 저버리는 것이 됩니다."

이제는 죄가 인간 속에서 어떻게 증가되고 커져가는지 설명해 드리겠습니다. 첫째는 여러분들에게 설명해 드린 육욕이라는 죄의 사주(使嗾)입니다. 죄의 사주를 받게 되면 우리는 악마에게 종속됩니다. 즉 악마는 풀무로 사람의 마음속에 육욕의 불길을 불어넣어 줍니다. 그 다음에 사람은 자기를 유혹하는 그 일을 해야 할 것인지 아닌지 생각하게 됩니다. 만일 육체와 악마의 첫 번째 유혹을 이기고 물리치면 죄를 짓지 않습니다. 그러나 반대의 경우에는 쾌락의 불길 속에 휩싸이게 됩니다. 이때 우리는 신중하고 조심스러워야 합니다. 그렇지 않으면 그는 죄를 짓는 데 동의하게 되고, 적당한 기회가 오면 결국 죄를 짓고 맙니다.

이 점에 관해 모세는 이렇게 말합니다. "악마가 말했다. '나는 사악한 유혹으로 인간을 쫓아다닐 것이며, 그들을 사로잡아 죄를 짓도록 부추기겠다. 나는 신중하게 내 포로를 선택할 것이며, 내 소원은 그들의 육체적 쾌락을 통해 이루어질 것이다. 나는 칼을 빼들고 그들이 나의 소원대로 따르게 하겠다.'" 칼이 물건을 두 개로 나누듯이, 죄짓는 것에 동의하면 하느님과 인간은 멀어지는 것입니다. 그래서 악마는 "나는 인간에게 죄를 짓게 하면서 내 팔로 그를 죽이겠다"라고 말하는 것입니다. 사실 이런 상황에 처하면 인간의 영혼은 죽음의 포로가 됩니다. 이런 식으로 유혹과 욕정과 동의를 통해 인간은 죄의 수렁에 빠지게 됩니다. 이런 경우 죄를 현세의 죄라고 부릅니다.

죄에는 무거운 죄와 가벼운 죄 두 가지가 있습니다.

우리가 창조주이신 예수 그리스도보다 다른 사람을 더 사랑한다면, 그것은 무거운 죄를 짓는 것입니다. 그러나 예수 그리스도를 의당 사랑해야 할 만큼보다 덜 사랑하는 것은 가벼운 죄입니다. 하지만 가벼운 죄를 범하는 것도 아주 위험한 일입니다. 그것은 사람들이 갈수록 크게 느껴야 할 하느님의 사랑을 점점 감소시키기 때문입니다. 그래서 가벼운 죄를 많이 짓는 사람이 그 죄를 고해해서 씻지 않으면, 예수 그리스도에 대한 사랑은 쉽사리 감소될 수 있습니다. 이렇게 되면 인간은 가벼운 죄에서 무거운 죄로 나아가는 것입니다.

사람의 영혼이 가벼운 죄를 많이 지으면 지을수록 무거운 죄에 빠질 위험이 높습니다. 그러니 우리는 가벼운 죄를 씻어내는 데 게을리해서는 안 됩니다. "조그만 것이 쌓이면 커다란 덩이가 된다"라는 속담도 이런 것을 확인해 줍니다. 그리고 이런 예를 한 가지 들어 보겠습니다. 종종 바다에서는 배를 뒤엎을 정도의 무서운 힘을 지닌 파도가 세차게 밀려올 때가 있습니다. 하지만 승무원들이 제때에 손을 보지 않으면, 배의 밑바닥에 뚫린 조그만 틈새로 작은 물방울들이 새어들어와 배를 가라앉히는 수도 있습니다. 배가 가라앉은 원인에는 차이가 있지만, 배가 가라앉았다는 점에서는 똑같습니다. 이와 같은 현상은 가벼운 죄에서도 일어납니다. 가벼운 죄가 쌓여서 마침내 속세의 사물에 집착하게 되고, 그러면 가벼운 죄를 더욱 자주 짓게 됩니다. 그러다가 그의 마음은 하느님을 사랑하는 것처럼 속세의 사물을 사랑하게 되거나, 아니면 오히려 하느님을 사랑하는 것보다 속세의 사물을 더 사랑하게 됩니다. 하느님의 사랑에 근거하지 않거나 하느님의 사랑을 위해서 일을 하지 않는 경우는 가벼운 죄에 속합니다. 물론 그런 속세의 사물에 대한 사랑이 하느님에 대한 사랑보다 덜할 경우에 그렇다는 말입니다.

그러나 속세의 사물에 대한 사랑이 점점 커져 마침내 하느님을 사랑하는 것과 같게 되거나, 더 중요하게 될 때는 무거운 죄가 되고 맙니다. 성 아우구스티누스는 이렇게 말합니다. "무거운 죄는 우리의 마음이 하느님에게서 멀어질 때 일어난다. 진실되고 변함없는 최고의 사랑이신 하느님 대신, 바뀔 수 있고 죽을 수 있는 사물을 사랑하는 것은 무거운 죄이다." 여기에서 죽을 수 있으며 바뀔 수 있는 것은 천상의 하느님을 제외한 모든 것을 가리킵니다.

사실 사람이 하느님에게 모두 바쳐야 할 사랑을 다른 것에 바친다면, 하느님에 대한 사랑은 그만큼 줄어드는 것입니다. 다시 말하자면, 죄를 짓는 것입니다. 이런 사람은 하느님에게서 멀어져서, 마음을 다 바쳐 하느님께 드려야 할 사랑을 모두 주지 않는 사람입니다.

가벼운 죄의 속성을 알았으니, 이제는 많은 사람들이 죄라고 생각하지 않으며, 따라서 고해하지도 않지만 여전히 죄가 되는 것에 대해 이야기하는 것이 좋을 거라고 생각합니다. 신학자들에 의하면, 사람이 자기의 몸을 유지하는 데 필요한 것 이상으로 먹거나 마시는 것은 죄를 짓는 일입니다. 또한 필요 이상으로 말하는 것도 죄이고, 불쌍하고 가난한 사람들의 탄식을 온정을 갖고 귀담아듣지 않는 것도 죄입니다. 마찬가지로 건강을 유지하고 있으면서도, 단식을 해야 할 때 아무런 이유도 없이 단식을 하지 않는 것도 죄입니다. 그리고 필요 이상으로 잠을 많이 자거나, 교회나 다른 자선 사업에 늦게 가는 것은 이유 여하를 막론하고 죄입니다.

또한 하느님의 영광을 위해서 자식을 낳으려는 최고의 소원 없이 육체적 욕망을 채우기 위한 목적으로 아내와 부부관계를 갖는 것도 죄입니다. 마찬가지로 할 수 있으면서도 병자나 죄수를 방문하지 않는 것도 죄이며, 지나칠 정도로 자식이나 아내 혹은 세상의 것들을 사랑하는 것도 죄입니다. 가난한 사람에게 적게 동냥을 주거나 동냥을 주지 않는 것도 죄이며, 필요 이상으로 음식을 맛있게 만들거나 그것을 먹고 싶은 마음에 너무 급히 먹는 것도 죄입니다. 교회에서나 성사 도중에 조용히 하지 않거나, 아니면 쓸데없는 소리나 나쁜 소리를 하는 것도 죄입니다.

최후의 심판 날이 오면, 이런 모든 것에 대해 해명을 해야 합니다. 또한 하겠다고 약속해 놓고 약속을 지키지 않는 것도 죄입니다. 경솔하거나 무관심하게 이웃을 비웃는 경우도 죄를 짓는 것입니다. 그리고 잘 알지도 못하면서 공연히 의심하는 것도 죄입니다. 성 아우구스티누스에 의하면, 이런 것들을 비롯한 수많은 것들이 죄가 됩니다.

이 지구상에서 가벼운 죄를 모두 피할 수 있는 사람은 없습니다. 그렇지만 우리의 주님 예수 그리스도를 향한 뜨거운 사랑과 기도와 고해와 다른 착한 일을 통해 가벼운 죄를 억제할 수는 있습니다. 성 아우구스티누스는 이렇게 말합니다. "사람이 하느님을 사랑하면서 그의 모든 행동에 하느님의 사랑이 스며들게 하고, 하느님을 뜨겁게 사랑하여 진정으로 하느님의 사랑을 위해서 행동한다면, 불길이 이글거리는 화로에 떨어지는 물 한 방울이 얼마나 큰 영향을 끼치고 해를 끼칠 수 있는지 생각해야 한다. 이와 마찬가지로 가벼운 죄도 예수 그리스도의 사랑으로 충만한 사람에게 영향을 끼칠 수 있다."

사람들은 가벼운 죄에서 멀어질 수 있습니다. 그것은 예수 그리스도의 고귀한 성체를 받고, 성수로 몸을 깨끗이 하고, 자선을 행하며, 미사와, 마지막 기도 시간에 고백의 기도를 함으로써 이루어집니다. 또한 이것은 주교와 사제의 축복을 받거나 착한 일을 함으로써도 가능합니다.

칠대 죄악의 종류와 상황들

교만에 관하여

이제 일곱 가지의 무거운 죄, 즉 칠대 죄악에 관해 설명하겠습니다. 이것들은 모두 상이하지만 한 줄로 묶어놓을 수가 있습니다. 이것들이 으뜸가는 죄악인 이유는 바로 모든 죄의 원천이며 기원이기 때문입니다. 교만 혹은 오만은 칠대 죄악의 뿌리입니다. 이것에서 나머지의 모든 악이 파생되기 때문입니다. 이 뿌리에서 분노, 질투, 게으름이나 나태, 탐욕 혹은 욕심, 탐식과 음란이라는 큰 가지가 싹틉니다. 이런 죄악은 모두 작은 가지를 갖고 있습니다. 이제 그것을 다음에서 차례로 살펴보겠습니다.

교만에서 파생되는 해악과 싹을 일일이 열거할 수 있는 사람은 아무도 없지만, 나는 그 중의 몇 개를 적어보겠습니다. 그것들은 불복종, 자만, 위선, 경멸, 거만, 몰염치, 무례, 불손, 성급함, 완고, 자부, 고집, 불경, 허영, 수다등을 비롯하여 내가 말할 수 없는 수많은 것들이 있습니다. 불복종하는 사람은 하느님과 성인들과 영적인 지도자들의 계명을 거부하고 경멸하는 사람입니다. 또한 자기가 착한 일을 했다거나 나쁜 일을 했다면서 우쭐대는 사람은 자만하는 사람입니다. 위선자는 사실을 숨기고 말과 행동을 다르게 하는 사람입니다.

경멸은 자기의 이웃, 즉 그리스도교인을 우습게 여기거나 자기가 해야 할 일을 업신여기는 행위입니다. 거만한 자는 자기가 지니지도 않은 자질이 있다고 믿거나, 혹은 자기가 그런 자질을 갖고 있음에 틀림이 없다고 믿거나, 또는 사실은 그렇지 않은데 자기는 그렇다고 여기는 사람입니다. 몰염치한 사람은 자기의 실수나 잘못을 부끄러워하지 않는 사람이며, 자만이란 일을 잘못했으면서도 기뻐하고 즐거워하는 것입니다. 무례는 타인의 가치와 지식과 말솜씨와 행동을 우습게 여기는 것입니다.

불손한 사람은 남이 자기보다 낫거나 똑같은 것을 참지 못하는 사람이며, 조급한 사람은 그의 결점을 지적하거나 비난하는 것을 참지 못하고 진리와 맞서 싸우며 자신의 잘못을 인정하지 않는 사람입니다. 불손한 사람은 자기 상급자들이 지닌 권력과 권위를 분노하면서 거역하는 사람입니다. 그리고 자부심이란 것은 과도한 자기 믿음인데, 이것은 해서는 안 될 일을 수행하는 것입니다. 불경이란 마땅히 공경해야 할 때 공경하지 않고, 오히려 남에게 공경을 받으려는 것입니다. 어떤 사람이 자기의 잘못을 인정하지 않고 그것에 집착하거나, 혹은 자기 생각에 집착할 경우, 우리는 그것을 고집이라고 부릅니다. 허영이란 속세의 지위를 차지하고 우쭐대면서 잘난 체하며 순간적인 쾌락을 즐기는 것입니다. 수다란 남들 앞에서 너무 많이 말하는 것이며, 남들의 말에는 신경을 쓰지 않고 자기 말만 쉬지 않고 늘어놓는 것입니다.

또한 교만에는 아주 특별한 종류가 한 가지 있습니다. 그것은 바로 자기가 남에게 인사하기보다는 남들이 자기에게 인사하기를 바라는 것입니다. 자기가 남들보다 낮은 경우에도 그렇게 하기를 바랍니다. 또한 남들보다 먼저 자리에 앉거나, 행렬의 맨 앞자리에 서거나, 아니면 미사 중에 평화의 인사를 나눌 때 남보다 먼저 신부의 손에 입을 맞추려는 것입니다. 혹은 남보다 먼저 향불을 피우거나 이웃보다 먼저 공물을 바치는 것입니다. 간단하게 말하자면, 자격이 없음에도 불구하고 남 앞에서 자신을 과시하고 남에게 공경을 받으려는 욕망을 마음속에 품는 일입니다.

또한 교만에도 두 종류가 있습니다. 첫째는 마음속에 자리잡고 있는 교만이고, 둘째는 마음 밖에 있는 교만입니다. 앞에 언급한 악을 비롯하여 수많은 다른 악은 마음속의 교만에 속합니다. 그리고 나머지는 마음 밖의 교만에 속합니다. 그러나 마음속의 교만은 다른 교만의 표시입니다. 이것은 술집 뜰 안에 있는 화사한 잎사귀들을 보면 술 창고 안의 술이 어떤지 알 수 있는 것과 마찬가지입니다. 이런 것은 말과 행동과 과도하게 치장한 옷차림새에서도 나타납니다. 물론 그리스도가 복음서에 나오는 부자의 옷차림에 대해 주의 깊게 살펴보시고 말을 하지 않으셨다면, 옷을 잘 입는 것이 죄가 되지는 않을 것입니다.

성 그레고리우스는 “옷에 돈을 낭비하는 것은 비난받아 마땅하다”라고 말했습니다. 그것은 희귀하고 너무 세련되고 비싸며 기이하고 우아하며 천박하기 때문에 죄가 됩니다. 옷을 너무 화려하게 입는 것은 너무 입지 않는 것처럼 죄가 되는 것입니다. 오늘날 우리는 너무 값비싼 옷치레로 죄를 범하는 자들과 너무 옷을 입지 않아 죄를 범하는 자들을 동시에 볼 수 있지 않습니까?

첫 번째 죄, 즉 옷을 너무 화려하게 입는 것에 관해서 말하겠습니다. 그것은 사람들에게 해롭습니다. 그런 해는 단지 자수나 화려한 레이스, 혹은 값비싼 옷감이나 파도 무늬 모양, 또는 세로 주름이나 겹술기와 같은 것 때문일 뿐만 아니라, 허영스런 낭비 때문이기도 합니다. 마찬가지로 옷에 비싼 가죽 장식을 단다거나, 끌로 단춧구멍을 수없이 파서 그 속에 장식을 주렁주렁 단다거나 하는 경우도 마찬가지입니다. 그리고 남자나 여자들이 걷거나 말을 타고 갈 때 너무 긴 옷을 입으면, 옷자락이 질질 끌려 진흙이나 똥이 묻어 더러워져서 이내 낡아지고, 마침내는 똥거름 속에서 썩게 마련입니다. 대신에 가난한 사람들에게 옷감을 나누어 주었다면 요긴하게 쓰였을 것입니다.

이 모든 것은 여러 가지 형태로 일어납니다. 많은 천을 낭비할수록 옷이 귀해지기 때문에 사람들에게 더욱 피해를 줍니다. 또한 가난한 사람들에게는 장식이 달린 사치스런 옷을 줄 수도 없습니다. 그것은 그들의 신분에 맞지 않을 뿐만 아니라, 그들이 필요한 것을 충족시켜 주지도 못하며 무자비한 날씨에서 그들을 보호해 주지도 못하기 때문입니다.

이와 반대의 악, 즉 옷을 지나치게 덜 입는 것도 끔찍한 것입니다. 이런 현상은 짤막한 겉옷과 같은 것에서 나타나는데, 사악한 의도가 숨어 있는 이런 것들은 너무 짧고 남자의 국부조차도 제대로 가리지 못합니다. 불행히도 어떤 사람들은 성기의 불알 부분과 혐오스럽게도 솟아오른 성기를 보여줍니다. 그래서 마치 팬티를 둘둘 말아 입은 탈장(脫腸) 환자들과 유사합니다. 또한 보름달이 환하게 비출 때 엉덩이를 드러내는 원숭이처럼 자랑스럽게 자기들 엉덩이를 드러내기도 합니다.

이것뿐만이 아닙니다. 유행에 따라 빨간 색과 흰색으로 양분된 팬티의 틈새로 보이는 불룩한 성기는 비밀스럽게 간직해야 할 자기 성기의 반을 보여주는 것과 같습니다. 그리고 만일 흰색과 검은 색, 흰색과 파란색, 또는 검은색과 붉은색의 팬티를 입더라도, 서로 다른 색깔 때문에 성기의 반이 단독(丹毒)이나 암 혹은 그와 유사한 병에 걸린 것처럼 보입니다. 그들의 엉덩이가 보여주는 광경은 혐오스럽기 짝이 없습니다. 그들은 역겨운 대변을 내보내는 이 부분을 자랑스럽게 다른 사람들에게 드러내고 다니는데, 그것은 예수 그리스도와 그의 제자들이 이 세상에 살아 계실 때 분명하게 보여주신 겸손함을 모독하는 행위입니다.

그럼 이제 여자들의 터무니없이 과장된 옷차림에 관해 말하겠습니다. 그들의 얼굴이 정숙하고 인자해 보일지라도, 옷치장에 있어서는 종종 교만하고 음탕한 면을 엿볼 수 있습니다. 나는 남녀의 옷차림새가 점잖아야 한다고 말하는 것이 아니라, 단지 너무 거창하게 입거나 너무 적게 입는 것은 모두 비난받아 마땅하다고 말하는 것입니다.

화려한 옷차림새나 옷 장식의 죄는 승마에서도 찾아볼 수 있습니다. 말들을 재미로 기르고 그런 말들을 보살피고 맛있는 먹이를 준다는 것은 매우 돈이 많이 드는 일입니다. 또한 준마를 보살피기 위해서는 수많은 하인들이 필요하며, 호화스런 마구들과 말안장이며 껑거리끈과 가슴 장식, 값비싼 천으로 만든 말고삐와 말채찍에도 많은 돈이 듭니다. 이 점에 관해 하느님은 예언자 즈가리아의 입을 빌려서 이렇게 말씀하셨습니다. "나는 이런 말을 타는 자들을 혼란에 빠뜨리겠다."

이런 사람들은 하느님의 아들이 어떤 모습으로 당나귀의 등을 타고 가셨는지를 생각하지 않습니다. 그리스도가 지녔던 말 장식은 제자들의 허름한 옷가지가 전부였습니다. 또한 성서에는 그분이 당나귀 이외의 동물을 타셨다는 이야기도 없습니다. 내가 여기에서 이런 것을 말하는 이유는, 단지 과도한 치장은 죄라는 것을 언급하고자 할 뿐이지, 이성적으로 적당하게 치장한 것을 비난하려는 것은 아닙니다.

또한 교만함은 수많은 하인들이 필요 없는데도 그런 사람들을 거느리고 가는 경우에 분명히 나타납니다. 다시 말하자면, 높은 지위에 있다든지 높은 직책을 맡았다는 이유로 무례하게 굴면서, 다른 사람들에게 해를 끼칠 때에 그렇다는 것입니다. 사실 이런 고관대작들은 자기 하인의 못된 짓을 묵인하면서, 자기의 권위와 힘을 지옥의 악마에게 팔아 넘깁니다. 혹은 비천한 사람들도 여관주인들처럼 하인들의 도둑질을 그냥 놔두는 교만한 자들이 있습니다. 이런 하인들은 꿀을 좇는 파리들과 같고, 고기의 뒤를 따라다니는 개와 같습니다. 이런 사람들은 그들의 주인을 질식하게 만듭니다. 그래서 예언자 다윗은 이렇게 말합니다. "비천한 죽음이 그런 주인들을 덮칠 것이다. 하느님은 산 채로 그들을 지옥으로 내려보내리라. 그들의 집에는 천상의 하느님은 없고 죄악과 사악함만이 우글거릴 것이다." 만일 이들이 마음을 고쳐먹지 않는다면, 하느님께서 야곱을 도와준 라반과 요셉을 도와준 파라오에게 축복을 내리셨듯이, 하인들의 행패를 다스리지 못하는 이런 주인들에게는 저주를 내리실 것입니다.

교만은 식탁에서도 종종 나타납니다. 부자들은 잔치에 초대를 받지만, 가난한 사람들은 초대받지 못하거나 그곳에서 쫓겨나기 일쑤입니다. 갖가지 진수성찬, 특히 색색의 과자를 만들고 온갖 고기를 대접한 다음, 푸딩 주위에 독주를 부어놓고 불을 붙여 즐기고, 요리에 여러 가지 색칠을 하고 종이로 호화롭게 장식하는 것은 생각만 해도 창피스런 일입니다. 그리고 값비싼 식기를 사용하며 음악에 맞추어 음식을 먹는데, 이런 것은 음탕한 쾌락을 부추깁니다.

이런 모든 것은 우리의 주님 예수 그리스도에 대한 사랑을 분산시키는 역할을 하며, 따라서 죄악입니다. 이런 경우 관능적인 쾌락이 너무나 커서, 이내 사람을 쉽사리 무거운 죄에 빠뜨리게 됩니다. 교만에서 파생된 여러 죄악들, 즉 그것들이 미리 계획되고 의식적인 악의에서 나오거나 악습에서 나온 것이라면, 무거운 죄가 된다는 것은 의심할 여지가 없습니다. 그러나 이런 것이 일시적인 착오로 생겨났다면, 곧 뉘우치고 잘못을 고치면 큰 죄가 되지는 않을 것입니다.

이제 교만이 어디에서 나오는지 알아봅시다. 종종 교만은 자연의 여신이 베푼 혜택에서 생기기도 하며, 운명의 여신이 베푼 은혜에서 나오기도 하고, 가끔씩은 삼미신(三美神)의 은혜로 만들어지기도 합니다. 자연의 여신이 베푼 혜택은 육체적·정신적 혜택과 관련이 있습니다. 육체적 혜택이란 건강과 체력과 활력과 미모, 그리고 혈통과 자유 등입니다. 자연의 여신이 주는 정신적 혜택이란 분별력, 이해력, 재치, 덕성, 뛰어난 기억력 등입니다. 운명의 여신이 주는 혜택은 부와 높은 지위, 높은 명성 등입니다. 그리고 삼미신이 주는 혜택은 지혜와 정신적 고통을 이겨내는 능력, 자비와 심사숙고하는 태도, 유혹을 견딜 수 있는 힘 등이 있습니다.

그러나 앞에서 언급한 이런 혜택을 입었다고 자만하는 것은 어리석은 짓입니다. 자연의 여신이 준 혜택은 우리에게 이로울 수도 있지만 해가 될 수도 있다는 사실을 알아야만 합니다. 건강이란 일시적인 것이며, 영혼에게 병을 주는 원인이 되기도 합니다. 육체란 정신의 잔인한 적이며, 따라서 육체가 건강할수록 정신적으로 멸망할 위험이 많아집니다. 또한 자기의 힘을 자랑한다는 것은 아주 어리석은 일입니다. 육체는 영혼을 탐하고, 따라서 육체가 강할수록 정신은 더욱 병들게 됩니다.

어쨌든 육체적인 힘과 세속적인 재력은 많은 사람들에게 불행과 위험을 가져다주는 원인입니다. 또한 자기의 혈통이 뛰어나다고 자랑하는 것도 어리석은 일입니다. 왜냐하면 훌륭한 가문이라고 하더라도 고귀한 정신이 결여된 사람이 많기 때문입니다. 우리 모두는 한 아버지와 한 어머니에게서 태어났습니다. 부자든 가난한 사람이든, 우리 모두는 썩고 부패한 본성을 가지고 태어났습니다. 그러므로 진실로 칭찬받을 만한 고귀한 품성은, 여러 덕성을 가지고 있으며 그리스도의 진실한 아들이 될 수 있는 자질을 가지고 있는 사람입니다. 아무리 권력자라고 하더라도 고귀한 품성이 없다면 죄의 노예가 될 수 있습니다.

고귀한 품성의 일반적인 징후는 다음과 같습니다. 악과 저속한 행동을 멀리하고, 생각과 말과 행위로 죄를 짓지 않는 것입니다. 또한 덕을 행하고 예의 바르게 행동하며, 순수하게 살고 알맞게 너그러운 것입니다. 너그러움도 도를 지나치면 어리석은 것이고 죄를 짓는 결과가 됩니다. 또 다른 것은 남에게 받은 은혜를 잊지 않고, 아랫사람들을 인자하게 대하는 것입니다. 이 점에 관해 세네카는 이렇게 말합니다. "높은 지위에 있는 사람에게 호의와 자비보다 더 중요한 것은 없다. 인간들이 벌이라고 부르는 파리들은 그들의 여왕을 뽑을 때에, 침을 쏘지 못하도록 침이 없는 벌을 선택한다."

또 다른 고귀함은 우리가 착한 마음씨를 지니고 부지런히 일해서 높은 덕성에 도달하는 것입니다. 자기가 덕스럽다고 자랑하는 것이야말로 정말로 어리석은 일입니다. 성 그레고리우스가 말했듯이, 삼미신이 주는 영혼의 선물은 사람들에게 선행을 베풀고 그들에게 이익이 되는 대신 사람들의 마음을 혼란에 빠뜨리는 악이 되기 때문입니다.

그리고 운명의 여신이 주는 은혜를 가지고 뽐내는 사람도 어리석기는 마찬가지입니다. 종종 사람은 아침에 고관대작이었다가, 해가 저물기도 전에 거지가 되는 불행을 맛보기도 합니다. 또한 물질적 풍요는 죽음을 야기하기도 합니다. 쾌락으로 인해 중병에 걸려 죽는 경우도 많이 있습니다. 물론 세인들의 인정을 받는다는 것도 깨지기 쉬운 것이어서 믿을 수 없는 것입니다. 오늘은 입이 마르도록 칭찬하다가 내일은 욕을 하는 수도 종종 있기 때문입니다. 세인들의 칭찬을 받은 수많은 위대한 사람들이 목숨을 잃었다는 사실은 모두가 알고 있는 것입니다.

교만의 죄를 피하는 방법

이제 여러분들은 교만이 무엇이며, 그 종류에는 어떤 것들이 있고, 어디에서 생겨나는지를 알았을 것입니다. 그러니 이제는 교만의 죄를 피할 수 있는 방법에는 무엇이 있는지 알아보겠습니다. 한 마디로 말해서 그것은 겸손과 순종입니다. 겸손을 통해 사람은 자기 자신을 진정으로 알게 되며, 자기의 뛰어난 점을 우러러보는 대신 항상 그런 것이 쉽게 깨어질 수 있다는 것을 명심하게 됩니다.

겸손에는 세 종류가 있습니다. 즉 마음으로 겸손하고, 말로써 겸손하고, 행동으로 겸손해야 합니다. 마음의 겸손은 다시 네 가지로 나뉩니다. 첫째는 자기 자신을 하느님 앞에서 전혀 가치 없는 존재로 여기는 것이고, 둘째는 아무도 경멸하지 않는 것이며, 셋째는 사람들이 자기를 존경해도 그런 것에 개의치 않는 것이고, 넷째는 수모를 당하더라도 절대로 슬퍼하지 않는 것입니다.

말의 겸손도 네 가지로 나뉩니다. 겸손하게 말하고, 단순명료하게 말하며, 마음속에 지닌 그대로 말을 하고, 남의 장점을 솔직하게 칭찬하는 것입니다.

행동의 겸손도 마찬가지로 네 개로 나뉩니다. 첫째는 자기 자신보다 남들을 먼저 좋은 자리에 앉히고, 둘째는 모든 사람 중에서 가장 낮은 자리를 선택하고, 셋째는 남의 충고를 기꺼이 받아들이고, 넷째는 상급자나 손윗사람들의 결정을 즐겁게 받아들이는 것입니다. 그 중에서도 네 번째 것이 가장 겸손한 행동입니다.

질투에 관하여

교만에 대한 이야기를 끝내고, 이제는 질투라는 불유쾌한 죄에 관해 말하겠습니다. 성인들의 말에 의하면, 질투는 남이 잘사는 것을 슬퍼하는 것입니다. 성 아우구스티누스는 질투란 남의 행복을 슬퍼하고 남의 불행을 기뻐하는 것이라고 말합니다. 이 죄악은 성령(聖靈)과 반대됩니다. 비록 모든 죄가 성령에 대해 짓는 것이지만, 착한 마음씨는 성령에 속한 것이므로, 악의에서 파생되는 질투는 성령의 은총을 정면으로 거스르는 것입니다.

악의에는 두 가지가 있습니다. 첫째는 마음이 사악함으로 굳어 버린 경우입니다. 이런 경우 인간의 육체는 맹목적이 되어, 자기가 죄를 지었다는 것을 염두에 두지도 않으며 개의치도 않습니다. 이것은 물불을 가리지 않는 악마의 행동입니다. 또 다른 악의는 진리임을 알면서도 그런 진리에 대항하여 싸우며, 하느님이 이웃에게 내려주신 은총과 싸우는 것입니다. 이런 모든 것이 모두 질투의 소산입니다.

질투는 모든 죄 중에서도 가장 무거운 죄입니다. 다른 죄들은 구체적인 한 가지 덕성에 반(反)하는 것이지만, 질투는 모든 덕성과 착한 마음씨와 반대되는 것이기 때문입니다. 질투란 다른 사람들의 행복을 보면서 괴로워하는 것이며, 이 점에서 나머지 죄악들과 차이점을 보입니다. 다른 죄악들은 그 자체 속에 어떤 기쁨을 수반하는 데 반하여, 질투는 본질적으로 고통과 번민의 짐만을 지고 있습니다.

이제 질투의 여러 가지 종류를 열거해 보겠습니다. 우선, 남들의 성공과 선행을 보며 느끼는 고통이 있습니다. 본질적으로 성공은 기쁜 것이지만, 이런 것을 보며 고통을 느낀다는 점에서 질투는 자연의 속성에 반하는 죄입니다. 질투의 두 번째 종류는, 남의 불행을 보면 기뻐한다는 것입니다. 이것은 남에게 해를 끼치면서 즐거워하는 악마와 비슷합니다. 험담은 바로 이런 두 가지 종류의 질투에서 나오는 것이며, 험담의 죄에는 여러 가지 종류가 있습니다.

험담의 첫 번째는, 악의를 가지고 이웃을 칭찬하며, 끝에 가서는 항상 이웃을 모함하는 경우입니다. 그런 사람들은 항상 끝에 가서 '그러나'라는 말을 하면서, 그때까지 했던 칭찬보다 더 많은 비난을 퍼붓습니다. 두 번째는, 어떤 착한 사람이 선한 의도를 가지고 말하거나 행동을 하면, 자기의 사악한 생각을 만족시키기 위해 모든 좋은 점을 뒤집어놓는 것입니다. 세 번째는, 이웃의 선행을 축소하는 것입니다. 네 번째는, 사람들이 어떤 사람에 관해 좋게 말하면, 사람들의 칭찬을 받는 그 사람을 깎아내리기 위해 "내가 아는 어떤 사람이 그 사람보다 낫다"라고 말하는 경우입니다. 다섯 번째는, 남의 불행에 대한 이야기를 기쁜 마음으로 듣는 것입니다. 이것은 매우 무거운 죄이며, 험담하는 사람의 악의의 정도에 따라 이 죄도 점점 커지게 됩니다.

험담 다음에는 **불평**, 즉 투덜거림입니다. 종종 이것은 하느님이나 인간에 대해 참을성이 없이 조급해하기 때문에 일어납니다. 어떤 사람이 지옥의 고통이나 가난, 혹은 부의 상실이나 폭우·폭풍에 관해 불평을 하는 경우나, 악한 사람들은 잘사는데 착한 사람들은 불행하게 산다고 투덜대는 경우에는 하느님에 대해 욕을 하는 것입니다. 인간은 이런 모든 것을 꿋꿋이 참아야 합니다. 왜냐하면 하느님의 정당하신 판단과 처분에 맡겨야 하기 때문입니다. 흔히 불평은 탐욕에서 생기는 경우가 많습니다. 이것은 막달라의 마리아가 우리의 주님 예수 그리스도의 머리에 귀한 향유를 부어 드렸을 때, 유다가 투덜거린 것과 같습니다. 어떤 사람이 좋은 일을 했을 때 불평을 하거나 자기의 재산에 관해 불평하는 경우가 바로 이런 종류의 투덜거림에 해당합니다. 또한 불평은 교만에서 나오기도 합니다. 이것은 바리사이파의 시몬이, 막달라 마리아가 예수에게 와서 무릎을 꿇고 눈물을 흘리며 죄를 뉘우치는 것을 보고 예수 그리스도에게 불평한 것과 같습니다. 가끔씩 불평은 질투에서 나오기도 합니다. 남의 은밀한 결점을 발견하거나, 거짓으로 남을 고발하는 경우가 바로 그것입니다.

불평은 주인들이 정당한 일을 하라고 요구할 때 투덜거리는 하인들에게서도 찾아볼 수 있습니다. 그들은 공개적으로 주인의 명령에 반대하지 못하면서, 악의를 품고 나쁘게 말하거나 불평하고 투덜댑니다. 무지한 사람들은 이런 것을 두고 '악마의 주기도문'이라고 부릅니다. 물론 악마에게 주기도문이 있을 리는 없지만 말입니다. 때로 불평은 말 못할 분노에서 생겨나기도 합니다. 나중에 설명하겠지만, 이런 것은 마음속으로 원한을 품게 합니다. 그러면 마음속으로 비통함을 느끼게 되고, 남들이 좋은 일을 하는 것을 보면 억울해하고 못마땅하게 생각합니다. 그때부터 불화가 생기고 모든 우정이 끊어지며, 이웃이 좋은 일을 할 때마다 깎아내리려고 합니다. 그리고 이웃을 못살게 굴기 위해 호시탐탐 기회를 엿봅니다. 이런 것은 밤낮으로 우리를 비난하려고 기회를 노리는 악마와 다를 바가 없습니다.

그 다음에는 **악의**가 생겨납니다. 이런 사람은 악의를 가지고 남몰래 이웃을 괴롭힐 기회를 찾습니다. 그렇지 않으면, 이웃 사람의 집에 불을 지르거나, 가축에게 독을 먹여 죽이거나, 혹은 이와 유사한 못된 짓을 해야만 비로소 속이 후련해집니다.

질투의 죄에서 구제되는 법

이제 질투라는 악질적인 죄에서 구제되는 법을 말하겠습니다. 첫 번째이자 가장 중요한 것은, 하느님을 사랑하고 자기 자신을 사랑하듯 이웃을 사랑하는 것입니다. 왜냐하면 인간이란 혼자서는 살 수 없기 때문입니다. 그리고 이웃의 이름 속에서 형제의 이름을 보아야 합니다. 사실 우리 모두는 아담과 이브라는 육신의 아버지와 어머니를 가지고 있습니다. 또한 천국의 하느님이라는 영적인 아버지도 가지고 있습니다. 따라서 우리 모두는 이웃을 사랑하고 그에게 모든 행운이 깃들이기를 기원해야 합니다. 하느님은 "네 자신처럼 이웃을 사랑하라"고 말씀하셨습니다. 즉 여러분들의 목숨과 영혼이 구원을 받을 때까지 그래야 한다는 것입니다.

이것뿐만이 아닙니다. 우리는 말로써 다정스러운 충고와 타이름으로 이웃을 사랑하고, 슬픔에 빠진 이웃에게 기운을 주며, 모든 정성을 다해 그런 이웃을 위해 기도를 해야 합니다. 또한 남에게 받고자 하는 것을 이웃에게 베풀며 사랑해야 합니다. 그러므로 물리적으로 이웃에게 상처를 입히거나 말로써 해쳐서도 안 되며, 나쁜 본보기로 이웃을 부추겨서 그의 재산이나 영혼에 해를 끼쳐서도 안 됩니다. 또한 이웃의 아내나 재산을 탐내서도 안 됩니다. 그리고 이웃이라는 이름 속에는 적들도 포함시켜야 한다는 것을 알아야 합니다.

인간은 하느님의 계명에 따라 원수도 사랑해야 합니다. 우리는 하느님 안에 있는 친구를 사랑해야만 합니다. 또한 하느님을 사랑한다면 하느님의 계명대로 원수도 사랑해야만 합니다. 우리가 원수를 미워하는 것이 옳다고 말하는 것은 하느님이 그분의 원수였던 우리들을 사랑으로 받아주시지 않아야 한다는 것과 마찬가지 말입니다.

원수가 우리에게 끼치는 세 가지 해악에 맞서기 위해, 우리는 다음과 같은 세 가지 방법으로 대처해야만 합니다. 즉 원수가 우리에게 증오를 품고 마음속으로 원한을 가지고 있다면, 그를 사랑하는 마음으로 대해야 합니다. 원수가 우리를 헐뜯거나 해로운 말을 하면, 원수를 위해 기도하십시오. 그리고 원수의 못된 행동에는 선행으로 대답하십시오. 그리스도는 이렇게 말씀하셨습니다. "원수를 사랑하고 너희에게 욕하는 사람과 너희를 박해하는 사람들을 위해 기도하여라. 또한 너희를 증오하는 사람들에게 선행을 베풀어라." 이렇게 예수 그리스도는 우리의 원수들에게 우리가 어떻게 처신해야 하는지를 가르치셨습니다. 자연의 여신은 우리에게 친구들을 사랑하도록 했지만, 진정으로 우리의 사랑을 필요로 하는 것은 친구들보다 원수들입니다. 인간들은 가진 것이 없는 사람들에게 선행을 베풀어야 합니다. 그렇게 함으로써 우리는 원수를 위해 돌아가신 예수 그리스도의 사랑을 기억할 것입니다. 이런 사랑을 실행하기는 어렵지만, 그러기에 더 가치가 있는 것입니다. 이렇게 하느님의 사랑은 악마의 독에 대처했던 것입니다.

악마는 겸손에게 패배합니다. 마찬가지로 우리가 원수에게 사랑을 베풀면, 악마는 깊은 상처를 입습니다. 이런 점에서 사랑은 사람의 마음에서 질투의 독을 뽑아 주는 약입니다. 이러한 종류의 죄에 관해서 계속 자세하게 설명하겠습니다.

분노에 관하여

질투에 관한 것은 이 정도로 마치고, 이제는 분노의 죄에 관해 설명해 드리겠습니다. 의심의 여지 없이 이웃에게 질투를 느끼는 사람은, 즉시 이웃의 말이나 행동에서 분노의 대상을 찾아낼 것입니다. 분노는 질투와 교만에서 나오는 것입니다. 질투를 하거나 교만한 자는 쉽게 분노하기 때문입니다.

성 아우구스티누스가 적고 있듯이, 분노의 죄는 말이나 행동으로 복수를 하려는 사악한 의지입니다. 현자들에 의하면, 분노는 부풀어오른 심장 속에 지니고 있는 뜨거운 피입니다. 그래서 그런 사람은 자기가 증오하는 사람에게 해를 끼치려고 합니다. 사실 사람의 마음은 그의 피가 끓어오르면 흥분하게 되고, 이내 판단력과 이성을 잃게 됩니다.

분노에는 두 가지가 있습니다. 첫째는 선한 분노이고, 둘째는 악한 분노입니다. 첫 번째 것은 선을 향한 갈망인데, 이것을 통해 우리는 악에 대해 분노하게 됩니다. 그래서 신중한 현자들은 분노가 야유보다 낫다고 말합니다. 이런 분노는 달콤하고 다정한 마음씨에서 태어나며 전혀 쓴맛이 없습니다. 이것은 인간에 대한 분노가 아니라 자기의 죄에 대한 분노입니다. 그래서 예언자 다윗은 "분노하되, 다시는 죄짓지 말아라"라고 말씀하셨습니다.

또 사악한 분노에는 두 가지가 있습니다. 첫 번째는 이성의 동의 없이 일어나는 갑작스럽고 격앙된 분노입니다. 이 말은 인간의 이성이 동의하지 않은 격앙된 분노란 뜻입니다. 이런 행동은 가벼운 죄에 해당합니다. 또다른 분노는 매우 사악한 것입니다. 그것은 복수를 하겠다는 생각으로 미리 계획하고 궁리한 잔인한 마음에서 생기는 것입니다. 만일 이런 생각에 이성이 동의한다면, 무거운 죄를 짓게 됩니다. 이런 분노는 하느님의 눈에 결코 유쾌하게 보이지 않습니다. 그래서 하느님은 노한 자의 집에 불행을 주시고, 그의 영혼에서 성령을 몰아내십니다. 또한 하느님과 비슷한 점, 즉 인간의 영혼 속에 자리잡은 은총을 파괴하고 없애시며, 그것 대신 악마와 흡사한 것을 집어넣으시고, 그 인간을 그의 합당한 주인이신 창조주에게서 떼어놓으십니다.

이런 분노는 악마에게 진정한 기쁨을 선사합니다. 그것은 지옥의 불로 이글거리는 악마의 화덕입니다. 의심의 여지 없이 불이 그 어떤 것보다 세상의 물질을 파괴하는 데 가장 효과적인 힘을 지녔듯이, 분노도 영혼의 모든 것들을 제거하는 데 가장 큰 힘을 가졌습니다. 거의 불이 꺼져 재로 덮인 조그만 불덩이가 유황과 만나면 얼마나 활활 타오르는지 생각해 보십시오. 마찬가지로 분노는 인간의 마음을 덮고 있는 오만과 만나면 전에 없이 활활 타오르게 됩니다. 불은 무(無)에서 나오는 것이 아니라, 본래 자연적인 형태로 존재하는 것입니다. 불은 부싯돌을 쇠로 마찰하면 쉽게 얻어지는 것입니다.

이런 현상은 오만의 경우에도 동일하게 발생합니다. 원한이 분노의 자양분이고 연료이듯이, 오만은 분노의 원천입니다. 성 이시도루스에 의하면 아주 특이한 나무가 있었는데, 사람이 그 나무에 불을 붙인 다음, 그 숯을 재로 덮어두면 일 년 혹은 그 이상이 지나도 불이 꺼지지 않았다고 합니다. 분노의 경우도 이 나무와 같습니다. 분노가 인간의 마음속에 보금자리를 마련하면, 부활절에서 다음 부활절까지, 즉 일 년이나 그 이상 지속됩니다. 그러나 이 기간 동안 그런 사람은 하느님의 자비를 바랄 수 없습니다.

앞에서 말한 악마의 화덕은 세 가지 악을 자양분으로 삼고 있습니다. 그것은 험하고 나쁜 말로 불을 붙이고 활활 타오르게 하는 오만과, 깊은 원한의 긴 부젓가락으로 인간의 마음속에 벌겋게 단 쇠를 지니게 하는 질투와, 마지막으로 상스러운 욕설로 싸움과 언쟁을 일으키는 반란의 죄입니다.

분노라는 저주받을 죄는 본인은 물론 이웃에게도 해를 끼칩니다. 의심할 여지 없이 사람이 자기 이웃에게 끼치는 해는 거의 모두 분노에서 나옵니다. 사실 분노가 폭발하면, 악마가 지시하는 모든 악행을 수행하게 됩니다. 악마는 그리스도나 성모 마리아에게도 거침없이 악을 행했습니다. 불행히도 심한 분노를 터뜨리는 사람은 자기 마음이 예수 그리스도와 성인들을 향한 증오로 가득 차 있다고 느끼게 됩니다. 이것이야말로 사악하기 그지없는 죄가 아니겠습니까? 이건 틀림없는 사실입니다. 분노는 인간의 이해력과 이성을 빼앗아 버리고, 그의 영혼을 보호할 영적 생활을 불가능하게 만듭니다. 또한 인간의 영혼 속에 있는 선(善)과 이웃에 대한 사랑을 빼앗아 버립니다. 그리고 끊임없이 진실과 싸우고, 마음의 평화를 앗아가며 영혼을 교란시킵니다.

분노에서는 다음과 같이 역겨운 죄들이 생겨납니다. 첫째로 **증오**입니다. 이것은 분노와 거의 동의어입니다. 둘째로 **불화**가 생기는데, 이것은 오랫동안 사랑하던 옛 친구를 버리게 만듭니다. 그리고는 싸움이 생기고 이웃의 신체나 재산에 온갖 종류의 해를 끼치게 됩니다. 이런 저주스런 분노의 죄에서는 살인도 생깁니다. 살인은 여러 가지로 행해질 수 있습니다. 어떤 살인은 영적으로 행해지고, 또 어떤 것은 육체적으로 행해집니다.

영적인 살인에는 다음과 같은 세 가지가 있습니다. 첫째는 증오에서 생겨나는 것입니다. 이것에 대해 성 요한은 "자기 형제를 미워하는 자는 누구나 다 살인자입니다"라고 말씀하셨습니다. 험담 역시 살인입니다. 솔로몬은, 험담가는 두 개의 칼을 들고 이웃을 죽이는 자와 다름없다고 말했습니다. 험담이란 이렇게 이웃의 명예는 물론이고 그의 생명까지 빼앗아 버릴 수 있는 사악한 것입니다. 또한 거짓으로 그릇된 충고를 하거나 불법적으로 세금이나 공물을 징수하라고 말하는 것 역시 살인이 될 수 있습니다. 이 점에 관해 솔로몬은 이렇게 말했습니다. "가난한 백성을 억울하게 다스리는 자는 울부짖는 사자요, 굶주린 곰이다." 그런 사람들은 품삯을 떼어먹거나, 하인들의 급료를 주지 않거나 깎으며, 고리대금업을 하거나, 혹은 가난한 사람들에게 동냥을 주지 않습니다. 그래서 솔로몬은 "배고파 죽어가는 사람에게는 먹을 것을 주라"고 말했습니다. 그런 사람에게 먹을 것을 주지 않으면 그를 죽이는 것과 마찬가지입니다. 이런 것은 모두 무거운 죄가 됩니다.

육체적 살인에는 말로써 사람을 죽이는 경우, 곧 사람을 죽이라고 명령하는 경우, 그리고 살인을 하도록 다른 사람을 권하는 경우가 있습니다. 실제 살인에는 다음의 네 가지가 있습니다. 첫 번째는 사법당국이 죄인에게 사형을 선고하는 것과 같은 합법적인 경우입니다. 그러나 이럴 경우에도 판사는 피 흘리는 것을 보며 즐기기 위해서가 아니라, 정의를 지키기 위해서 정당하게 판결하도록 주의를 기울여야 합니다. 두 번째 살인은 필요에 의한 것입니다. 정당방위로서 남을 죽일 때, 즉 상대를 죽이지 않고서는 자신이 죽게 되었을 경우입니다. 그러나 상대방을 죽이지 않고도 목숨을 구할 수 있는 경우에 살인을 하면, 그것은 무거운 죄를 짓는 것이고, 따라서 그것에 합당한 형벌을 받아야 합니다.

또한 어떤 사람이 우연하게 돌을 던졌는데 그 돌을 맞고 사람이 죽었다면, 역시 살인이 됩니다. 마찬가지로 어떤 여자가 밤에 부주의해서 아이를 깔고 자다가 아이가 죽었다면, 그것 역시 살인이며 무거운 죄를 짓는 것입니다. 또한 아이의 임신을 방해하는 행위도 살인입니다. 가령 해로운 약초를 먹여 여자를 불임으로 만들거나, 독약을 먹여 아이를 죽이거나, 혹은 태아를 죽이기 위해 여자의 은밀한 부분에 특정한 물건을 삽입하거나, 아니면 자연에 반(反)하는 죄, 즉 남자든 여자든 임신이 되지 않도록 수정이 불가능한 자리에 정액을 쏟거나, 임신을 한 여자가 자기 몸에 상처를 입혀 아이를 죽이거나 하는 것도 모두 살인입니다.

그럼 아이들이 태어나서 뭐라고 말할지 두려워 아이를 죽이는 임신부는 어떨까요? 의심할 여지도 없이 그것 역시 끔찍한 살인입니다. 또한 남자가 음탕한 생각으로 임신부를 가까이해서 그 결과로 아이가 죽거나, 혹은 임신부를 구타했는데 아이가 죽는 경우가 발생하더라도 역시 살인이 되는 것입니다. 이런 모든 행위는 끔찍스런 살인이며, 무거운 죄가 됩니다.

또한 분노에서 말과 행위와 생각으로 범하는 많은 죄가 파생합니다. 가령 하느님에게 욕을 하거나, 아니면 자기가 잘못했으면서도 하느님에게 책임을 전가하는 경우, 혹은 저주받아 마땅한 수많은 나라의 노름꾼들처럼 하느님과 성인들을 멸시하는 것들이 바로 이런 죄에 해당합니다. 그들은 마음속으로 하느님과 성인들에 대해 악한 마음을 품고 있기에 이런 못된 죄를 저지르는 것입니다. 또한 불경스럽게 성사(聖事)에 참여하는 것도 아주 무거운 죄가 됩니다. 그것은 하느님이 무한한 자비를 내리실 때에만 비로소 용서를 받을 정도로 무거운 죄입니다. 이렇게 하느님은 자기를 모독한 사람을 용서하실 정도로 위대하시고 자비로우신 분입니다.

또한 분노에서는 독기가 스며든 노여움이 생깁니다. 고백성사 때 신부가 죄를 버리라고 충고하면, 오히려 화를 내고 신부의 충고를 우습게 여기며 자기의 죄를 변명하는 사람들이 있습니다. 가령 육체가 허약하여 죄를 범했다거나, 아니면 친구들의 비위를 맞추기 위해서 죄를 범했다거나, 혹은 악마의 꾐에 빠졌다느니 자기가 젊어서 그런 죄를 지었다느니, 또는 자기의 성격이 너무나 괄괄해서 억제를 할 수 없었다느니, 그런 나이가 되면 그럴 수밖에 없다며 팔자타령을 한다든지, 혹은 선조가 귀족이었기 때문에 그런 죄를 지었다고 말합니다. 이런 종류의 사람들은 죄를 인정하거나, 그런 죄에서 벗어나려고 하지 않습니다. 어떤 사람이든지 자기의 죄를 겸허한 자세로 시인하지 않고 자기 변명을 늘어놓는 사람은 죄에서 해방될 수가 없습니다.

이런 죄 다음에는 하느님의 계명에 정면으로 거스르며 **맹세하는 죄**를 설명해 드리겠습니다. 이것은 종종 분노와 노여움 때문에 일어납니다. 하느님은 이렇게 말씀하셨습니다. "너희는 너희 하느님의 이름을 함부로 부르지 못하리라." 또한 우리의 주님 예수 그리스도 역시 성 마태오의 말을 통해 이렇게 말씀하셨습니다. "맹세를 하지 말라. 하늘을 두고 맹세하지 말라. 하늘은 하느님의 옥좌이다. 땅을 두고도 맹세하지 말라. 땅은 하느님의 발판이다. 예루살렘을 두고도 맹세하지 말라. 예루살렘은 그 크신 임금님의 도성이다. 네 머리를 두고도 맹세하지 말라. 너는 머리카락 하나도 희게나 검게 할 수 없다. 너희는 그저 '예' 할 것은 '예' 하고, '아니요' 할 것은 '아니요'라고만 하여라. 그 이상의 말은 악에서 나오는 것이다."

그리스도의 사랑을 두고 맹세한다면서 죄를 짓지 마십시오. 또한 우리의 주님 예수 그리스도의 몸이나 영혼, 뼈나 심장을 조각조각 내어 부당한 방법으로 맹세를 하지도 마십시오. 못된 유대인들은 귀하신 그리스도의 팔다리를 끊어버릴 대로 끊었습니다. 그러니 여러분들은 그렇게 할 생각은 아예 하지 마십시오. 만일 법이 당신에게 맹세를 하도록 강요하면, 「예레미야」 4장에 나오는 대로 하느님의 법에 따라 행동하십시오. 하느님은 이렇게 말씀하십니다. "너희는 세 가지 조건을 명심하라. 진실로 맹세하고, 정의로써 맹세하고, 솔직하게 맹세하라." 이 말은 진실로써 맹세해야 한다는 뜻입니다. 모든 거짓말은 진리이신 예수 그리스도를 거역하는 것이기 때문입니다. 또한 법이 강요하지 않는데도 마구 맹세를 하면, 그의 집에는 재앙이 끊이지 않는다는 사실도 명심하십시오.

재판관이 진실을 증언하라고 요구했을 때에는 정의에 의거하여 맹세하십시오. 질투나 개인적인 호의나 뇌물에 의해 맹세하지 말고 양심에 따라 솔직하게 맹세하십시오. 그것이 하느님의 영광을 위한 것이고, 그리스도교인들을 돕는 길입니다. 하느님의 이름을 함부로 부르는 사람은 모두 거짓으로 증언합니다. 또한 그리스도교인이라는 말을 듣기 위해 그리스도의 이름을 부르지만, 실제로 그리스도와 그분의 가르침대로 살지 않는 사람들 역시 모두 하느님의 이름을 헛되이 부르는 사람들입니다.

성 베드로가 「사도행전」 4장에서 한 말씀을 귀담아들으십시오. 그는 이렇게 말했습니다. "사람에게 주신 이름 가운데 우리를 구원할 수 있는 이름은 이 이름밖에는 없습니다." 이것은 예수 그리스도의 이름만이 구원을 할 수 있다는 말입니다. 또한 그리스도의 이름이 얼마나 고귀한지 알아야만 합니다. 성 바울로는 「필립비인들에게 보낸 편지」 2장에서 이렇게 말합니다. "하늘과 땅 위와 땅 아래에 있는 모든 것이 예수의 이름을 받들어 무릎을 꿇었습니다." 그분의 이름은 이토록 높고 고귀해서, 지옥의 악마는 그 이름만 들어도 벌벌 떱니다. 그러니 그리스도의 거룩한 이름을 걸고 거짓으로 맹세하는 사람은, 저주받는 유대인들이나 그분의 이름만 들어도 벌벌 떠는 악마들보다, 그리스도를 더욱 경멸하는 것이 됩니다.

이렇게 재판정에서 맹세하는 것을 제외하면, 맹세는 엄격히 금지되어 있습니다. 그러니 필요 없이 거짓으로 맹세하는 것은 더욱 몹쓸 짓입니다. 맹세를 하면서 즐거움을 느끼고, 이렇게 맹세하는 것을 사나이다운 것이라고 생각하며, 별 볼일 없는 일에 계속해서 어마어마한 맹세를 하는 사람은 어떻겠습니까? 의심의 여지 없이 이것은 무서운 죄악입니다.

아무런 생각도 없이 갑자기 맹세를 하는 것 역시 죄입니다. 그러나 이제는 거짓 주술과 요술의 끔찍스런 죄에 관해 생각해 봅시다. 거짓 주술사와 강신술사(降神術師)들은 물을 담은 대야나 번쩍이는 물건 위에 동그라미를 그리거나, 아니면 화덕이나 염소의 어깨뼈 위에 동그라미를 그립니다. 내가 말할 수 있는 것은 그들이 악의를 갖고 이런 행동을 하며, 이런 것은 그리스도와 성 교회의 믿음을 저주하는 것이라는 사실뿐입니다.

그러면 점을 믿는 사람들에게는 뭐라고 말할 수 있을까요? 그들은 새들이 노래를 부르거나 나는 모습, 혹은 짐승들을 보며 점을 치거나, 제비뽑기나 문이나 대문이 삐걱거리는 소리, 쥐가 갉아먹는 소리를 비롯하여 부질없는 것들을 가지고 온갖 점을 칩니다. 하느님과 성 교회는 이런 것을 금하셨습니다. 이런 추잡한 믿음에 집착하는 모든 사람들은 회개하지 않으면 하느님의 은총을 받지 못할 것입니다. 사람이나 동물이 병에 걸리거나 상처를 입었을 때 마법을 걸어 효험을 보는 경우는, 마법의 덕택이 아니라 하느님께서 관용의 은총을 베푸셨기 때문입니다. 그러니 이런 경우는 하느님의 이름을 더욱 믿고 공경해야만 할 것입니다.

그럼 이제는 **거짓말**에 대해 이야기하겠습니다. 일반적으로 거짓말은 그리스도교인을 속이기 위한 목적으로 행해지는 참되지 않은 말입니다. 거짓말에는 아무에게도 도움이 되지 않는 것이 있습니다. 또한 어떤 사람에게는 이익과 행복을 가져다주지만, 다른 사람에게는 손해와 불행을 가져다주는 거짓말도 있습니다. 그리고 목숨이나 재산을 구하기 위해서 하는 거짓말도 있습니다. 한편 거짓말하는 것이 즐거워서 거짓말을 하는 경우도 있습니다. 이런 경우 모든 것을 아주 자세히 설명하며 길게 말을 하지만, 결국 이런 것은 모두 거짓말입니다. 또한 자기가 한 말을 굳이 지키려고 하는 데서 파생되는 거짓말도 있으며, 깊이 생각하지 않은 경거망동에서 나오는 거짓말도 있습니다.

그럼 이제는 **아부**라는 죄악에 관해 말하겠습니다. 이것은 자발적인 의지에 의해 이루어지는 것이 아니라, 두려움이나 탐욕에서 비롯되는 것입니다. 아부는 거짓으로 칭찬하는 것입니다. 아부꾼들은 자기의 아이들에게 아첨이라는 우유를 먹이는 못된 유모와 같습니다. 솔로몬은 아첨은 비방보다 더 악한 것이라고 말했습니다. 종종 험담은 거만한 사람에게 겁을 주어 겸손하게 만들기도 합니다. 그러나 분명한 것은, 아부는 상대방의 행동이나 말을 더욱 도도하게 만든다는 것입니다. 아부꾼들은 악마의 사주를 받은 요술사들입니다. 그들은 우리로 하여금 우리 자신과 견줄 수 있는 사람은 아무도 없다고 생각하게 만듭니다. 이런 아부꾼들은 유다와 같습니다. 원수들, 즉 악마에게 우리를 팔아먹기 위해 배신을 하기 때문입니다. 아부꾼들은 죽은 자를 위해 노래부르는 악마의 사제입니다. 나는 아부를 분노의 죄라고 이해합니다. 우리가 다른 사람에게 분노하면, 그와의 싸움에서 이길 수 있도록 제삼자에게 아부를 하기 때문입니다.

그러면 계속해서 성난 마음에서 솟아 나오는 **저주**에 관해 말하겠습니다. 일반적으로 저주는 해를 가져올 수 있습니다. 성 바울로가 말씀하셨듯이, 저주를 하는 사람은 하느님의 나라에 들어갈 수가 없습니다. 새가 결국에는 자기 집으로 돌아오듯이, 우리는 저주도 저주를 한 사람에게 되돌아가는 경우를 흔히 볼 수 있습니다. 특히 사람들은 자기 아이들에게 저주를 하지 말아야 합니다. 그것은 자식들을 악마에게 건네주는 격이 되기 때문입니다. 이렇게 아이들에게 저주를 한다는 것은 위험한 일이며 커다란 죄악이 됩니다.

이제는 말싸움과 비난에 관해 말하겠습니다. 이것들은 인간의 마음에 큰 상처를 줍니다. 왜냐하면 인간의 마음속에서 우정의 끈을 잘라 버리기 때문입니다. 사실 공개적으로 자기를 무고하게 비난하고 꾸짖은 사람과 마음이 맞기란 아주 어려운 일입니다. 복음서에서 그리스도가 말씀하시듯이, 이것은 아주 커다란 죄입니다.

그럼 이제는 남들을 욕하면서 그의 신체적 결함을 비난하는 행위에 관해 생각해 보겠습니다. 가령 남에게 '문둥이' '꼽추' '갈보'라고 부르는 경우입니다. 만일 우리가 이웃의 신체적 고통을 비난한다면, 이는 우리의 주님이신 예수 그리스도를 욕하는 것입니다. 나병이든 질병이든 신체의 결함이든, 이런 병은 언제나 하느님이 보내신 정의로운 사자(使者)가 내려주는 것이기 때문입니다. 또한 이웃이 범한 죄를 보고 '난봉꾼'이니 '주정뱅이'와 같은 이름으로 그를 부르는 것도 악마에게 기쁨을 선사해 주는 결과가 되고 맙니다. 악마란 언제나 사람이 죄를 짓는 것을 보면 기뻐하기 때문입니다. 이런 욕설은 틀림없이 사악한 마음에서 솟아나는 것입니다. 왜냐하면 가슴에 가득 담긴 것은 입을 통해 나오는 법이기 때문입니다.

그러니 여러분들은 이것을 명심하십시오. 즉 남을 꾸짖을 때에는 비난하는 말이나 욕설을 삼가야 합니다. 이런 것을 마음속에 새겨두지 않으면, 상대방이 마음속에 품은 분노의 불을 끄는 대신에, 그것을 활활 타오르게 하는 결과가 되기 쉽습니다. 그리고 상냥하게 타이르면 고칠 수 있는 사람을 희생시키는 경우도 생기게 됩니다. 그래서 솔로몬은 이렇게 말했습니다. "따뜻한 말은 생명의 나무가 된다." 즉 영혼의 생명이 된다는 것입니다. 사나운 말투는 나무라는 자와 나무람을 받는 자의 영혼을 모두 죽인다는 말은 의심의 여지가 없습니다. 성 아우구스티누스는 이렇게 말합니다. "남을 자주 꾸짖는 사람처럼 악마의 아들과 흡사한 사람은 없다." 성 바울로 역시 "남을 꾸짖는 것은 하느님의 종이 할 일이 아닙니다"라고 말합니다.

다툼이란 지위고하를 막론하고 천한 행동이며, 특히 남편과 아내 사이라면 더욱 좋지 않은 일입니다. 그렇게 되면 부부 사이에 평화가 깃들이지 않기 때문입니다. 이런 이유로 솔로몬은 "지붕이 없고 물이 새는 집과 바가지 긁는 아내는 똑같다"라고 말합니다. 비가 많이 새는 집에 사는 남자는, 비가 새는 곳을 피하더라도 이내 다른 빗방울을 맞게 마련입니다. 남편을 비난하며 바가지 긁는 아내도 이와 마찬가지입니다. 남편이 아내와 싸움을 피하더라도, 이내 아내는 싸움을 걸어오기 때문입니다. 그래서 솔로몬은 "집에 진수성찬을 차려놓고 다투는 것보다 누룽지를 먹어도 마음 편한 것이 낫다"라고 말합니다. 성 바울로도 「골로사이인들에게 보낸 편지」에서 이렇게 말합니다. "아내 된 사람들은 자기 남편에게 순종하십시오. 이것이 주님을 믿는 사람으로서 해야 할 본분입니다. 남편 된 사람들은 자기 아내를 사랑하십시오."

그러면 이제 **멸시**에 관해 언급하겠습니다. 이것은 몹시 사악한 죄입니다. 특히 착한 일을 한 사람을 멸시하는 경우는 더욱 그렇습니다. 남을 멸시하는 사람들은 포도가 주렁주렁 열린 포도나무의 은은한 향내를 참지 못하는 못된 두꺼비처럼 행동합니다. 이런 방자한 사람들은 악마의 친구들입니다. 그들은 악마가 이기면 기뻐하고, 악마가 패배하면 대성통곡을 합니다. 그들은 예수 그리스도가 사랑하는 것을 증오합니다. 즉 영혼의 구원을 미워하기 때문에 예수 그리스도의 적입니다.

이번에는 **나쁜 충고**에 관해 말하겠습니다. 나쁜 충고를 하는 사람은 배신자입니다. 아히도벨이 압살롬에게 한 것처럼, 그는 자기를 믿는 사람을 속이는 사람이기 때문입니다. 그러나 나쁜 충고는 우선 자신을 해치는 것임을 알아야 합니다. 어느 현자가 말했듯이, 가식적인 삶은 고유한 특성을 가지고 있습니다. 즉 남에게 해를 끼치려고 할 때에는 자기 자신이 제일 먼저 손해를 입는다는 것입니다. 우리는 거짓말하는 사람이나 화난 사람, 혹은 비탄에 젖은 사람의 충고를 들어서는 안 됩니다. 또한 극단적으로 자신의 이익만을 사랑하는 사람이나 너무 세속적인 사람들이 특히 영혼에 관한 충고를 할 때에는 듣지 말아야 합니다.

이제는 **이웃 사이에 불화를 조장하거나 불화의 씨를 뿌리는 사람들의 죄**에 관해 말하겠습니다. 이 죄는 예수 그리스도께서 대단히 혐오하는 것입니다. 그러나 그리스도께서는 이웃의 평화를 위해 돌아가셨다는 것을 생각한다면, 이것은 전혀 놀라운 일이 아닙니다. 이런 죄를 범하는 사람들은 그리스도를 십자가에 못 박은 사람들보다 더 큰 모욕을 저지르는 자들입니다. 하느님께서는 자신의 몸보다 사람들이 서로 화목하게 살아가기를 원하셨으며, 그런 조화를 위해 기꺼이 몸을 바치셨습니다. 그러므로 불화의 씨를 뿌리는 사람들은 악마와 비교될 수 있습니다.

그럼 **일구이언**(一口二言)의 죄에 관해 말하겠습니다. 그것은 남들 앞에서는 좋게 말하고, 뒤에서는 나쁜 소리를 하는 것입니다. 또한 겉으로는 좋은 의도나 농담으로 이야기하는 듯하면서도, 그 안에 악의를 품고 있는 것도 이에 해당합니다. 그리고 남의 비밀을 유포시켜서 그의 명예를 손상시키는 죄도 있습니다. 사실 그런 피해는 좀처럼 되돌릴 수 없는 것입니다.

한편 **협박**은 매우 어리석은 짓입니다. 종종 협박을 하는 사람은 자기가 이룰 수 없는 것 이상으로 협박을 합니다. 그렇다면 쓸데없는 **빈말**은 어떨까요? 빈말은 말하는 사람이나 듣는 사람 모두에게 하나도 이익이 되지 않습니다. 여기에서 빈말이란 필요 없는 말이거나 이익을 얻을 목적 없이 하는 말입니다. 이런 말들은 가벼운 죄이지만, 우리는 그것을 경계해야 합니다. 어쨌거나 그런 말을 한 것에 대해 하느님에게 해명을 해야 하기 때문입니다. 또한 **수다**라는 죄도 있습니다. 솔로몬은 이것에 대해 '아주 어리석은 죄'라고 말했습니다. 그래서 어떤 철학자는 남들을 어떻게 기쁘게 해줄 수 있느냐는 질문을 받자, 이렇게 대답했습니다. "좋은 일을 많이 하고, 말을 적게 하라."

또한 **점잖지 못한 농담**도 죄가 됩니다. 익살꾼들은 악마의 원숭이와 같습니다. 원숭이가 재주를 부리며 웃기듯이, 그들은 점잖지 못한 농담으로 사람들을 웃게 만듭니다. 성 바울로는 이런 점잖지 못한 농담은 성도들에게 어울리지 않는다면서 금하셨습니다. 성스럽고 덕스러운 말들은 하느님을 섬기는 데 모든 노력을 기울이는 사람들에게 기운을 북돋아 줍니다. 마찬가지로 추잡한 말과 점잖지 못한 농담은 악마를 섬기는 사람들에게 기쁨을 줍니다. 혀에서 나오는 이런 모든 죄들은 결국 분노와 또다른 악에서 파생되는 것입니다.

분노의 죄에서 구제되는 법

분노에 대한 구제책은 사람들이 온유라고 부르는 미덕입니다. 이것은 상냥함 혹은 다정함이며, 또한 인내라는 이름으로 불리기도 합니다. 상냥함은 사람의 본성 속에 자리잡고 있는 은밀한 욕망을 떨쳐 버리거나 감소시킵니다. 그렇게 해서 분노하거나 노여워하지 않게 만듭니다. 인내란 다른 사람이 우리를 괴롭히고 부당하게 대하더라도 유순하게 받아들이는 것입니다. 성 히에로니무스는 온유는 누구에게도 해를 끼치지 않으며 해로운 말도 하지 않으며, 이성을 거스르면서 화를 내게 하지도 않는다고 말합니다. 종종 이런 덕은 인간의 본성이기도 합니다. 어느 철학자가 말하듯이, 인간의 마음씨는 온유하며, 본질적으로 유순하고, 선한 행동을 지향하는 경향이 있습니다. 그런데 온유함이 관용과 더해지면, 더욱 인내심이 있게 됩니다.

분노에 대한 또다른 구제책인 인내는 상냥한 마음으로 모든 것을 참으며, 동시에 자기가 어떤 해를 입었더라도 결코 화를 내지 않게 합니다. 어느 철학자는 "인내란 불행이 선사하는 모든 모욕과 악의에 찬 모든 말을 기쁜 마음으로 참고 견디는 것"이라고 말합니다. 예수 그리스도가 말씀하시듯이, 이런 미덕은 인간을 하느님과 흡사하게 해주고, 마침내는 하느님의 아들로 만들어 줍니다. 또한 인내는 적을 당황하게 만듭니다. 그래서 현자 이오니시우스는 "적을 이기고 싶으면 참는 법을 배워라"라고 말합니다.

사람은 외부에서 받는 네 가지의 피해를 참아야 합니다. 또한 이런 피해를 받으면 각각 네 가지의 다른 인내로 대처해야 합니다.

첫 번째 피해는 나쁜 말입니다. 유대인들이 예수 그리스도를 멸시하고 비난했지만, 그분은 아무런 불평도 없이 이런 모욕을 참으셨습니다. 그러니 우리도 인내를 가지고 참아야 합니다. 현자 솔로몬은 이렇게 말했습니다. "만일 네가 바보와 싸우면, 바보가 화를 내든 기쁜 표정을 짓든, 너는 마음 편히 있을 수 없으리라." 두 번째 피해는 재산의 손실입니다. 예수 그리스도는 전 재산과 심지어는 옷을 빼앗기셨을 때에도 참으셨습니다. 세 번째 피해는 몸에 상처를 입는 것입니다. 그리스도는 수난을 당하실 때 이것을 유순한 마음으로 참으셨습니다. 네 번째 피해는 과도한 노동입니다. 자기 하인들에게 너무 과도한 일을 시키거나, 축제일처럼 쉬는 날에도 일을 시키는 것은 중대한 죄를 범하는 것입니다. 예수 그리스도는 몸소 자신의 어깨 위에 자기가 치욕스런 죽음을 당할 십자가를 메고 가셨습니다. 그분은 이렇게 잘 참으심으로써 우리에게 참아야 한다는 것을 몸소 가르쳐 주셨습니다. 바로 여기에서 인류는 참아야 한다는 것을 배워야 합니다. 그리스도를 사랑하고 영원하고 복된 생명을 얻는 대가로, 모든 그리스도교인들은 인내심을 가져야 합니다. 또한 이 인내의 미덕은 그리스도교인뿐만이 아니라 이교도들도 권하고 실천한 것입니다.

옛날에 어떤 선생이 큰 잘못을 저지른 제자를 보자 크게 화가 치밀었습니다. 그래서 그 아이를 때리려고 매를 가져왔습니다. 아이는 매를 보자 이렇게 물었습니다.

"선생님, 무엇을 하려고 하십니까?"

"네가 잘못을 고치도록 너를 때리려고 한다"

그러자 아이가 말했습니다.

"그렇지만 저 같은 아이가 실수한 것을 보고 노하신 당신부터 고쳐야 합니다."

이 말을 들은 스승은 눈물을 흘리며 말했습니다.

"네 말이 옳다. 네 말에는 큰 진리가 숨어 있다. 얘야, 이 매를 들고 참을성 없는 나를 때려다오."

인내심에서는 복종심이 생겨납니다. 그리고 복종심을 통해 사람은 그리스도에게 순종하게 됩니다. 완전한 복종이란 기쁜 마음으로 서슴지 않고 자기의 모든 의무를 자발적으로 행한다는 것을 의미합니다. 이런 미덕을 통해 우리는 하느님과 우리가 반드시 섬겨야 할 성인들의 가르침을 실천에 옮길 수 있는 것입니다.

나태에 관하여

분노와 질투의 죄에 관한 것은 그만하고, 이제는 나태의 죄에 관해 이야기하겠습니다. 질투가 인간의 마음을 눈멀게 하고 분노가 사람을 혼란에 빠뜨린다면, 나태는 사람을 침울하고 기분을 언짢게 만들며 짜증나게 합니다. 질투와 분노는 인간의 마음속에 괴로움의 앙금을 남겨둡니다. 이 괴로움은 나태의 어머니이며, 모든 선한 것을 사랑하는 인간의 마음을 빼앗아갑니다. 그래서 나태는 동요된 마음이 겪는 괴로움입니다. 이 점에 관해 성 아우구스티누스는 "착한 것을 보면서 슬퍼하고, 나쁜 것을 보면서 기뻐하는 것"이라고 지적합니다.

이 죄는 예수 그리스도에 대한 도전이기 때문에 비난받아 마땅합니다. 솔로몬이 말하듯이, 인간은 예수 그리스도를 부지런히 정성스럽게 섬겨야 합니다. 그러나 나태는 이런 일을 하지 않습니다. 나태는 모든 것을 마지못해서 하며, 할 때에는 짜증을 내고 게으름을 피우며, 거짓 변명을 늘어놓기 일쑤입니다. 그래서 성서는 "야훼께서 시키신 일을 건성으로 하다가는 천벌을 받으리라"라고 말합니다.

나태는 인간의 모든 상태를 방해합니다. 인간의 상태에는 세 가지가 있습니다. 첫 번째는 아담이 낙원에서 쫓겨나기 이전처럼 아무런 죄도 없는 순진무구한 상태입니다. 그런 상태는 하느님을 찬양하고 사랑하도록 만듭니다. 두 번째는, 죄를 지은 인간의 상태입니다. 이 상태에서 인간들은 자기의 잘못을 용서받고 하느님께서 죄를 사면해 주실 수 있도록 하느님께 기도드리며 노동을 해야 합니다. 세 번째는 은총의 상태입니다. 이 상태에서 인간은 참회를 해야만 합니다. 의심할 여지 없이 나태란 이런 모든 것의 적입니다. 그것은 근면 속에서 아무런 즐거움을 느끼지 못하기 때문입니다. 그러므로 나태라는 사악한 죄는 육체적인 생명에 있어서도 커다란 적입니다. 그것은 헛되이 게으름만 피우면서 현세의 모든 재물을 허비하고 파괴하게 만들 뿐, 육체가 필요한 것을 전혀 제공해 주지 못하기 때문입니다.

나태의 또다른 특징은 **게으름**입니다. 이것은 게으름과 방탕의 죄로 지옥의 고통을 선고받은 사람들과 유사합니다. 이들은 악마의 노예가 되어, 행동할 수도 없고 생각할 수도 없기 때문입니다. 게으름은 인간이 착한 일을 하는 데 장애가 되는 첫 번째 원인입니다. 성 요한이 말씀하셨듯이, 바로 이런 까닭으로 하느님은 나태의 죄를 혐오하십니다.

어떤 고생이나 고난도 받아들이려고 하지 않는 게으름도 나태의 일종입니다. 사실 이런 게으름을 지닌 사람은 너무나 연약하고 가냘파서, 솔로몬이 말하듯이 고생이나 고난을 이겨내려고 하지 않습니다. 그래서 항상 일을 망치곤 합니다. 이런 부패한 나태의 죄를 극복할 수 있는 방법은, 아무리 작은 선행이라 할지라도 우리의 주님 예수 그리스도는 보답을 해주신다는 것을 염두에 두고, 선행을 베풀며 굳은 용기와 덕성을 축적하는 데 있습니다. 일을 하는 습관은 아주 훌륭한 것입니다. 성 베르나르가 말하듯이, 열심히 일하는 사람은 튼튼한 팔과 힘센 근육을 지니고 있지만, 반대로 나태한 사람은 허약하고 가냘픈 팔을 지니게 됩니다.

좋은 일을 시작한다는 것에 대한 두려움도 나태에서 생깁니다. 성 그레고리우스가 말하듯이, 죄에 빠진 사람은 좋은 일을 한다는 것이 대단히 큰 일이라고 생각하며, 좋은 일을 하려면 어렵고 힘든 상황을 참아내야 된다고 믿기 때문에 감히 선(善)의 길로 떠나려고 하지 않습니다.

나태의 또다른 죄는, **하느님의 자비에 대한 절망**입니다. 종종 이런 것은 지나친 슬픔에 뿌리를 두는 경우도 있으며, 또한 지나친 두려움을 느끼기 때문이기도 합니다. 이것은 자기가 너무 많은 죄를 지었고, 따라서 아무리 뉘우치고 죄의 길을 그만둔다고 하더라도, 하느님의 자비를 받지 못할 것이라고 생각하기 때문입니다. 성 아우구스티누스가 말하듯이, 이런 절망은 사람을 온갖 종류의 악에 빠져들게 합니다. 만일 이런 죄가 최고조에 이르면, 소위 '성령에 대한 죄'라고 불려집니다. 이 끔찍스런 죄는 너무나 위험한 것이어서, 우리가 그 죄에 빠져들면 무슨 죄든 아무런 거리낌 없이 저지르게 됩니다.

이런 점에서 절망의 죄는 모든 죄들 중에서 가장 좋지 않은 것이며, 예수 그리스도를 가장 거역하는 것입니다. 절망에 빠진 사람은 아무런 이유도 없이 패배를 시인하는 비겁하고 나약한 선수와 같습니다. 그러나 스스로를 비겁하다고 생각하며 절망에 빠질 필요는 없습니다. 하느님은 회개하는 자라면 누구든지 가리지 않고 자비를 베풀어 주시고, 그런 하느님의 자비는 인간의 모든 행위를 초월하는 것입니다. 「루가의 복음서」 15장을 보십시오. 하느님은 이렇게 말씀하십니다. "회개할 것 없는 의인 아흔아홉보다 죄인 한 사람이 회개하는 것을 하늘에서는 더 기뻐할 것이다." 이 복음서에는 아들을 잃었다가 그 아들이 회개하고 다시 집으로 돌아오자, 아버지가 기뻐하며 잔치를 벌인 이야기도 있습니다. 우리는 이 이야기를 깊이 생각해 봐야 합니다.

또한 「루가의 복음서」 23장에서 예수님과 나란히 교수형을 당한 도둑의 말을 떠올려야 합니다. 도둑은 "예수님, 예수님께서 당신의 나라에 임하실 때에 저를 꼭 기억하여 주십시오"라고 말했습니다. 그러자 예수께서는 "오늘 네가 정녕 나와 함께 낙원에 들어가게 될 것이다"라고 대답하셨습니다. 사실 인간이 지은 죄치고 회개와 그리스도의 수난과 죽음의 미덕을 통해 씻을 수 없는 것은 하나도 없습니다. 하느님의 자비는 이토록 크고 위대한데, 왜 절망을 합니까? 자비를 구하십시오. 그러면 얻으실 것입니다.

또한 나태의 죄 중에는 졸음도 있습니다. 이것은 사람들의 육체와 영혼을 어리석고 둔하게 만듭니다. 이 죄는 바로 게으름에서 생깁니다. 이성적으로 생각해 볼 때, 특별한 이유 없이 아침에 잠을 자서는 안 됩니다. 아침 시간은 인간이 기도를 하고 하느님을 생각하며 그분을 기리고, 예수 그리스도의 이름으로 가장 먼저 찾아오는 거지에게 동냥을 주기에 가장 적당한 시간입니다. 솔로몬의 이 말을 귀담아들어 보십시오. "아침에 깨어나 나를 찾는 사람은 나를 만날 수 있을 것이다."

이제 세상의 그 무엇에도 걱정하지 않는 **무관심**의 죄가 있습니다. 무지(無知)가 모든 악의 어머니인 것처럼, 무관심은 바로 모든 악의 유모입니다. 이것은 어떤 일을 할 때, 좋은 일을 하는지 나쁜 일을 하는지 전혀 신경 쓰지 않는 것입니다. 이런 두 가지 죄에 대한 구제책으로 솔로몬은 이렇게 말했습니다. "하느님을 두려워하는 사람은 해야 할 일을 꼭 하고 만다." 하느님을 사랑하는 사람은 그분을 즐겁게 해 드리기 위해 부지런히 일하며, 좋은 결과가 나오도록 모든 힘을 기울여야 합니다.

그럼 모든 악의 입구인 **한가로움**에 관해 말하겠습니다. 게으른 사람은 울타리가 없는 마당과 유사합니다. 악마가 아무 곳이나 마음대로 들어와 무기력한 그에게 온갖 유혹의 화살을 쏘아댈 수 있기 때문입니다. 이런 한가로움은 모든 악과 모든 야비한 생각과 모든 험담과 어리석은 말과 불순한 말이 모인 하수구입니다. 부지런히 일하는 사람은 하느님의 나라에 이를 수 있지만, 게으른 사람은 그렇지 못합니다. 다윗은 "다른 사람처럼 열심히 일하는 사람은 매를 맞지 않을 것이다"라고 말합니다. 이 말은 연옥에 있는 사람들을 가리키는 것입니다. 자기의 게으름을 뉘우치지 않는다면, 이 사람들은 지옥에서 악마에게 고통을 당할 것입니다.

이것 외에도 우리가 '**느림**(tarditas)'이라고 부르는 죄도 있는데, 이것은 하느님에게 돌아가고자 하는 마음을 먹는 데 너무 오래 지체하는 것입니다. 이것이야말로 참으로 어리석은 죄입니다. 이것은 구덩이에 빠지고도 일어나려고 하지 않는 사람과 같습니다. 이 죄는 그릇된 희망에서 오는 것입니다. 즉 자기는 오랫동안 살 것이라고 생각하지만, 이런 희망은 종종 쉽게 깨어집니다.

또한 **빈둥대는** 죄도 있습니다. 이것은 좋은 일을 시작했다가 금방 그 일을 포기하는 것입니다. 가령 어떤 사람을 관리하고 그를 돌보아 주다가, 귀찮거나 문제가 생기면 그만두는 사람과 같습니다. 이런 사람들은 자기의 양이 자갈밭에 숨어 있는 늑대에게 달려가도록 놔두거나, 아니면 자기들의 임무가 무엇인지 관심도 없는 현대의 목자들입니다. 바로 여기에서 정신뿐만 아니라 영혼의 빈곤과 파멸이 생기게 됩니다.

또한 인간의 마음을 꽁꽁 얼어붙게 만드는 **냉담함**도 있습니다. 냉담하게 되면 신앙심이 없어지고, 이것은 인간의 눈을 어둡게 만듭니다. 성 베르나르가 지적하듯이, 이런 사람의 영혼은 너무나 나른해져서 성당에서 읽지도 노래하지도 못하게 되고, 신앙에 관해 생각할 수도 없으며, 좋은 일에 전념할 수도 없고, 모든 것에 재미를 잃고 지루한 나날을 보내게 됩니다. 그래서 모든 면에 굼뜨고 졸린 사람이 되고, 쉽게 화를 내며, 이내 질투와 증오에 사로잡히게 됩니다.

그 다음에는 **세속적 슬픔**이라는 죄가 오는데, 이것은 흔히 비애(悲哀)라고 불립니다. 성 바울로가 말씀하시듯이, 이것은 사람을 죽게 만들 수도 있습니다. 슬픔을 느끼면 자기의 존재에 대해 역겨움을 느낍니다. 그래서 이런 슬픔은 사람의 영혼과 육체의 죽음을 초래합니다. 이런 고통을 느끼는 사람은 자연스럽게 죽을 시간이 다가오기도 전에 종종 자기의 목숨을 끊습니다.

나태의 죄에서 구제되는 법

이토록 무서운 나태의 죄와 그것에서 파생되는 여러 죄들과 반대되는 것에는 '의지'라는 미덕이 있습니다. 이것은 귀찮고 괴로운 모든 것을 떨쳐 버리려는 성향이 있습니다. 이 미덕은 너무나 강력해서 효과적으로 나태와 맞설 수 있으며, 악마의 공격에 대항해서 싸우는 아주 위험한 상황에서도 현명하게 이겨나갈 수 있습니다. 간단하게 말하자면, 이것은 영혼에게 힘과 생명을 줍니다. 반면에 게으름은 영혼을 우습게 여기며 나약하게 만듭니다. 굳은 의지를 지니고 있으면, 사람이 마땅히 겪어야 할 고통과 슬픔을 참을성 있게 견디어 나갈 수 있습니다.

이 미덕에는 여러 가지가 있습니다. 첫째는 대범함입니다. 그것은 종종 넓은 아량이라고 불리기도 합니다. 사실 나태가 비애라는 죄를 통해 인간의 영혼을 삼켜 버리거나 혹은 절망으로 목숨을 끊게 하지 못하게 하기 위해서는, 굳은 의지를 가지고 나태와 싸워야 합니다. 이 미덕은 사람들이 어렵고 힘든 일들을 하되 자발적으로, 그리고 현명하고 합리적으로 할 수 있도록 합니다.

악마는 의지보다는 교활한 계략으로 사람과 싸우려고 합니다. 그래서 지혜와 이성과 분별력을 바탕으로 굳센 의지를 가지면, 사람은 악마의 공격을 물리칠 수 있습니다.

또한 하느님과 성인들에 대한 믿음과 희망의 미덕도 있습니다. 이런 미덕의 도움을 받아 우리는 굳은 의지로 마음먹은 여러 가지 훌륭한 일들을 이룰 수 있습니다. 그리고 확신의 미덕도 있는데, 이것을 통해 자기가 시작한 훌륭한 일을 계속하면, 미래에 생길 마음의 동요와 같은 것은 일어나지 않습니다.

다음으로는 훌륭함이 있는데, 이것은 사람이 좋은 일을 완수했을 경우에 느껴지는 것입니다. 인간은 좋은 일을 하면서 큰 보람을 얻습니다. 이런 점에서 훌륭함이란 좋은 일을 하는 목적이 되기도 합니다. 또한 지조(志操)란 미덕도 있습니다. 이것은 굳은 마음씨이며, 마음속에 자리잡은 굳은 믿음입니다. 그리고 나태의 죄에서 구제될 수 있는 또다른 방법은, 여러 가지 일을 하고, 천국의 기쁨과 지옥의 고통을 생각하며, 착한 일을 하면 성령이 반드시 은총을 베풀어줄 것을 믿는 것입니다.

탐욕에 관하여

다음에는 탐욕에 관해 알아보겠습니다. 이 죄에 관해 성 바울로는 '모든 악의 뿌리'라고 말합니다. 의심할 여지 없이 마음이 산란해지고 혼란해지면, 인간의 영혼은 하느님 안에서 위로를 찾지 못하고, 속세에서 헛되이 위안을 찾습니다. 성 아우구스티누스는 탐욕이란 속세의 재물을 소유하려는 욕심이라고 말합니다. 또 어떤 사람들은 탐욕이란 수많은 속세의 사물을 가지려고 하기만 할 뿐 가난한 사람들에게는 아무것도 베풀지 않는 것을 뜻한다고 말합니다. 여러분들은 탐욕이란 단지 토지나 재산을 소유하려는 것뿐만 아니라, 학문과 명예를 비롯한 그 밖의 온갖 것을 지나치게 소유하려는 것임을 알아야만 합니다.

탐욕과 욕심의 차이는 다음과 같습니다. 탐욕은 자기가 소유하지 않은 것을 가지려는 것이고, 욕심은 아무런 필요가 없는 물건이라도 일단 자기 손에 들어오면 움켜쥐고 놓지 않는 것입니다. 탐욕은 비난받아 마땅한 죄입니다. 성서에서는 그것이 우리의 주님이신 예수 그리스도에게 범하는 죄라고 말하면서, 그런 악을 저주합니다. 탐욕은 우리가 그리스도에게 바쳐야 할 사랑을 빼앗고, 욕심 많은 사람에게 예수 그리스도보다는 오히려 자기의 재산에 더 많은 희망을 품게 하며, 예수 그리스도를 모시기보다는 오히려 자기의 재산을 지키는 데 더 많은 정성을 쏟게 합니다. 그래서 성 바울로는 「에페소인들에게 보낸 편지」의 5장에서 "탐욕을 부리는 자는 우상숭배의 노예"라고 말씀하십니다.

탐욕을 부리는 자와 우상을 숭배하는 자의 차이는, 우상숭배자가 한두 개의 우상을 떠받드는 데 비해 탐욕을 부리는 자는 많은 우상을 떠받든다는 것뿐입니다. 사실 탐욕을 부리는 자에게는 금고 속에 있는 모든 동전이 우상입니다. 우상숭배의 죄는 하느님이 십계명에서 가장 먼저 금하신 것입니다. 「출애굽기」의 20장을 읽어보면 분명하게 나타나 있습니다. "너희는 내 앞에서 거짓 신을 모시지 말 것이며, 어떤 것이든지 그 모양을 본떠 새긴 우상을 섬기지 말라." 이렇게 탐욕의 죄로 인해 인간은 하느님보다 자기의 재산을 중시하게 되고, 따라서 우상을 숭배하게 되는 것입니다.

또한 탐욕이 있으면 월권을 하게 됩니다. 이런 행위로 말미암아 백성들은 도저히 감당할 수 없고 이치에도 맞지 않는 세금과 공물을 바치게 됩니다. 그것도 모자라 노예들에게 강제로 세금을 징수합니다. 이런 행위는 아마 착취라고 말하는 편이 옳을 것입니다. 그러나 몇몇 영주의 청지기들은 노예가 지닌 모든 것은 주인의 것이기 때문에, 노예들에게 강제로 세금을 징수하는 것은 아주 당연하다고 말합니다. 그러나 사실 이런 주인들의 행동은 부당한 것입니다. 그것은 주인들이 주지도 않은 것들을 노예들에게서 빼앗는 것이기 때문입니다. 이 말은 성 아우구스티누스의 『하느님의 도성』을 읽어 보시면 알게 될 것입니다. 노예의 상태에 빠지는 으뜸가는 원인은 물론 죄입니다. 그러므로 사람을 노예로 만드는 것은 죄이지, 출신이 아님을 알 수 있을 것입니다. 그래서 영주들은 그들의 재물과 권력을 자랑해서는 안 됩니다. 그것은 바로 그들이 좋은 가문에서 태어났기 때문에 노예들을 거느릴 수 있는 게 아니라, 죄를 지으면 그 결과로 노예가 되는 것이기 때문입니다. 법전에는 노예들이 지닌 속세의 재산은 주인에게 속한다고 적혀 있는데, 이 말은 영주들의 재산도 모두 황제에 속한다는 것을 의미합니다. 즉 주인들은 황제처럼 노예들의 권리를 보호해 주는 의무를 갖고 있을 뿐, 그들의 것을 마구 빼앗을 권리를 가진 것이 아니라는 것을 뜻합니다. 이런 까닭으로 세네카는 "현명하다면 너의 노예들을 인자하게 대하라"라고 말했습니다. 여기에서 '너의 노예'란 말은 하느님의 백성들을 뜻합니다. 이렇게 가난한 사람들은 예수 그리스도의 친구들입니다. 즉 주님과 친하게 지내는 사람들입니다.

노예들의 씨나 귀족들의 씨나 모두 똑같다는 사실을 염두에 두십시오. 마찬가지로 구원을 받는 데에도 농민이나 귀족이 다르지 않습니다. 또한 노예나 귀족이나 죽음을 피할 수도 없습니다. 그래서 나는 당신이 노예가 되었을 때 당신 주인에게 받고 싶은 대우를 생각하고, 그대로 당신의 노예를 대하라고 권합니다. 모든 죄인은 죄의 노예입니다. 그러니 주인들에게 충고합니다. 당신의 노예들이 당신을 두려워하기보다는 사랑하도록 행동하십시오. 물론 신분에는 계층이 있다는 사실은 나도 알고 있으며, 누구든지 어디에 있건 간에 자기의 의무를 다해야 한다는 것은 당연한 이치입니다. 그러나 하인을 착취하거나 멸시하는 것은 비난을 받아 마땅합니다.

한편 여러분들은 정복자나 폭군들이 자기들처럼 왕족의 피를 이어받아 태어난 사람들을 종종 노예로 삼는다는 사실도 잊지 마십시오. 이 '노예'라는 말은, 노아가 자기의 아들 함이 죄를 지어 그의 형제의 노예가 될 것이라고 말하기 이전에는 없었던 말입니다. 그럼 성 교회를 착취하고 도둑질하는 자들은 어떨까요? 방금 무장한 기사에게 칼을 주는 것은 성 교회를 지키라는 뜻이지, 성 교회를 도둑질하고 약탈하라는 뜻이 아닙니다. 이렇게 행동하는 사람은 그리스도를 배반하는 자입니다. 성 아우구스티누스는 이렇게 말하셨습니다. "예수 그리스도의 양들을 목졸라 죽이는 것은 악마가 조종하는 늑대뿐이다." 사실 성 교회를 약탈하는 자들은 늑대보다도 못한 사람들입니다. 늑대는 배가 부르면 양들을 잡아먹지 않습니다. 그러나 성 교회의 재산을 약탈하고 파괴하는 자들은 멈출 줄을 모르고 계속해서 도둑질을 합니다.

이미 말했듯이, 죄는 우리를 노예로 만드는 최초의 원인입니다. 그래서 모든 사람들이 죄를 짓게 되면, 우리 모두는 노예가 되어 버리고 맙니다. 그러나 은총의 순간이 오자, 하느님은 몇몇 사람들에게 높은 지위를 주셨습니다. 그래서 노예를 사고 파는 몇몇 지역에서는 노예가 그리스도교인이 되면, 노예 신분에서 해방시켜 줍니다. 노예가 주인에게 해야 할 일이 있듯이, 주인도 노예에게 해주어야 할 일이 있습니다. 교황은 자기 자신을 하느님의 종들의 종이라고 부르십니다. 그러나 만일 하느님이 지위가 높은 사람과 지위가 낮은 사람이 존재하지 않게 하셨다면, 아마도 성 교회는 유지될 수도 없을 것이며, 그리스도교인에게 유익을 줄 수도 없을 것이고, 지상에 평화도 없을 것이며, 안정도 이룰 수 없을 것입니다.

하느님이 지위의 고하가 있게 하신 것은 백성들을 괴롭히거나 파멸시키기 위해서가 아니라, 권력을 잡은 군주가 순리로써 백성들을 보호하고 지켜 주도록 하신 것입니다. 이런 이유로 늑대처럼 행동하고 부당하고 무자비하게 가난한 사람들의 재산을 마구 탈취한 귀족들은, 마음을 고치지 않으면 그들이 가난한 백성들에게 베푼 만큼만 그리스도의 자비를 받게 될 것입니다.

그럼 이제는 상인들의 속임수에 관해 말하겠습니다. 거래에는 두 종류가 있다는 것은 익히 알려진 사실입니다. 즉 하나는 물질의 거래이고, 다른 하나는 영혼의 거래입니다. 첫 번째 것은 합법적으로 허용된 것입니다. 그러나 두 번째 것은 불법적이며 불명예스러운 것입니다. 우선 합법적이며 정당한 물질의 거래에 관해 이야기하겠습니다. 하느님은 몇몇 나라에 풍요를 선물하셔서 자급자족할 수 있도록 하셨습니다. 풍족한 나라가 가난한 나라를 돕는다는 것은 정당하게 허용된 일입니다. 그렇지만 사람들이 사기와 속임수와 기만과 거짓 맹세를 하면서 거래를 하는 것은 죄를 짓는 일이며, 비난받아 마땅한 일입니다.

내가 말한 영혼의 거래는 주로 성직 매매입니다. 이것은 영적인 것, 즉 하느님의 신성한 목양권과 영혼의 구제와 관련된 것을 돈으로 사려는 의도에 바탕을 두고 있습니다. 만일 어떤 사람이 끈질기게 이런 의도를 실현시키려고 한다면, 비록 그런 욕망이 이루어지지 않더라도 무거운 죄를 짓게 되는 것입니다. 또한 서품을 받더라도, 그것은 불법적인 것입니다. 성직 매매는 영어로 '시모니'라고 하는데, 이것은 하느님이 성령을 통해 성 베드로와 사도들에게 주셨던 선물을 돈으로 사려고 했던 시몬 마구스의 이름에서 유래하는 것입니다. 그러므로 영적인 것을 사고 파는 사람들은 성직 매매자라고 불립니다. 그것이 속세의 재물에 의해서 거래되건 설득에 의해서 이루어지건, 혹은 세속에 있는 사람들이나 성직에 있는 친구들의 주선에 의한 것이건 모두 성직 매매입니다.

세속에 있는 사람들에는 두 종류가 있는데, 하나는 친척들이고 다른 하나는 친구들입니다. 만일 자격도 없고 능력도 없는 사람에게 성직을 팔고, 상대방이 그 성직을 수락한다면, 이것은 분명히 성직 매매입니다. 그러나 자격이 있고 능력이 있는 사람이라면, 성직 매매라고 볼 수 없습니다.

이것 이외에도 다른 종류의 성직 매매가 있습니다. 만일 남자들이나 여자들이 다른 사람에게 자기들이 무작정 애정을 느끼는 사람을 잘 봐달라고 청탁한다면, 그것은 추잡한 성직 매매가 됩니다. 그러나 사실대로 말하자면 봉사의 대가로 아랫사람들에게 성직을 부여하는 것은, 그 봉사가 정직할 때에 한합니다. 거기에는 어떤 종류의 거래가 있어서도 안 됩니다. 또한 성직을 받는 사람은 그럴 만한 충분한 자격이 있어야 합니다. 성 다마수스는 "이 세상의 모든 죄는 성직 매매의 죄에 비하면 아무것도 아니다"라고 말합니다. 왜냐하면 이것은 루시퍼와 그리스도의 적이 범한 죄 다음으로 죄 중에서 가장 큰 죄이기 때문입니다.

이런 죄를 지으면, 하느님은 자신의 고귀하신 피로써 구하신 교회와 영혼을 잃습니다. 이런 책임이 있는 사람들은 일곱 개의 교회를 자격도 없는 사람에게 넘긴 자들입니다. 그들은 예수 그리스도의 영혼을 훔치고 그분의 교회를 파괴하는 도둑들을 교회 안에 집어넣었습니다. 이렇게 자격 없는 사제와 본당신부들 때문에, 무지한 사람들은 성당의 성사를 우러러보지 않게 됩니다. 교회의 성직을 매매한 사람들은 예수 그리스도의 아들들을 교회에서 몰아내고, 그 자리에 악마의 아들들을 놓아둡니다. 그들은 보살펴야 할 양들, 즉 영혼을 늑대에게 넘겨 그것을 삼켜 버리게 만듭니다. 그런 사람들은 절대로 양들의 탄생, 즉 천국의 행복을 누릴 수 없을 것입니다.

이제 주사위 놀이나 복권과 같은 노름의 죄가 있습니다. 이런 노름에서는 함정, 거짓 맹세, 말다툼과 주먹다짐, 신성모독과 하느님의 부정, 이웃에 대한 증오, 재물과 시간의 낭비가 생기며, 가끔씩은 살인까지 이루어집니다. 노름꾼들은 노름을 하는 동안 계속해서 중대한 죄를 짓는 것입니다.

거짓말, 도둑질, 거짓 증언이나 맹세도 탐욕에서 나오는 것입니다. 앞에서 말했듯이, 이 모든 무거운 죄는 하느님의 계명을 정면으로 위배하는 것입니다. 거짓 증언은 말이나 행동으로써 이루어질 수 있습니다. 말로 하는 거짓 증언은 여러분이 화가 난다거나 아니면 뇌물로 매수되었다거나, 혹은 질투하고 있을 때 일어납니다. 그러면 여러분들은 이웃에게 불리한 거짓 증언을 하거나, 아니면 거짓 증언을 통해 이웃을 고발하거나 혹은 거짓으로 당신 자신을 변명합니다. 그리고 그 결과로 이웃의 명예를 손상시키거나, 아니면 이웃의 재산을 빼앗게 됩니다. 배심원과 공증인 여러분, 조심하십시오! 수산나는 거짓증언으로 말미암아 엄청난 고통과 슬픔을 겪었습니다. 그러나 그런 사람은 수산나 이외에도 많이 있습니다.

도둑질도 하느님의 계명을 어기는 죄입니다. 이것은 두 가지 방식으로 이루어집니다. 첫째는 물건을 훔치는 것이고, 둘째는 영혼을 도둑질하는 것입니다. 만일 무력이나 속임수를 쓰거나 혹은 계량기를 조작하여 이웃의 뜻과는 상관없이 이웃의 재물을 강탈할 경우는 물질적인 도둑질입니다. 또한 절대로 되돌려줄 생각 없이 남의 재산을 빌리는 것과 같은 경우도 해당됩니다. 신성모독, 즉 성스런 물건이나 그리스도에게 봉헌된 것들을 훔치는 행위는 영혼의 도둑질입니다. 이것에는 두 가지가 있습니다. 첫째는 성당이나 묘지와 같이 신성한 장소에서 행해지는 것과, 둘째로는 성당에서 저지른 모든 부끄러운 죄나 그곳에서 행해진 난폭한 행동도 모두 신성모독이라고 간주될 수 있습니다. 또한 성 교회에 속한 여러 권리를 교활한 방법으로 빼앗는 사람도 이런 죄를 범하는 것입니다. 그러나 일반적으로 말하자면, 신성한 장소에서 신성한 물건이나 세속적인 물건을 빼앗는 것, 혹은 세속적인 장소에서 신성한 것을 빼앗는 것은 모두 신성모독의 죄에 해당합니다.

탐욕의 죄에서 구제되는 법

여러분들은 탐욕의 죄에서 구제되는 방법이 **자비와 온정**에 있다는 것을 알아야만 합니다. 어떤 사람은 왜 자비와 온정이 탐욕에서 우리를 구제하느냐고 물을 것입니다. 욕심 많은 사람은 가난한 사람에게 자비나 온정을 베풀지 않습니다. 그는 그리스도를 믿는 사람들을 도와주고 구하는 대신, 자기의 재물을 지키는 데에만 관심이 있습니다. 바로 이런 이유로 우선 나는 자비에 관해 말하겠습니다.

어느 철학자가 말하듯이, 자비란 슬픔에 빠진 사람의 고통을 보았을 때 사람의 마음속에 일어나는 미덕입니다. 이런 자비로 말미암아 온정이 싹트고, 자비로운 선행을 하게 됩니다. 결론적으로 이것은 사람을 예수 그리스도의 자비로 이끕니다. 그분은 우리의 죄로 인해 자신을 희생하셨고, 우리를 불쌍히 여겨 돌아가셨으며, 우리의 원죄를 용서하셨습니다. 이렇게 예수 그리스도는 지옥의 고통에서 우리를 해방시키셨으며, 참회를 통해 연옥의 고통을 덜어주셨고, 우리에게 축복을 내리시어 착한 일을 하게 만드셨으며, 마침내는 우리가 하늘의 영광을 얻도록 하셨습니다. 자비의 행동은 다음과 같습니다. 남에게 재물을 빌려주거나 주는 일, 자기를 희생하는 일, 죄를 용서해 주고 고통에서 해방시켜 주는 일, 이웃의 불행을 보면 동정심을 갖는 일, 또한 필요할 경우에는 꾸짖는 일입니다.

탐욕의 죄를 구제하는 또다른 방법은 **신중한 너그러움**입니다. 그러나 여기에서도 우리는 예수 그리스도의 은총과 속세의 재물과 그리스도가 우리에게 주신 영원한 것들을 염두에 두어야 합니다. 마찬가지로 우리는 죽을 것이지만, 언제, 어디서, 어떻게 죽을지는 모른다는 것도 명심해야 합니다. 또한 좋은 일에 쓸 것만을 남기고 나머지 재산은 모두 버려야 합니다.

그러나 세상에는 절제할 줄 모르는 사람들이 있습니다. 그런 사람들은 마구 헤프게 쓰는 것을 피해야 합니다. 즉 낭비를 피해야 합니다. 분별없이 낭비하는 것은 자기의 재산을 남에게 주는 것이 아니라 잃는 것입니다. 그리고 허영을 참지 못해 악사들이나 사람들에게 무언가를 주면서 자기의 명성을 도처에 알리려는 것은 죄를 짓는 일이지 자선의 행위가 아닙니다. 이것은 맑은 샘물을 거부하고 더럽고 혼탁한 물을 먹으려고 하는 말(馬)에 비유될 수 있을 것입니다. 정작 주지 말아야 할 곳에 재물을 주는 사람들은, 최후의 심판 날에 죄지은 자들에게 던져질 그리스도의 저주를 받을 것입니다.

탐식에 관하여

이제 탐욕은 그만하고, 탐식(貪食)에 관해 말하겠습니다. 이것 역시 하느님의 계명을 정면으로 거스르는 것입니다. 탐식은 무절제하게 먹고 마시려는 욕망이거나 음식에 대한 절제 없는 식욕입니다. 이 예를 분명하게 보여주는 것은 아담과 이브입니다. 그들은 탐식의 죄를 지으면서 이 세상을 타락시켰습니다.

또한 성 바울로가 탐식에 관해 말하는 것도 유의해서 들어야 합니다. 그는 이렇게 말합니다. "내가 벌써 여러분에게 여러 번 일러준 것을 지금 또 눈물을 흘리며 말하는 바이지만, 많은 사람들이 그리스도의 십자가의 원수가 되어 살고 있습니다. 그들의 최후는 멸망뿐입니다. 그들은 자기네 뱃속을 하느님으로 삼고, 자기네 수치를 오히려 자랑으로 생각하며 세상일에만 마음을 쓰는 자들입니다."

탐식의 죄에 젖어 있는 사람은 그 어떤 죄도 이겨낼 능력이 없습니다. 그는 모든 악의 노예가 될 것입니다. 그리고 악마의 소굴 속에 몸을 숨기고 그 안에서 쉴 것입니다. 이 죄에는 여러 가지 종류가 있습니다. 첫 번째는 취함입니다. 이것은 인간 이성의 진정한 무덤이라고 일컬어집니다. 사람이 술에 취하면 이성을 잃어버리며, 이것은 중대한 죄가 됩니다. 그러나 평소에 독한 술을 마시지 않거나 술의 강도를 몰라 약간 취하거나, 혹은 너무 일을 해서 과음을 했을 때나 갑자기 술에 취하는 경우는 무거운 죄가 아니라 가벼운 죄를 범하는 것입니다. 두 번째는 술에 취해 지적 분별력을 잃고 정신이 산란해지는 경우입니다. 세 번째는 예의를 지키지 않고 마구 음식을 먹는 행위입니다. 네 번째는 음식을 너무 많이 섭취해서 체액이 엉망이 되는 것입니다. 다섯 번째는 너무 많이 마셔서 무기력해지는 경우입니다. 이것으로 인해 잠에서 깨어나면, 종종 전날 저녁이나 밤에 무엇을 했는지 생각이 나지 않게 됩니다.

성 그레고리우스는 다른 각도에서 탐식을 이렇게 분류합니다. 첫 번째는 식사 시간 이전에 음식물을 먹는 것입니다. 두 번째는 아주 고급 음식과 술만을 먹고 마시려고 하는 것입니다. 세 번째는 무절제하게 먹거나 마시는 것입니다. 네 번째는 음식을 너무 정성 들여 요리하거나 장식하는 것입니다. 다섯 번째는 음식을 너무 욕심을 내서 먹는 것입니다. 이들은 각각 악마의 다섯 손가락에 해당하며, 이런 손으로 악마는 사람들을 죄의 수렁으로 이끌고 가는 것입니다.

탐식의 죄에서 구제되는 법

그리스의 유명한 의사였던 갈레노스는 탐식에는 금욕만이 최고의 처방이라고 말합니다. 그러나 나는 오직 육체적 건강만을 위해 금욕한다면 별로 바람직하지 않다고 생각합니다. 성 아우구스티누스는 금욕이란 미덕과 인내로 행해져야 한다고 말했습니다. 그는 금욕이 육체적 건강만을 위해 행해지거나, 인내와 자비가 동반되지 않거나, 또는 하느님의 사랑과 천국의 복락을 얻기 위한 것이 아니라면 별 가치가 없다고 말합니다.

금욕을 하는 데 필요한 것은 중용, 부끄러움, 분수, 절제, 소음(小飮), 절식 등이 있습니다. 중용은 모든 일에 있어서 중간 입장을 취한다는 것이며, 부끄러움이란 모든 부정한 행위를 피하는 것입니다. 또한 분수란 맛있는 음식이나 술을 찾지 않고 음식을 너무 화려하게 장만하려고 하지 않는 것이며, 절제란 마구 먹고 싶은 욕망을 이성적으로 통제하는 것입니다. 소음(小飮)은 마실 만큼만 마시는 것이며, 절식(節食)은 오랫동안 진수성찬 앞에서 편안하게 앉아 있는 기쁨을 절제하는 것입니다. 절식하기 위해서 어떤 사람들은 식탁의 맨 마지막 자리에 앉기도 합니다.

간음의 죄에 관하여

탐식의 죄에 관해 이야기를 했으니, 이제는 음란죄에 관해 말하겠습니다. 사실 탐식과 음란은 아주 가까운 사이이며, 아무리 떼려고 해도 뗄 수 없는 관계입니다. 하느님은 이 두 개의 죄를 매우 좋지 않게 바라보십니다. 하느님은 "간음하지 말라"라고 말하십니다. 그래서 구약성서에는 이 죄를 지은 사람에게 큰 벌을 내립니다. 만일 어느 여자 노예가 이런 죄를 짓다가 들키면 매로 쳐서 죽게 했습니다. 그리고 양갓집 규수가 간음의 죄를 범하면, 돌로 쳐서 죽이라고 했습니다. 또한 주교의 딸이 이 죄를 지으면, 하느님의 계명에 의해 화형에 처해졌습니다. 그리고 간음의 죄로 인해 하느님은 이 세상에 홍수를 내리셨고, 다섯 개의 도시를 번갯불로 태우시고, 그것들을 지옥 속에 가라앉게 하셨습니다.

이제 간음이라는 끔찍한 죄에 관해 말하겠습니다. 간음이란 결혼한 사람들 사이에 일어나는 부정(不貞)을 뜻합니다. 즉 양쪽이나 한쪽이 결혼한 경우입니다. 성 요한은 간음자는 불과 유황이 뜨겁게 타오르는 지옥의 연못에 빠질 것이라고 말씀하십니다. 불은 간음의 죄를 불태우고, 유황은 더러운 간음이 풍기는 악취를 제거하기 위한 것입니다. 이런 말을 거스르는 것은 무서운 죄입니다. 이 계명은 하느님이 낙원에서 손수 만드셨고, 후에는 예수 그리스도가 확인해 주신 것입니다. 성 마태오는 이렇게 말씀하십니다. "남자는 부모를 떠나 제 아내와 합하여 한 몸을 이루리라." 이 혼인성사는 그리스도와 성 교회의 결합을 상징하는 것입니다.

하느님은 간음만을 금하신 것이 아니라, 이웃 여자를 탐하지 말라고도 말씀하셨습니다. 이런 계명 속에서 성 아우구스티누스는 음란한 행위를 하려는 모든 음탕한 생각을 금하신 것이라고 설명합니다. 성 마태오는 복음서에서 이렇게 말씀하셨습니다. "누구든지 여자를 보고 음란한 생각을 품는 사람은 벌써 마음으로 그 여자를 범했다." 여기에서 우리는 간음의 행위뿐만 아니라 그런 것을 범하려는 생각도 금지하고 있음을 알 수 있습니다.

이 저주받을 죄를 짓는 사람은 큰 고통을 당하게 됩니다. 우선 죄를 짓게 만드는 그의 영혼은 영원한 죽음의 고통을 받게 됩니다. 또한 이것은 육체에도 큰 해를 끼칩니다. 왜냐하면 육체를 탈진시키고 체력을 소모시켜 파멸로 이끌며, 그의 피를 지옥의 악마에게 제물로 바치게 만들기 때문입니다. 그리고 그의 재산을 탕진하기도 합니다. 한 남자가 여자들과 재산을 탕진하는 것이 부끄러운 일이라면, 여자들이 남자들과 간음을 하면서 재산과 육체를 허비하는 것은 더욱 수치스러운 일입니다. 예언자가 말씀하시듯이, 이런 죄를 지으면 남녀를 불문하고 명예와 명성을 잃게 됩니다. 이런 것을 보면 악마는 매우 기뻐합니다. 왜냐하면 간음한 사람을 통해 세상의 많은 사람을 정복할 수 있기 때문입니다. 상인이 가장 이익이 많이 남는 거래에 기쁜 마음으로 온 정성을 다하듯이, 악마는 이런 쓰레기들을 보면 몹시 흐뭇해합니다.

간음의 죄는 악마의 또다른 손입니다. 그는 다섯 손가락으로 사람들을 더럽고 추잡한 죄로 이끕니다. 엄지는 남녀의 미친 듯이 즐거운 시선입니다. 그것은 자기를 바라보는 사람을 죽인다는 전설적인 바실리크 뱀처럼, 눈에 담긴 독으로 사람을 죽입니다. 탐욕은 눈으로 시작하지만, 이내 가슴으로 전해지기 때문입니다. 검지는 사악한 접촉을 의미합니다. 그래서 솔로몬은 여자에게 손을 대고 만지작거리는 자는 전갈을 맨손으로 만지는 자와 같다고 말합니다. 전갈은 자기를 건드리는 사람을 물어 즉시 자기의 독으로 죽이고 말기 때문입니다. 또한 손으로 뜨거운 송진을 만지는 사람과도 같다고 말할 수 있습니다. 그러면 손가락이 모두 화상을 입으니까 말입니다. 중지는 음탕한 말입니다. 이것은 불처럼 즉시 사람의 마음을 불태웁니다. 약지는 입을 맞추는 것입니다. 뜨겁게 달아오른 냄비나 화덕에 입을 맞추는 자는 어리석기 짝이 없는 사람입니다. 그러나 간음의 입맞춤은 그런 것보다 더 어리석은 것입니다. 왜냐하면 그것은 지옥의 입이기 때문입니다. 특히 아무것도 할 능력이 없으면서 입을 맞추려고 애를 쓰는 음탕한 늙은이들의 경우는 더욱 그렇습니다. 이런 사람들은 개들과 마찬가지입니다. 개들은 오줌이 마렵지 않더라도, 장미밭이나 꽃밭을 지날 때면 다리를 번쩍 들고 오줌 누는 시늉을 합니다.

많은 사람들은 아내와 파렴치한 행위를 하는 것은 죄가 아니라고 생각하지만, 그것은 잘못된 생각입니다. 우리가 칼로 스스로 목숨을 끊을 수 있고, 자기 술통에 담긴 술을 마음껏 퍼먹을 수 있다는 것은 모두가 다 아는 사실입니다. 그러나 아내나 자식을 하느님보다 더 사랑하거나 속세의 물건을 하느님보다 더 사랑하게 되면, 그것은 이내 우상이 되고, 그는 우상숭배자가 되고 맙니다. 그래서 우리는 신중하고 절제력 있게 인내심을 가지고 마치 아내가 누이인 것처럼 사랑해야 합니다.

악마의 다섯 번째 손가락은 간음의 추행입니다. 의심할 여지 없이, 악마는 탐욕의 다섯 손가락을 인간의 뱃속에 집어넣습니다. 그리고 간음의 다섯 손가락으로 인간을 번쩍 들어서 지옥의 화덕 속으로 던져 버립니다. 그곳에서 인간이 볼 수 있는 것은 구더기와 꺼지지 않는 불, 눈물과 탄식, 배고픔과 갈증, 그리고 쉴 새 없이 죄지은 자들을 짓밟는 끔찍한 악마밖에 없습니다.

간음에는 여러 종류가 있습니다. 여기에는 결혼하지 않은 남녀의 경우에 일어나는 사통(私通)도 속합니다. 이것은 무거운 죄이며, 자연을 거스르는 행위입니다. 자연을 적대하고 파괴하는 행위는 모두 자연을 거스르는 것입니다. 또한 사람도 하느님께서 이 죄를 금하셨기 때문에, 이런 죄는 무거운 죄임을 알고 있습니다. 성 바울로는 간음의 죄를 지은 사람들은 무거운 죄를 지은 자들만이 받는 벌을 받게 될 것이라고 말씀하십니다.

또다른 간음의 죄는 처녀의 순결을 빼앗는 행위입니다. 그런 짓을 한다는 것은 현세에서 여자가 지닐 수 있는 가장 높은 위치에서 여자를 몰아내는 행위이며, 성서에서 '백가지 과일'이라고 말하는 소중한 열매를 빼앗는 것입니다. 이 열매는 라틴어로 'centesimus fructus'라고 하는데, '백 가지 과일'이라는 표현말고는 적당한 말이 없습니다.

순결을 빼앗는다는 것은 헤아릴 수 없이 많은 피해를 가져다줍니다. 그것은 가축들이 울타리를 부수고 나와서 밭에 돌이킬 수 없는 피해를 끼치는 것과 같습니다. 줄기에서 떨어진 가지가 다시 자랄 수 없듯이, 잃어버린 순결은 되돌릴 수가 없습니다. 물론 그 처녀가 회개를 하면 용서를 받을 수는 있지만, 절대로 순결은 되찾을 수 없습니다.

지금까지 간음에 관해 몇 가지를 이야기했습니다. 그런데 이런 무서운 죄를 피하도록 여러분들에게 간음으로 말미암아 생기는 여러 가지 위험을 말하겠습니다. '간통'이란 말은 라틴어로, 남의 침대로 다가간다는 뜻입니다. 그렇게 되면 전에는 한 몸이었던 사람들이 다른 사람에게 자신의 육체를 맡기게 됩니다. 어느 현자가 말했듯이, 이 간통의 죄에서 수많은 불행이 생겨납니다.

첫째로, 믿음이 깨집니다. 믿음에는 그리스도교의 핵심이 들어 있습니다. 믿음이 깨어지고 사라지는 날, 그리스도교는 헛된 것이며 아무런 열매도 맺지 못합니다.

두 번째로, 이 죄는 절도를 만들기도 합니다. 일반적으로 절도는 어떤 사람에게서 강제로 무엇을 빼앗는 행위입니다. 그런데 여자가 남편에게서 자기 몸을 훔쳐 간음자에게 맡기는 행위는 그 무엇과도 비할 수 없는 흉악한 절도죄가 됩니다. 또한 이것은 자기의 영혼을 그리스도에게 훔쳐와 타락시키면서 악마에게 건네주는 것입니다. 이런 죄는 교회를 약탈하거나 성배(聖杯)를 훔치는 것보다 더 추잡한 도둑질입니다. 간통은 하느님의 성전을 정신적으로 파괴하고, 은총의 잔을 훔치는 것이기 때문입니다. 즉 하느님의 육체와 영혼을 도둑질하는 행위입니다. 성 바울로가 말했듯이, 하느님은 그런 사람을 멸망시킬 것입니다.

주인의 아내가 간통의 죄를 범하라고 유혹하자, 요셉은 너무나 놀라고 두려워 이렇게 말했습니다. "마님, 제 주인님은 모든 재산을 저에게 맡기셨습니다. 제 권한에 속하지 않는 것은 그분의 부인이신 당신뿐입니다. 그런데 제가 어떻게 감히 그런 죄를 범할 수 있겠습니까? 어떻게 하느님과 주인님께 그토록 끔찍한 죄를 지을 수 있겠습니까? 하느님은 그런 것을 허락하지 않으십니다." 그러나 불행히도 요즘 세상에는 이렇게 굳은 정절의 소유자는 찾아보기 힘듭니다.

세 번째로, 이 죄는 불결함입니다. 이것은 하느님의 계명을 어기고 결혼의 창시자이신 예수 그리스도를 욕되게 하는 것입니다. 사실 혼인성사는 고귀하고 엄숙한 것입니다. 그래서 그것을 깨뜨리는 죄는 크고 무서운 것입니다. 하느님은 아담과 이브가 하느님의 은총을 받고 있을 때 처음으로 낙원에서 결혼을 명령하셨습니다. 그것은 하느님을 섬길 사람들을 번식시키기 위함이었습니다. 따라서 혼인성사를 위배하는 것은 가장 큰 죄입니다. 그리고 깨어진 결혼에서 종종 거짓 상속자들이 나타나 부당하게 남의 재산을 가로챕니다. 하느님은 그런 자들을 하늘나라에서 쫓아낼 것입니다. 그곳은 착한 일을 한 사람들만 가는 곳이기 때문입니다. 또한 이런 결혼 파괴로 말미암아, 친척과 결혼하거나 근친상간의 죄를 범하는 사람이 자주 생깁니다. 특히 창녀들이 운집한 사창가를 자주 드나드는 호색한들은 더욱 그렇습니다. 참고로 창녀들은 남자들이 자신들의 배설물을 뱉어놓는 공중변소에 비유될 수 있는 사람들입니다. 그럼 매춘이라는 끔찍한 죄를 짓고 살면서, 여자들에게 육체 관계로 받은 돈의 일정량을 내라고 강요하는 포주들은 어떠할까요? 자기 아내나 자식들에게 매춘을 강요하는 남자들은 어떠할까요? 의심할 여지도 없이 그런 것들은 흉악한 죄입니다.

여러분은 간음이 십계명 속에서 도둑질과 살인 사이에 들어 있다는 것을 아셔야 합니다. 그것은 간음이야말로 육체뿐만 아니라 영혼까지도 빼앗는 가장 큰 도둑질이기 때문입니다. 또한 예전에는 하나의 육체였던 것을 둘로 나누고 부순다는 점에서 살인과도 흡사합니다. 그래서 옛 율법은 간음하는 자에게 사형을 선고했던 것입니다. 그러나 자비의 법인 그리스도의 법에 의해서, 주님께서는 간음 도중에 발각된 여인을 유대인들이 법에 따라 돌로 쳐 죽이려고 하자 이렇게 말씀하셨습니다. "어서 돌아가라. 그리고 이제부터 다시는 죄짓지 말라." 간음에 대한 벌은 지옥의 고통입니다. 그러나 참회하고 새로운 삶을 사는 사람은 그런 벌을 받지 않습니다.

지금 언급한 것들 이외에도 간음죄에는 더 많은 곁가지들이 있습니다. 죄지은 사람들 중의 하나 혹은 둘이 수도자거나 서품을 받은 보조사제, 부제, 사제, 또는 자선단체의 회원일 경우가 있습니다. 이런 때에는 성직의 지위가 높을수록 죄가 무거워집니다. 특히 그 죄를 더욱 무겁게 하는 것은 서품을 받은 후 순결을 지키겠다는 맹세를 깨뜨렸다는 것입니다. 성스런 서품을 받았다는 것은 하느님의 모든 보물 중에서도 으뜸가는 것이며, 순결을 맹세한 사람들이 가장 고귀하고 소중한 삶을 살아간다는 것을 보여주기 위한 특별한 표시이며 표적입니다. 서품을 받은 사람들은 특별히 하느님을 모시며 그분의 가족이 된 것입니다. 그래서 중대한 죄를 지어 하느님을 배신하고 또한 그런 배신이 지속되는 한, 그가 아무리 백성들을 위해 기도하더라도 전혀 소용이 없게 됩니다.

사제들은 그들의 직무가 근엄하다는 점에서 천사처럼 보일 수 있습니다. 성 바울로는 "사탄은 몇몇 사람을 빛의 천사로 만들 수 있다"라고 말씀하십니다. 이런 점에서 무거운 죄를 반복해서 짓는 사제는 빛의 천사로 변한 어둠의 천사에 비유될 수 있습니다. 즉 빛의 천사처럼 보이지만 실제로는 어둠의 천사인 것입니다. 이런 사제들은 「열왕기」에 나오는 엘리의 아들들이며, 악마인 벨리알의 자식들이기도 합니다. '벨리알'이란 말은 '속박받지 않는'이란 뜻입니다. 그래서 이런 사제들은 벨리알처럼 행동합니다. 고삐 풀린 황소가 도시 안에서 가장 마음에 드는 암소를 선택하는 것처럼, 그들은 자기들이 아무런 멍에에도 매여 있지 않은 자유로운 사람이라고 생각합니다.

이런 일은 앞에서 말한 사제들에게도 일어납니다. 그들은 특히 여자들과의 관계에 있어서 그렇다고 믿습니다. 고삐 풀린 황소 한 마리가 온 동네의 암소에게 해를 끼치듯이, 못되고 타락한 사제 한 명이 온 교구에 피해를 줄 수 있는 것입니다. 성서에도 적혀 있듯이, 이런 사제들은 신도들에게 사제로서의 임무를 수행하지도 않으며 하느님을 알지도 못합니다. 또한 신도들이 주는 삶은 고기에 만족하지 않고 강제로 구운 고기를 빼앗습니다. 사악한 사제들은 사람들이 공손하게 바치는 삶은 고기에 만족하지 않고, 교인들의 아내나 딸이라는 생고기를 강제로 빼앗아야 직성이 풀리는 사람들입니다.

또한 사제들과 간음의 죄를 범한 여자들도 그리스도와 성 교회와 모든 성인들과 그들의 영혼에 큰 죄를 짓는 것입니다. 그들은 그리스도와 성 교회를 숭배하고 그리스도교인들의 영혼을 위해 기도해야 하는 사제들에게 그런 일들을 못하게 만듭니다. 그래서 이런 사제들은 참회를 하지 않는 한, 음욕(淫慾) 앞에 무릎을 꿇는 정부(情婦)들과 마찬가지로 교회의 심판을 받게 됩니다.

간음의 세 번째 종류는 남편과 아내 사이에서 일어납니다. 특히 성 히에로니무스가 지적하듯이, 육체적 결합의 참뜻을 생각하지 않고 단순히 쾌락을 즐기기 위해 사랑을 하는 경우에 발생합니다. 사람들은 결혼을 했기 때문에 사랑을 나누는 것은 합법적이라고 생각합니다. 천사 라파엘이 토비트에게 말했듯이, 악마는 바로 이런 사람들에게 큰 영향력을 끼칩니다. 이런 부부들은 육체를 결합하면서, 마음속으로 예수 그리스도를 멀리하고 온갖 불순한 행위에 전념합니다.

네 번째 종류의 간음은 근친 결혼을 통해 육체적으로 결합하거나, 혹은 아버지나 인척들이 간음을 저지른 여인들과 함께 육체적으로 하나가 되는 것입니다. 이 죄는 그들을 교접하는 개와 다를 바 없이 만들어, 친척이든 아니든 가리지 않게 합니다. 친족관계는 혈연적인 것이 있고 정신적인 것이 있습니다. 대부(代父)와 대자(代子)는 정신적인 친족관계입니다. 그러므로 여자가 자기의 대부나 대자와는 육체관계를 맺을 수 없습니다. 또한 자기의 친형제와도 관계를 맺어서는 안 됩니다.

이 혐오스런 죄의 다섯 번째 종류는, 아무도 말할 수 없고 글로 써서도 안 되는 것입니다. 그러나 그것은 성서에 명확하게 씌어져 있습니다. 남자와 여자들은 여러 사악한 의도를 가지고 다양한 방식으로 이 죄에 빠져듭니다. 그러나 이 끔찍한 죄를 언급하고 있는 성서는 태양이 분뇨에 환한 빛을 비추더라도 그 광채가 덜하지 않은 것처럼, 전혀 더럽혀지지 않고 아무런 티도 없습니다.

또다른 간음의 죄는 꿈을 꾸는 동안 일어납니다. 이 죄는 독신자들과 타락한 사람들에게 일어납니다. 이것은 소위 몽정(夢精)이라는 것입니다. 이런 현상이 일어나는 이유는 크게 네 가지입니다. 첫 번째는 체액이 과도해져서 몸이 허약해질 때이고, 두 번째는 의사들이 말하는 것처럼 보유력(保有力)이 약해져 병이 났을 때이고, 세 번째는 과음이나 과식으로 인해 병이 나기 때문입니다. 마지막으로 네 번째는 잠자리에 누웠을 때 인간의 마음이 불순한 생각을 하게 되어 잠을 자면서 죄를 짓는 경우입니다. 어쨌거나 사람들은 이런 큰 죄를 짓지 않도록 항상 만반의 준비와 조심을 해야 합니다.

간음의 죄에서 구제되는 법

육체적 욕망에서 생기는 욕심을 조절하려면 성욕(性慾)을 금하고 절제해야 합니다. 이것이 간음의 죄에서 구제되는 최고의 방법입니다. 이 뜨거운 죄의 사주를 잘 억제할수록 그만큼 훌륭하다고 칭찬을 받게 될 것입니다. 이것은 두 가지 방법으로 이루어질 수 있습니다. 즉 결혼 생활의 순결과 독신 생활의 순결을 지킴으로써 가능합니다.

결혼이란 남녀의 합법적인 결합입니다. 다시 말하자면, 혼인성사를 통해 두 사람이 죽는 날까지 헤어질 수 없는 결합의 끈을 받아들이는 것입니다. 성서에서 "사람이 부모를 떠나 자기 아내와 결합하여 둘이 한 몸을 이룬다"라고 말하고 있듯이, 이것은 매우 중요한 성사입니다. 앞에서도 이야기했듯이, 하느님은 낙원에서 이런 것을 가르치셨고, 그분 스스로가 결혼을 통해 태어나시기를 원하셨습니다. 그리고 결혼을 거룩하게 하시기 위해 몸소 결혼식에 참석하셔서 물을 포도주로 바꾸셨습니다. 이것이 그리스도가 제자들에게 보여준 첫 번째 기적이었습니다.

결혼의 진정한 효험은 간음의 죄를 정화하고, 합법적인 후손들로 성 교회를 가득 채우는 데 있습니다. 그것이 바로 결혼의 목적입니다. 또한 결혼은 합법적으로 맺어진 남녀의 결합을 가벼운 죄로 만들어 주며, 그들의 육체와 영혼을 하나로 만들어 줍니다. 이것이 원죄를 짓기 이전, 즉 자연의 법칙이 낙원을 지배하고 있었을 때 하느님이 가르쳐 주신 진정한 결혼입니다. 또한 성 아우구스티누스가 말하듯이 하느님은 남자는 단지 한 여자만을, 그리고 여자는 한 남자만을 가지라고 지시하셨습니다. 거기에는 여러 가지 이유가 있습니다.

첫 번째로, 결혼은 그리스도와 성 교회의 결합을 상징합니다. 두 번째로, 남자는 어떤 경우가 있더라도 하느님의 율법에 의해 여자의 머리가 되어야 합니다. 여자가 한 남자 이상을 가지게 되면, 한 개 이상의 머리를 지니게 될 것입니다. 이것은 하느님이 보시기에 끔찍스런 것입니다. 또한 한 여자가 수많은 남자들을 동시에 기쁘게 해줄 수는 없는 법입니다. 그래서 저마다 그 여자를 자기의 것이라고 외치면서 싸울 것이고, 따라서 평화와 평온이 지배할 수 없게 됩니다. 그리고 아무도 자기의 자식을 가려내지 못할 것이고, 누가 자기의 유산을 물려받아야 할지도 모르게 될 것입니다. 여자도 수많은 남자들과 관계를 맺으면, 남자들에게 그리 사랑을 받지 못할 것입니다.

이제 남자가 자기 아내를 어떻게 대해야 하는가에 관해 말하겠습니다. 특히 그리스도가 여자를 최초로 만드셨을 때 말씀하신 인내와 공경이라는 점에 관해서 이야기하겠습니다. 하느님은 아담의 머리로 여자를 만드시지 않았습니다. 그 이유는 여자가 너무 큰 지배권을 행사하지 못하게 하기 위함이었습니다. 여자가 권력을 쥐면, 이내 세상이 혼란에 빠진다는 것은 모두가 아는 사실입니다. 여기에 관해서는 예를 들 필요가 없을 것 같습니다. 우리들이 매일 겪는 경험으로도 충분하기 때문입니다.

또한 하느님은 아담의 다리로 여자를 만들지도 않으셨습니다. 그것은 여자가 너무 낮은 존재로 인식되지 않게 하기 위함이었습니다. 만일 그렇다면, 여자가 참지 않을 것이 불 보듯 뻔했기 때문입니다. 하느님은 아담의 갈비뼈로 여자를 만드셨습니다. 그것은 여자가 남자의 동반자가 될 수 있도록 하기 위함이었습니다. 남자는 아내에게 신의와 진실과 사랑으로 대해야 합니다. 성 바울로는 이렇게 말씀하십니다. "남편 된 사람들은 그리스도께서 교회를 사랑하셔서 당신의 몸을 바치신 것처럼 자기 아내를 사랑하십시오." 남자도 여자를 대할 때, 그리스도처럼 해야 합니다. 필요한 경우에는 그리스도처럼 목숨을 바쳐야 합니다.

성 베드로는 아내가 남편에게 어떻게 복종하며 살아야 하는지를 이렇게 말씀하셨습니다. 우선 순종하며 남편을 섬겨야 합니다. 또한 율법이 지시하는 대로, 결혼한 여자가 남편과 함께 살고 있는 동안은 그녀의 주인인 남편의 허락 없이 맹세를 하거나 증언을 해서는 안 됩니다. 적어도 이렇게 되어야 마땅한 것입니다. 또한 아내는 남편을 공경하고 단정하게 옷을 입어야 합니다. 그렇지만 호사스런 옷차림으로 남편의 마음에 들려고 해서는 안 됩니다. 성 히에로니무스는 "비단과 화려한 진홍색 옷으로 치장하는 아내는 그리스도의 옷을 입을 수 없다"라고 말씀하셨습니다. 성 요한이 이 점에 관해 말씀하신 것을 상기해 보십시오. 성 그레고리우스 역시 값진 옷을 입는 사람은 남들에게 공경을 받기 위해 허영을 부리는 것이라고 말씀하셨습니다.

아름다운 옷을 입고 자랑하지만 속마음이 추잡한 여자는 정말 어리석은 사람입니다. 아내는 눈길과 얼굴과 미소를 짓는 데 절도가 있어야 하며, 말과 행동은 신중하게 해야 합니다. 그리고 무엇보다도 온 정성을 들여 남편을 사랑해야 하고, 그에게 육체의 순결을 지켜야만 합니다. 남편도 아내에게 이런 의무를 지켜야 합니다. 아내의 몸이 남편의 것이듯이, 아내의 마음도 그렇습니다. 그렇지 않으면 그 결혼은 완전한 것이 못됩니다.

남편과 아내는 세 가지 이유에서 육체 관계를 맺어야 합니다. 첫 번째는 하느님에게 봉사할 자식들을 낳기 위해서입니다. 이것이 결혼의 가장 큰 목적입니다. 두 번째는 서로 부부로서의 의무를 다하기 위해서입니다. 남녀 어느 한 쪽도 자기의 육체를 소유할 수 없기 때문입니다. 세 번째는 간음과 음행(淫行)을 피하기 위해서입니다. 그러나 네 번째 이유는 중대한 죄가 됩니다.

첫 번째 이유는 칭찬받을 만한 것입니다. 두 번째 이유도 마찬가지입니다. 율법에 의하면, 부부의 의무를 행하는 여자는, 비록 쾌감을 느끼고 마음속에 음탕한 생각을 품더라도, 정절의 미덕을 지닌 사람입니다. 세 번째의 경우는 가벼운 죄에 해당합니다. 그러나 우리가 타락하고 쾌락을 추구하기 때문에 이런 죄를 피하기란 여간 힘든 것이 아닙니다. 네 번째 이유는 남녀가 앞서 말한 이유들 때문이 아니라, 사랑의 열정에 의해 사랑하는 경우를 일컫습니다. 즉 뜨거운 육욕(肉慾)을 만족시키기 위해서 사랑할 경우입니다. 많은 경우에 이것은 중대한 죄가 됩니다. 그렇지만 어떤 사람들은 자신들의 욕구가 요구하는 것 이상으로 이런 사랑을 하려고 애를 쓰기도 합니다.

순결의 두 번째 유형은, 남자의 포옹을 피하고 예수 그리스도의 품을 열망하는 정숙한 홀어머니들이 주로 행하는 것입니다. 이 여인들은 남편을 여읜 아내들로 간음을 범했다가 참회를 통해 죄를 용서받은 아내들입니다. 사실 가장 칭찬받을 여인은 남편의 동의를 얻어 순결을 간직하는 여인입니다. 순결한 여자들은 육체뿐만 아니라 마음과 생각도 깨끗해야 하며, 옷차림과 태도도 절도 있어야 하며, 먹고 마시고 말하고 행동하는 데 있어서도 절제를 해야 합니다. 이 여자들은 성 교회에 좋은 향내를 가득 채워준 복된 막달라 마리아의 잔이며 상자라고 말할 수 있습니다.

순결의 세 번째 유형은, 동정(童貞)을 간직하는 것입니다. 이것은 마음이 성스럽고 육체가 깨끗하다는 것을 의미합니다. 이렇게 처녀를 간직하고 있을 경우에 여자는 예수 그리스도의 아내가 되고, 천사와 같은 삶을 살 수 있습니다. 이런 여인은 이 세상의 영광이고 모든 순교자들과 나란히 설 수 있으며, 말로써 표현할 수 없고 인간의 마음으로 생각할 수도 없는 거룩한 것이 깃들여 있는 사람입니다. 예수 그리스도는 동정녀에서 태어나셨고, 평생 동정이셨습니다.

간음의 죄에서 피할 수 있는 또 다른 방법은 죄의 동기를 제공하는 안락함이나 과음과 과식 같은 것을 피하는 것입니다. 사실 가마솥이 끓을 때에는 불에서 내려놓는 것이 최고의 방법입니다. 또한 오랫동안 깊은 잠을 자도 쉽사리 간음의 유혹을 받을 수 있습니다.

간음을 피하는 또다른 방법은 유혹을 받을 염려가 있는 상대와 자리를 함께하지 않는 것입니다. 그런 자리에는 아무리 유혹을 뿌리친다 하더라도 항상 간음의 위험이 도사리고 있습니다. 흰 벽은 촛불로 그을리지 않더라도 시간이 지나면 검게 됩니다. 그래서 내가 언제나 사람들에게 이르지만, 삼손보다 더 힘이 세고 다윗보다 더 거룩하며 솔로몬보다 더 지혜롭다고 하더라도, 자기가 완벽하다고 믿으면 안 되는 것입니다.

지금까지 최선을 다해 일곱 가지 죄악과 그로부터 파생되는 죄악을 비롯하여, 그런 죄악에서 벗어나는 법을 이야기했습니다. 가능하다면 십계명에 관해 이야기하고 싶지만, 그런 것은 신학자들의 몫으로 남겨두겠습니다. 그러나 모두들 내 설교를 듣고 느끼는 바가 있기를 진정으로 바랍니다.

고해

참회 1부에서 말했듯이, 참회 2부는 입으로 하는 고해입니다. 성 아우구스티누스는 이렇게 말했습니다. "예수 그리스도의 법에 위배되는 인간의 모든 말과 행위와 생각은 죄가 된다." 이런 것은 시각, 청각, 후각, 미각, 촉각의 오감(五感)을 통해 이루어지는 생각과 말과 행동으로 짓는 죄에 적용될 수 있습니다.

이제는 모든 죄를 더욱더 무겁게 만드는 것이 무엇인지 알아보겠습니다.

첫 번째는, 지은 죄가 얼마나 큰지를 알기 위해서는 먼저 누가 죄를 지은 것인지, 그 사람이 남자인지 여자인지 혹은 젊은 사람인지 늙은 사람인지, 귀족인지 노예인지, 자유노예인지 남의 노예인지, 건강한 사람인지 병든 사람인지, 결혼한 사람인지 독신자인지, 서품을 받았는지 아닌지, 똑똑한 사람인지 어리석은 사람인지, 사제인지 평신도인지를 생각해 보아야 합니다. 또한 자기와 함께 죄를 지은 여자가 혈연적인 친척인지, 아니면 정신적인 친척인지, 자기 친척의 누군가가 그 여자와 죄를 지었는지 등등의 많은 것들을 생각해야 합니다.

두 번째는, 간통인지 아니면 사통(私通)인지, 근친상간인지 아닌지, 동정(童貞)인지 아닌지, 살인을 저질렀는지 안 저질렀는지와 같은 것들도 고려하는 것이 중요합니다. 또한 지은 죄가 무거운 것인지 가벼운 것인지, 얼마나 오랫동안 죄에 빠져 있는지도 생각해야 합니다.

세 번째로, 그리고 죄를 지은 장소도 생각해 봐야 합니다. 즉 남의 집인지 자기 집인지, 들판에서인지 아니면 교회 안에서인지 혹은 묘지에서인지, 교회라면 하느님에게 봉헌된 교회인지 아닌지를 따져봐야 합니다. 만일 하느님에게 봉헌된 교회 안에서 남자나 여자가 정액을 흘리며 죄를 짓거나, 아니면 사악한 유혹에 빠졌거나 했을 때에는, 주교가 재봉헌할 때까지 그 교회에서는 미사를 드릴 수 없습니다. 이런 사악한 죄를 지은 사제는 평생 성찬식을 거행할 수 없습니다. 만일 성찬식을 거행한다면, 그는 그때마다 무거운 죄를 짓는 것입니다.

네 번째 상황은, 중개자 혹은 죄를 부추긴 자가 있을 경우입니다. 그들은 모두 공범자입니다. 따라서 그들의 유혹에 빠진 많은 사람들은 나쁜 사람들과 함께 있었기 때문에 지옥의 악마와 함께 있게 될 것입니다. 죄를 부추기거나 그런 죄에 동의한 사람은 죄지은 사람의 공범자이며, 따라서 죄인과 같은 벌을 받게 됩니다.

다섯 번째는, 몇 번이나 죄를 지었는가 하는 것입니다. 여기에는 생각으로 범한 죄와 얼마나 자주 그런 죄에 빠졌는지도 포함됩니다. 자주 죄를 지은 사람은 하느님의 자비를 우습게 여기면서 자기의 죄를 더욱 무겁게 만듭니다. 또한 예수 그리스도를 피하려고 합니다. 그러면 죄에 대해 저항할 힘이 약해지고, 좀 더 쉽게 죄를 짓게 됩니다. 이런 사실을 늦게 깨달을수록 고해하기는 더욱 힘들어집니다. 특히 자기의 고해신부에게 고백하기를 꺼려합니다. 그래서 이런 사람들은 전에 지은 죄를 되풀이하게 되고, 자기의 고해신부를 완전히 외면하거나, 아니면 이 신부 저 신부에게 자기의 고백을 나누어 하게 됩니다. 그러나 이렇게 여러 신부에게 나누어서 한 고백은 자기의 죄에 대해 하느님의 자비를 받을 수 없습니다.

여섯 번째는, 죄를 짓게 만든 유혹 혹은 그 원인이 무엇인지 자세히 살펴보는 것입니다. 유혹이 자기 자신에게서 나온 것인지, 아니면 제삼자의 사주에 의한 것인지 생각해야 하며, 여자를 범했을 때에는 강제로 한 것인지 그녀의 동의하에 한 것인지도 고려해야 합니다. 그리고 여자라면 자기가 모든 주의를 기울였지만 끝내 강간을 당한 것인지, 아니면 그렇지 않은 것인지 살펴봐야 합니다. 여자는 죄를 짓게 된 원인이 탐욕 때문이었는지 가난 때문이었는지, 아니면 그녀와 관계된 다른 원인이 있는지 생각해야 합니다.

일곱 번째는, 어떤 식으로 남자가 죄를 범했는지, 혹은 어떤 식으로 남자가 자기를 범하도록 동의했는지를 가려야 합니다. 고백을 할 경우, 남자는 분명히 모든 것을 자세히 말해야 합니다. 가령 상대가 몸을 파는 여자였는지, 죄를 지은 날이 축일이었는지, 그때가 금식 기간이었는지, 마지막 고해를 하기 전이었는지 아니면 그 후였는지 낱낱이 말해야 합니다. 또한 명령받은 고행을 그대로 이행했는지도 설명해야 합니다. 그리고 누가 죄를 짓도록 부추겼거나 도와주었는지, 마술에 걸려서 한 것인지 교묘한 책략에 빠진 것인지도 말해야 합니다.

이런 모든 사항은 크고 작음을 떠나 인간의 양심에 무거운 짐을 지우는 것입니다. 또한 심판관인 사제는 이런 것들과 죄인이 얼마나 뉘우치고 있는지를 알아야 적절한 벌을 내릴 수 있습니다. 사람이 죄를 통해 세례를 더럽힐 때 구제를 받을 수 있는 유일한 길은, 뉘우침과 고백과 참회의 고행밖에 없습니다. 특히 죄를 사해줄 고해신부가 있다면 뉘우침과 고백이 중요합니다. 참회의 고행은 그것을 원하는 사람이 고행을 할 수 있을 충분한 시간이 있을 때 유효한 것입니다.

진실하고 효과 있는 고백을 하려면 네 가지 요건이 있습니다. 첫 번째, 마음으로 깊이 뉘우치면서 고백을 해야 한다는 것입니다. 유다 왕 히즈키야는 하느님에게 이렇게 말했습니다. "비통한 마음으로 평생 지난날을 떠올리겠습니다." 이런 비통한 뉘우침은 다섯 가지 형태로 나타납니다. 첫째는 죄를 숨기거나 감추려는 것이 아니라 그 죄를 뉘우치는 마음으로 고백해야 합니다. 그것은 하느님에게 죄를 지었으며, 자신의 영혼을 더럽혔다는 사실을 부끄럽게 느낀다는 것을 뜻합니다. 이 점에 관해 성 아우구스티누스는 "죄인의 마음은 자기가 지은 죄가 부끄러워 어쩔 줄 모른다"라고 말했습니다. 크게 부끄러워하는 사람은 하느님의 자비를 받을 자격이 있습니다. 천국의 하느님에게 죄를 지었다면서 감히 눈을 들지 못했던 세리(稅吏)는 겸손하게 고백한 덕택에 즉시 하느님의 용서를 받았습니다. 이런 이유로 성 아우구스티누스는 겸손한 사람은 가장 먼저 용서와 사죄(赦罪)를 받는다고 말합니다.

겸손은 이런 뉘우침의 또다른 표시입니다. 성 베드로는 이 점에 관해 "스스로 낮추어 하느님의 권능에 복종하십시오"라고 말합니다. 고백을 하면 하느님께서 강력한 손을 보여주십니다. 그리고 그 손을 통해 하느님은 죄를 용서해주십니다. 하느님의 손만이 그런 것을 할 수 있기 때문입니다. 겸손은 마음과 행동으로 나타납니다. 하느님에게 마음으로 겸손한 사람은 하느님의 자리에 있는 사제 앞에서도 겸손하게 행동해야 합니다. 그래서 죄지은 사람은 자기 고해신부보다 절대로 높은 자리에 있을 수가 없습니다. 그리스도는 최고이시고, 사제는 그리스도와 죄인의 조정자이기 때문입니다. 죄인이 몸을 제대로 움직일 수 없을 정도로 병에 걸렸을 때를 제외하고는, 항상 사제의 발 밑에 꿇어앉아야 합니다. 높은 자리에 앉은 사람이 누구인지는 생각하지 마십시오. 단지 그 사람이 누구의 이름으로 그곳에 앉아 있는지가 중요한 것입니다. 고해자가 높은 사람에게 죄를 지은 후 그의 자비와 용서를 구하더라도 절대로 그의 옆에 앉을 수는 없는 법입니다. 높은 분의 은총과 용서를 받기에는 무례하고 자격이 없기 때문입니다.

세 번째는 가능한 한 고백을 하는 도중에 얼마나 많은 눈물을 흘리느냐는 것입니다. 만일 눈에서 눈물을 흘릴 수 없다면, 마음으로 영혼의 눈물을 흘리십시오. 성 베드로는 이렇게 뉘우쳤습니다. 그는 예수 그리스도를 부정한 이후 밖으로 나가서 슬프게 흐느꼈습니다.

네 번째는 아무리 창피하다고 하더라도 고백을 못하는 일이 없어야 한다는 것입니다. 막달라 마리아가 이런 경우에 해당합니다. 그녀는 잔치에 모인 사람들을 개의치 않은 채 부끄러움을 무릅쓰고 예수 그리스도에게 다가가 자기의 죄를 고백했습니다.

다섯 번째는 남자든 여자든 자기가 지은 죄로 인해 내려지는 고행을 순순히 받아들이라는 것입니다. 예수 그리스도는 인류가 지은 죄 때문에 죽음까지 선고받았지만 그것을 달게 받아들이셨습니다.

참된 고백의 두 번째 요건은 죄를 지으면 빨리 고백하라는 것입니다. 상처의 치료를 미루면 미룰수록 낫는 데는 그만큼 오랜 시간이 걸릴 것입니다. 또한 쉽게 악화되어 죽음의 길로 들어설 수도 있습니다. 고백하지 않고 오랫동안 그 죄를 간직하고 있을 경우에도 똑같은 현상이 일어납니다. 따라서 죄를 지으면 빨리 고백해야 합니다. 그럴 이유는 한두 가지가 아닙니다. 우선 시간과 장소를 구애받지 않고 뜻하지 않게 닥쳐오는 죽음의 공포를 최소화하기 위해서입니다. 그리고 죄를 짓고 고백을 미루면 또다른 죄를 짓게 됩니다. 이렇게 고백을 미루면 미룰수록 점점 예수 그리스도에게서 멀어지는 것입니다. 만일 우리가 죽는 최후의 순간까지 죄를 간직하면, 그 죄를 모두 기억하여 고백할 시간이 없을 것입니다. 죽음의 병이 그렇게 하도록 우리를 놔두지 않을 것이기 때문입니다. 평생에 예수 그리스도의 말씀에 귀를 기울이지 않으면 죽는 순간에 그리스도를 아무리 불러보아도 그분은 그리 많은 관심을 기울이지 않으실 겁니다.

고백은 네 가지 요건을 갖추어야 합니다. 우선 잘 생각해서 준비해야 합니다. 지나친 졸속(拙速)은 아무런 도움도 주지 못합니다. 우리는 교만과 질투의 죄를 비롯해 그 밖의 모든 죄에 대해 죄들의 종류와 상황을 낱낱이 고백해야 합니다. 또한 얼마나 많이 죄를 지었으며 얼마나 오랫동안 지었는지, 또 그것이 얼마나 무거운 것인지를 마음속으로 헤아려야 합니다. 그리고 죄를 뉘우치면서, 하느님의 도움을 입어 절대로 그런 죄를 다시 범하지 않겠다고 굳게 다짐해야 합니다. 동시에 죄를 두려워하고 우리가 죄를 지을 가능성이 많은 기회를 멀리해야 합니다. 또한 한 신부에게 모든 죄를 고백해야지, 창피하거나 두려운 마음에 이 신부 저 신부에게 죄를 쪼개어 고백하면 안 됩니다. 이런 것은 자신의 영혼을 목조르는 결과를 낳습니다. 예수 그리스도는 절대적으로 자비로우신 분입니다. 불완전한 것이 하나도 없는 분이시기에, 어떤 죄는 용서하고 어떤 죄는 용서하지 않는 분이 아니십니다. 그분은 죄를 모두 용서하시거나, 아니면 하나도 용서하지 않으십니다.

물론 특정한 죄를 고백하도록 고해신부가 지정되었을 경우에는 자기 본당 신부에게 고백한 죄를 다시 고백할 필요는 없습니다. 본인이 겸손해서 그렇게 하고 싶다면 상관없지만, 그렇지 않은 경우에는 고백을 나누어 해도 죄가 되지는 않습니다. 또한 본당신부의 허락을 얻어 여러분 마음에 드는 현명하고 정직한 사제에게 고백을 할 경우에도 마찬가지입니다. 이런 경우 기억이 나는 모든 죄를 빠뜨리지 말고 고백해야 합니다. 한편 본당신부에게 고백할 경우에는 마지막 고백 이후에 지은 죄를 모두 고백하십시오. 그렇게 하면 고백을 나누어 하는 것이 아니기 때문입니다.

세 번째로, 진정한 고백은 다음과 같은 것을 추가로 요구합니다. 첫 번째로 고백은 자신의 의지에 의해서 해야 하는 것입니다. 다시 말하면, 강제에 의해서나 부끄러워서, 아니면 병에 걸렸거나와 같은 이유로 고백을 해서는 안 됩니다. 죄를 지은 사람은 자발적으로 자신의 의사에 의해 고백하는 것이 당연한 일입니다. 죄를 지은 사람은 스스로 자기의 죄를 부정하거나 숨기지 말고 고백해야 합니다. 또한 사제가 죄를 짓지 말라고 꾸짖더라도 화를 내서는 안 됩니다.

두 번째는 고백이 합법적이어야 한다는 것입니다. 이 말은 죄를 지은 사람과 고백을 듣는 사제가 성 교회의 신도이며, 카인과 유다처럼 예수 그리스도의 자비를 의심해서는 안 된다는 뜻입니다. 또한 회개자는 자신의 죄를 고백해야지 남의 죄를 고백해서는 안 됩니다. 그리고 자기의 죄와 사악함을 부끄럽게 생각하고 꾸짖어야지, 남의 죄에 상관해서는 안 됩니다. 만일 제삼자가 그가 고백하고 있는 죄를 부추기거나 사주했을 때, 혹은 그 사람의 처지로 인해 자신의 죄가 더욱 무거워지거나 아니면 죄의 공범자를 밝히지 않고는 죄가 완전히 고백되지 못할 경우에는, 그런 사람의 이름을 언급해도 괜찮습니다. 그러나 그것은 자신의 죄를 고백하려는 것일 뿐 그를 비난하려는 결과를 자아내서는 안 됩니다.

참된 고백의 네 번째 요건은, 너무 겸손한 나머지 고백을 할 때 자기가 짓지 않은 죄를 지었다고 말해서도 안 됩니다. 이 점에 관해 성 아우구스티누스는 이렇게 말합니다. "만일 너무 겸손하여 자기 자신이 아무런 죄도 짓지 않았는데 죄를 지었다고 거짓말을 하면, 그 거짓말 때문에 죄를 짓게 되는 것이다." 그리고 죄는 글이 아니라 말로써 해야 합니다. 물론 말을 할 수 없는 벙어리일 경우는 예외입니다. 또한 죄를 지었다면 그 죄에 대해 부끄럽게 느껴야 합니다. 고백을 하는 동안 교묘한 말로 죄를 꾸며대서는 안 됩니다. 그런 경우 사제가 아니라 바로 자기 자신에게 죄를 짓는 것입니다. 자신의 죄가 아무리 끔찍하고 어리석더라도 솔직하게 말해야 합니다.

그리고 신중하게 충고를 해줄 수 있는 사제에게 고백을 하십시오. 허영이나 위선으로 고백을 해서는 안 되며, 항상 예수 그리스도를 경외하며 영혼을 구원

받기 위해 고백해야 합니다. 또한 갑자기 사제에게 달려가 자신의 죄를 즐거운 표정으로 고백해서는 안 됩니다. 농담이나 가벼운 이야기를 하듯이 죄를 고백해서는 안 되고, 신중하고 경건한 마음으로 해야 합니다. 규정대로 자주 고백하십시오. 자주 죄를 짓는다면 자주 고백해야 합니다. 이미 고백한 죄를 반복해서 고해하면 훨씬 좋습니다. 성 아우구스티누스는 "그러면 죄와 고통을 용서받을 것이며, 하느님의 은총을 받게 될 것이다"라고 말하셨습니다.

일 년에 적어도 한 번은 고백성사를 해야 합니다. 그것은 적어도 일 년에 한 번씩 모든 것이 새로워지기 때문입니다. 지금까지 나는 참되고 솔직한 고백이 어떤 것인지 설명했습니다. 이것으로 참회의 2부를 마치겠습니다.

참회 3부

여기에서는 보속(補贖)에 관해 말하겠습니다. 이것은 일반적으로 자선과 육체적 형벌로 이루어집니다. 자선에는 세 가지가 있습니다. 첫째는 마음으로 뉘우치며 하느님에게 자기 자신을 바치는 것입니다. 둘째는 가난한 이웃에게 자비를 베푸는 것이고, 셋째는 정신적인 조언이나 육체적 도움이 필요한 사람에게 그것을 베푸는 것입니다.

인간들은 의식주와 다정한 조언을 필요로 합니다. 또한 병이 들거나 감옥에 갇혔을 때에는 방문해 줄 사람이 있어야 하며, 세상을 떠났을 때에는 장례를 치러 줄 사람이 필요합니다. 이런 경우에 여러분들이 개인적으로 찾아갈 수 없으면, 메시지나 선물을 보내야 합니다. 이런 것들은 분별력 있는 부유한 사람들이 흔히 행하는 구제입니다. 이런 자선행위는 최후의 심판 날에 기억될 것입니다.

이런 구제는 자기의 재산으로 행하고, 되도록 신속하고 신중하게 해야 합니다. 그러나 만일 남모르게 할 수가 없다면, 남이 보더라도 개의치 말고 행해야 합니다. 그러나 사람들에게 감사의 말을 듣기 위한 목적으로 해서는 안 됩니다. 그것은 예수 그리스도에게 감사드리기 위해서 해야 합니다. 성 마태오는 그의 복음서 5장에서 이렇게 말합니다. "산 위에 있는 마을은 드러나게 마련이다. 등불을 켜서 됫박으로 덮어두는 사람은 없다. 누구나 등경 위에 얹어 둔다. 그래야 집 안에 있는 사람들을 다 밝게 비출 수 있지 않겠느냐? 너희도 이와 같이 너희의 빛을 사람들 앞에 비추어 그들이 너희의 착한 행실을 보고 하늘에 계신 아버지를 찬양하게 하여라."

이제는 **육체적 형벌**에 관해 이야기하겠습니다. 그것들은 주로 기도와 금식과 덕스러운 가르침으로 이루어집니다. 깊은 신앙심에서 우러나오는 소원을 말로써 하느님에게 바치는 것이 기도의 목표입니다. 이렇게 하면 악을 떨쳐 버리고, 변치 않는 정신적 재물뿐만 아니라 심지어는 속세의 재물도 얻게 됩니다. 모든 기도문 중에서 특히 예수 그리스도는 『주의 기도』에 자기가 원하는 것을 대부분 담아놓으셨습니다. 주의 기도는 세 가지 면에서 다른 기도문보다 훨씬 뛰어납니다. 첫째, 주의 기도는 예수 그리스도께서 손수 지으신 것이기 때문입니다. 그 기도는 짧기 때문에 모든 사람이 쉽게 배울 수 있고 마음속에 간직할 수 있습니다. 또한 자주 외울 수 있고, 외워서 말하더라도 지치지 않으며, 따라서 외울 수 없다는 핑계를 댈 수가 없습니다. 이렇게 주의 기도는 간략하고 쉽습니다. 또한 이 안에는 모든 기도의 내용이 들어 있습니다.

거룩하고 뛰어난 기도문의 해석은 신학자들에게 맡기고 나는 단지 이 말만 덧붙이겠습니다. 즉 우리가 우리에게 잘못한 이를 용서하듯이, 하느님께서 우리를 용서해 달라고 빌 때에는 마음속에 항상 자비심을 지녀야 한다는 것입니다. 이 거룩한 기도를 외우면 가벼운 죄는 사해집니다. 따라서 참회를 할 때 특히 필요한 기도입니다.

주의 기도는 진정하고 진실된 믿음으로 외우고, 모든 마음을 다해 순서 바르고 경건하고 차분하게 하느님께 바쳐야 하며, 항상 우리의 의지를 하느님의 의지에 따르게 해야 합니다. 그리고 겸손하고 순수한 마음으로 외워야 하며, 다른 이웃 남자나 여자에게 해를 끼칠 생각을 하지 말아야 합니다. 이 기도는 자선을 수반해야 합니다. 또한 주의 기도는 마음으로 지은 죄를 씻는 데도 유용합니다. 성 히에로니무스는 이렇게 말합니다. "금식은 육신의 죄를 피하게 하고, 기도는 영혼의 죄를 사하게 만든다."

또 한 가지 여러분들이 마음속에 새겨두어야 할 것은, 기도는 깨어 있는 상태에서 하되 육체적으로 참회하는 행위를 수반해야 한다는 것입니다. 예수 그리스도는 이렇게 가르치셨습니다. "유혹에 빠지지 않도록 깨어 기도하라."

금식에는 세 가지가 있다는 것도 알아야 합니다. 그것은 먹을 것과 마실 것, 세속적인 쾌락, 그리고 무거운 죄를 피하는 것입니다. 특히 온 정성을 다해 무거운 죄를 피하도록 경계해야 합니다. 금식을 하도록 명령하신 분은 하느님이셨습니다. 거기에는 네 가지 요건이 있습니다. 즉 가난한 사람들을 구제하고, 배고픔을 통해 가난한 사람들과 함께하고, 금식으로 인해 화를 내거나 기분을 상하지 않은 채 마음속으로 영혼의 기쁨을 느끼고, 제시간에 음식을 먹는 것입니다. 즉 금식을 할 때에는 아무 때나 먹어서는 안 되고, 금식을 했다고 식탁에 더 머무르면서 평소보다 많이 먹어서도 안 된다는 것입니다.

육체적 형벌에는 고행뿐만 아니라 말이나 글 혹은 실제로 본보기를 보임으로써 가르치는 것도 포함됩니다. 마찬가지로 그리스도를 생각하며 고행대에 오르거나 거친 모직 셔츠를 걸치거나, 혹은 뾰족한 바늘을 사용하기도 합니다. 그러나 주의할 것은 이런 육체적 고행으로 인해 여러분들이 노하거나 슬퍼해서는 안 된다는 것입니다. 예수 그리스도 안에서 찾을 수 있는 마음의 안정을 버리느니 고행대를 버리는 편이 낫습니다. 이 점에 관해 성 바울로는 이렇게 말씀하셨습니다. "여러분은 하느님께서 뽑아주신 사람들이고, 하느님의 성도들이며 하느님의 사랑을 받는 백성들입니다. 그러니, 따뜻한 동정심과 친절한 마음과 겸손과 온유와 인내로 마음을 새롭게 하십시오." 이것은 예수 그리스도가 고행대나 거친 모직옷이나 바늘보다는, 그로 인해 가지게 될 마음을 더 좋아하신다는 말입니다. 또한 자기 가슴을 치고 채찍으로 매질하고 무릎을 꿇고 고난을 겪고 부당한 일을 참고 견디는 것은 병으로 고통받거나 재산을 잃어버리거나, 아니면 아내나 자식 혹은 친구의 죽음을 참는 것과 마찬가지로 육체적 형벌의 일부를 이룹니다.

참회에 방해가 되는 것에는 네 가지가 있는데, 두려움과 수치심과 희망과 절망이 바로 그것입니다. 우선 두려움에 관해 말하겠습니다. 이것은 육체적 괴로움을 견뎌내지 못할 것이라고 생각하는 것입니다. 이런 두려움을 느끼면, 육체적 고통이란 끝도 없이 길고 험난한 지옥의 고통에 비교하면 짧고 사소한 것이라고 생각하십시오. 고백하는 것을 창피하게 여기는 사람들은 주로 자기 자신이 너무나 완벽해서 고백할 필요가 없다고 여기는 위선자들입니다. 그들은 자기들이 무례하게 나쁜 일을 하고도 부끄러워하지 않았으니 좋은 일, 즉 고해하는 것을 부끄럽게 여길 필요가 없다고 생각하면 됩니다.

우리는 또한 하느님께서는 우리의 생각과 행동을 모두 보고 알고 계신다는 사실을 명심해야 합니다. 하느님에게 감추거나 숨길 수 있는 것은 아무것도 없습니다. 또한 현세에서 회개하지 않거나 고백하지 않으면, 최후의 심판 날에 수모를 당할 것임도 떠올려야 합니다. 그때가 되면 하늘과 땅과 지옥의 모든 피조물들은 이 세상에 숨겨진 것들을 분명하게 드러낼 것입니다.

고해하기를 미루고 게을리한 사람들이 가지는 희망에는 두 가지가 있습니다. 첫 번째는 오래 살 것이라는 희망과 자신의 쾌락을 위해 많은 재산을 얻으려는 희망입니다. 그들은 이런 희망이 이루어지고 나서 고해를 해도 늦지 않다고 생각합니다. 두 번째는 그리스도가 자비를 베풀 것이라고 너무 믿는 것입니다. 첫 번째 실수에서 구제되는 방법은, 우리가 얼마나 살 것인지는 아무도 모르며, 또한 속세의 모든 재물은 순간적인 것이며 벽의 그림자처럼 쉽게 사라진다는 것을 명심하는 것입니다. 성 그레고리우스는, 자발적으로 죄를 멀리하지 않고 계속해서 죄를 짓는 자들에게 끊임없이 고통이 멈추지 않는 것은 위대하신 하느님의 정의라고 말합니다. 영원히 죄를 짓겠다는 의지를 가진 사람은 마찬가지로 영원한 형벌을 받게 되는 것입니다.

절망에도 두 가지가 있습니다. 하나는 예수 그리스도의 자비를 믿지 않는 것이며, 다른 하나는 오랫동안 선행만을 할 수는 없을 것이라고 믿는 것입니다. 첫 번째 부류의 사람들은 자기가 너무나 무거운 죄를 자주 지어서 도저히 구원받지 못할 것이라고 생각합니다. 이런 저주받을 절망을 이겨내려면, 예수 그리스도의 수난은 모든 것을 옭아매는 죄보다 더 큰 힘을 가지고 있어서 그런 사슬을 풀어줄 수 있다는 사실을 떠올리면 됩니다. 두 번째 절망에 관한 구제책은 회개를 통해 우리는 넘어진 만큼 다시 일어날 수 있다는 사실을 생각하는 것입니다. 사람이 아무리 오랫동안 죄를 지었더라도 자비로우신 그리스도는 그를 기꺼이 받아들이고 그의 죄를 용서해 주십니다. 또한 어떤 사람은 자기가 오랫동안 선행만을 할 수는 없다고 판단하기도 합니다. 이런 절망감을 이기려면, 악마는 너무나 약해서 인간의 동의 없이는 아무것도 할 수 없다는 사실을 떠올리십시오. 만일 그가 악마의 꾐에 빠지게 되면, 하느님과 성 교회가 도와주고 그가 악마를 이길 수 있도록 힘을 줄 것이며, 모든 천사들도 그를 보호해 줄 것입니다.

그럼 참회의 열매가 무엇인지 알아보겠습니다. 예수 그리스도의 말에 의하면, 그것은 고통도 슬픔도 없이 기쁨만이 존재하는 천국의 영원한 기쁨입니다. 그곳에는 현세의 모든 악이 사라지고, 지옥의 고통도 없습니다. 그곳에는 남의 행복을 보면 항상 기뻐하는 축복받은 사람들만이 있습니다. 그곳에서 인간의 어둡고 추악한 육체는 태양처럼 밝게 빛날 것이고, 병들고 허약하고 연약하며 죽어야 할 육체는 영원히 죽지 않고 건강하며 강한 몸이 될 것이며, 아무것도 그런 몸에 해를 끼칠 수 없을 것입니다. 그곳에는 배고픔이나 추위 혹은 갈증도 없을 것입니다. 그곳에서 우리의 영혼은 하느님의 완전한 지식으로 가득 찬 채 살아갈 것입니다.

가난한 마음으로 살면 이처럼 복된 나라를 얻을 수 있으며, 겸손하게 살면 하느님의 영광을 얻을 것이고, 굶주리고 목마르게 산 사람은 천국의 완전한 기쁨을 누릴 것이며, 열심히 일한 사람은 평안을 얻을 것이고, 죄를 뉘우치고 죽은 사람은 새 생명을 얻을 것입니다.

초서의 고별사

이제 참회에 관한 설교를 읽거나 듣는 사람들이 이 안에 마음에 드는 것이 있다면, 모든 지혜와 선행의 근원이신 우리의 주님 예수 그리스도에게 감사를 드리기 바랍니다. 그러나 마음에 들지 않는 것이 있다면, 제 의지가 없어서가 아니라 제 능력이 부족한 탓으로 돌려주십시오. 사실 저는 최선을 다해 이 이야기를 들려 드리고 싶었습니다. 성서에도 이런 말씀이 있습니다. "적혀진 것은 모두 우리를 가르치기 위한 것이다." 제 목표도 이런 것이었습니다.

그러므로 저는 하느님의 사랑으로 겸허하게 여러분들에게 부탁합니다. 그리스도가 저에게 자비를 베푸시고, 저의 모든 죄를 용서해 주시도록 저를 위하여 기도해 주십시오. 특히 인간의 허영을 다룬 저의 번역물과 글을 쓴 것에 대해 뉘우치고자 합니다. 그 중에는 『트로일러스와 크리세이더』, 『명예의 전당』, 『착한 여인들의 전설』, 『공작 부인의 책』, 『새들의 토론』을 비롯하여 『캔터베리 이야기』에 수록된 죄를 짓는 이야기들과 『사자의 책』과 미처 생각하지 못한 수많은 책들이 있습니다. 또한 음탕한 노래들과 시들도 있습니다. 무한하게 자비로우신 그리스도여, 이런 저의 죄를 용서해 주십시오.

반면에 보에티우스의 『철학의 위안』이나 성인들의 전설에 관한 책, 도덕과 신앙심을 고취시키기 위한 번역서들에 대해서 저는 우리의 주님이신 그리스도와 복되신 성모님과 천국에 계신 모든 성인들에게 감사를 드리며, 제가 죽는 날까지 제 죄를 뉘우치고 제 영혼을 구할 수 있는 길을 연구하도록 은총을 베풀어 주실 것을 간청합니다. 또한 왕 중의 왕이시며 모든 사제들 중에서 최고의 사제이시고, 자신의 가슴에서 귀한 피를 흘리셔서 우리를 구원해 주신 주님의 은총을 통해서 이 세상에 살고 있는 저에게 진정한 참회와 고백과 사면의 은총을 내려주시기를 빕니다. 저는 최후의 심판 날에 구원 받을 사람 중의 하나가 되기를 바랍니다.

주님께서는 성부와 성령과 함께 천주로서 영원히 살아 계시며 다스리시나이다. 아멘.

저자 연보

1343년경 런던에서 포도주 상인인 존 초서의 아들로 태어남.

1357년(14세) 에드워드 3세의 둘째 아들인 라이오넬 왕자의 아내인 얼스터의 백작부인 엘리자베스의 집에 시동(侍童)이 됨.

1359년(16세) 9월에 에드워드 3세가 프랑스를 침공. 초서는 라이오넬 왕자의 시종으로 전쟁에 참가함.

1360년(17세) 랭스 전쟁에서 프랑스군의 포로로 잡히지만 그해 3월 16파운드의 몸값을 지불하고 석방됨.

1366년(23세) 필리파 로에트와 결혼.

1366년(23세) 안전통행증을 발부받아 스페인으로 여행. 초서 아버지가 사망하고 어머니는 재혼함.

1367년(24세) 에드워드 3세의 수습기사로 들어감. 초서의 아들 토머스가 태어남.

1368년(25세) 국왕의 명으로 프랑스로 여행.

1368-1369년(25-26세) 랭커스터의 공작 부인에 관한 《공작 부인의 책》을 쓰기 시작.

1369년(26세) 프랑스 북부의 피카르디로 여행.

1370년(27세) 국왕의 명으로 프랑스로 여행. 프랑스에서 다시 군인으로 복무함.

1372년(29세) 초서의 아내 필리파가 곤트의 존(랭커스터 공작)의 부인 밑에서 일함. 외교 임무를 띠고 이탈리아로 여행함. 무역용 영국 항을 개설하기 위해 제노바로 여행하고, 차관 협상을 위해 피렌체로 감.

1373년(30세) 런던으로 돌아옴.

1374년(31세) 런던항의 세관 감독원으로 임명됨.

1376-1377년(33-34세) 리처드 2세와 프랑스 공주 마리의 결혼을 위해 수 차에 걸쳐 프랑스와 플랑드르로 여행.

1378년(35세) 외교 사절로 이탈리아의 밀라노로 여행.

1378-1381년(35-38세) 《명예의 전당》 집필. 후에 〈기사의 이야기〉로 각색될 《팔라몬과 아르시테》를 씀.

1380년(37세) 세실리 숑페인을 강간한 사건으로 기소되지만 무죄로 판명됨. 세실리 숑페인은 강간과 납치와 관련된 모든 행위로부터 초서를 면죄한다는 서류에 서명함. 초서의 둘째 아들 루이스가 태어남. 《새들의 의회》를 집필함.

1381년(38세) 초서의 어머니 아그네스 콥튼 사망.

1381-1386년(38-43세) 《트로일러스와 크리세이더》를 집필.

1382년(39세) 세관 감독권이 갱신됨.

1385년(42세) 세관 종신 위원으로 임명됨.

1386년(43세) 켄트 대의원으로 선출됨. 《착한 여인들의 열전》 집필.

1387년(44세) 초서의 아내 필리파 사망.

1387-1392년(44-49세) 《캔터베리 이야기》 집필 시작.

1389년(46세) 웨스트민스터 감독관으로 임명됨.

1391년(48세) 감독관 사임. 서머셋의 북부 피서톤의 국왕 삼림을 책임지는 부임정관으로 임명됨.

1391-1392년(48-49세) 아들 루이스를 위해 《천체관측의 보고서》 집필.

1395년(52세) 초서의 아들 토머스가 모드 버거시와 결혼함.

1396-1400년(53-57세) 〈수녀원 신부의 이야기〉와 〈참사회원 종자의 이야기〉를 포함한 《캔터베리 이야기》 막바지 작업.

1400년(57세) 《돈지갑에 대한 초서의 불평》 집필. 10월 25일에 사망함. 유해는 웨스트민스터 사원에 묻힘.

작품 해설

유명한 비평가이며 예일대학교 영문학 교수인 해럴드 블룸은 『서양의 정전』이란 책에서 고대에서 현대에 이르기까지 서양의 정전을 이루고 있는 스물여섯 명의 작가를 연구한다. 그는 서양의 정전을 이루고 있는 중심은 셰익스피어라고 주저하지 않고 말한다. 그러면서 셰익스피어를 제외하면 초서가 영어권 작가 중에서 으뜸간다고 지적한다. 이 말은 단지 기존의 평가를 반복한 것일 수도 있다. 그러나 21세기에 사는 우리에게 새로운 의미를 지니고 다가오는 말이기도 하다.

현대를 사는 우리들은 '순간적인 대작'들의 맹공을 받고 있다. 그럴 때면 나는 이렇게 생각한다. 혹시 과한 칭찬을 받을 수 없는 것들이 과한 칭찬을 받고 있는 것은 아닐까? 발간된 지 10년도 안 되어 우리의 뇌리에서 사라질 작품들을 보고 과연 그토록 '대작'이라고 열광할 필요가 있을까? 이런 질문은 '과연 세계 문학사에서 사라지지 않는 작품들은 무엇인가?'라는 말과 깊은 관련이 있다. 초서의 『캔터베리 이야기』는 바로 이런 의문에 해답을 주는 책 중의 하나이다.

초서의 작품은 셰익스피어 문학의 출발점을 이룬다고 알려져 있다. 그는 셰익스피어에게 현실을 어떻게 보여주며, 인간성을 어떻게 다루어야 하는지 가르쳐준 작가이다. 쇠퇴하고 멸망하는 그리스도교 국가의 혼란한 모습을 그리기 위해 사용할 수 있는 방법은 아이러니밖에 없었다. 이 아이러니가 바로 셰익스피어 문학에 활력을 제공했던 것이다.

그럼 초서는 누구일까? 그의 일생은 잘 알려져 있지 않다. 그는 1340년에 태어난 것으로 추정되며 1400년에 세상을 떠났다. 초서는 런던의 부유한 포도주 상인 집안에서 태어났으며, 이후 군인과 외교관, 감독관 등의 공직을 거친 것으로 알려져 있다.

그의 초기 걸작인『공작 부인의 책』은 1369년에 창궐했던 페스트로 사망한 존 공작부인을 애도하기 위해 씌어진 작품으로, 이 작품에는 프랑스 문학의 영향이 엿보인다. 한편『명예의 전당』에서는 단테의『신곡』이 영향을 주었다는 것을 느낄 수 있다. 또한『트로일러스와 크리세이더』는 보카치오의『일 필로스트라토』를 소재로 한 작품으로, 사랑과 정열을 둘러싼 인간의 환희와 고뇌를 비롯하여 사랑의 영원성을 주제로 삼고 있다. 그리고『착한 여인들의 전설』은 사랑에 목숨을 바친 여인들의 열전이다.『캔터베리 이야기』는 초서의 마지막 작품으로 중세 유럽 문학의 기념비라고 일컬어진다. 이 작품은 캔터베리로 순례를 떠나는 순례자들의 이야기를 중심으로 펼쳐지는데, 이렇게 이야기를 중심으로 전개되는 양식은 보카치오의『데카메론』에서 영향을 받은 것으로 보인다. 그럼 작중인물들이 순례하고자 하는 캔터베리의 성인인 토머스 베켓은 누구인지 먼저 알아보자.

캔터베리의 성인 토머스 베켓

영국 대법관을 역임하고 캔터베리 대성당의 대주교였던 토머스 베켓은 1118년 런던의 칩사이드에서 태어났다. 그는 1170년 12월 29일 화요일 해가 저물 무렵 캔터베리 대성당에서 헨리 2세(1133-1189)의 측근이었던 '4인의 기사'들의 손에 살해된다. 헨리 2세와 깊은 우정을 나누던 대법관 토머스 베켓이 어떻게 그의 원수가 되었는지에 대해서는 역사가들의 책을 참조하기로 하고, 여기에서는 간단하게 중요한 사실들만 알아보기로 하자.

1161년 테오발드가 죽으면서 캔터베리 대성당의 주교직은 공석으로 남게 되었는데, 토머스는 1년 후 이곳의 대주교로 임명된다. 헨리 2세는 자기 친구인 토머스가 왕을 위해 헌신을 다할 것이라고 생각하면서 그를 선임했던 것이다. 그러나 대주교로 부임하면서 토머스는 대법관직을 사임하고, 영국 교회에 그레고리우스 개혁안을 엄격히 적용한다. 이 개혁안은 자유롭게 주교를 선임

할 수 있는 권리와 교회 재산의 불가침성, 그리고 교황에게 상소할 수 있는 자유와 사제의 면책권 등 개혁적인 내용을 담고 있었다.

1164년 헨리 2세는 그레고리우스 개혁안에 정면으로 배치되는 16개항의 '클래런던' 법안에 동의해 달라고 토머스에게 부탁한다. 토머스는 망설이다가 결국 그 법안에 동의하지 않기로 결심했고, 그해 노샘프턴 주교회의에서 반대 입장을 명확하게 밝힌다. 죽음과 투옥의 위협에 직면한 그는 결국 밤을 틈타 교황 알렉산드로스 3세가 있던 프랑스로 도망간다. 그러나 교황은 그를 기껍게 맞이하지 않는다. 반교황파였던 로마제국의 페데리코 1세와 연합했던 헨리 2세와 정면으로 맞서기가 두려웠던 것이다.

토머스 베켓이 프랑스에 있는 동안(1164-1170), 그와 헨리 2세, 그리고 교황 알렉산드로스 3세는 서로 논쟁을 벌이며 영국 내의 교회에 평화를 정착하려고 애쓴다. 그러나 이런 노력은 토머스 대주교가 저지른 몇 가지 실수와, 단호한 태도를 굽히지 않았던 국왕의 교묘한 말솜씨, 그리고 강력한 군주체제와 맞서 극단적 입장을 취한 교황의 태도로 점점 상황은 심각하게 된다. 한편 헨리 2세는 캔터베리 대주교의 모든 재산을 압류했으며, 런던의 대주교였던 폴리오트가 이끈 대부분의 주교들은 헨리 2세를 지지한다. 반면에 토머스는 퐁티니 대수도원에서 '제2의 귀의'라고 불리는 시기를 보낸다. 그는 이 시기에 참회하면서 그리스도교에 몸과 마음을 바친다.

그런데 1170년 요크의 대주교인 로저가 캔터베리 대주교의 입장에 반대하여 헨리 2세의 장자(長子)를 공동왕(共同王)으로 추대하는 사건이 발생한다. 그러자 토머스는 교황의 지원을 받아 이 사건의 책임자였던 요크의 로저 대주교와 런던의 폴리오트 대주교를 파문한다. 깜짝 놀란 헨리 2세는 결국 토머스가 다시 캔터베리 대주교로 부임하는 것을 승인하고, 압류했던 재산도 모두 되돌려준다. 토머스는 신도들의 환영을 받으며 12월 2일에 귀국한다. 하지만 당시 프랑스에 머물던 헨리 2세는 대주교가 자신을 강력하게 비난하자 그를 살해하기로 마음먹고 네 명의 기사를 파견한다. 토머스는 그들을 정중하게 맞이했지만 그들의 요구에 굴복하지 않았고, 결국 그들의 손에 죽게 된다. 토머스 대주교의 죽음은 온 유럽을 깜짝 놀라게 한다. 그리고 그가 죽자, 제단 위로 승천하는 기적이 일어났다는 사실이 많은 사람의 입에서 입으로 전해진다. 그러자 1173년 알렉산드로스 교황은 그를 성인으로 시성한다.

이후 살인이 벌어진 성당은 순례의 중심지가 된다. 헨리 2세에 의해 토머스 대주교가 살해되었다는 사실이 밝혀지자, 그는 하는 수없이 교황이 지정하는 대로 로마나 예루살렘 혹은 스페인의 산티아고 데 콤포스텔라로 순례를 떠나겠다고 약속한다. 그러자 토머스 대주교의 이름은 세인들 사이에 더욱 널리 퍼지게 된다. 하지만 로마는 단호하게 헨리 2세에게 캔터베리로 순례를 하라고 명령한다. 그는 며칠 간 빵과 물만 먹으면서 금식을 하고, 회개자의 옷을 걸친 채 맨발로 손수 그곳으로 순례를 떠나 1174년 7월 12일에 캔터베리 대성당에 도착한다. 그는 조종(弔鐘)을 치며 성당 안으로 들어가 토머스 대주교가 살해된 그 장소에 입을 맞춘다. 그리고 그곳에 모인 모든 주교들에게 채찍의 형벌을 받으며 온 밤을 딱딱한 바닥에서 지새운다. 이런 공개적인 참회 후 그는 사죄(赦罪)를 받는다.

이 일이 있은 지 얼마 후, 프랑스의 루이 7세도 성인 토머스의 무덤을 찾아오고, 존 왕과 리처드 왕을 비롯하여 모든 영국 군주들도 토머스의 무덤으로 순례를 한다. 이렇게 유럽의 왕들이 줄을 이어 캔터베리로 순례를 하자, 토머스 대주교의 명성은 사회계층을 막론하고 급속도로 확산된다. 중세 때 토머스 성인은 가장 유명한 영국 성인이 된다. 그러나 1538년 헨리 8세는 토머스의 모든 유물을 탈취하고 그의 이름을 성인 열전에서 지워 버린다. 이렇게 성인 토머스는 군주 권력에 맞선 혹독한 대가를 또다른 헨리에 의해 치르게 된다.

캔터베리로 가는 길

초서가 살던 시대에 캔터베리는, 로마나 예루살렘 혹은 스페인의 산티아고 데 콤포스텔라와 같은 성지와 비교하면 비교적 가까운 위치에 있었고, 따라서 영국에서는 최고의 순례지로 손꼽히고 있었다. 초서가 『캔터베리 이야기』에서 말하고 있듯이, 중세 영국의 순례자들은 '캔터베리의 토머스'라고 불리는 '병들어 고생할 때 도와준 거룩하고 복되며 성스러운 순교자'를 찾아 토머스 베켓의 무덤을 찾곤 했던 것이다.

토머스 성인이 순례자들을 보호해 준다는 말이 돌면서 이런 종교적 성향은 더욱 위세를 떨친다. 그래서 18세기까지 영국의 자존심이라고 일컬어졌던 런던교에는 토머스 성인을 기리는 성당이 세워져 있었다. (『캔터베리 이야기』의 순례자들은 이 다리를 건너지 않는다. 그것은 서더크가 템스 강의 남쪽에 있기 때문이다.) 마차와 말들이 이 런던교를 지나기 위해서는 1페니의 요금을 냈다. 캔터베리로 가는 길은 온통 구덩이가 패어 있었고, 수레바퀴 자국으로 가득했다. 몇몇 고위 인사들은 마차를 타고 이 다리를 건넜고, 어떤 사람들은 말이나 나귀를 타고, 그리고 나머지 사람들은 걸어서 런던교를 건넜다.

캔터베리의 순례자들은 곳곳에 팬 구덩이를 피해야 했고, 시내와 강을 여러 번 건너야 했을 뿐만 아니라, 수많은 거지와 사기꾼들과 싸워야만 했다. 또한 걸어서 순례하는 사람들은 가짜 수도사들이나 창녀나 구경꾼들의 시선을 이겨내야만 했다. 이런 것들에 대해 순례자들이 어떤 반응을 보였으며 어떤 평을 했는지는 『캔터베리 이야기』에 제대로 나타나 있지 않다. 그러나 순례자들의 지위에 따라 어떤 반응을 보였을지는 익히 짐작할 수 있다.

당시 런던에서 캔터베리로 가는 길은 영국의 여느 길들과 크게 다르지 않았다. 여름에는 먼지가 일고 움푹 팬 구멍이 도처에 있기 일쑤였으며, 비가 오는 4월에는 진흙 투성이였다. 여기에서 우리는 『캔터베리 이야기』의 순례자들이 왜 마차를 피하고 말을 탔는지 그 이유를 알 수 있다. 당시 모든 수녀원 수녀나 사제들 혹은 요리사까지도 말을 탈 줄 알았다. 그것은 당시에 반드시 익혀야 할 기술이었던 것이다.

대부분의 여행자들은 서더크에서 말을 빌려 탔다. 그리고 캔터베리로 가는 도중에 로체스터에서 말을 바꿔 탔다. 그렇게 캔터베리 대성당으로 가든지, 아니면 도버로 와서 배를 타고 유럽 대륙으로 향하곤 했다. 초서가 이 작품을 쓰던 당시에 서더크에서 로체스터까지 말을 빌리는 비용은 12페니였으며, 그곳에서 캔터베리까지는 12 페니, 캔터베리에서 도버까지는 16페니였다고 한다.

즉 런던에서 캔터베리까지는 24페니가 들었는데, 이 비용은 수많은 재산을 얻고자 순례를 하는 사람들에게는 큰 문제가 되지 않는 돈이었다.

이제 『캔터베리 이야기』의 출발점이 되는 타바드 여관에 관해 생각해보자. 해가 지자 여행자들은 갈증과 피로에 지쳐 그곳에 도착한다. 따라서 그들이 무리를 이루는 것은 그리 어려운 일이 아니었다. 초서는 그곳을 매우 좋게 바라보고 있었다. 그러나 그들은 짚방석이 깔린 어설픈 방에서 잤을 것이다. 그 중에서 돈이 많거나 아니면 기사나 최고 변호사와 같은 사람들은 개인 침식에서 편안하게 밤을 보냈을 것이다. 당시 개인 침실에서 하룻밤 묵는 비용은 대략 1페니였다고 한다. 여러 명이 묵는 방에서는 요리사의 코고는 소리와 같은 '음악'을 들어야만 한다고 생각하면, 이것은 그리 비싼 가격이 아니었다.

캔터베리로 가는 길에는 소매치기나 도둑들도 많았는데, 그들은 주로 하수구나 수풀 뒤에 숨었다가 순례자들을 습격하곤 했다. 특히 장이 열린 다음날은 위험했다. 그래서 대부분 무장을 하고 무리를 이루어 순례를 가곤 했던 것이다. 이런 이유로 순례자들이 런던에서 캔터베리로 갈 때에는 다른 길을 택하기도 했다. 그러나 일반적으로는 타바드, 워터링, 블릭히스, 웰링, 크레이퍼드, 다트퍼드, 노스플리트밀튼(혹은 스프링헤드), 로체스터, 채텀, 시팅번, 세인트 토머스 스프링스, 부턴 스트리트, 호튼, 하블다운, 캔터베리의 길을 이용했다. 이런 것은 『캔터베리 이야기』에서 캔터베리로 가는 도중에 등장하는 주요 지점에서 잘 드러난다.

이 지역들은 역사적 사건을 가득한 곳이다. 블랙히스는 와트 타일러, 잭 스트로를 비롯한 농민 반란군들이 런던을 침공하기 전에 머물렀던 장소다. 노스플리트밀튼의 입구에 있는 '레더 보틀'에 들어서면 길이 두 개로 갈라지다가 그레이브샌드와 로체스터 중간 지점에서 다시 하나로 합친다. 중세 때에는 대부분 왼쪽 길을 택했다. 채텀에서 순례자들은 뉴잉턴으로 가는 옛길을 이용했다. 그곳은 토머스 베켓이 런던으로 오던 마지막 여행에서 첫 영성체 미사를 했던 곳으로 유명했기 때문이다. 또한 시팅번에 속한 채텀에는 토머스 성인을 기리는 소성당이 있었으며, 순례자들을 위한 숙소도 마련되어 있었다. 시팅번은 1415년 헨리 5세가 프랑스의 아쟁쿠르 전투에서 승리를 거둔 후 묵은 곳으로 유명하다. 마지막으로 뱁차일드에는 나병환자촌이 있었는데, 그곳은 순례자들이 주는 얼마 안 되는 헌금으로 근근이 유지되고 있었다.

『캔터베리 이야기』에서 언급되는 장소들은 그들의 여행 경로뿐만 아니라 여행 일정을 아는 데도 많은 도움을 준다. 가령「전체 서문」에서는 서더크와 '성 토머스의 샘'이 언급된다. 또한「방앗간 주인의 이야기」와「변호사의 이야기」사이에는 '뎁트퍼드'란 말이 나온다. 이로 미루어보건대 아마 순례의 첫날은 런던에서 15마일 떨어진 다트퍼드에서 끝난 듯하며, 이것이 1부의 이야기를 이룬다. 2부와 3부는 순례의 둘째 날로 런던에서 30마일 떨어진 로체스터에서 끝맺는다. 4부와 5부와 6부의 이야기를 이루는 사흘째의 여행은 40마일 떨어진 시팅번이나 46마일 떨어진 오스프린지에서 끝난다고 보인다. 7부에서 10부는 순례의 마지막 날로서, 그날 바로 런던에서 56마일 떨어진 캔터베리에 도착한다. 이런 가정 아래서 살펴보면 순례단의 평균 속도는 하루에 14마일이 된다.

『캔터베리 이야기』의 순례자와 이야기의 숫자

겉으로 보기에『캔터베리 이야기』의 구조는 단순하다. 이 작품은 템스 강의 남쪽에 위치한 서더크의 타바드 여관에 모인 사람들로 시작한다. 그들은 모두 순례자로서, 캔터베리의 대주교였던 성인 토머스 베켓의 무덤을 방문하려는 목적으로 그곳에 모인다. 그러나『캔터베리 이야기』에서 볼 수 있듯이, 이런 종교적 목적을 가졌다고 하더라도, 그들은 즐겁게 순례하기 위해 이야기를 한다. 이 이야기들이 바로『캔터베리 이야기』의 내용을 이룬다.

순례자의 숫자는 초서의 연구자들이 가장 많은 관심을 보였던 부분이다.「전체 서문」에서는 30명의 순례자가 언급되고, 초서는 자서전적 형태로 이 작품을 쓰면서 31명이라고 밝힌다. 물론 여기에 사회자인 여관 주인까지 포함하면 32명이 된다. 그리고 8부에서 두 사람이 합류하는데, 이들은 성당 참사회원과 그의 종자이다. 그렇지만 성당 참사회원은 자기 종자가 비밀을 털어놓으려고 하자 급히 도망쳐 버린다. 그래서 도망친 성당 참사회원을 포함하면 34명이 되고, 그를 뺀다고 하더라도 33명이 된다.

그러나 이들이 모두 「전체 서문」에 묘사되고 있는 것은 아니다. 초서는 '또한 ……도 있었다'라는 식으로 잡화상인, 목수, 직조공, 염색공, 가구상과 같은 조합에 가입한 사람들이 있다는 사실만 언급한다. 반면에 그들의 음식을 준비하는 요리사는 아주 상세하게 설명하고 있다. 또한 두 번째 수녀와 세 명의 사제도 있다는 사실만 언급할 뿐이며, 작가도 자기에 관해서는 자세하게 말하지 않는다. 따라서 32명에서 10명을 빼면 모두 22명이 묘사되어 있다. 이후 이야기가 진행되면서 초서는 수녀원 신부와 성당 참사회원과 그의 종자 및 자기 자신에 대해 설명한다. 따라서 모두 26명의 순례자들이 설명되고 있다.

그렇지만 이들이 모두 이야기를 하는 것은 아니다. 다섯 명의 조합원과 수녀원 신부 중 두 명, 기사 아들의 종자, 농부와 여관 주인의 이야기는 빠져 있다. 이들의 숫자는 모두 10명이다. 따라서 전체 순례자 33명에서 23명만이 이야기를 한다. 여기에서 초서는 두 개의 이야기를 하므로, 이야기의 숫자는 모두 24개가 된다. 결론적으로 각 이야기 속에 등장하는 등장인물을 제외하면, 우리는 다음과 같이 요약할 수 있다.

전체 순례자의 숫자: 33명
묘사된 순례자의 숫자: 26명
전체 이야기의 숫자: 24개

우연히 모인 이 순례자들은 영국의 방방곡곡에서 몰려든 사람들이다. 가령 배스의 여인은 서머싯셔, 학생은 옥스퍼드, 청지기는 노퍽, 요리사는 런던, 소환리는 링컨셔, 선장은 데번셔 출신이다. 이렇게 출신 지역이 다르다는 것 이외에도, 이 순례자들의 사회적 신분 역시 각각이다. 똥통을 수없이 나르는 농부의 초라한 행색은 기사의 위대한 업적과 대비된다. 또한 왕 앞에서조차 모자를 벗지 않는 최고 변호사는 신원이 의심스러운 요리사와 함께 간다. 세련되기 그지없는 수녀원장은 거칠기 짝이 없는 방앗간 주인과 대조를 이룬다. 또한 모범적인 본당신부는 뻔뻔스런 면죄사와 대비된다. 서생의 지식은 무식하기 그지없는 사회자와 대조를 이룬다.

이 32명의 순례자들은 타바드 여관의 주인인 해리 베일리의 안내를 받기로 한다. 그는 이런 식으로 자기 집에서 아내의 지배를 받는 설움을 해소한다. 해리는 여러 인물들을 이야기의 무대로 등장시키는 역할을 맡는다. 그럼 그들은 모두 몇 개의 이야기를 할까? 「전체 서문」에서 말하듯이, 원래 계획은 캔터베리로 가는 길에 두 개, 돌아오는 길에 두 개를 하는 것이었다. 순례에 참가한 사람들을 32명이라고 본다면 모두 128개가 되어야 한다. 그러나 이 숫자는 전체 이야기의 숫자인 24개와 상당히 거리가 있다. '소지주가 수습기사에게, 여관 주인이 소지주에게 하는 말'에서 사회자는 적어도 하나씩 이야기를 해야 한다고 밝힌다. 그리고 「본당신부의 이야기 서문」에서 "이제 한 분만 더 이야기를 하면 됩니다. ……우리는 이 일행을 구성하는 모든 신분계층의 이야기를 하나씩 들어보았습니다."라고 사회자는 말한다.

「본당신부의 이야기」는 『캔터베리 이야기』의 마지막 부분을 이루는 데 적절하다고 보인다. 순례단은 캔터베리에 도착하고 있었고, 따라서 파렴치한 이야기나 잔인한 이야기는 멈춰야 하기 때문이다. 사실 「본당신부의 이야기」는 참회에 관한 글이다. 성인의 무덤에 입을 맞출 수 있도록 순례자들을 준비시키는 데 이것만큼 훌륭한 이야기는 없을 것이다.

모든 작중인물 중에서 여관 주인은 사회자 역할을 맡는다. 그래서 그는 아무 이야기도 하지 않는다. 하지만 단호하면서도 아주 자의적으로 자기 역할을 수행한다. 그는 마음에 들지 않는 이야기를 하면 서슴지 않고 욕을 퍼붓는다. 심지어는 수사가 비극적인 이야기를 한다면서 그의 이야기를 끊어 버리기도 한다. 그러나 '샹테클레르와 페르텔로트'의 이야기를 듣자 너무나 즐거워한다. 이런 사회자의 개입은 이 작품을 역동적으로 만드는 데 큰 역할을 한다.

이 작품에서는 작중인물들의 이름이 전부 언급되지는 않는다. 초서를 뺀 22명 중 단지 여섯 명의 이름만 알 수 있을 뿐이다. 방앗간 주인 로빈, 청지기 오스왈드, 사회자 해리 베일리, 수녀원 신부 존, 요리사 호지, 그리고 배스의 여인 앨리스가 그들이다. 각각의 인물은 「기사의 이야기」, 「수사의 이야기」와 같은 식으로 이름 붙여진 이야기를 한다.

또한 여기서 우리의 관심을 끄는 것은 초서가 사회적 지위에 따라 인물들을 묘사하고 있다는 점이다. 즉 중요한 것은 사회적 지위이지 개인의 품성이 아니라는 것이다. 가령 기사와 같은 귀족들은 매우 이상적으로 묘사된다. 그러나 초서와 유사한 사회적 지위를 가진 사람들은 날카롭고 비판적으로 그려진다. 가령 이것은 소환리나 유명한 변호사의 모습에서 쉽게 찾아볼 수 있다. 또한 「전체 서문」에 등장하는 인물들도 사회적 계층에 따라 순서대로 묘사되고 있음을 알 수 있다.

『캔터베리 이야기』의 어조: 아이러니

초서에 관한 대부분의 비평은 그의 작품 속에 나타나는 아이러니에 초점을 맞추고 있다. 그 글들은 상이한 아이러니를 심도 있게 분석하면서 여러 종류로 세분화한다. 물론 초서가 이런 여러 가지 뉘앙스를 갖도록 의식적으로 썼으리라는 확신은 할 수 없다. 어쨌거나 아이러니의 근본 목적은 즐기거나 풍자하는 것이다. 이것은 따분하게 순례를 하는 대신에 순례자 모두가 이야기를 들려주면서 재미있게 보내려고 하는 여관 주인의 목적과 일치한다.

초서의 연구자들에 따르면, 『캔터베리 이야기』에는 여러 종류의 아이러니가 있지만, 이 중에서도 언어의 아이러니가 가장 중요하게 나타난다. 이런 아이러니들은 불가능하다고는 말할 수 없지만 번역하기에 굉장히 까다롭다는 사실은 분명하다. 단어의 의식적인 오용(誤用)은 가령 '천문학(astrolabe)'을 '천민학(astrelabie)'이라고 쓴다는 점에 있다. 또한 동일한 개념을 지칭하기 위해 수많은 동의어를 사용하는 것도 그 용어가 어떻게 사용하는가에 따라 아이러니를 띨 수 있다. 가령 「배스의 여인의 이야기 서문」에서 여성 성기를 표현하는 용어는 굉장히 다양하게 나타난다. 그 중에서 대표적인 것으로는 myn instrument(내 기구), queynte(성기), bele chose(아름다운 것), likerous mouth(음란한 입), quoniam(은밀한 것), privities(내밀한 것), privee place(은밀한 부분)와 같은 말들을 들 수 있다. 배스의 여인은 거침없이 말하는데, 이것은 성(性)의 주제에 관한 풍부한 어휘를 통해 나타난다. 심지어는 bele chose와 같은 프랑스어나 quoniam처럼 라틴어를 사용하기도 한다.

또 다른 언어의 아이러니는 이중적 의미가 담긴 어휘의 사용에서 찾아볼 수 있다. 「전체 서문」에서 사제를 설명하면서 초서는 그가 venerie, 즉 사냥을 사랑한다고 적고 있다. 그러나 이 단어는 '성적 쾌락'을 의미한다고 한다. 또한 최고 변호사에 관해 말하면서 아무도 pynche, 즉 시비를 걸 사람이 없다고 적고 있지만, 이것은 초서와 동시대를 살았던 유명한 법관인 토마스 핀치백을 지칭한다고도 볼 수 있다. 배스의 여인은 자기가 남편들의 지갑(purse)과 금고(cheste)를 모두 빼앗았다고 말한다. 그런데 지갑은 '고환'을 뜻할 수 있으며, 금고는 '정액'을 의미하기도 한다. 그리고 「서생의 이야기」에서 secte란 말은 '학파'란 의미도 있지만 '성(性)'을 뜻하기도 한다. 그리고 '용기'라는 말은 '성기'와 '정력(精力)'을 의미한다.

「수녀원 신부의 이야기」에서 주인공인 고양이 '샹테클레르'는 아내이자 정부(情婦)인 '페르텔로트'와 꿈이 실제 사건의 전조가 될 가능성에 관해 철학적인 토론을 벌인다. 그들은 라틴어로 쓰인 신학자와 철학자들의 이야기를 증거로 들이댄다. 그러자 마침내 샹테클레르는 페르텔로트의 주장을 수용하면서, 이렇게 외친다. "mulier est homninis confusio"라고 외치면서, 완전히 반대의 의미로 "여자는 남자의 완전한 기쁨이고 행복이다"라고 번역한다. 이렇게 샹테클레르는 부부관계를 맺고 싶다는 의도를 은연중에 표현한다.

또다른 아이러니는 결혼에 관한 논쟁에서도 찾아볼 수 있다. 이것은 『캔터베리 이야기』의 주요 테마 중의 하나이다. 사실 결혼이란 문제는 작중 인물들의 이야기들 속에서 거의 전체적으로 사용되고 있다. 그 중에서 가장 중요한 것은 누가 결혼 생활을 주도하느냐는 것이다. 물론 겉으로 보기에 『캔터베리 이야기』는 남자들이 여자들을 어떻게 억압하며 못된 짓을 하는지를 보여준다. 그러나 초서는 아이러니를 통해 그렇지 않음을 보여준다.

가장 대표적인 것들이 바로 「배스의 여인의 이야기」와 「서생의 이야기」일 것이다. 「배스의 여인의 이야기」에서는 명령조이며 음탕한 여자가 등장하지만, 「서생의 이야기」에서는 우리가 상상할 수 있는 것 이상으로 치욕을 받는 그리셀다가 등장한다. 그러나 결국 두 여자 모두가 승리한다. 배스의 여인은 단호하고 호된 태도로, 그리셀다는 인내를 통해 승리한다. 이것은 결국 "여자들이 가장 원하는 것이 무엇이냐?"라고 묻는 왕비의 질문에 대해 "주도권을 쥐고 그들(남자들) 위에 군림하는 것"이라고 대답하는 기사의 말을 그대로 증명하는 것이다.

한편 배스의 여인이 말하는 서문과 이야기는 아이러니컬한 대조를 띠고 있음을 알 수 있다. 서문에서 배스의 여인은 다섯 번의 결혼에 관해 말하면서, 자기가 성기(性器)와 지혜와 단호한 태도로 다섯 명의 남편을 어떻게 지배했는지를 보여준다. 이런 권위적인 태도는 기사에게 결혼약속을 지키라고 요구하면서 아름다운 여자보다는 말 잘 듣는 여자가 낫다고 말하는 못생긴 여인과 정면으로 배치된다. 결국 기사는 추하고 늙은 여자의 요구에 굴복하고, 추하고 늙은 여자는 아름다운 여인으로 변한다. 그러나 결론은 남자가 여자에게 복종한다는 점에서는 일치한다.

이런 맥락에서 여관 주인의 모습은 매우 시사적이다. 이 사회자는 권위적이며 명령조로 순례자들을 엄하게 다스린다. 그러나 이런 태도는 그의 아내에게 겁을 내는 것과는 상반된다. 이런 것은 집에서는 순한 양인 사회자가 순례자들을 만나자 지배자인 아내의 굴레에서 벗어날 수 있는 기회로 이용하려고 했던 것 같다는 인상을 주기에 충분하다. 그래서인지 그는 항상 여자들의 태도를 아이러니컬하게 바라본다. 그러나 이것은 아내의 지배에 대해 느끼는 무능력한 증상이라고 말할 수 있을 것이다.

「캔터베리 이야기」의 판본과 그 번역에 관하여

『캔터베리 이야기』는 미완성 작품이다. 다시 말하자면 최종적이며 결정적인 필사본은 존재하지 않았으며, 아마 앞으로도 존재하지 않을 것이다. 여러 상이한 필사본이 존재하는 『캔터베리 이야기』와 같은 책을 번역하고 출판하는 경우에는, 우선 어떤 판본이 작가의 의도에 가장 충실한 것인지가 가치를 평가하는 척도가 된다. 만일 어떤 작품이 단 하나의 필사본밖에 없다면, 그것이 작가의 원래 의도와 일치하는지 살펴보기란 극히 어렵다. 그리고 비록 의문점이 생긴다 하더라도 그대로 받아들이는 수밖에 다른 도리가 없다. 그러나 반대의 경우라면 문제는 달라진다. 우선 많은 판본들이 작가가 모두 손수 쓴 것인가라는 의문이 생긴다. 그리고 그것들이 필사본이라면 다음과 같은 질문을 던질 수 있다. 즉 A라는 필사본이 B라는 필사본보다 더욱 믿을 만한가? 두 판본에 나타나는 차이점은 필경사에 의해 수정된 것은 아닐까?

이런 의문점을 지니고 가장 충실하다고 생각되는 판본을 선택한 후에는 해석의 문제가 뒤따른다. 원본은 몇몇 페이지가 누락될 수도 있고, 좀이 먹거나 습기로 썩어 버렸을 경우도 있다. 이 밖에도 발견된 당시의 필사본이 택한 내용의 순서가 옳은 것일까라는 의문도 생긴다. 도서관의 먼지 속에서 고문서를 찾아본 경험이 있는 사람은 알겠지만, 모든 필사본이 제본되어 있는 것은 아니다. 이런 경우 어느 페이지가 빠졌는지를 알기는 매우 힘들다. 또한 필경사는 약자를 사용하거나 자신만의 독특한 필체로 쓰는 경우도 있다. 이런 약자나 필체를 해석하는 것도 쉬운 일은 아니다. 고문서 연구자들이 돋보기를 들고 원문을 읽는 것도 바로 이런 것을 해석하기 위함이다. 또한 필사본을 쓴 사람이 몇 가지 수정을 가했을 가능성도 배제할 수 없다.

초서는 당대에 너무나 유명했던 관계로, 그의 작품은 많은 사람들의 손에 필경(筆耕)되었다. 『캔터베리 이야기』에 관해서는 대략 아흔 개의 판본이 부분적인 형태로 보존되고 있으며, 그 중에서 여덟 개 정도가 '초서학회(Chaucer Society)'에 의해 출간된 것으로 알려져 있다. 대표적인 것들만 언급해보면, J. M. 맨리와 에디스 리커트의 『캔터베리 이야기의 텍스트The Text of the Canterbury Tales』(1940), 스키트의 『제프리 초서의 작품The Works of Geoffrey Chaucer』(1894-1897), 폴라드의 『초서의 작품The Works of Chaucer』(1898), F. N. 로빈슨의 『제프리 초서의 작품The Works of Geoffrey Chaucer』(1957), 로버트 프라트의 『캔터베리 이야기The Tales of Canterbury』(1966), 존 피셔의 『제프리 초서의 시와 산문 전집The Complete Poetry and Prose of Geoffrey Chaucer』(1977) 등이 있다.

『캔터베리 이야기』의 판본 중에서 가장 평가를 받는 것은 엘리스미어와 힝그트의 필사본이다. 우선 엘리스미어는 작품 등장인물의 미니어처로 가장 널리 알려진 판본이다. 현재 이 필사본은 미국 캘리포니아의 헌팅턴 도서관에 소장되어 있다. 한편 힝그트의 판본은 웨일스 국립도서관에 보관되어 있다. 맨리와 리커트에 따르면, 힝그트 판본은 초서가 최종 수정을 하지 않은 채 마구 놔두었던『캔터베리 이야기』를 한데 모아 분류한 최초의 판본이다. 이 두 판본은 모두 1400–1410년 사이에 씌어진 것이다. 다시 말하자면, 초서가 죽은 후 10년 사이에 작성된 것이다. 몇몇 전문가들은 엘리스미어의 판본이 좀 더 세심하며, 철자법도 비교적 체계적으로 구성되어 있고, 초서의 원래 의도에 따라 이야기를 배열했다고 밝히고 있다. 한편 다른 학자들은 힝그트의 판본이 엘리스미어의 것보다 이전이라고 지적하면서 진본으로서의 당위성을 주장한다.

『캔터베리 이야기』는 원래 운문으로 되어 있다. 그러나 한국어 판본은 원본 영어의 중세 텍스트가 지닌 의미에 가능한 한 충실하려고 노력했다. 그래서 현대 독자들이 볼 때 반복적이라고 생각되는 몇몇 부분을 줄이지 않고 완역(完譯)의 방식을 택했다. 사실 요즘 서점에서 쉽게 구할 수 있는 영어 판본에는 「기사 토파즈의 이야기」나 「멜리베우스의 이야기」 혹은 「본당신부의 이야기」와 같은 것들이 대부분 빠져 있다. 이것들은 전체적인 작품 구성과 맞지 않는다는 이유로 빠져 있지만, 초서가 살았던 당시에 이상적인 수사법은 지금 우리의 방식과는 많이 달랐던 것을 이해한다면, 이것이 빠져야 할 이유는 없는 것이다.

『캔터베리 이야기』를 한국어로 옮기는 데 사용한 판본은 엘리스미어 필사본에 바탕을 두고 있는『제프리 초서의 시와 산문 전집The Complete Poetry and Prose of Geoffrey Chaucer』(New York, 1977)과『캔터베리 이야기Cuentos de Canterbury』(Madrid, Catedra, 1991)이다. 이 필사본의 구성에 따라『캔터베리 이야기』는 모두 10부로 구성되어 있으며, 이것은 각각 서문과 이야기와 후기의 형태로 나뉘어져 있다. 비록 이런 구성은 몇몇 부분들이 미해결된 채 남아 있을 수 있다는 가능성을 제시하지만, 미학적으로는 어느 정도 수긍할 수 있는 것이다.

이렇듯 『캔터베리 이야기』를 옮기는 사람은 가장 먼저 기본 텍스트를 무엇으로 선정하는가의 문제에 직면한다. 그러나 이 문제를 해결하면 이중적 상징으로 가득한 중세 시학의 어려움과 마주친다. 이런 경우 옮긴이는 원문의 운문을 모방하려고 노력하든지, 아니면 산문의 형태로 내용에 충실하게 옮기든지 해야 한다. 그러나 운문의 형태로 운을 맞추는 일은 옮긴이의 능력을 뛰어넘는 일이기도 하거니와, 옮기다 보면 원문의 의미를 상당히 왜곡하는 경우가 발생한다. 가장 대표적인 경우가 펭귄판의 페이퍼백으로 나온 현대판 영어 번역본이다. 이런 경우 또 다른 가능성이 존재한다. 즉 가능한 한 원문의 의미를 분명히 드러내고 그 내용을 충실히 반영할 수 있는 산문으로 번역하는 것이다. 한국어로 옮기는 데 옮긴이가 선택한 방법이 바로 이것이다.

그리고 이해하기 어려운 점이나 원문 텍스트의 애매한 점, 가령 이중적 의미를 지니고 있는 것들이나 역사적이거나 문화적 배경을 가지고 있는 것에는 독자의 이해를 돕기 위해 각주를 달았다. 어쨌거나 『캔터베리 이야기』의 결정판은 영어권에서도 존재하지 않으며, 앞으로도 존재하지 않을 것이다. 보르헤스가 말했듯이 텍스트란 독자에 따라 원문이 완벽해지는 것이며, 비평의 발전에 따라 재해석되는 것이기 때문이다.

송병선